김유정의 문학광장

필자

한상무(韓相武, Han, Sangmoo) 강원대학교 명예교수

모희준(牟喜俊, Mo, Heejune) 선문대학교 강사

장혜련(張惠蓮, Chang, Hyelyeon) 순천향대학교 강사

정주아(鄭珠娥, Joung, Jua) 강원대학교 국어국문학과 조교수

오은엽(吳恩葉, Oh, Eunyeop) 명지대학교 방목기초교육대학 조교수

김형규(金炯奎, Kim, Hyeonggyu) 아주대학교 다산학부대학 특임교수

서동수(徐東秀, Seo, Dongsoo) 상지대학교 국어국문학과 조교수

홍순애(洪淳愛, Hong, Sunae) 동덕여자대학교 국어국문학과 교수

문한별(文한별, Moon, Hanbyoul) 선문대학교 국어국문학과 조교수

박진숙(朴眞淑, Park, Jinsook) 충북대학교 국어국문학과 부교수

정호웅(鄭豪雄, Jung, Houng) 홍익대학교 국어교육과 교수

김명석(金明奭, Kim, Myungseok) 성신여자대학교 국어국문학과 교수

최선영(崔善映, Choi, Sunyoung) 숭실대학교 강사

김상태(金相泰, Kim, Sangtae) 이화여대 평생교육원 수필창작 지도교수

김정화(金貞和, Kim, Junghwa) 선문대학교 강사

이금란(李錦蘭, Lee, Kuemran) 숭실대학교 강사

이덕화(李德和, Lee, Dukhwa) 평택대학교 국어국문학과 교수

김유정의 문학광장

초판 인쇄 2016년 3월 20일 **초판 발행** 2016년 4월 1일

엮은이 김유정학회 **펴낸이** 박성모 **펴낸곳** 소명출판 **출판등록** 제13-522호

주소 서울시 서초구 서초중앙로6길 15, 1층

전화 02-585-7840 **팩스** 02-585-7848 **전자우편** somyungbooks@daum.net **홈페이지** www.somyong.co.kr

값 34,000원

ⓒ 김유정학회, 2016

ISBN 979-11-5905-056-5 93810

김유정의 문학광장

Literary Plaza of Kim, Youjoung's

김유정학회 편

김명석 김상태 김정화 김형규 모희준 문한별
박진숙 서동수 오은엽 이금란 이덕화 장혜련
정주아 정호웅 최선영 한상무 홍순애

소명출판

책머리에

초봄을 맞을 무렵이면 가슴이 설레고 손이 바빠진다. 김유정학회에서 지난 일 년간 발표했던 논문들을 모아 한 권의 전공 학술연구서적으로 엮어내야 하는 까닭이다. 이렇게 엮어진 책이 어언 다섯 권째이다(『김유정의 귀환』, 『김유정과의 만남』, 『김유정과의 산책』, 『김유정과의 향연』).

이번에는 『김유정의 문학광장』이라는 서명을 붙였다. 앞의 네 권의 책이 대체로 김유정의 소설작품 연구에 집중되었다면, 이번에는 소설의 내·외재적 분석은 물론, 문체론적, 문학교육적, 독서교육적, 수필문학적, 나아가 김유정소설의 삽화연구까지 다양한 접근을 시도했다. 변함없는 것은 김유정에 대한 문화콘텐츠 생성이고, 이와 같은 작업은 앞으로도 계속될 것이다.

제1부 김유정 소설의 인식지평 부분에는 한상무, 모희준, 정주아, 오은엽 교수의 글을 모았다.

한상무 교수는 「김유정의 「땡볕」론」에서 시뮬레이션 이론을 적용, 작품이 독자에게 주는 효용가치를 추적한다. 이것은 시뮬레이션을 통해 독자가 자신과 상이한 타인들의 대한 이해를 심화하고, 타인들에 대한 공감 및 사회적 추론능력을 강화시킬 수 있는 것이다.

「땡볕」에서 주인공 덕순은 가난과 무지로 인해 과도한 욕망을 갖게 되나 병원에서 진찰 이후 심리적 좌절을, 그러나 곧 담담해진다. 현실 적응력이 작동한 것이다. '지게'와 '땡볕'은 덕순이 짊어진 삶의 무게와 가혹한 현실의 구체적인 상징물로 나타난다. 그리고 시점에서 3인칭 제한적 시점으로 덕순의 외적 행동과 내면 묘사에 한정시킴으로써 주인공에 대한 독자의 정서적 공감대에 기여, 특정한 시대를 초월해 보편적 인물이 지닌 인고의 자세로 삶에 대한 각오와 미래에 대한 예견력을 갖게 한다.

모희준 교수의 「김유정 작품에 나타나는 '죽음'의 양상 고찰」은 「노다지」와 「땡볕」을 대상으로, 여기에 나타난 죽음과 가난, 김유정이 바라보았던 현실 속 죽음과의 관련성을 찾아보려고 한다. 「노다지」에서 죽음의 양상은 가해자와 피해자의 관계가 명확하고, 꽁보는 피해자에서 가해자로, 더펄이는 구조자에서 피해자로 교체된다. 가해자와 피해자의 반전이 반복되기에 금을 획득한 꽁보의 미래가 낙관적이라고 장담할 수 없다. 「땡볕」은 죽음으로의 진행사항을 묘사하는데 병원에 가기 전 기대감은 배신된다. 이 작품에서는 자본의 논리가 전개되는 경성의 풍경이 그려지고, 특히 '버드나무' 밑과 '대학병원'은 희망이 절망으로 교체되는 곳이다. 남편은 아내를 살리려 하나 아내는 수술을 거부하고 죽음을 선택한다. 두 작품 모두 한탕주의에 의존하는데 이것은 경쟁과 요행을 바랄 수밖에 없는 사회적 상황을, 그 경쟁과 요행의 끝에 죽음이 따른다는 것을 보여준다.

정주아 교수는 「신경증의 기록과 염인증자(厭人症者)의 연서쓰기」에서 김유정 문학의 근간이 질서와 무질서의 혼종 지점 곧 리비도의 간섭을 받고 있다고 본다. 김유정 작품에서 노동을 거부한 농부, 매춘하는 아내들은 전통적 삶의 방식을 유지하려는 군상들의 병든 내면을 보이는 것이다. 이들의 내면에 가해진 세계의 폭력성은 잔혹한 군중 심리로, 가정폭력은 사도-마조히즘으로 나타난다. 그런데 김유정 소설의 일상적 폭력이나 병적 신경증은 김유정의 가족사와 무관하지 않다. 연서쓰기는 문학적 글쓰기이고, 김유정이 고백한 염인증은 자기 통찰의 결과이며, 글쓰기는 염인증에서 벗어나기 위한, 그리고 죽음 충동에서 벗어나기 위한 작업으로 보인다. 그리고 김유정 문학에 나타난 광기와 폭력, 신경증에 담긴 파괴와 해체를 한한 죽음 충동의 힘은, 악착한 현실 대응의 한 방식이며, 죽음 충동에 저항하는 힘은 에로스의 힘을 얻어 연서를 쓰게 되었고 이는 곧 문학적 글쓰기로 대체되었다.

오은엽 교수의 「김유정 소설에 나타난 정념의 기호학적 연구」는 김유정의 '금' 삼부작에 나타난 양상을 '분노'라는 정념으로 주제화하여 그레마스 이론을 원용, 이들 텍스트를 지배하는 정념의 원리와 규칙성을 규명하려고 한다. 오교수는 먼저 이들 삼부작에서 '정념적 이야기의 시작 / 정념의 흐름의 변화 / 정념의 조절 과정'으로 나누어 살피고 텍스트에서 전개되는 진리를 검증한다.

결론에서 ① 인물의 양태화 측면에서 분노라는 정념이 실망감 → 불만족 → 공격성으로 진행되고, ② 기대감의 기호학적 공식측면에서 금이 주체로 변형되는 행위소 역할로 교환되며, ③ 실망감에 이른 정념은 사디즘적 혹은 매저키즘적 행위 통합체로 나타나 금에 대한 회화화가, ④ 금에 대한 욕망의 측면에서 인간은 인간성을 상실하게 됨으로 행위소가 교체된다. 결국 '금' 삼부작에서 인물들은 속고 속이는 관계로 이들의 정념 행로는 타인에 대한 기만, 그로 인해 드러난 허위, 비밀의 양상은 자기기만을 통해 진실에 이르게 된다.

제2부 김유정 소설과 사회인식 부분에는 김형규, 홍순애 교수의 글을

모았다.

 김형규 교수는 「식민주의 질서와 농토의 상동성 혹은 거리」에서 김유정의 작중 인물들이 '땅'을 둘러싼 소유와 생산의 관계 변화를 바탕으로 '땅'을 대하는 태도, '땅'과 맺는 관계를 추적한다. 땅을 잃은 농민은 '땅' 대신 아내의 성을 상품화한다. 시대적으로 전근대에서 근대로의 과정 중, 농토의 소유와 생산 관계의 변화 또한 농민의 몰락과 분화를 유발한다. 식민지 이전에 지주와 소작인의 병작관계와 소작인의 농민적 권리는 식민지 이후, 지주와 소작인의 임대차 관계와 자본의 논리 속에서 수탈의 극대화가 이루어진다. 이로 인해 마을 공동체의 협동과 공조, 전통적 가치는 와해된다. 결국 김유정 작품 속 인물들은 전통적 삶을 유지하려 하나 공동체에서 분리되고 가족 윤리는 붕괴된다. 김유정은 전통적 가치의 분화를 시도하고 농민의 권리를 환기, 식민지 수탈구조에 대응하는 현실비판과, 근원적인 농토의 생래적 가치에 대한 생각을 하도록 한다.

 홍순애 교수는 「김유정 소설의 半가족주의와 '家' 형성·존속의 이데올로기」에서 가족서사의 재현 문제가 그 시대의 이데올로기에 관계되며 식민지 군주체제에서 중요한 의미를 갖고 있음에 주목, 김유정 소설에서 재현된 가족 서사의 의미를 고찰하고, 1930년대 식민지하의 법·제도적 측면의 반영, 이들이 갖는 김유정식 가족주의의 이데올로기를 추적한다.

 「봄·봄」의 '家'형성의 욕망 좌절은 봉필영감의 개인적 탐욕과 식민지자본의 수탈구조에, 「옥토끼」, 「만무방」, 「가을」 등이 겪는 가족의 위기와 해체 또한 자본주의와 식민지 사회 경제적 구조에 그 원인을 둔다. 결론에서 '가족은 국가의 소규모적 형태로서 인식되고, 국가의 위기는 가족의 위기, 개인의 위기로 전치'됨을 보여주는 것이 김유정 소설의 현장이다. 김유정 소설의 가족주의는 단위가족 형태의 夫權에 의한 '家'를 지향, 작품의 서사는 공동체의 모락과 혈연의 논리가 중심이 되는 '家族' 서사가 아니고, 개인에 중심을 두는 '家' 서사로 전개됨을 보여준다.

제3부 김유정 소설과 언어에는 문한별, 박진숙, 장혜련 교수의 글을 모았다.

문한별 교수는 「계량적 방법론을 통한 김유정 소설 어휘의 통계적연구」에서 김유정 소설의 어휘 사용 양상을 통해 김유정소설의 문체적 특징을 규명하고자 한다. 문 교수는 김유정의 작품 다섯 편을 선택, 그리고 타작가 다섯 명의 다섯 편 작품에 대해서도 통계자료를 작성, 이들을 비교하여 대별적 지점을 찾는다. 이때 비교 영역은 어절 수, 문장 길이, 주제어(동사, 형용사, 부사, 일반명사와 고유명사), 비주제어로는 어말 어미 사용 등이다. 김유정 문체 특징을 규명하기 위한 어휘의 통계적 분석결과는 아직은 구체적 실체에 이르지 못했으나 좀 더 치밀한 분석도구와 방법론에 대해 고민하고 이를 해결한다면, 가장 객관적인 문체특징의 자료를 얻을 수 있으리라고 본다.

박진숙 교수는 「김유정과 이태준」에서 김유정·이태준의 소설 문체와 언어인식 문제, 어감의 활용 등과 소설 창작과정, 일제식민 정책에 대응하는 면모 등을 추적한다. 표준어와 방언의 사용에서 김유정의 방언사용은 화자·청자의 발화적 상황을 전제로 방언으로 된 구어체 소설을 쓰고, 이태준은 표준어에 근거한 언문일치를 바탕으로 조선어문학의 구축에 관심을 갖는다. 언어운용 방식과 소설 창작에서 김유정의 문체와 소설은 재현, 자생적 민족지 형성에, 이태준은 언어를 통한 정세의 환기, 보편적 근대로서의 조선어문학 구축에 주목한다. 일제식민정책에 대한 대응의 측면에서 두 작가 공히 언어에 대한 자의식을 갖고 있고 현실인식과 표현의 문제에 관심을 갖고 식민지 현실에 대한 균열내기를 목표로 하고 있음을 보여준다.

장혜련 교수의 「김유정 소설의 대화 양상 연구」는 대화양상을 보기 위해 대화뿐만 아니라 화자와 시점의 기능까지도 함께 주목, 김유정 소설의 대부분이 신뢰할 수 없는 화자가 인물들 간의 대화를 주도하고 있음을 지적한다.

여성인물의 발화를 재단하는 남성화자의 입장에서 「산골나그네」, 「소낙비」, 「안해」의 인물들 사이에는 대화가 소통되지 않아 여성은 소통의 대상이 아니라 남성 욕망의 대상으로 제시된다. 여성의 발화를 이해하지 못하는 「봄·봄」, 「동백꽃」에서 대화는 수신의 오해로 갈등이 일어난다. 「산골」, 「생의 반려」, 「두꺼비」에서는 소통의 부재로 발신자는 있으나 수신자는 없는 이야기가 전개된다. 이와 같은 상황은 김유정이 조실부모하고, 억센 누이와 사는 과정 가운데 그의 내면 의식이 여성과 제대로 소통하지 못하는 트라우마를 형성, 이 트라우마가 김유정 소설 전반의 소통 오류의 원인이 된 것으로 보인다.

제4부 김유정 소설과 교육에는 정호웅, 김명석, 최선영 교수의 글을 모았다.

정호웅 교수는 「전상국의 장편 『유정의 사랑』과 '김유정 평전'」에서 『유정의 사랑』이 자료에 의한 객관적 태도와 작품에 대한 자유로운 독자 태도가 잘 융합된 성공적 평전으로 보고, 김유정 작품에 대한 전상국 교수의 새로운 해석에 주목한다. 그리고 해석은 새롭지만 충분한 근거를 갖지 못해 직관에 끌려 추측적 차원에 머문 것들을 집중 검토, 새로운 해석의 가능성을 찾아보려 한다. 검토의 대상은 김유정의 서자설, 김유정 우울증은 감성적 체질론에 있으며 그의 재능은 예술가 천재론에 있음을, 또 김유정의 소설쓰기가 정서적 체질론과 창조행위로서의 글쓰기에 있었음을 파악한다. 창작방법론의 측면에서 배경·인물·인물의 활동범위·서술태도 등도 살펴본다. 한편 정호웅 교수는 인물의 성격과 해학이라는 측면에서 전교수가 지적했듯 김유정 작중 인물은 특수한 상황속의 인물의 삶을 추적한 것이므로 소수의 작품을 근거로 김유정을 해학적 작가라고 평가하는 것은 문학교육현장에서 결코 바람직한 것이 아니라는 전상국 교수의 주장에 손을 들어준다.

김명석 교수는 「교과서 속의 「동백꽃」」에서 2011년 개정 국어과 교육과정에 따른 중학교 국어교과서 9종에 수록된 「동백꽃」을 선정, 이를 문학교육 측면에서 검토한다. 교육 현장에서 이 작품은 현행 교과서에서의 해석과 학습목표 설정 및 단원구성에서 많은 문제점을 노출한다. 우선 작품의 작중인물이 17세인데 현장의 학습자는 14~15세이다. 그런데 교사는 이들 학습자에게 작중인물이 마치 12~13세인 것처럼 가르치고 있다. 교과서의 학습목표도 국어과 교육과정 문학영역 내용에 너무 단순 적용하거나, 교육과정 제시 학습목표에서 벗어나 있다. 단원구성과 텍스트에서 인용된 판본 또한 치밀한 검증 없이 출판된 판본을 사용한 결과 잘못된 어휘, 어휘에 대한 잘못된 해석 등이 나오고 있다. 학습활동에서도 서술자 문제에서 시점 바꾸기는 너무 단순하거나 산만하다. 이들 오류에 대한 시정이 요구된다.

최선영 교수는 「김유정의 문학 작품과 독서토론 교육의 의의」에서 대학 기초교양 교육의 하나인 독서교육에 주목한다. 독자중심 독서는 독자가 창조적인 사고 망(網)을 가지고 의미를 재창조, 다양한 가치를 찾는 것이기는 하지만, 독서는 개인적 활동에 속한다. 여기에 공적 활동인 토론을 거치게 되면, 독자는 오독에 빠질 염려 없이, 편견과 아집에서 벗어나 작품이 가진 객관적이고도 다양한 가치체계를 받아들이게 된다.

독서토론 교육의 방법으로 작품에 대한 해석적 질문을 바탕으로 논제 설정과, 비판 옹호의 입장에서 상대측 설득하기 등을 제안한다. 그리고 이에 따른 독서토론 이후에 조별로 그 결과를 작성하도록 제안한다. 예를 들면 김유정의 「봄·봄」에 나타난 이야기성, 상징성, 사용되고 있는 어휘의 의미 들을, 「만무방」에서는 상징성과 역사 사회적 문제와의 관련까지 생각해보도록 한다. 작품 선택을 위시한 모든 과정은 학생이 주도적으로 하되 교수자(敎授者)는 학생들 전체가 참석하게, 주위가 산만해지지 않게 운용해야 한다.

제5부 김유정의 수필 세계에는 김상태, 서동수 교수의 글을 모았다.

김상태 교수는 「김유정의 수필」 14편을 그 소재에 따라 크게 네 영역으로 분류한다. 첫째, 고향산천 체험의 수필에서는 자연의 경치를 재미있게, 강원도 여성, 또는 들병이에 대해 친근하고도 긍정적으로 그려내었다. 둘째 도시체험 수필, 특히 「전차가 희극을 낳아」에서는 대화가 많아 마치 소설적 성격을 가졌다. 셋째, 병상체험에서는 가난과 병고 속에서 자기 신세를 애달파 하는 모습을, 넷째 인생관, 예술관을 토론하는 수필에서는 예술에 대한 갈망과 자신의 문학관, 세계관을 가감 없이 나타내었다. 마지막으로 유정의 수필문체의 특징을 선택과 결합의 측면에서 살펴보면 대단히 개성적이고 향토성이 짙은 어휘구사를 하고 있다.

서동수 교수는 「김유정 문학의 유토피아 공동체와 크로포트킨의 상호 부조론」에서 김유정의 수필과 서간문에 나타난 유토피아 공동체와 크로포트킨의 상호부조론 간의 관련성, 나아가 크로포트킨이 작가로서 김유정에게 끼친 영향까지를 살펴본다.

김유정은 소설에서 현실에 토대를 둔 비판적 시선을 보임에 반해 비소설에 그려진 현실은 유토피아 공동체로 그려낸다. 뿐만 아니라 비소설에서는 근대과학에 강한 부정을 보이는데 이것은 1920년대 우리 문단에 수용된 크로포트킨의 상호부조론에 밀착되어 있는 것이다. 김유정은 문학을 통해 사랑을 전파하고 소통하기를 바라는 데 이는 크로포트킨의 상호부조론으로부터 큰 영향을 받은 것이다.

제6부 김유정 소설과 그림에는 김정화 교수의 글이 있다.

김정화 교수는 「김유정 신문연재소설의 삽화 연구」에서 신문연재소설과 삽화의 관계양상에 주목, 삽화의 소설재현 방법을 통해 소설 텍스트가 시각화된 모습을 살펴본다. 그는 삽화가 소설의 이미지화를 통해 독자의 시선을 확보할 뿐 아니라 독자에게 소설내용을 전달해주고 있음을 본다. 삽화가 삽입된 김유정의 신문연재소설 「소낙비」, 「만무방」, 「솟」이다. 「소낙비」의 삽화가 송변돈은 소설의 풍광으로 분위기를 전달하고 있고 「만무방」의 안석주는 응칠을 주로 한 인물화로 인물표정의 세밀한 묘사를 통해 서사구조를 암시한다. 「솟」의 이승만 역시 인물화중심으로 인물서사를 보여주나 때로 소설의 세부사항을 잘못 파악하여 소설내용과 삽화사이에 괴리를 보여준다.

제7부 김유정과 문화콘텐츠에는 이금란 교수의 논문과 이덕화 교수의 김유정관련 문화콘텐츠를 모았다.

이금란 교수는 「김유정의 「봄·봄」과 HD TV〈봄, 봄봄〉의 서사변용 연구」에서 두 작품에서 보이는 서사의 변용관계를 주목한다. 두 작품에서 장인과 사위 사이의 갈등은 반복된다. 그러나 시·공간 측면에서 「봄·봄」이 봄이고 농촌이라면 후자는 가을이고 제주도 목장이다. 후자에서 중심서사는 여성 의식의 강화, 신모계사회 지향성을 보여준다. 뿐만 아니라 주제의식 강화를 위해 새 인물, 새 갈등, 선물의 사용 등이 삽입되며 혼사장애의 이유는 2008년대적인 결혼 풍습도가 지대한 역할을 한다. 또 후자에서는 다양한 영상기법으로 등장인물들의 내면의식을 보여주고 서사의 입체성을 살리기 위해 테마음악을 활용, 주인공들의 심리와 작품의 결말을 암시한다. 원작품에 대한 문화콘텐츠 생성을 통해 얻게 되는 부가가치야 말로 시대적 키워드가 된다. 김유정문학에 대한 다양한 연구와 매체변화를 통한 문화콘텐츠 생성에 적극 나서야 한다.

이덕화 교수의 「초원을 달리다」는 김유정의 생애와 문학 작품을 자료로 한 문화콘텐츠, 창작 소설이다. 이 작품에서 김유정은 사망하기 얼마 전, 고통과 절망 속에서 기진하여 잠속에 빠진다. 그리고 잠속에서 독립운동가이며 의사인 이태준(1883~1921)의 방문을 받아 몽골의 울란바토르까지 동행한다. 이태준은 울란바토르에서 존경받은 의사였으나 러시아 백군에게 암살당했다. 이태준의 영혼은 서울에서 김유정의 존재를, 김유정이 '마적이 되고 싶어'한 사실까지 알게 되자 김유정을 몽골로 데리고 가 좋은 음식을 먹여 병을 고쳐주려고 한다. 서로에게 이끌린 김유정과 이태준은 문학과 인생에 대한 속 깊은 이야기를 나눈다. 이태준은 김유정을 위해 아끼꼬를 닮은 몽골여성을 소개, 함께 밤을 보내게 한다. 김유정은 아끼꼬를 닮은 여성의 품에 안기어 행복한 종말을 맞게 된다.

지금까지 16편의 글과 1편의 스토리텔링 작품 내용을 훑어보았다. 김유정학회에서 발간하는 일련의 김유정연구 학술 단행본들은 김유정문학, 한국문학, 모든 종류의 문학을 전공하는 이들에게 필수적인 참고문헌이 되리라고 확신한다.

글을 발표해주시고, 또 수정 보완하여 보내주신 논자 선생님들께 감사드린다. 그리고 이 연구 성과물들을 한 권의 책으로 엮어주신 소명출판 관계 선생님들께도 감사드린다.

김유정문학에 대한 사랑이 좀 더 깊어지기를, 그리하여 더욱 많은 연구서와 문화콘텐츠가 계속 생산되기를 기대하며, 또 김유정학회에 대한 여러분들의 관심과 격려를 부탁드린다.

2016.3.9
김유정학회장 유 인 순

차례

제5부 **김유정의 수필 세계** ···

제1부 / 김유정 소설의 인식지평

김유정의 「땡볕」론

시뮬레이션 개념을 중심으로

한상무

1. 머리말

김유정의 소설 작품들은 모두 1930년대에 발표된 작품이다. 작품 연보에 의하면, 첫 소설 「산골 나그네」를 1933년 3월에 발표한 뒤 1939년 11월 마지막 작품 「애기」를 발표할 때까지, 그의 모든 작품은 1930년대에 쓰여지고 발표된 작품들이다.

김유정의 모든 작품들은 1930년대라는 특정한 시대에 쓰여지고 발표되었을 뿐 아니라, 문학사조라는 관점에서 보면, 거의 리얼리즘의 특징을 두드러지게 갖고 있는 작품들이다. 그리고 리얼리즘 문학이 작품의 배경이 되는 당대의 사회적 현실을 충직하게 반영하는 문학이라고 범박하게 규정할 때, 김유정의 작품들은 1930년대라는 특정한 시대의 사회적 실상을 충직하게 반영하고 있다고 그 중요한 공통적인 특징을 지적할 수 있다.

김유정 문학의 이러한 특징은 농촌을 배경으로 삼고 있는, 그의 우수한 대부분의 단편들에서 전형적인 작중인물들과 그들이 빚어내는 일련의 행동 구조를 통해서 구체적인 모습으로 드러나고 있다. 그의 초기작인 「산골 나그네」, 「총각과 맹꽁이」를 위시해서, 「소낙비」, 「금 따는 콩밭」, 「만무방」, 「가을」 등은 1930년대 일제에 의한 식민지 피지배 체제 아래에서 경제적인 수탈을 겪으며, 황폐화되어 가는 한국 농촌 사회의 실상을 충직하고 상세하게 그려내고 있는 작품들이다. 또한 배경은 비록 농촌이 아니지만, 농촌을 떠나 도시의 빈민으로 전락한 농민들의 삶을 그린 「정조」, 「땡볕」 같은 작품들도 마찬가지로 당대 농촌 사회의 실상을 간접적, 암시적으로 그려내고 있는 작품이다.

김유정의 일부 작품에서 서정성이 돋보이고 또한 대부분의 작품에서 웃음을 유발하는 해학적 요소가 공통적으로 드러나고 있지만, 한국 근대 소설사적 전통에서 그의 작품들을 리얼리즘적인 것으로 규정하는 관점은 온당한 것 같다. 그런데, 이런 리얼리즘적인 소설들을 포함해서, 일반적으로 허구적인 소설이 작품을 읽는 독자에게 끼치는 심리적 효과는 어떤 것일까? 서구 문학사적 전통에서 그리스 이래 문학이 독자에게 끼치는 심리적, 혹은 정신적 영향에 관해서 두 가지의 대립적인 관념이 시대에 따라 그 지배적 자리를 다투어 왔다. 문학 효용론과 문학 쾌락론이 그것으로, 대체로 고전주의 시대 및 신고전주의 시대에는 문학 효용론이 우세했고, 낭만주의 시대에는 문학 쾌락론이 우세했다. 근대에 들어 리얼리즘 문학이 주류를 이루었던 19세기 및 20세기에는 다시 문학 효용론이 새로운 모습으로 부상했다.

리얼리즘적인 허구적 소설이 독자에게 끼치는 심리적 효과는 다분히 그것이 추구하는 사회 비판적 내지 사회 고발적인 태도에 기인한다고 하겠다. 즉 태생적으로 근대 자본주의의 발흥과 궤를 같이 하는 리얼리즘 소설은 자본주의 사회가 안고 있는 사회적 모순이나 문제점을 비판하거나 이를 고발, 폭로함으로써 독자에게 자신이 몸 담고 있는 현실 사회의 부정성을 인식하게 하고, 나아가 암암리에 보다 개선 혹은 개량된 사회에 대한 희망을 담아내려 한 것이었다.

그렇다고 리얼리즘 소설이 독자에게 사회에 대한 비판 의식만을 고취하는 효용성만을 발휘하는 것은 아니다. 문학적 허구의 한 형식으로 리얼리즘 소설은 또한 작중인물들이나 행동 구조에 대한 흥미와 이에 대한 생생하고 박진감 넘치는 묘사나 서술을 통해 독자들에게 현실 모방적인 허구적 서사를 읽는 특유의 즐거움을 제공한다는 것은 오랜 문학적 전통에서 주지의 사실이 되어 왔다. 그러나 소설 독서의 쾌락성에 대한 강조는 오늘날의 다매체적인 문화적 환경에서 점점 그 기반이 약화되어 가는 것이 엄엄한 현실이다. 특히 유사한 허구적 서사 장르이지만 영화나 TV 드라마, 혹은 갖가지 오락성을 지닌 각종 영상물의 범람은 소설 독서에 대한 관심이나 흥미를 위축시키고 있다. 따라서 이런 소설 독서의 현실 상황은 소설 독서가 독자에게 주는 심리적 효과에 대한 효용론적 관점을 다시금 재해석할 계기를 마련해 줄 수 있다.

캐나다 토론토대학의 일단의 연구가들은 문학 효용론적 관점에서 허구적인 문학적 서사가 독자에게 줄 수 있는 심리적 효과를 현대의 기계공학적인 용어의 하나인 '시뮬레이션(simulation)' 개념을 빌어, 설명하고 있다. 마(R. A. Mar), 오틀리(K. Oatley) 등 일단의 교수들은 허구적인 문학적 서사는 독자에게 주는 즐거움 외에 보다 중요한 목적을 갖고 있는데,

이는 사회적 세계의 추상화를 통해서 독자에게 그가 살고 있는 사회적 세계의 모델(상황 모델)이나 혹은 정신적인 시뮬레이션 체험을 제공한다고 주장한다. 이들의 이론적 주장은 문학적 서사에 대한 전통적인 효용론을 구체적인 사례와 실험적 근거에 입각해 실증적인 시각에서 재해석하고 있다는 점에서 주목할 만한 가치가 있다고 하겠다.

2. 사회 세계의 시뮬레이션으로서의 서사 문학과 김유정의 소설들

토론토대학의 마, 오틀리 등 연구자들은 허구적 문학은 쾌락 혹은 즐거움이 그 주된 기능이고 경험적 효용성과는 어떤 연관성도 갖고 있지 않다는 이유로 많은 심리학자들에 의해 크게 경시되어 왔다고 주장한다. 그러나 이에 반해 문학적 서사는 쾌락적 목적보다 더욱 중요한 목적을 갖고 있는데, 그 첫째는 문학적 서사는 사회적 세계의 추상화를 통해 독자에게 사회적 세계의 모델(상황 모델)이나 정신적 시뮬레이션 체험을 제공하는 것이다. 문학적 서사는 또한 독자를 위해 사회적 상호작용에 대한 심층적이고 몰입적인 시뮬레이션 체험을 창출하는데, 요컨대 문학적 서사는 독자의 정신이라는 소프트웨어에서 실행되는 시뮬레이션이라는 것이다.[1]

---

1   Keith Oatley, "The science of fiction", *New Scientist* 25, 2008, pp.42~43.

이런 사회적 체험의 시뮬레이션은 사회적 정보의 소통과 이해를 촉진하고, 이를 한층 강화함으로써 체험을 통한 학습의 형식을 성취할 수 있게 한다. 즉 독자는 허구적인 문학의 시뮬레이션에 참여함으로써 독자 자신과 상이한 타인들에 대한 이해를 심화할 수 있고, 타인들에 대한 공감 및 사회적 추론 능력을 강화할 수 있다.[2]

문학적 서사가 시뮬레이션과 관련되는 방식에는 두 가지가 있다. 첫째, 독자는 문학적 서사에 설정된 작중인물들 및 사건들과 일치되는 사고와 정서를 체험한다. 즉 독자는 작중인물과의 동일시에 의한 사고와 정서적 공감(empathy)을 체험한다. 이는 이른바 문학적 서사의 독서를 통해서 독자가 갖게 되는 대리체험을 의미하며, 독자가 직접적으로 접근이나 이동이 불가능한 다양한 세계, 시공간적 체험을 통해서 독자가 갖게 되는 체험을 가리킨다. 둘째, 문학적 서사는 인간이 살아가는 사회적 세계를 추상화하고 모델화한다. 즉 독자는 텍스트를 읽어가며 텍스트의 의미의 정신적 표상이나 상황 모델을 구축하고 이를 발전시킨다.

그러면, 이런 과정에서 추상화의 의미는 무엇인가? 이는 문학적 서사가 마치 수학과 같이, 의도된 인간 행동의 기저에 놓여 있는, 일반화가 가능한 원리들에 대한 이해를 명료화한다는 것을 의미한다. 추상화의 조건은 단순화와 선택과 배제, 그리고 일관성이다. 문학적 시뮬레이션은 단순화, 선택과 배제, 그리고 일관성을 통한 추상화로 이 과정에서 본질적이고 중요하며 유일한 요소들은 텍스트적 전체에 통합된다. 예를 들어, 텍스트에서 플롯은 전체 서사 구조와 관련하여 작중인물들의 목적에 대해 단지 근본적인 요소들만을 선택함으로써 그들의 체험을 단

2　Reymond A. Mar and Keith Oatley, "The function of fiction is the abstraction and simulation of social experience", *Association for Psychological Science* volume 3-number 3, 2008, pp.173~188.

순화하고, 플롯을 의미를 만드는 프레임워크로 통합한다.

　그러나, 문학적 서사는 추상화뿐만 아니라 구체적이고 선명한 이미지나 세부묘사 등 감각적이고 자극적인 디테일들을 제공함으로써 작품적 성공을 기할 수 있다. 일견 모순 관계로 보이는, 성공적인 작품이 내포하고 있는 이런 구체성과 추상화의 관계는 어떤 것일까? 서사적 작품에서 묘사되는 구체적인 디테일은 그 생기(vivacity)를 통해 원형(prototype)을 환기할 수 있다. 그리고 구체적인 디테일이 이런 원형을 환기시킬 때, 이는 또한 추상화를 자극할 수 있다. 따라서 추상화와 구체성은 모순적 관계라기보다는 상호 보완적인 관계라고 할 수 있다.[3]

　서사적 문학의 독서를 통해서 독자가 갖는 시뮬레이션 체험이 갖는 심리적 효과는 무엇인가? 우선 추상화의 레벨에서 독자가 복잡한 인간들의 상호관계에서 작용하는 원리들이 상이한 시공간에서 어떻게 일반화될 수 있는가를 이해하고, 독자 자신이 살고 있는 사회적 세계에 대한 적응력을 함양할 수 있다. 다음으로 시뮬레이션 체험은 독자로 하여금 과거의 트라우마와 화해하고 현재의 사회적 세계의 실상에 대한 이해를 통해 이에 적응할 수 있게 하며, 미래에 마주칠 사회적 세계를 미리 예측할 수 있게 해 준다. 또한 시뮬레이션 체험은 타인들에 대한 정서적 공감의 심화를 위한 기회를 제공함으로써 타인들의 정서와 믿음을 체화하고 이해하며(마음의 이론), 궁극적으로 우리 자신을 이해할 수 있도록 우리를 학습시킨다. 끝으로 시뮬레이션 체험은 독자가 겪는 대리체험을 통해서 사회적 세계에 대한 정보나 지식을 보다 설득력 있게 전달할 수 있다.[4]

3 　ibid., pp.178~179.
4 　Keith Oatley, "The mind's flight simulator", *Eye ON Fiction* vol 21 number 12, 2008, pp.1030~

허구적 소설을 사회적 세계의 추상화와 시뮬레이션으로 보는, 이상 요약, 소개한 마, 오틀리 등 연구자들의 이론적 주장에 비추어 볼 때 대부분의 작품들이, 작품이 발표된 1930년대의 사회적 실상을 반영하고 있는 김유정의 대표작들을 시뮬레이션의 관점에서 해석해 보는 것은 그 나름의 가치를 지니고 있다고 하겠다. 김유정의 소설들 중 특히 당대의 사회적 실상을 압축적으로 반영하고 있으면서도, 그 작품적 완성도가 높은 대표작들이 논의의 대상으로 적합하다고 본다. 서두에서도 이미 일부 작품들을 거명했지만, 김유정의 작품 중 1인칭 소설인 「봄·봄」, 「동백꽃」, 3인칭 소설인 「총각과 맹꽁이」, 「만무방」, 「땡볕」 등이 위에서 서술한 이론적 관점에서 접근하기에 적합한 작품들이 아닌가 한다. 그 중에서도 이론 적용의 가장 대표적인 적합한 작품이 「땡볕」으로 평가되는 바, 아래에서 작품에 대한 간단한 해석적 논의를 시도하겠다.

3. 시뮬레이션 개념에 의한 「땡볕」의 해석적 시론

「땡볕」은 작품적 완성도가 높은 김유정의 대표적인 단편 중 하나이다. 이 작품은 장편소설과 차별적인 장르적 특징인, 단편소설이 갖추어야 할 요건들, 즉 단일한 사건 구조를 지니고 단일한 인물을 통해서 독자에게 단일한 인상이나 효과를 주어야 한다는 요건들을 갖추고 있다는

1032.

점에서 전형적인 단편소설이다. 또한 이 작품은 인생의 단면을 통해서 인생 전체를 상징적으로 암시한다는 단편소설에 대한 개념적 시각에서 볼 때 단편소설로서 특별한 가치가 더욱 두드러진다.

이 작품의 주 인물은 '덕순'이라는 이름의 가난한 이농민이다. 그는 먹고 살기 위해 서울엘 왔지만, 벌이도 제대로 안 되는 서울에서 가난한 처지를 벗어날 수 없다. 설상가상으로 아내는 그의 생각으로는 이해할 수 없는 괴이한 병에 걸려 그는 아내를 잃을 가중되는 가혹한 상황에 직면한다. 가난보다도 더욱 덕순의 성격적 특징을 돋보이게 하는 점은 그의 무지다. 그의 무지는 아내의 병을 괴이한 병으로 보는 시각과 이웃에게서 단편적으로 주어들은 소문 수준의 정보를 믿고 과도한 헛된 욕망을 품게 되는 과정에서 구체적으로 드러난다. 가난하고 무지한 이농민은 1930년대 당대의 한 사회적 전형이지만, 주 인물인 덕순은 아내의 병에 대해 과도하고 헛된 욕망과 이 욕망을 투사한 환상에 사로잡힌 인물이라는 점에서 김유정의 다른 소설들에서 공통적으로 나타나는 주 인물들과는 다소 다른 부류의 전형이다. 도덕성 면에서도 덕순은 그 이름(德順 / 德純 등)이 시사하듯, 김유정의 다른 소설들의 주인공들처럼 현실적인 이해타산에 사로잡힌 약삭빠르거나 영악한 성격적 측면을 갖고 있지는 않다. 이 점은 아내에 대한 그의 말과 행동에서 드러나는 아내와의 관계, 아내에 대한 그의 애틋한 정의적 태도, 대학 병원에서의 다른 인물들과의 관계에서 드러난다. 소설의 주 인물 덕순은 김유정이 창조한, 다른 작품들의 주 인물들과는 다소 다른 부류의 전형이라 할 수 있다.

소설에서 전형적 인물은 현실 세계 속에서 볼 수 있는 실제 인간의 다양한 개성적, 도덕적 특성에서 중요하고 본질적인 것들을 선택, 추출해서 작가가 허구적인 작품에서 재창조해 내는 인물이다. 이런 점에서 전형적 인물은 현실 세계에서 살고 있는 실제 인물을 단일한 특성을 중심으로 단순화하고 압축한 추상화된 인물이라고 하겠다. 또한 이런 인물은 플롯의 전개에 따라 그 성격이 변화하는 이른바 입체적인 인물에 비해 일반화하기가 쉽고 따라서 독자가 더 쉽게 이해할 수 있는 인물이라고 하겠다.

소설 「땡볕」에서 상술한 전형적인 주 인물인 덕순을 중심으로 전개되는 일련의 단순한 플롯은 덕순이 아내의 괴이한 병으로 절박한 상황에 빠진 나머지, 근거가 박약한 이웃의 소문에 현혹되어 아내의 병도 낫고 또 잘 하면 팔자도 고칠 수 있을 것 같은 과도한 욕망과 환상을 갖고 대학 병원엘 찾아가는 사건에서 비롯된다. 이 작품의 스토리는 서술시간과 서술되는 시간의 차이가 그리 크지 않은, 이른바 동시(Zeitdeckung)에 가까운 것이다. 그런만큼 공간적으로 한정된 스토리는 장면중심적으로 전개된다. 요약하면, 이 소설의 플롯 구조는 주 인물인 덕순이 자신의 과도한 욕망을 투사한 망상에 가까운 환상을 좇아 아내를 데리고 대학병원엘 찾아가는 상승적 구조와 환상이 좌절된 후 다시 아내를 데리고 간 길을 되돌아 오는 하강적 구조로 나뉘어져 있다.

인간의 욕망과 이 욕망이 투사된 환상은 인간의 행동을 강력하게 추동하는 근원적인 힘이다. 프랑스의 정신분석학자인 라캉(J. Lacan)에 의하면, 인간의 욕망은 타자의 욕망, 타자의 욕망을 욕망하는 욕망이며, 인간이 상징계에서 살아가는 한, 이런 욕망은 결코 충족될 수 없다. 인간은 그 욕망의 대상을 손에 잡는 순간, 그 대상은 잔여분을 남김으로써 욕망의 결핍 상태를 초래하며, 이것이 원인이 되어 인간은 계속 욕망하게 된다. 환상이란 이런 욕망이 욕망의 주체에 의해 무대화되는 스크린이다. 환상은 욕망의 충족이 아니라, 욕망을 상연하는 무대이며, 인간이 자신의 욕망을 투사한 스크린이다. 라캉은 욕망하는 주체인 인간은 누구나 환상이라는 자신의 렌즈를 통해서 세계를 내다본다고 말한다.[5]

「땡볕」에서 주 인물인 덕순의 과도한 욕망은 주로 그의 무지에 기인한다. 가난한 사람이 모두 무지한 것은 아니며 오히려 가난보다는 무지가 자신의 절박한 상황을 타개하기 위한 욕망의 동인이 되기 쉽다. 덕순은 무지하기에 그의 욕망은 과도화되며 이를 투사한 환상은 현실감을 상실한 망상적인 성격을 띤다.

> 그렇다 하드라도 병이 괴상하면 할스록 혹은 고치기가 어려우면 어려울스록 월급이 많다는 것인대 (…중략…) 아히가 십 원이라니 이건 한 십오 원쯤 주겠는가, 그렇다면 병 고치니 좋고, 먹으니 좋고, 두루두루 팔짜를 고치리라고 속안으로 육조배판을 느리고 섰을때,

> 덕순이는 자기네들의 팔짜를 고칠 수 있고 없고가 이 순간에 달렸음을 또한 번 깨닫고

주 인물 덕순이의 과도한 욕망의 환상은 막상 병원에 도착해서 의사의 진찰을 받는 순간 무산된다. 그의 욕망이 과도했던 만큼 욕망의 좌절에 따른 실망과 낙담은 클 수밖에 없다. 그러나, 소설의 플롯의 하강 과정에 해당하는 후반부에서 주 인물의 심리적 좌절은 그리 강렬하게 드러나지 않는다. 덕순이의 욕망이 상승하고 강렬화해 가는 상승 과정에 비해 모든 욕망과 희망이 무산된 이후의 그의 심리 상태는 욕망의 좌절

5　브루스 핑크, 맹정현 역, 『라캉과 정신의학』, 민음사, 2002, 147쪽.

에 따른 큰 심리적 충격을 보이지 않는다. 그것을 그의 삶의 하나의 당연한 과정으로 즉시 받아들이고 오히려 시종 담담한 태도를 유지한다. 그저 한 번의 장탄식과 한숨을 내 쉬는 정도로 잠깐 출렁일 뿐 플롯의 종말까지 그 기조는 유지된다.

서울을 장대고 왔든 것이 벌이도 제대로 안되고 게다가 인젠 안해까지 잃는 것이다. 지에미부틀! 이놈의 팔짜가, 하고 딱한 탄식이 목을 넘어오다 꽉 깨무는 바람에 한숨으로 터져버린다.
한나절이 되자 더위는 더한층 무서워진다.

「땡볕」의 플롯 구조는 사회적 세계에서 살아가는 인간의 보편적인 삶의 과정으로, 무지에 기인하는 과도한 욕망과 이를 투사한 환상, 그리고 환상의 좌절이라는 이른바 욕망의 변증법적 과정을 추상화하고 상징화한 것으로 사회적 세계에서 살아가는 모든 인간에게 적용되고 일반화될 수 있는 것이다. 그러나 무엇보다 여기에서 돋보이는 것은 주 인물이 그의 환상이 깨진 이후 현실을 받아들이는 담담한 태도다. 이런 태도의 기저에는 주어진 상황 속에서 주 인물이 자신이 처한 입장과 자신과 타인들(안해, 의사 등)과의 관계를 신속하게 이해하고 이런 상황을 수용함으로써 환상의 좌절이 준 심적 충격을 최소화하고 가혹한 삶의 조건에서 삶을 이어가려는 놀랄 만큼 담담하고 차분한 현실 적응력이 작동하고 있다. 좌절된 자신의 욕망의 환상에도 불구하고 덕순이 비교적 담담한 태도를 견지하는 것은 결코 나아지기는커녕, 더욱 악화될 가능성이 있는, 미래에 닥칠 가혹한 삶의 조건에 대한 예측, 그리고 이에 대한 암묵적인 대비적 태도에 기인하는 것이라 볼 수 있다.

상술한 바와 같이, 사회적 세계의 추상화를 통한 시뮬레이션은 시뮬레이션 주체의 현재의 사회적 현실상에 대한 이해와 적응, 그리고 미래에 대한 예측을 그 핵심으로 한다. 동시에 과거에 주체 자신과 타인들과의 상호작용에서 야기된 심리적 트라우마와의 화해 또한 포함된다. 「땡볕」에서 주 인물인 덕순이 병원을 나와 아내를 다시 지게 위에 업고 가던 길을 되돌아오면서 그동안 살아오면서 아내에게 좋은 남편 노릇을 하지 못한 자책감에 후회와 반성을 하는 행동은 아내의 죽음을 예상하고 자신의 트라우마와 화해함으로써 앞으로의 삶에 대비하려는 동기에 기인하는 것으로 볼 수 있다.

이 소설에는 당대의 사회적 세계의 추상화을 통한 시뮬레이션을 밑받침하는 중요한 원형적 요소로 '지게'와 소설의 제명인 '땡볕'이 제시되어 있다. 이 두 가지는 모두 구체적인 디테일과 상징적인 함축적 의미를 함께 지니고 있다. 주 인물 덕순이 아내를 올려놓은 '지게'는 소설의 스토리 전반에 걸쳐 구체적인 디테일로 반복해서 제시된다. 스토리의 서두에서 '지게'는 덕순이 짊어진 삶의 무게를 명시적이면서 함축적으로 나타낸다.

내딛는 한발작마다 무거운 지게는 어깨에 박히고 등줄기에서 쏟아저 나리는 진땀에 궁둥이는 쓰라릴만치 물었다.

한편 스토리의 후반에서 자신의 환상이 무산된 뒤, 병원을 나서면서 덕순이가 느끼는 '지게'의 무게는 그에게 주어진 가중된 삶의 무게를 더욱 구체적이고 함축적으로 나타낸다.

덕순이는 (…중략…) 뚱싯뚱싯 안해를 업고 나왔다. 지게 우에 올려놓은 다음 엎디어 다시 지고 일어날려니 이게 웬일일가 아까 오든 때와는 갑절이나 무거웠다.

소설 「땡볕」에서 또 다른 중요하고 핵심적인 원형적 요소는 작품의 제명인 '땡볕'이다. 이 소설에서 핵심적인 배경 요소로 설정되어 있으면서 또한 작품의 제명으로 설정된 '땡볕'은 소설 전반에 걸쳐 많은 구체적인 디테일과 환유적 이미지를 통해서 반복적으로 제시되고 있다. 소설의 서두 부분에서 "콧등의 땀방울", "지면은 번들번들이 닳아" "숨이 탁 막힐만치 무더운 먼지"와 같은 묘사를 비롯해서, 소설의 종말 부분에서의 "때는 중복허리의 쇠뿔도 녹이려는 뜨거운 땡볕", "빗발같이 나려붓는 얼골의 땀" 등의 묘사에 이르기까지 '땡볕'은 소설 전반에 걸쳐 주인물이 처해 있는 암담하고 가혹한 현실적인 삶의 상황을 함축적으로 나타내고 있다.

소설 「땡볕」을 당대의 사회적 실상의 정신적 시뮬레이션으로 보는 관점에서, '지게'와 '땡볕'과 같이 구체적인 디테일과 상징적 의미를 지닌 원형적 요소들은 그러한 사회적 실상을 추상화함으로써 사회적 삶의 체험을 보편화, 일반화시킬 수 있는 요건이 된다 하겠다.

소설을 읽는 독자의 입장에서 사회적 세계의 시뮬레이션 체험은 작가―서술자―독자로 이어지는, 소설의 주 인물과의 동일시를 통한 정서적 '공감'과 몰입의 차원에서 구축될 수 있다. 소설의 주인공과의 정서적 공감은 서술자의 시점과 밀접한 상관관계를 가진다. 즉 소설의 서술에 있어서는 주 인물의 동일시를 통한 정서적 공감이 보다 용이한 서술자와 시점이 있고, 그렇지 않은 서술자와 시점이 있으며, 또한 독자에게 주는 동일시나 공감의 효과도 그 정도가 상이할 수 있다. 동일시를 통한 깊은 공감의 효과는 허구적인 문학 세계에 대한 독자의 정신적인 몰입에 의해 그 성취가 가능하며, 일반적으로 3인칭 전지적 서술자 시점보다 1인칭 서술자 시점이 더 유리하다.

이 소설에서 작가-서술자는 3인칭 제한적 시점을 통해 스토리를 서술하고 있다. 3인칭 서술자의 서술 초점은 주로 주 인물인 덕순에게 두어져 있고, 스토리의 서술은 주로 덕순을 중심으로 그의 외적 행동과 그의 내면 묘사에 한정되어 있다. 서술 시점의 이러한 한정은 스토리의 구조에 일관성을 부여하는 장점을 지니면서, 동시에 주 인물에 대한 독자의 정서적 공감의 정도를 높이는 효과를 지닌다.

소설에서 공감은 독자가 주로 작품의 주 인물에 대한 정서적인 몰입을 통해 그와 대상에 대한 정서를 공유하는 상황을 가리킨다. 일부 소설 심리학자들은 '공감(empathy)'과 '동감(sympathy)'을 구별한다. 동감은 주체가 관련은 있지만 그 대상과의 감정과 일치하지는 않는, 대상에 대해 느낀 정서를 가리킨다(I feel for you). 반면 공감은 주체가 대상과 정서를 함께 느끼는 심리적 상태를 가리킨다(I feel with you). 서사적 공감은 독자가 작중인물들이 처해 있는 상황이나 조건에 대해 읽고, 보고, 듣고, 상상적으로 대리체험하면서 야기되는 정서와 시점 선택을 공유하는 것이다.[6]

「땡볕」에서 3인칭 제한적인 서술자는 가혹한 상황 속에 던져진 주 인물 덕순이의 일련의 행동을 상세하게 묘사한다. 독자의 입장은 독자가 처한 사회적인 입장에 따라 주 인물에 대한 동감에서 공감에 이르기까지, 또 그 정도의 깊이에서 상이한 심리적 효과를 줄 수 있다. 특히 주 인

---

6   Suzanne Keen, "Narrative Empathy", *The Living Handbook of Narratology*, Hamburg University Press, 2013, pp. 1~2.

물에 대한 서술자의 개관적인 행동 묘사보다는 적은 분량이지만 다음과 같은 주 인물의 내면 묘사의 장면에서 그 심리적 공감의 깊이가 심화될 수 있다.

당장 지게를 벗어던지고 프른 그늘에 가 나자빠지고 싶은 생각이 굴뚝같으련만 그걸 못하니 짜증이 안날 수 없다. 골피를 찌푸리어 데퉁스리 "빌어먹을거! 왜 이리 무거!" 하고 내뱉을랴 하였으나, 그러나 지게우에서 무색하야질안해를 생각하고 꾹 참아버린다.

이 소설이 1930년대 당대의 사회적 실상을 잘 아는 당대의 독자에게주는 심리적 효과는 21세기 초 현대의 독자에게 주는 그것과는 상당한편차를 보일 수 있다. 그러나 소설의 주 인물의 일련의 행동을 통해서 드러나는 삶의 과정을 무지에서 비롯한 과도한 욕망의 환상과 그 좌절이라는 욕망의 변증법적 구조로 해석하고, 그리고 그러한 환상의 좌절에도 불구하고 가중된 가혹한 상황 속에서도 인고의 자세로 삶을 지탱해가는. 특정 시대를 초월한 보편적인 인간의 삶의 과정으로 일반화할 경우, 독자에게 주는 심리적 효과는 공감에 가깝게 될 것이다.

이 소설이 1930년대라는 특정 사회적 세계의 정신적인 시뮬레이션으로서, 그리고 보편적인 인간의 삶의 과정이나 상황의 시뮬레이션으로서정교성이나 완정성을 지닌 작품이라고 평가하기는 쉽지 않다. 그러기에는 우선 단편소설이라는 장르가 지닌 한계, 주 인물의 성격 설정, 그리고 작가-서술자와 시점 설정의 적절성, 그리고 무엇보다 주 인물의 내면 묘사의 정밀성과 깊이의 부족 등에서 여러 문제점을 드러내고 있다고 본다. 그러나, 상징적 함축성이 높은 구체적이고 한정된 시공간적인 배경 속에서 인간의 무지에 기인하는 과도한 욕망의 환상, 그리고 좌절이라는 행동 구조를 통해서 인간의 보편적이고 일반적인 욕망의 변증법을 담아내고 있다는 점에서 문학 효용론적 관점에서 독자에게 주는 가치 있는 심리적 효과를 충분히 평가할 수 있다고 하겠다.

4. 맺음말

이상에서 필자는 문학적 서사를 사회적 세계의 추상화와 시뮬레이션으로 보는, 토론토대학의 마, 오틀리 등 교수들의 이론적 중심 개념들을 빌어, 김유정의 「땡볕」에 대한 해석을 시도하였다. 그러면, 이들이 주장하는 문학 효용론적 관점에서 「땡볕」에서 주 인물과 그의 일련의 행동 구조가 독자에게 끼치는 사회적 세계에 대한 함의는 무엇일까? 1930년대 당대의 독자들에게 그것은 무지에 기인한 과도한 욕망의 환상에 대한 암묵적인 경계, 그러나 그러한 환상이 좌절된 이후에도 곧 자신의 자아를 이해하고, 지속되는 삶의 과정에서도 담담하게 가혹한 현실에 적응하며, 앞으로 닥칠 또 다른 상황에 대응할 수 있는 예견력을 갖게 하는 것이 아닐까 해석된다. 또한 이 소설의 주 인물의 성격 형성과, 특히 플롯 구조의 보편적인 상징성에 주목할 경우, 이 소설은 현대의 독자들에게도 과거의 트라우마와 화해하고, 현재의 사회적 세계에 적응하며, 미래에 닥칠 사회적 상황에 대한 대응 능력에 대한 암묵적 교시를 담고 있다고 해석할 수 있다.

참고문헌

1. 기본자료

전신재 편, 『원본 김유정 전집』, 한림대 출판부, 1987.

2. 논문

Keen Suzanne, "narrative Empathy", *The living Handbook of Narratology*, Hamburg University Press, 2013.

Mar Reymond A and Oatley Keith, "The Function of Fiction is the Abstraction and Simulation of Social Experience", *Association for Psychological Science*, 2008.

Oatley Keith, "The Science of Fiction", *New Scientist* 25, 2008.

_____, "Changing Our Minds", *Greater Good* Volume 5-3, 2009.

_____, "The Mind's Flight's Simulator", *Eye on Fiction* volume 21 number 12, 2009.

_____, Mar Reymond A, and Djjkic, "The Psychology of Fiction : Present and Future", *Cognitive Litery Studies*, Postscript, 2009.

3. 단행본

임진수, 『부분대상에서 대상 a로』, 파워북, 2011.

딜런 에번스, 김종주 외역, 『라캉정신분석사전』, 인간사랑, 1998.
브루스 핑크, 맹정현 역, 『라캉과 정신의학』, 민음사, 2002.
숀 호머, 김서영 역, 『라캉 읽기』, 은행나무, 2006.

김유정 작품에 나타나는 '죽음'의 양상 고찰

단편소설 「노다지」와 「땡볕」을 중심으로

모희준

1. 서론

이 글은 김유정의 삶에서 나타나는 '죽음'이 그의 작품에서 어떤 양상
으로 형상화 되었는지를 살펴보는 데 목적이 있다.

김유정은 이상(李箱), 박태원, 이태준과 함께 1930년대를 대표하는 모
더니스트 중 한 명이었다. 그러나 이상과 박태원, 이태준이 경성이라는
도시를 고현학적 특성을 이용해 입체적으로 묘사했다면, 김유정은 농촌,
광산과 같이 도시 이면의 공간에 관심을 가졌다. 이러한 특색으로 인해
김유정의 소설들에는 '토속성', '농촌소설', '해학', '민중성'과 같은 수식
어들이 함께 한다. 그러나 김유정 소설의 정수는 이러한 수식어들 속에
감춰진, 식민지 시대의 가장자리라 할 수 있는 농촌이라는 공간에서 발

견할 수 있는 그림자라 할 수 있다. 화려한 경성의 시가지를 도시적인 감각으로 표현해 왔던 다른 모더니스트들에게는 찾아 볼 수 없는 면모를 김유정은 가지고 있었던 것이다.

지금까지 김유정과 관련된 연구들은 다양하게 진행되어 왔으나 '죽음'과 관련된 연구를 찾아보기란 쉽지 않다. 그리 길지 않은 김유정의 삶에서 죽음의 원인이란 결국 '가난'이었다. 김유정은 단편소설 「땡볕」에서 죽음의 그림자를 짊어지고 사는 가난한 부부의 모습을 그리고 있으며, 「노다지」에서는 금을 캐서 팔자를 고쳐보고자 하는 두 인물의 욕망을 나타내고 있다. 이는 김유정 작품의 특징이라 할 수 있는 토속성, 그리고 민중성의 이면에 나타나는 어두운 그림자의 대표적인 표본이라 볼 수 있다.

김유정은 삶에 대한 집착이 강했던 인물이었음은 그가 안회남에게 보낸 편지에서 알 수 있다. 삶과 죽음을 대하는 태도에서 김유정의 이러한 삶에 대한 집착과 죽음의 두려움은 이상의 그것과는 대비되는 모습이다. 이상은 삶에 대한 열망 이전에 도시, 즉 경성과 동경에 대한 호기심이 더 앞섰던 인물이다. 김유정에게 있어 죽음이란 '가난'에서 이어지는 시대의 비극적 결말로써 피해갈 수 없는 운명이지만, 이상에게 있어 죽음이란 '담담하고 평화로운' 형태로 그려진다.[1] 따라서 김유정에게 있어 죽음은 현실적이고 부정적인 이미지로 다가오지만 이상에게 죽음이란 긍정적이고 추상적인 면이 나타난다는 점에서 차이를 보이고 있다.[2]

김유정의 작품에서 '죽음'의 요소가 가장 현실적으로 다가오는 소설

---

1 윤영실, 「이상의 「종생기」에 나타난 사랑, 죽음, 예술」, 『한국문화』 제48집, 한국문화, 2009, 148쪽.
2 위의 글, 같은 쪽.

은 「노다지」(1935)와 「땡볕」(1937)이라고 할 수 있다. 두 작품은 죽음에 대한 명확한 장면을 보여주지는 않지만, 오히려 그로 인해 죽음에 대한 공포를 더욱더 극대화 시키고 있다. 또한 이 두 작품은 죽음이외에 '가난'한 삶을 살아가는 그 시대의 사람들이 등장한다는 점도 공통점이라 할 수 있다.

이 글은 김유정의 「노다지」와 「땡볕」을 중심 텍스트로 삼아 그 안에 나타나는 '죽음'과 가난, 그리고 김유정이 바라보았던 현실 속 죽음과의 관련성을 찾아보고자 한다. 기존 김유정 작품들과는 달리 「노다지」와 「땡볕」은 비관적이고 어두운 작품이며, 이는 김유정의 삶에서 죽음이 얼마나 현실적이며 불행하였는지를 간접적으로 보여주는 중요한 텍스트라고 생각한다. 김유정은 그의 생에 마지막 한 달 전에 썼던 이 작품에서 죽음을 받아들이는 것에 대한 김유정 나름의 모습을 보여주고 있다. 그것은 돈과 가난으로 인한 비참한 현실을 포기와 죽음을 같은 맥락에서 바라보고 있는 것이다.

2. 「노다지」와 「땡볕」에 나타나는 죽음의 양상

1) 「노다지」에 나타난 '죽음'과 '관계'

김유정의 단편 「노다지」는 1935년 『조선중앙일보』에 총 5회에 걸쳐서 발표된 소설이다. '금점'을 찾아 떠돌아다니는 꽁보와 더펄이를 통해 인간의 탐욕성에 대한 처절함을 느낄 수 있는 작품이다.

오은엽[3]은 김유정의 「노다지」를 비롯한 금광 소설로 불리는 「金따는 콩밧」, 「금」 등이 모두 1935년에 발표되었음을 주목한다. 그러나 1937년에 발표된 짧은 단편 「연기」 역시 금과 관련된 욕심과 허망함을 주제로 삼고 있다. 특히 「연기」의 경우 탐욕으로 인한 '배신'이라는 모티프에 있어서는 「노다지」와 유사한 면을 지니고 있기도 하다. 그러나 「노다지」는 이러한 관계가 죽음으로 이어지는 반면, 「연기」는 꿈에서 깨어나 다시 비참한 현실로 돌아간다는 차이점을 가지고 있다. 그러나 「노다지」는 기본적으로 인간의 관계를 그리고 있다. 비참한 삶을 살고 있는 두 인물을 통해 그 시기 조선에서 가난이 불러오는 폭력적인 관계를 보여주는 것이다.

김유정의 「노다지」는 금을 캐서 팔자를 고쳐보겠다는 욕망을 가진 두 인물, 꽁보와 더펄이가 주인공이다. 꽁보는 과거에 더펄이와 다른 인물들 셋과 함께 금점을 찾아다니다가 죽을 뻔 했던 과거를 가지고 있다. 그런 꽁보를 구해 준 것이 더펄이다. 꽁보는 그런 더펄이에게 일종의 빚을 졌다는 생각을 가지고 있다. 그리고 그 빚을 청산하기 위한 방법으로 이미 결혼하여 아이까지 있는 자신의 누이를 주어야겠다고 생각한다.

"글세?" 하고 꽁보는 그 말을 재치다가 얼뜻 이런 생각을 하엿다. 제 누의를 주면 어떨가. 지금 그 누의가 충주근방 어느 농군에게 출가하야 자식을 둘식이나 낫다. 마는 매우 반반한 얼골을 가젓다. 이걸 준다면 형은 무척 반기겟고 또한 목숨을 구해준 그 은혜에 대하야 손씨세도 되리라.[4]

3   오은엽, 「김유정 소설에 나타난 정념의 기호학적 연구ー「金따는 콩밧」, 「금」, 「노다지」를 중심으로」, 『한중인문학연구』 47, 한중인문학회, 2015, 136쪽.

인용문으로 봤을 때, 꽁보는 무척 세속적이며 인간의 관계를 가볍게 생각하는 인물이라고 볼 수 있다. 꽁보가 자신의 (결혼한) 누이를 형에게 줌으로 인해 자신이 진 빚을 청산하겠다고 생각하는 과정에서 이미 누이는 하나의 물물교환 적 재화(財貨)로 전락시킨다. 또한 목숨을 구해준 더펄이와의 관계 또한 '어떤 대가'에 의해 해결될 수 있으리라 믿고 있는 것이다.

김유정의 작품에서 여성의 상품화에 대한 논의는 "김유정 작품 속에 등장하는 여성들 대부분은 자신을 위해서라기보다는 가족을 위해서 온몸으로 생활 전선에 뛰어든다. 그중 여성이 쉽게 접근할 수 있는 것이 술과 관련된 직업이다"[5]라고 말한 유인순의 글에서도 알 수 있다. 「노다지」에서도 잠시나마 '술집게집'이 등장하지만, 이와는 별게로 꽁보는 자신의 누이를 이미 상품화 시키고 있으며, 이런 꽁보의 면모는 이 소설 전체를 지배하는 황금만능주의를 나타내고 있음을 알 수 있다.

이러한 관계의 가벼움은 곧 자신의 누이까지도 줄 수 있다고 생각할 정도의 생명의 은인조차도 믿지 못하게 되는 상황까지 이르게 된다. 그리고 이러한 욕망에 대한 의심은 결국 죽음으로 이어지게 된다. "참말이지 금쟁이치고 하나 순한놈 못봤다"[6]는 꽁보의 생각은 그래서 모순적이다. 꽁보는 '건뜻하면 서로 뚜들겨 죽이는 것이 일'[7]인 금쟁이 일에 환멸을 느낀다. 환멸을 느끼게 된 계기는 앞서 언급되었던 동료의 배신 때문이었다. 그러나 정작 자신이 환멸을 느꼈던, 바로 그 금쟁이의 일을 꽁보는 그대로 답습한다.

---

4   김유정, 「노다지」, 『원본 김유정 전집』, 강, 2012, 324쪽.
5   유인순, 「김유정 문학의 부싯깃―술·여자·노래를 중심으로」, 『강원문화연구』 제22집, 강원대 강원문화연구소, 2003, 6쪽.
6   김유정, 앞의 글, 58쪽.
7   위의 글, 같은 쪽.

꽁보는 그아페 서서 시무럭헌이 홍이지어사. 금점일로 할지면 제가 선생이
요 형은 제지휘를 바다 왓든 것이다. 뭘 안다고 푸뚱이가 어줍대는가, 돌쪽하
나 변변이 못떼낼것이 ……. 그는 형의 태도가 심상치 안흠을 얼핏 알앗다. 금
을 보드니 완연히 변한다.

(…중략…)

"이것봐 자네가튼건 골백와야 소용업네" 하고 또 뽐낼제 가슴이 선뜩하얏
다. 압서는 형의 손에 목숨을 구해바닷스나 이번에는 카튼 산골에서 그 주먹
에 명을 도로 끈흘지도 모른다. 그는 형의 주먹을 가만이 나려보다가 가엽시
도 앙상한 제 주먹에 대조하야보지 안흘 수 업다. 그러나 다만 속이 바르를 떨
릴 뿐이다.[8]

꽁보의 감정기복이 잘 나타나는 위의 인용문에서, 꽁보는 과거의 트
라우마를 생각한다. 이 시점에서 이미 꽁보는 더펄이를 의심하고 있으
며, 더펄이가 두 개의 노다지를 더 캤을 때는 이미 더펄이가 자신을 죽
일지도 모른다는 공포감을 느끼고 있는 상황이다. 이런 죽음의 공포의
근원은 물욕으로 인한 '관계'와 연관되어 있다. 다른 단편 소설 「연기」
에서도 평소 주인공을 구박하던 누이가 주인공이 황금을 갖게 되어 떠
나려하자 태도를 바꾸어 주인공에게 매달리게 된다. 「노다지」에서 더
펄이가 구덩이에 갇히게 되었을 때, '발아페 노힌 노다지 세쪽을 날새게
손에잡'[9]고 죽음에 이르게 되는 더팔이를 버리고 도망가는 꽁보의 모습
도 「연기」의 주인공과 크게 다를 바가 없다.

한편 더펄이는 이 소설 속에서 힘을 가진 인물로 등장한다. 꽁보가

---

8   위의 글, 61~63쪽.
9   위의 글, 62쪽.

'지식'을 의미한다면, 더펄이는 그 지식을 발현시켜주는 '힘'을 의미한다. 그는 육체적으로 모든 면에서 꽁보를 앞선다. 즉 그가 가진 힘을 꽁보는 두려워하는 것이다. 꽁보에게 있어 더펄이는 자신을 언제든 죽일수 있는 폭력적인 인물이다. 사실 꽁보를 구해주었을 때도, 꽁보를 구타했던 인물을 어딘가로 내던져버린 인물이 바로 더펄이였던 것이다. 그래서 더펄이와 꽁보의 관계는 인간적인 관계로 맺어 진 것이 아닌, 서로의 필요에 의해서 맺어진 관계이다. 꽁보는 사실상 더펄이라는 힘에 지배당해 있는 모습이며, 더펄이는 꽁보의 지식을 필요로 한다. 꽁보는 끊임없이 더펄이를 의심하지만, 이 글 속에서는 더펄이가 꽁보를 죽일지도 모른다는 그 어떤 암시도 찾아 볼 수 없다.

「노다지」에 등장하는 죽음의 양상은 능동적이다. 가해자와 피해자의 관계가 명확하게 구분되어 있는 것이다. 꽁보는 피해자의 입장에서 가해자로 돌변한다. 그리고 더펄이는 구원자에서 피해자로 전락해버린다. 이러한 관계를 통해 일제강점기, 상황에 맞춰 변절해 나가는 당시의 조선 상황을 유추해 볼 수 있다. 꽁보는 결코 힘으로 더펄이를 죽음에 이르게 한 것은 아니다.

「노다지」에서의 죽음은 비극적이지만, 한편으로는 꽁보의 미래를 예상해보지 않을 수 없다. 더펄이는 비극적인 종말을 맞이했지만, 꽁보 또한 비극적이거나, 혹은 금을 통해 호의호식한 삶을 살 것인가는 알 수 없다. 그러나 「노다지」에서 주목해야 할 점은 상황의 반복이다. 앞서 서술했듯 가해자가 피해자가 되며, 피해자는 다시 가해자의 역할을 맡게 된다. 이렇듯 반복되는 관계 안에서 비록 노다지 세 쪽을 지니고 도망을 갔지만 꽁보의 미래가 낙관적일 것이라고는 장담할 수 없는 것이다.

2) 「땡볕」에 나타나는 '죽음'의 양상

김유정의 「땡볕」은 1937년 2월 『여성』지에 실린 단편소설이다. 이 소설이 발표되고 한 달 뒤 김유정도 죽음을 맞이하게 된다. 「땡볕」에는 등장인물의 죽음이 직접적으로 묘사되고 있지는 않다. 그러나 주인공 '덕순'의 아내가 곧 죽음에 이르게 될 것임을 아내의 유언으로 인해 암시하고 있으며, 이러한 면모가 이 소설을 더욱 더 비극적으로 읽히게 한다.

주인공 덕순이는 지게에 아내를 태우고 서울로 올라와 대학병원을 찾는다. 아내의 배가 13개월 동안 불러 있는 상태였기 때문이다. 덕순이가 대학병원을 찾은 이유 중에 하나는 아내가 혹시라도 희귀병을 앓고 있어서 병원에 입원 시키면 '월급'을 받을지도 모른다는 기대감 때문이다. 한편으로 아내가 입원해 있는 동안 병원에 머무르며 의·식·주를 전부 해결할 수 있을 것이라는 계산도 서 있다. 그렇게 대학병원을 찾은 덕순이와 아내는 의사에게서 뱃속의 아기가 죽은 채로 있다는 사실을 통보받게 되고 수술을 하게 되더라도 아내가 살 수 있을지에 대해서는 장담할 수 없다는 말을 듣게 되고, 월급 이야기 또한 아무런 관련이 없음을 알게 되어 실망하게 된다. 아내는 죽더라도 수술은 하지 않겠다고 이야기하며, 두 내외는 병원을 나와 자신들의 집으로 돌아가게 된다.

「땡볕」의 독특한 점 중의 하나는 기존의 김유정 소설에 나타나는 농촌, 토속성의 이미지가 경성이라는 공간과 결합되어 있다는 점이다.

우람스리 생긴 덕순이는 바른 팔로 왼편 소맷자락을 끌어다 콧등의 땀방울을 훑고는 통안네거리에 와 다리를 딱 멈추었다. 더위에 익어 얼골은 벌건히 사방을 둘러본다. 중복허리의 뜨거운 땡볕이라 길가는 사람은 저편 처마 끝으로만 뱅뱅 돌고 있다. 지면은 번들번들이 닳아 자동차가 지날 적마다 숨이 탁 막힐만치 무더운 먼지를 풍겨 놓는 것이다.

　덕순이는 아무리 찾아보아도 자기가 길을 물어 좋을만치 그렇게 여유있는 얼골이 보이지 않음을 알자, 소맷자락으로 또 한 번 땀을 훑어본다. 그리고 거북한 표정으로 벙벙히 섰다. 때마침 옆으로 지나는 어린 깍쟁이에게 공손히 손짓을 한다.[10]

　소설의 시작부분에서는 시골출신 덕순이가 바라보는 경성의 풍경이 묘사되고 있다. 여기서 등장하는 '통안 네거리'는 '종로 사(四)정목'을 의미한다. 자동차들이 지나다니고, '아무리 찾아보아도 자기가 길을 물어 좋을만치 그렇게 여유있는 얼골이 보이지 않'을 정도로 바쁜 도시인들의 모습과 '어린 깍쟁이'와 같은 표현으로 도시를 묘사하고 있다. 이는 농촌에서 올라온 시골 사람의 시선에서 바라 본 도시의 표정이다. 김유정은 시골에서 상경한 덕순이와 '어린 깍쟁이' '여유있는 얼골이 보이지 않는' 도시 사람들의 모습을 대비시켜 농촌과 도시의 괴리감을 말하고 있다.

　「땡볕」의 또 다른 독특한 면이라 할 수 있는 것은 자본, 즉 돈과 관련된 이야기들이다. 참외를 팔고 있는 아이, 병원에서 치료를 받으면서 돈을 받고 있는 아이의 일화, 얼음냉수와 왜떡을 파는 사람, 담배를 사기 위해 돈을 모으는 덕순이의 모습 등은 당시 식민지 자본주의에 잠식되어 있던 조선의 일면을 그대로 보여주고 있다.

　주인공인 덕순이의 심경변화도 주목할 만하다. 덕순이는 자신의 아

10　김유정, 「땡볕」, 『원본 김유정 전집』, 강, 2012, 324쪽.

내에게 참외를 사서 먹여주고 싶었지만 담배를 사야해서 그만두기로 한다. 그러나 소설 말미에서는 죽어가는 아내를 위해 얼음냉수라던가 왜떡 등을 사주는 모습들이 등장한다. 덕순이는 지극히 현실적이면서도 금전적인 문제에 시달리며 살아가는 전형적인 1930년대 시골 사람이다. 담배를 사서 피우기 위해 돈을 모아야 하고, 병원에서 누가 피우다 버린 담배꽁초를 주워서 피울 정도로 돈에 절박한 인물이다. 그러나 덕순이는 죽음을 앞둔 아내 앞에서 두려움을 느끼기도 한다. 그리고 평소 자신의 아내에게 등한시 했던 모습을 후회한다.

> 덕순이는 통째 짓무를듯싶은 등어리를 견디지 못하야 먼저번에 쉬여가든 나무 그늘에 지게를 벗어놓는다. 땀을 디려가며 안해를 가만히 나려보니 그동안 고생만 시키고 변변히 먹이지도 못하였든 것이 갑자기 후회가 나는 것이다. 이럴줄 알았드면 동냇집 닭이라도 훔처다 먹였든걸, 싶어 ……[11]

덕순이 내외는 닭을 훔쳐 먹어야 할 정도로 가난한 집이었는데, 이러한 덕순이의 내면은 죽음을 앞두었던 김유정의 모습과 일견 흡사한 면이 있다. 김유정은 안회남에게 보내는 편지에서 "그 돈이 되면 于先 닭을 한 三十마리 고아 먹겟다. 그리고 땅군을 디려, 살모사, 구렁이를 十餘못 먹어보겠다. 그래야 내가 다시 살아날 것이다. 그리고 궁둥이가 쏙쏘구리 돈을 잡아먹는다. 돈, 돈, 슬픈일이다"[12]고 말한다. 결국 김유정의 죽음은 필연적으로 돈과 연결되어 있었으며, 그것은 덕순이 내외도 다르지 않다.

---

11 위의 글, 330쪽.
12 김유정, 「필승前」, 『원본 김유정 전집』, 강, 2012, 473쪽.

표정옥이 소설 「땡볕」은 "김유정 소설에서 해학을 느낄 수 없는 예외적인 작품이며 비판적 리얼리즘이라고 칭할 수 있는 근거가 된다"[13]고 말한 것처럼, 「땡볕」에는 돈과 가난, 그리고 죽음과 농촌/도시 간의 거리감 등이 응축되어 나타난다. 특히 시작에서는 희망을, 그리고 그 후 절망적인 결말을 묘사했다는 점에서 더욱더 그 비극성이 두드러지게 나타난다. 이러한 면모는 기존의 모더니스트들에게서 볼 수 있는 자아에 대한 탐구, 새로운 문명에 대한 호기심 등과는 대조적이다.

「땡볕」에는 두 개의 공간이 나타난다. 첫 번째 공간은 덕순이 내외가 쉬어가는 곳인 '버들 밑'이다. 이 공간은 덕순이 내외가 초반에는 희망을, 그리고 종반에 이르러서는 절망을 느끼는 공간이다. 이 나무 그늘 밑은 도시의 번잡스러움에서 덕순이 내외에게 숨을 돌릴 수 있도록 해주는 역할을 하고 있다. 덕순이는 초반에 나무 그늘에서 쉬어 갈 때 담배를 사기 위해 모아 놓은 돈으로 참외를 사는 것은 어리석은 행동이라 생각한다. 그러나 후반, 아내의 죽음을 예감했을 때는 아내에게 "채미 하나 먹어볼테야?"라고 권한다. 나무 그늘은 덕순이의 심경이 변화하는 공간이자 덕순이 내외가 유일하게 숨을 돌릴 수 있는 곳이다.

두 번째 공간은 '대학 병원'이다. 대학 병원은 덕순이 내외에게 희망과 절망이 동시에 공존하는 복잡한 공간이다. 병원으로 들어 갈 때 덕순이는 희망에 차 있다.

> 덕순이는 지게를 지고 다시 일어나며 그 십오원을 생각했든것이니 그로써는 너머도 벅찬 희망의 보행이었다.[14]

---

13 표정옥, 「상호텍스트성에 의한 소설텍스트 재구성으로써 영상화─김유정 원작과 하명중 감독의 영화 〈땡볕〉을 중심으로」, 『서강인문논총』 제21집, 서강대 인문과학연구소, 2007, 31쪽.

비소를 금치 못하고 섰는 간호부와 의사가 눈에 보이지 않도록, 덕순이는 시선을 외면하야 뚱싯뚱싯 안해를 업고 나왔다. 지게우에 올려놓은 다음 엎디어 다시 지고 일어날려니 이게 웬일일가 아까 오든때와는 갑절이나 무거웠다. 덕순이는 얼마전에 히망이 가득이 차올라가든 길을 힘풀린 거름으로 터덜터덜 나려오고 있었다.[15]

대학 병원을 들어갔을 때와 나왔을 때의 덕순이는 상반된 심경의 변화를 갖게 된다. 병원은 덕순이 내외에게 희망의 공간이자 절망의 공간으로 묘사된다. 특히 '수실실에서 들것으로 담아내는 환자', '피 고름이 엥긴 쓰레기통', '코를 찌르는 무더운 약내', '한쪽에 번쩍번쩍 늘려놓인 기게' 등의 병원에 대한 묘사는 덕순이에게 죽음에 대한 불안을 가중시키는 도구로써 작용하고 있다.

덕순이와 그의 아내는 죽음을 받아들이는 것에 대해서도 서로 다른 방식을 갖는다.

허나 안해의 생명은 어차피 건저야 하겠기로 공손히 허리를 꿉씬하며
"그럼 낼 데리고 올게 어떻게 해주십시오"
하고 되도록 빌붙어 보았든 것이, 그때까지 끔찍끔찍한 소리에 얼이 빠져서 멀뚱이 누었든 안해가 별안간 그급을하여 일어나 살뚱맞은 목성으로
"나는 죽으면 죽었지 배는 안째요!"
하고 얼골이 노랗게 되는데는 더 힐 말이 없었다. 죽이드라도 제 원대로나 죽게하는 것이 혹은 남편 된 사람의 도릴지도 모른다.[16]

---

14 김유정, 「땡볕」, 『원본 김유정 전집』, 강, 2012, 327쪽.
15 위의 글, 330쪽.

덕순이의 아내는 병원을 탐탁찮게 생각한다. 아내는 병원에서 자신의 배를 째는 것에 대한 공포를 가지고 있으며, "허구헌날 늘 병원에만 있게"[17]되는 것도 못마땅하다. 그런 아내를 살려야겠다는 생각을 덕순이는 가지고 있지만, 아내가 자신의 목숨을 포기하는 일이 있어도 결코 수술을 하지 않겠다고 이야기하자 쉽게 포기해버린다. 그리고 덕순이는 비로소 '남편의 도리'를 생각하며 아내와 집으로 돌아간다.

「땡볕」의 결말 부분은 이 소설에서 가장 인상 깊다. 아내는 덕순이에게 자신이 죽은 후에 처리해야 할 일들, 즉 유언을 차근차근 이야기해준다. 덕순이 짊어진 지게에서 아내는 그에게 쌀을 빚진 것 하며, 빨래 걱정을 한다. 덕순이가 짊어진 지게는 결국 덕순이가 그 시대를 살면서 짊어져야 할 삶의 무게이며, 그의 아내는 그 무게를 조금이라도 덜어주려는 것으로 해석할 수 있을 것이다. 그리고 '쇠뿔도 녹이려는 뜨거운 땡볕'은 덕순이 내외의 삶을 좀 더 힘겹게 만드는 현실이라고 볼 수 있다.

3. 결론

「노다지」와 「땡볕」은 한 가지 공통점을 공유하고 있다. 「노다지」의 경우 일확천금을 노리는 가난한 인물들이 등장한다. 이들의 목적은 한 가지다. 노다지가 터지면, 그것을 둘이 똑같이 나눠 호의호식하는 것이다.

---

16 위의 글, 329쪽.
17 위의 글, 326쪽.

그들은 멋번이나 이러케 짜위햇는지 그 수를 모른다. 네가 노다지를 만나든 내가 만나든 둘이 똑가티 나눠가지고 집을 사고 계집을 엇고 술도 먹고 편히 살자고 그러나 여지것한 번이라고 그러케 돼본적이 업스니 매양 헛소리가 되고 말엇다.[18]

그들의 희망은 늘 허망하게 끝이 나지만, 그럼에도 불구하고 희망을 버리지는 않는다. 이런 면모는 「땡볕」에서도 드러난다. 「땡볕」의 등장 인물들은 병원에서 병을 치료받고, 한편으로는 돈도 받는 삶을 꿈꾸며 경성을 찾지만 결국 허탕을 치고 만다. 이러한 한탕주의의 이면을 이야기한 표정옥의 논의[19]를 주목해 볼 만하다. 표정옥은 "김유정 작품의 상당수가 노름과 도박의 모티프를 차용하고 있는데 이러한 현상은 개인의 성향이라기보다는 경쟁과 요행을 바랄 수밖에 없는 사회적 상황 때문이라는 것"[20]에 주목하였다. 그리고 이러한 경쟁과 요행의 끝은 결국 죽음이라는 것으로 귀결된다. 일제강점기 시대를 살아가는 가난한 소시민들이 의지할 것은 이러한 요행이었다. 일제강점기라는 시대적 상황은 소설 속 등장인물들에게 현실을 폭력적으로 보여주었던 것이다. 이는 요행에서 성공하거나, 혹은 죽음으로 가는 두 개의 선택적인 길을 강요하였다.

반면 「노다지」는 「땡볕」과는 달리 피해자와 가해자의 끝이 명확하게 나타난다. 꽁보는 더펄이의 죽음을 방관하고, 세 쪽의 노다지를 가진 채 도망을 치게 된다. 그로 인해 소설 이후의 내용을 더펄이의 비극적인 최

---

18 김유정, 「노다지」, 『원본 김유정 전집』, 강, 2012, 57쪽.
19 표정옥, 「김유정 소설에 나타난 사회적 엔트로피와 놀이성(Ludism) ─ 「노다지」, 「만무방」, 「봄, 봄」을 중심으로」, 『현대소설연구』 21권, 한국현대소설학회, 2004.
20 위의 글, 102쪽.

후와 일확천금을 얻은 꽁보의 미래로 유추해 볼 수 있을 것이다. 「땡볕」은 「노다지」가 보여주는 비정함과는 조금 다른 종류의 면모를 보여준다. 「땡볕」은 덕순이와 아내 모두가 피해자이다. 소설의 결말에 나타나는, 죽음을 눈앞에 둔 이 비극적인 상황 안에서도 현실의 문제를 고민해야 하는 부부의 모습은 비참하다.

두 소설은 산속과 도시라는 대비되는 배경을 통해 1930년대 일제강점기 당시의 식민지 시대를 살아가는 소시민들의 비극을 고스란히 보여주고 있다. 그들은 그 시대를 비정하거나, 혹은 비참하게 살아야했다. 죽음이란 그래서 어쩌면 무력한 일상처럼 당연하게 흘러가는 것처럼 느껴졌을지도 모른다. 이들에게는 요행을 바라거나, 혹은 죽음에 이르게 되는, 둘 중 하나를 선택해야만 하는 삶을 살고 있었던 것이다.

김유정은 일제 강점기를 대표하는 모더니스트 중 한 명이었지만, 다른 작가들과는 그 시대를 바라보는 시선을 달리하였다. 도시의 찬란함이나 화려함 보다는 농촌이나 시골에서 볼 수 있는 어두움을 응시하였다. 여타 모더니스트들이 바라보았던 죽음에 대한 낭만성이 김유정에게는 지독히 처량한 현실로 다가왔으며, 이것이 김유정을 그 시대의 다른 작가들과 차별화 시키는 점이라고 생각한다.

이 글에서는 김유정의 소설 「땡볕」과 「노다지」를 분석해 보고, 그 안에 내재된 '죽음'의 양상에 대해 고찰해 보았다. 「노다지」는 황금만능주의에 기댈 수밖에 없었던 당시 조선의 소시민들의 삶을 비정한 시각으로 나타냈다. 가난에서 벗어나기 위해 금을 캐서 일확천금을 노리는 이들과, 그로 인해 서로를 의심하고, 심지어는 죽음에까지 이르게 만드는 내용은 비록 고립된 산골 어느 지점을 배경으로 하고 있으나 1930년대 일제강점기의 조선을 그대로 투영한 듯한 느낌을 준다.

「노다지」는 또한 욕망에 사로잡힌 인간들의 감정변화와 관계에 대해 주목해 볼 수 있었다. 자신의 누이를 하나의 '재물'로 여겨 자신이 진 빚을 갚고자 하는 인물, 그러나 금 앞에서는 이러한 관계마저도 끊어버릴 수 있는 비정함이 「노다지」 안에 스며들어 있다.

「땡볕」은 비판적 리얼리즘 요소가 두드러지며, 죽음을 예감하고 있는 한 부부의 절망적인 모습을 담아냄으로써 당시의 비참했던 농민들의 현실에 조금 더 다가가고 있다. 김유정의 기존 작품들에서는 특유의 토속성, 해학, 민중성 들이 주로 묘사되어 왔으나 「땡볕」은 도시를 찾은 농민의 혼란스러운 감정, 빈곤, 돈, 그리고 삶에 대한 무력함과 현실의 배고픔이 배어 있다. 그리고 이러한 비참함은 김유정 자신의 삶과 무관하지 않다.

땡볕이 불러오는 무더위는 덕순이의 아내가 죽을 장소일지도 모를 '우중충한 그 냉골'과 비교된다. 그들의 가난은 도시에서도 여전히 지속되고 있으며, 비록 땀이 '빗발같이 나려붓는' 여름이라 할지라도 덕순이 내외는 차갑고 우중충한 삶을 살아야 하는 것이다. 덕순이 내외의 삶은 돈을 벌기 위해 도시를 찾은 당시 농민들의 모습을 대변한다. 시골을 떠나, 비로소 도시를 찾았지만, 이상의 소설 「날개」에서 그가 경성이라는 공간을 벗어나고자 하지만, 결국 여전히 그 안에 머물러 있어야 하는 것처럼, 눈앞에 도시의 풍경들이 그대로 존재한다. 여전히 그들은 시골이라는 공간 안에서 벗어나지 못하고 있는 것이다. 그것은 마치 그간의 비참했던 삶에서 벗어나고자 하는 김유정의 모습을 보는 듯하다.

참고문헌

1. 논문

오은엽, 「김유정 소설에 나타난 정념의 기호학적 연구-「金따는 콩밧」, 「금」, 「노다지」를 중심으로」, 『한중인문학연구』 47, 한중인문학회, 2015.

유인순, 「김유정 문학의 부싯깃-술·여자·노래를 중심으로」, 『강원문화연구』 제22집, 강원대 강원문화연구소, 2003.

윤영실, 「이상의 「종생기」에 나타난 사랑, 죽음, 예술」, 『한국문화』 제48집, 한국문화, 2009.

표정옥, 「김유정 소설에 나타난 사회적 엔트로피와 놀이성(Ludism)-「노다지」, 「만무방」, 「봄, 봄」을 중심으로」, 『현대소설연구』 21권, 한국현대소설학회, 2004.

_____, 「상호텍스트성에 의한 소설텍스트 재구성으로써 영상화-김유정 원작과 하명중 감독의 영화 〈땡볕〉을 중심으로」, 『서강인문논총』 제21집, 서강대 인문과학연구소, 2007.

2. 단행본

김유정, 『원본 김유정 전집』, 강, 2012.

김유정학회 편, 『김유정의 귀환』, 소명출판, 2012.

신경증의 기록과 염인증자(厭人症者)의 연서쓰기[*]

김유정 문학에 나타난 죽음충동과 에로스

정주아

1. 충동과 신경증, 그리고 글쓰기

스물아홉 해, 짧은 생애와 육년 남짓한 창작 기간에도 불구하고 김유정(1908~1937) 문학의 시야는 매우 넓고 깊은 것이다. 그의 소설은 심화되는 식민지적 수탈과 그로 인한 사회적 변화, 이에 척박한 현실에 뿌리를 내리지 못하는 빈민층의 절박함을 주제로 삼는다. 그 시야는 도시와 농촌을 아우른 것이어서, 그가 유년기를 보낸 1930년대 경성부터 일가(一家)의 고향인 춘천의 농촌까지를 폭넓게 살핀 결과이다. 동시에 그의 시선은, 현상의 관찰자에 머물기보다는 인물의 내면으로 깊이 침투한

---

[*] 이 글은 『현대문학의 연구』 57(2015.10)에 수록된 것이다.

다. 대중적으로는 「봄·봄」(1935), 「동백꽃」(1936)의 작가로서, 다시 말해 토속성과 해학을 적절하게 배합한 단편 미학의 대가로 알려져 있지만 오히려 이러한 평판은 — 대개의 선규정이 그러한 것이지만 — 작가 김 유정의 진면목을 스스로 제한해버리는 틀을 만들어낸다고 봐도 좋겠다. 실제 김유정 소설의 면면을 따라 읽다보면 그 순박한 웃음의 이면에 서 린 처절한 심적 고통을, 여기서 한 걸음 더 들어가면 그의 텍스트가 이 와 같은 고통을 유심히 관찰하고 때론 향유하고 있다는 섬뜩한 인상을 받게 되는 것이다.

'김유정 문학의 죽음충동과 에로스'를 주제로 삼은 이 글은 김유정의 소설이 이렇듯 통제가 불가능한 인간 내면의 충동(drive)에 관심을 기울 이며, 그 형상화를 서사의 근간으로 삼고 있다는 사실에 착안한 것이다. 1930년대, 자본주의적 병폐가 만연한 조선 사회에서 폭력적인 현실에 대한 문학적인 대응으로서 식민지적 수탈과 빈민의 생활상을 고발한다 거나 그로 인해 변천하는 도시와 농촌의 풍속을 그려내는 것은, 현실에 대한 문제의식을 가진 작가로선 자연스러운 일이었다. 당대 현실의 파 악을 작가의 사명으로 여긴 데 있어서는 카프를 비롯한 사회주의 진영 이나 정치적 이념화를 스스로 경계했던 모더니즘 진영이나 별 차이가 없었던 것이다. 나아가 그 재현의 방식에 있어서 김유정은, 이미 기존 연구에서 언급된 바 있듯이, 해학, 풍자, 유머, 아이러니, 판소리 문체 등의 기법을 도입하고 있다.[1] 표현 기법에 대한 김유정의 실험은 다분히

---

1 김유정 문학에 대한 연구는 단일작가 연구로서는 방대한 분량이 축적되어 있다. 크게 보아 소설의 구조·형식, 문체 등에 초점을 맞춘 연구와 작가가 그려낸 1930년대 식민치하 농촌의 재현 방식에 대한 연구가 주류를 이루는 것으로 거칠게나마 구분해볼 수 있을 것이다. 전자 의 경우 작품의 해학·골계, 유머, 아이러니, 풍자 등을 주요 분석대상으로 다룬다(김상태, 「김유정과 해학의 미학」, 전신재 편, 『김유정 문학의 전통성과 근대성』, 한림대 아시아문화 연구소, 1997; 이재선, 「바보 예찬과 해소적 놀이」, 『한국문학의 원근법』, 민음사, 1996; 이주

'의식적'인 것인데, 이로써 그가 "장차 로서아에 우리 인류를 위하야 크게 공헌될 바 훌륭한 문화가 건설될 것"이라 생각하고[2] 귀향하여 야학당(농우회)을 여는, 전형적인 농촌계몽주의자의 궤적을 걷고 있음에도 불구하고, 하필 구인회의 후기 동인으로 가입하게 되는지를 이해할 수 있다. '새로운 문학의 목표'를 묻는 질문에 '우리의 정조'라고 대답하고 있음을 보아[3] 그 기법적 실험이 전통의 현대적 구현에 맞추어져 있었음을 짐작할 수 있는 것이다. 이태준, 박태원, 이상 등의 스타일리스트들이 즐비한 구인회야말로 서사적 재현의 문제를 공유할 만한 창작의 장(場)이 되었던 것이다.

그러나 이 글에서 무엇보다 주목하는 것은 당대 현실에 대해 비판적 의식을 견지했다든가 서사적 재현을 위해 기법 실험에 관심을 기울이는 등 여느 청년 작가와 다르지 않은 행동의 질서들 사이에, 제3자의 눈으로는 명쾌하게 해명하기 힘든 에피소드가 그의 삶과 문학에서 돌출되고 있다는 사실이다. 귀향하여 야학당을 열었음에도 같은 시기 그는 들병

일, 「유정 문학의 향토성과 해학성」, 『국어국문학』 83, 1980). 후자의 경우 농촌의 몰락을 조명하면서도 김유정의 소설이 민중성 혹은 여성성에 주목하고 있다는 것이 어떤 의미를 갖는가를 논의하는 내용이 주를 이룬다(윤지관, 「민중의 삶과 시적 리얼리즘」, 전신재 편, 앞의 책; 김윤식, 「들병이 사상과 알몸의 시학」, 『김윤식 전집』 5, 솔, 1995; 전신재, 「농민의 몰락과 천진성의 발견」, 전신재 편, 앞의 책). 1990년대 이후 문학연구에 문화연구의 관점이 더해지면서 풍속사적 고찰이나 육체 담론 등으로 접근하는 연구들이 눈에 띈다. 김유정의 문학을 '병든 육체'의 시선에서 인간 존재의 비극성을 그려내는 것으로 평가한 김미영, 「병상의 문학, 김유정 소설에 형상화된 육체적 존재로서의 인간」(김유정학회 편, 『김유정과의 향연』, 소명출판, 2015, 142~177쪽), 사회적 폭력성이 사회구성원의 육체에 각인되는 과정에 초점을 맞춘 김주리, 「김유정 소설에 나타난 파괴적 신체 고찰」, 『한국문예비평연구』 21, 2006, 377~395쪽) 등의 글을 예로 들 수 있다. 본 글은 이상의 연구사를 참고하면서, 특히 정신분석학의 관점에서 사회의 폭력성과 개인의 신경증의 관련 양상을 통해 김유정의 문학세계를 논한 것이다.

2 「문화문답」, (『조광』, 1937.2), 전신재 편, 『원본 김유정 전집』(개정판), 강, 2007, 480쪽. 이하 이 글의 인용과 쪽수는 위의 전집을 따르고, 본문에서는 『전집』이라고만 표기하기로 한다.

3 「새로운 문학의 목표」, (『풍림』, 1936.12), 『전집』, 479쪽.

이와 어울리며 무절제한 생활을 하고 있다. 그에게 야학당이란, 학업과 구애에 모두 실패한 이후 찾아든 고향에서 가까스로 찾아낸 자신의 직분이다. 야학당의 경영이 그저 단순한 면피용이 아니었음은, 스스로 농우회가를 만들고[4] 야학당을 농우회로, 다시 간이학교인 금병의숙으로 체계화시켜 갔음에서 증명된다. 그럼에도 그의 생활에는 '들병이'라고 하는 농촌 지역의 매음 관습이 얽혀 있으며, 김유정은 들병이를 '조선의 집시'라 이르며 이들을 옹호하는 데에서 나아가 그 문화를 향유하기까지 하는 것인데,[5] 이는 분명 일상적인 농촌계몽에 나선 청년지식인의 태도와는 차이가 있는 것이다.

그리고 또 하나 김유정의 생애에서 이채롭다 못해 괴기스러운 장면 중의 하나는, 그의 짧은 생애를 잠식하다시피 하고 있는 끈질긴 구애의 시도라 할 것이다.[6] 생전에 김유정이 두 명의 여인(박녹주와 박봉자)을 사모했으며, 그들에게 계속해서 연서를 띄웠음은 잘 알려져 있다. '열렬한 구애'라 긍정적으로 표현되고 있지만, 상호 간에 애정이 없는 관계에서 일방적으로 전달된 이 열렬한 구애란 엄밀히 보면 도착적인 성격을 띤 것이다. 그럼에도 이 같은 편지 쓰기는, 문단사의 가십거리나 문학장 밖에 존재하는 김유정의 사생활쯤으로 치부할 수 없어 보인다. 바로 광기 어린 구애의 에피소드에 동반되어 등장하는, '읽히지 않을' 연서쓰기라는 행위 때문이다. 편지를 쓰는 심정을 김유정은 다음과 같이 설명하고

---

4 「농우회가」, 『전집』, 475~476쪽.
5 「조선의 집시-들병이 철학」, (『매일신보』, 1935.10.22~29), 『전집』, 414~421쪽.
6 김유정 문학과 사랑이라는 주제는 대개 당대 사회를 향한 비판의식과 민중지향적 태도라는 '공적 담론'과 연장선상에 있는 것으로 해석되어 왔다. 이선영, 「민중문학과 자기인식」, 『리얼리즘을 넘어서』, 민음사, 1995; 정덕화, 「김유정의 '위대한 사랑'과 글쓰기를 통한 삶의 향유」, 『한국문예비평연구』 43, 2014, 203~226쪽. 이상의 연구를 참조하되 본 글에서는 '공적 담론' 수준에서의 사랑이 해명되기 위해서는 신경증적인 형태로 드러나는 자전적 차원의 사적인 연애감정이 먼저 이해되어야 한다는 점을 염두에 두었다.

있는데, 그 요지란 편지쓰기나 소설쓰기는 하나도 다를 바가 없다는 것이다.

> 내가 당신에게 편지를 쓰든 그 동기를 따져보면 내가 작품을 쓸때의 그 동기와 조금도 다름이 없습니다. 만일 그때 그 편지를 않썼드라면 혹은 작품 하나를 더 갖게 되였을지도 모릅니다.[7]

편지쓰기와 소설쓰기를 등가에 놓는 이 맥락에 대해서는 뒤에서 살펴보겠지만, 다만 지금 일차적으로 확인이 되는 것은 그에게는 편지쓰기는, 비록 무수한 '수신거부'가 되어 돌아올지라도 반드시 수행되어야만 했던 행위였고, 그것은 문학 창작과 구분되지 않는 행위였다는 사실이다.

농우회를 경영하면서 들병이와 교제하고, 소설을 기법을 고민하면서 동시에 집요하게 수신거부의 연서를 써내는 것. 요컨대 김유정의 문학은 질서와 무질서의 혼종 지점에서 생겨나고, 이때의 무질서란 정신분석에 있어 리비도라 일컫는, 근원적으로 성충동에서 기원하는 강력하고 맹목적인 생의 에너지에 간섭을 받고 있는 것이다. 이 본원적인 충동의 힘이 곧 인간 무의식의 원천을 이루고, 그로부터 각종 억압과 금기의 왜곡이 생산되며, 문학이란 그 증상의 발현이 되는 것임은 새삼 말할 필요가 없을 것이다. 이때 텍스트 차원에서 출현하는 광기와 온갖 신경증 및 도착의 흔적들은 충동의 무질서함으로부터 언어적인 질서로 이행하는 중간 지대를 이루고, 김유정 소설에서 있어서는 그 자체로 문학의 몸체

---

7 김유정, 「病床의 생각」, (『조광』, 1937.3), 『전집』, 466쪽.

를 이루는 것이라 할 수 있다. 이 글은 일차적으로 그의 소설에 등장하는 광기와 무질서의 여러 양상을 살피는 것으로부터 시작하여 작품 세계의 근간을 이루는 신경증의 면모를 살펴보고, 최종적으로 김유정의 소설 창작과 연서 쓰기의 관계, 즉 창작 동인으로서의 에로스를 설명하고자 시도한 것이다.

2. 운명을 향한 적의(敵意)와 질서 밖의 세계
—노동하지 않는 농부, 매춘하는 아내

피폐해져 가는 농촌의 실태를 그려내기 위해, 김유정이 즐겨 사용하는 제재는 금점과 도박, 매춘 등이다. 「노다지」(1935), 「금 따는 콩밭」(1935), 「금」(1935)은 금광의 열기에 사로잡힌 농촌을 소재로 한 작품이다. 「산골나그네」(1933), 「총각과 맹꽁이」(1933), 「솥」(1935), 「안해」(1935) 등은 '들병이'라 불리는 농촌 특유의 매춘 풍습을 그린 것이며, 「소낙비」(1935)는 도박벽이 있는 남편의 성화에 매춘의 길로 접어드는 아내의 모습을 그렸다. 이러한 소재들이 하나같이 당대 농촌의 악착한 현실을 근간으로 착안된 것임은 물론이다. 예컨대 「금 따는 콩밭」(1935)은 금맥을 잡아 빈농의 신세를 만회하려, 애써 가꾼 콩밭을 갈아 엎어버린 농부와 그 아내의 조바심에 초점을 맞춘 작품이다. 농촌에 불어 닥친 금점의 열풍과 더불어 하나둘씩 농부의 천직을 버리고 금점꾼이 되어가는 농부의 모습이 담겨 있다. 이러한 설정은 한때 '허황된 금점'으로 나돌았던[8]

김유정 자신의 경험을 토대로 한 것이자, 토지대와 빚을 갚고 나면 남는 것이 없어 다시 식량을 꾸어 농사를 짓기 시작해야 하는 빈농의 운명과 빚의 악순환을 문제 삼는 것임에 틀림없다. 이러한 상황은 지주와 소작 농이라는 계급적 모순을, 보다 근본적으로는 자신의 노동에서 소외될 수밖에 없는 자본주의 사회의 모순을 적나라하게 드러낸다.

그러나 이들 소설의 주제와는 별도로 주목해야 하는 것은, 이러한 농촌의 현실에 접근하는 김유정의 독특한 시각 혹은 묘사의 초점이라 할 것이다. 전형적 위기에 놓인 인물 군상을 주목하되 이들이 각자의 위기에 대응하는 방식을 보면 김유정 특유의 스타일을 알 수 있다. 예컨대 「만무방」(1935)을 살펴보자. 이 작품의 주요 인물은, 빚 때문에 야반도주를 하고 아내·아들과도 헤어져서 뒤에 홀로 유랑하는 전직 농부 응칠, 농사를 지어야 빚만 쌓이는 세태를 비관하여 추수철이 지난 벼를 그대로 내쳐버린 농부 응오 형제이다. 이 소설의 묘미는, 비록 백수건달이지만 동생을 사랑하는 인간미까지는 잃지 않은 응칠이 벼 도둑이 든다는 동생의 논을 지켜주려 잠복하고, 끝내 도둑을 생포했는데 알고 보니 그 도둑이 바로 동생이었더라는 아이러니에서 나온다.

그것은 무서운 침묵이엇다. 살뚱마즌 바람만 공중에서 북새를 논다.
한참을 신음하다 도적은 일어나드니
"성님까지 이러케 못살게 굴기유?"
제법 눈을 부라리며 몸을 횏돌린다. 그리고 늣기며 울음이 복바친다. 봇짐 도 내버린채

---

8   위의 글, 472쪽.

"내것 내가 먹는데 누가 뭐래?"

하고 데퉁스러히 내뱉고는 비틀비틀 논 저쪽으로 업서진다.

형은 너머 꿈속 가태서 멍허니 섯을뿐이다.[9]

이 소설의 반전은, 인용문에 등장하듯, 작품 첫머리부터 산속을 쏘다니며 일껏 발견한 송이버섯을 아무렇지 않게 제 입속으로 우겨 넣는 배포 큰 전직 농부 응칠의 놀라움 속에 담겨 있다. 형과는 달리 땅 파기와 가족의 생계 이외에 한 눈을 판 적이 없었던 동생 응오가 '위법'을 저질렀다는 것, 그것도 제 논의 벼를 제가 도둑질해서 팔아먹는 기상천외한 도둑질의 주인공이었다는 것이다. 노동의 산물이 노동자가 아닌 자본가에게 귀속되는 원리에 대한 반발인 셈이다. 이로써 「만무방」에는 한 때나마 건실했던 두 명의 농부가 천직이라 여겼던 농사짓기를 포기하는 모습이 담긴다. 그리고 그 결과 이들은 '만무방'이라는 제목이 암시하듯, 제멋대로 살아가길 선택하고 이로써 자연히 사회적 법과 질서의 테두리 밖으로 추방당한 '사회악'의 부류에 속하게 된다. 비록 '사회악'으로 전락했지만 명백히 사회적 약자인 농부 군상을 담아내는 김유정의 시선은 연민에 차 있으며, 이들을 두고 '만무방'이라는 표제를 붙인 것은 이들을 도리어 옹호하는 풍자적 효과를 낳는다.

그러나 이렇듯 질서정연한 해석의 맥락의 행간에서 놓쳐서는 안 되는 것은, 모범 농민에서 '만무방'으로 전락했다는 사실 자체는 비참할지언정 실상 '만무방'의 삶은 생각만큼 비참하지만은 않더라는 사실일 것이다. 「만무방」이 첫 장면부터 의외의 서술로 시작되고 있다는 점을 떠

---

9   「만무방」(『조선일보』, 1937.7.17~30), 『전집』, 119~120쪽.

올려보기로 하자. 가족 부양을 포기하고 경작할 땅도 없는 신세, 현실 감각이 있다면 응칠은 그야말로 벼랑 끝에 몰리다 추락해버린 신세라 하겠다. 모두들 그러한 나락으로 떨어지지 않기 위해 발버둥을 치는 것이다. 그러나 「만무방」이 그려내는 응칠의 신세란 예상과는 달리 한가롭기 짝이 없다.

> 때는 한창 바쁠 추수때이다. 농군치고 송이파적 나올 놈은 생겨나도 안엇스리라. 허나 그는 꼭 해야만할 일이 업섯다. 십프면 하고 말면 말고 그저 그뿐. 그러함에는 먹을것이 더럭 잇기커녕 부처먹을 농토조차 업는, 게집도업고 집도업고 자식업고. 방은 잇대야남의 겻방이요 잠은 새우잠이요. 허지만 오늘아츰만해도 한 친구가 차자와서 벼를 털텐데일좀 와해달라는걸 마다하엿다. 멋푼 바람에 그까진걸 누가하느냐. 보다는 송이가조앗다. 왜냐면 이땅 삼천리강산에 늘려노힌 곡식이 말정 누거럼. 먼저 먹는 놈이 임자 아니야. 먹다 걸릴만치 그토록 양식을 싸아두고 일이다 무슨 난장마즐 일이람. 걸리지 안토록 궁리라 할게지. 하기는 그도 한세번이나 걸려서 구메밥으로 사관을 틀엇다. 마는 결국 제밥상우에 올라안즌 제목도 자칫하면 먹다걸리긴 매일반─[10]

부칠 땅도 없고 부양할 가족도 없는 응칠은, 남들은 한창 바쁠 추수 터에 산속을 헤매며 송이버섯을 따먹는 중이다. 응칠의 한가로움은 '식량은 삼천리강산에 늘려 놓였으며, 먼저 먹는 놈이 임자'라는 사고방식에서 나온다. '제밥상'을 지키려고 노력해도 억울한 일이 다반사이니 어차피 걸릴 바엔 도둑질을 해서라도 양껏 먹는 편이 낫다는 계산이다. 게다

---

10 위의 책, 96쪽.

가 한량으로 떠돌다보니 나름 수완도 생겼다. 급전이 필요하면 도박장을 찾아들어 마치 맡겨둔 돈인 양 찾아다 쓰면 그만이다. 물론 당장 필요한 만큼의 돈만 갖고 나머지는 베푸는 아량을 보이기도 한다. 그가 나고 자란 세계의 모든 것, 그러니까 '농토, 게집, 집, 자식'을 모두 잃은 뒤 기존 세계의 질서 밖으로 내쳐진 자의 생활에 대한 서술임을 감안한다면 그 예외성을 주목할 만하다. 천직을 버린 이 농부는, 마치 영웅 홍길동의 세속적인 버전이라 봐도 좋을 듯하다.

응칠을 둘러싼 주변 농부들의 시선은 어떠한가. 응칠은 이방인이자 노름꾼이고 때론 도적질도 마다하지 않는 인물인데도, 농부들은 그를 경외의 시선으로 바라본다. 동네 사랑에서는 그를 다투어 초대하고 그의 경험담을 듣고자 한다. 농부들은 그 입담에 즐거워하고 놀라면서 일견 그의 배포를 부러워한다. 그들에게 응칠은 자신들로서는 감히 넘볼 수 없는 세계에 살고 있는, 그야말로 산(生)영웅의 삶을 사는 자이다.[11] 이렇듯 응칠과 그의 삶에 대한 도저한 호의 아래에서라면, 제 논의 벼를 도둑질함으로서 '만무방'의 세계로 이행한 동생 응오의 처지는 비참한 전락이긴 하지만 순전히 비극이라고는 할 수 없는, 불가피한 선택이라 볼 수도 있을 것이다. 어차피 기존의 세계가 부여한 희망이 거짓이거나 영원히 보류된 것이라면 말이다.

귀향한 이후 농촌을 배경으로 한 소설을 다수 써냈다는 사실을 두고 김유정의 문학을 향토성이나 토속성이라는 키워드로 설명할 수도 있겠다. 물론 이때에는 농촌의 가난과 농민의 피폐한 삶을 드러냈다는 주제

---

11 「만무방」의 응칠이 처한 비극적 현실과 응칠을 묘사하는 작가의 시선 사이의 이질성에 대해서는 최성윤, 「김유정의 현실 인식과 아이러니의 한 양상」(김유정학회 편, 『김유정과의 향연』, 소명출판, 2015, 245~265쪽), 김승환, 「김유정 「만무방」에 나타난 폭력성」(김유정학회 편, 『김유정과의 만남』, 소명출판, 2013)을 참조.

적 평가뿐만 아니라 작가가 농촌이라는 공간과 농민이라는 집단이 갖는 몇 가지 특수성을 기민하게 인식하고 있었음이 부기되어야 한다. 하나는 농촌이 한눈팔지 않고 땅을 일구어야 생존할 수 있는 기계적 노동이 삶의 조건이 되는 곳이며, 성실한 노동이 언젠가는 '땅과 가족'이라는 사회 정주민의 보증서로 돌아오게 된다는 인과율을 절대적 희망으로 내포한 곳이라는 사실이다. 물론 이 희망은 그 실현이 요원한 족쇄가 될 수도 있는데, 1930년대 식민치하 농촌이라는 공간만큼 이러한 희망이 허상이라는 것을 잘 보여주는 사례도 없다. 다른 하나는 농민이 삶의 변화 앞에 가장 보수적인 집단이며 제도적 노동에 익숙한 집단이라는 것, 때문에 한 번쯤은 그 기계적 반복성을 벗어나고 싶어 하는 내적 충동을 안고 있지만 그 충동의 강렬함만큼이나 충동에 대한 두려움, 억압의 당위 등을 강하게 체험하는 집단이라는 사실이다. 더 이상 키가 자라지 않는 점순을 쳐다보며 몇 해째 말만 데릴사위일 뿐 사실상 노예 노동을 계속하고 있는 「봄·봄」의 '나'의 처지를 예로 들어보자. 장인의 얕은 거짓말과 그에 속아 넘어간 우직한 청년 간의 유머러스한 에피소드라는 외장을 걷어내고 본다면, 그 근저에는 원래부터 실현이 불가능한, 영원히 보류된 희망을 향해 쉴 틈 없이 노동을 해야 하는 농부의 숙명이 자리 잡고 있다.[12]

김유정의 소설에는 마치 기계인 양 묵묵히 땅을 파는 농부의 운명에 대한 적의가 꿈틀거린다. 「만무방」은 대표적인 사례라 할 것이다. 농부로서의 천직을 버린 자, 엄밀히 말해 선험적으로 규정된 관습에서 벗어

---

12 이와 관해 김유정의 문학을 궁핍, 폭력, 인간성 유린 등으로 점철된 현실의 악마성과 해학성의 균형 잡기로 파악한 견해를 참고할 수 있다(김윤식·정호웅, 『현대소설사』, 문학동네, 2000, 235쪽).

난 자임에도 응칠은 자유를 누리고 있으며, 응칠을 동경하는 농부들의 군상이란 일탈의 자유가 내뿜는 유혹에 전염되어 집단 심리가 요동치는 모습을 담고 있다. 그러므로 김유정의 소설에는, 일상적 삶을 힘들게 인내하느니 차라리 작파해버렸으면 좋겠다는 상상을 실행에 옮긴 인물이 허다하다. 금광, 도박, 야반도주 등은 이 같은 전회를 위한 계기로 도입된다. 「금따는 콩밭」(1935)이 보여주듯이, 애써 가꾼 콩밭이 '삽 끝에 으즈러지고 흙에 묻히는' 것은 한 순간이다. 「금따는 콩밭」은 금줄을 잡겠다며 애꿎은 콩밭을 뒤집는 농촌의 실상을 보여주는 것이되, 김유정이 애써 그려내고 있는 것은 콩밭을 갈아엎겠다는 결단의 순간과 제 손으로 콩밭을 갈아엎은 자의 고통이다. 요컨대 천분을 거부하는 결단과 그로 인해 닥쳐올 운명의 심판을 예측하는 자의 고통이다. 콩밭을 갈아엎었으니 '벼락을 맞을 것'이라는 동네 노인의 성화는 우연히 등장하는 목소리가 아닌 것이다. 내면의 몹쓸 충동에 귀를 기울인 자의 불안이 현실화된 것이며, 이러한 불안의 강도에 비한다면 소작농인 사내가 소작을 떼이지 않을까 하는 염려는 부차적인 것이다. 그로서는 태초부터 존재했던 천분을 뒤엎은 결단이었던 까닭이다.

다시 한 번 말하지만, 1930년대 식민지적 수탈과 그로 인한 농촌경제의 파탄이 농부들의 삶을 벼랑으로 몰아넣었음은 분명하다. 그리고 김유정의 소설이 금광, 도박, 기아, 가족의 해체와 같은 일련의 현실을 피폐해진 농촌의 증상으로서 주시하고 있었음도 분명하다. 이때 이러한 당대 현실적 문제의 포착과 비판이 작가로서의 문제의식을 지배하는 초자아의 차원이라면, 다른 한편으로 그 이면에 존재하는 이드의 차원과 그 안에 내재한 충동은 서사의 재현 방식을 지배한다. 이는 '운명에의 적의'라는 말로 요약할 수 있을 것이다. 인고의 시간을 보내는 농부의 삶을 두고 어떤 이념을 착안하든, 인간은 노동하는 존재라는 전제는 의심을 받은 적이 없다. 부르주아 자본주의는 부의 축적과 소유를 향한 욕망에 휘둘리며 스스로를 기계 부품으로 밀어 넣는 영혼 없는 노동을 근간으로 굴러간다. 사적 소유를 거부하는 공산주의에서도 노동의 산물로부터 소외되지 않는 본래적 노동이란 인간의 존재 증명과도 같기에 노동이란 기꺼운 것이라 전제된다. 그러니까, '일하는 인간'이란 어떤 종류의 이념에서도 공동체 질서의 근간이며 회의된 적이 없고, 사실상 회의되어서는 안 되는 전제인 것이다.

이 대목에 이르면 김유정의 농촌 서사가 갖는 의미를, 현실적 모순의 포착이라는 평가와는 다른 차원에서 이야기해볼 수 있다. 그것은 자신의 운명에 대해 적의를 갖는 인간 군상의 포착을 다룬다. 천분이란 위반할 수 있다고, 내면의 충동 또한 자아라고 귀를 기울이기 시작하는 각성의 순간인 것이다. 이것은 근대 사회의 제질서에 대한 정면 돌파를 시도하는 본래적 충동의 부추김이라 볼 수밖에 없다. 앞서 말했듯 농부와 농촌이라는 배경은, 천분이나 소명으로 규정된 의식이 가장 공고하게 자리 잡은 공간이기에 선택된다. 땅파기를 거부하는 농부의 군상이란 근대 사회의 이데올로기가 만들어낸 모든 가정(假定)을 벗어나는 시나리오이며, 이에 진정한 '사건'이라 이를 할 만 사태가 된다. 김유정의 농촌 서사가, 일반적으로 도시성의 산물이라 논의되는 모더니즘 문학의 일부로 편입될 수 있는 근거가 여기에 있다. 전위적 모더니티란 비단 도시에서만 포착되는 것이 아닌 것이다.

김유정 소설의 상징처럼 되어버린 '들병이' 서사 또한 마찬가지이다. 천직을 버리고 기존 질서의 밖으로 쫓겨난 농부들의 삶과 마찬가지로, 그는 이번엔 '대중에게 개방된 아내'로서 또 다시 질서 밖의 세계로 추방된 존재들을 문제 삼는다. 주지하듯 들병이 이야기는 단순한 직업적 매춘부를 다루지 않으며 그 핵심에는 '아내의 매춘'이라는 역설이 자리한다.[13] 성적 질서의 문란함을 막는 일이 공동체의 근간에 속한다는 것은 종교적 계율을 통해서도 확인된다. 하물며 부계 사회의 질서 속에서 남편이 아내를 성적으로 점유하는 것이란 재산권의 행사인양 당연시되는 것임을 감안한다면, '아내의 매춘'이란 상식의 영역을 벗어나는 형용모순과도 같다. 이에 김유정은 들병이가 곧 '조선의 집시'와도 같은 존재라면서, 그 첫머리에 다음과 같은 질문을 여유만만하게 걸어 놓았다.

---

13 김유정의 소설에 등장하는 독특한 매춘의 양상은 다수의 연구자들에 의해 주목되어 왔다. 이 가운데 본 글의 시각과 관련하여 가장 주목할 만한 연구는 김주리의 「매저키즘의 관점에서 본 김유정 소설의 의미」(『한국현대문학연구』20, 2006, 295~323쪽)이다. 논자는 들뢰즈의 매저키즘 개념을 축으로 삼아, 들병이의 존재론으로부터 지배자-어머니를 통해 아들 또한 내포된 아버지의 세계, 즉 가부장적 세계를 처벌하려는 욕망을 읽어내고, 이 원리로 인해 웃음과 폭력이 혼합된 김유정 소설의 특징이 만들어진다고 설명하고 있다. 필자의 글은 김유정 문학에 등장하는 폭력 및 신경증의 문제를 정신분석적으로 접근하는 지점에서 출발한 까닭에, 앞서 언급한 김주리의 글과 결과적으로 인용 작품이나 작품 해석의 시각에 있어 상당 부분 겹치는 내용이 있음을 밝혀둔다. 다만 김주리의 글은 지배자로서의 여성과 피지배자로서의 남성 혹은 가부장적 세계에 대한 처벌원리로서의 여성성의 소환 등을 주요 시각으로 제시한다. 반면 본 글은 세계의 질서를 벗어나는 낯선 삶의 원리가 구현되고, 기성의 세계 속에 적응하려는 그룹이 얻게 되는 신경증을 논의하고 있으나, 특별히 이러한 구도를 오이디푸스적 관점에서의 아버지 부정이라든가, 지배자로서의 여성상의 소환이라는 지점에 맞추지는 않았다. 김유정이 몇몇 여성들에게 광적으로 집착했던 것이나, 들병이를 예찬하는 현상이 드러내고 있는 것은 결국 어떤 논리나 행동의 일관성도 없이 표류하는 자기모순으로 가득한 김유정 자신의 내면밖에 없다고 보기 때문이다. 다시 말해 폭력과 광기에 점유당하는 인간의 층위에서 본다면 남성과 여성의 구분은 큰 의미가 없어 보인다. 김유정의 삶이나 글, 특히 자전적 글들은 질서 / 무질서, 공 / 사, 당위 / 욕망 등 일반적으로 서로 대립하는 층위의 언술이 서로 뒤섞인 것을 볼 수 있다. 일례로 그는 '상대에게서 제자신을 찾아내고자' 연애를 하고, 들병이에 대해서는 성을 상품화한 노동자라 보면서도 동시에 '조선의 집시'라는 낭만적 별칭을 부여하고 있는 것이다. 이로부터 본 글은 김유정의 소설에 등장하는 폭력 및 신경증의 성향이란 결국 김유정의 내면을 채운 죽음충동의 발현에 지나지 않는 것이며, 김유정에게 있어 글쓰기의 의미는 그러한 죽음충동에 함몰되지 않기 위해 그 내면을 재현하고 객관화하는 '외화' 및 소통의 시도, '관계 지향적 운동성'이자 생의충동을 대면시키는 작업이었다는 점을 논증하고자 노력했다. 두 글 간의 유사성을 지적해주신 심사위원께 지면을 빌려 감사드리고 싶다.

안해를 구경거리로 개방할 의사가, 잇는가 혹은 그만한 용기가 잇는가, 나는 이러케 가끔 묻고 십흔 충동을 늣긴다. 물론 사교계에 용납한다는 의미는 아니다. (…중략…) 자기의 안해를 대중의 구경거리로 던질 수 잇는가, 그것이다. 그야 일부러 물자를 드려가며 이혼을 소송하는 부부도 업지는 안타마는 극진히 애지중지하는 자기의 안해를 대중에게 봉사하겟는가, 말이다. (…중략…) 이것은 그런(호구를 위한 몰자각적 복종이나 파렴치한 허세—인용자) 모든 가면 허식을 벗어난 자성적(自醒的) 행위이다. 안해를 내놋코 그리고 먹는것이다. 애교를 판다는 것도 근자에 이르러서는 완전히 노동화하얏다. 노동하야 생활하는 여기에는 아무도 이의가 업슬 것이다. 이것이 즉 들병이다.[14]

'아내를 개방할 의사가 있느냐, 그럴 용기가 있느냐.' 명백히 이 질문은 조선의 남성들을 향한 것이다. 그리고 그 조건으로, 싫어진 아내가 아니라 '극진히 애지중지하는' 아내를 내놓을 수 있느냐고 묻는다. 그리고는 들병이는 '몰자각적 복종'이나 '파렴치한 허세'를 동원하여 '밥'을 버느니, 모든 허식을 버리고 차라리 아내를 내놓고 밥을 먹고 살겠다는 '자성적(自醒的)' 행위라 평가한다. 빈곤에 내몰린 가장에게, 차라리 아내의 육체를 거래하여 호구를 하라는 조언은 잔인한 일이 될 것이다. 그것은 아내를 사랑하기 때문일 수도 있으나, 당초 일부일처제 하에서 보장받은 권리의 포기인 것이고 이에 최소한의 권리조차 빼앗긴 데 대한 자기 환멸로 연결되는 것이기도 하기 때문이다.

그러나 일을 작파한 농부, 그러니까 이미 사회 질서의 바깥으로 비껴난 농부의 경우라면 어떠한가. 들병이라는 존재는, 더 이상 노동하지 않

---

14 「조선의 집시—들병이 철학」, 『전집』, 414~415쪽.

겠다는 농부들의 결단 및 그 수행과 밀접한 연관을 맺고 있다. 들병이는 혼자 생계를 감당하기에 지친 남성들이 아내의 몸을 시장에 내어 놓는 일을 용인했기 때문에 등장할 수 있었던 것이다.[15] 땅에 대한 천분을 버리고 노동 없는 세계의 자유를 만끽하려면 아내와 가족이란 차라리 거추장스러운 것이다. 이에 김유정이 그려낸 들병이의 세계에서, 아내의 매춘에 분노하는 남성은 드물다. 「안해」(1935)가 예외적일 뿐인데, 그조차도 들병이 노릇조차 못할 만큼 박색인 아내에게 평소 불만을 품었을 뿐 아니라 들병이로 나가겠다는 아내를 적극 원조한다. 결국 그녀를 들병이로 내놓지 못한 것은, 아내가 자식의 양육을 소홀히 하고 행여 다른 남성과 눈이 맞아 자신을 내칠까 의심했기 때문이다. 즉, '아내의 개방' 자체는 문제가 아니었던 셈이다. '들병이에게 붙어서 호사할 생각'에 한때 부부가 설계했던 미래의 상징과도 같았던 부엌의 솥을 빼들고 가출하는 농부(「솥」, 1935), 들병이한테 장가들 심산이었다가 동료에게 빼앗긴 청년 농군(「총각과 맹꽁이」, 1933), 아내를 장사꾼에게 후처로 내주고 돈을 챙긴 뒤 야반도주하여 다시 가정을 꾸리는 부부(「가을」, 1936) 등, 노동에 지친 남성들은 하나같이 아내가 들병이가 되길 바란다.

객관적으로 보아 들병이는 육체마저 시장에 내놓아야 생계를 유지할 수 있었던 빈농의 절박한 가난을 보여주는 존재들이라 할 수 있다. 김유정 역시 '애교를 파는 것마저 노동화한 경우'라며 들병이의 발생사를 해석하고 있다. 이는 성(性)마저 매매교환의 대상이 되는 사회적 병폐를

---

15 앞서 언급한 김주리의 글 외에 들병이 서사에서 '아내의 매춘'이라는 상황을 문제 삼고 있는 글로는 곽승숙, 「김유정 소설의 '아내'와 열린 구조」(김유정학회 편, 『김유정과의 산책』, 소명출판, 2013, 123~143쪽), 박혜경, 「김유정 소설 속 여성인물이 구현한 성의 양상」(같은 책, 144~162쪽) 참조. 전자는 아내가 남편의 욕망을 모방하고 대리하게 되는 과정을 분석하는 데 초점을 두고 있으며, 후자는 식민지 농촌현실에서 김유정이 매춘이나 들병이 모티프를 통해 본능적 욕망이나 이성적인 도덕과 윤리를 벗어난 새로운 영역을 열고 있음을 주목하고 있다.

지목한 정확한 분석이라 할 수 있다. 그러나 '노동화한 애교'라는 분석과 '조선의 집시'라는 명명 사이의 괴리가 보여주는 것처럼, 여성의 성 상품화라는 객관적 논리와 작중에 등장하는 들병이들의 모습 간에는 기묘한 불일치가 일어난다. 김유정 소설에 등장하는 들병이에게는, 혹은 들병이가 되길 바라는 아내들에게는 어떤 심각한 자의식이나 피해의식 따위가 없다. 그녀들은 무능한 남편 때문에 몸을 혹사하느니 창가와 술을 일부러 배워서라도 편하게 살겠다고 작심하는 것이다. 아내들의 입장에서 들병이란, 숙명처럼 짊어진 가난과 노동 때로는 육아로부터 해방되는 길이다. 부부라는 제도적 관계와 정조의 관념은 현실적 고통 앞에서 그리 큰 문제가 되지 않는다. 악착한 현실 속에서 '일하지 않는 농부'라는 군상이 생겨났듯이, 이제 천분인양 주어졌던 가사노동과 내조를 내려놓고 제도적 인식의 바깥으로 나아가는 아내들이 생겨나는 것이다. 물론 개중에는 「산골나그네」(『제일선』, 1933)의 등장인물처럼 남편이 죽거나 병에 걸려서 생활고로 인해 들병이가 된 여성들도 있겠으나, 김유정 소설을 풍성하게 만드는 '들병이의 철학'이란 이처럼 들병이를 가부장제 사회에서 분리되는 해방구라 생각하고 매춘을 생업으로 삼는 여성 군상으로 인해 만들어진 것이다.

농부나 들병이는 농업과 가부장제라는, 당대 사회에서 변화 앞에 가장 완고하고 보수적인 제도 속에 놓인 존재들이다. 김유정의 소설은 이러한 기저층에 나타난 균열의 조짐을 추적하고 가장 온건하고 보수적인 집단의 변화를 그려내고 혹은 부추긴다. 주어진 숙명을 내려놓고 일탈하는 존재들을, 그 비참한 전락에 따른 사회적 평가와는 별도로, 오히려 자유로운 존재들로 그려낸다. 이렇듯 기존 세계의 붕괴와 전복을 동경하는 시선을 어떻게 평가할 것인가. 그것은 당대 '러시아'에서 인류의 미래를 보았던 젊은 청년의 이념적 패기에서 나온 것일 수도 있고, 혹은 젊은 나이에 죽음을 의식해야 했던 청년의 비관에서 나온 위악일 수도 있다. 이는 결국 김유정의 글쓰기 욕망을 묻는 핵심적 질문이 되겠으나 그 논의는 마지막 절로 미루기로 하고, 일단 다음 절에서는 현실의 붕괴와 일탈에 관한 동경만큼이나 작중 인물의 내면 또한 혼돈과 광기에 장악되어 있다는 점을 살피기로 한다.

3. 신경증의 기록—일상의 폭력과 사디즘

기성 사회의 질서와 관습을 뒤엎으려는 악마의 속삭임은 그 자체로 매혹적인 것임에 틀림없다. 정치적 발화와 문학적 발화 사이에서 김유정의 텍스트가 보여주는 간극을 감안한다면 말이다. 일터에서 추방된 농부, 매춘으로 생계를 유지해야 하는 아내의 처지란 현실의 비극적 조건을 고스란히 드러내는 제재가 된다. 그러나 김유정의 소설에서 이들은 노동의 구속에서 벗어나고픈 농부, 경제적으로 자립한 여성의 형상으로 그려진다. 노동과 성 역할에서의 해방, 이러한 구호가 갖는 급진성은 기성 사회의 입장에서 본다면 불온한 광기라 하겠으나 그만큼 전위적인 매력을 갖는다. 김유정은 뿌리 뽑힌 농부들이나 들병이들에게 현실 질서 내에 존재하는 잉여의 지대, 즉 무법적 혼돈의 쾌락을 겹쳐놓은 것이다.

그렇다면 관습적 천분과 사회적 역할을 내버린 인물 군상과는 반대의 인물들, 즉 어떻게 해서든 현실에 순응하려 하는 인간 군상은 어떻게 그려지고 있는가. 금광이나 도박보다도 여전히 땅을 일구는 인물, 일탈을 꿈꾸되 그 실현을 오히려 두려워하는 인물이 우리 사회에서는 보다 일반적인 존재들인 것이다. 이렇듯 전통적인 삶의 방식을 유지하려 애쓰는 군상들의 병든 내면을 김유정은 어둡고 그로테스크한 양상으로 그려낸다. 현실에서 살아남고 정착하려 애쓸수록 세계의 폭력성은 피할 수 없는 위협이 되는데, 김유정은 힘겹게 삶을 버텨내는 순종적 존재들의 내면에 세계의 폭력성이 어떻게 투사되는지를 추적한다. 일상 속에 스며든 폭력의 양상을 그려내는 데 있어서 김유정은 탁월한 관찰력과 묘사력을 보여준다.

쉽게 바꿀 수도 벗어날 수도 없는 현실적 조건이 어떻게 일상적 폭력과 결합되는가를 조명한 작품 중에, 단편 「떡」(1935)은 심리묘사에 탁월한 김유정의 면모를 잘 보여주는 작품이라 할 수 있다. 주인공은 가난한 농부의 일곱 살 난 딸인 옥이이다. 아이를 노골적으로 식충처럼 취급하며 밥 타령을 할 바에야 차라리 죽으라고 일갈하는 아비 덕에 늘 배를 곯다보니, 옥이는 먹을 것에 대한 집착이 남달리 강해졌다. 소설은 옥이가 동리 부자의 생일 잔칫집에 갔다가 아씨가 집어 주는 음식을 먹다 과식을 하여 체한 뒤 죽을 고비를 넘기게 되는 과정을 보여준다. 동네 이웃인 듯한 화자는 옥이가 죽을 뻔한 사건을 '떡이 사람을 먹은 이야기'라며 농담하듯 전해주는데, 사건 당일 아침의 정황에서 옥이가 죽다 살아나기까지의 현장을 중계하듯 말하고 있다. 주제만으로 본다면 이 소설은 어린 아이를 죽을 지경까지 몰아간 지독한 가난에 대한 삽화가 되겠지만, 사건 발생의 경위를 따라가는 작가의 시선은 비단 가난의 참혹함을 드러내는 데에만 있지 않다. 오히려 작중에서 어린 아이의 굶주림은 어떤 동정의 시선도 끌어내지 못한다. 아비는 아이의 허기를 식탐이라며 저주하고, 이웃들은 남의 부엌에서 음식을 훔쳐내는 '밥 주머니'이자 '여호년'이라며 아이를 경멸한다. 옥이의 별명이 '밥 주머니'란 이야기를 알게 된 작은 아씨는 옥이가 불쌍하기도 하지만 문득 아이가 과연 얼마나 먹을 수 있겠는지 궁금해지고, 기어이 일이 터진다.

> 이밥 이밥, 그 분량은 어른이 한때 먹어도 양은 조히 차리라. 이것을 옥이가 뱃속에 집어넣은 시간을 따져본다면 고작 칠팔분밖에는 더 허비치 않엇다. 고기 우러난 국맛은 입에 달앗다. 잘 먹는다 잘 먹는다 하고 옆에서 추어주는 칭찬은 또 귀에 달앗다. 양쪽으로 신바람이 올라서 곁도 안돌아보고 막 퍼넌 것이다. 게집들은 깔깔거리고 소군거리고 하엿다. (…중략…) 온 이게 사람이야 나는 간이 콩알만 햇지유 꼭 죽는줄 알고. 추어서 달달 떨고 섯는 꼴하고 참 깜찍해서 내가 다 소름이 쪼옥 끼칩디다. 이걸 가만히 듣다가 그럼 왜 말리진 못햇느냐고 탄하니까 제가 일부러 먹이기도 할텐데 그러케는 못하나마 배고파 먹는 걸 무슨 혐의로 못먹게 하겟느냐고 되레 성을 발끈 내인다. 그러나 요건 빨간 가즛말이다. 저도 다른 게집 마찬가지로 마루 끝에 서서 잘먹는다 잘먹는다 이러케 여러번 칭찬하고 깔깔대고 햇섯슴에 틀림없을게다.[16]

구경꾼들의 칭찬에 혹한 아이는, 그간 음식에도 사랑에도 너무나 굶주렸던 탓에 주는 대로 음식을 받아먹고는 목숨을 잃을 위기에 놓이게 된다. 탐식이 비단 생리적 굶주림뿐만 아니라 심리적인 애정 결핍의 결과이기도 하다는 것을 자연스럽게 연결시킨 이 에피소드는, 비단 농촌

---

16 「떡」(『중앙』, 1935.6), 90~92쪽.

가정의 참혹한 빈곤을 그려내는 데에만 집중하고 있지 않다. 가난한 기층 농민 집단을 재현하는 데 있어 이 소설의 독특함은, 생리적·심리적 허기에 시달려 만족을 모르는 채 음식을 끝없이 받아먹는 아이와 이렇듯 자제력을 잃고 음식을 먹는 아이를 부추기며 즐거워하는 군중의 시선을 통해 일상에서 불현듯 출현하는 잔혹한 군중 심리를 그려낸다는 데에 있다. 홍성이는 잔칫집에서 먹성 좋은 아이를 둘러싸고 벌이는 어른들의 유쾌한 장난질이라는 소극적 설정, 이른바 '떡이 사람을 먹은 이야기'라는 제목은 다분히 해학적이지만, 그 과정에 등장하는 집요함과 폭력성은 해학만으로 이해하기에는 그로테스크한 면모를 지니고 있다.[17]

이 소설의 감정구도는 의외로 복잡하다. 우선 굶주린 아이의 탐식을 보며 그 끝을 확인하고 싶어 하는 군중의 잔혹성이 눈에 띈다. 이 잔혹성은 구경거리를 향한 호기심에서 나온 것이되, 내심으로는 피차 가난한 살림을 하는 터에 몰래 남의 밥을 훔쳐 먹어온 아이의 먹성에 대한 응징을 담고 있다. 이에 아이를 말려야 한다는 어른으로서의 책무를 유기한 채, 군중의 익명성에 숨어 아이를 부추기며 한편으로는 잔인한 호기심을 충족시키고 한편으로는 아이를 골탕 먹이려 드는 것이다. 군중 집단의 악의에 찬 호기심은, 극도로 굶주린 상태에서 음식을 양껏 먹어도 좋다는 허락을 받은 데다, 어른들에게 늘 천덕꾸러기 취급만 받다가 어쩐 일인지 따뜻한 관심과 칭찬을 받게 되자 어쩔 줄 모르는 아이의 무고하고 순수한 마음과 어우러져 강한 대조를 빚어낸다.

---

17 김유정의 대표작으로 꼽히는 「동백꽃」의 경우도 이에 해당한다. 이 소설은 봄에 걸맞은 어린 소년과 소녀의 풋사랑을 유쾌하게 보여주는 해학적이며 토속적인 작품으로 평가받는다. 그러나 소년과 소녀의 사랑이라는 외장을 걷어내고 본다면, 마음을 고백했으나 거절당한 소녀가 소년의 닭을 잡아서 죽을 때까지 쪼이도록 만드는 장면이란, 사랑의 상처가 집요하고 일상적인 폭력으로 전화하는 사례를 그린 김유정 특유의 시선이 확인되는 지점이다.

일상의 폭력이 터져 나오는 계기라든가 이에 가담하는 사람들의 면모는 어떤 대단한 차원에 놓여 있는 것이 아니다. 배가 고파서 자신의 밥상을 넘보는 아이를 '식충'이라 욕하며 매질하는 것이 습관이 된 아버지(「떡」)라든가, 잔소리하는 아내를 속이 후련해질 때까지 때려야만 만족하는 남편(「안해」), 부부싸움 끝에 등에 업었던 아이를 내던지는 아내(「금따는 콩밭」) 등 김유정의 소설에는, 빈곤한 가족의 일상에 폭력이 스며들고 자연스럽게 발현되는 양상이 드러난다. 그러나 김유정이 가난과 폭력성에 접근하는 방식은, 기층민의 가난을 묘사하는 데 집중했던 당대 카프 작가들이라든가 '빈궁문학'을 하나의 소설 유형으로 끌어올린 최서해 식의 접근과는 분명히 변별되는 특징이 있음을 놓쳐서는 안 된다. 다시 말해 빈곤층의 폭력을 다룬 김유정의 작품에서 특유의 스타일이라 할 만한 대목은, 폭력에 접근하는 작가의 태도에 있다. 그에게 폭력은 고발해야 한다거나 일소해야 할 대상이 아니다. 김유정의 탁월함은 폭력은 악하다고 단죄하기에 앞서, 폭력의 발생 및 그 기능을 일상을 배경 삼아 섬세하게 추적해 들어간다는 데에 있다. 이 지점에서 김유정의 소설은 논리적으로 설명할 수 없는 무의식과 충동으로 점철된 인간 내면의 모순성에 성큼 다가서게 된다.

게집 좋다는 건 욕하고 치고 차고, 다 이러는 멋에 그렇게 치고 보면 혹 궁한 살림에 쪼들리어 악에 받인 놈의 말인지는 모른다. 마는 누구나 다 일반이 겟지, 가다가속이 맥맥하고 부하가 끓어오를 적이 있지 않냐. 농사는 지어도 남는것이 없고 빚에는 몰리고, 게다가 집에 들어스면 자식놈 킹킹거려, 년은 옷이 없으니 떨고있어 이러한 때 그냥 백일수야 있느냐. 트죽태죽 꼬집어 가지고 년의 비녀쪽을 턱 잡고는 한바탕 훌두들겨대는구나. 한참 그 지랄을 하고 나면 등줄기에 땀이 뿍 흐르고 한숨까지 후, 돈다면 웬만치 속이 가라앉을 때였다. (…중략…) 이멋에 게집이 고마운 물건이라 하는것이고 내가 또 년을 못잊어하는 까닭이 거기 있지않냐. (…중략…) 그렇다고 우리가 원수같이 늘 싸운다고 정이 없느냐 하면 그건 잘못이다. 말이 났으니 말이지 정분치고 우리것만치 찰떡처럼 끈끈한 놈은 다시 없으리라.[18]

    단편 「안해」는 오늘날의 관점으로 본다면 심각한 가정폭력의 한 사례라 할 만하다. 이 소설에는 아내를 매질해야만 심리적 만족을 느끼는 남편이 등장한다. 그러나 단순히 가정폭력으로 인해 가정이 지옥으로 변했다는 관점으로 이 상태를 서술하고 있지 않음을 주목해야 한다. 위의 인용에서 화자인 남편은 원래 아내란 폭력을 감내하는 존재이며, 궁한 살림의 답답한 마음을 폭력으로라도 해소해야 살 수 있고, 그럼에도 부부 금슬에는 지장이 없다고 자랑하고 있다. 아내 역시 남편의 폭력에 시달리면서 그 순간이 지나면 살갑기 그지없다. 요컨대 작가는 일상적 폭력의 도착(倒錯)적인 성격에 초점을 맞춘다. 아내를 향해 쏟아지는 폭력은 일차적으로 사디즘의 성격을 띠지만, 위의 인용은 벗어나기 힘든 가난 속에 가족을 부양해야 하는 무능한 가장으로서의 자신에 대한 자기처벌의 쾌락을 겸한다는 점에서 결국은 사도-마조히즘의 성격을 갖는다고 할 수 있다. 앞서 살핀 「떡」의 에피소드 역시 같은 차원에 놓여 있다. 이 소설은 잔칫집에서 벌어진 작은 소동의 형태를 띠고 있으되, 군중의 차원에서 아이를 향해 발산되는 사디즘적 폭력의 현장을 담아낸다. 그리고 이와 동시에, 가난한 옆집 아이라 해서 따뜻하게 포용하기

---

18 「안해」, 『전집』, 171~172쪽.

는커녕 가난한 자의 게걸스러움을 향한 경멸과 자조, 즉 그 자신을 향한 경멸과 자조일 수도 있는 악의를 무력한 어린 아이에게 투사하는 사도-마조히즘의 성격도 볼 수 있다.

인간의 폭력성과 그 도착적 성격을 환기시키는 이러한 에피소드들이 가리키는 바는 명료하다. 일상적 폭력의 기제라든가 그러한 폭력에 순응하는 인간의 내면은 그리 단순하게 이해되지 않는다는 사실이다. 매를 맞고 울던 아내가 어느 순간 변죽 좋고 곰살궂은 아내로 되돌아가고 이내 다시 매타작의 대상이 되는 반복성을 어떻게 논리적으로 설명할 것인가. 농부라는 천직을 버리고 오히려 홀가분한 방랑자가 되는 「만무방」의 응칠, 아내를 들병이로 내보낼 생각에 '소리'를 가르치는 「안해」의 '나' 등의 인물군 등이 보여주는 것은, 통념의 궤도를 벗어난 지점에서 현실 적응의 양상이 얼마나 다채롭게 펼쳐질 수 있느냐에 대한 대답들이다. 하물며 인간의 욕망과 사회적 관계가 얽혀서 만들어지는 심리적 기제 속에서는 폭력조차도 도착적인 쾌락의 수단으로 상용된다. 이러한 폭력이 정상이냐 비정상이냐, 혹은 반윤리적이냐 인간적이냐를 묻는 것은 이 글의 논지를 벗어나는 주제이다. 다만 이 대목에서 짚고 넘어갈 것은, 이러한 신경증(도착증)이 일상을 안정적으로 유지하기 위해서 요청되는 경우가 허다하다는 것, 김유정의 소설이 하필 그러한 병적 내면을 재현하는 데 탁월하다는 사실이다. 실상 현실에 순응하는 존재들의 병적인 내면에 대해 그가 이렇듯 섬세하게 접근할 수 있었던 것은 우연이 아닌 듯하다. 자전적 체험을 다룬 김유정의 소설은 일상적 폭력이나 병적 신경증이 결코 관찰의 결과에서 나온 것만은 아니라는 점을 깨닫게 해준다.

이렇게 점점 강렬한 자극을 요구하는 그 주정은 끝이 없었다. 그는 술을 마시면 집안세간을 부시고 도끼를 들고 기둥을 패었다. 그리고 가족들을 일일히 잡아 가지고 폭행을 하였다. 비녀쪽을 두손으로 잡고 그 모가지를 밟고 서서는 머리를 뽑았다. 또는 식칼을 들고는, 피해다라나는 가족들을 죽인다고 쫓아서 행길까지 맨발로 나오기도 하였다. 젖먹이는 마당으로 내팡게쳐서 소동을 이르켰다. 혹은 아이를 움물속으로 집어던저서 까무러친 송장이 병원엘 갔다. 이렇게 가정에는 매일같이 아우성과 아울러 피가흘렀다. 가족을 치다치다 이내 물리면 때로는 제팔까지 이로 물어뜯어서 피를 흘렸다.[19]

그는 동생을 결코 완력으로 들볶지 않았다. 그것보다는 은근히 빗대놓고 비양거리어 불안스럽게 구는것이 동생을 괴롭히기에 좀 더 효과적인 까닭이었다. 완력을 쓰면 동생의 표정은 씸씸하였다. 그러나 이렇게 뱉을 긁어놓으면 그는 얼골이 해쓱해지며 금세 대들듯이 두 주먹을 부루루 떨었다. 그러면서도 누님에게 감히 덤비지는 못하고 마는것이다. 이 묘한 표정을 누님은 흡족히 향낙하였다. 그리고 나서야 그는 분노, 불만, 비애 ― 이런 거츨은 심정을 가라앉히고 하는것이다. 이만치 그는 뒤둥그러진 승질을 가진 여자였다. 명렬군은 여기에서 누님을 몹시 증오하였다. 누님이 그의 앞으로 그릇을 팽개치고 대들어, 웃가슴을 잡아뜯을 때에는 그 병으로 돌리고 그대로 용서하였다. 그리고 묵묵히 대문밖으로 나가버리고 마는것이다. 마는 이렇게 간죽어리고 앉아서 차근차근 비위를 긁는데는, 그는 그속에서 간악한 그리고 추악한, 한 개의 악마를 보는것이다.[20]

---

19 「生의 伴侶」, 『전집』, 259쪽.
20 위의 글, 275~276쪽.

본래 장편으로 기획하였으나 미완으로 남은 「生의 伴侶」(『중앙』, 1936. 8~9)에서 인용한 대목들이다. 이 작품에는 김유정의 불우한 가정사와 기생 박녹주와의 연애담이 담겨 있다. 화자로부터 '타락한' 친구라 소개된 유명렬은 김유정 자신을 허구화한 인물이다. 이 기록은 기생 명주에게 연애편지를 보내고 답신을 고대하는 유명렬의 일방적인 연심을 소개하고, 그런 기행(奇行)의 제반 원인을 분석하는 구도로 되어 있다. '생의 반려'라는 제목처럼 연애 상대를 향한 구애 행각을 중심 서사로 삼되, 주인공의 불우한 가족 관계는 그 중심서사를 이해하기 위한 실마리가 되기에 서사의 상당 분량을 차지한다. 첫 번째 인용은 막대한 유산을 물려받고 이를 음주와 기생놀음으로 탕진해버리는 형의 행태이며, 두 번째 인용은 그런 형님에게 아무런 경제적 원조를 받지 못한 채 동생인 유명렬을 부양하는 일까지 떠맡은 누이의 행태를 묘사한 것이다. 가족들에게 무자비한 폭력을 행사하는 것으로도 모자라 제 팔을 깨물어 피를 보아야 겨우 진정이 되는 형이나, 막내 동생을 대상으로 히스테리를 부려야만 심리적 안정을 찾는 누이의 모습이 상세히 설명된다.

「생의 반려」는 현실순응적인 인간이 병적 신경증에 빠져드는 대목을 차례로 짚어낸다. 부친에게 인정받지 못하는 장남의 광기,[21] 가족 부양 때문에 과도한 노동과 정신적 학대를 참아내야 하는 여성의 히스테리, 가족의 학대를 받으며 이러지도 저러지도 못한 채 염인증(厭人症)에 시달리는 청년까지. 문제는 이러한 인물의 군상이 바로 김유정에겐 가족이었다는 사실이고, 그 자신이 그러한 폭력의 현장에서 고통을 감내해

---

21 「생의 반려」에는 주색에 빠진 친형의 광기어린 악행이 서술되어 있으며, 그 악행에 이르기 전 부친과의 갈등에 관한 내용은 작가의 사후에 발표된 단편 「형」(『광업조선』, 1939. 11)을 통해 짐작할 수 있다.

야 하는 장본인으로 놓여 있었다는 사실이다. 결코 해소되거나 빠져나올 수 없는 폭력의 유형에 대해, 신경증이나 도착증으로 전이된 폭력의 기이한 반복성에 대해 그가 남달리 예민했던 데에는 이러한 가족사가 배경에 놓여 있다. 해학과 아이러니, 유머를 구사하던 여유로움은 자전적 기록에 이르면 극도의 불화와 폭력, 극도의 가난과 억압의 에피소드 틈에서 실종된다. 「생의 반려」는 그에게 있어서 가정사란 어떠한 상상력이 개입할 여지를 주지 않는 압도적 현실이었음을 짐작케 하는 것이다. 그는 지극히 사실적인 묘사를 해나간다. 이상(李箱)의 경우 신경증을 논리적 글쓰기로 전환했다면 김유정의 경우는 날것을 그대로 드러내고 있어 더욱 충격적이다. 비단 작중에 등장하는 에피소드를 전부 실제 사건이라 수용하지 않는다고 하더라도, 일상에서 벌어지는 물리적·정서적 폭력을 간파하고 묘사하는 데 있어 이와 같은 자전적 체험이 영향을 미치고 있음은 부인할 수 없다.

4. 염인증자(厭人症者)의 연서쓰기

앞서 본문에서는 김유정의 문학에서 광기나 폭력 등의 반사회적 충동이 매우 근본적이며 자연스러운 삶의 조건으로 자리 잡고 있다는 것을 설명하려 했다. 이번 장에서는 파괴와 분열, 폭력과 신경증에 대한 관심이 그의 문학적 욕망과 어떻게 연결되어 있는지를 살피고자 한다. 논의의 출발은 자신에게 별 관심이 없는 상대에게 수신불명의 연애편지를 끊임없이 써대며 답장을 기다리는, 기행(奇行)에 가까운 그의 연애 행각이다. 김유정이 생전에 박녹주, 박봉자 등의 여성에게 집요한 구애의 편지를 보냈으나 거절을 당했다는 사실은 잘 알려져 있다. 이는 작가 개인의 연애사에 관한 문단의 뒷이야기나 혹은 전기적 차원에서 본다면 애정 결핍에 시달리던 작가의 성격을 보여주는 일화라 할 수도 있을 것이다. 그러나 이 글에서는 그의 '연애편지 쓰기'를 단순한 스캔들의 차원이라기보다 작가 김유정의 글쓰기의 욕망 혹은 창작 동인과 관련해서 좀 더 진지하게 다루어보고자 한다. 우선은 그의 연애편지 쓰기가 보여주는 독특한 성격 때문이다. 김유정의 자전적 연애담을 다룬 소설 「생의 반려」에서, 김유정은 화자의 목소리를 빌려 그의 연애란 "상대에게서 제 자신을 찾아내고자, 거반 발광을 하다싶이 하는것"이며, 연애 편지라 하지만 실상은 "상대의 추악한 부분이란 일일이 꼬집어뜯어서 발겨놓는 말하자면 태반이 욕"이기에 염서(艶書)라 보긴 어렵다고 적어 놓았다.[22] 요약하자면 그의 연애는 나르시시즘의 성향이 강하며 연서 또한 상식적인 연서라기보다는 폭력적 성향을 띤다는 것이겠다. 이는 앞서 김유정 문학의 주제라는 차원에서 살펴본 신경증, 광기, 폭력 등의 요인들이 곧 김유정 자신의 삶 속에서도 발견이 된다는 것, 다른 누가 아닌 김유정 자신이 소설에 등장하는 정서적 혼돈의 한 가운데 놓여 있었다는 말이기도 하다. 한 걸음 나아가 그는 '당신에게 편지를 쓰는 동기는 작품을 쓰는 동기와 하나도 다를 것이 없다'고 말하기도 한다. 그러니까 그의 신경증적인 편지쓰기는 소설쓰기와 등가에 놓여 있는 셈이다. 이상은 김유정의 연애 행각이 단순한 스캔들이 아니라 그의 문학론과

---

22 「생의 반려」, 『전집』, 251~252쪽.

연결되어 있음을 보여주는 단서들이다.

상식적인 행태에서 벗어나 있다고 하더라도 특정한 상대를 향한 연애편지 쓰기는 김유정 자신에게는 분명한 목적을 지닌 행위였다. 그는 자신에게 사람을 피하려고 드는 '염인증(厭人症)'이 있다면서, 편지쓰기는 물론 문학 또한 크게 보아 생활의 일부로서 자신의 고질인 관계단절의 성향을 극복하기 위한 것임을 밝혀 놓았다.

> 나의 머리에는 천품으로 뿌리깊은 고질이 백여 있습니다. 그것은 사람을 대할적마다 우울하야지는 그래 사람을 피할려는 염인증입니다. 그 고질을 손수 고처보고저 판을 걸고 나슨것이 곧 현재의 나의 생활이요, 또는 허황된 금점에서 문학으로 길을 바꾼 것도 그 이유가 여기에 있을것입니다. 내가 문학을 함은 내가 밥을 먹고, 산뽀를 하고, 하는 그 일용생활과 같은 동기요, 같은 행동입니다. 말을 바꾸어보면 나에게 있어 문학이란 나의 생활의 한 과정입니다. 그러면 내가 만일에 당신에게 편지를 안 썼더라면 그 시간에 몇편의 작품이 생겼으리라든 그 말이 뭣인가도 충분히 아실줄로 생각합니다.[23]

위의 인용은 편지를 쓰는 행위에 담긴 의미의 여러 층위를 보여준다. 그것은 애정 행각이기 이전에 염인증을 고치기 위한 수단이며, 그의 문학 역시 염인증과 싸우는 생활과의 연속인 것이다. 앞서 김유정의 문학에서 두드러졌던 파괴와 일탈의 충동, 폭력성과 신경증 등은 우연의 결과가 아닌 것이다. 자신을 염인증자라 고백하는 그에게 인간의 내면에 대한 통찰은 관심의 대상될 수밖에 없다.

---

23 「병상의 생각」, 『전집』, 471~472쪽.

의지만으로는 무엇도 실현할 수 없는 삶. 젊은 나이에 언제나 죽음의 공포에 짓눌려 살아야 했던 김유정의 개인사를 감안한다면 그를 둘러싼 현실은 압도적인 허무주의로 귀결될 가능성이 높다. 현실적으로 해결되지 않는 모든 갈등은 결국 죽음이라는 최종적 해답에 이르면 모두가 하찮은 대상이 되고 마는 것이기 때문이다. 인간의 가장 본연적인 충동을 분석하던 프로이트는, 인간을 포함한 모든 생명체에게는 본질적으로 죽음충동이 내재한다고 결론짓는다. 그에 따르면, 죽음충동이란 개체의 안정을 방해하는 에너지를 해체하고 파괴하는 방향으로 발산하여 무기물로 되돌아가려는 자기 보호 본능의 일종인 것이다.[24] 죽음충동은 어찌 보자면 허무주의라든가 인간 개체의 비극이라기보다는, 다만 "불필요한 긴장과 흥분"을 없애고 "애초의 평형 상태로 돌아가고자" 한다는[25] 점에서 쾌락을 좇기 마련인 인간의 본능적인 성향의 일환이 된다. 요컨대 감당키 어려운 고통에 맞닥뜨리면 차라리 외부 대상이나 자기 자신을 파괴해서라도 무기물의 상태로 돌아가려는 여정을 밟는 것이 인간의 자연스러운 선택이라는 것이다. 김유정의 문학 근저에 자리한 불온한 광기와 도저한 폭력, 제어할 수 없는 신경증의 분출이 보여주는 것이 바로 이러한 해체적이며 자기파괴적인 죽음충동의 결과물이다. 땅을 잃은 농부와 가난에 몰린 부녀자들의 일탈, 차라리 도박과 금점판에 삶을 걸고 싶은 욕망, 위기에 몰린 가장과 여성 노동자들의 독기 등, 이들은 요원한 희망을 꿈꾸며 인내하는 대신에 자신의 삶을 점유한 고통을 물리적·언어적 폭력으로 쏟아낸다. 죽음이 보류된 상태의 현실을 살아내는

---

24 G. 프로이트, 「문명 속의 불만」, 『문명 속의 불만』, 열린책들, 2003, 296~302쪽; G. 프로이트, 「쾌락 원칙을 넘어서」, 『정신분석학의 근본개념』, 열린책들, 2003, 295~314쪽.
25 서영채, 『인문학 개념정원』, 문학동네, 46쪽.

수단으로 세계와 자신을 파괴하고 해체하는 방식을 선택했다.

그러므로 이 대목에 이르면 김유정이 스스로를 염인증자라 지칭하고 있다는 사실이 얼마나 소중한가를 새삼 깨닫게 된다. 염인증자가 되어 인간을 불신하고 피하려는 증상 속에 함몰되기보다, 그것을 병증이라 자각하고 편지와 소설을 붙들고 있다는 것은 곧 죽음충동과의 대면과 극복을 삶의 과제로 설정하고 있다는 뜻이기 때문이다.

> 다시 생각하면 우리가 서루서루 가까이 밀접하노라 앨쓰는 이것이 또는 그런 열정을 필연적으로 갖게되는 이것이 혹은 참다운 인생일지도 모릅니다. 동시에 궁박한 우리생활을 위하야 이제 남은 단 한길이 여기에 열려있음을 조만간 알듯도 싶습니다. 그것은 마치 우리 머리우에 늘려있는 복잡한 천체, 그것이 제각기 그 인력에 견연되어 원만히 운용되어 갈수 있는것에 흡사하다 할는지요. 그렇다면 이 기능을 실지 발휘하는걸로, 언어를 실어가는 편지의 사명이라 하겠읍니다.[26]

김유정에게 창작방법론이라 할 만한 글은 「병상의 생각」 한 편뿐이다. 그는 이 에세이마저도 그 누군가에게 보내는 연애편지의 형식으로 써놓았다. 요는 김유정에게 있어 연애편지 쓰기란, 애정 결핍 속에 자라난 한 젊은이의 모성적 사랑의 갈망, 죽음을 앞둔 젊은 청년의 허무와 절망, 도착증적 연애 행각의 증거 등등을 넘어, 이 모든 감정을 포괄한 목적적 행위의 자리에 놓여 있다. 그러므로 왜 하필 연애편지이며, 왜 그에게는 연애 편지쓰기와 소설쓰기가 등가(等價)의 행위인가를 묻는 것은

---

26 김유정, 「病床의 생각」(『조광』, 1937.3), 『전집』, 466쪽.

김유정의 삶과 문학을 관통하는 질문이 된다. 「병상의 생각」에서 발췌한 위의 인용문은, 이 질문에 대한 답이 될 것이다. 김유정은 궁박한 우리의 생활에 남은 단 하나의 길은 서로 밀접하고자 애쓰는 열정뿐이요, 여기에 참다운 인생이 있고, 이를 실현하는 것이 편지의 사명이라 요약하고 있다. '가까이 밀접하고자' 애쓰는 이 행위가 곧 우리의 천체가 서로의 '인력'에 끌려 조화롭게 운용되는 것과 같다는 것이다.

김유정에게 있어 연애편지 쓰기란 단절과 파괴, 해체로 치닫는 죽음충동과 맞서기 위해 선택된 대응방안이다. 그리고 그 대응의 핵심에는 '연애', 즉 '에로스'라는 근원적 생의 충동이 자리 잡고 있다. 프로이트가 에로스를 죽음충동에 상반되는 삶(生)충동의 속성이라 본 것은, 에로스가 생물 개체를 보존시키려는 본능을 지니면서 동시에 그 개체를 점차 큰 단위로 결합시키려는 방향성을 지니고 있었기 때문이었다.[27] 김유정 문학에 나타난 광기와 폭력, 신경증에 담긴 파괴와 해체를 향한 죽음충동의 힘이 악착한 현실에 대응하는 방식의 하나라면, 그 나머지 하나는 죽음충동에 저항하는 방법의 하나로 선택된 에로스의 힘이다. 스스로를 염인증 환자라 일컬으며 인간에 대한 신뢰를 잃고 인간관계를 기피하고 싶은 마음을 극복하기 위해, 달리 말해 인간과 세계에 대한 신뢰와 애정의 회복을 위해 그는 연애편지를 쓰고 문학을 한다고 말하고 있다.

한 걸음 더 나아가 연애편지 쓰기라든가 염인증의 극복은 일차적으로 사적(私的)인 목적을 지닌 것이지만, 「병상의 생각」은 연애라는 키워드가 장차 '새로운 창작 방법론'의 구상이라는 이론적 맥락과 연결된 것임을 분명히 보여준다. 이 문학론에서 김유정은 논의의 상당 부분을 당

---

27 G. 프로이트, 「쾌락 원칙을 넘어서」, 『정신분석학의 근본개념』, 열린책들, 2003.

대 유행하던 최신의 문학사조인 신심리주의 비판에 할애한다. 그가 파악한 신심리주의는 연애를 위한 연애, 문학을 위한 문학 따위에 머무르고 있어, 목적에 걸맞은 표현을 발견해내지 못했다는 한계가 있다. 김유정의 소설 자체가 인물의 내면에 집중하는 심리주의의 경향을 띤다는 것은, 그가 최신 문단의 경향을 예민하게 감지하고 있었음을 보여주는 결과물이라 할 수 있다. 그럼에도 불구하고 그는 인간 심리의 묘사가 결국 적당한 표현의 방법을 찾지 못한다는 데 불만을 표하고 있다. 이에 그가 원하는 경지는, 목적과 표현이 조화롭게 재현되는 것이며, 자신 역시 정확한 방법론을 갖고 있지는 않으나 적어도 그것은 '사랑'이라는 키워드를 통해 시작될 것이라 서술하고 있다.

> 그 새로운 방법이란 무엇인지 나역 분명히 모릅니다. 다만 사랑에서 출발한 그 무엇이라는 막연한 개념이 있을 뿐입니다. (…중략…) 다만 한 가지 믿어지는 것은 사랑이란 어느 시대, 어느 사회에 있어, 좀 더 많은 대중을 우의적으로 한끈에 꿸 수 있으면 있을스록 거기에 좀 더 위대한 생명을 갖게되는 것입니다.[28]

사랑이라는 개념이 개인에서 출발하되, 시간과 공간을 초월하여 '좀 더 많은 대중'을 꿰어 '좀 더 위대한 생명'을 잉태하게 만들 수 있으리라는 것이 그의 구상이다. 이것이 김유정이 파악한 사랑, 에로스의 힘이다. 이 구상은, 암울한 현실 속에서 어떻게 해서든지 삶의 이유를 찾고 이왕이면 공적인 층위로 승화시키기를 원하는, 그로써 자신의 삶의 이유까

---

28 김유정, 「病床의 생각」(『조광』, 1937.3), 『전집』, 471쪽.

지도 마련하고 싶어 하는 병약한 청년의 꿈이기도 하다. 김유정의 고민은, 프로이트가 에로스의 목적을 두고 '개인을 결합시키고, 그 다음에는 가족을 결합시키고, 그 다음에는 종족과 국가를 결합시켜 결국 인류라는 커다란 하나의 단위를 만든다'고 설명하거나,[29] 이로써 "문명은 인류를 무대로, 에로스와 죽음, 삶의 본능과 파괴 본능 사이의 투쟁"이라는[30] 형태를 띤다는 결론을 내리는 장면과 멀리 떨어진 것이 아니다. 죽음충동을 생충동의 방향으로 승화시키려는 소망, 그 방법론으로서 도입되는 사랑으로 인해 '생활이 곧 문학'이며, '문학은 곧 연애편지 쓰기'와 마찬가지라는 등식이 성립된다.

이 글에서 마지막으로 주목하는 것은 죽음충동을 생의 충동으로 전환하려는 절박함이 그의 삶과 문학에 일정한 패턴을 만들어내고 있다는 사실이다. 서론에서 살폈듯, 그의 삶과 문학에는 질서와 무질서의 혼종, 보다 정확히 표현하자면 계몽과 충동의 혼재라 할 만한 경향이 존재한다. 야학을 경영하며 들병이와 어울리고, 열렬한 구애의 편지에 철학적 장광설을 써서 보내는 극단이 동시에 나타난다. 그의 소설 역시 마찬가지이다. 앞서 「만무방」이나 「안해」의 분석에서 보았듯 농촌의 궁핍한 현실을 고발하는 테마를 선정했음에도, 정작 작중 인물들의 삶은 통념의 질서 밖을 벗어난 자의 자유에서 배어나온 낙천적 여유가 따른다. 들병이를 '애교마저 노동화한 경우'라며 준엄하게 설명하던 붓끝은 어느새 그들을 두고 '조선의 집시'라며 찬양하기에 이른다. 이는 해체와 파괴로 향하는 열정을 어떻게 해서든 결합과 조화의 연장선상으로 고양시키려는 것이다. 이 때문에 사적이며 본능적인 관심사는 자꾸만 공적

---

29 G. 프로이트, 「문명 속의 불만」, 『문명 속의 불만』, 열린책들, 2003, 301쪽.
30 위의 글, 301~302쪽.

이며 계몽적인 요소를 의장으로 갖추게 되고, 개인의 절망은 인류의 구원이라는 원대한 포부와 더불어 해결될 듯이 기술된다. 심지어 단 한 편의 문학론조차 공적인 문학론의 표명과 사랑의 고백이 서로 교차하는 독특한 형식을 띠게 되는 것이다. 이는 사랑만이, 목적과 표현이 괴리된 문학 그리고 목적과 표현이 괴리된 삶을 매개할 유일한 방법론이라는 자신의 신념을 그대로 펼쳐 놓은 형국이다.

　이제 미루어 두었던 질문으로 마무리를 짓기로 하자. 김유정 문학 세계 근저에 놓인 광기와 신경증, 그리고 사회와 인간의 내면에서 이러한 광기를 보아내는 시선은 과연 어디에서 유래한 것인가. 당대 '러시아'에서 인류의 미래를 보았던 젊은 청년의 이념적 패기에서 나온 것인가, 혹은 젊은 나이에 죽음을 의식해야 했던 청년의 비관에서 나온 위악이라 보아야 할 것인가. 이는 상반된 것이 아니라 서로 연결된 답안이다. 죽음 충동을 생의 충동으로 전환하려는 한 청년의 결사적인 노력이라는 점에서 말이다. 김유정의 문학은 염인증자의 비관적인 삶에서 나온 파괴와 해체의 광기를 열정과 조화의 질서로, 의식적으로 전환시키고자 했던 목숨을 건 글쓰기의 산물이라 할 수 있다.

참고문헌

1. 기본자료

전신재 편, 『원본 김유정 전집』, 강, 2007.

2. 논문

김윤식, 「들병이 사상과 알몸의 시학」, 『김윤식 선집』 5, 솔, 1996.

김주리, 「매저키즘의 관점에서 본 김유정 소설의 의미」, 『한국현대문학연구』 20, 2006.

＿＿＿, 「김유정 소설에 나타난 파괴적 신체 고찰」, 『한국문예비평연구』 21, 2006.

김준현, 「김유정 단편의 반소유 모티프와 1930년대 식민수탈구조의 형상화」, 『현대소설연구』 28, 한국현대소설학회, 2005.

이재선, 「바보 예찬과 해소적 놀이」, 『한국문학의 원근법』, 민음사, 1996.

정덕화, 「김유정의 '위대한 사랑'과 글쓰기를 통한 삶의 향유」, 『한국문예비평연구』 43, 2014.

한용운, 「김유정 소설에서의 해학과 골계」, 서종택 · 정덕준 편, 『한국현대소설연구』, 새문사, 1990.

3. 단행본

김유정학회 편, 『김유정과의 만남』, 소명출판, 2013.

＿＿＿＿＿＿, 『김유정과의 산책』, 소명출판, 2014.

＿＿＿＿＿＿, 『김유정과의 향연』, 소명출판, 2015.

서영채, 『인문학 개념정원』, 문학동네, 2013.

전상국, 『유정의 사랑』, 고려원, 1993.

전신재 편, 『김유정 문학의 전통성과 근대성』, 한림대 아시아문화연구소, 1997.

G. 프로이트, 김석희 역, 『문명 속의 불만』, 열린책들, 2003.

＿＿＿＿＿, 윤희기 · 박찬부 역, 『정신분석학의 근본개념』, 열린책들, 2003.

김유정 소설에 나타난 정념의 기호학적 연구[*]

「숲따는 콩밧」, 「금」, 「노다지」를 중심으로

오은엽

1. 서론

김유정의 금광 소설로 불리는 「숲따는 콩밧」, 「금」, 「노다지」는 모두 1935년에 창작된 작품들이다. 이 시기는 일제가 만주사변 후 군수자금 확보를 위한 산금장려정책을 공포하는 등 금광 개발을 본격화[1]하여 전국이 금광 개발 열풍에 휩싸였던 '황금광시대'[2]였다. 일제의 금광 착취가 심화될수록 식민지 조선의 농촌은 피폐함의 정도가 극에 달했고 이를 견디다 못한 농민, 지식인 등 많은 사람들이 생업을 작파하고 금을 찾

* 이 글은 『한중인문학연구』 제47집(2015.6)에 게재한 것을 수정, 보완한 것임.
1 류종렬, 「일제강점기의 '금 모티프' 소설 연구—김유정 소설을 중심으로」, 『외대어문논집』 13, 1998, 156쪽.
2 전봉관, 『황금광시대』, 살림, 2005, 15쪽.

기에 혈안이 되었다. 김유정은 '금'을 모티프로 한 세 편의 소설에서 당시의 황금만능주의적 세태와 그 열기에 떠밀려 금을 얻기 위해 발버둥치는 인물들의 욕망을 적나라하게 보여주고 있다.

「숲따는 콩밧」은 김유정의 금광 소설 중 먼저 주목을 받았다. 이 작품은 비극성, 희극성, 유우머, 토속성 등과 함께 현실에 대한 분노를 보여준 작품으로 평가된 바 있다.[3] 김유정의 금광 소설은 주로 일제의 금광침탈 시기와 관련하여 금광 개발의 비참한 실상을 드러내거나, 잠채꾼, 농부, 광부, 도시 실업자 등 다양한 계층의 인물들이 보여주는 탐욕, 좌절, 절망 등을 분석[4]하는 외재적 접근 방식으로 연구되어 왔다. 본고는 「숲따는 콩밧」, 「금」, 「노다지」 세 편의 소설 속 인물들이 나타내는 욕망의 양상을 '분노'라는 정념[5]으로 주제화하여 이에 대한 기호학적 분석을 시도하고자 한다. 분석의 틀은 그레마스가 분노에 대하여[6]에서 시도한 어휘소적, 통합체적 기술을 중심으로 하며, 텍스트를 지배하는 정념의 원리와 규칙성을 규명하는 것으로 목표로 한다. 기호학에서 이루어지는 정념[7] 분석은 정념의 핵심이 주체의 행위가 아니라 존재라는 가설

---

3 임종국, 「식민지의 금광 경기」, 『한국문학의 민중사』, 지리산, 1991, 187쪽.
4 이러한 연구로는 류종열, 앞의 글; 전봉관, 「1930년대 금광풍경과 '황금광시대'의 문학」, 『한국현대문학연구』 제7집, 한국현대문학회, 1999; 황영규, 「일제 말 금광 모티프 소설 연구」, 부산외대 석사논문, 1995 등이 대표적이다.
5 정념 기호학 연구는 방법론적 차원에서 볼 때 정념의 어휘소적 분석에서 담화의 정념 차원에 대한 연구로 변화해왔다. 즉 1980년대에는 정념 분석이 정념의 주된 어휘소인 분노, 절망, 향수, 무관심, 인색, 질투 등을 중심으로 이루어졌다면 1990년대에는 담화에서 언어로 표현되지 않은 비언표적 정념 표출이 연구되었다. 홍정표, 『정념 기호학』, HUEBOOKs, 2014, 51쪽.
6 1981년 *Documents de recherche* 및 1983년 『의미에 관하여』 II에 수록, 본고에서는 홍정표, 『정념 기호학』, HUEBOOKs, 2014에 실린 내용을 중심으로 분석함.
7 정념 기호학 이론에서 정념은 감각, 지각 긴장을 토대로 하는 조직체로 간주된다. 정념은 통사적 특성과 양태성(modalité), 상성(aspectualité), 시간성(temporalité) 등 다양한 요소로 이루어진 담화의 형상계로, 복합적이고 다양한 요소가 겹치고 충돌하는 것으로 나타난다. 홍정표, 위의 책, 49쪽.

에서 시작된다. 정념에 감동된 주체는 상태 주체, 즉 존재에 양태화된 주체[8]이다. 따라서 정념을 표현하기 위해서는 /하다/[9]가 아니라 /이다/의 양태 배열을 이용해야 정념 의미 효과를 나타내는 양태 분석이 가능하다. 인간으로서의 기본적인 삶의 권리와 희망을 송두리째 박탈당한 주체들의 감정은 '공격성을 동반한 격렬한 불만족'[10]이라는 분노로 이어질 수밖에 없다. 김유정의 금광 소설 속 인물들은 이러한 분노의 정념으로 강하게 양태화된 주체들이며 /~이기를 원함/, /~이기를 믿음/, /~이 아님을 앎/, /~일 수 없음/이라는 기본적인 양태 부여가 가능하다. 이러한 기질은 그 실현이 불가능할지라도 다양한 양태를 첨가하고 변용되어 욕망의 텍스트를 이루어간다.

2. '분노'의 정념적 통합체

분석 대상으로 삼은 텍스트는 모두 일제 강점기 금광열이 극에 달했던 시기에 발표된 작품이다. 「숲따는 콩밧」은 『개벽』 1935년 3월에 수록된 작품으로 금점에 관심이 없던 성실한 소작농(영식)이 금채군(수재)의 속임수에 넘어가 삶의 터전인 콩밭을 망쳐버린다는 이야기이다. 「금」

---

8 위의 책, 123쪽.
9 그레마스는 『구조 의미론』에서 의미 분석의 최소 단위인 '의소(意素, sème)' 개념을 도입 하여 다시 세분화한다. //의 부호는 그 안에 들어 있는 표현이 다른 대립항을 가지는 의소 혹은 상위 용어(métaterme)임을 나타낸다. 상위 용어는 추상적 표현으로 실제 어휘와 대응할 수 도 있고 그렇지 않을 수도 있다. 박인철, 『파리학파의 기호학』, 민음사, 2003, 105쪽.
10 petit ROBERT, LE ROBERT, 1984, p.334, 홍정표, 앞의 책, 56쪽에서 재인용.

역시 1935년 창작 작품으로 금점에 고용된 광부 이덕순이 자해를 통해 금을 훔쳐 나오는 사건을 다루고 있다.

「노다지」는 『조선중앙일보』 신춘문예에 가작으로 입선되어 1935년 3월에 연재된 작품으로, '노다지'를 꿈꾸며 금점을 찾아 떠돌아다니는 잠채(潛採)꾼들의 탐욕스러운 욕망과 속고 속이는 세태를 보여준다. 세 소설의 시퀀스는 다음과 같이 분할할 수 있다.

「金따는 콩밧」

S1 영식이가 콩밭을 캐다가 마름에게 욕을 먹는다.

S2 영식이와 수재가 다툰다.

S3 수재가 금을 캐자고 영식을 설득하고 아내가 이를 부추긴다.

S4 영식이가 산신제를 지낸다.

S5 영식이와 아내가 다툰다.

S6 수재가 금줄이 잡혔다고 외친다.

S7 영식 부부가 기뻐한다.

S8 수재가 달아나기로 결심한다.

「금」

S1 광부 최서방이 웃음거리가 된다.

S2 광부들의 속임수에 맞서 감독들의 책임이 커진다.

S3 광부들의 비참한 삶과 대비되어 감독들의 일상사는 권태롭다.

S4 이덕순이 큰 부상을 입어 업혀 나온다.

S5 이덕순이 동무에게 업혀 집에 돌아온다.

S6 이덕순이 자해한 발과 감석을 살핀다.

S7 동무가 감석을 가지고 달아난다.

S8 이덕순이 동무를 의심하면서도 기대감을 갖는다.

「노다지」

S1 꽁보와 더펄이 산 속에서 잠채를 하기 위해 기다린다.

S2 꽁보와 더펄이가 잠채굴로 향한다.

S3 꽁보가 노다지를 발견한다.

S4 꽁보 대신 더펄이가 노다지를 캔다.

S5 동발이 무너져 더펄이가 구덩이에 갇힌다.

S6 더펄이 죽어가며 도움을 요청한다.

S7 꽁보가 더펄을 죽게 내버려둔 채 금을 챙겨 달아난다.

1) 정념적 이야기의 시작 – '금'에 대한 기대감의 두 양상

분노는 매우 복합적인 정념이며 인물의 상태 및 행위가 치밀하게 뒤얽힌 담화적 시퀀스와 관련된다. 그 안에 내재된 통합적 단위를 추출하여 정념 분석을 하려면 시퀀스를 이루는 요소를 분해하여 정념의 형상계로 재구성할 필요가 있다. 그레마스는 「분노에 대하여」에서 분노를 다음과 같은 연속적인 시퀀스로 분할[11]한다.

〈표 1〉 분노의 시퀀스 분할

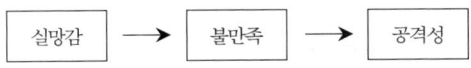

실망감 → 불만족 → 공격성

---

11 홍정표, 위의 책, 57쪽.

이때 분노하게 되는 주체가 자신의 희망과 권리에서 실망을 느낀다면, 이는 실망감 이전에 존재하고 있던 비실망의 상태, 즉 어떤 대상에 대한 기대감을 전제로 한 것이다.[12] 김유정의 금 모티프 소설 3편은 모두 '금'을 얻어 형편이 나아 질 수 있다는 강한 기대감을 정념적 이야기가 시작되는 시발적 상태로 설정하고 있다.

> 시체는 금점이 판을 잡앗다. 스뿔르게 농사만 짓고 잇다간 결국 빌엉뱅이 밖에는 더 못된다. 얼마 안잇으면 산이고 논이고 밭이고 할 것 없이 다 금쟁이 손에 구멍이 뚤리고 뒤집히고 뒤죽박죽 될것이다. 그때는 뭘 파먹고 사나, 자 보아라. 머슴들은 짜위나한듯이 일하다말고 훅닥하면 금점으로 들내빼지 않는가. 일군이 없어서 올엔 농사를 질 수 없느니 마느니 하고 동리에서는 떠들썩하다. 그리고 번동 포농이좇아 호미를 내여던지고 강변으로 개울로 사금을 캐러 다라난다. 그러다 며칠 뒤에는 다비신에 다 옥당목을 떨치고 히짜를 뽑는 것이 아닌가.(「숲따는 콩밧」, 69쪽)[13]

「숲따는 콩밧」의 주인공 영식도 당시의 금광 열기에 휩쓸려 금에 대한 강한 욕망에 사로잡혀 있는 인물이다. 영식은 잠채꾼 수재의 꼬임에 넘어가 다 된 농사를 포기하고 자칫하면 징역을 갈 위험을 감수하면서까지 소작하는 콩밭을 파헤친다. '금점에서는 난다는' 금광꾼 수재가 시키는 대로 땅을 파헤쳐 금광 줄만 잡으면 '일 년 고생하고 끽 콩 몇 섬 얻어먹는 것보다 슬기로운 즛'(68쪽)이라는 게 영식의 생각이다. 또한 「금」

---

12 위의 책, 57쪽.
13 전신재 편, 『원본 김유정 전집』, 강, 2012. 이후 작품 인용은 모두 전신재의 저서를 사용하고 작품명과 해당 쪽수만 밝힌다.

의 주인공 이덕순과 그의 동무는 난장판 같은 금점에서 금을 캐는 광부들이다. 이들의 관심사는 오로지 감독관의 눈을 속이고 날카로운 '석혈금'을 몸에 숨겨 빼돌림으로써 가난에서 벗어나는 것뿐이다. 「노다지」의 꽁보와 더펄은 유랑하는 잠채꾼들인데 잠채에 성공하여 '네가 노다지를 만나든 내가 만나든 둘이 똑가티 나놔가지고 집을 사고 계집을 엇고 술도 먹고 편히 살자'(57쪽)는 기대감에 사로잡혀 있다.

세 소설의 인물들이 공통적으로 추구하는 가치 대상은 궁핍한 삶을 한 번에 바꿀 수 있는 '금'이다. 소설의 인물들은 하나같이 물질적 욕망의 대상인 금과 연접[14]하기를 간절히 원하는 상태 주체들이다. 기호학에서 잠재된 상태 주체는 먼저 현실화되고(양태적으로/연접될 수 있음/이 주어지고), 그 다음 가치 대상과 연접되어 실현된다.[15] 이러한 연접이 상태 주체의 기호학적 존재를 보장하며 기호–서사 층위와 담화 층위에서 행위 주체와 상태 주체의 행로를 설명[16]해 준다. 상태 주체의 기호학적 행로를 고려한 단순 기대감의 정념은 다음과 같이 공식화 될 수 있다.

---

14 기호학에서 주체와 대상 사이의 관계는 접합으로서의 기능이며, 접합은 연접(連接, conjunction)과 이접(離接, disjonction)의 대립쌍으로 이루어진 범주이다. 기호학에서 연접의 부정은 비(非)–연접이며 이접의 부정 역시 비이접이다. 따라서 이접은 주체와 대상의 관계가 단순히 상실된다는 것이 아니라 미래의 주체와 대상의 연접 가능성을 유지시키면서 두 사항의 관계를 잠재화시키거나 과거에 실현되었던 연접 관계를 상실한 것에서 비롯된 것임을 의미한다. 박인철, 앞의 책, 186쪽.

15 주체의 존재태는 양태와 상관관계가 있으며 다음과 같이 나타낼 수 있다. 홍정표, 앞의 책, 128쪽.

주체의 존재태와 양태

존재태	잠재태	현실태	실현태
양태	/해야 하다/	/할 수 있다/	/하다/
	/원하다/	/알다/	/이다/

16 위의 책, 58쪽. 기호–서사 층위 : /이접/ 대 /연접/, /현실화된/ 대 /실현된/
담화 층위 : /긴장/ 대 /이완/, /기대감/ 대 /충족감/

〈표2〉 단순 기대감의 공식

S_1/원하다/	$[\ S_2 \rightarrow (S_1 \cap Ov)\ ]$

(S_1 : 상태 주체, S_2 : 행위 주체, Ov(Object de valeur) : 가치 대상)

상태 주체 S_1(영식, 이덕순, 꽁보)은 행위 주체 S_2가 '상태 주체 S_1과 가치 대상 Ov가 연접되도록 하기를' 원하고 있다. 가령 「金따는 콩밧」의 성실한 농사꾼 영식은 본래 금점에는 흥미가 없었지만 금점으로만 돌아다니며 이력이 난 수재의 도움으로 콩밭에서 금을 캐는 순간을 간절히 바라고 있다. 「금」의 이덕순도 동무의 도움으로 금을 훔쳐낼 계획에 골몰해 있다. 몸집이 작고 겁이 많은 「노다지」의 꽁보 역시 더펄의 도움으로 금을 얻기만을 바란다. 이처럼 김유정의 인물들은 잠재된 상태 주체에서 양태적으로 금을 획득할 수 있는 가능성으로 현실화된다. 그러나 「金따는 콩밧」과 「금」의 경우 주인공인 상태 주체들은 가치 대상인 금과의 연접을 이루지 못한다. 같은 기대감(금에 대한 소유)을 가지고 있던 행위 주체 즉 수재, 동무의 기만과 배신 때문이다. 그럼에도 불구하고 소설의 결말에 이르기까지 욕망에 사로잡혀 있는 이들 상태 주체들은 헛된 기대감을 버리지 못하는 아이러니한 모습으로 묘사됨으로써 김유정 특유의 해학성이 생겨난다.

이와는 달리 「노다지」의 주인공 꽁보는 스스로 배신을 통해 더펄을 대신하여 행위 주체가 되는 재귀적 행위자가 된다. 힘 좋은 더펄이 꽁보 대신 금을 캐는 순간 쌓아올린 동발의 죽통이 무너져 돌무더기가 굴러내리고, 더펄은 그 돌에 깔려 거의 죽게 된다. 더펄은 잠채꾼들에게 맞아죽을 뻔한 꽁보를 구해준 인물이고 꽁보 역시 그를 형님처럼 따르며 시집간 제 누이를 더펄에 게 넘기려 할 정도로 둘은 서로를 의지하며 지내왔다. 그러나 꽁보는 그러한 더펄을 죽게 버려둔 채 노다지 세 쪽을 빼앗아 사라지는 반주체가 되어 버린다. 「노다지」가 다른 두 작품에 비해 해학성이 약하고 금에 대한 욕망에 눈이 멀어 인간성마저 저버리게 되는 처절함을 좀 더 핍진하게 그리고 있다는 인상을 주는 것도 이러한 행위소의 변화와 관련된다.

그레마스는 기대감을 두 가지로 나누어 분석한다. 위에서 살펴본 단순 기대감과 달리 주체의 신뢰적 기대감은 또 다른 주체에 대한 신뢰감을 바탕으로 형성된다. 영식, 이덕순, 꽁보 등은 자신의 희망과 권리의 실현을 위해 다른 인물들을 상대로 금과 관련된 기대를 가질 수 있다고 여긴다. 이들에게 /행위-의무 혹은 해야 하다/의 의무적 양태를 부여[17] 하는 것이다. 영식과 수재, 이덕순과 동무, 꽁보와 더펄의 관계는 모두 이러한 신뢰적 기대감을 바탕으로 유지되고 있다. 물론 이때 두 주체가 진정한 신뢰 계약을 한 것은 아니다. 의무적 양태화는 암묵적 신뢰를 바탕으로 하는 상태 주체의 상상적 산물에 불과하다. 그러나 이로써 기호학의 중요한 차원인 가상체[18]의 구축이 이루어진다.

수재는 진언이나 하는듯이 이리대고 중얼거리고 저리대고 중얼거리고 하엿다. 그리고 덤벙거리며 이라 왓다가 저리 왓다가 하엿다. 제따는 땅속에 누은 줄맥을 어림하야 보는 맥이엇다.

한참을 밭을 헤매다가 산쪽으로 붙은 한구석에 딱 스며 손가락을 펴들고 설명한다. 큰 줄이란 번시 산운산을 끼고 도는법이다. 이줄이 노다지임에는 필

---

17 위의 책, 59쪽.
18 가상체는 두 사람이 서로 협약에 의해 구체화한 것이 아니라, 각자 만들어내서 '상대방이 그렇겠지'하고 미루어 짐작한 것이다. 따라서 가상체는 주체와 다른 주체가 구축한 가상체 사이에서 이루어지는 상호적 관계라 할 수 있다. 위의 책, 121쪽.

시 이켠으로 버듬이 누엇으리라. 그러니 여기서부터 파들어 가자는것이엇다.

영식이는 그말이 무슨 소린지 새기지는 못햇다. 마는 금점에는 난다는 수재이니 그말대로 하기만하면 영낙없이 금퇴야 나겟지하고 그것만 꼭 믿엇다. 군말없이 지시해 받은 곳에다 삽을 푹꽂고 파헤치기 시작하엿다.(「金따는 콩밧」, 69쪽)

영식은 애써 키운 콩들이 흙에 묻히는 것이 안타까워 잠을 못 이루고 애를 태우면서도 금광 브로커로 이름난 수재가 제 밭에서 광맥을 찾아 내 줄 것이라는 허망한 믿음을 끝내 버리지 못한다. 콩밭에 대한 안타까움과 실망감이 금에 대한 기대와 교차되면서 생겨나는 긴장 / 이완의 흐름은 영식의 심리 변화를 이끌어 가는 주된 요소가 된다. 그런가하면 「금」의 이덕순은 감독관의 눈을 속여 금을 훔쳐내기 위해 돌로 자신의 다리를 찧어버리는 끔찍한 자해를 저지른다. 「금」의 서술자는 다리가 으스러진 덕순의 상황을 상세히 묘사하고 있는데 정작 덕순 자신의 관심사는 다리에 붙여 빼돌린 감석뿐이다. 덕순은 금이 박힌 돌덩이를 빼앗길까봐 불안해하면서도 이내 돌을 돈으로 바꾸어 오겠다는 동무의 말을 믿어버린다.

"인내게 내 가주가 팔아옴세."

"……."

덕순이는 잠잣고 그 얼굴을 유심히 치어다본다. 돌은 손에 잔뜩 우려쥐고. 아니 더욱 힘있게 손을 죄인다. 마는 동무가 조금도 서슴지 않고

"금으로 잡아 파나, 그대로 감석채파나 마찬가지되리, 얼른 팔아서 돈이 있어야 자네도 약도 사고 할게 아닌가, 가치하고 설마 도망이야 안가겠지" 하니까

"팔아오게."

그제서 마음을 놨는지 감을 내어준다.

동무는 그걸 받아들고 방문을 나오며 후회가 몹시 난다. 제가 발을 깨지고, 피를 내고 그리고 감석을 지니고 나왔드면 둘을 먹을걸. 발견은 제가 하였건만 덕순이에게 둘을 주고 원쭌이 하나만 먹다니. 그때는 왜 이런 용기가 안났던가, 이제와 생각하면 분하고 절통하기 짝이없다.(「금」, 82~83쪽)

영식과 이덕순이 믿은 것은 금을 얻기 위해 공모를 한 수재나 동무라는 타인이 아니라 금에 대한 욕망과 관련하여 자신 밖으로 투사하는 상상적 대상이다. 따라서 주체와 가상체의 관계를 '믿다'로 규정하고 여기에 의무적 양태를 더하면 신뢰적 기대감을 나타내는 공식이 성립된다.

〈표3〉 신뢰적 기대감의 공식

$$S_1 / \text{믿다} / \qquad [\ S_2 / \text{해야 한다} / \ \rightarrow \ (S_1 \cap Ov)\ ]$$

이러한 공식화는 '상태 주체 S_1(영식, 이덕순)은 행위 주체 S_2가 '상태 주체 S_1이 가치 대상 Ov와 연접되도록 해야 한다'고 믿는다'는 것을 뜻한다. 김유정의 금광 소설은 이러한 믿음의 강도가 갖는 변화가 시퀀스를 이어나가는 동력이 되는 동시에 서사적 긴장과 리듬 그리고 소설적 재미를 만들어낸다는 공통점이 있다. 다만 「金따는 콩밧」과 「금」은 S7, S8에서 알 수 있듯이 비극적인 상황과 대비되어 어리숙한 주인공의 믿음이 해학성을 자아낸 상태에서 종결된다. 반면 「노다지」의 결말은 S6, S7에서 알 수 있듯 주체와 가상체의 신뢰적 관계가 완전히 깨져 버리는 양상으로 변해간다.

제힘을 되우자랑하는 형을 이윽히 바라보니 또한 그속이 보인다. 필연코 이 노다지를 혼자 먹을랴고 하는 것이다. 허면 내가 잇는 것을 몹시 꺼리겠지 하고 속을 태운다. "이것봐 자네 가튼건 골백와야 소용없네" 하고 또 뿜낼제 가슴이 선뜩하얏다. 압서는 형의 손에 목숨을 구해바닷스나 이번에는 가튼 산골에서 그 주먹에 명을 도로 끈흘지도 모른다. 그는 형의 주먹을 가만이 나려다보다가 가엽시도 앙상한 제 주먹에 대조 하야보지 안흘 수 없다. 그러나 다만 속이 바르르 떨릴 뿐이다. (「노다지」, 61~62쪽)

위의 인용문에서 알 수 있듯이 꽁보는 형처럼 위하던 더펄에 대한 신뢰를 깨 버리고 그 결과 스스로 수행 단계의 실현된 주체의 역할을 맡게 된다. 이것은 형제처럼 신뢰 관계를 유지하던 더펄의 죽음을 방치한 채 금을 가지고 도망가는 비인간적인 배신행위, 곧 물질 혹은 물질에 대한 욕망이 인간을 사물화하는 끔찍한 상황을 의미한다. 이처럼 「노다지」는 정념화된 주체의 상상적 세계에서 역할이 서로 바뀌고 엇갈리는 행위소적 구성을 투사할 수 있다는 걸 알게 한다. 정념의 서사 행로에서 볼 때 '금'이라는 욕망의 대상이 주체로 변형되는 행위소 역할의 교환 양상[19]을 보이는 것이다. '금'은 담화 차원에서는 주체가 추구하는 대상이지만, 정념의 영역에서는 보이지 않는 또 다른 주체가 되어 인물들로 하여금 서로에게 이접되도록 하여 신뢰 관계를 파기한다.

---

[19] 주체가 대상에 대해 지니는 애착의 강도가 강할수록 정념화된 주체는 가치 대상과 일체가 되기 쉽다. 반면 대상이 주체로 변형되는 행위소 역할의 교환이 일어날 수도 있다. 가령 구두쇠의 대상 금고가 주체로 변형될 수 있는데 구두쇠는 금고에 매우 애착하여 자신의 진정한 분신 주체로 취급한다. 즉 구두쇠의 금고는 담화 세계에서는 대상이지만, 정념 세계에서는 또 다른 주체가 될 수 있는 것이다. 위의 책, 105쪽.

2) 정념 흐름의 변화 - 불만족의 두 양상

김유정의 금광 소설에서 정념 흐름의 변화는 /금을 소유하기를 원하다/와 /금 소유가 불가능함을 알다/라는 두 가지 양태 간 충돌이 /충족/과 대비되는 /불충족/과 /실망감/을 낳고 있다. 세 작품 모두 금맥을 발견하거나 노다지를 훔쳐내리라는 기대감의 강도와 비례하여 그러한 기대와 욕망이 실현되지 못하는 /불충족/의 정도가 강화된다.

안해는 콩밭에서 금이 날줄는 아주 꿈밖이엇다. 놀래고도 또 기뻣다. 올에는 노냥 침만 삼키든 그놈 코다리(명태)를 짜증 먹어 보겟구나 만 하여도 속이 메질듯이 짜릿하엿다. 뒷집 양근댁은 금점덕택에 남편이 사다준 흰 고무신을 신고 나릿나릿 걷는것이 뭇척 부러웟다. 저도 얼른 금이나 펑펑 쏘다지면 흰 고무신도 신고 얼골에 분도 바르고 하리라.(「金따는 콩밧」, 69쪽)

그 뒷모양을 영식이는 멀거니 배웅하엿다. 그러다 콩밭 낯짝을 들여다보니 무던히 애통터진다. 멀정한 밭에가 구멍이 사면 풍 퐁 뚫렷다.
예제없이 버력은 무데기 무데기 쌓엿다. 마치 사태만난 공동묘지와도 같이 귀살적고되우 을씨냥스럽다. 그다지 잘 되엇든 콩포기는 거반 버력덤이에 다아 깔려버리고 군데군데 어쩌다 남은 놈들만이 고개를 나풀거린다. 그꼴을 보는것은 자식 죽는 걸 보는게 낫지 차마 못할 경상이엇다.(「金따는 콩밧」, 66쪽)

「金따는 콩밧」의 안해는 금점 덕분에 형편이 나아진 양근댁의 처지를 한껏 부러워하며 남편을 부추긴다. 큰골 광산의 노다지판에서 매일

같이 금이 칠십 냥 이상 소출된다는 소문이 순박한 농민들의 기대감을 부추기듯이 아내의 이러한 기대감은 지라르가 분석한 모방욕망[20]에 해당된다. 영식과 달리 셈이 빠른 아내는 꾸어온 양식이 떨어지자 곧 '콩밭에서 금을 딴다는 숭맥도 있담'(75쪽)하며 남편을 비아냥거린다. 그러나 영식은 끝내 그 모방욕망에서 완전히 자유롭지 못하다. 이는 「금」과 「노다지」의 인물들도 마찬가지이다. 인용문에서 알 수 있듯 자식처럼 기른 콩포기들이 파헤쳐진 돌무더기에 깔려버린 처참한 상황은 1935년 당시 황폐해진 농토와 농민들의 희망 없는 삶을 상징적으로 보여준다. 콩밭에 금이 묻혀 있다는 수재의 큰소리가 무색할 정도로 영식은 올해 '밭 도지 베 두 섬 반'을 해낼 방도가 없이 전전긍긍하며 아내가 꾸어온 '조당수'로 간신히 끼니를 이어가는 형편이다. 금이 가져다 줄 만족감에 대한 기대감이 커질수록 영식은 지주와 마름의 눈을 속여 가며 금 캐는 일에만 몰두하고, 죽조차 끓여먹을 수 없는 궁핍한 살림은 점점 더 기울어간다. S4와 같이 금이 나오길 기원하며 드리는 산신제마저 양식을 꾸어 지내야 하는 어처구니없는 상황은 그러한 /불충족/이 절정에 달한 모습을 극적으로 보여준다.

정념의 행로에서 중심축으로 작용하는 /불만족/은 서사 구조의 전개를 가능하게 하는 분할체에 해당된다. 주체의 기대감을 만족시키지 못하는 /불만족/을 분석하기 위해서는 위의 /불충족/외에도 /실망감/을 살펴야 한다. 「金따는 콩밧」의 서두(S1~S2)는 이러한 /실망감/으로 가득 차 있다.

금을 캔다고 콩밭 하나를 다 잡첫다. 약이 올라서 죽을둥살둥, 눈이 뒤집힌 이

---

20   Girard, René, 김치수·송의경 역, 『낭만적 거짓과 소설적 진실』, 한길사, 2009, 65쪽.

판이다. 손바닥에 침을 탁뱉고 고갱이 자루를 한번 고쳐잡드니 쉴 줄 모른다. (「金따는 콩밧」, 65쪽)

영식이는 살기 띠인 시선으로 고개를 돌렷다. 암말없이 수재를 노려본다. 그제야 꿈을꿈을 바지게에 흙을 담고 등에 메고 사다리를 올라간다. (65쪽)

전날이라면 이곳에서 안해 한 번 못보고 생죽엄이나 안 할가 털끝까지 쭈 뼛할게다. 그러나 인젠 그렇게 되고도 싶다. 수재란 놈하고 흙덤이에 묻히어 한껍에 죽는다면 그게 오히려 날게다. (65쪽)

수재 이름만 들어도 영식이는 이가 갈렷다. 분명히 홀딱 쏙은것이다. (66쪽)

이처럼 자신을 꾀어 횡재를 하려 하는 수재에 대하여 영식의 실망과 미움 역시 점점 커져만 간다. 앞에서 살펴본 대로 신뢰적 기대감을 지닌 영식에게 행위 주체(수재)의 /행위-의무/로 양태화된 행위는 도무지 일어나지 않고, 금을 소유할 수 있을 것이라는 상태 주체의 믿음은 금세 근거 없는 것으로 바뀌어간다. 그레마스는 이로부터 발생하는 실망감을 두 가지 관점의 신뢰 위기로 설명한다. 첫째, S_2가 S_1 자신에게 준 신뢰감이 어긋나는 데서 기인하는 위기, 둘째 S_1이 잘못된 신뢰감에 대해 자신을 책망하는 데서 비롯되는 위기이다.[21] 이 두 가지 불쾌감이 결합하여 실망감을 일으키고 강한 불만족을 이루어 분노의 폭발을 가져온다. 그런데 김유정의 금광 소설 세 편은 둘째 위기가 생략되어 있다. 이

---

21 홍준표, 앞의 책, 62쪽.

것은 영식, 이덕순, 꽁보 등 김유정이 그려내고 있는 인물들의 특성과 관련된다. 이들은 조선의 억압과 착취의 구조를 이해하거나 내적 성찰의 깊이를 보여주는 자들이 아니라 본능과 충동적 욕망에 쉽게 사로잡히는 순박한 농촌의 일꾼들이다. 그리고 둘째 위기가 생략된 부분에 김유정은 인물들의 심리를 대변해주는 아름다운 묘사를 시도하여 서정성을 확보한다.

땅속 저 밑은 늘 음침하다
고달픈 간드렛불. 맥없이 푸리끼하다. 밤과 달라서 낮엔 되우 흐릿하였다. 거츠로 황토장벽으로 앞뒤좌우가 콕 막힌 좁직한 구뎅이. 흡사히 무덤속같이 귀중중하다. 싸늘한 침묵. 쿠더브레한 흙내와 징그러운 냉기만이 그 속에 자욱하다.(「金따는 콩밧」, 64쪽)

봄이 돌아와 향기로운 바람이 흘러나려도 그는 아무 자미를 모른다. 맞은쪽 험한 산골에 어즈러히 흩어진 동백, 개나리, 철쭉들도 그의 흥미를 끌기에 힘이 어렷다. 사람이란 기계와 다르다. 단 한 가지 단조로운 일에 시달리고 나면 종말에는 고만 지치고 마는 것이다. 그 일뿐 아니라 세상사물에 곤태를 느끼는 것이 항용이다. 그러중 피로한 몸에다 점심변도를 한 그릇 집어넣고 보면 몸이 더욱 나른하다. 그때는 황금아니라 온 천하를 떠어온대도 그리 반갑지 않다.(「금」, 79쪽)

그믐 칠야 캄캄한 밤이엇다.
하눌에 별은 깨알가티 총총 박엿다. 그덕으로 솔숩속은 간신이 희미하얏다. 험한 산중에도 우중충하고 구석백이 외딴 곳이다. 버석, 만하야도 가슴이 덜

렁한다. 호랑이, 산골호생원!

만귀는 잠잠하다. 가을은 이미 느젓다고 냉기는 모질다. 이슬을 품은 가랑
닙은 바시락바시락 날아들며 얼골을 추긴다.(「노다지」, 52쪽)

한편 분노의 정념과 관련하여 지속상의 관점에서 다음과 같이 의미
론적인 영역을 두 방향으로 확대[22]해 볼 필요가 있다.

> 쓸쓸함 : 운명의 불공평, 실망, 모욕과 관련되고 분함이 뒤섞인 슬픔의 지속
> 　　　　적 감정
> 원통함 : 환멸, 억울함 뒤에 갖게 되는 쓸쓸함
> 원한 : 당한 피해나 해악을 적의를 가지고 회상하는 것
> 앙심 : 적개심과 복수의 욕망을 간직한 채, 모욕이나 피해에 대한 끈질긴
> 　　　 기억

쓸쓸함과 원통함은 지속적인 실망과 불충족, 마음속에 품은 분노이
며 심각한 결핍의 감정으로 발전되지 않는다. 이와 달리 원한과 앙심은
공격성을 포함하며 집요한 감정적 악의로 지칭될 수 있다. 「숲따는 콩
밧」과 「금」은 위의 서정적 묘사에서도 알 수 있듯이 원한과 앙심보다는
쓸쓸함과 원통함의 감정이 더 지배적이다. 믿었던 친구의 배신이나 속
고 속임의 상황이 삶의 뿌리를 위협하는 심각한 위기를 만들어내고 있
음에도 불구하고 김유정 소설의 순박한 주인공들은 인간적인 선의, 즉
긍정적인 /행위–의지/의 축에서 크게 벗어나 있지 않다. 이와 달리 「노

22　위의 책, 64쪽.

다지」는 꽁보의 정념적인 상태에서 생겨난 부정적 /행위-의지/(악의)가 꽁보가 배신의 행위 주체가 되어 가는 조건을 이루고 있다.

3) 정념의 조절 - 공격성과 일탈의 양상

　정념의 통합체를 구성하는 세 개의 분할체 중 공격성은 '복수'와 '분노'로 구분하여 설명된다. '복수'는 피해자의 정신적 보상 혹은 가해자의 처벌이라는 복수의 서사(보상의 서사)로 전개되며 행위 주체의 /행위-능력/의 출현에 의해서만 가능하다. 또한 '분노'는 격렬한 실망과 모욕당한 자의 반사적 행동의 격렬함, 반응의 즉각성, 신속성 등을 전제[23]로 한다. 「솟따는 콩밧」과 「금」이 양태 주체의 속는 이야기라면, 「노다지」는 실현된 주체의 속이는 이야기에 해당된다. 이 소설에서 김유정은 금점을 떠도는 잠채꾼들 사이의 아귀다툼과 주인공 꽁보의 심리변화를 사실적으로 묘사하고 있다. 꽁보가 무너져내리는 동발 속에 더펄이 깔려 죽도록 내버려두는 것은 제가 발견한 금돌에 대한 욕심 때문이기도 하지만 그보다는 그 욕심이 만들어낸 가상체 속에서 구성되는 정념에서 비롯된 결과이다. 「노다지」에는 정념의 주체인 꽁보가 가상체로 빠져드는 분리작용(débrayages)[24]이 흥미롭게 묘사되고 있다.

　　"또땃네, 내기운이 어떤가?"
　　형은 이러케 주적거리며 고깽이를 연송 나려찍는다. 마치 죽통에 덤벼드

23　위의 책, 73쪽.
24　위의 책, 122쪽.

는 도야지 모양이다. 억척스럽게도 손벽만한 감을 두 쪽이나 따냇다. 인제는 악이 아니면 세상업서도 더는 못딸 것이다.

엑! 엑! 엑!(「노다지」, 61쪽)

꽁보는 그아페 서서 시무럭헌이 홍이지엇다. 금점일로 할지면 제가 선생이요 형은 제지휘를 바다 왓든건이다. 뭘 안다고 푸뚱이가 어줍대는가. 돌쪽하나 변변이 못 떼낼것이 ……. 그는 형의 태도가 심상치 안흠을 얼핏 알앗다. 금을 보드니 완연히 변한다.

"저 고깽이좀 집어주게"

형은 고개도 아니 들고 소리를 뻑 질른다.

아우는 잠잣고 댓구도 아니한다. 사람을 넘우 얏보는 그꼴이 썩 아니꼬웟다.
(「노다지」, 61쪽)

인용문에서처럼 '열량중'이 넘어 보이는 금돌을 찾았으니 꽁보의 /불충족/이 해소될 법도 하다. 그러나 금돌을 발견한 이후 꽁보의 정념이 만들어내는 가상체 속에서는 더펄의 '실팍한 몸'과 강한 힘은 더 이상 꽁보를 보호해 주거나 금을 훔쳐 안정된 생활을 할 수 있도록 도와주는 양태 역량의 특징이 아니다. 오히려 꽁보 자신을 배신하고 혼자 탐욕스럽게 금을 차지할 것 같은 위협과 분노를 느끼게 한다. 이제 더펄에 대한 신뢰적 기대감에서 비롯된 /행위-의무/는 더 이상 꽁보가 원하는 의무 양태가 아니다. 양태 주체인 꽁보의 상상으로 이루어진 가상체에서 행위소 역할의 상상적 변화가 일어나 더펄은 꽁보를 배신하거나 죽일 수 있는 반주체가 되어버린다. 더펄에 대한 꽁보의 심리는 담화 연쇄에서 신뢰($S1{\sim}S3$) → 의심과 불안($S4$) → 아니꼬움($S4$) → 공포($S5{\sim}S6$) → 살의(S7)로 바뀌어가고 꽁보는 결국 더펄이 돌무더기에 깔려 죽도록 방치함으로써 공격성의 시퀀스를 만들어낸다. 정념화된 주체 꽁보의 존재적 가상체의 행로는 다음과 같이 요약될 수 있다.

〈표 4〉 꽁보의 존재적 가상체 행로

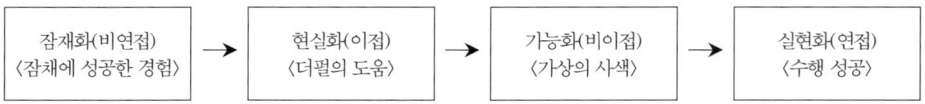

「솟따는 콩밧」과 「금」의 경우 실망과 불충족에서 비롯된 결핍의 해소를 지향하는 방향성을 갖거나 행위 주체의 역량이 강화되지 않는다. 또한 분노의 서사 프로그램에서처럼 정점에 달한 /행위-능력/이 주체를 완전히 지배하지도 않는다. 그렇다면 두 소설에서 정념의 중심축에 해당되는, 즉 /불만족/에 이른 감정들은 어떻게 변형되는지 의문이 생긴다. 그레마스에 의하면 '복수'는 적대적인 두 주체 사이에서 발생하는 고통의 재균형 잡기인 동시에 정념의 사회적 조절 작용이다. 신뢰 결핍의 해소를 내포한다는 점에서 '용서'는 '복수'의 일탈로 간주할 수 있으며, /행위-능력/의 위임이 발령자-심판자를 설정하여 복수를 '정의'로 변화시키기도 한다. 특히 '위임'은 /지식/의 중개에 의해 /행위-의지/와 /행위-능력/ 간에 거리를 만들어 고통과 쾌락에 대한 의식화를 가능하게 하고 그 결과 '복수'의 구조는 무의미해지거나 쇠퇴한다. 그레마스는 이러한 정념적 쇠퇴 현상이 감정적 잉여 현상인 사디즘적 행동과 대립된다[25]고 설명한다. 김유정의 세 작품에서 실망감에 이른 인물의 정념은 각기 다른 양상으로 고통과 쾌락에 대한 의식화를 이루어내고 이로

---

25 위의 책, 72쪽.

써 복수의 정념을 가라앉힌다. 그레마스에 의하면 /불충족/은 서사 프로그램의 종결상으로 주로 나타나는데 「숲따는 콩밧」과 「금」 두 소설의 시퀀스를 따라 담화화된 서사 프로그램의 종결상을 살펴보면 다음과 같다.

〈표 5〉 「숲따는 콩밧」과 「금」의 서사 프로그램 종결상

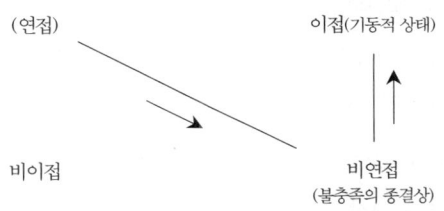

「숲따는 콩밧」의 영식은 자신의 콩밭에 금이 묻혀 있다는 믿음으로 기대감에 부풀어 있다. 이러한 상황은 가상체 안에서의 연접 상황으로 가정할 수 있다. 이때의 기대감은 앞에서 살펴본 대로 곧 /실망감/과 /불충족/으로 바뀌어 주제와 가치 대상(금)의 비연접 상태로 바뀌어간다. 이 종결적 상태는 서사 차원에서 이접 상태에 해당하는 기동적 상태 바로 아래에 위치하여 곧바로 기동성으로 진행될 수 있다. 정념 차원에서 불충족이 다음 단계에서 결핍의 감정으로 변형되어 /행위–능력/을 갖춘 행위 주체의 성립을 가능하게 하는 것이다. 그런데 「숲따는 콩밧」과 「금」의 담화 차원의 결말은 서술자가 이접 상태(콩밭에 금이 없음, 동무가 감돌을 가지고 도망감)로의 전환을 최대한 지연시키며 주체의 결핍 상태에 대한 인지와 주체의 역량이라는 구성 요소를 애써 외면하고 있다. 김유정 특유의 해학성이 발현되는 지점이 바로 이 부분이다. 「숲따는 콩밧」에서 수재는 금줄을 찾았다며 영식 부부를 속이고 달아날 준비를 하는 반면, 영식 부부는 자신들이 속은 줄도 모르고 기뻐 어쩔 줄 모른다. 그

런데 이러한 결말에 이르기 전 금맥을 찾지 못해 초조해진 영식은 실망과 불충족의 감정을 아내에 대한 사디즘적 폭력으로 해소하거나 자포자기 상태로 죽음을 생각하기도 한다.

〈표 6〉 사디즘적 행동의 통합체

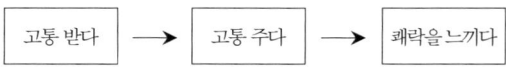

| 고통 받다 | → | 고통 주다 | → | 쾌락을 느끼다 |

정념적 쇠퇴 현상에 대립되는 사디즘적 행동의 통합체는 '복수'와 공통되면서도 사디즘의 주체는 실망시키는 주체와 동일하지 않다. 영식을 실망시키는 주체는 금광 브로커인 수재이나, 영식은 아내에게 고통을 주고 그 고통으로 일시적인 만족을 느낀다. 그러나 위기를 모면하기 위해 금줄이 터졌다고 외쳐대는 수재의 거짓말에 그동안 겪었던 모든 실망과 불충족이 한순간에 사라져버리고 영식 부부는 앞에서 언급한 가상체 안에서의 만족(대상과의 연접)을 느낀다. 아내에게 사디즘적 폭력을 일삼던 영식의 눈에 안해가 한결 어여쁘게 보이는데 이는 돈에 대한 욕망이 희화화되는 것으로 독자의 비판적 거리감을 만들어낸다. 이러한 과정을 거쳐 영식의 정념은 다시 이야기의 처음 수준으로 돌아오고 소설의 결말은 씁쓸한 해학으로 마무리된다.

"이게 원줄인가"

"그럼 이것이 곱색줄이라네 한포에 댓돈식은 넉넉 잡히되"

영식이는 기쁨보다 먼저 기가 탁 막혓다. 웃어야 옳을지 울어야 옳을지. 마단 입을 반쯤 벌린채 수재의 얼골만 멍하니 바라본다.

"이리와 봐 이게 금이래"

이윽고 남편은 안해를 부른다. 그리고 내 뭐랫서 그러게 해보라구 그랫지

하고 설면설면 덤벼오는 안해가 항결 어여뻤다. 그는 안해의 눈물을 지워주고 그리고나서 껑충거리며 구뎅이로 들어간다.

"그 흙속에 금이 있지요"

영식이 처가 너머 기뻐서 코다리에 고래등같은 집까지 연상할제 수재는 시원스러히

"네 한포대에 오십 원식 나와유ㅡ" 하고 대답하고 오늘밤에는 꼭 정연코 꼭 다라나리라 생각하였다. 거즛말은 오래 못간다. 뽕이 나서 뺵따구도 못추리기 전에 훨훨 벗어나는 게 상책이겠다.(「金따는 콩밧」, 76쪽)

「금」의 이덕순 역시 감독의 눈을 속여 금을 훔쳐내느라 심각한 자해를 한 상태인데도 신체적 고통이나 동무의 배신보다 욕망의 대상인 금과 연접을 이루어 냈다는 만족감과 부질없는 기대감을 애써 지연시키려는 웃지 못할 상황을 연출한다.

덕순이는 낯을 흐린다. 하는 냥을보니 암만해도, 암만해도 혼자 먹고 다라날 장번이듯. 허지만 설마. 살기 위하야 먹는걸, 먹기 위하야 몸을 버리고 그리고 또 목숨까지 버린다. 그걸 그는 알았는지 혹은 모르는지 아픔에 못이기어

"아이구" 하고 스러지는듯 길게 한숨을 뽑드니

"가지고 다라나진 않겠지?"

안해는 아무 말도 대답지 않는다. 고개를 수그린 채 보기 흉악한 그발을 뚜러지게 쏘아만볼뿐. 그러나 감으잡잡한 야윈 얼굴에 불현듯 맑은 눈물이 솟아나린다. 망할 것두 다많아 제발을 이래까지 하면서 돈을 버러오라진 않았건만. 대관절 인제 어떻게 할랴고 이러는지!(「금」, 83쪽)

「금」의 덕순이 감석을 훔쳐내기 위해 저지른 자해 행위는 사디즘적 통합체의 변형인 매저키즘적 특성을 보이며 /불충족/과 /실망/의 또 다른 일탈을 보여 준다. '살기 위하야 먹는걸, 먹기 위하야 몸을 버리고 그리고 또 목숨까지 버린다'(83쪽)는 서술자의 현실 인식처럼 「금」의 덕순이 처한 위기는 그의 생명과 삶을 위협할 수도 있는 심각한 상황이다.

> 그리고 피에 젖은 굴복 등거리를 조심히 풀처보니 어느게 살인지, 어느게 뼈인지 분간키 곤난이다. 다만 흐느적흐느적하는 아마 돌이 나려칠제 그모에 밀리고 으스러지기에 그렇게 되었으리라. 선지같은 고기덩이가 여기에 하나 붙고 혹은 저기에 하나 붙고. 발꼬락께는 그 형체좇아 잃었을만치 아주 무질려지고 말이 아니다. 아직고 철철 피는 흐른다. 이렇게까지는 안 되었을 텐데! 그는 보기만하여도 너무 끔찍하야 몸이 조라들 노릇이다.(「금」, 82쪽)

> "아프지않어? 하고 뽀로지게 쏘아박는다. "아프긴 뭐아퍼, 인제 났겠지."
> 바루 히떱게스리 허울좋은 대답이다. 마는 그래도 아픔은 참을 기력이 부치는 모양. 조금 있드니 그 자리에 그대로 쓰러지며
> "아이구!"
> 참혹한 비명이다.(「금」, 83쪽)

저마다 몸속에 날카로운 감석을 숨겨 빼돌리려는 가난한 광부들과 이를 막으려는 감독관들의 머리싸움이 극에 달하자 덕순은 제 손으로 다리를 짓찧어 심각한 부상을 만들고 그 틈을 타 감석을 몸에 숨긴 채 동무에게 업혀 나온다. 영식 역시 자신의 행위를 '어리석은 짓'이라 막연히 느끼면서도 '단돈 천 원은 그얼만가'라며 금에 대한 역겨움과 존경

의 이중적 감정을 품는다. 욕망하는 대상에 대한 이러한 이중성은 메저키즘의 전형적인 특징[26]을 이룬다. 사디즘적 주체와 마찬가지로 매저키즘적 주체 역시 실망시키는 주체와는 일치하지 않는다. 사디즘 혹은 매저키즘적 폭력성은 '금'으로 표상되는 물질적 욕망을 희화화함으써 주체의 정념을 쇠퇴시키는 대신 돈과 폭력이 등가에 놓여 있는 현실에 대한 비판적 거리감을 갖게 한다.

3. 진리 검증 양태화

담화 내 표지에 의해 결정되고 작동하는 진리 검증 양태화는 진실, 허위, 비밀, 기만으로 인물의 정체를 판단하는 것이다. 인물의 정체는 숨겨진 것과 드러난 것이 일치 혹은 불일치할 수 있으며 그레마스는 전자를 /존재/로 후자를 /현상/으로, 그리고 존재의 모순항을 /비존재/로, /현상/의 모순항을 /비현상/으로 설정하여 분석하며 이를 기호 사각형의 네 가지 범주로 설명한다.

「금」의 경우 외부적으로 나타나는 덕순의 '으츠러진' 발과 홍건한 피는 가난과 극심한 고통 혹은 생명의 위협이라는 주제화가 가능하다. '으츠러진' 발은 /현상/으로, 가난과 아픔(고통)은 /존재/로 설정된다. /현상/은 /비현상/을, /존재/는 /비존재/를 각각 모순항으로 가지므로 '으츠러

---

26 김주리, 「매저키즘의 관점에서 본 김유정 소설의 의미」, 『한국현대문학연구』 20, 2006, 312쪽.

진' 발에 대한 모순항은 '일할 수 있는 발'이 되며, '가난과 아픔(고통)'에 대한 모순항은 텍스트에 있는 대로 '금(부)과 참음(인내)'이 될 수 있다. 덕순의 정념 행로는 진리 검증 양태화를 활용하여 다음처럼 구성된다.

〈표 7〉 진리 검증 양태화 1

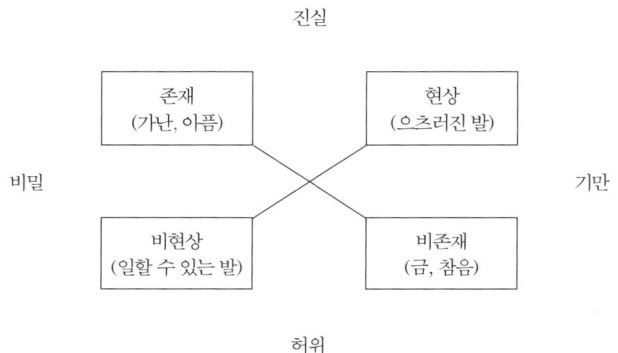

금점에서 일하는 덕순이 금에 대한 헛된 기대감을 품고 동무와 공모하여 자해한 것은 /현상/+/비존재/인 기만에 해당된다. '금점에 사람 죽는것은 도수장 소죽 업에 짐배없이 예사'(79쪽)이며 수많은 사람들이 '먹다도 죽고 꽁문이를 까고도 죽고 혹은 고깽이를 든채로 죽'(80쪽)는 게 금점의 비참한 상황이다. 감독관들의 감시가 워낙 엄중하기도 할뿐더러 날카로운 '석혈금'을 몸에 숨겨 훔쳐내기란 거의 불가능하다. 이러한 현실을 누구보다 잘 아는 덕순이 금을 훔치기 위해 무모한 시도를 하는 것은 금에 대한 욕망 때문에 자신까지 속이는 행위이다. 또한 동무가 감석을 팔아오겠다고 하며 가지고 달아나리라는 것을 짐작하면서도 또 한 번 그를 믿어보는 것 역시 자기기만이라 할 수 있다. 덕순이 텍스트의 마지막까지 자해한 발이 곧 나을 거라며 아내에게 '히떱게스리 허울좋

은 대답'(83쪽)을 하고 고통을 참으려 하는 것은 /비현상/+/비존재/의 허위에 해당된다. 또한 식민지 조선에 대해 이루어진 일제의 노동력 착취와 끝없이 일해도 가난과 고통에서 벗어나기 어려운 사회 구조는 /존재/+/비현상/으로 이루어진 비밀에 해당된다. 그러나 덕순의 태도와 달리 아내도, 독자도 모두가 덕순의 상황이 거짓이며 그가 진리 검증 양태의 각 항목을 거쳐 다시 /존재/+/현상/의 진실로 돌아올 것을 안다.

김유정은 「金따는 콩밧」과 「금」에서 주인공을 배신하고 도망가는 인물인 수재와 동무의 행로를 「노다지」의 꽁보를 통해 다시 한 번 초점화한다. 꽁보의 서사 행로에서 금을 발견하기 전까지 강조되던 더펄에 대한 우의는 그의 힘을 빌어 금을 캐내려는 허위로 드러났다. 이것을 /허위/의 한 항목인 /비존재/로 놓으면 더펄에 대한 친절과 협조인 /비현상/+/비존재/는 허위의 축에 놓인다. 또한 금의 획득은 그 모순항이자 비밀의 한 항인 /존재/가 드러나기 위한 조건이 된다. 이는 「금」에서도 마찬가지이며 「金따는 콩밧」에서도 욕망의 대상인 금은 허위가 폭로되고 진실이 드러나는 중요한 계기를 이루고 있다. 「노다지」는 앞의 두 소설과 달리 주체와 대상의 연접이 이루어져 금을 손에 넣게 되나 드러난 진실은 더펄의 죽음을 방관함으로써 인간성을 상실하게 되는 참혹한 /현상/이다. 또한 이것은 대상인 금에 주체의 자리를 내어 준 행위소의 교체를 의미하므로 앞선 두 소설과 마찬가지로 자기 기만적인 결과를 낳는다. 이러한 진리 양태는 앞에서 살펴본 꽁보의 심리 변화와도 일치하며 기호 사각형에 나타내면 다음과 같은 진리 범주를 얻을 수 있다.

〈표8〉 진리 검증 양태화 2

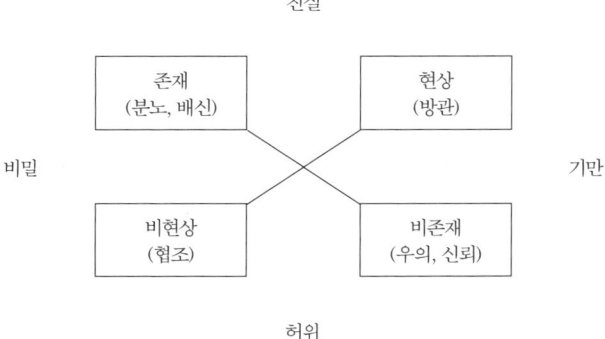

4. 결론

이 글은 김유정의 금광 소설 「金따는 콩밧」, 「금」, 「노다지」에 나타난 정념을 분석하기 위해 주인공의 정념 행로를 중심으로 텍스트의 내재적 구조를 밝혀 보았다. 세 편의 소설에서 인물들의 양태화에 주목할 경우 '분노'라는 정념이 주제화되며 실망감→ 불만족→ 공격성이라는 통합적 시퀀스의 구성 단계를 따라 분석이 가능해진다. 기대감의 기호학적 공식을 살펴본 결과 세 편의 소설 모두 욕망의 대상이었던 금이 주체로 변형되는 행위소 역할의 교환 양상을 보인다. 이것은 금, 즉 물질적 대상에 대한 욕망이 인간을 사물화하는 것으로 금광 열풍에 휩싸였던 당시의 세태를 짐작하게 한다. 실망감에 이른 정념은 각기 다른 양상으로 고통과 쾌락에 대한 의식화를 이루어내고 있다. 「金따는 콩밧」과

「금」에서는 정념의 쇠퇴와 대응하여 사디즘적, 혹은 매저키즘적 행위의 통합체가 이루어지며 금에 대한 욕망이 희화화됨으로써 해학적 효과와 비판적 거리감이 발생한다. 금에 대한 욕망은 신뢰적 기대감과 관련하여 상태 주체의 상상으로 이루어진 가상체로 드러나며 그 안에서 행위소의 교체가 일어나는 「노다지」의 경우 /부정적 행위-의지/(악의)가 실현된다. 세 편의 소설에서 상태 주체와 행위 주체의 속고 속이는 양상을 고려하여 주체들의 관계를 짝패로 가정한다면 이들의 정념 행로는 타인에 대한 기만과 그 결과로 드러나는 허위, 비밀의 양상이 자기 기만을 거쳐 진실에 이르게 되는 것을 알 수 있다. 이러한 양상은 진리 검증 양태화의 분석으로 살펴보았다. '분노'의 정념 행로에서 두드러지는 양상은 공격성에 대한 세밀한 의식화 과정이다. 이는 김유정이 행위 역량으로 조건화되지 못하는 하층민들의 심리를 세심하게 살피고 있을 뿐 아니라 인간의 /긍정적-행위 의지/(선의)에 대한 기대를 저버리지 않고 있었음을 의미한다. 또한 식민 지배하의 극심한 생활고에 시달리며 인간다움을 상실해가는 사람들의 대한 안타까움을 객관화하여 보여주려 했던 작가의 따뜻한 애정을 엿볼 수 있게 한다.

참고문헌

1. 기본자료

전신재 편, 『원본 김유정 전집』, 강, 2012.

2. 논문

김주리, 「매저키즘의 관점에서 본 김유정 소설의 의미」, 『한국현대문학연구』 20, 한국현대문
      학회, 2006.

류종열, 「일제강점기의 '금 모티프' 소설 연구」, 『외대어문논집』 13, 부산외대 어문학연구소,
      1998.

엄미옥, 「김유정 소설의 욕망과 서술상황 연구」, 숙명여대 석사논문, 1998.

임종국, 「식민지의 금광 경기」, 『한국문학의 민중사』, 지리산, 1991.

전봉관, 「1930년대 금광풍경과 '황금광시대'의 문학」, 『한국현대문학연구』 제7집, 한국현대
      문학회, 1999.

최경아, 「김유정 '금 모티프' 소설 연구」, 경기대 석사논문, 2008.

황영규, 「일제 말 금광 모티프 소설 연구」, 부산외대 석사논문, 1995.

3. 단행본

박인철, 『파리학파의 기호학』, 민음사, 2003.

전봉관, 『황금광시대』, 살림, 2005.

홍정표, 『정념 기호학』, HUEBOOKs, 2014.

Girard, René, 김치수 · 송의경 역, 『낭만적 거짓과 소설적 진실』, 한길사, 2009.

Greimas, A. J., 김성도 역, 『의미에 관하여』, 인간사랑, 1997.

_____ · Fontanille, Jacques, 유기환 외역, 『정념의 기호학』, 강, 2014.

제2부 / 김유정 소설과 사회인식

식민주의 질서와 농토의 상동성 혹은 거리[*]

농민 형상으로 다시 본 김유정 소설의 의미

김형규

1. 당대 '현실'로서 농민의 삶과 '땅'의 문제

식민지 시기에 '땅'은 그 어느 시기보다 조선 민중의 생존과 직결되는 문제였다. 주지하다시피 당시 조선은 제국주의의 수탈과 통제 속에서 토지를 둘러싼 생산 관계가 근대적 형태로 재편되는 시기였다. 그리고 그과정에서 급격하고도 광범위하게 진행되는 사회 변동은 농민들을 그들의 땅으로부터 분리하는 상황을 초래했다. '땅'을 중요한 생산수단으로하여 '땅'과 밀착된 삶을 살았던 대다수 조선 민중[1]의 삶은 그 근간이 심

---

[*] 이 글은 『한중인문학연구』 49집(2015.12)에 수록한 글을 수정한 것이다.
[1] 당시 조선인구의 75%를 넘는 절대 다수가 농민이었고, 그 중 80%가 소작 농민이었다(이윤갑, 『일제강점기 조선총독부의 소작정책 연구』, 지식산업사, 2013, 5쪽).

각하게 위협받을 수밖에 없었다.

김유정의 소설은 가난한 농민의 삶을 주요 제재로 다루는 경우가 많다. 농촌을 배경으로 한 작품에서뿐 아니라 도시를 배경으로 한 작품에서도 몰락한 농민의 비참한 모습이 자주 등장한다. 식민지 시기 농민들의 처지와 그들이 겪는 어려움을 이야기하고 있기 때문에 그의 소설은 식민지 조선의 현실과 연관된 평가에서 자유로울 수 없다. 토속적인 소재와 해학적인 표현, 생활어의 진솔한 구사 등이 그의 소설이 지닌 일반적 특징으로 주로 언급되지만 동시에 가난한 농민들의 삶을 주요 제재로 하여 "농촌의 현실이 안고 있는 문제들을 노출하고"[2] 있다거나 '시대상황의 문제성을 부각하고 있다'[3]는 평가 또한 함께 제시되는 것은 이런 연유를 잘 보여준다. 그뿐만 아니라 "그의 주인공들은 부조리의 대상에 대해 항의하고 분노하기보다 체념하고 순종함으로써 그 분노를 개인적 차원에 머무르게"[4] 한다는 평가나 김유정의 현실 인식이 소박하고 역사의식이 부재하다고[5] 지적하는 경우 또한 당대 농민의 삶과 현실에 밀착하여 그의 작가의식을 바라본 것이라 할 수 있다.

소설사를 서술하는 과정에서 언급된 김유정 소설에 대한 평가 일부를 제시했지만, 사실 김유정 소설에 대한 연구는 일일이 거론하기 힘들 정도로 많은 양이 축적되어 있다. 그리고 농민의 삶과 당대 현실의 상관관계를 세밀하게 검토한 성과들도 적지 않다. 이중에서도 특히 근대에 대한 인식과 대응의 문제를 규명하여 그 폭과 깊이를 더해가는 연구들이 있어 많은 참고가 된다.[6] 이들은 대개 그의 소설에 나타나는 아이러니,

---

2 이재선, 『한국소설사』, 민음사, 2000, 416쪽.
3 권영민, 『한국 현대문학사』1, 2002, 민음사, 518쪽.
4 문학과문학교육연구소, 『한국 현대소설사』, 삼지원, 1999, 235쪽.
5 김우종, 『한국 현대소설사』, 성문각, 1992, 272쪽.

해학, 양가성 등을 통해 비극적 형상과 연관된 길항의 지점을 읽어 낸다.[7] 굶주림에 몰린 농민들의 현실을 식민지와 근대의 관점에서 바라봄으로써 역사적이고 사회적인 차원에서 김유정의 현실인식을 해석하고 있다고 할 수 있다. 이러한 연구 경향은 비극적인 현실, 그리고 그러한 현실과 대척점에 서 있는 미래 전망의 가치, 이 둘의 긴장 상태를 파고들어 근대 극복의 대안적 가능성을 탐색하고, 자본주의에 대한 적극적인 비판의식으로까지 김유정 소설을 해석하는 것으로 나아가기도 한다.[8]

김유정의 소설에서 쉽게 확인할 수 있듯이 당시 농민들은 생계와 생존의 위협 속에 놓여 있었다. 이러한 상황 속에서 그들은 자신들이 가지고 영위하고 있던 얼마 되지 않는 생존과 생계 수단을 지키기 위해 온 힘을 다하는 한편 다른 차원에서는 변화되어가는 현실 속에서 다른 방식으로 자신들의 삶을 만들어 가길 모색하고 희망할 것이다. 아니면 그들 나름의 이러한 노력이 부질없음을 깨닫고 좌절과 비탄 속에서 그 절망의 크기만을 확인하고 있을 수도 있다. 어떠한 상태든 그들은 생존을 둘

---

6   그 중에는 농촌을 고향의 이미지나 육체성을 통해 원초적이고 자연적인 공간으로 이해, 해석하는 다음과 같은 연구들도 있다.
     김화경, 「모더니티가 구성한 농촌과 고향－김유정 '농촌소설'재론」, 『현대소설연구』 39, 한국현대소설학회, 2008; 권채린, 「김유정 문학에 나타난 자연 공간의 담론화 양상 연구」, 『국제한인문학연구』 7, 국제한인문학회, 2010; 안미영, 「아이러니스트의 봄의 수사학」, 『한국근대문학연구』 28, 한국근대문학회, 2013; 김미영, 「병상의 문학, 김유정 소설에 형상화된 육체적 존재로서의 인간」, 『인문논총』 71권 4호, 서울대 인문학연구원, 2014.
7   손광식, 「김유정의 소설에서 '유랑'과 '정착'의 관계를 해석하는 문제」, 『국제어문』 16, 국제어문학회, 1995; 조두섭, 「김유정 농민 소설의 타자의 존재 방식과 주체 구성의 전략」, 『문예미학』 9, 문예미학회, 2002; 손종업, 「金裕貞의 소설과 植民地 근대성」, 『어문연구』 28(3), 한국어문교육연구회, 2000.9; 김양선, 「1930년대 소설과 식민지 무의식의 한 양상」, 『한국근대문학연구』 5(2), 한국근대문학회, 2004.10; 최성윤, 「김유정 소설의 여성 인물과 '貞操'」, 김유정학회 편, 『김유정의 귀환』, 소명출판, 2012.
8   김준현, 「김유정 단편의 '반(牛)소유' 모티프와 1930년대 식민수탈 구조의 형상화」, 『현대소설연구』 28, 한국현대소설학회, 2005.12; 하정일, 「지역·내부 디아스포라·사회주의적 상상력－김유정 문학에 관한 세 개의 단상」, 『민족문학사 연구』 47, 민족문학사연구소, 2011; 이경, 「자본주의보다 먼저 온 실패의 예후와 대안적 윤리」, 『코기토』 73, 부산대 인문학연구소, 2013.2.

러싼 사투 속에서 자연스럽게 식민지의 비참함과 근대의 냉혹함을 목도할 수밖에 없었을 것이다. 그리고 어쩌면 그 과정에서 이러한 비참함과 냉혹함을 넘어서기 위한 작지만 의미 있는 몸짓을 보여줄지도 모른다. 수많은 연구 성과에서 확인할 수 있듯이, 대부분 짧은 단편에 불과하고 작품 수 또한 결코 많다고 할 수는 없지만 김유정의 소설을 통해 당시 농민들의 이러한 모습들을 살펴보는 것은 어렵지 않다.

여기에서는 대안 혹은 극복이라는 차원에서 김유정 소설에 나타난 가능성을 구체적으로 논하기보다는 그러한 가능성을 살피게 하는 물적 토대를 다시금 짚어보고자 한다. 근대 극복의 단초들을 찾아내고, 이를 확대하여 의미부여를 하기 전에 농민들의 삶을 직접적으로 규정하는 근본적이고도 중요한 조건을 다시 한 번 확인하고자 하는 것이다. 특정한 시기나 상황 속에서 수탈을 가능하게 하는 예속관계가 어떻게 구조화되어 있는가는 물론 이러한 구조가 현실적인 삶과 어떻게 연관되고 있으며, 또 그러한 구조에 어떻게 대응하는가를 구체적으로 살피는 일이 병행될 때 미래전망의 가치를 세우는 것 또한 의미를 가질 수 있기 때문이다. '땅'의 문제, 특히 '땅'을 둘러싼 소유와 생산의 관계 변화를 중심에 놓고 '땅'을 대하는 태도, '땅'과 맺는 관계에 대해 살펴보고자 하는 이유가 여기에 있다.

구체적으로 살펴보기에 앞서 땅의 소유와 생산 관계를 둘러싼 예속관계, 그리고 이를 둘러싸고 벌어지는 갈등이나 대립이 역사적이며, 근원적이라는 점을 환기하고자 한다. 새삼스러운 사실이지만 "토지는 인간이 존재하는 터전이자 환경이고, 필요한 물자를 공급받는 창고이며, 노동에 필수 불가결한 원료이자 힘이다."[9] 인간의 삶과 활동에 있어 토지가 원천적인 재화인 만큼 '땅'을 점유하고 이용하는 것과 관련된 갈등과 투쟁은 인간의 역사에서 특정한 시기에 국한되지 않고 끊임없이 반복되어 왔다. 그리고 이러한 과정에서 발생하는 지배와 예속의 관계는 개인의 삶을 넘어 사회 변동의 직접적이고도 핵심적인 동인으로 작용해 왔다. 인간의 생산력이 자연적인 재화에 의존하는 경향이 강했던 근대 이전의 시기는 물론이거니와 근대 전환기와 그 이후 역시 마찬가지이다. 특히 20세기 들어 세계사적으로 진행된 두 차례의 토지개혁[10]은 땅을 둘러싼 생산관계의 모순과 변동이 사회적 변혁의 흐름과 맞닿아 있음을 잘 보여준다.

또한 땅이 자연적 대상이 아닌 물신화된 재화로 간주되어 온 것은 자본주의의 성립보다 훨씬 오래된 일이다. 토지 혹은 농토라는 호명은 이미 소유와 가치 생산의 속성을 내포한 것으로, 이를 바탕으로 한 지배와 예속관계는 자본주의 체제가 일반화되지 못했던 근대 이전시기에도 존재했다. 조선 시대의 보편적인 토지 생산 관계가 땅을 소유한 지주가 직접적인 생산 활동을 하지 않고도 많은 양의 소작료를 챙길 수 있는 소작제도였다는 사실만 보아도 그렇다. 더 많이 소유하고, 그리고 소유를 통해 더 많은 부를 창출하고자 하는 욕망을 땅에 투사하고, 땅을 매개로 노동력을 취하거나 임대, 매매를 통해 잉여가치를 얻는 행위는 자본주의의 형식을 통해서만 가능한 것은 아닌 것이다. 경제생활의 중요한 수

---

9   헨리 조지, 김윤상 역, 『진보와 빈곤』, 비봉출판사, 1997, 324쪽.

10   20세기 들어 '땅'을 둘러싼 생산관계는 세계사적으로 크게 두 번의 질적인 변화를 겪는다. 첫 번째는 자본주의 체제가 질서를 확립해나가던 19세기 말에서 20세기 초에 진행된 토지개혁이다. 고전적 의미의 토지개혁이라 할 수 있는 이 시기는 대토지 소유보다 소토지 소유가 효율적이며 소토지 소유자들이 민주주의 수립의 기초가 된다는 전제를 바탕으로 소규모 경작으로의 전환과 농촌 소부르주아지의 창출을 도모했던 시기이다. 두 번째 현대적 의미의 토지개혁은 2차 세계대전 이후 빈곤문제의 해결과 탈식민주의 운동에 따른 사회경제 구조의 개혁을 추구했던 시기이다. 이 시기에는 아시아, 라틴아메리카 등 제3세계 국가에서 토지개혁의 물결이 일었다(황보영조, 『토지, 정치, 전쟁－1930년대 에스파냐의 토지개혁』, 삼천리, 2014, 18~19쪽 참조).

단이자 재화로서 땅이 가지는 환금적 속성은 자본주의보다 근원적인 것이므로 토지를 소유하고자 하는 욕망이나 이를 통해 또 다른 경제적 가치를 추구하는 태도는 세밀하게 검토할 필요가 있다.

이런 차원에서 김유정 소설에 나타난 농민들의 일탈이나 모순적인 행동 또한 체제나 제도의 문제로 환원하는 데에 주의를 기울일 필요가 있다. 그의 소설에 나타나는 모순적 태도, 즉 비극적 상황에 드러나는 희극적 태도나 일탈적 행동에 내재한 윤리적 모순을 생존을 위협하는 빈곤문제로 단순화시키거나 이러한 상황을 제국주의의 권력이나 자본주의의 확대로 쉽게 환원해 평가하는 것은 김유정 소설에 대한 이해 또한 단순화할 우려가 있다. 김유정 소설의 특징과 장점이 일제 식민권력을 직접적으로 비판하거나 민족이나 근대극복이라는 추상적 가치를 강조하는 데 있지 않다는 점에 동의한다면, 등장인물들이 보여주는 모순적 태도나 일탈적 행동은 식민지 근대라는 이중의 지배논리와 연관되었음을 확인하는 것과 함께 그들의 삶을 규정하는 물질적 토대와 삶의 태도가 접합되는 현실적인 삶의 논리와 양상을 구체적으로 살펴볼 필요가 있다.

2. 농토의 박탈과 농사꾼의 몰락

농민들의 삶을 직접적으로 규정하는 땅을 둘러싼 소유와 생산관계 모순은 근대 전환기 사회변동의 중요한 동인으로 작용했다. 19세기 후반부터 격화된 농민 항쟁으로부터 이어진 1894년 동학농민전쟁, 그리고 조선사회의 근대적 개혁을 시도했던 갑신정변과 갑오개혁 등 근대화 과정에서 일어난 일련의 변혁 움직임들은 모두 농업과 토지 소유 관계의 모순에 대한 근본적 개혁 시도에 다름 아니다.[11] 또한 식민지 시기 일본 제국주의는 토지조사사업을 통해 토지 제도를 근대적 형태로 재편함으로써 안정적인 수탈 구조를 만들기 위해 노력했고 이를 통해 땅에 대한 지배를 실질적으로 강화해 나가기도 했다. 이 과정에서 봉건적 형태인 지주제를 유지, 강화하는 방식으로 진행된 토지의 소유와 생산 관계에 대한 통제는 근대화 과정서 산업적 지위가 약화되는 것이 일반적인 농업의 지위를 오히려 공고하게 만들었다.[12] 결국 토지 소유 관계의 질적인 변화와 그에 따른 농민의 삶과 지위 분화가 근대화 과정의 중요한 양상이기 때문에 '땅'을 빼앗긴 식민지의 왜곡된 근대화 과정은 '땅'을 통해 그 정체를 분명히 한다고 할 수 있다.

이런 차원에서 가난한 농민들의 삶을 이야기하는 김유정의 소설을 통해 당시 농민들의 삶이 어떠했으며, 또 어떠한 질곡 속에 놓여 있었는지 그 일단을 구체적으로 파악하는 것은 어렵지 않다. 실제로 농민을 주요 인물로 다루고 있는 작품들을 모아 놓고 보면 '땅'으로부터 분리되고 분화되어 가는 농민들의 삶의 궤적이 그대로 형상화되고 있음을 확인할 수 있다. 「총각과 맹꽁이」의 '덕만', 「소낙비」의 '춘호', 「金따는 콩밧」의 '영식', 그리고 「만무방」의 '응오'와 '응칠'의 모습은 자영농이 소작농으

---

11 이윤갑, 앞의 책, 29~45쪽 참조.
12 식민지 시기의 지주제도는 조선 시대부터 유지되어 온 지주제의 형태가 연장, 강화되는 양상을 보이지만 세밀한 성격에 있어서는 적지 않은 차이가 있다. 식민지 지주제의 성격과 유형에 대한 구체적인 논의는 다음을 참고했다.
    이송순,『일제 하 전시 농업정책과 농촌 경제』, 선인, 2008; 이윤갑,『일제강점기 조선총독부의 소작정책 연구』, 지식산업사, 2013.

로 전락하고, 그들이 다시 유랑민이 되어가는 농민 몰락의 전형을 압축한 모습이다. 이들을 「안해」, 「땡볕」, 「가을」의 인물들로까지 연결하면 근대 문명 속에서 '땅'으로부터 객체화되어 결국엔 도시빈민으로 내몰리는 농민의 그림이 순차적으로 완성된다.

이러한 양상을 염두에 두고 김유정 소설의 농민 형상을 보면 우선 농민의 본업에 충실한 인물군이 눈에 띈다. 이들은 농토를 경작하는 생산활동에 애쓰는 인물들로 「총각과 맹꽁이」의 '덕만'과 「만무방」의 '응오'가 대표적이다. 이들은 비록 자신들 소유의 땅은 아니지만 자신들의 노동을 직접 투여해 밭이나 논을 경작하고 곡식을 생산한다. 하지만 이들의 모습을 통해 확인할 수 있는 것은 노동과 생산의 과정이 아니라 수탈과 빈곤의 상황이다. 경작할 땅을 가지고 농사를 짓고 있음에도 그들의 삶은 점점 더 막다른 상황으로 내몰리는 것이다. "캄캄하도록 털고나서 지주에게 도지를 제하고, 장리쌀을 제하고 색초를 제하고보니 남는 것은 등줄기를 흐르는 식은땀이 잇슬 따름"[13]이란 표현에서 알 수 있듯이 농사를 지으면 지을수록 그들의 생계는 점점 더 궁핍해질 뿐이다.

이처럼 점점 더 가난해지는 농민들의 삶에 '가혹한 도지'로 표현할 수 있는 지주와 소작 관계의 모순 구조가 있음을 간과할 수는 없다. 지주제의 가혹한 수탈이라는 사회적 상황과 제도 속에서 1930년대 당시 농민들의 삶은 점점 더 궁핍한 처지로 내몰리고 있는 것이다. 하지만 김유정 소설이 농민들을 피해자나 약자로 인식하면서도 가해자나 강자에 대한 직접적인 저항을 잘 보여주지 않는다는[14] 평가에서 알 수 있듯이 농사

---

13 김유정, 「만무방」, 전신재 편, 『원본 김유정 전집』, 강, 2007, 102쪽(이하 작품 인용은 작품명과 쪽수만 밝힘).
14 조남현, 「김유정과 동시대소설」, 김유정학회 편, 앞의 책, 27쪽.

짓기에 충실해 온 농민들은 이러한 현실에 대한 인식을 사회적으로 확대하지도 않고, 이러한 현실을 타개하기 위한 다른 차원의 노력과 행동을 쉽게 보여주지도 않는다. '덕만'과 '응오'는 이러한 상황을 타개하기 위해 적극적으로 행동하기보다는 우선 자신들의 노동을 투입해 곡식을 생산하는 농토로서의 '땅'에 집중하는 '농군'의 모습을 보여준다.

> 가혹한 도지다. 입쌀석섬, 버리·콩·두포의 소출은 근근댓섬. 논아먹기도 못된다. 번듸 밧이아니다. 고목 느티나무 그늘에 가리어 여름날 오고가는 농군이 쉬든 정자터이다. 그것을 지주가무리로 갈아도지를 노아먹는다. 콩을 심으면 입나기가 고작이요 대부분이 열지를 안는 것이엇다. 친구들은 일상덕만이가 사람이 병신스러워, 하고 이밧을 침배타 비난하엿다. 그러나 덕만이는 오히려 안되는 콩을 탓할뿐 올에는 조로 바꾸어 심은 것이엇다.[15]

도무지 곡식이 자랄 수 없는 토질을 가져 도지를 제하고 나면 먹을 것이 남지 않는다. 그렇기 때문에 그런 땅을 맡아 곡식을 심고 있는 '덕만'을 친구들은 비난한다. 하지만 '덕만'은 도지를 탓하지도, '땅'을 탓하지도 않는다. 콩을 탓하며 조로 바꾸어 심는 농사에 집중할 뿐이다. 지주제의 모순과 가혹함 속에 놓여 있지만 '덕만'은 농토로서의 '땅'에 집중하는 농사꾼의 순박한 태도를 유지한다.

농토로서의 '땅'은 강수량이나 기후, 그리고 토지나 종자의 질과 같이 인간의 노동 외적인 조건에 많은 영향을 받는다. 그렇기 때문에 특정한 환경과 조건에 따라 토지의 용도나 수준이 결정이 나기도 한다. 그런데

---

15 「총각과 맹꽁이」, 30쪽.

노동 외적인 조건 중 자연적 조건, 즉 계절적 변화나 기후, 강수량 등은 농토를 경작하는 인간의 힘으로 제어하기에는 한계가 있다. 과학기술의 발전이 미약했던 전근대사회에서는 이러한 자연적 조건의 위력이 더욱 거대해서 자연적인 생태리듬에 맞춰 가며 농사를 짓는 것이 중요하면서도 필수적인 일이 된다. 자연에 적응하고 자연적 조건에 순응하는 생태적 자세가 전통적인 농사꾼들의 일반적인 모습인 이유가 여기에 있다. 안 되는 콩을 탓하며 조로 바꾸어 심는 '덕만'의 모습은 '땅'을 대하는 농사꾼으로서의 순응적인 일면이기도 하다.

생태적인 조건 속에서 자신의 노동을 투여하는 대상으로 '땅'을 대하는 자세, 즉 직접적인 생산재인 '농토'로 간주하는 태도는 위 인용문이 포함된 품앗이 노동의 장면에서도 분명하게 드러난다. 전통적인 공동 노동 형태인 품앗이는 근대적인 형태의 공동 노동과는 여러 가지 차이가 있다. 이는 일제 말기 전시 체제 아래 총독부의 주도로 진행된 공동 작업반의 형태와 비교해 보면 잘 드러난다. 근대적인 형태의 공동 노동은 노동력 부족을 대처하기 위해 상품경제의 차원에서 임금노동 관계를 바탕으로 실시하지만 전통적인 품앗이 노동은 일시적으로 많은 노동력이 필요한 작업의 능률을 향상시키기 위해 과잉노동력을 활용한다. 또한 전통적인 품앗이 노동은 마을 공동체의 운영 아래 농악과 같은 여흥을 함께 하며 공동 식사나 간식을 마련하지만 근대적인 공동 노동의 형식에서는 여흥이 없고 식사도 각자 해결한다.[16] '덕만'의 밭에서 품앗이를 하는 그의 친구들은 "이제는 죽어도 너와는 품앗이 안 한다"며 불평을 하면서도 '묵묵히' 일을 하고 '덕만 어머니'가 준비해 오는 점심을

---

16 이송순, 앞의 책, 230쪽.

함께 먹는다. 이처럼 품앗이로 드러나는 공동체적 생활방식은 생산을 목적으로 한 노동의 대상으로 '땅'을 간주하는 농토의 본래적 가치를 바탕으로 운용된다.

'덕만'과 마찬가지로 '응오' 또한 이러한 차원에서 순박한 농사꾼의 자세를 지닌 농민이다. 자신이 지은 농사의 수확을 미룬 채 몰래 훔쳐 먹는 방법을 택한 후 '응오'가 내세우는 이유는 내 것 내가 먹는다는 것이다. 자신이 경작했음에도 불구하고 몰래 훔칠 수밖에 없는 상황이 당시 농민의 궁핍한 상황과 이를 조장하는 농촌의 모순구조를 단적으로 드러내지만 '응오'에게 땅과 농사는 먹을 것을 생산하는 직접적인 생산재와 이를 위한 구체적인 노동임을 보여주기도 한다.

「金따는 콩밧」의 '영식'의 경우도 기본적으로 '덕만'이나 '응오'와 같은 인물 유형이라고 할 수 있다. 금을 캘 수 있다는 현혹에 넘어가 콩밭을 파헤치지만 "앵한 밭만 망치고 논좇아 건살 못하얏으니 이가을에는 뭘 걷어드리고 뭘 즐겨할는지"[17] 하며 농토가 떨어질 것을 걱정하기 때문이다. 하지만 「金따는 콩밧」은 생산재로서 땅을 대하는 태도에 있어 앞의 두 작품과는 그 양상이 다르다. 먹고 살기에 일차적으로 필요한 곡식을 생산하기 위한 것이 아니라 돈벌이를 목적으로 밭을 사용하기 때문이다. 수재와 함께 밭 구덩이를 파는 모습도 「총각과 맹꽁이」에서 보여주는 품앗이 노동이 아니라 금이라는 자본화된 현물을 캐기 위한 공동 투기에 가깝다. 여기에 밭에서 금이 나올 것이라고 '영식'을 부추기고 도망갈 생각을 하는 '수재'는 「총각과 맹꽁이」에서 보이는 배신의 기제를 금전적인 이익을 위해 의도적으로 이용하는 인물이기도 하다. 이런 점

---

17 「金따는 콩밧」, 61쪽.

에서 「솟따는 콩밧」은 '땅'을 대하는 순박한 태도, 전통적인 농사꾼으로서의 면모가 변화하고 있는 실체를 단적으로 보여주는 작품이다.

김유정 소설 속 농민 형상에는 앞서 언급한 인물들과 달리 농민임에도 농사를 짓지 못하는 인물들이 있다. 「소낙비」의 '춘호'와 「만무방」의 '응칠'이 여기에 해당한다. '춘호'는 "농토를 못어더 뻔뻔히노는"[18] 인물이고, '응칠' 또한 "부처먹을 농토조차"[19] 없다. 농사꾼임에도 불구하고 농사지을 땅을 갖지 못했기에 그들은 한 곳에 정주할 처지가 되지 못한다. '응칠'은 여기 저기 떠돌며 살고 있으며, 고향을 떠나 온 '춘호'는 다시 서울로 떠날 생각을 갖고 있다. '땅'을 갖지 못한 채 삶의 터전을 떠난다는 점에서 「가을」의 '복만'도 비슷한 유형의 농민이라 할 수 있다.

> 그는 자긔의 고향인 인제를 등진지 벌서 삼 년이 되엇다. 해를 이어 흉작에 농작물은 말못되고 딸아빗쟁이들의 위협과 악마구니는 날로 심하엿다. 마침내 하릴업시 집, 세간사리를 그대로 내버리고 알몸으로 밤도주를 하엿든 것이다. (…중략…) 어느 산골엘 가 호미를 잡아보아도 정은 조그만치도 안붓헛고, 거기에는 오즉 쌀쌀한 불안과 굶주림이 품을 벌려 그를 맛을 뿐이엇다. 터무니 업다하야 농토를 안준다. 일구녕이 없으매 품을 못 판다. 밥이 업다. 결국엔 그는 피폐하야가는 농민 사이를 감도는 엉뚱한 투기심에 몸이 달떳다.[20]

'춘호'는 '집과 세간을 두고 알몸으로' 스스로 자신의 고향을 떠났는데, 이것은 그나마 경작하던 자신의 '땅'도 함께 버렸음을 의미한다. '땅'이

---

18 「소낙비」, 41쪽.
19 「만무방」, 96쪽.
20 「소낙비」, 47쪽.

더 이상 자신들의 생계를 위한 기능을 할 수 없기 때문이다. 이제 농사꾼으로서의 삶은 그들의 생계를 보장할 수 없으며, 그들의 먹을 것을 생산하던 '농토' 또한 더 이상 그들의 '땅'일 수 없다. 알몸으로 삶의 터전을 떠나 온 '춘호'의 선택이 불가피했다는 점에서 당시 농민의 삶이 얼마나 피폐한 상황에 놓였는지, 그리고 그러한 상황에 내몰려 어떻게 자신들의 '땅'으로부터 버림받고 있는지를 인용문은 집약하고 있다.

'춘호'가 고향을 떠나게 된 것은 결국 생계의 위협 때문이라고 할 수 있지만 야반도주를 결행한 직접적인 계기는 인용문에서 알 수 있듯이 감당할 수 없는 '빚' 때문이라고 할 수 있다. 이는 "농사는 열심으로 하는 것 가튼데 알고 보면 남는 건 겨우 남의 빗뿐"[21]인 '응칠'과 "털어서 빗도 다 못가린"[22] '복만'도 크게 다르지 않다. 이는 특히 '빚'을 감당하기 힘든 상황이 앞으로도 나아질 수 없을 것이라는, 당시 지주제의 생산관계에서 발생하는 수탈 구조가 개선될 가능성이 닫혀 있다는 절망적인 인식에 근거한 행동이다.[23] 앞서 언급한 '가혹한 도지'가 그들의 경제적인 상황을 더욱 궁지로 몰아가는 데 결정적인 역할을 한 것임을 알 수 있는 대목이다.

1930년대 중반이 일제의 수탈이 더욱 본격화되고, 자본주의적 상품경제가 확대되는 시기라는 점을 상기하면 가혹한 도지로 표현되는 지주소작제도의 모순은 일본 제국주의의 수탈, 식민지적 근대화 과정과 분리해 보기는 어렵다. 나아가 그들의 이주와 유랑, 그리고 그 과정에서

---

21 「만무방」, 100쪽.
22 「가을」, 193쪽.
23 "유랑은 분명 정착할 수 없는 현실에 대응하는 자세로 출발했지만 그러한 출발이 다시 현실 논리로 귀착할 수밖에 없다는 사실은 유랑이 열린사회를 지향하지 못하고 닫힌 사회에서 출구를 모색하는 근본적인 한계를 지니고 있음을 의미하는 것이다."(손광식, 앞의 글, 320쪽)

보이는 투기심은 기형적 형태로 표출된 자본주의적 욕망의 모방으로 볼 여지 또한 충분하다. 하지만 결과론적으로 개별적인 삶의 양태를 사회 구조적인 차원으로 귀결해 일반화시키기 이전에 농민들의 '불안과 굶주림', 그리고 이에 따른 행동의 직접적이고도 현실적인 이유가 농토를 가지지 못했기 때문이라는 사실을 분명히 할 필요가 있다. 사회 구조적 모순 구조에 부속된 수동적 존재로 단순하게 간주할 경우 생활인으로서 개별적인 주체인 농민의 역동성과 농민 형상의 구체성이 모두 거세되기 때문이다. 따라서 변화되는 소유와 생산관계 속에서 농민들이 어떤 태도를 지니는지를 좀 더 구체적으로 살펴볼 필요가 생긴다.

3. 식민 수탈구조와 농민적 권리

식민지 시기 지주소작제도는 먹을 것을 생산하는 직접적인 생산재로 땅을 대하던 농민의 태도와 이에 기반한 삶을 심각한 위기로 몰아넣었다. 빚만 남기는 농토는 더 이상 자신들의 생계를 위해 기능하지 못할 뿐 아니라 대다수 농민들은 그러한 농토조차 가지지도, 얻지도 못하기 때문이다. 더 이상 농사꾼으로서 생산 활동을 할 수 없는 처지에 놓인 농민들은 이제 다른 곳으로 이주하거나 아내를 이용하여 이런 상황에 대응한다. 다른 곳에서 생산 활동을 이어 갈 순진한 생각을 하거나 아니면 아내를 팔거나 아내의 성을 이용하여 생계를 이어 가고자 하는 것이다. 여기서 아내를 이용하는 행태는 '땅'이라는 생산 수단에서 분리된 그들이 아내 혹은 아내의 성을 생산수단화 하고 있기에 '자본주의 강령의 모방'[24]이나 '자본으로의 재발견'[25]이란 평가를 받기도 한다. 가부장적인 남편이 주도하여 아내의 육체를 교환가치화 하고 있다는 점에서 이러한 판단이 일견 가능해보이지만[26] 우선 분명한 것은 자기가 먹을 것 자기가 생산하는 농토의 전통적 의미가 변화하고 있으며, 그 속에서 농사꾼인 그들이 농토에 대한 주체의 지위를 점점 상실하고 있다는 사실이다.

이러한 농민의 처지는 크게 보면 농토가 식민지 근대의 경제 체제로 급격히 흡수, 재편되는 과정에 따른 것이라 할 수 있다. 다시 말해 전근대에서 근대로의 전환과정에서 농토를 둘러싼 소유와 생산관계의 변화가 농민의 몰락과 분화를 유발하고 있는 것이다. 그러나 김유정 소설의 농민 형상들은 이러한 단선적인 전환 과정 속에 농민의 삶이 놓여있음을 확인하는 데 그치지 않는다. 앞서 살펴보았듯이 생존과 생계의 위협 속에서 농토를 박탈당하고 그로 인해 삶의 터전을 떠나 이주 혹은 유랑할 수밖에 없는 현실적인 삶의 풍경을 구체적으로 그려내고 있으며, 그 과정에서 농토에 대한 구체적인 감각과 태도가 어떻게 변화하고 있는지 또한 구체적으로 살펴보게 해주기 때문이다.

농토에 대한 태도가 변화하는 계기와 양상을 단적으로 살펴볼 수 있는 작품이 「金따는 콩밧」이다. 「金따는 콩밧」은 농토를 경작하던 농민이 농토에서 분리되어 이주나 유랑의 삶으로 넘어가게 되는 과도기의

---

24 이경, 앞의 글, 504쪽.
25 김준현, 앞의 글, 152쪽.
26 가진 것이라고는 자신의 육체밖에 없는 상태에서 그 육체를 생존과 생계 수단화하고 있다는 것 자체가 교환가치화, 나아가 자본화하고 있다고 볼 여지가 있는데, 이는 아내를 자신의 소유물로 생각하고 있는 남편, 그리고 그러한 남편이 주도하여 아내의 몸을 수단화한다는 점이 중요하게 고려되어야 한다. 그러나 「산ㅅ골 나그내」의 경우 비록 남편이 무기력한 상태이기는 하지만 아내가 스스로 나서 자신을 수단화하고 있다.

형상을 통해 자기가 먹을 곡식을 생산하는 수단이었던 '땅'의 의미가 변질되고 있음을 단적으로 보여준다. 특히, 금이 나올 것을 기대하며 콩밭을 파헤치는 '영식'의 행위는 곡식 생산이라는 사용가치에 치중하던 농토가 상품 생산의 수단으로 인식되기 시작했음을 나타내는 것이기도 하다. 이러한 양상은 농토를 교환가치화 한다는 점에서 전근대적 소유물이었던 농토가 자본주의적 생산수단으로 재발견되는 상황이라 볼 만하다.[27] 하지만 이러한 변화를 자본주의화로 인한 질적 전환의 결과론으로 이해하기에는 무리가 있어 보인다. 식민지 권력에 의한 수탈 구조가 자본화 또는 자본주의화하는 근대적 현상과 맞물려 농민의 삶이 점점 더 빈곤해지고 있기는 하지만 농토에 대한 전근대적인 인식 자체가 급격히 자본주의적 인식으로 대체되거나 전환된 것이라고 보기는 쉽지 않기 때문이다. 분화되어 가고 있는 농민의 지위 또한 자본주의적 생산관계 속에서 농촌의 해체로 이어졌다고 보기는 어렵다.

　당시 지주소작 관계를 통해 토지 소유를 둘러싼 당대의 현실 상황을 좀 더 구체적으로 살펴보자. 식민지 시기 이전의 소작제는 토지 소유가 지주에게 있다 해도 토지를 점유하고 있는 소작인의 권리를 제한적이지만 인정하는 제도였다. 소작지에서의 부분소유권이라 할 수 있는 도지권(賭地權)이나 소작인이 존속 기한이 없이 토지를 사용할 수 있으며 사용 권리를 전대나 매매, 상속할 수 있는 영소작권(永小作權) 등이 인정되었다. 이른바 병작관계에서 농지 소유에 대한 권리와 함께 농지를 점유하고 사용하는 소작인의 농민적 권리 또한 관행적으로 허용되어 왔

27　농토를 자본주의적 생산수단으로 활용하고자 의도가 결국엔 실패하기 때문에 결과적으로는 식민지적 수탈 구조에 복무하게 된다. 이런 점에서 식민지적 수탈 양상을 구조화하는 것이라고 보기도 한다(김준현, 앞의 글, 160쪽).

던 것이다.

그러나 일제는 조선을 강점한 직후부터 '토지조사사업'을 통해 토지를 둘러싼 생산관계를 배타적 소유권을 근거로 한 근대적 토지 소유관계로 전환했고 종래 관습적 관계로 운영되던 지주소작관계를 근대적인 임대차 관계법을 적용해 재편했다.[28] 그 결과 병작관계에서 발생하는 소작지에 대한 농민적 권리는 부정하고 지주의 소유권만을 배타적, 독립적으로 인정하는 상황이 되었다. 이로 인해 지주들은 수탈을 극대화하기 위해 경영의 수익성을 내세우며 소작조건을 강화하였고, 소작 보증인제도, 소작계약제도 등을 도입해 소작료 수취에 안정을 기하며 소작농에 대한 통제를 강화해갔다.[29] 결국 토지에 투여하는 노동력을 중심으로 임대차 계약이 이루어져 토지의 점유와 노동활동의 독립성은 제한되고 마름이나 지주의 소작인에 대한 통제와 관리는 강화된 것이다. 「봄 · 봄」에서 마름인 '봉필영감'이 보여주는 위세는 이러한 현실 상황이 반영된 것으로 볼 수도 있다.[30]

그런데 농토에 대한 인식 전환을 단적으로 보여주는 「金따는 콩밧」

28 일제는 토지소유권을 공고히 하는 토지조사사업 이후 일본 민법을 조선에 적용할 수 있게끔 하여 지주소작관계를 근대적인 임대차관계법으로 다루도록 법제화하였다. 1912년 3월 제정된 「조선민사령」 제1조는 이 법령과 기타 법령에 따라 특별히 규정되지 않은 민사사항 전부를 일본의 민법 및 동 시행법, 민사소송법 등에 따라 규제한다고 규정하였다. 민법 조항 가운데 지주소작 관계에 적용된 내용에는 지주와 소작인이 임대차 관계임을 분명히 하고, 계약 내용에 위배되는 방식으로 사용하거나 수익활동을 하여 손해가 발생할 경우 임차인이 이를 임대인에게 배상해야 하며, 지주가 요구하는 방식으로 농사를 지어야 한다고 규정하고 있다. 소유권을 중심으로 한 지주의 권리를 옹호하고 소작인의 권리는 인정하지 않는 것이었다(이윤갑, 앞의 책, 98~105쪽 참조).

29 김무진, 『한국 전통사회의 의사소통체계와 마을문화』, 계명대 출판부, 2006, 201쪽.

30 「봄 · 봄」에서 마름인 '봉필영감'이 마을의 행정을 담당하고 있는 구장보다 우위에 있는 양상을 일면 보여준다는 점에서 식민지 권력보다 자본의 권력이 우위에 있다고 판단하기도 한다(홍순애, 「김유정 소설의 半가족주의와 '家' 형성 · 존속의 이데올로기」, 『서강인문논총』 43, 서강대 인문과학연구소, 2015, 440쪽).

에서는 이와는 상황이 다르다. 「숲따는 콩밧」에서 '영식'이 자기 소유의 밧을 경작하지 않고 금을 캔다고 여기저기 구멍을 파내고 있는 상황에서, 지주는 내년부터 농사지을 생각 하지 말라고 하고, 마름은 당장 징역 갈 줄 알라고 엄포를 놓는다. 소작인의 선택과 교체에 지주의 권한이 절대적인 우위에 있음을, 그리고 '징역'이란.용어를 통해 지주와 소작의 관계가 근대적인 법적 규범의 관계 아래 놓여있음을 짐작하게 한다. 하지만 지주나 마름은 농사를 짓지 않고 금을 캔다며 구덩이를 파고 있는 '영식'의 행동을 보고도 구두로 엄포를 놓을 뿐 이를 제지하는 구체적인 행위를 하지는 않고 있으며, '영식' 또한 그들의 엄포에 자신의 행동을 바꾸려고 하지 않는다. 땅의 소유주임에도 불구하고 땅의 구체적인 사용에 있어 지주나 마름이 여전히 제한적 위치에 놓여 있음을, 역으로 실질적으로 '땅'을 점유하고 경작하는 '영식'에게 농사에 관한 한 일정한 선택권이 보장되고 있음을 알 수 있는 대목이다. 이러한 상황은 소작인인 '영식'과 지주와의 관계가 근대적인 형태로 전환된 지주제의 강제 안에 온전히 놓여 있지 않거나 적어도 당시의 지주제가 많은 부분 전근대적인 관습 아래 운영되고 있음을 보여준다.

"구구루 당이나 파먹지 이게 무슨 지랄들이야!"

동리 노인은 뻔질 찾어와서 귀거친 소리를 하고하엿다.

밭에 구멍을 셋이나 뚤엇다. 그리고 대구 뚤는길이엇다. 금인가 난장을 맞을건가 그것 때문에 농군은 버렷다. 이게 필연코 세상이 망랄려는 증조이리라. 그 소중한 밭에다 구멍을 뚤코 이지랄이니 그놈이 온전할겐가.

노인은 제물화에 지팽이를 들어 삿대질을 아니할 수 없엇다.

"벼락 맞으니 벼락맞어 -"

"엮여 말아유 누가 알래지유"

영식이는 그럴적마다 데퉁스리 쏘앗다. 골김에 흙을 되는대로 내꾼지고는 힘을 탁 뺄고 구뎅이로 들어간다. 그러나 마음 한구석에는 언제나 끈—하엿다. 줄을 찾는다고 콩밭을 통이 뒤집어놓앗다. 그리고 줄이 언제나 나올지 아즉 깜앟다. 논도 못매고 물도 못보고 벼가 어이 되엇는지 그것좇아 모른다. 밤에는 잠이 안와 멀뚱허니 애를 태윗다.[31]

'금 때문에 농군은 버렸다', '세상이 망하려는 징조이다'고 말하며 야단을 치는 동리 노인의 태도는 여전히 전통적인 방식의 생산 관계에 근거해 '땅'을 바라보고 있다. 이는 금을 캐기 위해 밭을 파헤치고 있는 '영식'의 경우도 다르지 않다. 마음 한편으로는 여전히 '논도 못매고 물도 못보고 벼가 어이 되엇는지' 걱정하고, 동리사람의 이목을 부끄러워하기 때문이다. 이러한 모습은 「총각과 맹꽁이」에서 '덕만'을 욕하면서도 품앗이 노동에 참여하고 있는 그의 친구들 또한 마찬가지이다. 이를 보면 '땅'에 대한 태도가 근본적으로 달라질 조짐을 구체적으로 보여주지만 농토에 대한 인식과 감각은 여전히 전통적인 방식위에 놓여 있다는 것을 알 수 있다. 그들은 수탈과 이윤추구가 주된 목표가 되는 식민지의 지주제 아래에서 여전히 농토로서의 '땅'이라는 본래적 가치에 입각하여 운영되는 공동체적 생활방식에 귀속된 마을 구성원으로서의 감각과 의식을 유지한다. 근대적 차원에서 법으로 강제되는 소유 못지않게 실제적인 노동을 통해 생산 활동을 하는 점유와 경작의 가치를 중시하는 것이다. 이는 일제가 의도하고 통제하는 지주소작관계와 일치하지 않

---

31 「金따는 콩밧」, 70쪽.

는 부분이다.

이처럼 기본적으로 농토를 둘러싼 생산관계와 그 속에 놓여있는 농민의 삶이 식민지 농촌의 수탈구조 안에 놓여있지만 그들의 삶과 의식은 지배적인 질서 체제나 사회구조적 현실에 정확히 부합하는 형태로 전환된 것은 아님을 알 수 있다. 오히려 지주나 마름의 위협에도 불구하고 콩밭을 파헤치는 행위를 하는 '영식'의 모습은 농사짓는 행위가 지닌 한계를 인식하고 그에 대한 대응으로서의 의미를 지닌다. 지주소작관계가 이미 일제의 식민지적 수탈 상황을 구조화하고 있다고 전제한다면 전통적인 방식으로 지주와 소작의 관계를 이해하고 있는 농민들은 오히려 수탈과 이윤 추구라는 식민지의 지주제를 거스르는 것이 된다. 이를 적극적인 의지가 투사된 저항이나 거부의 행위로 볼 수 있는가는 논란이 있겠지만 적어도 사회 제도 속에 평면적으로 '놓인' 존재에 그치지 않는 '살아있는' 농민의 형상을 그리고 있다는 평가는 우선 가능해보인다.

이런 차원에서 '진실한 농군', '모범적 농민'이란 수사 또한 일제가 의도하는 수탈 구조에 충실히 복무하는 '선량하고 무지한' 농민의 다른 이름으로 한정하는 것에 의문이 들 수밖에 없다. 물론 농사짓기에 충실한 농민의 역할은 지주소작 관계라는 사회적 생산관계의 틀 안에 존재하며, 지배적인 위치에 있는 지주에게 종속된 위치에 놓인다. 그리고 식민지 시기 주된 농토의 소유관계는 일제가 의도한 수탈 구조에 의해 강제되는 지주소작 관계가 지배적이다. 그러나 이러한 양자가 동일선상에 위치하지 않을 수 있음을 김유정 소설의 농민 형상은 보여준다. 조선시대부터 계속된 지주소작관계와 일제의 식민적 수탈 구조에 의해 변화된 지주소작관계가 동일하지 않은 것처럼 말이다. 오히려 일제가 의도하는 지주소작관계에 어울리지 않는 지주와 소작인의 관계를 체화한 모습을 보인다는 점에서 '진실한 농군'이란 수사는 식민 수탈 구조와 상동적인 차원을 넘어서는 중의적 의미를 얻는다. 식민 수탈 구조와 상충하면서 점유와 경작의 의미를 인정하는 농토의 전통적 가치에 충실함으로써 이러한 역할을 담당하기 위해 필요한 최소한의 농민적 권리를 견지하고 있기 때문이다.

「소낙비」에서 '일이 없어서, 농토를 안주어서'라며 '춘호'가 투기에 빠져든 연유를 변호하듯이[32] 진술하고 있는 김유정의 인식 또한 이러한 차원과 다르지 않다. '농토를 안 준'다는 진술은 '땅'과 관련해 자신의 노동을 투여할 수 있는 최소한의 기회조차도 얻지 못하고 있으며, 그런 의미에서 이전과는 질적으로 달라진 생산관계 속에서 '땅'에 대한 최소한의 주체적 지위도 갖지 못하는 대상으로 전락했음을 드러내는 객체화된 표현이다. 동시에 '안 준다'는 표현은 일정한 조건의 임금이나 그에 상응하는 노동을 대가로 빌리고 빌려주는 임대인과 임차인의 관계에 어울리지 않는 표현으로 일제가 강제하는 근대적인 계약관계 아래에서는 가능하지 않은 진술이기도 하다.

'빚'으로 수탈당하는 상황에서 벗어나기 위해 이주했지만 여전히 궁핍한 경제적 처지를 벗어나지 못한 채 농민들은 더 이상 농사지을 땅을 얻지 못한다. 이러한 그들의 모습은 식민지 근대화의 현실 속에서 농민이 수동적 존재로 객체화되는 상황을 그대로 드러낸다. 하지만 이 과정에서 그들이 보여주는 '땅'에 대한 감각과 인식은 식민 지배 질서가 공고해지는 1930년대 현실에서 지배와 통제의 질서 체제라는 토지 소유 관계에 부합하지 않는 모습을 보이기도 한다. 이를 지배적인 사회구조

---

32 조남현, 『한국 현대소설사』 2, 문학과지성사, 2012, 490쪽.

를 파악하지 못하는 등장인물의 무지함을 드러내는 것으로 보거나 식민권력이라는 절대 모순에 적극적으로 대응하지 않는 작가의 소극적인 태도로 간주하는 것은 당시 농민들의 현실을 과도하게 추상화한 접근이라 할 수 있다.

김유정 소설 속 농민들이 보여주는 '농토'에 대한 감각과 인식은 여전히 생산수단으로서의 '땅', 그리고 점유와 경작의 가치를 인정받는 농민이라는 전통적인 태도 안에 놓여 있다. 이러한 모습을 통해 김유정은 '농토'의 사용가치를 생산하는 주체로 자기규정을 하던 전통적인 존재 조건을 부각함으로써 직접적인 노동을 투여하는 소작인에게 소유권과는 다른 차원에서 농민적인 권리가 있음을 강조한다. 동시에 이러한 농민 형상의 위기와 몰락을 통해 농민적 권리가 인정되던 지위가 변화하고 있음을 여실히 보여준다. 이런 차원에서 전통적인 태도를 고수하는 농민의 이주 행위는 지주제의 생산관계에서 발생하는 수탈 구조가 개선될 가능성이 닫혀 있다는 절망적인 인식에 근거하지만 동시에 다른 곳에서, 성공 여부와 상관없이 또 다른 '농토'를 얻기를 기대하는 순진한 열망에 근거해 있다.

4. 공동체의 붕괴와 경제단위로서의 가족

소유권을 바탕으로 근대적 형태로 변환된 식민지 시기 지주소작제도는 점유와 경작의 권리를 부분적으로 인정하는 전통적인 토지 소유관계를 부정하는 것에서 시작한다. 그렇기에 관습적으로 용인되어 온 농민적 소유를 고수하는 농토에 대한 감각과 인식은 식민지 시기 지배적인 토지 생산관계인 식민지 지주소작제와 상충한다. 하지만 전통적인 토지 소유 관계를 바탕으로 하는 농민적 권리를 지배적인 사회질서인 식민권력과 대결하는 대립적 관계로 파악하는 것은 의미가 없다. 구체적이고 개별적인 삶의 양상을 거시적인 사회 구조와 동일선상에서 견주는 것 자체가 불가할 뿐 아니라 지배 권력, 특히 식민지를 지배하는 제국주의의 권력은 대립의 결과를 논하는 것이 무의미할 정도로 거대하기 때문이다. 이는 전근대와 근대의 갈등이나 대립에 대한 논의가 결국엔 전근대에서 근대로의 이행이라는 직선적 변환의 수순으로 귀결되는 상황과 같다. 식민지 시기 지주제의 모순으로 인해 농민들의 삶이 가난의 궁지에 몰리고 있음을 김유정은 분명하게 간파하고 있지만 그러한 사회적 제도로 인한 모순 구조에 직접적으로 대응하지 않는 모습도 이런 차원에서 이해가 가능하다.

대신 김유정 소설의 농민 형상은 농토로서의 '땅'이 지닌 전통적 가치에 충실한 모습을 통해 사회적 제도와 구조 속에서 위협당하는 농민의 삶과 생활 방식을 구체적으로 보여준다. 순박한 농군 형상을 통해 '땅'을 대하는 농사꾼의 순응적인 면모, 그리고 이러한 삶의 방식을 토대로 운영되었던 마을 공동체의 협동과 공존의 잔상을 제시하는 것이 그것이다. 공동체적인 생활 방식은 농사꾼으로서 '땅'을 대하는 전통적인 자세를 가질 때 안정적으로 운영된다. 자신이 필요한 만큼의 먹을거리를 생산하는 것이 농사의 목적일 때 여유가 있거나 모자란 것은 상호협력을 통해 나누고 메우는 것이 가능하기 때문이다. 전근대적인 마을 공동체는 땅을 소유하지 못하더라도 땅을 점유하고 경작할 수 있는 기회와 이러한 기회가 일정한 권리로 보장되는 농토의 사용가치를 바탕으로 존재했다.

농사꾼으로서의 순박한 태도를 보이는 인물들이 결국엔 위기에 빠지고 몰락하게 되는 상황도 이러한 전통적 가치의 훼손과 붕괴 위기를 강조하는 것이다. 「총각과 맹꽁이」의 결말 부분에서 들병이를 아내로 맞을 수 있겠다는 '덕만'의 순진한 기대는 '뭉태'의 농간으로 좌절되고, 이로 인해 품앗이 노동을 함께 하던 마을 공동체의 구성원이었던 그들의 호혜적 관계는 붕괴될 상황에 놓이게 된다. '덕만'의 입장에서 보면 '의형'이라 생각했던 '뭉태'를 비롯해 함께 품앗이를 했던 친구들로부터 배신을 당한 상황으로 이는 곧 마을공동체를 지탱하는 구성원들의 신뢰관계가 훼손되는 것이기도 하다. 「만무방」의 '응오'가 남몰래 도둑질을 하는 행동 또한 그 자체가 마을공동체의 생활방식이 구성원 간의 불신으로 인해 균열되었음을 구체적으로 보여주는 비윤리적 행동이다. 결국 농토로 '땅'을 대하는 삶의 자세는 최소한의 생계와 생활이 안정적으로 유지되어야 가능한데, '먹을 것'이 없어 이러한 전제가 붕괴될 경우 농토를 기반으로 운영되는 공동체적 생활방식과 윤리는 균열될 가능성이 커진다.

따라서 농민의 지위가 객체적 존재로 전락하는 순간 노동과 농토의 사용가치를 바탕으로 유지되던 마을공동체는 와해의 순간을 맞는다. 공동체적 생활방식에 따라 운영되던 전통적인 농촌 마을은 이제 더 이상 구성원들의 상호부조를 위한 여력이 없으며 이를 위한 마을 주민들 간의 호혜적 관계 또한 유지되기 어려워졌다. '빚'으로 상징되는 소작료 수탈로 인해 안정적인 생계유지가 불가능해졌고 '땅'에 대한 노동과 생산의 주체적 존재라는 토대가 붕괴됨으로서 협력과 공존이라는 공동체의 윤리의식도 더 이상 유지될 수 없다. 기존 공동체에서의 이탈을 의미하는 이주와 유랑은 이런 차원에서 공동체의 분열과 붕괴의 조짐을 구체적으로 보여주는 가시적 현상이기도 하다.

사실 농토에 대해 전통적인 소유의식을 지닌 순박한 농군이 피해를 보고 좌절하게 되는 상황, 그리고 농민적 권리에 기반해 운영되던 전근대적 마을 공동체의 붕괴는 식민 수탈 구조가 공고해지고 이에 따라 자본주의적 소유관계가 토지 생산관계의 지배질서로 심화되는 상황에서는 당연한 귀결일 수 있다. 그렇기에 이러한 양상을 두고 자본의 승리나 자본화 기획의 실패, 또는 사회구조적 모순에 대한 소극적 인식으로 이해하는 것 역시 당연한 수순을 확인하는 측면이 강하다. 점유의 가치와 소유의 권리를 이항 대립의 관계로 파악하는 것은 전근대와 근대의 선조적 관계에 이러한 양상을 대입하는 것으로 귀결하고, 전통적 가치를 과거의 낡은 것이라는 전근대적인 관습 안에 속박하여 고정할 뿐이다.

농토에 대한 전통적 가치를 고수하는 김유정의 소설 속 농민 형상들은 이러한 관계를 벗어나 전통적 가치의 분화를 시도하는 것으로 보인다. 이러한 판단을 가능하게 하는 단서를 가족의 형태를 유지하는 것에서 찾을 수 있다. 실제로 김유정의 소설 속 농민들은 '땅'을 잃어버리고 '땅'으로부터 분리되는 상황에 놓여 있고, 전통적인 윤리의식에 기반한 공동체가 붕괴되고 있음에도 생활공동체의 최소 단위인 가족의 형태를 포기하지 않는다. 이는 농민들의 객체화로 촉발되는 이주가 가족단위로 진행된다는 점에서 확연히 드러난다. 아내를 통해 서울 갈 비용을 마련하고자 하는 「소낙비」의 '춘호'는 물론이고 「산ㅅ골나그내」의 '나그네'와 「가을」의 '복만'도 아내나 남편과 함께 고향을 떠난다. 이 뿐만 아니라 「만무방」의 '응칠'의 경우도 이주 후에 아내와 헤어져 홀로 유랑하지만 고향을 처음 떠날 때는 가족과 함께였다. 전근대적인 마을 공동체의 운영이 개별 가족을 단위로 상호부조가 이루어졌기 때문에 이주나 유랑은 곧 마을 공동체의 최소 단위인 개별 가족의 이탈과 그로 인한 전통적인 마을 공동체의 붕괴를 의미하지만 그 과정에서도 가족은 해체되거나 분산되지 않는다.

오히려 가족의 형태를 갖추거나 가족이라는 생존 단위의 관계를 유지하려는 노력과 욕망은 더욱 강렬해진다.[33] 「총각과 맹꽁이」의 '덕만'과 「산ㅅ골 나그내」의 '덕돌이'는 아내를 얻어 가족을 구성하고자 한다. 「가을」에서는 매매를 통해 아내를 얻으려는 인물이 있는 반면 매매행위를 가족의 형태를 유지하는데 이용하는 인물이 있기도 하다.[34] '만무방'인 '응칠'은 홀로 유랑을 하지만 결국엔 동생을 위해 행동함으로써 혈연관계에 기초한 가족을 벗어나진 못한다.

전통적인 마을 공동체의 물적 토대가 자기가 먹을 것 자기가 생산하는 실질적인 '농토'의 점유라고 한다면 이러한 물적 토대가 상호 협동과 공존의 원리로 운영되는 최소 단위는 가족이었다. 이는 장원을 통해 대규모 농장경영의 형태를 가지고 있었던 서구 봉건제와는 다른 조선 사회의 특수성이다. 서구 사회의 농노들은 사회적 독립성을 보장 받지 못한 채 영주에게 인격적으로 예속된 상태에 놓여 있었지만 조선에서는

---

33 김유정의 소설을 '미혼 남녀의 이야기'와 '기혼 남녀의 이야기'로 대별할 수 있다는 점은 그의 소설이 가족의 구성을 주요 화두로 다루고 있다는 사실을 알려준다(전신재, 「속이고 속는 이야기의 두 유형 – 판소리와 김유정 소설」, 김유정탄생 100주년 기념사업추진위원회 편, 『한국의 웃음문화』, 소명출판, 2008, 505~519쪽 참조).

34 가족을 교환가치화함에도 불구하고 그에 상응하는 이익이 획득되지 않는다는 점을 가족의 해체를 강요하는 자본제의 자기모순을 드러내는 것으로 보고, 근대 자본주의 모순을 폭로하는 계기로 작용한다고 해석하기도 한다(이경, 앞의 글, 506쪽).
그러나 가족의 형태가 와해되지 않는다는 점에서, 가족 구성의 욕망 좌절이 곧 가족의 해체로 이어지지 않는다는 점에서 근대 자본주의 모순을 폭로한다는 평가는 다소 지나친 의미부여라 생각한다.

비록 소작인이라 할지라도 가족단위의 독립적 생활이 일정정도 보장되는 형태였다. 농토의 실질적인 점유가 허용돼 가능했던 이런 형태는 개별 가족 단위로 노동과 생활을 하며 유지가 되었다. '농토'는 가족이 독립적으로 소유하고 경영하는 가족의 공유재산이었으며, 가계와 가문을 형성하는 물질적 토대였다. 토지에 대한 점유의 권리를 인정하는 조선의 특수한 소작제도는 가족 단위의 독립생활을 가능하게 함으로써 가족을 중심으로 마을 공동체가 유지될 수 있는 노동과 생활의 기초가 되었던 것이다.

이런 점에서 마을 공동체가 붕괴되고 있는 상황에서도 가족의 형태를 유지하는 모습은 조선의 특수한 생산관계 안에서 운영되던, 즉 농민적 소유를 물적 토대로 운영되었던 공동체의 최소 단위를 고수하는 것이라 할 수 있다. 물론 여기서의 가족 관계는 생계유지라는 경제적인 차원에 한정되어 있다. 오로지 먹고 사는 문제를 함께 해결하는 생존 단위일 뿐 전통적으로 강조되어 온 가족 윤리인 정서적인 유대를 지속하고 있지는 않다. 가부장의식을 지닌 남편과 그러한 남편의 폭력과 권위 아래 속박된 아내, 무기력한 남편과 생계를 떠맡고 있는 아내, 그리고 생존의 절박함 앞에서 비윤리적인 행위까지도 서슴지 않는 모습 등 전통적인 가족의 역할과 윤리에서 벗어나 있다. 가족의 관계가 생계나 생존을 함께 하는 경제 활동의 단위로 구성될 뿐 다른 차원에서는 전통적인 가족 관계에서 이탈해 있다.

전통적인 관계에서 이탈한 모습은 마을공동체의 해체 양상을 통해서도 확인할 수 있다. 앞서 살펴보았듯이 식민적 수탈 구조가 확대되면서 이미 농촌의 마을 공동체가 존속될 수 있는 토대 자체가 붕괴되고 있는 상황이다. 이러한 양상은 마을 공동체의 구성원으로서 농민들이 지니고 있던 정서적인 유대 관계의 붕괴로 드러나기도 한다. 「총각과 맹꽁이」의 '덕만'과 '뭉태', 「산ㅅ골 나그내」의 '덕돌이'와 나그네를 비롯해 「金따는 콩밧」의 '영식'과 '수재' 등 소설 속 대부분의 농민들은 이미 마을공동체의 구성원으로서 견지해야 할 전통적인 윤리의식을 서로 간에 유지하고 있지 못하다. 여기에 그치지 않고 그들은 이주 혹은 유랑을 통해 마을공동체에서 이탈하여 그들 스스로가 공동체의 존재 기반을 약화시키는 역할을 하기도 한다. 식민지 시기 농촌 마을이 이미 식민적 규율로 정비된 일제의 지배질서 아래 포섭된 상태[35]라고 본다면 이는 지배적인 사회 질서나 관계에 대한 이탈이기도 하다.

결국 소설 속 농민 형상들이 고수하고 연장하고자 하는 가족은 생계 단위로 가족의 형태를 유지하면서 기존 윤리나 제도에서는 이탈해 있다고 할 수 있다. 이러한 모습은 경제적 차원의 최소공동체를 유지하는 데 요구되는 물적 토대인 농민적 소유는 긍정하면서 전통적으로 강조되어 온 전근대적인 윤리의식이나 식민지적 지배질서는 문제 삼는 기능을 한다. 식민수탈구조라는 사회적 제도를 부정하면서 전근대적인 윤리나 관습에서도 거리를 두게 되는 것이다. 따라서 농토에 대해 전통적인 태도를 견지하며 구성되거나 유지되는 가족의 형태는 그 외형만으로 전근대적인 가치를 연장하는 차원에 있다고 보기보다는 점유와 소유의 대립, 혹은 점유에서 소유로의 전환이라는 이항 관계를 넘어서 전통적 가치의 분화를 시도하는 지점에 놓여 있다고 봐야 한다.

---

35 총독부는 조선의 행정 단위를 읍, 면, 동, 리로 재편하고 '모범부락'이란 호명으로 전통적인 생활공동체를 식민적 통제와 관리 아래 두었다.

5. 현실비판과 전통적 가치의 분화

김유정의 소설 속에 나타나는 농민 형상들은 세계사적인 변화의 흐름에 부합하는 토지 소유 관계의 변동과 그로 인한 농민 삶의 분화 과정을 구체화하고 있다는 의미가 무엇보다 크다. 근대적인 차원의 사회관계 속에 놓이게 됨으로써 '땅'으로부터 분리되고 분화되어 질적인 차원에서 변화를 맞이하는 농민의 삶의 궤적을 구체적으로 보여주기 때문이다. '땅'과 밀착된 삶을 살았지만 '땅'으로부터 버림받고 객체화되는 과정, 다시 말해 자영농이 소작농으로 전락하고, 그들이 다시 유랑민으로, 도시 빈민으로 내몰리는 농민 몰락의 근대적 전형이 김유정 소설의 농민 형상 속에 압축되어 있다. 이 모습들을 통해 우리는 '땅'의 사용가치에 집중하는 전근대적 의미의 농사꾼이 어떻게 땅과 노동으로부터 소외되어 '땅'과 마찬가지로 수동적인 객체로 전락하게 되는지를 여실히 알게 된다.

여기에서 한 발 나아가 김유정은 농민의 삶이 분화하는 과정에서 그러한 삶의 양상을 가능하게 하는 물적 토대의 변화를 구체적으로 제시함으로써 1930년대 조선사회의 본질적인 모순 구조 또한 놓치지 않는다. 살펴본 바대로 식민지배의 수탈 구조를 내면화한 지주소작제도의 모순이 먹을 것을 생산하는 직접적인 생산재와 이를 위한 구체적인 노동으로 땅을 대하던 농민의 태도와 이에 기반한 삶을 심각한 위기로 몰아넣었음을 분명하게 보여준다.

또한 김유정은 '농토'의 사용가치를 생산하는 주체로 자기규정을 하던 농민의 전통적인 존재 조건이 붕괴되고 있지만, '농토'에 대한 감각과 인식은 여전히 생산수단으로서의 '땅', 그리고 점유와 경작의 가치를 인정받는 농민이라는 전통적인 태도 안에 놓여 있음을 보여준다. 특히 농토의 사용가치를 바탕으로 유지되던 마을 공동체가 붕괴되는 과정에서도 가족의 형태를 존속하고자 하는 양상을 제시하는 것도 이런 맥락에 놓여 있다. 이때의 가족은 먹고 사는 문제를 함께 해결하는 경제 단위일 뿐 전통적으로 강조되어 온 가족 윤리인 정서적인 유대를 지속하지는 않는데, 이는 개별 가족의 독립적 생활을 가능하게 한 물적 토대인 농민적 소유의 가치를 부각하는 것이라 할 수 있다.

이렇게 김유정 소설의 농민 형상은 식민주의 질서 속에 편제된 농민의 삶을 보여주면서 동시에 기존 윤리나 제도에서 벗어난 모습을 제시한다. 이를 통해 소유 중심의 식민지 수탈 구조와 전근대적 관습에 대한 거리를 동시에 확보함으로써 전통적 가치의 분화를 시도한다고 할 수 있다. 점유와 경작이라는 농민적 권리를 환기함으로써 식민지 지배 질서의 수탈 구조에 대응하는 현실비판의 의미를 선명하게 유지하면서 좀 더 근원적인 농토의 생래적 가치에 대해서도 생각하게 하는 것이다.

참고문헌

1. 기본자료

전신재 편, 『원본 김유정 전집』, 강, 2007.

2. 논문

권채린, 「김유정 문학에 나타난 자연 공간의 담론화 양상 연구」, 『국제한인문학연구』 7, 국제
　　한인문학회, 2010.

김미영, 「병상의 문학, 김유정 소설에 형상화된 육체적 존재로서의 인간」, 『인문논총』 71권
　　4호, 서울대 인문학연구원, 2014.

김양선, 「1930년대 소설과 식민지 무의식의 한 양상」, 『한국근대문학연구』 5(2), 한국근대문
　　학회, 2004.10.

김준현, 「김유정 단편의 '반(半)소유' 모티프와 1930년대 식민수탈 구조의 형상화」, 『현대소설
　　연구』 28, 한국현대소설학회, 2005.12.

김화경, 「모더니티가 구성한 농촌과 고향─김유정 '농촌소설' 재론」, 『현대소설연구』 39, 한국
　　현대소설학회, 2008.

손광식, 「김유정의 소설에서 '유랑'과 '정착'의 관계를 해석하는 문제」, 『국제어문』 16, 국제어
　　문학회, 1995.

손종업, 「金裕貞의 소설과 植民地 근대성」, 『어문연구』 28(3), 한국어문교육연구회, 2000.9.

안미영, 「아이러니스트의 봄의 수사학」, 『한국근대문학연구』 28, 한국근대문학회, 2013.

이경, 「자본주의보다 먼저 온 실패의 예후와 대안적 윤리」, 『코기토』 73, 부산대학교 인문학연
　　구소, 2013.2.

조두섭, 「김유정 농민 소설의 타자의 존재 방식과 주체 구성의 전략」, 『문예미학』 9, 문예미학
　　회, 2002.

하정일, 「지역·내부 디아스포라·사회주의적 상상력─김유정 문학에 관한 세 개의 단상」,
　　『민족문학사연구』 47, 민족문학사연구소, 2011.

홍순애, 「김유정 소설의 半가족주의와 '家' 형성·존속의 이데올로기」, 『서강인문논총』 43,
　　서강대 인문과학연구소, 2015.

3. 단행본

권영민, 『한국 현대문학사』 1, 2002, 민음사.

김무진, 『한국 전통사회의 의사소통체계와 마을문화』, 계명대 출판부, 2006.

김우종, 『한국 현대소설사』, 성문각, 1992.

김유정탄생 100주년 기념사업추진위원회 편, 『한국의 웃음문화』, 소명출판, 2008.

김유정학회 편, 『김유정의 귀환』, 소명출판, 2012.

문학과문학교육연구소, 『한국 현대소설사』, 삼지원, 1999.

이송순, 『일제하 전시 농업정책과 농촌 경제』, 선인, 2008.

이윤갑, 『일제강점기 조선총독부의 소작정책 연구』, 지식산업사, 2013.

이재선, 『한국소설사』, 민음사, 2000.

조남현, 『한국 현대소설사』 2, 문학과지성사, 2012.

황보영조, 『토지, 정치, 전쟁－1930년대 에스파냐의 토지개혁』, 삼천리, 2014.

미셸 푸코, 오트르망 역, 『안전, 영토, 인구』, 난장, 2011.

헨리 조지, 김윤상 역, 『진보와 빈곤』, 비봉출판사, 1997.

김유정 소설의 半가족주의와
'家' 형성·존속의 이데올로기

홍순애

1. 서론

가부장제하에서의 가족은 혈연에 의한 자연적이고 본질적인 가치로 존중되어 왔고, 이것은 가문, 혈족이라는 범위를 넘어 국가의 하위조직으로 인정되고 있다. 가족은 여전히 신성불가침의 영역으로 규정되고 있으며, 숭고함을 대표하고 있다. 그러나 근대적 기획에서 사유된 가족은 전통, 유교적인 것의 단절을 통해 새롭게 구성되어야 하는 것으로 설정되며, 개인과 개인이라는 근대적 주체들에 의해 존속되어야 하는 것으로 의미화 된다. 이에 '아비'의 가부장제에 대한 부정과 거부를 통해 생성된 근대 가족은 소규모의 부부 중심적 정체성을 갖는다.

근대 초기 대가족제도는 가부장제도에 의한 폐해를 대표하는 것으로 문명론적 관점에서 비판의 대상이 되었고, 1920년대에는 개조론의 자장 안에서 '가정개량론'과 '單式가족제도'에 대한 논의들이 이루어졌다. 혈연적 가문 일족보다는 민족과 사회를 강조하고, 가족집단에의 의존보다는 개인의 자립을 강조하는 이와 같은 새로운 가족론은 전통적 가족주의를 사회발전과 문명화의 장애물로 위치 지우면서 그 대안으로서 소가족제도를 거론하였다.[1] 식민지 시기 가족담론은 식민성, 근대성, 전통성의 논리 안에서 민족주의와 제국주의의 각기 다른 지향과 목적에 의해 차별적으로 전유되었다. 그리고 이것은 실질적으로 제국의 법 제도 또는 식민지 자본주의의 영역 안에서도 논의되었다.

식민지 시기 가족제도는 법제적인 차원에서 1912년 '조선민사령'과 1924년 '조선민사령'의 개정으로 법률혼주의, 호적제도 등이 정립되었다. '조선민사령'의 개정은 일본의 가족제도를 차용한 것으로, 이것은 강력한 호주제도와 가족국가관을 핵심으로 하여 유교적 가족전통을 국가주의적 전략에 맞게 근대화한 '家'제도(이에제도)[2]의 연장이었다.[3] '조선민사령'은 전통적 대가족제도에서 핵가족제도로의 이행을 법적으로 인정한 것으로, 이것은 가족제도를 통한 제국 문화의 본격적 이식의 한 형태였다. 식민지 시기 가족은 당대의 현실적 반향과 이데올로기적·속성

---

1   김혜경·정진성, 「"핵가족"논의와 "식민지적 근대성"－식민지 시기 새로운 가족개념의 도입과 변형」, 『한국사회학』 35집 4호, 한국사회학회, 2001, 222쪽.

2   '이에'는 일본의 호적제도에서 연원한 것으로, 근대일본국의 '이에'는 호적이라는 戶라는 단위를 그대로 메이지 민법의 기본적인 단위인 '이에'로 추인한 것이다. 이것은 근대일본국의 고대중국의 지아(家)를 원형으로 한 고대일본국의 이에(家)를 19세기 후반부터 새로운 환경 안에서 만들어 낸 것이다. 이 '이에'를 만들어 낸 근대일본국의 호적기술은 그 이전의 제도보다 훨씬 더 효율성이 높고, 또한 기재된 단위에 상호부조의무를 부과하고 나아가 경제활동의 단위로서 세제 등에서 우대함으로써 가산이라는 형식으로 자본의 축적을 가능하게 하는 등, 근대의 행정기술에 대한 응용성도 상당히 높은, 현실적으로 매우 유용한 서기기술이었다(임경택, 「일본식 근대호적기술의 전개과정과 이에(家) 및 이에제도」, 『일본사상』 18권, 한국일본사상사학회, 2010, 194쪽 참고).

3   김혜경·정진성, 앞의 글, 225쪽.

들을 가장 전면화하는 특성을 갖는다. 가족서사가 어떻게 재현되는가의 문제는 그 시대의 이데올로기와 관계되며, 이것은 식민지의 군국주의 체제에서 중요한 의미를 띤다. 가족의 중요성은 보편적이라는 신화와 달리 사회적으로든 집단적 무의식으로든 그것이 강력하게 표현되는 시점은 주로 사회적 위기의 순간이다.[4] 국가적 위기는 연속적으로 가족의 위기를 초래하게 되고, 가족의 위기는 또한 상징적으로 국가를 대리하는 것으로 인식된다.

식민지 시기 양가적인 가치 안에서 존재하는 가족은 김유정 소설에서 어떤 의미로 재현되는가. 1930년대는 식민지 군국주의 체제가 공고화 되고 조선의 병참기지화가 본격화됨으로써 소작농의 붕괴, 이농인구의 증가, 가족해체로 인한 가족 이산 등의 문제가 심화되었고, 식민지 자본주의의 폐해가 극에 달하면서 그 파장은 가족 공동체의 희생으로 이어졌다. 그리고 박태원, 이태준, 이효석 등은 이러한 가족의 해체와 그에 대한 문제들을 단편소설로 서술한 바 있다. 김유정 또한 이러한 작가들과 동일하게 식민지의 규율권력에 의해 가족이 이산될 수밖에 없는 상황들, 그럼에도 불구하고 '家'의 존속을 고수하는 인물들을 재현했다. 그러나 김유정 소설에는 가족애로 충만한 스위트 홈의 모습이 형상화되지 않는다. 즉 그의 소설에서는 1920∼30년대『별건곤』,『삼천리』등의 대중 잡지에서 보이는 결혼을 목표로 하는 연애인 '우애결혼'이나 부부애, 가족애로 넘쳐나는 근대 가정의 모습은 찾아 볼 수 없다. 그 이유는 아마도 어린 나이에 겪게 되는 부모의 죽음과 난봉꾼인 형의 폭력, 히스테리 누나 밑에서 성장한 작가의 생애적 경험에서 비롯된 것일 수도

---

4 권명아,『가족이야기는 어떻게 만들어지는가』, 책세상, 2000, 34쪽.

있다. 김유정에게 가족은 벗어나지 못하는 하나의 굴레였고, 구속이었으며, 실현되지 않은 하나의 목표이자 욕망의 대상이었을 것이다.

김유정 소설에서 '가족'은 하나의 중요한 문학적 표제이다. 그의 소설은 가족의 형성과 가족의 존속, 붕괴와 해체의 과정을 재현하고 있고, 이 가족들은 극도의 가난으로 인해 매춘과 아내팔기, 폭력 등의 윤리성 상실을 경험하고 있다. 그리고 김유정 소설에서는 염상섭의 가족사소설에서 보이는 것과 같은 조부를 중심으로 하는 전통적 대가족, 가부장제의 모습들은 찾아볼 수 없다.[5] 그의 소설에서 대가족이 등장하고 있는 「형」에서는 형의 패륜적 행위에 대해 아버지와 누나, '나'가 겪는 갈등 상황만을 서술하고 있고, 조부, 부모, 애기까지 삼대가 등장하는 「애기」는 생후 두 달 된 아기를 생활고로 인해 내다버리려다 실패하는 이야기이다. 이 두 편을 제외하고 김유정 소설에 등장하는 대부분의 가족은 부부를 중심으로 하는 남편과 아내, 자식으로 구성된 '單式가족'의 형태를 띤다. 그리고 이 가족들은 1930년대라는 식민지 상황에서 끊임없이 내적·외적 상황들에 의해 존속을 위협받고 있는 것으로 제시된다.

이에 이 글에서는 김유정 소설에서 재현되고 있는 가족서사의 의미를 고찰하고자 한다. 그리고 1930년대라는 식민지 상황과 '가족'이 갖는 사적·공적 영역이 어떻게 재현되고 있으며, 이 과정에서 식민지 법 체제 안에서 단식가족의 형성, 이탈, 이산이 갖는 의미가 무엇인지 살펴보고

5　가족 이데올로기적 측면에서 김유정 소설과 대비되는 것은 염상섭의 소설이다. 염상섭 문학에서 가족주의는 민족주의와 연관되며, "염상섭 문학에 드러난 민족주의는 '핏줄'로 연계된 전통적 구습인 가족제도에 의한 인간관계를 타파하고, 돈의 흐름을 사회화함으로써 근대 국가의 기본을 마련하는 부르주아 민족주의를 지향하고 있다. 또 가족의 번영과 영광을 위해 돈과 시간을 낭비하는 전통 가족주의는 반대하지만, 가족에 대한 책임의식과 희생으로 가족을 돌보는 부르주아의 가족관에는 동의하고 있다." 이덕화, 「염상섭 초기 문학에 나타난 근대 체험과 가족 이데올로기」, 『여성문학연구』 13권, 한국여성문학학회, 2005, 111~135쪽 참조.

자 한다. 김유정의 소설에서 가족서사는 혼인을 통해 가족을 형성하려는 서사와 그것을 유지・존속하고자 하지만 계속해서 이탈・이산의 상황에 직면하는 서사로 분류된다. 따라서 본고에서는 외부적 요인에 가족 형성이 지연되는 과정, 가족을 형성하였으나 끊임없이 해체의 위기를 겪는 소설을 중심으로 김유정의 가족서사의 의미를 고찰하고자 한다. 그리고 이러한 가족의 형태가 1930년대 식민지 하의 법・제도적 측면을 어떻게 반영하고 있는지, 이것이 갖는 김유정식 가족주의 이데올로기를 논의하고자 한다.

2. '家' 형성의 욕망과 식민지 자본구조의 모순

김유정 소설에 등장하는 대부분의 인물들은 폭력과 배신, 매춘과 아내팔기 등의 비윤리적인 행위를 하는 모습으로 재현된다. 「봄・봄」, 「동백꽃」, 「총각과 맹꽁이」, 「옥토끼」 등의 소설들은 공통적으로 혼인을 하려는 자와 그것을 방해하는 자의 충돌로 인해 '家' 형성이 지연되거나 좌절되는 특성을 갖는다. 「봄・봄」에서 혼사장애는 조혼금지, 자본적 관계가 원인이 되고 있고, 「동백꽃」과 「산골」은 이미 공고화된 마름과 소작인의 계층적 차이로, 「총각과 맹꽁이」와 「옥토끼」는 혼인비용에 따른 경제적 이유로 '家' 형성이 좌절된다. 또한 이 소설들은 인물들의 내적요인보다는 식민지라는 외적요인에 의해 혼인이 지연, 실패되는 양상을 보인다.

「봄・봄」에서 제시되는 '家' 형성의 욕망은 식민지 자본구조가 원인이 되어 실현되지 않는다. 이 소설은 일인칭으로 서술되고 있고, '나'는 봉필영감의 딸인 점순이와 혼인을 하는 조건으로 데릴사위로 들어가 3년 7개월 동안 일을 한다. 봉필영감은 점순이 키를 핑계로 혼사를 미루고 있고, '나'는 점순이의 부추김에 용기를 얻어 혼인을 요구하지만 뜻대로 되지 않는다. 그래서 소설은 혼인을 미루고자 하는 봉필영감과 혼인을 욕망하는 '나'의 갈등이 주요 내용으로 서술된다. 소설의 시작 부분에서 '나'는 "애최 계약이 잘못된 걸 알았다"라고 서술하고 있는데, 기한을 확정하고 일을 시작한 것이 아닌 점순의 '키'를 기준으로 한 것이 패착의 원인이라는 것을 인식하고 있다.

소설에서 '나'와 점순의 혼사장애는 점순이의 키 때문이지만 보다 직접적인 것은 장인과 데릴사위라는 지위에 있다 '나'는 데릴사위가 되기 위해 열심히 일을 하지만 봉필영감은 계속해서 노동력만을 요구한다. '나'는 혼인 욕망을 달성하기 위해 여러 차례 봉필영감과 대립하지만 소득 없이 끝이 난다. 가족으로의 편입에 대한 희망은 장인의 자본주의적 이득에 의해 실패되고, 이러한 장인과 데릴사위 사이의 권력 문제는 전복되지 않는다. 이 소설에서 중요하게 다루어지는 것은 가족으로 인정받기 위한 '나'의 방법들이다. 소설의 스토리는 그래서 '나'와 장인의 갈등, 구장의 중재 실패, 다시 '나'와 장인의 갈등으로 전개된다. 이 소설에서 '구장'은 혼인지연에 있어 매우 핵심적인 역할을 한다. '나'는 문제해결을 위해 봉필영감과 함께 구장님을 찾아간다. 이 소설에서 구장은 이 둘의 갈등을 봉합하려 하지만, 나중에는 봉필영감의 의견에 수긍하며 '나'를 설득하기에 이른다.

구장님도 내 이야기를 자세히 듣드니 퍽 딱한 모양이었다. 하기야 구장님 뿐만 아니라 누구든지 다 그걸게다. 길게 길러둔 새끼손톱으로 코를 후벼서 저리 탁 튀기며 "그럼 봉필씨! 얼른 성롓 시켜주구려, 그렇게까지 제가 하구 싶다는 걸―" 하고 내 짐작대루 말했다. 그러나 이말에 장인님이 삿대질로 눈을 부라리고 "아 성례구뭐구 기집애년이 미처 자라야 할게 아닌가?" 하니까 고만 멀쑤룩해서 입맛만 쩍쩍 다실뿐이 아닌가―. "그것두 그래!" (…중략…) 그러나 이말에는 별반 신통한 귀정을 얻지 못하고 도루 논으로 돌아와서 모를 부었다. 왜냐면 장인님이 뭐라고 귓속말로 수군수군하고 간 뒤다. 구장님이 날 위해서 조용히 데리구 아래와 같이 일러주었기 때문이다(뭉태의 말은 구장님이 장인님에게 땅 두어마지기 얻어 부치니까 그래 꾀였다구 하지만 난 그렇게 생각안는다).[6]

여기에서 구장은 기회주의적인 인물로 제시된다. 그는 "서울엘 좀 갔다 오드니 사람은 점잔해야 한다구 웃쇰이 양쪽으로 뾰죽이 뻗이고 그걸 애햄, 하고 늘 쓰담는 손버릇"이 있는 것으로 허위의식에 차있는 인물로 묘사된다. 이 소설에서 구장은 '나'의 혼인욕망을 포기하게 만드는 방해자의 역할을 담당한다. 식민지 시기 구장(區長)은 민중의 효율적인 통제와 지배를 위한 경찰이나 행정의 말단 조직으로 마을을 관리하는 직책이었다. 일제는 식민지 초기 기존의 동리장을 폐지하여 새로운 지배 시스템인 구장 제도를 신설했고, 구장은 '인민의 부형'이 될 동네의 유지와 면 행정을 잘 처리할 수 있는 행정 능력을 가진 자[7]로 임명되었

---

6 김유정, 「봄·봄」, 전신재 편, 『원본 김유정 전집』, 강, 1997, 162쪽.
7 김영미, 「식민지 주민 동원의 유산과 변용」, 『한국학논총』 38집, 국민대 한국학연구소, 2012, 339쪽.
   1914년부터 일제는 면과 동리를 통폐합하여 전통적인 구역들을 해체하고 새로운 행정구역

다. 총독부는 구장에게 정치적인 권위를 부여했고, 경제력이 있는 자를 구장으로 임명하여 무급으로 일할 것을 요구했다. 실제적으로 구장은 식민지 시기 지방행정 중 마을 단위로 생활 전반을 관장하며 납세, 부역 등에 대한 실질적인 지배력을 행사했다. 즉 식민지 정책을 민중들에게 하달하고, 정책시행을 위해 가장 말단에서 권력을 행사했던 직책이 구장이었던 셈이다. '나'와 봉필영감이 구장을 찾아가서 중재를 부탁했을 때 구장은 '나'의 처지를 안타까워하며 '나'의 편을 들어준다. 그러나 봉필영감이 "뭐라구 귓속말로 수군수군하고 간 뒤" 태도를 바꿔 구장은 봉필영감의 의견에 동조하게 된다.

이러한 태도 변화의 원인은 봉필영감과 구장간의 계층 차이에서 비롯된다. 봉필영감은 지주의 휘하에서 소작인들을 관리하고 농지를 분배하는 마름의 지위를 가지고 있으며, 구장은 봉필영감의 땅을 경작하는 소작인의 처지이다. 뭉태가 '나'에게 언급했던 것처럼 구장은 봉필영감의 땅 두어 마지기를 얻어 부치는 소작인이었고, 봉필영감과 구장은 자본이라는 권력관계 하에 있었던 것이다. 구장의 태도 변화로 볼 때 구장이라는 말단 행정의 권력보다 마름의 경제적 지위가 더 강력하게 작동하고 있다는 것을 알 수 있다. 식민지 체제에서 명예직인 말단 행정의 권력보다는 자본에 의한 권력이 더 큰 위력을 발휘하고 있는 셈이다. 구장의 사적인 견해는 필연적으로 봉필영감의 경제적 위상에 의해 묵살될 수밖에 없는 것이고, 이로 인해 구장의 중재자적 역할은 실패할 수밖

을 만들었으며, 1917년 시행된 면제는 지방 지배의 거점으로 면을 신설하여 공무원을 파견하였다. 그리고 구장(이장)제도를 신설하여 주민에 대한 실질적인 지배력을 행사하도록 했다. 마을마다 구장의 지위는 차이가 있었지만 식민지 지배 체제가 안정화되어가면서 마을 내에서 구장의 지위는 상승해갔다. 구장은 무급으로 일할 수 있는 경제력이 있는 재력가로 한정하였고, 구장을 무급으로 결정한 것은 수 만 명의 구장들에게 지불할 비용을 감당할 수 없었던 재정상의 이유였다.

에 없다.

이 부분에서 생각해 봐야 할 문제는 김유정이 왜 구장이라는 식민지 권력보다 마름이라는 자본의 위력이 더 크다는 것을 보여주고 있는가이다. 이 소설이 1935년 『조광』에 게재된 것으로 볼 때, 이 시기는 1931년 만주사변 이후 만주국 성립과 연동된 전시체제기의 농촌붕괴와 관계된다. 이 소설이 시대성보다는 계절성이 강하다고 전신재는 논의[8]하고 있지만, 사실 이 소설의 경우는 식민지 자본에 의한 농촌의 경제적 상황이 심층갈등 요인으로 제시되고 있다는 점에서 총독정치 하 전시체제기라는 시대성 또한 중요하다고 볼 수 있다.

1930년대 식민 자본에 의한 농촌의 빈곤문제는 이 소설에서 중요한 요인으로 대두된다. 농촌의 빈곤문제는 식민국가의 착취구조, 半봉건적 생산양식, 식민 자본주의의 수탈구조, 가부장적 구조 및 시대적 특수성이라는 다층적인 구조[9]로 요약된다. 한일병합 직후 시행되었던 '토지조사사업'과 1920년대의 '산미증산계획'으로 쌀 산출량은 증대하였으나 결과적으로는 농촌을 대지주와 소작농으로 이분화 하는 결과를 가져왔고, 이것으로 인해 식민자본주의의 수탈구조가 형성, 고착되었다. 농민의 빈궁과 자작농의 몰락, 소작쟁이의 격화 등으로 조선의 농촌은 황폐화 되었고, 이로 인한 탈농촌 현상과 농촌의 해체가 가속화 되었다. 자작농의 이익을 대변한다는 평계로 총독부는 '자작농창정계획'과 '조선농지

---

8   김유정, 전신재 편, 『원본 김유정 전집』, 강, 1997, 156쪽.
     전신재는 이 소설의 의의를 다음과 같이 설명하고 있다. "제목 「봄·봄」은 계절의 순환을 나
     타낸다. 김유정의 소설 30편 중에서 10편이 봄을 배경으로 하고 있다. 그의 소설의 배경은 시
     대성보다는 계절성이 강하다. 제목 자체가 계절 이름으로 되어 있는 것이 많다. 또 그의 소설
     은 대부분 계절적 묘사로 시작하고 있다."
9   유숙란, 「일제시대 농촌의 빈곤과 농촌 여성의 出稼」, 『아시아 여성연구』 제43집 1호, 숙명여
     대 아시아여성연구소, 2004, 69쪽.

령'을 반포하였으나 실효를 거둘 수 없었다. 또한 전통적인 고율의 소작료에 입각한 '반봉건적 생산양식'이 그대로 유지[10]됨으로써 식민지 농촌은 이중적인 수탈의 구조에 직면했고, 소작농들은 소작료조차 낼 수 없는 상황에서 이산과 유랑을 선택할 수밖에 없었다. 이러한 자본구조 하에서 소작인이 마름의 자본적 이득에 반하는 의견을 피력한다는 것은 불가능하다고 할 수 있다. 즉 이 소설에서 구장은 1930년대 식민지 자본구조를 보다 예민하게 보여주는 인물의 역할을 담당하고 있다. 이에 김유정은 데릴사위제라는 명칭으로 노동력을 착취하는 식민지 자본주의의 경제체제의 비윤리성을 소설적 장치로 보여주고 있는 것이다. 따라서 '家' 형성에 대한 욕망의 좌절은 봉필영감의 개인적인 탐욕과 식민지 자본의 수탈구조에 그 원인이 있다고 할 수 있다.

이 소설에서 구장이 '나'와 봉필영감의 대립을 무력화시키기 위해 동원하고 있는 것은 혼인연령의 문제이다.

> 자네 말도 하기야 옳지, 암 나이 찼으니까 아들이 급하다는게 잘못된 말은 아니야, 허지만 농사가 한창 바쁠때 일을 안 한다든가 집으로 달아난다든가 하면 손해죄루 그것두 징역을 가거든! (여기에 그만 정신이 번쩍 낫다) 웨 요전에 삼포말서 산에 불좀 놓았다구 징역 간 거 못봤나. 제산에 불을 놓아두 징역을 가는 이뗀데 남의 농사를 버려주니 죄가 얼마나 더 중한가. 그리고 자넨 정장을(사경 받으러 정장 가겠다 했다) 간대지만 그러면 괜스레 죄 들쓰고

---

10 위의 글, 70쪽.
   1930년 조선 농가의 전반인 총 1,253,285호가 춘궁농가였고, 전라도와 경상도에서 가장 많은 춘궁농가가 존재했다. 주소지주도 전 수입의 83%를 각종 공과금으로 납부해야 하는 상황에서 동양척식회사나 식산은행에 토지문권을 주고 돈을 빌려 쓰게 되었고, 이들도 결국에는 땅을 팔고 자소작농으로 전락하는 상황이 속출하게 되었다.

들어가는걸세. 또 결혼두 그렇지. 법률에 성년이란게 있는데 스물하나가 돼야지 비로소 결혼을 할수가 있는걸세, 자넨 물론 아들이 늦일걸 염려지만 점순이루 말하면 인제 겨우 열여섯이 아닌가, 그렇지만 아까 빙장님의 말슴이 올갈에는 열일을 제치고라두 성례를 시켜주겠다 하시니 좀 고마울겐가, 빨리 가서 모 붓든거나 마저 뭇게, 군소리말구 어서 가—[11]

총독정치 하에서 우선시 했던 것 중의 하나는 식민지 법의 제정과 통치였다. 이 소설에서 거론하고 있는 식민지 법은 '조선민사령'에 의한 혼인연령에 대한 법령이다. 구장이 혼인불가 이유로 언급하고 있는 것은 법률에서 명시하고 있는 혼인 연령 21세가 되지 않았다는 것이다. 그러나 1915년 관통첩 제240호 '민적사무취급에 관한 건'에 의하면 혼인허가 연령은 남자 17세이며, 여자 15세로 규정[12]되었다. 구장의 혼인반대 이유에는 조혼의 폐해를 방지하려는 식민지 가족정책과 관계되는데, 총독부는 혼인연령에 도달하지 않는 자의 민적등재를 거부하는 방식을 통해 조혼을 규제했다.[13] 식민지 규율권력은 조혼의 역기능을 확대 선전했고, 조선의 전근대적인 악습으로 조혼을 상정, 이에 대한 폐지를 강조했다. 즉 혼인연령에 대한 법령 제정은 식민지 정책의 중요한 키워드였

---

11 김유정, 전신재 편, 『원본 김유정 전집』, 강, 1997, 163쪽.
12 김영선, 「결혼, 가족담론을 통해 본 한국 식민지근대성의 구성요소와 특징」, 『여성과 역사』 제13집, 한국여성사학회, 2010, 147쪽.
    1894년 남녀의 조혼을 즉시 엄금하되 남자는 20세 여자는 16세 이후에 비로소 혼인을 허가함으로 조혼을 금지하고 있었고, 식민화된 이후, 혼인 허가 연령은 일본 민법이 적용된 '조선민사령'에 의해 남자 17세, 여자 15세로 하향 조정되어 고지되었다. 혼인연령에 도달하지 못한 자의 혼인신고는 수리되지 않았으므로, 조혼자의 민적 등재가 거부당했으므로, 따라서 자식이 생겨도 혼인외자인 서자로써 신고할 수밖에 없었다. 그럼에도 불구하고 조혼 풍습의 경우, 실제로는 크게 변화하지 않았으며, 식민지의 정치, 경제적 문제 등에 의해 더욱 심화되었다. 결혼연령에 대한 법령은 식민지 시기 개정되지 않고 계속해서 적용되었다.
13 홍양희, 「식민지 시기 친족관습의 창출과 일본민법」, 『정신문화연구』 28권 제3호(통권100호), 한국학연구원, 2005, 141쪽.

고, 식민권력에 의해 전개된 논리는 미개한 조선의 풍습과 관습의 교정이었으며, 이에 대한 수혜자로서 여성을 상정하고, 먼저 그녀들의 관습의 가장 큰 '피해자'로서 전시하는 것이었다.[14] 따라서 혼인연령에 대한 법령은 여성 권익을 보호하고 있다는 인상을 줌으로써, 식민권력을 합리화하는 하나의 기표의 역할을 수행했다.

사실 조혼은 근대계몽기 지식인들에 의해 제기되었던 문제로 봉건제도에 의한 악습의 하나로 치부되었었다. 조혼은 신랑신부 당사자의 의견이 전혀 반영되지 않은 부모에 의한 억혼으로서 비난 받았고, 억혼으로서의 조혼에 대한 비난의 초점은 억혼이 불행한 부부관계를 조장시키는 근본적 원인이라는 것이었다.[15] 이 시기 지식인들은 문명개화와 사회 개혁의 차원에서 가족제도의 변화를 촉구했고, 조혼은 축첩제, 과부개가금지와 함께 타파해야할 것으로 지목되었었다. 조혼금지를 통한 가족제도의 개혁은 문명국가 건설에 있어 최우선으로 고려할 문제였던 것이다. 이에 식민지 지방권력의 동원을 통하여 강제적으로 조혼을 방지해야 한다는 의견, 혹은 총독부 권력의 법률적 제재를 통한 방안이 조선인들에 의해 촉구[16]되기도 했지만 실효를 기대할 수 없었다. 이에 조혼문제는 근대계몽기 지식인들이나 식민주체에게 있어 하나의 딜레마였고, 각각 다른 방식으로 국가론의 측면에서 전유되었다.

이 소설에서 점순이는 16세로 법률적으로 혼인이 가능한 나이이지만, 구장은 점순이가 성인의 혼인연령 21세에 미달했다는 이유로 혼인 성사

---

14 김영선, 앞의 글, 146쪽.
15 전미경, 「개화기 조혼 담론의 가족윤리의식의 함의」, 『대한가정학회지』 제39권 9호, 대한가정학회, 2001, 206쪽.
16 김경일, 「일제하 조혼 문제에 대한 연구」, 『동아시아문화연구』 41권, 한양대 동아시아문화연구소, 2007, 389쪽.

를 방해한다. '家'를 형성하려는 욕망은 결국 식민지 법률에 의해 제지되고 있고, 법적인 장치를 통해서만 '家'를 구성할 수 있다는 논리가 적용된다. 조선인 스스로 식민지 법을 내면화하여 자기검열을 하는 상황은 '家' 형성의 문제로까지 확장되고 있는 것이다. 결국 이 소설에서 구장은 '나'와 봉필영감의 분쟁을 조정하면서 자신의 사적인 이익을 추구하고, 아울러 총독부의 가족정책을 수용할 것을 선전하는 이중의 효과를 거두고 있다. 봉필영감이 '나'로 인해 경제적인 이득을 획득했다면, 구장은 경제적 이익과 정치적 명분을 챙기고 있는 것이다. 이러한 외적요인으로 인해 '나'와 점순이의 혼인은 지연되고 있는 것이고, 이것은 경제적 약자인 동시에 정치적 약자인 '나'가 감당해야 하는 몫으로 남는다.

「옥토끼」는 '家'형성의 실패담을 재현하고 있는 5~6페이지의 짧은 소설이며, 스토리 구조 또한 매우 단순하다. 이러한 구조로 인해 이 소설은 스토리 보다는 인물에 초점을 맞추고 있다. 여기에서 '나'로 등장하는 인물은 무직자로 숙이와 혼인을 욕망한다.

> 우리 어머니는 싫다는걸 내가 디리 졸라서 한 번 숙이네한테 통혼을 넣다가 거절을 당한 일이 있었다. 겉으로는 아직 어리다는 것이나 그 속살은 돈 있는 집으로 딸을 놓겠다는 내숭이었다. (…중략…) 실상은 이때 숙이가 한 사날 동안이나 밥도 안 먹고 대단히 앓으므로고 있었다. 연초 회사에 다니며 벌어드리는 딸이 이렇게 밥도 안먹고 앓으므로 그 아버지가 겁이 버쩍 났다. 그렇다고 고기를 사다가 몸보신시킬 형편도 못되고 하여 결국에는 딸도 모르게 그 옥토끼를 잡아서 먹여버리고 말았든 것이다. (…중략…) 제가 내 옥토끼를 먹었으니까 암만 저의 아버지가 반대를 한다 하더라도 그리고 제가 설혹 마음에 없더라도 인제는 하릴없이 나의 아내가 꼭 되어주지 않을 수 없을 것

이다. 이렇게 나는 생각하고 이불 속에서 잘 따져보다가 그 옥토끼가 나에게 참으로 고마운 동물임을 비로소 깨달았다.(인제는 틀림없이 너는 내거다!)[17]

이 소설에서 토끼는 '나'와 숙이의 애정을 연결해주는 역할을 하며, 혼인을 매개하는 대상이다. '나'의 집에 토끼가 들어오면서, 나와 어머니는 새해부터 운수가 좋아질 것을 기대한다. 그리고 '나'는 숙이에게 토끼를 잘 키우라고 준다. 그리고 이것을 키워서 "새끼를 자꾸 받읍시다. 그 새끼를 팔구 팔구 허면 나중에는 큰돈이 ……"라고 말하며, 돈이 생기면 결혼을 할 수 있을 것이라 생각한다. 그러나 '나'의 이러한 희망은 숙이의 아버지가 숙이의 몸보신을 위해 토끼를 죽임으로써 좌절된다. 김유정 소설에서 대부분의 남성인물들은 농사를 짓거나 경제적 능력이 없는 학생 또는 무직이며, 여성의 경우는 대부분 카페 여걸, 들병이 등 성을 매개로 한 직업을 갖고 있다. 이 소설에서 숙이는 김유정 소설에서 드물게 성을 매개하지 않는 직업을 가진 여성으로 연초회사를 다니며 아버지를 부양하지만, 현재는 병을 앓고 있다.

이 소설에서 주목해야 할 것은 숙이의 직업이 연초회사 여직공으로 설정되어 있다는 점이다. 이러한 설정은 이 소설을 해석하는데 많은 시사점을 준다. 김유정 소설에서 담배 피우는 장면은 매우 빈번하게 등장한다. 「아내」의 경우는 들병이를 하기 위해서 담배 피우는 것을 배우고, 「총각과 맹꽁이」에서는 들병이에게 잘 보이기 위해 담배를 권하며, 「애기」에서 며느리는 담배값을 타러 친정으로 가며, 「봄과 따라지」에서는 담배 살 돈이 없어서 꽁초를 주워서 피우는 장면이 서술된다. 김유정 소

---

17 김유정, 「옥토끼」, 전신재 편, 『원본 김유정 전집』, 강, 1997, 244~245쪽.

설에서 담배는 인물들의 시름을 덜어주거나 무료한 시간을 달래주는 기호품인 동시에 교환대상의 하나로 일상생활에서 없어서는 안 되는 필수품으로 제시된다.

김유정 소설에서 담뱃값, 연초전매제에 대해 직접적으로 비판하고 있지는 않지만, 1920년대 이후 담뱃값 인상으로 농민들이 마음 놓고 담배도 피울 수 없는 상황에 직면해 있던 것은 사실이다.[18] 1921년 7월에 연초전매제가 실시되면서 조선의 연초사업은 몰락하게 되었고, 연초에 붙여진 세금으로 조선인들은 이전보다 비싼 가격으로 담배를 살 수 밖에 없었다. 특히 동아연초주식회사는 1920년대 조선전체의 총 제조판매고의 8, 9할을 점하고 있었으며, 연간 매상고는 일천수백 만 원에 달하여 그에 대한 소비세도 6백여만 원에 달했다.[19] 제조공장 가운데 가장 직공수가 많았던 연초공장의 노동자들은 민족적 차별과 저임금에 치열하게 저항하면서, 연초산업은 민족모순과 계급모순이 중첩되어 있는 곳으로 인식

---

18 소래섭, 「1920~30년대의 문학과 담배」, 『한국현대문학연구』 32집, 한국현대문학회, 2010, 334쪽.
  1910년 연초공장 노동자들은 민족적 차별대우와 저임금에 대해 치열하게 저항했다. 1919년 용산 스탠다드 무역회사, 동아연초주식회사, 조선연초주식회사의 조선인 연초직공들은 '임금인상, 민족적 차별대우 철폐, 8시간 노동제실시' 등을 요구하며 파업투쟁을 벌였다. 이에 일제는 조선인의 저항을 진압하면서 1921년 7월에 연초전매제를 실시했다. 이에 연초재배업, 연초제조업, 연초판매업등 연초업의 모든 부문이 일제의 통제 아래 놓이게 되었다. 허가 없이 담배를 재배하거나 판매하면 처벌을 받았고, 타인에게 판매하지 않은 '자가용연초'의 재배마저 금지되었다. 임화의 「우리 오빠와 화로」에서 화자의 동생 영남이는 "지구에 해가 비친 하로의 모─든 시간을 담배의 독기 속에다 어린 몸을 잠그고" 산다라고 서술하였다. 임화가 영남이를 연초공장 노동자로 설정했던 것도 연초공장이 당대의 모순을 전형적으로 함축하고 있는 공간이었기 때문이었을 것이다(같은 글, 334~335쪽 참조).
19 최미화, 「한국연초산업의 사적고찰」, 『상학논총』 14집, 청주대 상경영학회, 1972, 84~85쪽.
  식민지 시기 연초회사는 식민지 자본주의를 상징하는 것으로 전매제를 통해 1, 2위의 세액을 거둬들이는 대표적인 사업이었다. 한일병합 이전에 자국의 연초를 조선으로 수출하는데 집중하던 일본은 1914년에 연초세령을 공포하면서 제조 연초에 대해 소비세를 부과하고 연초 제조지역과 제조공장을 허가제로 전환하면서, 9개 지역 48개 제조공장에만 연초제조를 허가하였다.

되었다.[20] 연초전매가 시작되면서 이러한 담배에 대한 세액이 증가하면서 그 폐해는 담배를 소비하는 일반 조선민중에게 전가되었던 것이다.

총독부 연초사업은『동아일보』(1927.3.12)에 「연초세금 90전에 밥 짓는 솟을 차압」이라는 기사가 게재될 만큼 폭력적으로 시행되었다. 『동아일보』(1927.7.20)는 "(직공들)무학자가 팔할 이상에 달한다하며 건강상태는 거의 영양부족으로 얼굴에 창백색을 씌워 일년 만 경과하면 거의 모다 폐결핵 환자로 변한다는 데 전매 당국에서는 하등의 위생적 설비는 하지 아니"[21]한다는 기사를 게재하였다. 그러나 대중잡지였던『삼천리』(1935.12)[22]에서는 연초공장탐방 기사를 게재하는데, 여기에는 여직공들은 하루 10시간씩 일하고 연 간 6일을 쉴 수 있으며, 고급생의 경우 하루 2천 8백 갑의 연초를 말고 있다고 언급하며 능률에 따라 임금이 결정된다고 적고 있다. 이 기사는 총독부 정책을 선전하기 위해 다양한 수사를 동원하여 연초공장을 미화하고 있으며, 여직공들의 건강의 상태나 낮은 임금 등에 대해서는 거의 언급하고 있지 않다.

이 소설에서 숙이의 병은 혼인 지연 원인이 되고 있고, 숙이는 연초공장을 다니는 것으로 설정됨으로써 간접적으로 식민지 연초산업에 대한

---

20 소래섭, 앞의 글, 335쪽.

21 「五培以上의 利益을 貪하나 工錢은 日給에 十二錢 까지 ─ 담배한갑에 오배이상의 리익을 탐하며 직공의 대우는 형용치 못할만치 불량해; 專賣局煙草工場의 內容」,『동양일보』, 1927.7.20, 2면. 이 신문에서는 "소년공에는 최하가 매일 열 시간 이상 열두시간이나 로동을 하면서도 겨우 십일, 이전을 지불하는데 불과함으로 그들의 실디 생활은 극도의 참당한 경우에 빠지여 잇다"고 언급하고 있다.

22 「거리의 여학교를 차저서(其二) ─ 담바구타령하는 연초여학교」,『삼천리』7권 11호, 1935.12, 158~166쪽.
이 기사에서는 연초공장을 연초녀학교라는 표현을 쓰고 있다. 이것은 연초공장을 미화하기 위한 수사라고 볼 수 있고, 이 글에서는 연초공장을 선전하기 위해 근대적인 시설과 관리가 이루어지고 있다는 것을 강조하고 있다. 공장이 학교이상으로 깨끗하며 복지시설이 잘되어 있고, 이곳에서 일하는 여직공들을 "열지여 안진 샛하얀 모자에 반사되야 맛치 백국화 폭들이 어느 한가한 집들가운대 폐잇듯이 아주 보기좃케 나란히 안저잇다"라고 서술하고 있다.

사실들을 환기하고 있다. 이러한 설정들은 연초산업에 대한 식민지 자본구조의 불합리를 보여주기 위한 것이기도 하고, 연초공장 여직공의 신체적 위해를 고발하기 위한 장치이기도 하다. '나'가 욕망하는 혼인장애의 원인은 결국 숙이를 병들게 한 연초공장에 있는 셈이고, 이러한 일제의 자본주의적 착취로 인해 정상적인 '家'의 형성은 지연되고 있는 것이다. 결말에서 '나'가 혼인 성립에 대한 희망에 부풀어 있는 것은 숙이가 병에서 회복됨으로써 혼인지연의 요소가 제거될 것이라는 기대 때문이다. 그러나 아이러니적으로 토끼가 새끼를 낳아서 돈을 벌게 되리라는 가능성은 토끼의 죽음으로 삭제되고, 결국 이 소설은 '나'와 숙이의 혼인이 성립되지 않는, '家' 형성이 실패될 것이라는 것을 짐작하게 한다. 여기에서 '토끼'의 죽음은 가능성의 상실로 의미화 됨으로써 소설은 비극으로 종결될 수밖에 없는 것이다. 이 소설은 '家' 형성의 불가능성이 식민지 자본의 문제로 귀결되는 과정을 서술함으로써 식민지 자본주의 착취 구조가 '家'를 구성할 수 없을 만큼 비정상적으로 작동되고 있다는 것을 보여준다.

3. '家' 존속의 욕망과 사법 제도에 대한 비동화 전략

여기에서는 김유정 소설 중 가족을 형성했지만, 외부적인 요인으로 인해 계속해서 가족 이산의 위기를 겪거나 가족 해체의 과정에 직면해 있는 소설들을 살펴보고자 한다. 「산골나그네」는 병든 남편을 봉양하기 위해 거짓 혼인을 함으로써 '家'를 존속하려는 여인의 이야기이며, 「소낙비」의 경우는 자신의 정조를 팔아서 남편의 사랑을 받으려는 부인의 이야기이며, 「안해」는 들병이를 하려는 아내를 방해하는 남편의 이야기이다. 「가을」은 거짓 아내팔기를 통해 가정을 다시 복원하는 이야기이고, 「솥」은 들병이에게 의탁하려고 하지만 실패로 돌아가 다시 가족으로 복귀하는 남편의 이야기이다. 여기에서 인물들은 경제적인 이유로 갈등하게 되고, 그 갈등은 가족의 붕괴와 이산의 위기와 관계된다. 그리고 중요한 것은 이러한 해체의 위기에 처해 있으면서도 '家'는 어떤 식으로든 존속, 유지되고 있다는 점이다.

「만무방」은 '家' 해체 이후의 개인의 문제를 다루고 있고, 또한 해체위기에 있는 '家'가 어떻게 존속하는지에 대해 서술하고 있다. 전자는 형으로 제시되는 응칠의 '家'이고 후자는 동생 응오 '家'이다. '家' 해체와 존속으로 이 두 형제의 삶은 대조적으로 서술된다. 소설은 먼저 응칠의 가족이 왜 이산 될 수밖에 없었는지, 응칠이 왜 범죄자가 될 수밖에 없었는지에 대해 설명한다.

> 그러나 주재소는 그를 노려보았다. 툭하면 오라, 가라, 하는데 학질이었다. 어느 동리고 가 있다가 불행히 일만 나면 누구보다도 그부터 붙들려간다. 왜냐면 그는 전과 사범이었다. 처음에는 도박으로 다음엔 절도로 또 고담에는 절도로, 절도로 (…중략…) 가을이 오면 기쁨에 넘쳐야 될 시골이 점점 살기만 띠어옴은 웬일일꼬. 이렇게 보면 재작년 가을 어느 밤 산중에서 낫으로 사람을 찍어 죽인 강도가 문득 머리에 떠오른다. 장을 보고 오는 농군을 농군이 죽였다. 그것도 많이나 되었으면 모르되 빼앗은 것이 한끗 동전 네 닢에 수수 일곱되, 게다 흔적이 탄로날까 낫으로 그 얼굴을 껍질을 벗기고 조깃대강이

이기듯 끔찍하게 남기고 조건 망나니다. 흉악한 자식.[23]

인용문에서는 '家' 해체 이후 소작농이 부랑자로 전락하게 되는 과정을 자세하게 제시한다. 응칠의 가족은 열심히 농사를 짓지만 매년 그들에게 남는 것은 빚뿐이며, 더 이상 삶을 연명할 수 없는 상황이 되면서 그들은 빚을 청산하고 야반도주한다. 응칠은 5년 전 아내와 아들과 함께 가족을 이루면서 살았지만, 끝내 가족 이산을 선택할 수밖에 없는 상황에 처하게 되고 부랑자로 전락하게 된다. 여기에서 가족의 해체 요인은 농민이 자립하지 못하는 식민지 경제적 구조로 집약된다. 그리고 이러한 경제구조는 도박과 절도, 강도와 살인을 자행하는 범죄자를 양산하는 원인이 된다. 또한 작가는 가족이산과 부랑자의 출현 원인을 총독부의 과도한 세금부과 문제로 제시하는데, "호포 바칠 걱정이 없는 떠돌이 삶이 상팔자"라는 언급을 통해 총독부의 세금정책[24]에 대해 비판한다. 이러한 아이러니적인 서술은 개인의 윤리적인 문제로 인해 '家'가 해체되는 것이 아닌, 식민지 제도에 문제가 있다는 사실을 환기한다.

응칠의 서사는 식민권력과 제도에 대한 불합리를 보여주는 예제의 역할을 한다. 작가는 응칠의 가족의 예를 통해 소작농이 정상가족으로 사는 것이 불가능하다는 것을 보여주는 동시에, 가족 해체가 종국에는 어떠한 결과를 가져올 것인지에 대해 서술한다. 그리고 이것은 사적인 개인의 문제라기보다는 식민지 정책과 제도의 총체적인 문제로 제시된

---

23 김유정, 「만무방」, 전신재 편, 『원본 김유정 전집』, 강, 1997, 110~111쪽.
24 식민권력에 의한 호포와 세금의 징수, 또는 부역에 대한 내용은 「솥」에서도 제시된다. 이 소설에서 아내는 호포를 독촉하러온 면서기에게 말막음을 하기 위해 '욕'을 보게 되고, 남편은 '농민회'의 부역에 끌려가서 '눈바람을 부닥치면서 조밥 꽁댕이를 씹어가며 신작로를 닦는 것'을 수행하는 것을 거부하게 된다. 이러한 거부는 마을 공동체에서 쫓겨날 위기에 초래하게 된다. 이에 남편은 들병이 계숙에게 의탁하려는 행위를 하게 된다.

다. 보통 김유정 소설은 은닉적인 비판방식을 선택하고 있지만, 여기에서는 직접적으로 인물들이 식민지 권력에 대항하거나 반항하는 것을 서술하고, 식민지 제도에 대한 반감을 직접적으로 재현한다. 다시 말해 소설은 폭력적인 방식으로 현실에 대응하는 과정을 재현하면서, 이들이 反체제적인 인물로 변모할 수밖에 없는 상황을 제시하고 있다. 즉, 이 소설에서 '주재소'에 대한 반감, 식민지 법률에 대한 거부, 밥을 위해 살인을 할 수밖에 없는 농군들의 예시는 反식민주의적으로 읽힐 수밖에 없다.

응칠과는 달리 동생 응오의 '家'는 해체되지 않은 상태이지만, 여전히 이산의 위기를 겪는 가족의 전형으로 제시된다. 김유정 소설에서 우애 있는 전통 가족주의의 전형으로 서술되고 있는 것은 응오의 '家'이다. 가족 구성원들 간의 애정으로 위기를 극복하려고 한다는 점에서 응오가족은 김유정 소설에서 매우 드문 가족유형이라 할 수 있다. 응오는 삼년을 머슴을 산 댓가로 아내와 혼인하여 '家'를 형성했고, 아내가 위독한 상황에서도 약을 지어 먹이며 극진하게 병간호를 한다. 그러나 이러한 응오의 노력에도 불구하고 "농군의 살림이란 제 목매기"인 것처럼 그는 끝내 자신이 소작한 논의 벼를 훔치는 상황으로까지 내몰리고 만다.

그러나 이 소설에서 흥미로운 것은 가족해체의 위기는 가족의 일원에 의해 봉합된다는 점이다. 응칠은 "머리에 번쩍 떠오르는 것이 있으니 두레두레한 황소의 눈깔, 시오리를 남쪽 산 속으로 들어가면 어느 집 바깥뜰에 밤마다 늘 매여 있는 투실투실한 그 황소"를 훔쳐서 돈 칠십 원을 벌 생각은 한다. 결말부분에서 응칠은 동생을 구타함으로써 자신과 같은 삶을 살지 않기를 바라고 있다. 소설의 결말부분이 산만하게 귀결되기는 하지만, 응오 '家'의 붕괴는 형의 도움으로 위기를 넘길 것이고,

소설은 '형' 이라는 가족에 의해 봉합될 것을 암시한다.

이 소설은 형제간의 연대에 의해서 '家'가 존속되는 상황을 보여준다. 아비에 의해서 가족이 위기에서 벗어나는 것이 아니라, 형제에 의해 위기에서 탈출하게 된다. 가부장제가 갖는 家長의 책임과 의무감 등은 여기에서 전제되지 않는다. 소설은 가장의식에 의해 가족이 존속되기 보다는 수평적 연대 안에서 가족이 존재하는 것을 보여준다. 식민지 시기 정상적인 방식, 법률에 저촉되지 않는 방식으로 '家'를 존속시키는 것은 요원한 일인 것이다. 그러면서도 '家'는 쉽게 해체되지 않고, 해체되어서는 안 되는 것으로 설정된다. 김유정 소설은 부부간의 애정, 남매간의 우애 등과 같은 가족 간의 정서적 교감이 없는 가족이라도 존속할 필요성이 있다는 것을 강조하고 있다.

두 번째로 논의할 「가을」은 해체된 가족이 재복원되는 것을 서술함으로써 적극적으로 '家'를 존속시키고자 하는 의지를 드러내고 있는 소설이다. '나'의 일인칭시점으로 재현되는 소설은 복만이가 아내를 파는 상황, 아내가 소장사로부터 도망한 상황을 객관적인 입장에서 서술하고 있다. 아내팔기 모티프를 재현하고 있는 이 소설은 '나'가 계약서를 작성했다는 이유로 황거풍에 의해 주재소로 끌려가는 장면으로 시작된다.

이때 적으나마 내가 제친구니까 되든안되든 한 번 말려보고도 싶었다. 다른짓은 다 할지라도 영득이(다섯살 된 아들이다)를 생각하야 아내만을 팔지 말라고 사실 말려보고 싶지 않은 것은 아니다. 그러나 내가 저를 먹여주지 못하는이상 남의 일이라꾸 말하기 좋아 이렇쿵 저렇쿵 지꺼리기도 어려운 일이다 맞붙잡고 굶느니 아내는 다른 데 가서 잘먹고 또 남편은 남편대로 그 돈으로 잘먹고 이렇게 일이 필수도 있지않느냐. 복만이의 뒤를 따라가며 나는

돌이어 나의 걱정이 더 큰것을 알았다. 기껏 한해동안 농사를 지었다는 것이 털어서 쪼기고보니까 나의 몫으로 겨우 벼 두말기웃이 남았다. 물론 털어서 빗도 다 못 가린 복만이에게 대면 좀 날는지 모르지만 이걸로 우리식구가 한 겨울을 날 생각을 하니 눈 앞이 고대로 캄캄하다. 나두 올겨울에는 금점이나 좀 해볼까 그렇지 않으면 투전을 좀 배워서 노름판으로 쫓아다닐까, 그런대 로 미천이 들터인데 돈은 없고 복만이같이 내다팔 아내도 없다.[25]

이 소설은 여타 김유정 소설과는 달리 서술자인 '나'가 신빙성 있는 인 물로 제시되고 있다. 사건은 객관적으로 서술되며, 등장인물들 또한 사 실적으로 재현된다. 아내를 파는 복만에 대해서는 '남의 꼬임에 떨어지 거나 할 놈이 아니다', '어느 동무고 간에 무슨 말을 좀 묻는 다면 잘해야 세 마디쯤 대답하고 마는 그놈'이며, '먹을 게 없으면 변통을 좀 할 생각은 않고 부처님 같이 방구석에 우두커니 앉았기만 하'는 고지식하지만 정직 한 인물로 묘사된다. 이런 인물이 아내를 팔기로 작정한 것에 대해 '나'는 그의 의견에 동조하고, 아내가 없는 '나'의 처지를 오히려 한탄한다.

이 소설에서는 아내팔기가 비윤리적인 행위라는 것을 서술하고 있지 만, 그 책임을 인물에게 전가하지는 않는다. 인물이 갖는 성향이나 비윤 리성에 기대지 않고, 이 소설은 아내를 팔 수 밖에 없는 식민지의 사회 적 구조, 경제적 구조를 그 원인으로 제시한다. 복만이의 윤리성은 복만 이가 아내를 판 돈으로 "동리를 돌아다니며 아내가 꾸어온 양식 돈푼 이 런 자지레한 빚냥을 다 돈으로 갚"는 행위를 통해서도 제시된다. 이러 한 서술적 장치들은 아내팔기가 한 개인의 윤리적 문제에서 기인한 것

---

25 김유정, 「가을」, 전신재 편, 『원본 김유정 전집』, 강, 1997, 193쪽.

이 아니라는 것을 강조하는 역할을 한다.

　이 소설에서 주목해야 할 것은 식민지 사법체계에 대한 조롱이 보다
직접적으로 이루어지고 있다는 점이다. 여기에서는 법적인 문제를 거
론하면서 세부적으로 기약서, 매매계약서 작성의 문제를 제시한다.

　　매매계약서
　　일금 오십원야라
　　우금은 내 안해의 대금으로써 정희 영수합니다.
　　갑술년 시월 이십일
　　조복만
　　황거풍 전

　소설에는 텍스트 본문에 '매매 계약서'를 직접 도시하면서, 계약이 이
루어지는 과정을 세부적으로 서술한다. 매매계약서는 '나'에 의해 작성
되고 매도자인 복만이가 지장을 찍으면서 법률적 효력을 갖는다. 이것
은 법률에 명시되어 있는 양식에 의거하여 작성되었고, 복만아내는 매
매절차에 의해 거래되고 있다. 그리고 이 거래가 번복되는 것을 방지하
기 위해 "어떠한 일이 있더라도 내 아내는 물러달라지 않기로 맹세합니
다"라는 문구를 추가하여 50원에 아내 매매계약을 체결한다. 소설은 물
건이 아닌 사람이 매매의 대상이 되고 있는 불법적인 상황을 서술한다.

　김유정은 왜 이 소설에서 주재소와 계약, 매매, 계약서에 관련한 법적
인 문제들을 거론하고 있는 것인가. 이 소설의 대부분의 스토리는 주재
소로 동행하는 과정과, 주재소를 가게 된 연유에 대해 설명하는 부분으
로 구성되어 있다. 여기에서 주재소는 이 소설의 핵심 단어이기도 하면

서 소설의 주제와 직접 연계된다. 식민지 시기 주재소는 민중을 규제, 관리하는 경찰의 말단 기구였고, 여기에 근무하는 순사는 식민지 미시적 규율권력으로 민중이 가장 일상적으로 접하는 존재였다. 총독부는 '경찰범처벌규칙', '범죄즉결령' 등의 법률적 권한을 주재소에 위임[26]했고, 공권력 부족의 상황을 보완하는 조정행정 업무도 경찰서의 말단 기관인 주재소가 대리했다. 식민지 사법체제의 특징 중 하나는 경찰이 민형사 사건에 관여하는 범위가 넓어서, 재판소가 없는 지역의 경우는 2백 원 이하의 소액사건, 가액을 불문한 주택임대차, 부동산의 경계, 점유, 1년 이하의 고용 계약에 관한 분쟁과 여객의 여점[27] 등의 분쟁은 경찰서장이 조정했다. 총독부는 사법제도와 제국의 법질서를 이식하는 것을 하나의 사명으로 삼았으며, 사법개량을 통해 법이 권력에 의해 독점되는 것이 아니라 법률에 의거함으로써 식민지 법이 공정한 법이라는 것[28]을 선전했다. 이 소설에서 제시되고 있는 사건은 1910년 10월 '범죄즉결례'와 함께 제정된 제령 제11호 '민사쟁송조정에 관한 건'과 관계된다.

이 소설에서 황거풍은 '나'를 주재소로 끌고 가지만, 결국에는 주재소 가는 것을 포기한다. 그는 주재소에 가서도 분쟁이 조정되지 않을 것을 인식하고 있으며, 심지어 이 사건이 법적으로 성립되지 않는다는 것을

---

26 장신, 「조선총독부의 경찰인사와 조선인 경찰」, 『역사문제연구』 제22호, 역사문제연구소, 2009, 150쪽. 이 글에서는 식민지 시기 사람들이 순사를 배척하고 경멸하면서도 막상 순사 앞에서는 전혀 다른 태도를 보였으며, 순사가 지인이라면 축하해 마지않았지만, 낯선 인물이면 행여 꼬투리를 잡힐까 두려워했다고 언급하고 있다. 식민지 시기 경찰서란 곧 공포와 증오의 감정을 떠올리게 만드는 기구였다.

27 문준영, 『법원과 검찰의 탄생-사법의 역사로 읽는 대한민국』, 역사비평사, 2010, 458쪽. 한 일병합 이후 총독부는 '조선에서 시행할 법령에 관한 건'(1910.8.29), '조선총독부재판소령'(1910.8.29), '조선형사령'(1912), '조선민사령'(1912) 등을 통해 사법제도를 개정하였고, 이후 '치안유지법'(1925), '조선소작조정령'(1932) 등의 세부적인 법령들을 제정하였다.

28 홍순애, 「법률이야기(legal story)의 정치성과 가족주의 이데올로기-최찬식 신소설을 중심으로」, 『시학과 언어학』 28호, 시학과 언어학회, 2014, 144쪽.

알고 있다. 주재소 행을 포기한 이유는 물론 상대방에 대한 연민 또는 화해를 위한 것이라고도 볼 수 있지만, 그보다는 인간이 매매대상이 아니라는 것, 애초부터 이 계약이 성립 불가능했다는 것에 대한 깨달음 때문일 것이다. 소장사는 자신의 권리와 이익을 차지하기 위해 식민지 법률을 적용시키고 있지만, 결국에는 이 계약 자체가 법의 테두리 너머에 있다는 것을 인지한 것이다. 식민지 규율권력의 핵심은 법이며, 이 식민지 법이 가장 강력하게 작동되는 대상 또한 민중이다. 역으로 이 소설에서는 식민지 법에 대한 피상적 인식으로 인해 법이 갖는 권위는 뒤집어진다. 주재소라는 법적 장치를 제시하고 있지만, 이것은 법률 자체가 성립되지 않는 상황조차 법률로서 규정하려고 함으로써 소설은 풍자의 효과를 거두고 있다.

이 소설에서 또 하나 주목해야 할 것은 복만과 대조적으로 소장사의 입장에서 '家' 형성 욕망이 좌절되고 있다는 점이다.

그리고 우는 소리가 잃어버린 돈이 아까운게 아니라 그런 게집을 다시 맞나기가 어려워서 그런다. 번이 홀애비의 몸으로 얼굴 똑똑한 안해를 맞어다가 술장사를 시켜보고자 벼르든 중이었다. 그래 이번에 해보니까 장사도 잘 할뿐더러 안해로서 훌륭한 게집이다. 참이지 몇칠 살아밧지만 남편에게 그렇게 착착 부닐고 정이 붙는 게집은 여지껏 내 보지못했다. 그러기에 나두 저를 위해서 인조견으로 옷을 해입힌다 갈비를 디려다 구어먹인다. 이렇게 기뻐하지 않았겠느냐. 덧돈을 디려가면서라도 찾으랴하는 것은 저를 보고 싶어서 그럼이지 내가 결코 복만이에게 돈으로 물러달랄 의사는 없다.[29]

29 김유정, 전신재 편, 「가을」, 『원본 김유정 전집』, 강, 1997, 199쪽.

소장사가 아내를 매매한 것은 '家' 형성을 목적으로 했기 때문이다. 소장사는 "밤불이 지도록 살이 디룩디룩한 그리고 험상궂게 생긴 한 애꾸눈"이고 "저고리에는 때가 쪼루룩 묻은 것이 제 딴에는 모양을 낸답시고 누런 병정각반을 치올려 친" 형상으로 묘사됨으로써 무식하고 경제적으로도 넉넉하지 않은 인물로 제시된다. 소장사는 홀아비로 '家'를 형성하지 못하고 혼자 힘들게 살아온 내력이 있는 인물이다. 그의 '훌륭한 안해'에 대한 욕망은 복만의 아내로 인해 충족되지만, 끝내는 아내가 도망함으로써 '家' 형성은 좌절된다. 정상적인 방식으로 '家'를 형성하는 것이 소장사에게는 불가능한 일이었으며, 매매를 통한 아내 얻기 또한 실패로 돌아간 것이다. 그러나 여기에서 문제되는 것은 아내를 얻는 과정의 불법성보다는 아내를 술장사를 시키기 위한 목적으로 '家'를 형성하려고 했다는 점이다. '똑똑한 안해'는 단순히 가족의 우애나 혈연의 생산을 위해 필요한 것이 아닌 돈을 버는 이유로, 즉 경제적인 부를 창출하기 위한 수단일 뿐인 것이다. 새로운 자본 구축하기 위한 '家' 형성은 불온한 것이고, 그래서 실패를 할 수 밖에 없다는 논리가 여기에 적용된다.

이 소설의 결말에서 서술자는 복만과 아내가 잡히지 않았으면 하고 바란다. 그는 소장사의 '家' 형성 대신, 복만이의 '家' 재건을 고대한다. 소설은 소장사가 복만아내를 찾아내지 못할 것이고, 복만은 아내, 아이와 어디에선가 살고 있을 것이라는 낙관적인 전망을 가능하게 한다. 김유정의 여타 소설들과 달리 이 소설은 결말에서 희망적 분위기를 전달하고 있다. 식민지 규율권력과 정책, 제도의 모순 속에서 가족은 붕괴될 수밖에 없는 상황에 놓여 있지만, 가족은 쉽게 붕괴되지 않고 존속한다. 식민 권력보다 더 강한 것은 '家'의 존속인 것이다.

이러한 서술자의 염원을 어떻게 생각해야 하는 것일까. 이것을 단순히 약자를 위한 동정이나 연민으로 의미화 하는 것은 너무 소박한 결론일 것이다. '家'가 자본만으로 또는 자본을 위한 수단만으로 형성되는 것이 아니라는 것을 김유정은 말하고 싶었던 것이 아닐까. 그런 점에서 김유정이 서술하고 있는 가족은 전통적 가족주의 관점에서 내세우고 있는 '신성성'이나 '숭고함'으로 의미화 되지 않는다. 김유정 소설 속에 재현된 가족들은 계속해서 식민지 자본주의 체제 안에서 해체의 위기를 겪고 있고, 생계를 위해 매춘이나 들병이를 해야 할 상황에 놓여 있으며, 가족 간의 도덕률, 윤리적 입장을 고려하지 않는다. 김유정은 소설을 통해 전통적인 가족주의 이데올로기를 찬성하고 있지는 않지만, 그렇다고 가족제도 자체를 부정하는 反가족주의를 고수하지도 않는다. 그리고 김유정 소설에서 '家'는 계속해서 개인들의 욕망의 대상이 되고 있으나, 가족이 형성된 이후는 공동체의 일원으로서 정서적 위로와 정신적 동일성을 추구하지 않는다. 이들은 계속해서 자본주의의 위기 속에서 가족 내에서 타자화 된다. 그만큼 식민지 시기 '家'는 개인만큼 위태로운 상황에 처해 있고, 안정적이지도 않다. 전통적인 가족주의가 실현되지 않는 상황, 가족이라는 공동체 안에서도 타자화 될 수밖에 없는, 이러한 가족주의를 '김유정의 半가족주의'라고 명명할 수 있다.

김유정식 半가족주의는 父權이 아닌 夫權에 의한 '家'를 지향한다는 특성을 갖는다. 가부장제 가족에서 가부장권은 '家長權'과 '父權'으로 나누어지고, 전자는 권력에 속하며 후자는 권위에 속한다.[30] 김유정 소설에서 가장권과 父權은 제대로 작동되지 않는다. 가족 구성원이 가족이라는 울타리 안에서 정신적, 경제적인 측면에서 안정적인 조건을 만드는

---

30 안미영, 「박태원의 자화상 소설에 나타난 가족주의의 의의」, 『구보학보』 5집, 구보학회, 2010, 276쪽.

것이 가장의 책임과 의무라면, 김유정 소설에서 가장의식은 재현되지 않는다. 대신 단위가족의 형태로 夫權에 집중되어 있고, 이 夫權 또한 애정에 의한 가족주의를 따르지 않는다. 가족주의에 함몰되지 않는 가족, 가장권과 父權이 상실된 가족, 희생과 의무에 점철되지 않는 가족이 김유정식 半가족주의이다.

이런 점에서 김유정 소설들은 '가족'의 서사라기보다는 '家'의 서사라고 할 수 있다. '가족'이라는 단어 안에는 공동체의 모랄, 혈연의 논리가 담지 되기 때문에, 김유정의 소설을 설명하기 위해서는 가족보다는 '家'라는 표현이 더 적합하다. 즉 김유정 소설은 식민지 시기 전통적 가족주의를 옹호하지도 않으며, 가족의 존재를 부정하는 反가족주의를 재현하지도 않는다는 점, 그리고 '家'는 형성되어야 하고 타자화 되고 불안정하지만 존속해야 한다는 점에서 半가족주의적이다. 이에 김유정의 '家'는 식민지의 전체주의적 제도와 구조 안에서만 구성될 수 있는 비전형적인 가족유형이다. 이것은 식민주의자들이 요구하는 국가에 종속된 가족주의에 복종하지 않는 방법이면서, 식민지의 자본구조, 사법제도에 대응하는 방식이었다고 할 수 있다.

4. 결론

이 글은 김유정 소설에 재현된 '家'의 형성의 지연 과정과 '家'의 존속 양상을 나누어서 논의하였고, 이 서사가 갖는 식민지 자본구조 안에서의 김유정식 ¥가족주의 이데올로기를 논의하였다. 김유정은 동시대의 작가들보다는 농민에 밀착된 정서를 보이면서, 이들의 존재양태를 세부적으로 묘사하고 있다. 식민권력의 억압을 직접적으로 체현하고 있는 계층이 농민이었기에, 김유정 소설에서 농민의 삶의 존재방식은 문제적일 수밖에 없다. 그리고 이들에 의해 구성되는 '家'는 단위가족의 형태로 식민지 규율권력과 제도 등에 의해 끊임없이 해체의 위기를 겪게 되지만, '家'의 해체는 쉽게 단행되지 않는다. 그러나 여기에서 주의할 점은 그렇다고 하여 김유정이 전통적 가족주의 이데올로기를 체현하고 있다고 보기 힘들다는 것이다. 가족주의가 가치의 중심을 개인보다 가족 전체에 두려는 태도, 가족적 인간관계를 사회적 영역에까지 의제적으로 확대적용하려는 태도[31]라고 정의한다면 김유정 소설에서 가족은 '家' 일원으로서의 개인에 집중되어 있다.

「봄·봄」과 「옥토끼」는 '家' 형성을 욕망하지만 조혼금지와 식민지 자본주의 체제로 인해 혼인이 지연, 실패되는 양상을 재현하고 있다. 「봄·봄」의 혼인의 지연은 봉필영감의 경제적 이득과 구장님의 경제적, 정치적 지위 남용에 그 원인이 있다. 구장은 봉필영감에게 소작인으로서 경제적으로 예속되어 있는 상황이고, 구장이라는 직책이 갖는 식민권력은 혼인연령에 대한 법의 문제를 거론함으로써 '家' 형성은 좌절된다. 그러나 자본에 예속된 법은 사적인 이익을 쟁취하는 과정에서 거짓 정보로 전달되고 있어 식민지 법이 제대로 작동되지 않는 상황을 보여준다. 「옥토끼」는 토끼로 상징화 되는 자본이 상실되는 과정을 통해, 식민지 자본주의의 핵심이라고 할 수 있는 연초회사의 폐해를 숙이가 체현함

---

31 위의 글, 292쪽.

으로써 '家' 형성이 실패되는 과정을 보여준다. 그럼에도 인물은 혼인이 가능할 것이라고 애써 다짐하는 아이러니를 보인다.

　김유정 소설에서 「만무방」, 「가을」은 '家' 해체의 위기와 존속, 복원의 과정을 보여줌으로써 좀 더 적극적으로 식민지 사법제도에 대한 비판적 시각을 제시한다. 이 소설들에서 가족은 끊임없이 경제적 이유와 법이라는 식민권력 안에서 해체의 위기에 직면해 있다. 「만무방」은 김유정 소설에서 가장 직접적으로 식민지 체제에 대해 비판을 가하는 소설이며, 이 소설에서 두 형제는 '家'의 해체를 경험했거나 경험하고 있다. 여기에서 문제시되는 것은 식민지 자본의 모순에 의한 가족 이산과 이산된 가족 구성원이 부랑자, 범죄자로 이행하는 과정이다. 소설은 절도와 강도, 살인자로 전락할 수밖에 없는 상황을 재현하면서 이것이 개인의 문제라기보다는 식민지 제도에 그 원인이 있음을 비판한다. 「가을」은 식민지 법률에 의해 아내팔기의 매매계약서가 작성되는 과정과 해체된 가족이 복원되는 과정을 보여준다. 여기에서는 식민지 규율권력의 핵심인 법이 과도하게 적용되는 과정이 역으로 가족 복원의 기회가 되고 있는 것을 보여준다.

　김유정 소설은 식민지 시기 순진무구의 인간들이 어떻게 비윤리적인 인간으로 변해가고 있는지, 이들이 비윤리적인 인간으로 살아갈 수밖에 없는 요인이 식민지 제도에 있다는 것을 보여주고 있다. 그리고 그 중심에 있는 것이 가족이라는 것을 역설한다. '만무방'은 염치없이 막돼먹은 사람을 지칭하는 것이지만, 아이러니적으로 소설의 인물은 극히 정상적인 인물로 제시되고 있는 것이고, 「가을」은 표제어에서 드러나듯이 농민들이 가장 풍족하고 만족스러운 계절이어야 함에도 가족이 이산되는 아이러니한 계절인 것이다. 이렇게 김유정은 해학과 아이러니, 풍자의 기법으로 식민지 사법제도와 자본주의의 문제를 비판하고 있다.

가족은 국가의 소규모적 형태로서 인식되고, 국가의 위기는 가족의 위기, 개인의 위기로 전치된다. 김유정 소설에서 인물들은 끊임없이 '家' 형성을 욕망하고 비윤리적인 상황에서도 '家'를 존속시키고자 하는 욕망을 드러내며, 그러면서도 가족 안에서 타자화 됨으로써 #가족주의를 체현한다. 김유정은 정상가족의 등장이 온전한 국가체제와 사회구조 안에서만 가능하다는 것을 소설을 통해 보여주고 있다. 김유정의 소설이 프로이드식의 가족 로망스로 해석 되지 않는 것은 가족 로망스의 도식이 무의식의 문제, 정신의 문제이기 때문일 것이다. 김유정은 가족의 문제를 국가차원에서 전유하고 있는 것이고, 가족은 단순히 사적인 영역의 개인 문제로 치환하거나 환원할 주제가 아니라는 것을 보여주고 있는 것이다.

참고문헌

1. 기본자료

『동아일보』, 『조선일보』, 『별건곤』, 『삼천리』

2. 논문

김경일, 「일제하 조혼 문제에 대한 연구」, 『동아시아문화연구』 41권, 한양대 동아시아 문화연구소, 2007.

김영미, 「식민지 주민 동원의 유산과 변용」, 『한국학논총』 38집, 국민대 한국학연구소, 2012.

김영선, 「결혼, 가족담론을 통해 본 한국 식민지근대성의 구성요소와 특징」, 『여성과 역사』 제13집, 여성사학회, 2010.

김혜경·정진성, 「"핵가족"논의와 "식민지적 근대성" — 식민지 시기 새로운 가족개념의 도입과 변형」, 『한국사회학』 35집 4호, 2001.

소래섭, 「1920~30년대의 문학과 담배」, 『한국현대문학연구』 32집, 한국현대문학회, 2010.

안미영, 「박태원의 자화상 소설에 나타난 가족주의의 의의」, 『구보학보』 5집, 구보학회, 2010.

유숙란, 「일제시대 농촌의 빈곤과 농촌 여성의 出稼」, 『아시아 여성연구』 제43집 1호, 숙명여대 아시아여성연구소, 2004.

이덕화, 「염상섭 초기 문학에 나타난 근대체험과 가족 이데올로기」, 『여성문학연구』 13권, 한국여성문학학회, 2005.

장신, 「조선총독부의 경찰인사와 조선인 경찰」, 『역사문제연구』 제22호, 역사문제연구소, 2009.

전미경, 「개화기 조혼 담론의 가족윤리의식의 함의」, 『대한가정학회지』 제39권 9호, 대한가정학회, 2001.

최미화, 「한국연초산업의 사적고찰」, 『상학논총』 14집, 청주대 상경영학회, 1972.

홍순애, 「「법률이야기(legal story)」의 정치성과 가족주의 이데올로기 — 최찬식 신소설을 중심으로」, 『시학과 언어학』 28호, 시학과 언어학회, 2014.

홍양희, 「식민지 시기 친족관습의 창출과 일본민법」, 『정신문화연구』 28권 제3호(통권100호), 한국학중앙연구원, 2005.

3. 단행본

권명아, 『가족이야기는 어떻게 만들어지는가』, 책세상, 2000.

김유정, 전신재 편, 『원본 김유정 전집』, 강, 1997.

김유정학회 편, 『김유정의 귀환』, 소명출판, 2012.

_____, 『김유정과의 산책』, 소명출판, 2014.

문준영, 『법원과 검찰의 탄생 ― 사법의 역사로 읽는 대한민국』, 역사비평사, 2010.

제3부 / 김유정 소설과 언어

계량적 방법론을 통한
김유정 소설 어휘의 통계적 연구

문한별

1. 문제제기

1) 계량적 방법론과 통계학적 해석의 필요성

한국 현대소설의 문체 연구는 크게 두 가지 방향으로 진행되어왔다. 그 하나는 개별 작가의 특수한 문체적 특성을 분석하여 문체가 작품의 분위기와 주제 형성 등에 어떠한 영향을 미치고 있는가에 대한 것이고, 다른 하나는 현대소설만이 지닌 문체적 특성을 전체적으로 조망할 수 있는 일반적 문체 이론의 정립에 대한 것이다.[1] 이 중에 개별 작가의 문

---

[1] 문체 연구의 일반론을 정립하기 위한 연구자들의 노력도 상당수이다.
구인환, 「문체론적 비평고」, 『동악어문논집』 제1호, 동악어문학회, 1965, 43~91쪽; 김상태,

체에 대한 연구는 특수한 문체적 특징을 보여주는 일부의 작가에 집중되어왔다고 할 수 있다. 본고의 연구 대상인 김유정, 이문구, 김승옥, 서정인 등에 대한 문체 연구가 집중되고 있는 것은 그들의 작품이 보이는 특수성 때문인 것이다.[2]

개별 작가, 그 가운데에서도 유독 다른 작가와는 차별성을 보이는 작가들에 대한 문체 연구는 근본적으로는 그들의 작품이 보여주는 특수성에 따른 대별적 성격 때문이지만, 일정한 한계를 가지고 있는 것도 분명하다. 그 한계란 개별 작가의 문체적 특수성이라는 대별적 특징을 지적하면서도 어떤 차이를 보이는지 혹은 어떤 유사성을 보이는지 등에 대한 분석은 충분치 않아서, 특수하다고 전제한 시각의 논거가 결국은 연구자의 임의적이거나 직관적인 판단에 의존하고 있는 것처럼 보이기 쉬우며, 구분됨과 차이를 설명함에 있어서 기본 전제가 되어야 하는 다른 작가들의 문체적 특징은 보여주지 못하기 때문이다.

그렇다면 개별 작가의 특수한 문체적 특징을 단순히 그 작가의 작품만을 가지고 직관적으로 보여주는 방법 이외에 대별적인 지점을 선명하게 보여줄 수 있는 방법은 없는 것인가. 본고의 논점은 이 같은 문제의

『문체의 이론과 해석』, 새문사, 1982; 김정자, 『한국 근대소설의 문체론적 연구』, 삼지원, 1985; 우한용, 「소설 문체론의 방법 탐구를 위한 물음들」, 『현대소설연구』 제33호, 현대소설학회, 2007, 7~32쪽; 이병헌, 「한국 현대소설의 문체 분류 시론」, 『한국문학연구』 제3호, 동국대 한국문학연구소, 2002, 203~225쪽.

2 예를 들면 다음과 같은 글들이 그러하다.
김원희, 「다성적 경향과 서정성의 조율─김유정 소설 문체의 역동성」, 『현대소설연구』 34, 현대소설학회, 2007, 41~56쪽; 임종수, 「金裕貞 小說의 文體 고찰」, 『산업과학기술연구논문집』, 삼척대학교, 2000, 145~155쪽; 김주현, 「이상 소설의 기호학적 접근」, 『어문학』 제64호, 한국어문학회, 1998, 203~222쪽; 이정화, 「이상 소설 문체의 수사학과 서사 구조 연구」, 『한국학보』 제28호, 일지사, 2002, 194~214쪽; 이병헌, 「이상 소설의 문체」, 『국제어문』 제53호, 국제어문학회, 2011, 107~144쪽; 장석원, 「김승옥 소설의 문체 연구」, 『어문론집』 제52호, 민족어문학회, 2005, 281~300쪽; 최용석, 「이문구 소설의 문체 형성 요인 및 그 특질 고찰」, 『현대소설연구』 제21호, 현대소설학회, 2004, 299~322쪽.

식에서 출발한다.

본고의 가설 도출 과정은 다음과 같다. 먼저 김유정이라는 작가가 만일 어떠한 특수한 문체적 특질을 작품 속에 보여주고 있다고 할 때, 그 것을 다른 작가들과 대비하여 보여줄 수 있는 방법은 무엇인가에 대한 것이다. 이 질문에 대한 가설 검증은 만일 김유정 소설의 문체적 특징을 구성하는 기본 요소가 그의 독특한 어휘 사용 양상에서 비롯된 것이라면, 작품에 사용된 어휘를 분석하여 그것을 다른 작가들의 작품에서 보이는 어휘들과 대비하여 보여줄 수 있어야 하며, 이를 도식화하여 그의 작품이 보이는 어휘 사용의 대별적 지점을 찾아냄으로써 확인될 수 있을 것이다.

두 번째, 김유정 소설의 문체적 특성을 이루는 최소 인자가 어휘의 사용 양상에서 비롯되는 것이라고 할 때, 그의 소설 어휘의 다양한 사용 양상을 도식화하여 보여줄 수 있다면 그 양상의 전체적인 정보는 김유 정만이 가지고 있는 문체적 특수성의 독립된 기초 자료가 될 수 있을 것이다.

이 두 가지 가설과 검증 과정 및 결과의 타당성은 근본적으로 김유정 소설의 어휘를 모두 계량화하고 통계 처리를 해야만 확인할 수 있다. 이 글은 이 같은 가설의 검증을 위하여 김유정의 소설 가운데 대표적인 작품 5편에 사용된 어휘 정보들을 통계로 만들기로 하며,[3] 이를 통하여 그의 소설 어휘가 보여주고 있는 일반적, 대별적 특징들을 도식화하도록 한다. 또한 김유정의 소설 어휘가 보여주는 특징을 다른 작가들과 비교

---

3   5편으로 한정한 이유는 아직 김유정 소설어에 대한 모든 코퍼스가 충분히 구축되지 못했다는 점에 있다. 양해를 구한다. 향후 보다 많은 작품들을 코퍼스로 구축하여 추가 검증해보도록 한다.

했을 때, 어떤 차이가 확인되는가를 보여주기 위하여 그의 작품이 활발하게 발표되던 시기에 활동했던 5명의 다른 작가들의 각 5편씩의 작품들도 동일하게 통계로 만들어 상호 비교하기로 한다.

2) 분석 대상과 어휘의 일반 통계

김유정 소설에 사용되는 어휘를 통계로 만들기 위해서는 우선 몇 단계의 전처리 작업이 필요하다. 그 과정을 제시하면 다음과 같다.

① 김유정 소설 가운데 5편의 작품을 선정하여 개별 파일 및 전체 파일로 만들고, 이를 형태소 분석기를 통하여 분리한 후 품사별 태그를 붙인다.

② 형태소 분석기를 통하여 추출된 어휘들을 각 품사별로 분리하고 각 품사별 정보를 통계로 만든다.

③ 김유정과 비교할 동시대 작가 5명을 선정하여 5편의 작품을 선정한 후, 작품별 개별 파일 및 전체 파일로 만들고, 이를 형태소 분석기를 통하여 분리한 후 태그를 붙인다.

④ 3번의 결과 정보를 각 품사별로 분리하고 정리하여 통계 정보로 만든다.

소설 어휘의 형태소 분석을 진행하기 위해서는 각 작가가 사용하는 어휘의 코퍼스를 우선 구축하여야 한다. 소설어 코퍼스를 통하여 일반적 특징을 확인할 수 있기 위해서는 다수, 대량의 작품들이 모두 입력되고 전처리가 되어야 하는데, 이 글은 기계적 분석[4]의 가능성을 살펴보기 위한 시론이므로 작가별로 대표적인 작품 5편만을 그 대상으로 하였다. 작가의 대별적 어휘 사용의 특징을 보여주기 위해서 활용된 비교군을 포함하면 6명의 작가 30편의 작품이 그 대상이다.

다음은 분석 대상인 6명 작가의 각 5편에 사용된 어휘의 일반 정보이다.

〈표 1〉 비교 대상 작가들의 작품과 어절 수

파일명	원전 제목	출판년도	어절수	저자	파일명	원전 제목	출판년도	어절수	저자
AA01	금따는 콩밭	1935	2,681	김유정	DA01	달밤	1933	1,841	이태준
AA02	노다지	1935	2,455	김유정	DA02	복덕방	1935	2,987	이태준
AA03	만무방	1935	11,856	김유정	DA03	까마귀	1936	3,235	이태준
AA04	봄봄	1935	3,008	김유정	DA04	장마	1936	4,267	이태준
AA05	소낙비	1935	2,963	김유정	DA05	패강냉	1938	2,045	이태준
BA01	최서방	1927	2,743	계용묵	EA01	오월의 구직자	1929	6,124	유진오
BA02	인두지주	1928	1,632	계용묵	EA02	밤중에 거니는 자	1931	2,401	유진오
BA03	백치 아다다	1935	3,498	계용묵	EA03	여직공	1931	6,870	유진오
BA04	장벽	1935	3,180	계용묵	EA04	김강사와 T교수	1932	4,353	유진오
BA05	청춘도	1938	3,093	계용묵	EA05	행로	1934	7,639	유진오
CA01	약령기	1930	4,538	이효석	FA01	뉘치려 할 때	1940	10,178	나도향
CA02	노령 근해	1931	1,620	이효석	FA02	환희	1922	3,584	나도향
CA03	도시와 유령	1931	2,989	이효석	FA03	어머니	1925	18,003	나도향
CA04	모밀꽃 필 무렵	1936	2,001	이효석	FA04	물레방아	1925	3,131	나도향
CA05	성화	1939	7,968	이효석	FA05	벙어리 삼룡이	1925	2,891	나도향

통계로 만든 작가별 어휘 정보를 바탕으로 가장 쉽게 확인되는 대별적 특징은 각 작가의 작품들이 보이고 있는 문장의 길이에 관한 것이다. 이는 문장별 어휘의 사용 수량을 가지고 비교한 것이며, 문장별 어절 수정보이다.

---

4 기계적 분석을 위해서는 다음의 글과 형태소 분석기를 활용하였다.
   이도길, 「한국어 형태소 분석과 품사 부착을 위한 확률 모형」, 고려대 박사논문, 2005.

File	S all	M aver.	Aut. ave.	File	S all	M aver.	Aut. ave.
AA01.tag(김유정)	353	16.17	**19.79**	DA01.tag(이태준)	198	20.93	21.12
AA02.tag	319	16.27		DA02.tag	303	22.17	
AA03.tag	1316	18.86		DA03.tag	294	23.86	
AA04.tag	255	24.35		DA04.tag	432	22.38	
AA05.tag	266	23.30		DA05.tag	295	16.27	
BA01.tag(계용묵)	262	22.79	**25.41**	EA01.tag(유진오)	565	23.77	22.64
BA02.tag	121	28.59		E02.tag	259	21.00	
BA03.tag	260	28.62		EA03.tag	905	17.06	
BA04.tag	268	24.82		EA04.tag	421	23.24	
BA05.tag	306	22.26		EA05.tag	567	28.14	
CA01.tag(이효석)	516	19.61	20.39	FA01.tag(나도향)	1042	20.08	20.76
CA02.tag	167	20.84		FA02.tag	312	24.38	
CA03.tag	317	20.91		FA03.tag	1973	19.88	
CA04.tag	248	18.65		FA04.tag	430	16.15	
CA05.tag	819	21.97		FA05.tag	268	23.31	

　　6명의 작가, 즉 김유정, 계용묵, 이태준, 유진오, 이효석, 나도향 가운데 문장의 어절 수가 가장 많은 작가는 계용묵이며 문장 당 25.41개의 어절이 확인된다. 이를 바탕으로 문장의 길이를 보았을 때의 순서는 계용묵 〉유진오 〉이태준 〉나도향 〉이효석 〉김유정 순이다. 김유정은 비교 대상 작가들 가운데 문장 당 어절 수가 19.79에 불과하며, 문장의 길이가 가장 짧다는 특징을 보인다. 또한 김유정의 작품 가운데 문장이 가장 짧은 것은 「금 따는 콩밭」이며, 「노다지」 역시 매우 짧은 문장 길이를 보여주고 있다. 특히 「금 따는 콩밭」은 어떤 비교 작품보다 문장이 짧다.

2. 김유정 소설 어휘의 대별적 특징

1) 주제어의 특징

주제어는 작품의 주제의식은 물론 작품이 다루고 있는 소재와 제재에 밀접하게 연관되어있으며, 작품의 배경과 분위기, 화자 혹은 인물의 가치판단 등에 관계가 있다. 또한 주제어는 비주제어(기능어)와는 달리 작가의 비의도적인 글쓰기 습관에서 비롯된 것이 아닌 의도적인 가치가 투영된 어휘의 사용과 관련이 있다.

우선 살펴볼 동사와 형용사, 부사의 사용 양상은 주로 문장의 종결에 관계하여 대상이나 사건, 인물의 행동에 대해 가치를 부여하거나 의미화 하는 데에 영향을 미친다. 비교 대상 작가들의 동사 사용 양상은 다음과 같다.

〈표 3〉 비교 대상 작가 작품의 동사 사용 양상

작가	빈도	전체어절	전체 형태소 수	절대 사용 비율	어휘 종류	어휘의 다양성 비율
계용묵	3,502	14,146	30,330	11.55%	778	22.22%
김유정	**6,032**	**22,963**	**48,120**	**12.54%**	**998**	**16.55%**
유진오	5,993	27,837	60,044	9.98%	862	14.38%
이태준	3,443	14,375	32,342	10.65%	706	20.51%
이효석	4,124	19,116	48,480	8.51%	894	21.68%
나도향	9,264	37,787	80,941	11.45%	1051	11.34%
평균	**5,393**	**22,704**	**50,042.83**	**10.78%**	**881.5**	**17.78%**

〈표 3〉을 살펴보기 위해서는 빈도와 전체어절, 형태소의 수와 사용 비율, 어휘의 종류와 다양성 등이 지시하는 내용에 대해 먼저 설명할 필요가 있다. 위의 표의 가장 왼편에 해당하는 빈도 정보는 각 작가의 작품에서 '동사'가 얼마나 출현했는가에 대한 것이며, 절대 사용 비율은 전체 형태소의 수와 출현한 동사의 빈도를 비율로서 표시한 것이다. 즉 '김유정' 항목을 중심으로 설명한다면 전체 48,120개의 형태소 가운데 동사는 6,032번 출현하고 있음을 보여준다. 왼편 정보인 어휘의 종류는 6,032번 출현한 '동사'에 서로 다른 998종의 '동사'가 포함되어있다는 것을 보여주는 것이고, 어휘의 다양성은 얼마나 다양한 종류의 어휘들이 사용되었는가를 보여주는 것이다.

어휘의 절대빈도와 다양성을 서로 다르게 살펴보아야 하는 이유는 동사가 빈번하고 많이 혹은 드물고 적게 출현하는 것만으로는 어휘 사용의 다양성을 충분히 볼 수 없기 때문이다. '김유정'의 경우 동사의 절대 사용 비율은 다른 비교군 작가들에 비해 12.54%로 가장 높았으나 실제로 사용된 동사의 다양성은 평균인 17.78%에 미치지 못하는 16.55%에 불과하다는 것을 확인할 수 있다. 이는 곧 '김유정'이 다른 작가들에 비해 '동사'의 사용량은 많으나 한정된 어휘를 반복적으로 사용하고 있다는 사실을 의미한다. 이에 비하여 이효석과 이태준은 반대의 결과를 보이는데, 이들은 절대 사용 비율은 김유정보다 낮지만 그 다양성에서는 4~5% 이상 차이를 보여서 매우 다양하게 동사를 사용하고 있다는 점을 보여준다. 각 작가들의 상위 빈출 동사 20위까지의 현황을 제시하면 다음과 같다.

작품 내에서의 '동사' 사용은 서사의 내용과 직접적인 연관성이 있는 부분이기는 하지만 어휘를 어떤 빈도로 사용하여 문장을 만드는가는

〈표 4〉 '김유정' 소설의 동사와 비교군 작가의 동사 빈출 순위 20

순위	김유정	횟수	계용묵	횟수	유진오	횟수	이태준	횟수	이효석	횟수	나도향	횟수
1	하	518	하	247	하	599	하	356	있	211	하	1078
2	가	137	되	115	있	291	있	128	하	191	있	431
3	되	134	있	108	되	241	되	94	되	127	보	279
4	있	134	보	65	오	231	보	94	가	92	되	244
5	먹	126	모르	62	가	218	가	69	보	83	가	229
6	보	121	가	59	알	126	알	66	알	53	알	210
7	들	100	알	59	그러	124	오	63	들	52	오	188
8	오	78	그러	47	보	124	나오	57	오	40	먹	157
9	모르	73	오	42	나오	116	모르	56	서	38	그러	156
10	치	72	살	41	들	69	먹	54	모르	37	나	149
11	알	67	치	34	모르	68	쓰	49	떠나	34	들	139
12	그러	64	들	32	웃	63	나	48	나오	32	들	115
13	나	63	사	30	들	59	들	46	치	31	나오	106
14	나오	56	서	30	나	58	묻	40	그러	30	앉	101
15	앉	53	그리	28	앉	55	앉	40	떨어지	29	서	94
16	내	50	주	28	묻	54	그러	39	가지	28	모르	92
17	내리	50	죽	28	들어가	51	만나	30	나가	28	만나	77
18	죽	40	먹	27	대하	47	사	30	놀라	27	보이	75
19	들어가	39	앉	27	보이	47	살	29	보이	27	살	73
20	따	37	나오	25	쓰	45	가지	23	나	24	웃	73

작가의 무의식적인 글쓰기 습관과 관련이 있다. 그러므로 '김유정'이 다른 작가에 비하여 '동사'를 자주 사용함에도 그 종류는 다양하지 않다는 사실은 집중적으로 일부 '동사'를 반복하여 사용하고 있다는 것이며, 이는 그가 선호하는 '동사'의 종류가 무엇인지는 물론 서사를 어떤 방향으로 진행시키는가와 밀접한 관련이 있을 것이다.

위의 〈표 4〉에서 '김유정' 항목에서 색상이 칠해진 부분은 상위 빈도 20위까지 가운데 다른 작가들과는 현격하게 다른 사용 양상을 보이는 동사의 사용 예이다. 이들의 사용 양상을 예문을 들어보면 다음과 같다.

㉠ "이런 숭맥 보래, 꿀돼지 제 욕심 채기로 너만 먹자는 거야?"

바로 이 말에 자식이 욱하고 들이 덤볐다. 무지한 두 손으로 꽁보의 멱살을 잔뜩 움켜쥐고, 흔들고 지랄을 한다. 꽁보가 체수가 작고 좀팽이라 쳐들고 한창 얕본 모양이다. (「노다지」)

㉡ 때는 한창 바쁠 추수 때이다. 농군치고 송이파적 나올 놈은 생겨나도 않았으리라. 하나 그는 꼭 해야만 할 일이 없었다. 싫으면 하고 말면 말고 그저 그뿐. 그러함에는 먹을 것이 더러 있느냐면 있기는커녕 부쳐 먹을 농토조차 없는, 계집도 없고 자식도 없고. 방은 있대야 남의 곁방이요 잠은 새우잠이요. (「만무방」)

㉢ 둥글고 커단 눈은 서글서글하니 좋고 좀 지쳐 찢어졌지만 입은 밥술이나 톡톡히 먹음직하니 좋다. 아따 밥만 많이 먹게 되면 팔자는 고만 아니냐. (「봄 봄」)

예를 들어본 세 개의 예문은 '먹다'라는 동사가 '김유정'의 소설 내에서 어떤 의미를 만들기 위해 사용되고 있는가를 보여주는 것이다. 다른 비교군 작가에 비하여 '김유정' 소설에서 사용되는 '먹다'라는 '동사'는 빈출 5위에 해당하여 매우 자주 사용되고 있으며, 그 사용 용도도 다양하다. ㉢과 같이 실제로 음식을 '먹다'는 의미를 지니기도 하지만, '소유하다', '얻어 가지다' 등의 의미로 확장되어 사용되기도 한다. 이는 '김유정'이 선호하는 표현의 한 가지 습관을 보여주는데, 이는 구체적인 행동을 드러내는 의미를 지닌 '동사'를 파생적 의미로 확장하여 다채롭게 사용하고 있다는 사실을 보여주는 것이다. '내다', '내리다', '따다'와 같은 동사 역시 이 같은 측면에서 본다면 다른 작가들과는 대별적인 의미로 사용하는 용례라고 할 수 있다.

'동사'와 함께 서술어를 조직하는 데에 사용되며, 대상의 성격이나 가치 판단을 부여하는 데에 자주 사용되는 '형용사'의 경우는 어떠할까. 다음은 비교 대상 작가들의 '형용사' 사용 양상을 통계로 정리한 것이다.

〈표 5〉 비교 대상 작가 작품의 형용사 사용 양상

작가	빈도	전체어절	전체 형태소 수	절대 사용 비율	어휘 종류	어휘의 다양성 비율
계용묵	998	14,146	30,330	3.29%	280	28.01%
김유정	**1,394**	**22,963**	**48,120**	**2.90%**	**383**	**27.47%**
유진오	1,655	27,837	60,044	2.76%	370	22.36%
이태준	915	14,375	32,342	2.83%	256	27.98%
이효석	1,613	19,116	48,480	3.33%	429	26.57%
나도향	2,510	37,787	80,941	3.10%	460	18.33%
평균	**1,514.17**	**22,704**	**50,042.83**	**3.04%**	**363**	**25.12%**

　〈표 5〉를 통해서 확인할 수 있는 것처럼, '김유정'은 비교군 작가들의 평균 사용 비율에 비해 다소 적게 '형용사'를 사용하고 있지만 다양성의 비율은 평균 이상의 비율을 보여주고 있다. 이는 그가 '형용사'를 자주 사용하지는 않지만 그 종류는 상당히 다양하게 활용하고 있다는 것을 의미하며, '나도향'이나 '유진오'에 비해 훨씬 다양한 '형용사'를 작품 내에 사용하고 있다는 점을 보여준다. 특히 '나도향'의 경우 '형용사'의 절대 사용 비율은 매우 높으나 다양성은 떨어지는 것을 보면, '김유정'은 '나도향'에 비해 대상의 성격과 성질, 가치 판단 등을 다양한 방식으로 구현하고 있을 확률이 높다.

　다음은 비교 대상 작가들의 형용사 빈출 상위 20위까지의 목록이다.

　빈출 20위까지의 '형용사' 사용 통계에서 확인할 수 있는 점은 '김유정'은 작품에서 대상이나 상황, 사건, 인물의 행위 등의 가치 판단에 기

<표 6> '김유정' 소설의 '형용사' 사용과 비교 대상 작가들의 대비─빈출 20위까지

순위	김유정	횟수	계용묵	횟수	유진오	횟수	이태준	횟수	이효석	횟수	나도향	횟수
1	없	183	없	186	없	230	없	111	없	209	없	411
2	아니	92	같	60	그렇	98	아니	80	아니	90	같	180
3	이렇	71	아니	60	같	90	그렇	70	같	86	아니	166
4	좋	63	그렇	57	아니	83	같	68	그렇	59	그렇	117
5	그렇	59	이렇	49	어떻	62	좋	32	어떻	31	좋	66
6	같	46	어떻	24	이렇	56	크	23	이렇	28	어떻	65
7	크	35	이상하	13	좋	50	많	15	크	26	어리	45
8	어떻	24	그립	11	무섭	22	싫	14	좋	23	싫	40
9	멀	15	많	10	싫	21	이렇	14	아름답	20	젊	38
10	바쁘	13	싫	10	크	21	어떻	12	많	19	이렇	37
11	옳	12	바쁘	9	길	16	슬프	11	멀	19	부끄럽	36
12	늦	10	안타깝	9	많	15	맑	10	어지럽	15	크	32
13	편하	10	좋	9	가깝	13	아름답	10	깊	14	무섭	31
14	무섭	9	괴롭	7	어리	12	검	9	푸르	14	어떠하	29
15	커다랗	9	깊	7	검	11	괜찮	9	가깝	13	뜨겁	27
16	답답하	8	빨갛	7	기쁘	11	가깝	8	무섭	13	많	17
17	딱하	8	아름답	7	다르	11	넓	8	무섭	13	쓸쓸하	17
18	많	8	아프	7	멀	11	바쁘	8	어둡	13	차	16
19	어둡	8	가깝	6	분하	11	높	7	높	12	멀	15
20	검	7	기겁	6	조그맣	11	길	6	부드럽	12	분하	15

여하는 '형용사' 가운데 부정적 의미를 지닌 어휘들을 다른 작가들에 비해 비교적 많이 사용하고 있다는 점이다. '무섭다', '답답하다', '딱하다', '어둡다', '검다' 등의 형용사는 대상과 대상의 행동과 상황에 대한 부정적 의미를 강조하고 있을 확률이 높으며, 이는 '나도향'이 '싫다', '부끄럽다', '무섭다', '쓸쓸하다', '분하다'와 같이 직접적인 감정과 판단을 드러내는 데에 유사한 '형용사'를 자주 사용하는 것과는 일부 차이를 보이는 양상이다.

다음은 '동사'와 '형용사' 등을 수식하여 용언의 의미를 강조하거나 성격을 제한하는 '부사'의 사용 양상을 통계로 비교한 것이다.

<표 7> 비교 대상 작가 작품의 부사 사용 양상

작가	빈도	전체어절	전체 형태소 수	절대 사용 비율	어휘 종류	어휘의 다양성 비율
계용묵	1,427	14,146	30,330	4.47%	476	33.36%
김유정	3,042	22,963	48,120	6.32%	795	26.13%
유진오	2,801	27,837	60,044	4.66%	555	19.81%
이태준	1,279	14,375	32,342	3.95%	392	30.65%
이효석	1,690	19,116	48,480	3.49%	551	32.60%
나도향	3,029	37,787	80,941	3.74%	607	20.04%
평균	2,211.33	22,704	50,042.83	4.44%	562.67	27.10%

특이한 것은 김유정의 경우 '부사'의 절대 사용 비율은 평균에 비해 2% 가까이 매우 높으나 실제 다양성의 비율에서는 평균 이하는 차지하고 있다는 점이다. 그렇다면 어떤 이유로 이 같은 통계 수치가 나오는가에 대해 빈출 부사 20위까지를 살펴보도록 한다.

<표 8> 비교 대상 작가들의 상위 20 빈출 부사

순위	김유정	횟수	계용묵	횟수	유진오	횟수	이태준	횟수	이효석	횟수	나도향	횟수
1	못	125	못	64	또	148	또	51	없이	58	다시	288
2	좀	110	다시	58	안	110	좀	45	더	51	또	96
3	안	98	없이	49	더	76	안	37	안	47	같이	87
4	또	78	아니	45	다	73	다시	36	같이	45	없이	68
5	다	76	또	40	못	65	못	36	또	41	다	60
6	다시	61	안	36	벌써	58	다	30	더	37	못	59
7	왜	44	같이	34	좀	55	잘	27	다시	33	왜	57
8	잘	43	더	28	왜	53	왜	24	너무	28	더	55
9	없이	36	왜	24	지금	53	아직	22	못	28	좀	55
10	더	35	벌써	18	다시	48	모두	21	문득	25	그대로	53
11	꼭	27	좀	17	없이	48	더	20	벌써	23	또는	52
12	썩	25	다	16	몹시	44	늘	19	그만	19	지금	52
13	그대로	22	더욱	16	어찌	38	벌써	19	도리어	19	다만	43

14	같이	20	그대로	15	잘	36	먼저	16	확실히	17	마치	38
15	고만	20	그만	15	잠깐	34	오래	16	마치	16	너무	35
16	아마	19	그저	15	도리어	33	없이	15	역시	16	모두	35
17	딱	18	어찌	14	바로	32	이내	15	지금	16	어찌	33
18	바로	18	이미	14	정말	30	얼마나	12	거의	15	안	32
19	그만	16	잘	14	그대로	27	곧	11	아직	15	잘	31
20	몹시	16	마주	13	아직	27	어서	11	바로	13	여태	28

'김유정' 작품에서 두드러지게 나오는 '부사' 가운데 주목할 만한 것은 용언에 대해 특정한 의미의 한정과 제한을 가하는 뜻을 지닌 어휘가 다른 작가들에 비해 유독 자주 사용된다는 점이다. '다–남김없이', '꼭–반드시', '썩–상당히', '고만–그 정도까지', '딱–정확히', '몹시–심하게' 등의 어휘는 용언의 정도와 상황에 제한과 한정을 두는 의미로 자주 사용되는 것으로 강조의 의미를 지니기도 하며 판단의 강도를 나타내기도 한다.

　　㉠ 영식이는 그 말이 무슨 소린지 새기지는 못했다마는, 금점에는 난다는 소재이니 그 말대로 하기만 하면 영락없이 금퇴야 나겠지 하고 그것만 꼭 믿었다.(「금 따는 콩밭」)
　　㉡ "염려 말게, 어떻게 되겠지! 오늘은 꼭 노다지가 터질 테니 두고 보려나?"
(「노다지」)

강조의 의미는 물론 확신의 의미를 지니는 부사 '꼭'의 사용 양상을 통해서 유추할 수 있는 것처럼 '김유정'은 다른 작가에 비하여 인물의 행위나 판단을 서술할 때에 특정한 부사를 사용하여 그 의미를 제한하거나 한정하는 글쓰기 습관을 가지고 있다고 볼 수 있다. 이는 다른 작가들이 강조나 한정의 의미를 만들어낼 때에는 보이지 않는 김유정만의 특징적인 습관 가운데 하나이다.

　이 같은 동사와 형용사, 부사의 사용 양상을 가지고 김유정과 다른 작가들 사이의 차이를 보인다면 다음과 같은 〈그림 1〉 그래프로 그 특징을 그려낼 수 있다.

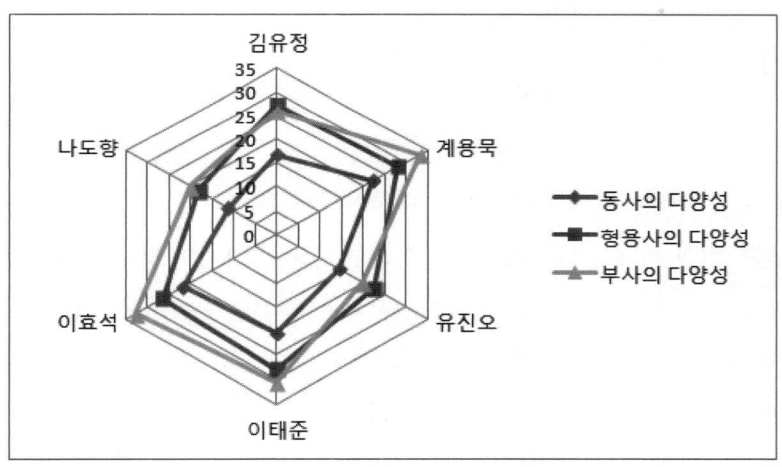

〈그림 1〉 김유정과 다른 비교군 작가들의 동사-형용사-부사 사용 양상

　한편, 일반명사와 고유명사는 작품의 소재와 제재의 다양성은 물론 어휘 사용의 특수성을 확인할 수 있게 하는 중요한 인자이다. 어떤 작가가 일반명사와 고유명사를 다채롭게 사용하고 있다는 것은 무엇을 의미하는 것인가. 이는 다양한 소재와 제재가 작품에 드러난다는 점을 보여주는 것이고, 그만큼 다양한 이야기를 그려내고 있다는 것이다. 즉 서사에 투영된 사건, 배경, 상황 등이 다른 작가에 비해 다채롭다는 점을 보여주는 요소인 것이다.

　〈그림 2〉에서 확인할 수 있는 '김유정'의 명사 사용에서 보이는 특징

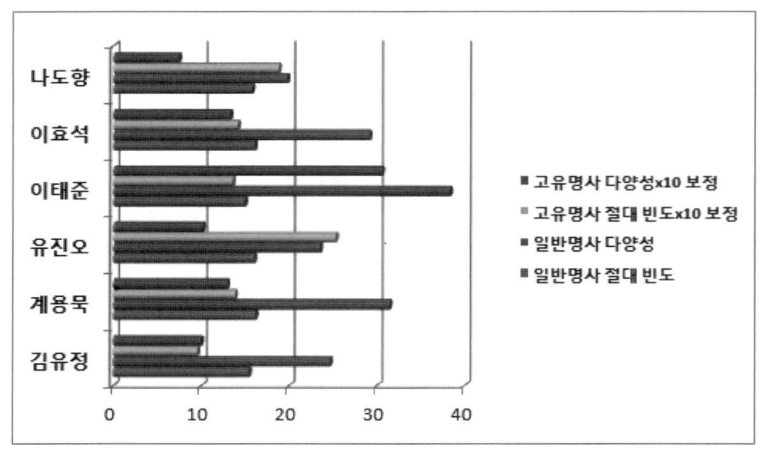

〈그림 2〉 비교 대상 작가의 일반명사와 고유명사 사용 비율

은 비슷한 비율의 고유명사를 활용하고 있는 작가에 비하여 상대적으로 다양한 종류의 어휘를 사용하고 있다는 점이다. 고유명사의 절대 빈도와 다양성의 비율이 역전된 작가는 '이태준'과 '김유정'만의 특징인데, '이태준'은 사용 빈도에 비해 매우 다양한 고유명사를 사용하고 있다는 특징이 보이고 있으며 '김유정'은 사용 비율과 다양성 비율이 거의 일치한다는 특징을 보인다. 이에 비하여 '유진오'와 같은 작가는 한정된 고유명사를 집중적으로 반복 사용하고 있어서 다양성은 낮으며 빈도는 높게 표시된다.

그렇다면 '김유정'의 고유명사 사용은 실제로 어떤 양상을 보이고 있는 것인가.

'김유정'의 분석대상 소설에서 사용된 고유명사 46종 가운데 인명과 관련된 것은 32종이며, 지명과 관련된 것은 14종이다. 이는 비슷한 그래프 모양을 가지고 있는 '이태준'의 고유 명사 134종의 분포와 비교해 볼 때 큰 차이를 보인다. '이태준' 소설에 나오는 고유명사 중 인명을 나

<표 9> 김유정 소설의 고유명사 사용 양상

고유명사	빈도	고유명사	빈도	고유명사	빈도
응칠이	131	강원도	4	삼포말	1
응오	34	뭉태	4	새고개	1
성팔이	32	양근댁	3	영득이	1
꽁보	28	감석	2	옥아	1
점순이	24	강릉	2	웅	1
더펄이	22	김	2	응칠	1
쇠돌	22	봉필이	2	인제	1
영식이	20	영동	2	충주	1
춘호	17	욕필이	2	충청도	1
수재	16	점순	2	포농이	1
이	16	조선	2	형우	1
서울	15	홍천	2	호생원	1
응고개	15	배	1	회양	1
재성이	10	번동	1	희연	1
기호	6	봉필	1		
용구	6	불등바위	1		

타내는 고유명사는 32종 23.88%이며, 지명과 관련한 것은 64종 47.76%와 반대의 비율을 보이기 때문이다.

〈그림 3〉을 통해서 확인할 수 있는 것처럼 '김유정'은 고유명사를 사용할 때 모두 인명과 지명을 나타내는 데에 사용하고 있지만, 이태준은 다른 대상을 지칭할 때에도 고유명사를 자주 사용하고 있다. '이태준'이 사용한 기타 용례의 고유명사에는 '추월색', '토월회', '조광', '삼국지', '동경신문' 등 단체나 잡지, 신문 등을 지시하는 경우가 자주 보이지만, 김유정의 경우에는 지역이나 인물에만 고유명사를 사용하고 있다는 특징이 보인다. 이 같은 고유명사의 사용상 특징은 작품의 주된 배경을 유추할 수 있게 하는 속성은 물론 지역이 지닌 특수성과 시대성을 동시에 파악할 수 있게 한다는 점에서 주목된다. 이태준의 작품이 도시 중심의 배

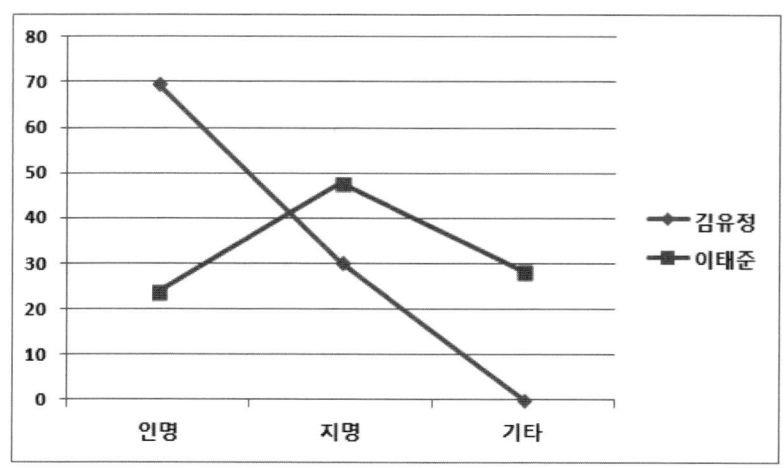

〈그림 3〉 '김유정'과 '이태준'의 고유명사 사용 양상 비교

경과 지식인 등장인물들을 자주 그려내고 있는 것에 비하여 김유정의
작품이 시대성이 확연히 드러나지 않는 농촌 공간을 배경으로 하고 있
다는 점은 이 같은 어휘의 통계적 양상으로 파악할 수 있는 지점이기도
하다.

2) 비주제어의 특징

　　비주제어는 서사의 내용에 직접적으로 영향을 미치지는 않지만 기능
어로서 활용되는 것을 의미하며, 주로 작가의 무의식적인 어휘 사용 양
상을 살펴볼 수 있는 어휘를 말한다. 즉 주제어를 연결하거나 종결하기
위해서 사용되는 것을 지칭하며, 이는 주제어에 비해서 작가의 무의식
적인 어휘 선택이 반영되었을 확률이 높다. 어휘의 대별적인 사용 특징
을 보기 위해서는 무의식적으로 선택되는 어휘들이 보여주는 지점을

파악할 필요가 있는 것이다.

먼저 비교 대상 작가들의 어말어미의 전체적인 사용 양상을 살펴보면 다음의 표와 같다.

〈표 10〉 비교 대상 작가들의 어말어미 사용 양상

작가	빈도	전체어절	전체 형태소 수	절대 사용 비율	어휘 종류	어휘의 다양성 비율
계용묵	4,070	14,146	30,330	13.42%	226	5.55%
김유정	7,526	22,963	48,120	15.64%	295	3.92%
유진오	7,924	27,837	60,044	13.20%	295	3.72%
이태준	4,546	14,375	32,342	14.06%	260	5.72%
이효석	5,346	48,480	48,480	11.03%	233	4.36%
나도향	10,881	37,787	80,941	13.44%	309	2.84%
평균	6,715.50	27,598	50,042.83	13.47%	269.67	4.35%

어떤 작가가 어말어미를 다른 작가들에 비해 자주 사용하고 있다는 점은 두 가지 가설을 전제로 한다. 하나는 문장의 구조와 관련한 것이다. 우선 문장에서 동일 비율에 비해 자주 어말어미를 사용하면 그 문장은 짧게 마무리될 수 있다. 즉 전체 어절 수 22,963개와 형태소 48,120개 가운데 어말어미가 7,526번 등장한다는 것은 각 문장이 매우 짧게 마무리되고 있다는 사실을 보여주는 것이라 할 수 있다. 두 번째로는 어말어미가 문장을 연결하는 역할을 하여 짧은 문장이 대등적이고 병렬적으로 나열되는 경우를 말한다. 이 두 가지 가설은 앞 절의 〈표 2〉에서 확인한 바와 같이 '김유정' 소설의 문장 내 어절 수가 19.79개로 다른 작가들에 비해 현격하게 짧다는 점을 생각해볼 때, 그의 문장은 비교적 짧고 자주 종결되며, 연결되더라도 짧은 문장이 대등적으로 이어지고 있다는 사실을 말해준다.

이 같은 특성은 '김유정'의 소설이 복잡한 문장 구조를 가지고 있지 않으며 다른 작가에 비해 비교적 적은 양의 정보를 담고 있다는 것을 의미하는 것이며, 독자들이 다른 작가의 작품에 비해 비교적 쉽게 문장의 의미를 파악할 수 있다는 것을 말해주는 것이기도 하다.

〈표 11〉 김유정–유진오–계용묵의 어말어미 사용 상위 10위

NO	김유정	빈도	비율	유진오	빈도	비율	계용묵	빈도	비율
1	다	1349	17.92	다	1262	15.93	다	651	15.99
2	고	1017	13.51	고	1041	13.13	고	477	11.72
3	어	665	8.84	아	626	7.90	어	438	10.76
4	ㄴ다	506	6.72	어	606	7.65	아	303	7.44
5	아	443	5.89	게	400	5.05	게	248	5.28
6	게	282	3.75	어요	352	4.44	지	200	4.91
7	지	255	3.39	지	338	4.27	ㄴ다	146	3.59
8	며	235	3.12	며	173	2.18	며	127	3.12
9	면	180	2.39	면	155	1.96	아서	85	2.09
10	아서	146	1.94	아서	146	1.84	어서	78	1.92

종결을 나타내는 '다'와 'ㄴ다'의 사용 양상을 보면 이 같은 가설에 대한 검증 결과가 보다 분명하게 드러난다. 김유정의 경우 두 어미를 합친 비율은 24.64%에 달하지만, 유진오는 16.97%에 불과하고, 계용묵은 19.58%에 해당하여 큰 차이를 보이기 때문이다.

3. 김유정 소설 어휘의 통계적 특성과 활용 가능성

개별 작가에 대한 대별적 문체에 대한 관심은 서양의 경우 대략 300년 전부터 진행되어왔다. 어휘가 바탕이 된 문체를 통하여 호머의 작품을 판별해내려는 시도부터 시작하여 셰익스피어의 작품의 진본 여부를 판별하기 위한 문체론적인 접근이 초기 연구의 흐름이었다.[5] 또한 최근의 연구에서는 Joseph Rudman(1998)[6]이 전산문체론의 가능성과 문제 오류의 해결법에 대해 집중적으로 다루는 연구를 발표하였고, John Burrows(2003)[7]은 16세기 영국 시인 25명의 작품에 드러난 어휘 양상을 통계적으로 구분하는 연구 등을 진행하기도 하였으며, Ayaka Uesaka, Masakatsu Murakami(2014)[8] 등은 일본의 근대소설을 대상으로 하여 통계적인 분석을 통해 저자 판별을 진행하기도 했다.

이에 비하여 한국 현대소설 연구에서는 이 같은 기계적 방법론을 바탕으로 한 통계적 문체연구는 아직 충분히 진행되지 못하였다. 그나마 최근 들어 이 같은 방법론이 가능해진 것은 컴퓨터의 발달과 소수 연구자들의 관심에서 비롯된 것임을 부인하기 어렵다.

개별 작가의 문체적 특질을 기계적인 방법론으로 추출하고 의미화하기 위해서는 상당한 난점이 많은 것이 사실이다. 우선 개별 작가의 대상

---

5   Love, H., *Attributing Authorship*, Cambridge University Press, 2002.

6   Rudman, J., "The state of authorship attribution studies : some problems and solutions", *Computers and the Humanities* 31(4), 1998, pp.351~365.

7   John Burrows., "Questions of Authorship : Attribution and Beyond", *Computers and the Humanities* 37, 2003, pp.5~32.

8   Ayaka Uesaka, Masakatsu Murakami, Uesaka, Ayaka, and Masakatsu Murakami., "Verifying the authorship of Saikaku Ihara's work in early modern Japanese literature; a quantitative approach", *Literary and Linguistic Computing*, 2014.

작품을 코퍼스로 구축하여 축적하는 일부터가 상당한 시간이 요구되며, 이를 바탕으로 기계적인 분석이 가능하도록 하는 형태소 분석기의 성능도 상당한 정밀도를 요구하기 때문이다.

뿐만 아니라 소설이라는 것이 단순히 수많은 어휘의 단순한 조합으로 이루어진 것이 아니기 때문에 통계적으로 보여줄 수 있는 지점은 명료한 것처럼 보이면서도 성글 수밖에 없다. 그러므로 이 같은 통계적 연구가 의미 있으려면 연구자의 올바른 해석이 반드시 뒷받침되어야 한다.

이 글은 어휘를 통하여 '김유정' 소설의 문체적 특징은 물론 구체적인 실체의 일부분에도 도달하지는 못하였다. 이는 구차한 사족을 달지 않더라도 현재 코퍼스로 구축된 김유정 소설이 전체가 아닌 일부에 불과하며, 이를 본격적으로 분석할만한 도구와 방법론을 고민 중에 있기 때문이다.

그러나 성근 내용을 가지고 이 같은 연구 방향의 당위성을 언급하고자 한다면, 기계적 분석을 통한 통계 자료를 활용할 수 있는 지점은 충분하다고 말할 수 있다. 우선 개별 작가의 문체적 특질을 활용하여 이를 벡터로 표시한 후 지점을 연결하여 일정한 신뢰도의 범위로 표시할 경우 다른 작가들과의 대별적 차이를 보여줄 수 있으며,[9] 기계적으로 도출된 어휘의 속성들을 가지고 서로 다른 작가들과의 차이점을 통하여 각 작가들의 무의식적 글쓰기 습관 등을 추적할 수도 있기 때문이다.[10]

그런 가능성에 기대어 볼 때, 이 글이 살펴본 '김유정'의 어휘 사용 양상은 향후 그의 작품이 보여주는 문체적 특징을 확인할 수 있는 보다 객

---

9 김일환·이도길, 「저자 판별을 위한 전산 문체론—초기 현대소설을 대상으로」, 『국어국문학』 170, 국어국문학회, 2015.3, 207~214쪽.
10 문한별, 「한국 현대소설의 기계적 문체 분석 가능성을 위한 계량적 방법론」, 『국어국문학』 170, 국어국문학회, 2015.3, 425~454쪽.

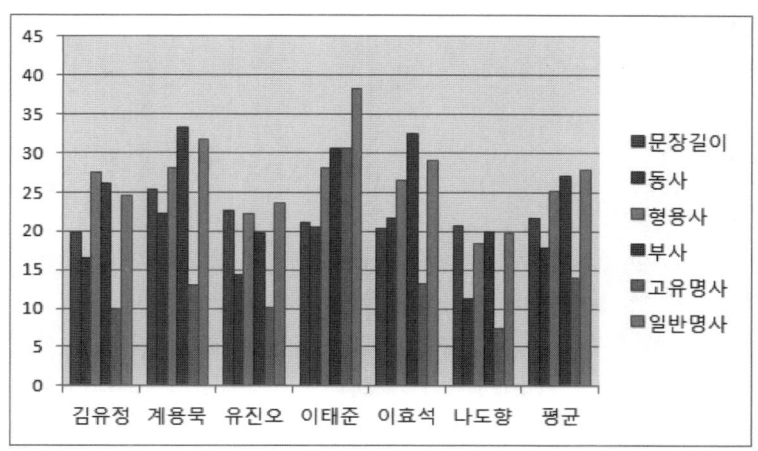

〈그림 4〉 비교 대상 작가들의 어휘 사용 양상

관적인 정보로서 활용될 수 있을 것이라 생각한다. '김유정'의 각 품사별, 용도별 어휘의 사용 양상을 통하여 그의 작품 가운데 진위를 판별하기 어려운 것이나 새로운 작품 등이 발견될 때에 비교 정보로 사용할 수 있기도 하며, 조금 더 연구 방법론을 정련할 경우 지금까지 그의 문체적 특질로 언급되어온 향토성과 토속성이라는 평가에 대해서도 보조적인 검증 지원을 할 수 있기 때문이다.

아직은 가정에 불과한 것들이지만 향후 '김유정'의 모든 작품과 글들이 코퍼스로 구축되어 그의 소설 문체는 물론 일반적인 글쓰기 특징들을 보다 과학적이고 통계적으로 확인할 수 있어서 그만의 일반형을 기준점으로 설정할 수 있기를 기원한다. 또한 다른 현대소설 작가로 이 같은 연구가 확장되어 많은 개별 작가들의 어휘 사용의 특징과 시대별 어휘 사용의 특징, 남성과 여성 작가들의 어휘 사용 양상의 유사성과 차이점 등등이 확인될 수 있기를 바란다. 그런 의미에서 이 연구는 여전히 시론에 불과하다.

참고문헌

1. 논문

강남준·이종영·최운호, 「『독립신문』 논설의 형태 주석 말뭉치를 활용한 논설 저자 판별 연구」, 『한국사전학』 제15호, 한국사전학회, 2010.

구인환, 「문체론적 비평고」, 『동악어문논집』 제1호, 동악어문학회, 1965.

김명철·허명회, 「최소거리법과 기계학습법에 의한 한국어 텍스트의 저자 판별」, 『조사연구』 제13-3호, 한국조사연구학회, 2012.

김주현, 「이상 소설의 기호학적 접근」, 『어문학』 제64호, 한국어문학회, 1998.

문한별·김일환, 「카프 전후 소설의 어휘 사용 양상—계량적 방법론을 중심으로」, 『한국언어문학』 제69호, 한국언어문학회, 2009.

_____, 「한국 현대소설의 문체 분석을 위한 계량적 연구 시론—1930년대 김남천, 이기영, 채만식 소설을 중심으로」, 『어문논집』 제70호, 민족어문학회, 2014.

우한용, 「소설 문체론의 방법 탐구를 위한 물음들」, 『현대소설연구』 제33호, 현대소설학회, 2007.

이도길, 「한국어 형태소 분석과 품사 부착을 위한 확률 모형」, 고려대 박사논문, 2005.

이병헌, 「한국 현대소설의 문체 분류 시론」, 『한국문학연구』 제3호, 동국대 한국문학연구소, 2002.

_____, 「이상 소설의 문체」, 『국제어문』 제53호, 국제어문학회, 2011.

이정화, 「이상 소설 문체의 수사학과 서사 구조 연구」, 『한국학보』 제28호, 일지사, 2002.

장석원, 「김승옥 소설의 문체 연구」, 『어문론집』 제52호, 민족어문학회, 2005.

최용석, 「이문구 소설의 문체 형성 요인 및 그 특질 고찰」, 『현대소설연구』 제21호, 현대소설학회, 2004.

한나래, 「빈도 정보를 이용한 한국어 저자 판별」, 『인지과학』 제20권 2호, 한국인지과학회, 2009.

Rudman, J., "The state of authorship attribution studies : some problems and solutions", *Computers and the Humanities*, 31(4), 1998.

John Burrows., "Questions of Authorship : Attribution and Beyond", *Computers and the Humanities* 37, 2003.

Ayaka Uesaka, Masakatsu Murakami, "Verifying the authorship of Saikaku Ihara's work in early modern Japanese literature; a quantitative approach", *Literary and Linguistic Computing*, 2014.

2. 단행본

김상태, 『문체의 이론과 해석』, 새문사, 1982.

김정자, 『한국 근대소설의 문체론적 연구』, 삼지원, 1985.

김유정과 이태준[*]
자생적 민족지와 보편적 근대 구축으로서의 조선어문학

박진숙

1. 서론

　구인회가 창립된 1933년 당시 구성원은 이종명, 조용만, 김유영, 정지용, 이태준, 이효석, 이무영, 김기림, 유치진이었다. 카프와 대타적인 관계에서 구인회의 활동을 해나가고자 했던 이종명, 조용만, 김유영 등이 탈퇴하면서 실질적 좌장은 이태준이 되었고 이상, 박태원이 가입하고 이상이 김유정을 추천하여 김유정이 구인회에 들어가게 된 것은 1936년 1~2월경으로 추정된다. 여기에 흥미로운 사실이 두 가지 있다. 하나는 구인회 기존 회원 중 몇 사람이 김유정의 가입을 반대했는데, 이상이 우

---

[*]　이 글은 『상허학보』 43집(2015.2)에 게재되었던 것을 재수록한 것이다.

격다짐으로 이태준을 설복시켜 가입하게 되었다는 것이다.[1] 또 하나는 김유정이 구인회에 가입하기 전 이태준에 대해 비판을 가했던 사실이 있다는 것이다. 1936년 이태준이 「가마귀」를 발표하자 몇몇 비평가들이 호평을 하는 것을 두고 김유정이 "'금일의 문학'이 요구하는 현실성은 없다"고 이태준을 비판했던 것이다.[2] 이러한 사정 때문에 이석훈은 김유정이 이태준에 대해 일종의 대결의식을 지녔던 것 같다고 회고한다.

구인회에 가담했던 작가들을 논하면서 구인회와 이태준, 구인회와 박태원, 구인회와 이상, 구인회와 김유정 등을 논의한 글들은 그간 어느 정도 진척이 있었다고 할 수 있다. 특히 친분이 두터웠을 뿐 아니라 문학 세계에서의 관계도 밀접한 이상과 박태원에 대한 논의 역시 이미 다수 이루어진 바 있다. 김유정과 이상에 대한 논의도 본격적으로 물꼬를 트고 있다. 이 글은 김유정과 이태준에 대한 논의를 하려고 하는바 김유정과 이태준은 어떤 점에서 논의할 수 있는 여지와 의미가 있을까?

이 글에서는 김유정과 이태준 두 작가를 소설 문체와 언어 인식의 문제, 특히 표준어와 방언 사용, 어감의 활용 등의 측면에서 살펴보고, 소설을 '만들어가는' 과정의 차이와 일제 식민정책에 대응하는 면모를 소설에서 직접 확인해봄으로써 구인회 작가의 문학이 표현, 기교에 치우친 것이 아니라 문학적 깊이를 보유한 현실 인식에 이르고 있었다는 것을 규명해보고자 한다. 문학 장 내에서 표준어와 방언에 대한 자의식과 일제의 식민정책에 대한 인식을, 소설을 통해 검증해보면서 두 작가의 세계 인식 방법과 문학관을 검토하려고 한다.

1 　조용만, 「이상과 김유정의 문학과 우정」, 『신동아』, 1987.5, 561쪽.
　　김유정은 안회남과 매우 친한 사이였으며 휘문고보 동창이다. 학연을 고려해보면 이태준이 김유정의 휘문고보 선배이기도 하다.
2 　이석훈, 「유정의 영전에 바치는 최후의 고백」, 『백광』, 1937.5, 152~155쪽.

이 논의의 출발점은 소설가 김유정 등단 직후 두 작가를 대상으로 쓰여진 안회남의 월평 2편에서 비롯된다. 안회남은 월평에서 김유정과 이태준 문체의 차이를 지적하고 이를 토대로 소설을 만들어가는 방식의 차이에 대한 규명을 하고 있다. 김유정이 등단한 해인 1933년 이태준은 이미 『조선중앙일보』 학예부장으로 문단적 지위를 확보한 상황이었으며 '문장도'를 보여주는 작가로 평가받고 있었다. 1933년은 구인회가 결성된 시기이며 또 한글맞춤법 통일안이 제정된 해이기도 하다.

김철은 "한국 소설의 문체를 '표준어 / 방언'의 문제와 연관 지어 고찰한 연구는, 아직 없는 듯하다"[3]고 밝히고 있다. 물론 이러한 언급이 2007년이고 보면 그 사이에 연구가 진행되었을 법도 하지만, 그 사이 나온 연구로는 2013년에 출간된 양문규의 『한국 근대소설의 구어전통과 문체 형성』(소명출판, 2013)이 대표적인 듯하다. 양문규는 박태원, 홍명희, 김유정, 채만식 등의 구어전통 문제를 비교적 자세하게 다루고 있다. 이 구어전통의 범주에서 이태준은 거론되지 않는다. 연관되는 연구를 보자면 문혜윤의 『문학어의 근대』(소명출판, 2008)가 있는데, 이 책에서는 이태준의 『문장강화』를 중심으로 조선어로 글을 쓴다는 것의 문제에 대해 자세하게 논하고 있다. "김유정은 다양한 지역에서 사용되는 토속어를 사용함으로써 언어의 다양성을 작품을 통해 보여주었다. 이는 1930년대 조선어문의 표준화에 대한 열망이 작가가 작품을 창작할 때 표준어의 자장 안에서 어휘를 선택해야 한다는 인식을 갖는 것까지 발전했던 것과 다른 것이다"고 서술하고 있을 뿐이다.

조선어 문학의 구상이라고 했을 때 '조선어'는 무엇을 지칭하는 것인

---

3   김철, 「소설과 표준어·방언」, 『방언이야기』, 태학사, 2007, 404쪽.

가? 일본의 경우 표준어 제정과 표준어의 문제에 대한 문제제기가 시간 차를 두고 전개되었는데, 조선의 경우 표준어 제정과 표준어가 지닌 문제점에 대한 문제제기는 동시적으로 이루어진 감이 있다. 1933년 한글 맞춤법 통일안을 제정하면서 이루고자 했던 표준어 구축의 의미와 이에 대한 비판 역시 함께 검토해야 하는데, 일제 식민지 조선의 근대 구축 과정에서는 일본과 일본을 통한 서양 문화의 수용 비판이 동시적으로 진행되는 경우가 많다. 이태준이 표준어를 중심으로 근대 조선어를 구축해가고자 하는 노력을 기울였다고 한다면 김유정은 사투리를 복원하여 표준어에 거리를 둠으로써 근대소설을 쓴 경우라 할 수 있을 것이다.

그렇다면 "'한국어'의 경우, 이러한 표준어 / 방언의 명백한 위계화와 그 위계화에 근거한 근대적 언어 의식이 보편화한 것은 언제이며 어떤 계기를 통해서였는가?"[4] "1933년의 한글 맞춤법 통일안 발표와 1936년의 표준어 사정이 조선어에서의 표준어에 대한 인식을 확산시켰을 것임도 짐작하기 어렵지 않다."[5] 이 글에서 다루고자 하는 김유정과 이태준의 언어인식 및 소설 텍스트의 범위도 실제로는 이 기간 속에 위치하고 있어 1933년에서 1936년이라는 4년간은 표준어 / 방언의 위계화 및 표준어에 대한 비판의식이 두 작가에게서 두드러지게 동시적으로 드러나고 있음을 볼 수 있다. 그러한 반면 이 기간 사이의 그들의 작품에서 일제 식민정책에 대한 인식 역시 잘 드러나고 있는데 이는 표준어 / 방언의 위계화 문제와 아울러 김유정, 이태준 두 작가가 당대 현실을 어떻게 파악하고 있었는가 하는 점과도 관련되어 각각 두 작가에게서 표준어 / 방언의 위계화 문제가 단지 문체라는 언어 차원에만 그치는 것이

---

4 위의 글, 405쪽.
5 위의 글, 406쪽.

아니라 일제 식민지 시대 조선의 작가가 세계를 어떻게 인식하고 있었는가를 보여준다는 점에서 언어, 소설관, 세계인식의 문제에까지 걸쳐 있어 더 큰 의미가 있다.

2. 소설 문체로서의 표준어와 방언

이태준은 1929년 3월 창간호부터 11월까지 방정환, 최신복과 함께 『학생』지 편집위원으로 일한 바 있다. 『학생』지에는 편집후기 '숙직실'이라는 난이 생기는데 이것 역시 이태준의 발안이었다고 한다. 편집후기에서 이태준이 강조한 것 중 '사투리를 쓰지 말라'는 점이 눈에 띈다.[6] 또 이태준은 『신생』 편집에도 관여한 바 있는데 『신생』이 『동광』, 『진생』과 함께 신철자법을 실행한 잡지라는 점이다. 신철자법 실행은 조선어학회와 긴밀히 연관되어 있었고, 문자보급운동 교재로 『신철자편람』(1933년 4월), 『한글공부』(1933년 7월), 『일용계수법』(1933년 6월 초판 3쇄) 등이 『동아일보』에서 출간되었다[7]고 한다. 이태준은 1929년에 이미 소설 창작에서 사투리를 쓰지 말고 표준어를 구사해야 한다는 자의식을 가지고 있었던 것인데, 이는 대체로 이광수로부터 시작된 문학과 표준어인 조선어에 대한 의식에서 비롯되었다고 할 수 있을 것이다.

---

6 이태준의 등단작인 「오몽녀」는 『시대일보』 1925년 7월 13일자에 실렸는데, 이 작품에서도 이태준은 대사 처리에서는 사투리를 쓰지만 일반 문장 서술의 경우 사투리를 쓰지 않으려는 의식이 보인다.

7 「『동아일보』 33년 발행 '한글공부' 등 3종 문화재 등록」, 『동아일보』, 2011.12.2.

이광수로부터 시작된 표준어에 입각한 조선어문학의 시작의 연원은 더 검증할 필요가 있으나, 『신미사학』의 저자인 시마무라 호오게츠島村 抱月에 대한 언급이 있는 이광수의 「오도답파여행」 중 다음 내용으로 미루어 짐작해볼 수는 있을 것 같다. 이것은 이광수가 차중에서 島村抱月, 松井須磨子 일행과 만났을 때 그들이 조선문학에 대해 말했던 내용을 기록해둔 것이다.

> 문학의 내용은 사상 감정이어니와, 그것을 표현하는 기구는 語와 文이다. 조선어와 문을 余는 부지하거니와, 아마 아직 문법이나 문체가 완성되지 아니하였을 듯하다. 그러니까 우선 어문을 정돈하여야 하겠고, 다음에는 소설이나 시나 극 같은 문학상의 제형식을 조선어문에 합하도록 이식하여야 하겠다.[8]

島村抱月, 松井須磨子 일행은 조선어와 문을 잘 모르지만 조선에는 아직 문법이나 문체가 완성되지 않았을 것 같고, 문학의 표현기구는 어와 문이니, 어문의 정돈과 조선어문에 걸맞은 문학 형식이 필요함을 강조하고 있다. 조선어문의 정비가 필요하며 조선어 문학의 정립을 이 문제만으로 환원시킬 수는 없으나 이광수가 표준어로서의 조선어문학이라는 문제의식을 가진 계기 중의 하나였을 것으로 추론해 볼 수는 있을 듯하다.

이광수는 한국 근대소설을 표준어로 쓴 모범을 보인 셈이다. 다음 김철의 지적은 한국 근대소설 문체로서의 표준어와 방언에 대한 중요한 문제제기이다.

---

[8] 이광수, 「오도답파여행」(『매일신보』, 1917.6.26), 『이광수전집』 18, 삼중당, 1963, 125쪽.

「무정」에서 월화와 영채가 주고받는 대화는 깍듯한 '표준어'임에 반해, 「배따라기」에서의 형과 아우의 대화는 생생한 평안도 '방언'으로 이루어져 있다. (…중략…) 이광수에게 흥미로운 것은 그가 남긴 수많은 작품에서 '방언'을 사용하는 인물은 전혀 등장하지 않는다는 점이다. 이광수에게는 표준어와 방언의 차이에 대한 인식, 혹은 그것을 소설에서 어떻게 구현할 것인가에 대한 의식이 없었던 것일까? 근대 학교 교육을 받지 않았을 평양 기생이나 시골의 농부들이 쓰는 언어가 천편일률적인 표준어(이광수가 「무정」을 쓸 당시에는 조선어의 표준어 사정은 되어 있지 않았지만) 일색인 것은 어떻게 설명될 수 있을까? (…중략…)

「배따라기」는 김동인의 소설에서 최초로 평양 지방의 사투리가 인물의 행동 속에 재현되는 작품이다. 김동인은 평양 사람들과 평양 일대를 배경으로 하는 작품을 많이 썼는데 「배따라기」 이후로는 의식적으로 평양 사투리를 재현한 흔적이 역력하다.[9]

김철이 지적하고 있는 바와 같이 이광수와 김동인의 차이는 물론, 다른 작가의 소설에서도 표준어 방언의 위계가 어떻게 형성되고 있는지를 꼼꼼하게 규명할 필요가 있겠으나 이 글에서는 김유정과 이태준의 경우를 가지고 설명해 보기로 하자. 김동인은 월평에서 김유정의 「금따는 콩밭」을 두고 "침착한 운필이며 건실한 표현 등은 상당히 평가할 만한 작가"이고 작품에 "작자의 섬세한 감정이 무던히 나타났"으며 "'흰 고무신을 신고 싶어하는 안해의 심리' 등은 꽤 델리케이트하게 나타났"[10]지

---

9   김철, 앞의 글, 404~408쪽.
10 김동인, 「3월의 창작—촉망할 신진, 김유정씨 작 「금따는 콩밭」『개벽』」(『매일신보』, 1935.3. 26), 『김동인전집』16, 조선일보사, 1988, 399쪽.

만 "문맥이 매우 거칠기 때문에 읽기에 거북한 것이 이 작자의 작품을 損지우는 커다란 결점의 하나"라고 지적하고 있다. 김유정의 문체는 김동인뿐만 아니라 안함광, 임화 등에게서도 제대로 평가받지 못하는데, 이유는 소설에서 사용된 방언, 비속어로 구성된 구어적 진술의 바람직하지 못한 영향력 때문이라고 할 수 있다.

이에 비하면 이태준은 1929년에 『학생』지 편집위원으로 있을 때부터 소설에 사투리를 쓰지 말라는 규율을 만들고 있었다고 할 수 있다. 그런데 이태준의 경우 사투리를 쓰지 말라는 것은 소설 지문에서이고 대화에서는 사투리를 허용하고 있다. 이는 여러 과정을 거쳐 1940년에 출간된 『문장강화』에서 다음과 같이 정리되어 있다.

> 그런데 문장에서 방언을 쓸 것인가 표준어를 쓸 것인가는, 길게 생각할 것도 없이
>
> 첫재, 널리 읽히쟈니 어느 도 사람에게나 쉬운 말인 표준어로 써야겠고.
>
> 둘재, 같은 값이면 품있는 문장을 써야겠으니 품있는 말인, 표준어로 써야겠고,
>
> 셋재, 언문의 통일이란 큰 문화적 의의에서 표준어로 써야 할 의무가 문필인에게 있다 생각한다.
>
> 그러나 방언이 문장에서 전혀 문제가 안 되는 것은 아니다. 방언이 존재하는 날까지는 방언이 방언 그대로 문장에 나올 필요가 있기도 하다. (…중략…)
>
> 여기서 만일 복녀 부부의 대화를 표준어로 써보라. 칠성문이 나오고 기자묘가 나오는 평양 배경의 인물들로 얼마나 현실감이 없어질 것인가?
>
> 작자 자신이 쓰는 말, 즉 지문은 절대로 표준어일 것이나 표현하는 방법으로 인용하는 것은 어느 지방의 사투리든 상관할 바 아니다. 물소리의 '졸졸'이

나 새소리의 '뻐꾹뻐꾹'을 그대로 흉내 내어 효과를 내듯, 방언 자체를 살리기 위해서가 아니요 그 사람이 어디 사람이란 것, 그곳이 어디란 것, 또 그 사람의 리얼리티를 여러 설명 없이 효과적으로 표현하기 위해 그들의 발음을 그대로 흉내내는 것으로 봐야 마땅할 것이다.

그러니까 어느 지방에나 방언이 존재하는 한, 또 그 지방 인물이나 풍정을 기록하는 한, 말소리를 흉내 내기 위한 효과로서 문장은 방언을 묘사하지 않을 수 없을 것이다.[11]

이태준은 언문의 통일이라고 하는 문화적 의의에서 표준어로 써야 할 의무가 문필인에게 있다고 생각하고 있는 것이다. 이 규정은 대체로 현재에 이르기까지 소설 문체에서 표준어, 방언 처리 문제의 기준이 되고 있는 듯하다.[12] 그렇다면 이 규율화의 문제를 김유정, 이태준은 소설에서 어떻게 보여주고 있는가? 이를 단적으로 드러내는 문제가 사투리에 대한 두 사람의 태도라고 볼 수 있다.

김유정의 문체는 기존 연구에서 "한국인의 집단 무의식의 언어"[13] "당대 서민의 언어를 문학어로 승화시키는 데 크게 이바지하였다. 특히 서민들의 자유분방한 일상 언어 현장을 그대로 재현하는 구연의 문체를 통해 사물 객관화의 회화적 능청뿐만 아니라 작가의 세계관에까지 연결되는 모든 것으로 개념을 규정하였다"[14]고 보는 입장, "농민판 '내적

---

11 이태준, 『문장강화』, 문장사, 1940, 27~29쪽.
12 방언을 활용하여 소설을 쓴 작가의 경우 근대에 대한 저항의 의미를 읽어낼 수 있을 것 같다. 이미 시인 백석에 대해 그러한 평가를 하고 있지만, 김유정의 경우는 소설 문체의 표준어 방언 문제에 대한 이러한 규정 아닌 규정이 나오기 전에 이미 방언에 대한 의식을 가지고 있다는 것에 대한 평가가 이루어질 필요가 있다. 또한 이는 장영우의 「구인회와 한국 현대소설」 (『현대소설연구』, 2013)에서 김유정, 이문구, 서정인이라는 계보를 통해 설명하고 있다.
13 전신재, 「보정판 서문」, 전신재 편, 『김유정전집』, 강, 2007, 7쪽.
14 전상국, 「김유정 소설의 언어와 문체」, 김유정문학촌 편, 『김유정 문학의 재조명』, 소명출판,

독백"'[15] "김유정의 토속어, 방언 등은 향토주의와는 다른 탈근대의 문제와 관련시켜 바라보아야" 하며 그리하여 "김유정 소설의 문체는 서구적 근대가 기획하는 언어체계의 통일성을 넘어서고자 하는 의도"[16]로 보는 견해가 있다.

이러한 전제 하에 김유정이 서울에 대해 언급하고 있는 「소낙비」의 내용을 보기로 하자. 물론 이 부분은 아내를 들병이로 내보내어 벌어오는 돈에 의지하려 하는 춘호라는 인물의 입을 통해 이루어지는 발화이기 때문에 곧이곧대로 받아들일 수는 없으나 작가 김유정의 입장이 반영되어 있다고 볼 수는 있다.

> 그는 서울바닥 좀 한 번 쐬엇다고 큰체를 하며 팔로 안해의 머리를 흔들어 무러 보앗다. 성미가 원악 겁겁한지라 지금부터 서울갈 준비를 착착하고 십헛다. 그가 제일 걱정되는 것은 둠구석에서 뇌자라먹은 안해를 데리고 가면 서울사람에게 놀림도 바들게고 거리끼는 일이 만흘 듯십헛다. 그래서 서울가면 꼭 지켜야 할 필수조건을 안해에게 일일이 설명치 안흘 수도 업섯다.
>
> 첫때 사투리에 대한 주의부터 시작되엇다. 농민이 서울사람에게 꼬라리라는 별명으로 감잡히는 그 리유는 무엇보다도 사투리에 잇을지니 사투리는 쓰지 말지며 "합세"를 "하십니까"로 "하게유"를 "하오"로 고치되 말끗을 들지 말지라. 또 거리에서 어릿어릿하는 것은 내가 시골띄기요 하는 얼뜬 즛이니 갈길은 재게 가고 볼 눈은 또릿또릿 볼지라—하는 것들이엇다. (…중략…) 남편은 뒤 시간 가량을 샐 틈 업시 꼼꼼하게 주의를 다저노코는 서울의 풍습

2008.
15 최원식, 「모더니즘 시대의 이야기꾼─김유정의 재발견을 위하여」, 『민족문학사연구』 43, 2010.
16 양문규, 『한국 근대소설의 구어전통과 문체 형성』, 소명출판, 2013, 321쪽.

이며 생활방침 등을 자기의 의견대로 그럴사하게 이야기하야 오다가 말끝이 어느듯 화장술에까지 이르게 되엿다.[17]

서울 가서 놀림 받지 않기 위해 지켜야 할 필수조건 첫째가 사투리에 대한 주의인데, 이는 사투리로 이루어진 구어를 소설의 언어로 선택하는 김유정의 표준어에 대한 저항의 한 단면을 해학적으로 표현한 것이라 할 수 있다. 의식적인 저항이라기보다는 생래적인 것이 될진대, 김유정 자신이 익숙한 유랑민과 들병이들의 삶을 기록하듯이 그려, 당대의 민족지(ethnography)[18]를 구성하고 있는 셈이다.

이에 비해 이태준의 경우는 상당히 의식적이다. 누구보다 표준어가 전제되면서도 작가의 개성을 살리는 조선어문학의 중요성을 인식하고 있었는데, 특히 「달밤」과 「손거부」에서 나는 표준어를, 황수건과 손거부는 각각 합쇼체를 쓰고 있다. 합쇼체는 "18~19세기 무렵 서울말의 존비법이 균열을 보이기 시작하면서 생겨난 '하시오'와 '하십시오'의 중간쯤에 자리잡은 얼버무림형 존대로, 애매함과 불확실함을 겨냥하는 서울 방언이다. 그런데 서울 중인의 언어가 표준어가 되는 과정에서 합쇼체까지 표준어가 되지는 못하고, 합쇼체는 좀 더 하급의 서울 사람들, 특히 인력거꾼이나 행상, 점원들이 쓰는 서울 사투리로 지위가 격하되었다.[19]

---

17 김유정, 「소낙비」, 『조선일보』, 1935.1.29~2.4(전신재 편, 『김유정전집』, 강, 2007, 49쪽).
18 민속지학(ethnography)은 사회인류학에서 발전한 연구방법이다. 인류학적 의미에서 민속지학은 생활양식 혹은 문화에 대한 묘사와 분석을 가리키며, 특정한 사회적 배경 속에서 직접 관찰하는 것을 바탕으로 한다. 그러므로 전통적인 의미에서 민속지학은 공동체의 연구와 긴밀한 연관을 갖는다(존 스토리, 박만준 역, 『문화연구의 이론과 방법들』, 경문사, 2002, 139쪽).
19 전우용, 『서울은 깊다』, 돌베개, 2008, 143~145쪽.
    이태준의 『문장강화』(28쪽)에서도 "조선어학회에서 표준어를 사정할 때 서울말을 본위로 하되 중류 이하, 이른바 '아래대 말'은 방언과 마찬가지로 처리한 것"이라는 구절을 확인할 수 있다.

그는 말 몇 마디 사귀지 않아서 곧 못난이란 것이 드러났다. 이 못난이는 성북동의 산들보다, 물들보다, 조그만 지름길들보다 더 나에게 성북동이 시골이란 느낌을 풍겨주었다. (…중략…)

"저, 저 문안 서대문 거리라나요, 어디선가 나오신 댁입쇼?"

한다.

보니 합비는 안 입었으되 신문을 들고 온 것이 신문 배달부다.

"그렇소, 신문이오?"

"아, 그런 걸 사흘이나 저, 저 건너쪽에만 가 찾었습죠. 제기 ……."

하더니 신문을 방에 들이뜨리며,

"그런뎁쇼, 왜 이렇게 죄꼬만 집을 사구 와 곕쇼. 아, 내가 알었더면 이 아래 큰 개와집도 많은걸입쇼 ……."[20]

서울 사투리인 합쇼체를 살려 이태준이 얻고자 했던 효과는 무엇이었을까? 1930년대 이전 어느 시점부터는 중인의 언어와 문화가 '일본인의 그것'과 함께 서울 도시 문화의 새로운 표준으로 기능하기 시작했다.[21] 이 소설의 나는 황수건을 소개하고 대화를 나누고 그를 관찰하듯이 그리고 있으며 서울 표준어를 구사하고 있는 반면, 황수건은 합쇼체를 쓰고 반편이며 일본말을 연습하고 있으며 "댁에선 우두를 넣지 마시라구 왔습죠", "우두를 넣으면 사람이 근력이 없어지는 법인뎁쇼"라며 용한 생각을 일러 주는 역할을 한다. 나는 황수건을 따뜻한 거리를 유지하며 바라보고 있다. 이러한 점을 볼 때 이 부분을 단지 "조선어의 슬픈 운명을 대변하는 것", "조선사회의 하위주체가 일본어를 사용하지만 신분상

---

20 이태준, 「달밤」, 『달밤』, 한성도서, 1934.7, 141~143쪽.
21 전우용, 앞의 책, 146쪽.

승이나 처세의 도구가 되지 못하고 반편이란 모자란 인물됨을 강조하는 것"[22]으로 보기에는 더 많은 의미가 숨어 있음을 알 수 있다.

합쇼체를 사용하는 황수건이라는 하층민이 일본말을 연습해야 하는 시대상황을 설정하여 일본어의 일상적 사용을 반편이라는 인물을 내세워 거부하고자 하는 작가의식이 텍스트 무의식으로 작동하고 있음을 알수 있다. 소설 속에서 일본어를 씀으로써 일본어를 제대로 배울 수 없게하려는 작가의식의 소산으로 볼 수 있는 것이다. 그렇게 본다면 이 소설에는 일본어와 조선어, 조선어의 사투리와 표준어라고 하는 두 층위의위계가 작동하고 있는 셈이다. 또 한편에는 반편이인 황수건의 입을 통해 우두를 넣으면 안 된다는 말을 하게 함으로써 일제의 위생체제 관리라는 정책의 허위성을 비판하고 있는 것이다. 또 나의 표준어와 황수건의 합쇼체는 관찰자라는 미학적 거리를 형성하기 위해 설정된 장치 역할을 하기도 한다.

표준어든 방언이든 "조선어는 식민지의 언어를 흡수하는 제국의 언어인 일본어의 동일자적 기획을 지연시키는 타자이면서, 또한 외래적인 것들로부터 견고하게 견지(보존)되어야 할 무엇으로 인식되며 다른언어들을 타자화하기도 하는 이중적인 위상을 가지고 있었다."[23] 그런점에서 김유정과 이태준의 노력은 하나로 수렴되겠지만, 다른 한편으로 보자면 김유정이 구현했던 구연체로서의 조선어야말로 조선적 내면을 드러내는 정확한 언어였다고 할 수 있을 것이다. 이태준의 경우는 조

---

22 「달밤」에서 황수건이 쓰고 있는 '합쇼체'와 일본어에 주목하고 있는 글로 안미영의 「이태준의 근대소설에 반영된 식민지 어문정책과 민족어의 성격」, 『국어국문학』 142, 2006(안미영, 『근대문학을 향한 열망, 이태준』, 소명출판, 2009, 143~145쪽)이 있다.
23 김미지, 「1930년대 문학언어의 타자들과 '조선어' 글쓰기의 실험들」, 『한국문학이론과 비평』, 2013.9.

선이라고 하는 근대를 구축하는 것을 과제처럼 생각했기 때문에 보편성을 획득할 수 있는 조선어문학이 무엇이어야 할지 지향하며 문필인이라면 어떤 지방 출신도 읽을 수 있는 표준어에 근거한 문학을 확립해야 할 필요를 느꼈던 것이다.

김유정 소설이 방언, 구어, 구연체의 세계라고 할 때 이태준 역시 '말하듯 쓰면 된다'는 걸 강조한다는 점에서 구어에 근거한 것을 강조한 것으로 이해할 수 있다. 그런데 이태준의 구어는 문법을 지키는 구어를 말하는 것이고, 그가 강조한 언문일치 역시 "표준어를 문장으로 적는 것으로서의 언문일치"[24]여서 김유정과는 본질적인 면에서 차이가 있지만, 실은 김유정이 추구했다고 할 수 있는 조선적 내면을 보여주는 방법으로 선택된 사투리로 구현하는 소설이나 이태준이 표준어에 입각한 보편적 근대구축으로서의 조선어문학이 도달한 현실인식의 세계는 식민정책에 대한 전유의 방식으로 동일한 도달점이었다. 그 과정의 차이는 분명하다. 김유정은 사투리를 선택함으로써 표준어로 구축되어가는 근대 조선어문학의 세계에 대한 비판의식을 토대로 하고 있으며, 이태준은 근대 조선어문학의 구축을 향해 달려간다는 점에서 각기 다른 방식으로 조선 근대문학을 구축하고자 했다.

---

24 이연숙, 고영진·임경화 역, 『국어라는 사상』, 소명출판, 2006, 183쪽.

3. 언어의 운용방식과 소설 창작

표준어가 전제된 언문일치와 방언으로 구성된 구어의 세계로 이태준과 김유정의 문체를 대별할 수 있는데, 이는 바로 소설관의 차이로 귀결된다. 안회남은 김유정의 「총각과 맹꽁이」와 이태준의 「아담의 후예」를 논하면서 전자가 '한 개의 실물의 묘사'로 되어 있다면 후자는 '한 개의 이야기를 만들려는 서술'로 되어 있다[25]고 평한 바 있다. 특히 이보다 앞서 쓴 글[26]에서 안회남은 「꽃나무는 심어놓고」의 문체에 대해 꽤 길게 설명하고 있는데, 이는 '한 개의 이야기를 만들려는 서술'로 구성된 소설이 어떻게 이루어지는가에 대한 규명이다. 안회남이 설명하고 있는 이태준 문체 부분을 살펴보기로 하자.

과연 이씨의 필치는 미문일 것이며 문장 우에서만 국한하야 심한 만너리슴에 떠러저 잇는 것이다. 또한 김동인 씨의 필치에 혹사한 '술 한 잔 허투루 먹는 법 업고' 이러한 구절이 잇스며 작품 전체가 이러한 문장으로 되여 잇스나 이것을 곳처서 쓰면 '술을 한잔이라도 허투루 먹는 법이 업고' 할 것이다. 가다가다 미문이라고 수긍되는 점이 업지 안흐나 읽기 구찬흔 것으로 보아 우에서 말한 바와 갓치 악취미에 불과한 것이다.

작자는 소설 속에 나오는 장면과 장면을 현실 속에서 포착하여 내인 생생한 그것을 표현하지 못하고 그저 그렇겠지 하는 막연한 상상 아래에서 건조

---

25 안회남, 「9월 창작평(하)-『아담의 후예』와 『총각』-실물 묘사와 이야기를 위한 서술의 차」, 『조선일보』, 1933.9.28.
26 안회남, 「문예시평-최근창작개평」, 『조선일보』, 1933.5.30~31.

한 문자의 나열만 행하여 인물과 그의 심리와 행동이 하나도 실감을 가져오지 못하고 그림자와 가티 부유하고 잇는 것이다.

'그년을 젓 좀 물리구려'

'그까짓 빈젓을 물려선 뭘하오'

유랑민과는 딴판의 태평스럽고 아무 복잡한 심리작용도 업는 사람들의 대화이다 '빈젓' 하는 것까지가 참담하게 감명을 주는 표현으로 되어 나오지 못하고 작자의 입에서 나오는 미숙한 인물 소개방법을 비웃게 하는 것이다.

'댁에 눈처 드릴가요?'

'우리 칠 사람 잇소'

'댁에 눈 안 치시렵니까?'

'어려니 칠가 걱정이오'

여기서도 행동과 심리가 업는 로봇들의 대화가 잇스나 흡사히 중국 사람들이 조선어회화를 하고 잇는 것처럼 우습고 부자연스럽다 노파가 김씨의 등을 뚜다리며

'념려할 것 업소 내 서울 장안엔 몰으는 데가 업소 내 차저 지 ……' 여기서도 외국인이 쓰는 것 가튼 말을 하며 김씨를 유인하여가는 것이라든지

'이애좀 살려주십시요'

'선생님이 아직 안 나오섯소

그런데 왜 이러케 죽게 되도록 두엇소 진작 대리고 오지?'

"돈이 잇서야지요 돈이 ……"

"업습니다 그저 살려만 주시면 그거야 제가 버러서 갑지요 그걸 안 갑겟습니까 ……"

"다른 큰 병원에 가 보시우 ……"

구체적인 문체 이해를 위해 좀 장황하게 인용을 했는데, 이태준의 미문이라는 것이 악취미인데 그 이유는 실감 나는 현장 묘사로서의 생생함이 결여되어 있다는 점에서이다. 마치 외국인이 쓰는 것 같은 말을 하고 있다는 지적은 매우 중요하거니와, 이는 이태준이 구축하고자 했던 '문법국 내의 문장'에 머물러 있는 한 대목이기 때문이다. 이태준은 1938년에 쓴 글에서 "문장이 좀 나은 편이라고 말하나 아직 나는 습작가의 문장이다. 문법국 내의 문장이다. 문법국을 벗어나기 위한 공부다"[27]라는 말을 하고 있다. 표준어가 전제된 언문일치를 완성한 후 개성적 글쓰기로 나아가야 한다는 것이 이태준의 궁극적인 목표였고 이렇게 해서 생겨난 것이 이태준의 미문이라는 것을 확인할 수 있는데, 이는 소설 쓰기로 그대로 이어져 있다. 안회남의 설명에 의하면 이태준의 소설은 읽는 내내 실감을 주지 못하는데 다 읽고 나면 감흥이 생기는 어떤 지점이 있다는 것이다.

다음 인용문에서 제시되는 바와 같이 이태준이 그려내는 것은 김유정의 소설이 그리고 있는 것과 같이 실제로 존재할 법한 이향민의 모습이 아니라는 것이다. 당대 조선 농민 속에서 추상되는 보편적인 형상을 매우 건조한 문체로 만들어냈다는 것이다.

> 이씨의 「꼿나무는 심어노쿠」에 잇서서는 주인공의 이향이라든지 다리 밋헤 기거를 하게 되는 것이라든지 돈이 업스니까 병든 소아는 죽이고 안해는 거리에서 유혹을 당하고 술먹으로 갓다가 우연히 맛낫스나 고만 비극적으로 다시 못 맛나게 되엿다는 것이 보다 한 개의 산 사람의 필연적으로 연락되는 심리

---

27 이태준, 「참다운 예술가 노릇─이제부터 시작할 결심이다」, 『조선일보』, 1938.3.1.

와 행동이 업시 우연적 사실로써 시종하엿든 것이다. 그러키 때문에 이 작품에 나오는 스토리와 부분부분의 묘사는 작가가 책임을 진 어떤 특정된 부부의 비극을 그린 것이 아니라 금일 조선의 농민 속에서는 함부로 타당이 될 보편적 사실을 추상하여 가지고 한 개의 실체를 묘사하지 않고 한 개의 개념을 설명하여 앞서 말한 바와 같은 "돈 있소?" "돈 없소!" "그러면 가시오!" 하는 식의 **칭찬 못할 대화 형식과 악취미를 가진 문장의 세련**만을 가지고 스토리를 운반하여 작품이랍쇼 하고 호도하기에 노력을 하였던 것이다. 그리하여 한껏 성공한 것이 이 통속소설을 만들어 놓은 막다른 골목이었던 것이다.[28]

이태준의 '악취미를 가진 문장의 세련'이란 일본 신심리주의의 영향과 '표준어가 전제된 언문일치 구현의 문제와 보편적인 "금일 조선의 농민 속에서는 함부로 타당이 될 보편적 사실을 추상하여 가지고 한 개의 실체를 묘사하지 않고 한 개의 개념을 설명하여 (…중략…) 칭찬 못할 대화 형식과 악취미를 가진 문장의 세련만을 가지고 스토리를 운반하여 작품이랍쇼 하고 호도하기에 노력을 하엿던 것이다"란 부분이 중요하다. 실체를 묘사하려는 노력보다는 어느 지역 출신이 읽어도 이해할 수 있도록 서술하면서 이야기를 만들어 놓는데 이렇게 만들어진 이야기가 김유정의 소설과는 다르긴 하지만 결과적으로 독자의 감흥을 불러일으킨다는 것이다. 이 부분이 중요한데 실제로 거기에 존재할 법한 인물을 그려 그것으로 당대의 전형을 구축하는 방법과, 실제로 그 시대에 존재할 것 같지 않은 인물을 그리는데 그려진 전체 속에서 보편적인 추상이 나타나 그 시대의 아우라를 형성해내는 방법 이 두 가지의 차이가

---

28 안회남, 「문예시평 ─ 최근창작개평」, 『조선일보』, 1933.5.30~31.

김유정과 이태준의 문체에 존재하는 것이다.[29]

이 월평 이후 안회남은 「꽃나무를 심어놓고」를 두고 "평면적이니 실감이 업는 설명이니 통속소설이니 하고 악평을 한 일"이 있으나 이후로는 이러한 이유로 이태준을 비난하지는 않을 것이라는 말을 한다. "작가의 태도와 취재의 각도에 있어서 이상과 같은 불만이 있는데도 불구하고 기교와 문장이 몹시 세련되어 작품이 상당히 높은 수준에 처해 있기 때문"이라고 하며 소설관이 자신과 다르다 하더라도 성공된 작품만 보여주면 평자로서는 감사할 뿐이라는 견해를 밝혀놓고 있다.

안회남은 이태준에 대해서는 이와 같이 비판하다가 결국 인정하는 자세를 취하는데, 김유정의 작품에 대해서는 시종일관 기대와 칭찬을 하고 있거니와 이를 단순히 두 사람 사이의 친분관계로만 돌릴 수는 없다. 안회남이 김유정에 대해 언급하고 있는 부분은 대체로 기존 연구자들의 평가와 동일한 선상에 놓여 있다. 그는 김유정의 「총각과 맹꽁이」와 이태준의 「아담의 후예」를 논하며 전자가 작자의 허구에서 비롯한 작품이고 후자가 '모델'을 가지고 된 작품이라고 해도 유정의 작품은 실재의 묘사이고 이태준의 작품은 이야기를 만들려는 서술로 보일 정도라는 것이다. 문장에 있어서도 이태준은 '美飾的'이고 김유정은 '실감적이며 창달暢達하고 풍부한 어휘로 구사되어 있음'을 강조한다.

한 개의 실물의 묘사에 잇서서는 처음부터 객관적으로 실재해 잇는 풍경 혹

---

29 이러한 문제의식은 최윤의 「회색눈사람」(『문학과 사회』, 1992 여름)이 발표된 당시에 염무웅과 권성우 등에 의해 논쟁으로 전개되었던 것과 상통하는 맥락이 있다. 이 소설은 염무웅이 지적한 것처럼 현실적으로 있을 수 없는 인물의 이야기이다. 실체가 없는 1970년대 지하운동권에 연루된 한 여성의 이야기가 1990년대 초반에 발표되었는데, 이 이야기가 풍기는 아우라가 1980년대 운동권 분위기를 표상하는 것처럼 느끼게 하는 미묘한 부분이 존재한다.

은 생활의 형상이 창작되여 잇는 작품 우에 다시 재현되여 숙연한 한 개의 풍경 분명한 한 폭의 생활을 보여주고 잇지마는 한 개의 이야기를 맨들려는 서술에 잇서서는 실재해 잇는 풍경 또는 실재해 잇는 생활 그것이 아니라 전연 별이하야 작자의 이메지를 통해서 그것이 맨들어저 가지고 잇는 것이다. 그리고 그것이 성공되여 잇스면 성공되여 잇슬사록 실재햇든 그것이 아니라 실재햇든 거와 가튼 그러한 감흥을 주는 실감을 동반하고 잇는 것이다. 여긔서 소설에 잇서서의 공상 혹은 객관적으로 실재치 않은 것이라도 또는 실재할 수 없는 것이라도 작품 그것에 잇서서는 실재하는 것이니 하는 문제가 생기는 것이다.[30]

안회남은 개인적으로 김유정의 문체와 재현 방식을 높이 사지만, 이태준의 소설문체와 소설 창작방법을 정확히 꿰뚫고 있었다고 할 수 있다. "현실 재현으로서의 실재와, 작가의 이미지에 의해 만들어진 실재가 있는데 후자의 실재가 성공적으로 이루어질수록 더 강한 실감을 줄 수 있다는 것"[31]을 밝혀낸 셈이다. 사실 이태준이 모더니스트라는 지적은 누구나 하지만 어떤 점에서 그러한지 구체적으로 논의한 글은 없었던 셈인데, 이 부분이 바로 이태준이 모더니스트임을 증명해주는 한 대목이라 할 수 있다. 보편적 사실을 추상하여 이미지를 구성하고 이를 실체에 근거하지 않은 언어의 운용을 통하여 드러내는데, 그 소설이 독자에게는 감흥을 주게 된다는 것이다. 이태준을 여타의 다른 작가와 구분되게 만드는 근대적인 요소가 바로 이점이다. 흥미로운 것은 안회남이 이태준의 문체에는 없다고 한 '실감'이 『문장강화』에서 매우 중요하게 다뤄진다는 점이다. 이태준이 강조한 실감은 실체 묘사와의 관계가 아니

---

30 안회남, 「문예시평 — 최근창작개평」, 『조선일보』, 1933.5.30~31.
31 박진숙, 「이태준 문학 연구 — 텍스트와 내포독자를 중심으로」, 서울대 박사논문, 2003.8, 141쪽.

라 언어 구현 과정의 문제와 관련되어 있음을 알 수 있다. 이태준은 묘사의 정신으로 사진기와는 달라야 할 것을 강조하며 대상에 대한 냉정한 관찰을 거친 후 대상의 요점과 특색을 가려 거두어 성립하는 실감을 강조한 것이다.[32] 그러므로 안회남이 쓴 실체 묘사라는 의미의 묘사와 이태준이 대상인식과 표현의 관계를 설명할 때 강조한 묘사는 층위가 다르다. 안회남이 재현을 강조한 쪽이라면 이태준의 실감이란 언어를 통한 정서의 환기라고 해야 옳을 것이다.

4. 일제 식민정책의 재현 혹은 전유

두 작가의 문체와 소설 창작 방법은 이렇듯 차이가 나지만, 두 작가 모두 조선어의 운용방식에 대해 자각적이었다는 점은 공통점이라 할 수 있다. 구인회 작가들의 공통점이라면 바로 언어에 대한 자의식을 들 수 있을 것이다. 그 다음에 살펴보고자 하는 것은 두 작가의 작품에 드러나는 식민정책에 대한 인식의 면모이다. 김유정 소설이나 이태준 소설에서 주로 다루어 온 해학의 면모, 인물의 중요성, 아이러니 등 기법의 문제를 다루면서 누락된 것으로 여겨지는 몇 가지를 확인해보려 한다. 이는 대체로 일제의 식민정책과 관련된 것으로 두 작가의 현실인식의 면모가 표현의 문제와 얼마나 긴밀하게 연관되어 있었는가를 파악하게 한

---

32 이태준, 『문장강화』, 문장사, 1940.

다. 그러니까 이 두 작가의 언어 선택이 실은 현실인식의 내용과 긴밀하게 관련된 것이었다는 것을 강조하는 것이다.

먼저 김유정의 경우를 보자. 「총각과 맹꽁이」는 노총각 덕만이 동네로 흘러들어온 들병이에게 장가를 가고 싶어 뭉태에게 중매를 부탁했다가 뭉태와 그 여자에게 비웃음을 사고 마는 이야기인데, 그들의 자연스러운 대화 속에 위협적인 진흥회가 상정되고 호포를 대신 내주기도 했던 당시 사정[33]이 드러나 있다.

"이 땀을 흘리고 제누리업시 일할 수 잇나? 진흥회 아니라 제 하라비가 온대두—" 하고 또 뇌드니 아무도 대답이 업스매

"개×두 업슨 놈에게 호포는 올려두 제누리만 안 먹으면 산덤 그래—"

"너는 그래두 괜찬하 덕만이가 다 호포를 낼나구"

뚝건달 뭉태는 콧살을 찡긋이 비우스며 바라본다. 네나내가 촌띄기들이 떠들어 뭣하리. 그보다—

"여보게들 오늘 참 들뺑이가 온 것을 아나?"[34]

또 「만무방」에서는 이미 유랑민으로 떠도는 응칠과 자기 논의 수확물을 도적질할 수밖에 없는 '모범 청년' 응오를 내세워 당시 농촌의 현실을 보여주고 있다. "삼십여 년 전 술을 빚어놓고 쇠를 울리고 흥에 질리어 어깨춤을 덩실거리고 이러든 가을과는 저 딴쪽이다. 가을이 오면 기쁨에 넘쳐야 될 시골이 점점 살기만 띠어옴은 웬일일고"[35]라는 응칠의

---

33 「2백 명의 호세를 대납, 칭송이 자자」, 『매일신보』, 1924.5.27; 「면회 계원이 빈민 호세 대납」, 『매일신보』, 1928.9.25.

34 김유정, 「총각과 맹꽁이」, 전신재 편, 『원본 김유정 전집』, 강, 2007, 31쪽. 이하 인용하는 김유정의 작품은 작품명과 쪽수만 표기하기로 한다.

중얼거림 속에는 일제 식민지가 되기 전 즉 한일합방 전과 후의 농민생활의 변화를 인식하고 있는 작가의 모습이 반영되어 있다. 「솥」은 들병이의 능청스러운 생활과 들병이에게 붙어서 생활을 편히 해보려는 근식의 낙동강 오리알 행태를 해학적으로 보여주는 작품인데, 근식과 들병이 계숙의 대화를 통해 당시 농민회의 역할과 풍기문란을 금하는 의미에서 들병이를 내쫓는 정황이 매우 자연스럽게 포착되어 있다.

오늘밤이 농민회 총회임을 고만 정신이 나빠서 깜박 잊었던 것이다.
한 번 회에 안 가는데 궐전이 5전, 뿐만 아니라 공연한 부역까지 안담이 씨우는 것이 이 동리의 전례이었다.
…… 허지만 농민회가 동리에 청년들을 말끔 다 쓸어간 그것만은 여간 고마운 일이 아니었다.[36]

"난 낼 떠나유 ……" 하고 썩 떨어지기 섭한 내색을 보인다. 좀 더 잇을랴 햇으나 아까 농민회 회장이 찾아왔다. 동리를 위하야 들병이는 절대로 안 바드니 냉큼 떠나라 햇다. 그러나 이 밤에야 어데를 가랴. 낼 아침 밝는 대로 떠나겠노라 햇다 하는 것이다.[37]

이보다 더 흥미로운 것은 「봄봄」에 나오는 마름인 장인에 대한 묘사, 데릴사위인 나와 장인 사이에 발생한 문제에 대한 판단을 구장에게 의뢰하는 대목이다.

---

35 김유정, 「만무방」, 위의 책, 111쪽.
36 「솥」, 140쪽.
37 「솥」, 141~142쪽.

허나 인심을 정말 잃었다면 욕보다 읍의 배참봉댁 마름으로 더 잃었다. 뻔히 마름이란 욕 잘하고, 사람 잘 치고, 그리고 생김 생기길 호박개 같아야 쓰는 거지만 장인님은 외양이 똑 됐다. 장인에게 닭 마리나 좀 보내지 않는다든가 애벌논 때 품을 좀 안 준다든가 하면 그해 가을에는 영락없이 땅이 뚝뚝 떨어진다. 그러면 미리부터 돈도 먹고 술도 먹이고 안달재신으로 돌아치던 놈이 그 땅을 슬쩍 돌라앉는다. 이 바람에 장인님집 외양간에는 눈깔 커다란 황소 한 놈이 절로 엉금엉금 기어들고, 동리 사람들은 그 욕을 다 먹어가면서도 그대로 굽신굽신 하는 게 아닌가 ……. [38]

「봄봄」은 데릴사위인 나와 장인, 점순이 사이의 해프닝을 다룬 해학적인 소설로 평가되지만, 그 이면에는 데릴사위인 나의 입을 통해 비판되는 마름의 횡포를 재현한다든지 또 마을에서 문제가 발생했을 때 자연스럽게 구장의 판단을 요청하러 가는 장면을 묘사하여 식민지에서 '구장의 역할'이 무엇인지를 보여주고 있다. 구장은 데릴사위인 나를 다음과 같이 설득한다.

자네 말두 하기야 옳지. 암 나이 찼으니까 아들이 급하다는 게 잘못된 말은 아니야. 허지만 농사가 한창 바쁠 때 일을 안 한다든가 집으로 달아난다든가 하면 손해죄루 그것두 징역을 가거든! (여기에 그만 정신이 번쩍 났다) 웨 요전에 삼포말서 산에 불좀 놓았다구 징역간 거 못봤나. 재산에 불을 놓아두 징역을 가는 이뗀데 남의 농사를 버려주니 죄가 얼마나 더 중한가. 그리고 자넨 정장을(사경 받으러 정장가겠다 했다) 간대지만 그러면 괜시리 죄 들쓰고 들

38 「봄봄」, 158쪽.

러가는 걸세 또 결혼두 그렇지 법률에 성년이란 게 있는데 스물하나가 돼야
지 비로소 결혼을 할 수가 있는 걸세, 자넨 물론 아들이 늦일 걸 염려지만 점
순이루 말하면 인제 겨우 열여섯이 아닌가. 그렇지만 아까 빙장님의 말슴이
올갈에는 열일을 제치고라두 성례를 시켜주겠다 하시니 좀 고마울겐가, 빨
리 가서 모 붓든 거나 마저 붓게. 군소리 말구 어서 가―.[39]

　내가 구장의 말에 넘어간 이유는 구장이 징역, 정장, 결혼 연령 등 법
률에 근거한 말을 했기 때문인데, 여기에는 당시 구장에게 요구되던 역
할이 고스란히 드러나 있다. 구장이라는 지위는 조선총독부의 지배와 자
치의 논리가 관철되는 곳이었는데, 동리의 사부 역할을 해야 하며 인민
을 지도 계몽해야 하는 '동리 운영의 담당자이자 면 사무의 보조집행자
였다.'[40] 그 점에서 구장이 근대적 법률체계에 근거해서 장인과 나 사이
의 문제를 중재하는 장면은 해학적이지만 당시 구장의 역할까지 보여주
고 있다는 점에서 작가 김유정의 식민지배에 대한 태도가 나타난다.
　이 구장의 역할은 이태준의 「손거부」에서도 슬며시 드러난다. 먼저
「손거부」에 두드러지게 보이는 식민정책에 대한 태도부터 점검해 보자.
「손거부」는 손서방이 나를 찾아와 문패를 써달라고 하면서 나눈 대화를
중심으로 구성된 작품으로, 기존 연구에서 설명한 것처럼 하층민에 대한
작가의 시선이나 아이러니로만 본다면 이 작품은 소품으로 처리될 수도
있다. 그런데 당대의 식민정책과 관련하여 볼 경우 「달밤」과 함께 이태
준의 현실 인식의 맥락을 포착할 수 있는 중요한 작품이 된다. 1930년 국
세조사가 시행되어 정비되고 있는 과정이 손거부와 나의 대화 속에 포착

39　「봄봄」, 162~163쪽.
40　윤해동, 『지배와 자치―식민지기 촌락의 3국면 구조』, 역사비평사, 2004, 246쪽.

되고 손거부의 집 명패에 '인구 도합 4인'이라 써야 한다는 것을 명시하면서 식민지적 행정이 어떻게 이루어지고 있는가를 보여주고 있다.

"그래 뭐라구 쓰라우?"

"첫번엔 성북동을 써야겠습죠?"

"글쎄요. 그러나 번지는 따루 써 붙이지 않우? 그리고 호주의 이름만 크게 쓰지 …… 우리도 그렇게 했는데?"

"아뇰시다. 거 따루따루 성가십죠. 모두 한데 쓰시구 아주 남자가 몇이요 여자가 몇이요 장자엔 누구요 차자엔 누구라구 다 써 주십쇼. 그래야 만약에 순포막서 호구 조살 와두 여러 말이 없이 간단 말씀야요."

(…중략…)

나는 이런 문패를 처음 써볼 뿐 아니라 호구 조사 오는 순사한테 방패막이로 한다는 그의 말이 우습기도 하고 또 그의 어리석음에 일종의 취미도 느끼었다. 우선 첫머리엔 '고양군 숭인면 성북리'라 쓰고,

"거기가 몇 번지요?"

물었다.

"번지 그까짓 안 쓰면 어떻습니까?"

"왜 안 쓴단 말요? 아 장자 차자 이름을 다 쓴다면서 정작 번질 안 쓰면 되우?"

"우린 아직 번지 없답니다."

"번지가 없다뇨?"

"그게 개천둑에다 진 집입죠. 이를테면 국유집죠. 알아들으시겠습니까? 그래 인제 면에서 나와 번질 매겨 주기 전엔 아직 못씁니다."[41]

---

41 이태준, 「손거부」, 『가마귀』, 한성도서, 1937, 44~45쪽.

식민지 시대 국세조사는 1925년, 1930년, 1935년, 1940년 네 번 실시되었는데, 그 중 1930년 조사가 가장 충실한 조사로 출생지별 인구수, 문맹률, 취학상태, 직업과 경제생활, 직급 등으로 이루어진 바 있다.[42] "호적에 의해 질서 있게 배열된 개인"을 만들어내기 위한 일제의 식민지화 전략이 어느 정도인가는 하층민 손거부가 내게 실어나르는 정보 내지는 소문에 의해 드러난다. "이달 ××날이 쳉결입니다. 아십쇼?", "이달 ××날 요 아래 ××학교서 우두 넣는답니다. 아십니까?" 등은 당시에 강조되었던 청결문제와 우두접종을 통한 위생관리체제를 확인할 수 있는 부분이다. 또 이 소설 마지막이 ""참, 모래가 기 다는 날이랍죠. 그날은 기 달았나 안 달았나 조살 나온답니다. 기 꼭 다십쇼. 괜−히 ……" 하고 나갔다"로 되어 있는 것도 일상생활이 통제받고 있음을 보여준다는 점에서 매우 상징적이다. 결국 이 소설은 일제 식민정책이 서민의 일상생활을 어떻게 통제하고 규율화해나가는지를 보여주고 있는 것이다.

또 나와 손거부의 대화 중 다음 대목은 식구라고 하는 공동체적 유대로서의 가족이라는 의미가 호적에 등재되며 제국에 의해 관리되는 인구로 근대화되고 있음을 보여주는 작가의 인식이 내포되어 있는 부분이다.

"인구라구? 식구라는 게 좋지 않겠소?"

"인구가 도합 사 인이라 허십쇼."

그가 쓰라는 대로 '인구 도합 사인'까지 마저 써 주었다.[43]

---

42 한귀영, 「'근대적 사회사업'과 권력의 시선」, 『근대주체와 식민지 규율권력』, 문화과학사, 2000, 342쪽. 1933년 6월부터 9월호에 걸쳐 박태원의 「오남매」라는 동화가 『어린이』지에 수록되어 있는데, 이 동화에서도 주인공 남수가 집을 나간 뒤 찾아 헤매는 식구들의 대화 속에서 이 당시에 행해진 호적 정리라는 배경이 어린이들에게 패를 채워주는 것의 필요성으로 텍스트화된 것이라 볼 수 있을 것 같다.

43 이태준, 「손거부」, 『가마귀』, 한성도서, 1937, 48쪽.

이태준은 이 소설에서 설명을 통해 자신의 문제의식을 드러내지 않고 대화를 통해 식구보다 인구를 써야 하는 상황에 대한 입장을 드러낸다. 앞 절에서 「달밤」을 논의하면서 이미 지적했지만 표준어를 쓰는 나와 합쇼체를 쓰는 손거부 사이의 거리는 작가가 자신의 문제의식을 드러내고자 하는 미학적 거리를 보여준다. 내가 손거부를 대하는 거리는 곧 이 소설의 주제의식이 부각되게 만드는 미적 형상화방법으로 작용하는 셈이다.

구장 문제로 돌아가보면, 「손거부」에서 손거부의 아들 2명 이름을 구장이 지었는데, 손거부가 나를 찾아오면서 갓 출산한 막내아들 이름을 지어달라고 하여 내가 '녹성'이라 지어준다. 성북동은 당시에는 서울 교외에 있었다. 구장은 1930년대 후반이 되면 조선총독부의 지배와 자치라고 하는 양면성이 반영되어 있는 제도적 산물인데, 「달밤」과 「손거부」에 나오는 '나'의 역할을 보건대 이태준 스스로 설정한 식민지 하층민을 대하는 지식인으로서의 역할이 상정되어 있다고도 볼 수 있겠다. 조선총독부의 구장의 역할을 대신하는 '나'라는 지식인의 설정은 당대 현실을 바라보는 작가 이태준의 눈일 것이다.

5. 결론

일본에서 다니자키 준이치로가 표준화된 언문일치체를 비판했던 것은, 그것이 중립적임을 가장하면서 화자나 청자의 역사적, 사회적, 개인적, 대인적 문맥을 소거하려 하기 때문[44]이었다. 이 점을 염두에 두고 볼 때 김유정은 화자나 청자의 역사적, 사회적 맥락이라는 발화상황을 전제하면서 방언으로 구성된 구어를 통해 소설을 썼음을 알 수 있다. 한국 문학사에서 방언으로 소설을 쓴 지하련, 이문구 등의 계보를 상정해 보면 그들이 표준어에 가하고자 했던 균열이야말로 작가의식의 중요한 지점이라는 것을 상기하게 된다.

일본에서 '문장도의 대가'로 평가되는 다니자키 준이치로에 견주어 이태준은 조선에서 '문장도의 대가'로 평가받은 바 있다. 개성적 글쓰기로 나아가야 함을 주장하긴 하지만 표준어에 근거한 언문일치를 기본으로 출발하는 이태준의 조선어문학관은 보편적 근대로서의 조선어문학을 구축하는 것이 목표였던 이태준에게는 당연한 과제였는지도 모르겠다.

1933년 한글맞춤법 통일안이 제정되며 조선어 표준화가 요청되던 상황에서 조선어문학의 구축이 어떠한 방식이어야 하는가에 대한 두 모범을 보여준 작가로 김유정과 이태준의 문체와 소설관, 현실인식의 태도 등을 검토해보았는데, 이 두 작가는 일제 식민지를 거쳐 진행된 한국 문학사의 전개과정이 나은 당연한 산물이라고 생각된다. 우열의 문제라기보다는 소설이란 어떤 것인가에 관한 문제제기로서의 성격을 높이 살 필요가 있다. 이 글에서는 김유정의 문체와 소설적 특성은 자생적 민족지 형성이라는 점에서 이태준의 문체와 소설적 특성은 보편적 근대로서의 조선어문학의 구축이라는 점에서 규명해 보았다. 이들이 가졌던 조선어의 위계 표준어 / 방언에 대한 인식은 달랐으나, 자생적 민족지

---

44 스즈키 토미, 한일문학연구회 역, 『이야기된 자기』, 생각의나무, 2004, 293쪽.

형성이라는 점에서 당대에 형성되고 있던 번역에 근거한 일본어식 조선어 구축과는 달리 하층민들이 주로 쓰는 구어에 입각한 소설을 쓴 김유정이나 실제 존재하지 않는 듯한 세계를 구축하긴 하는데 구축된 세계가 오히려 독자에게 어떤 감흥을 주게 되는 방식의 문학을 구축한 이태준이 공통적으로 추구한 것이 있었다면 각자의 언어운용방식을 통해 도달한 식민정책 대응방식에 있었다. 그들의 언어 운용방식의 차이가 도달한 곳은 동일하게도 바로 식민지 현실에 대한 균열내기에 있었다. 구인회 작가들을 논하면서 기교는 승하나 사상은 결여되어 있었다는 기존의 평가는 여기에 오면 무색해지고 만다.

참고문헌

1. 기본자료

김유정, 전신재 편, 『원본 김유정 전집』, 강, 2007.

안회남, 「문예시평―최근창작개평」, 『조선일보』, 1933.5.30~31.

이광수, 「오도답파여행」(『매일신보』, 1917.6.26), 『이광수전집』 18, 삼중당, 1963.

이석훈, 「유정의 영전에 바치는 최후의 고백」, 『백광』, 1937.5.

이태준, 「달밤」, 『달밤』, 한성도서, 1934.7.

_____, 「손거부」, 『가마귀』, 한성도서, 1937.

_____, 「참다운 예술가 노릇―이제부터 시작할 결심이다」, 『조선일보』, 1938.3.1.

_____, 『문장강화』, 문장사, 1940.

조용만, 「이상과 김유정의 문학과 우정」, 『신동아』, 1987.5.

「『동아일보』 33년 발행 '한글공부' 등 3종 문화재 등록」, 『동아일보』, 2011.12.2.

2. 논문

김미지, 「1930년대 문학언어의 타자들과 '조선어' 글쓰기의 실험들」, 『한국문학이론과 비평』, 2013.9.

김철, 「소설과 표준어·방언」, 『방언이야기』, 태학사, 2007.

박진숙, 「이태준 문학 연구―텍스트와 내포독자를 중심으로」, 서울대 박사논문, 2003.8.

안미영, 「이태준의 근대소설에 반영된 식민지 어문정책과 민족어의 성격」, 『국어국문학』 142, 2006.5.

장영우, 「구인회와 한국 현대소설」, 『현대소설연구』 54, 2013.9.

전상국, 「김유정 소설의 언어와 문체」, 『김유정 문학의 재조명』, 소명출판, 2008.

최원식, 「모더니즘 시대의 이야기꾼―김유정의 재발견을 위하여」, 『민족문학사연구』 43, 2010.

3. 단행본

김진균 외, 『근대주체와 식민지 규율권력』, 문화과학사, 2000.

문혜윤, 『문학어의 근대』, 소명출판, 2008.

양문규, 『한국 근대소설의 구어전통과 문체 형성』, 소명출판, 2013.
윤해동, 『지배와 자치―식민지기 촌락의 3국면 구조』, 역사비평사, 2004.
전우용, 『서울은 깊다』, 돌베개, 2008.

스즈키, 토미, 한일문학연구회 역, 『이야기된 자기』, 생각의나무, 2004.
이연숙, 고영진·임경화 역, 『국어라는 사상』, 소명출판, 2006.
존 스토리, 박만준 역, 『문화연구의 이론과 방법들』, 경문사, 2002.

김유정 소설의 대화 양상 연구

장혜련

1. 들어가며

대화는 묘사, 요약, 서술 등과 함께 사건의 진행 상황과 인물들의 관계 등을 밝히는 소설 담론의 일부분이다. 화자는 인물의 대화를 큰따옴표를 사용하여 직접 전달할 수도 있고(직접 화법), 인용 표시 없이 간접 전달할 수도 있다(간접 화법). 대화는 사건의 진행과 상황 제시, 인물 간의 갈등, 성격 등을 직접적으로 드러낸다는 점에서 생동감과 현장감을 줄 수 있다. 특히 인물들 간의 소통을 극적으로 제시하여 그 문제적 관계를 표시하는 주요 서술 수단이다.

이때 화자는 인물의 발화를 중개하는 역할을 한다. 화자의 개입 정도에 따라 인물의 발화는 통제될 수 있다. 또 화자는 대화 사이의 지문을 통해 인물의 발화를 해석하거나 평가하고, 진단까지 할 수 있다. 주의를 기울여야 하는 부분은 '신뢰할 수 없는 화자'[1]에 의한 발화 진술이다. 이때 화자는 인물의 발화를 왜곡하거나 삭제하여 제 마음대로 소개하거나 무지한 상태로 오해를 일으키기도 한다. 김유정의 소설은 특히 이러한 '신뢰할 수 없는 화자'들이 등장하여 인물들 간의 대화를 주도하고 있다는 점에서 문제적이다.

담론 층위에서 대화를 더 주목하는 이유는 인물 간의 관계가 여실히 드러나는 부분인 동시에 초점자와 서술화자의 분열을 엿볼 수 있는 대목이기 때문이다. 이러한 초점자의 분열은 다중 초점화로 설명되며 텍스트를 풍부하게 이끄는 다성성으로 해석되기도 하였다.[2] 문제는 화자들이 타자(인물)의 발화를 적극적으로 재단함으로써 일어나는 폭력성이 타자의 주체성까지 훼손하고 있는 점이다. 또한 이러한 타자 혐오가 자기혐오에서 비롯된 것임을 자전적 소설에서 확인할 수 있다.

김유정 소설의 최근 연구는 자전적 소설을 중심으로 연구된 경우가 많다.[3] 이들 글은 김유정 자전 소설의 형상화 방식을 통해 작가의 내면 의식을 심도 있게 논하고 있다. 특히 자신을 비하하고 혐오하기까지 하는 김유정 특유의 '자기 인식'을 주의 깊게 살폈다. 그 외 김유정 소설의 문체에 주목하여 분석한 경우가 있다.[4] 이 글은 이들 논의를 숙고하고,

---

1   웨인 부스, 최상규 역, 『소설의 수사학』, 예림기획, 1999; 권택영, 『소설을 어떻게 볼 것인가』, 문예출판사, 2013, 188~192쪽 참조.
2   김원희, 「다성적 경향과 서정성의 조율―김유정 소설 문체의 역동성」, 『현대소설연구』 34, 한국현대소설학회, 2007.
3   임정연, 「김유정 자기서사의 말하기 방식과 슬픔의 윤리」, 『현대소설연구』 56, 한국현대소설학회, 2014.8; 정연희, 「김유정의 「생의 반려」에 나타난 자기 반영적 서술과 아이러니 연구」, 『우리문학연구』 43, 우리문학회, 2014.7; 조경덕, 「김유정의 소설 쓰기와 자기 인식―「슬픈이야기」, 「따라지」 분석」, 『한국문학이론과 비평』 55, 한국문학이론과 비평학회, 2012.6; 노지승, 「맹목과 위장, 김유정 소설에 나타난 자기(self)의 텍스트화 양상―「두꺼비」와 「생의 반려」를 중심으로」, 『현대소설연구』 54, 한국현대소설학회, 2013.

대화체에 좀 더 집중하여 2절에서는 여성 인물의 발화를 재단하는 남성 화자, 3절에서는 여성 인물의 발화를 이해하지 못하는 어리숙한 남성 화자, 4절에서는 여성들과의 소통 부재를 보이는 자전소설의 화자를 살펴보고자 한다.

김유정 소설의 소통부재 혹은 어긋난 대화는 인물들 간의 억측과 오해를 불러일으키며 폭력으로 전화되기도 한다. 특히 여성인물의 발화가 삭제되거나 말줄임표로 묻혀 있어 남성 인물의 오해를 양산하는 역할을 하기도 한다. 이는 자전적 소설에서 드러나는 김유정 자신의 여성에 대한 두려움과 허상화와도 관련이 깊다. 김유정 소설 거의 모두에는 여성 인물과 제대로 소통하지 못하는 남성인물이 등장한다. 남성 인물들 간의 갈등이 주요 모티브인 경우 또한 서로 소통하는 대화를 이어가지 못하고, 자신의 욕망에 충실한 일방적 발화에 매몰된 경우가 대부분이다. 이는 폭력을 부르는 억측으로 이어지고, 비극적 결말을 이끄는 단초가 된다. 이 글에서는 김유정 소설 속 인물의 대화 양상을 살펴보고, 이에 대해 진단하고자 한다.

---

4 전신재, 「김유정 소설과 언어의 기능」, 『한말연구』 6, 한말연구학회, 2000; 최병우, 「김유정 소설의 다중적 시점에 관한 연구」, 『현대소설연구』 23, 한국현대소설학회, 2004; 송희복, 「청 감의 시학, 생동하는 토착어의 힘―김유정과 이문구를 중심으로」, 한국국어교육학회, 『새국어교육』 77, 2007; 박현선, 「김유정의 인식지평과 존재의 언어」, 『아시아문화연구』 27, 가천대 아시아문화연구소, 2012.9.

2. 여성 인물의 발화 삭제와 어긋난 대화

김유정 소설에서 인물들의 대화는 서로 그 뜻이 제대로 통하지 않아 의사소통 수단으로 기능하지 못하는 경우가 많다. 주체의 발화는 제대로 수신되지 못한 채 오해와 억측을 일으키는 기호로 작용한다. 특히 여성 인물의 발화는 말줄임표로 삭제되거나 비명, 신음소리로 얼버무려진다. 남성 인물은 여성 인물의 이러한 대구 없음을 암묵적인 동의로 인식하고 자신의 뜻대로 해석해버리고 만다. 그러나 이러한 침묵은 남성의 뜻에 동의하는 것이 아니라 나름의 속내를 숨기고 있는 것으로, 이 욕망의 충돌은 비극을 이끄는 복선이 된다.[5]

그는 무심코 닷은 방문쩨로 귀를 기우렷다

"그럼 와 그러는게유? 우리 집이 굶을까바 그리시유?"

"………."

"어머이도 사람은 조하유 …… 올에 잘만하면 내년에는 소한바리 사놀게구 농사만해두 한해에 쌀 넉 섬 조 엿 섬 그만하면 고만이지유 …… 내가 실은게유?"

"………."

"사내가 죽엇스니 아무튼 엇을게지유?" 옷타지는 소리. 부시럭어린다.

---

5 김혜영은 김유정 소설의 소통 부재 상황이 인물들 간의 속고, 속이기 식의 욕망 충돌로 이어지고 있다고 설명한다(김혜영,「김유정 소설에 나타난 욕망의 의미」,『현대소설연구』17, 현대소설학회, 2002).
홍혜원은 김유정 소설 속 인물들이 서로의 욕망을 모방하면서 질투하고 싸움을 벌이며, 결국 욕망 대상의 상실이라는 아이러니를 겪게 된다고 설명한다(홍혜원,「폭력의 구조와 소설적 진실-김유정 소설을 중심으로」,『현대소설연구』47, 현대소설학회, 2011).

"아이! 아이! 아이 참! 이거노세유."

쥐죽은듯이 감감하다. 허공에 아롱거리는 락엽을 이윽히 바라보며 그는 빙그레한다. 신발소리를 죽이고 쓸박그로 다시 돌처섯다.

저녁상을 물린 후 그는 시치미를 짝쩨고 나그네의 긔색을 살펴보다가 입을 열엇다.

"젊은 안악네가 홋몸으로 돌아다닌대두 고상일게유. 쏘 어차피 사내는……."

여기서부터 사리에 맛도록 이말저말을 주섬주섬 쓰내오다가 나의 며누리가 되여줌이 어쩌켓느냐고 꽉토파를 지엿다. 치마를 흡사고 안저 갸웃이 듯고 잇든 나그네는 치마끈을 깨물며 이마를 썰어트린다. 그러고는 두 볼이 밝애진다. 젊은게집이 나 시집가겟소 하고 누가나서랴. 이만하면 합의한거나 틀림업슬 것이다.[6]

「산ㅅ골나그내」에서 어머니[7]는 나그네의 뜻을 제 마음대로 해석하고, 결혼을 진행시킨다. 소설은 3인칭 서술상황으로, 내적 초점화를 보이고 있다.[8] 화자는 자신의 결심과 속내를 여실히 드러내지만 나그네의 속내는 추측할 뿐이다. 그는 결혼이 '합의'되었다고 하지만 이는 일방적

---

6 김유정, 「산ㅅ골나그내」, 전신재 편, 『원본 김유정 전집』, 강, 2012, 24쪽. 이하 인용문 옆에 쪽수만 표기. 강조─인용자.

7 작품에서 어머니는 3인칭 '그'로 표기되고 있는데 어머니라는 여성성이 강조되기 보다는 무성의 3인칭 인물로 기능하고 있다.

8 최병우는 김유정의 3인칭 소설의 경우 대부분 서술 대상을 객관적으로 관찰하는 내적 초점화 방법을 사용하고 있다며 서술자가 작중 인물의 아는 정도만 알게 하는 이러한 방법이 1인칭 소설과 별반 다르지 않다고 해석한다. 그러나 이러한 내적 초점화 방법을 지향하면서도 이에서 벗어나 또 다른 초점 주체의 시각을 작중 속에 드러내는 다중적 시점도 차용했다고 설명하고 있다. 이로 인해 희극성이 극대화 되고, 인간의 다면성을 포착할 수 있었다는 것이다(최병우, 「김유정 소설의 다중적 시점에 관한 연구」, 『현대소설연구』 23, 한국현대소설학회, 2004). 내적초점화에 대해서는 제라르 즈네뜨, 권택영 역, 『서사 담론』, 교보문고, 1992, 177~182쪽 참조.

진술일 뿐이다. 덕돌이는 아내, 어머니는 며느리를 소유하려는 나름의 욕망을 나그네에게 토로 하지만 나그네는 자신의 속내를 마지막까지 드러내지 않는다. 그들의 발화는 서로 소통하는 대화를 이끌어내지 못한다. 덕돌과 그 어머니에게 있어 나그네는 대답을 들어야하는 주체적 인물이 아니라 아내와 며느리의 역할을 담당하는 기능적 인물이다. 이때 '아내', '며느리'는 물화된 주체로서 소유욕의 대상이 된다. 나그네는 장사가 되지 않는 술집의 '계집'으로, 일손이 모자란 집의 '일꾼'으로, 삼십 원이 모자라 데려오지 못한 '며느리'로서의 가치를 지니며 이를 얻기 위해 덕돌과 어머니는 애를 태우는 것이다.

"여보 자우? 이러나게유 얼핀"

계집의 음성이 나자 그는 꿈을거리며 일어 안는다. 그러고 너털대는 훗적 삼을 깃을 염여자고는 덜덜썬다.

"인제고만 써날테이야? 쿨룩……."

말라쌔진 얼골로 계집을 바라보며 그는 이러케 물엇다.

십 분가량 지냇다. 거지는 호사하엿다. 달ㅅ빗에 번쩍어리는 겹옷을 입고서 집행이를 쓸며 물방아ㅅ간을 등젓다. 골골하는 그를 부축하야 계집은 뒤에 짜른다. 술집 며누리다.

"옷이 너머커— 좀 저것엇스면……"

"잔말 말고 어여갑시다 펄적……"

계집은 불이나게 그를 재촉한다. 그리고 연해 돌아다보길 잇지 안엇다.

그들은 강ㅅ길로 향한다. 개울을 건너 불거저나린 산모롱이를 막 꼽쓰릴랴할제다. 멀리 뒤에서 사람욱이는 소리가 끈힐듯날듯 간신히 들려온다. 바람에 먹히어 말ㅅ저는 모르겟스나 재업시덕돌이의 목성임을 넉히 짐작할 수

잇다.

"아 얼는좀 오게유"

쏭꼿이 마르는 듯이 게집은사내의손목을 겹겹히 잡아끈다. 병들은 몸이라 끌리는대로 뒤툭어리며 거지도 으슥한 산자편으로 가치사라진다. 수은ㅅ빗 갓흔물ㅅ방울을 품으며 물ㅅ결은 산벽에 부다쓰린다. 어데선지 지정치못할 넉대소리는 이사저산서 와글와글 굴러나린다.(28쪽)

나그네는 서사 내내 자신의 의사를 제대로 밝히지 않다가 결미에 이르러서야 방앗간에 숨겨둔 남편을 일깨워 '잔말 말고 빨리 가자'며 명령조로 내뱉는다. 그녀는 권주가 하나 모르는 어리숙하고, 순박한 여성이 아니라 방앗간에 남편을 숨겨두고 그를 봉양하며, 남에게 시집까지 간 의뭉스럽고 당찬 여성이다. 서사의 결미에 나오는 남편과의 대화도 제대로 된 것은 아니다. 이는 대화가 아니라 혼잣말에 가까우며 서로 단절된 상태를 부각시킨다. 특히 이때는 남편의 발화 끝에 말줄임표가 붙어 있어 서사 내내 말줄임표로 삭제되었던 여성 발화자와 전도된 상태를 보여준다. 여성 발화에 말줄임표가 붙은 것은 속내를 감추는 기능을 하지만 여기서는 남편의 무능, 나약함을 부각시키고 있다. 이때 여성은 남편의 발화를 '잔말'로 단정함으로써 대등한 소통 주체로서의 역할을 부여하지 않는다. 앞서 남편의 발화 '인제 그만하고(이제 그 정도까지만 하고) 떠나는 것이냐'는 물음에서 드러나는 것처럼 남편에게는 아무런 결정권도 없음을 알 수 있다. 이들 부부관계에서 여성의 지위가 여실히 드러나는 부분이다.

마지막 결미는 초점 화자가 변하여 전지적 저자 서술 상황으로 전환되었다. 앞서 3인칭 서술 상황일 때는 나그네의 발화를 의도적으로 숨겼던 것과 달리 말미에서 서술자는 나그네의 발화를 적극적으로 드러냄으로써 상황의 반전, 아이러니를 생성하고 있다. 그런데 발화의 끝마디에 '쿨룩, 펄쩍' 등 의성어와 의태어가 섞여 있는 것은 매우 어색하다. 서술로서 표현되어야 할 인물의 행동이 발화자의 입말로 구사되는 것은 인물의 입체성을 떨어뜨리고 평면화하고 있다. 서술자의 이러한 게으른 태도가 이들 인물의 생동성을 반감시켜 덕만과 어머니의 욕망을 좌절시키는 기능적 인물이라는 것을 노출하고 만 것이다. 서술자는 이들 내외를 멀리 전경화하며 서사를 마무리 하고 있다. '수은빛 같은 물방울을 품은 물결이 암벽에 부딪친다'의 초점자는 서사 밖에 있는 서술자, 즉 내포 작가에 가깝다. 그는 '늑대소리가 이 산 저산에서 와글와글 굴러 내린다'며 이들 내외의 불안한 미래를 암시한다.[9]

김유정 소설에서 여성 인물과 남성 인물의 대화는 소통의 구실을 하지 못한다. 여성(들병이)에게 당하거나(「총각과 맹꽁이」, 「솥」, 「정조」) 여성을 물물교환의 수단으로 생각하거나(「소낙비」, 「안해」, 「가을」) 여성은 소통의 주체가 아닌 남성 인물의 욕망 대상으로서만 제시된다. 남성 인물들은 여성을 자신의 '것'으로 생각하고(특히 기혼자인 경우 아내를 자신의 소유물로 여기고 인신매매의 수단으로까지 생각하는 경우가 많다) 그 취득 여부에만 관심을 기울인다. 이는 마치 떡이나 금과 같은 재화로써 인물의 욕망을 자극하나 좀체 가질 수 없다는 점에서 자본주의 사회의 비극을 드러내는 매개물이 된다.

특별한 자본이 없는 빈민(농촌이건 도시건)에게 몸을 팔고 사는 것은 윤

---

9 초점자는 누가 보느냐, 화자는 누가 말하느냐에 따른 서사이론 용어이다. 초점자는 화자와 같을 수도 있고, 다를 수도 있다. 그런데 이때 화자라는 말이 대화체를 집중적으로 살펴보고 있는 본고의 논의에서 직접 말을 하는 '발화자'와 헷갈릴 수 있다. 하여 편의상 인물의 말을 발화, 말을 하는 인물을 발화자, 듣는 사람을 수신자라고 쓰겠다.

리적 문제와 아무런 관련이 없다. 오직 호구지책으로써 자신의 직접적인 생사와 관련된 것이다. 그러나 김유정 소설의 인물들은 먹고 사는 생존의 문제로 여성을 재화화하지 않는다. 집안 살림을 도울 일꾼, 좀 더 편하게 살 요량, 노름 밑천 등을 장만하기 위해 여성을 이용한다. 좀 더 잘 살아보려는 재화마련, 이것에 윤리적 문제가 드러나는 것은 타인을 배려하지 않는, 타인의 삶을 훼손시키는 폭력으로까지 이어지기 때문이다.

안해에게 다시 한 번 졸라보앗다. 그러나 위협하는 어조로
"이봐 그래 어떠케 돈 이 원만 안해줄터여?"
안해는 역시 대답이 업섯다. 갓 잡아온 새댁모양으로 씻는 감자나 씻을뿐 잠잣고 잇섯다.
(…중략…)
마는 그대로 안해는 나히 젊고 얼골 똑똑하겟다 돈이원쯤이야 어떠케라도 될수잇겟기에 뭇는것인데 드른체도 안하니 썩 괘씸한 듯십헛다.
그는 배를 튀기며 다시 한 번
"돈좀 안해줄터여?"
하고 소리를 뻑 질럿다.
그러나 대꾸는 역 업섯다. 춘호는 노기충천하야 불현듯 문찌방을 떼다밀며 벌떡 일어섯다. 눈을 흡뜨고 벽에 기대인 지게 막대를 손에 잡자 안해의 엽흐로 바람가티 달겨들엇다.
"이년아 기집 조타는게 뭐여? 남편의 근심도 덜어주어야기 끼고자자는 기집이여?"
지게막대는 안해의 연한 허리를 모지게 후렷다. 까브러지는 비명은 모지락스리 찌그러진 울타리틈을 빼쳐나간다. 잽처 지게막대는 안즌채 고까라진 안해의 발뒤축을 얼러

볼기를 내려갈렷다.

"이년아 내가 언제부터 너에게 조르는게여?"

범가티 호통을 치고 남편이 지게막대를 궁중으로 다시 올리며 모즈름을 쓸 때 안해는

"에그머니!"

하고 외마디를 질럿다. 연하야 몸을 뒤치자 거반 업퍼질 듯이 싸리문 박그로 내 달럿다. 얼골에 눈문이 흐른채 황그리는 거름으로 문압폐 언덕을 나리어 개 울을 건느고 마즌쪽에 뚤린 콩밧길로 들어섯다.(40쪽)

「소낙비」의 춘호는 아내의 대답을 기다려주지 않는다. 오히려 대꾸 없는 아내에게 폭력을 가함으로써 궁지로 몰아넣고 있다. 기실 그의 호 통은 대꾸를 할 수 없는 것이다. 그는 '나이 젊고 얼굴 똑똑한' 아내가 돈 이 원은 어떻게 마련할 수 있으리라 짐작한다. 춘호는 아내가 자신의 몸 을 이용하여서라도 돈을 가져오길 바라는 것이다. 그러나 아내가 벌어 올 수 있는 것은 산속을 헤매며 찾는 도라지, 더덕이 전부이다. 캐는 것 이라곤 도라지, 더덕뿐이어도 '아무 불평이 일지 않던'(40) 아내는 남편 의 채근과 폭력에 대꾸하지 못하고 비명만 지를 수밖에 없다. 폭력에 시 달리던 그녀는 어떻게든 돈을 마련해야 하는 궁지에 몰리게 된다. 그녀 는 이주사가 겁탈하려던 것을 모면한 것에 '후회, 애탄, 쓰라림'을 느끼 며 이주사의 내연녀인 쇠돌엄마를 '부럽게 우러러보기'까지 한다. 급기 야 "아무러한 욕을 보드라도 나날이 심해가는 남편의 무지한 매보다도 좀 헐할"(42) 것이라 생각하고, 이주사에게 몸을 내어준다. 그녀는 겁탈 을 당하고도 이주사에게 아무런 대꾸를 하지 못한다. 그녀의 침묵은 자 본의 논리에서 소외당한 자의 어쩔 수 없는 침묵이다. 남편의 폭력과 이

주사의 '몹쓸 지랄'(46)을 몸으로 견딜 수밖에 없는 그녀는 비명과 침묵으로 일관하며 이를 견디어 내려고 한다.

“너 열아홉이라지?”

하고 리주사는 취한 얼골로 언간히 무러보앗다.

“니에ㅡ”

하고 메떨어진 대답. 게집은 리주사 손에 눌리어 일어나도 못하고 죽은듯이 가만히 누어잇다.

리주사는 게집의 몸둥이를 다 썻기고 나서 한숨을 내뿜으며 담배 한 대를 떡 피어물엇다.

“그래 요새도 서방에게 주리경을 치느냐?”

하고 뭇다가 아무 대답도 업스매

“원 그래서야 어떳게 산단말이냐 하루이틀 아니고, 사람의 일이란 알수잇느냐? 그녀다 혹시 맞어죽으면 정장하나 해볼곳 업는거야. 허니 네명이 아까우면 덥어놋코 민적을 가르는게낫겟지ㅡ”

하고 게집의 신변을 위하여 염여를 마지안타가 번뜻 한 가지 궁금한 것이 잇엇다.

“너참, 아이낫다 죽엇다 드구나?”

“니에ㅡ”

“어디 낫듯이나 십으냐?”

게집은 얼골이 홍당무가 되어지며 아무말 못하고 고개를 외면하엿다. (45～46쪽)

아내는 열아홉 전에 사산을 경험하였다. 그녀는 아버지뻘 되는 남자에게 겁탈을 당한 후 남편과 헤어지라는 충고를 듣고도 침묵으로 외면할 수밖에 없다. 육체적 고통과 정신적 모욕 앞에서 아무 말 못하는 그녀는 서술자에 의해 '메떨어진'(촌스러운) 여성으로 폄하된다. 서술자는 여성의 발화를 삭제하고 몸으로 폭력에 대응하도록 한다. 그녀는 남성들과 대화를 나눌 수 있는 대등한 지위를 갖지 못하고, 언제나 침묵과 비명으로 대응할 수밖에 없는 약자가 된다. 노름 밑천을 장만하려는 남편과 이주사의 성적 억압에서 벗어나고자 하는 그녀의 욕망이 가닿는 곳은 서울의 화려한 거리이다. 그녀는 '살기 좋은 서울'에만 가면 '이 고생'을 면할 수 있으리라는 몽상을 갖는다. 춘호 또한 '쌀쌀한 불안과 굶주림'만 있는 시골에서 벗어나 "서울로 올라가 안해는 안잠을 재우고 자기는 노동을 하고 둘이서 다구지게 벌은면 안락한 생활"(47)을 할 수가 있다고 생각한다. 그러나 춘호가 서울에 간다고 해서 그 행실이 변할 일은 없을 것이다. 그는 '엉뚱한 투기심'에 들떠 돈 이원을 마련하고자 아내를 '모양내어' 밖으로 돌리는 사내이다.

　"곳 가게되겟지 빗만 좀 업서도 가뜬하련만"

　"빗은 낭종 갑드라도 얼핀갑세다유—"

　"염여업서 이달 안으로 꼭가게 될거니까"

　(…중략…)

　안해는 그 끔찍한 설교를 귀담어 드르며 모기소리로 네, 네 하엿다. 남편은 뒤 시간가량을 샐틈업시 꼼꼼하게 주의를 다저노코는 서울의 풍습이며 생활방침 등을 자기의 의견대로 그럴사하게 이야기하야 오다가 말끗이 어느듯 화장술까지 이르게되엇다. 시골녀자가 서울에 가서 안잠을 잘자주면 멋해 후에는 집까지 엇어갓는수가 잇는대 거기에는 얼골이 어어쁘야 한다는 소문을 일즉 드른배잇서 하는 소리엇다. "그래서 날마닥 기름도 바르고 분도 바르고 버선도 신고해서 쥔마음에 썩들어야 ……"

한참 신바람이 올라 주서성기다가 엽헤서 새근새근, 소리가 들리므로 고개를 돌려보니 안해는 이미 고라저 잠이집헛다. (48~49쪽)

서사 내내 비명과 침묵으로 일관하던 아내가 돈을 마련한 후 겨우 남편에게 한 말은 빚은 두고 서울에 빨리 가자는 것이다. 남편의 서울에 대한 욕망은 아내에게 전이되지만 서로 다른 동상이몽이다. 아내는 고생을 면할 수 있으리라 생각하지만 춘호는 '시골여자가 서울에 가서 안잠을 잘 자주면 몇 해 후에는 집까지 얻을 수 있다'는 희망에 들떠 있다. 그는 여전히 서울에 가서도 아내의 몸을 이용하여 돈을 벌 생각인 것이다. '둘이서 다구지게 벌'기 보다는 얼굴 반반한 아내가 어떻게든 돈을 마련할 것이라는 꿍꿍이가 있는 것이다. 아내는 남편의 '끔찍한 설교'를 들으며 깊은 잠에 빠져든다. 춘호는 아내를 자신의 소유로 여기며 그를 이용하여 돈을 벌 생각이고, 아내는 이에서 벗어날 수 없다. 그녀의 '아무 불평 없는' 무지와 폭력에 내성화된 정체성은 결코 자신의 주체성을 회복하는 것으로까지 이어지지 못한다. 그녀는 남성들의 소유욕의 대상인 동시에 돈을 벌어오는 수단으로만 인정받지 동등한 인격체로 대우받지는 못한다.

"인제 가봐!"
하다가
"바루 곳와, 응?"
하고 남편은 그 이 원을 고이밧고자 손색없도록 실패업도록 안해를 모양내어 보냇다. (50~51쪽)

서사의 마지막 남편의 물음에도 그녀의 목소리는 들을 수 없다. 돈을 받고자 '손색없도록, 실패 없도록 아내를 모양내'는 것은 마치 상품을 포장하여 보내는 것과 같다. 남편에게 재화 취급을 받는 그녀가 자신의 주체성을 발화할 수 있는 기회는 영원히 주어지지 않는다.

「안해」의 아내는 춘호 처와는 달리 남편에게 적극적으로 대꾸한다. 그런데 이는 아들인 똘똘이를 낳은 후부터다. 그 전에는 '끽소리'도 못하다가 자식을 낳고는 자신에게 곧바로 대거리를 하려드니 싸움이 끊이지 않는다는 것이 화자인 남편의 진술이다. 남편은 자신의 자식을 낳았으니 아내에게도 '권리'가 있을 것이라며 그때부터 '내가 이년, 하면 저는 이놈, 하고 대들기로 무언중에 계약'했다며(171) 둘 사이의 폭력을 서로 합의된 '계약'으로 설명하고 있다. 춘호 처가 어린 나이에 사산을 경험하고, 돈을 마련해 오라는 남편에게 폭력을 당한다면 「안해」의 아내는 그나마 아들을 낳았기 때문에 남편에게 대꾸를 할 수 있다. 그러나 그와 상관없이 남편의 폭력으로부터 자유로운 것은 아니다. 가난한 농군의 아내들은 남성의 폭력을 그대로 온몸으로 감수할 수밖에 없다.

「안해」는 1인칭 서술 상황으로써 남편의 진술과 속마음이 혼재되어 있어 그 내면을 상세히 알 수 있으나 그에 의해 중개되는 아내의 속내는 부분적으로 제시될 뿐이다. 아내가 자신을 드러내는 부분은 대화 장면에서의 직접 발화뿐이다. 이 발화 역시 소통을 이끄는 대화가 되지 못하고 남편의 폭력에 못 이겨 내는 비명처럼 아주 짧은 것이다. 그녀의 발화는 채 한 줄을 넘기지 못한다.

"가만 둬, 웨 깨놓고 싶은감"(171쪽)
"이눔이 웨 이래, 대릴 꺾어놀라"(171쪽)

"곤두어 너나 자빠저 자렴 ─"(172쪽)

"얼굴 아니면 가주다닐까 ─"(172쪽)

"뭐, 네얼굴은 얼굴인줄 아니? 불밤송이 같은거, 참, 내니깐 데리구살지 ─"
(172쪽)

"먹이지도 못할걸 자꾸 나 뭘하게, 굶겨죽일랴구?"(173쪽)

"이놈이 ─ 팔때길 꺾어놀라"(175쪽)

　그녀의 대꾸는 남편의 폭력이 가해질 때 겨우 한마디 내뱉는 것으로
써 최후의 발악에 가깝다. 이 발화는 곧바로 남편에 의해 '대들기'로 해
석된다. 그는 자신이 아내를 때리는 것에 대해서는 "궁한 살림에 쪼들리
어 악"에 받혀서라며 변명한다. '농사는 지어도 남는 것이 없고 빚에는
몰리고, 게다가 집에 들어오면 자식이 킹킹거리고, 아내는 떨고 있어' 한
바탕 폭력을 행사하지 않고는 마음이 가라앉지 않는다는 것이다. 그는
아내가 자신에게 맞고도 "눈물 흐르는 장반을 벙긋이 흘겨 보이는 것이
아니냐. 하니까 년으로 보면 두들겨 맞고 비쌔는 멋에 나하고 사는지도
모르지"(172)라며 제멋대로 추측한다. 춘호 처와 마찬가지로 '나'의 아내
역시 폭력과 가난에 찌들어 자신의 몸을 적극적으로 이용해 보리라 결
심하게 된다. '나'는 아내가 들병이로 나가겠다는 제안을 하자 '훌륭한
생각'이라고 반기면서도 들병이로 나서기엔 아내가 너무 못생겼다며
씁쓸해 한다. 「안해」의 마누라 역시 남편에게는 돈을 벌 수단, 분이 풀
릴 때까지 때려도 무관한 자신의 소유물로 인식되고 있다.

　"들병이가 얼굴만 이뻐서 되는게 아니라던데, 얼굴은 박색이라도 수단이
　있어야지 ─"

"그래 너는 그거할 수단 있겟니?"

"그럼 하면되지 못할게 뭐야"

년이 이렇게 아주 번죽좋게 장담을 하는 것이 아니냐. 들병이로 나가서 식성대로 밥좀 한바탕 먹어보자는 속이겟지. 몇 번 다저물어도 제가 꼭 될수있다니까 압따 그러면 한 번 해보자구나 미천이 뭐드는 것도 아니고 소리나 몇마디 반반히 가르켜서 데리고 나스면 고만이니까. (174쪽)

'나'는 아내의 제안에 대해 '밥 좀 먹어보겠다는 속이겟지' 나름대로 해석하며 밑천 드는 일도 아닌데 나서보리라 생각한다. 그는 '얼른 팔자를 고쳐'(175) 볼 요량으로 밤낮으로 아내에게 창가도 가르친다. 그러나 역시 얼굴 때문에 '돈 한몫 크게 잡는'(176) 기회를 놓치게 되었다며 쓸쓸해 한다. 그러나 이내 아내가 '조금만 예뻤더라면 돈 있는 놈 군서방 해 갔을 것'(177)이라며 아내가 못생긴 것이 불행 중 다행이라 생각한다. 아내를 내세워 돈을 벌고도 싶지만 아내가 다른 남정네와 있는 것도 보기 싫은 '나'는 아내를 자신과 대등한 한 사람의 인격체로 생각하는 것이 아니라 자신이 마음대로 해도 되는 소유물로 보고 있다. 그는 아내가 뭉태와 술을 마시는 것을 보자 대번에 화가 치솟아 폭력을 행사한다.

남의 자식을 그래 이렇게 길러주면 어떻걸 작정이람

년의 꼴봐하니 행실은 예전에 글럿다. 이년하고 들병이로 나갔다가는 넉넉히 하는 한옆에 재워놓고 딴서방차고 다라날 년이다. 너는 들병이로 돈 벌 생각도 말고 그저 집안에 가만히 앉엇는 것이 옳겟다. 구구루 주는 밥이나 얻어먹고 몸 성히잇다가 연해 자식이나 쏟아라. 뭐많이도 말고 굴때같은 아들로만 한 열다섯이면 족하지. 가만있자, 한놈이 일년에 벼열섬씩만 번다면 열

다섬이니까 일백오십섬. 한섬에 더도 말고 십원 한 장식만 받는다면 죄다 일천 오백원이지. 일천오백원, 일천오백원, 사실 일천오백원이면 어이구 이건 참 너무 많구나. 그런줄 몰랐더니 이년이 배속에 일천오백원을 지니고 있으니까 아무렇게 따져도 나보담은 났지 않은가. (179쪽)

'나'는 아내의 행실을 운운하며 '딴 서방 차고 다라 날 것'이라는 자신의 추측을 확신으로 바꾸고 차라리 집에 들어앉아 돈을 벌어 올 아이나 낳길 바란다. 아이들은 자신의 핏줄을 잇는 것이 아니라 돈을 벌어오는 재화로 여겨지고 아내는 여전히 돈을 벌 수 있는 수단이 된다. 아내에게 가해지는 폭력은 가난한 농군의 삶을 버티어 내려는 생존의 문제에서 비롯된 것이 아니다. 자신의 '것'에 대한 소유욕에서 비롯된 것이다. 아내의 말을 듣지 않고, 아내와 제대로 된 대화를 하지 못하는데서 비롯된 남편의 억측은 폭력을 야기하고 이에 아내에 대한 배려 따위는 찾아볼 수 없다.

타인의 삶을 훼손하는 폭력을 야기하는 억측은 「노다지」, 「금따는 콩밧」, 「금」, 「만무방」 등으로 이어진다. 이들 서사에서도 인물들의 발화는 의사소통의 기능을 하기 보다는 오히려 내적 갈등을 심화시키는 기제가 되고 있다. 「노다지」에서 꽁보는 자신의 목숨을 구해준 더펄에게 자신의 누이까지 줄 생각을 하였다. 그러나 금줄을 찾자 더펄의 태도가 변했다며 의심한다. 꽁보는 방금까지 사이좋게 의논하며 음식을 해먹던 더펄이 자신을 헤칠 수도 있다며 돌덩이에 묻힌 그를 외면하고 달아난다. 「금따는 콩밧」에서는 콩밭에 금줄이 있다는 수재의 말에 넘어간 영식이 아무리 파도 금줄이 나오지 않자 폭력적으로 변한다. 수재는 영식을 피해 달아날 시간을 벌기 위해 금줄이 나왔다며 거짓말을 하고,

「금」에서는 금덩이를 팔아오겠다는 동무의 말을 믿지 못하는 덕순이 등장한다. 「만무방」에서는 서로 제대로 대화하지 못하는 응오와 응칠 형제가 등장한다. 응칠은 '좋은 수'가 났다는 자신의 말을 들으려하지 않는 아우를 우선 몽둥이로 사정없이 때린다. 그러나 그 좋은 수라는 것도 남의 집 황소를 훔치려는 도둑질에 지나지 않는다. 이들은 진정으로 마음을 터놓고 대화하지 못하고 의심하며 서로에게 폭력을 가한다.

이러한 억측은 때로 어리숙한 남성 인물의 몫이기도 하다. 그들은 들병이로 나선 여성들을 자신이 소유할 수 있을 것이라 생각하지만(「총각과 맹꽁이」, 「솟」) 마음대로 되지 않는다. 그들의 무지는 결국 여성들과 제대로 대화하지 못하고, 여성들의 속내를 지레짐작하는 데서 오는 것이다. 이러한 무지가 어리숙한 소년들에게서 더욱 더 여실히 드러날 때가 많다.

3. 유아적 퇴행 의식과 수신 오류

「봄봄」과 「동백꽃」에 등장하는 어리숙한 청년, 소년은 상대방의 신호를 이해하지 못하여 생기는 오해 때문에 곤란에 빠진다. 「봄봄」에서 '나'와 점순의 대화는 서로 마주보고 하는 대화가 아니다. 서로 딴 곳을 보며 혼잣말을 중얼거리듯이 나누는 대화에서 청년은 자신보다 열 살이나 아래인 점순의 말이 무슨 뜻인지 몰라 어리둥절해 한다.

내가 다 먹고 물러섰을 때 그릇을 와서 챙기는데 그런데 난 깜작 놀라지 않었느냐. 고개를 푹 숙이고 밥함지에 그릇을 포개면서 날더러 드르래는지 혹은 제소린지

"밤낮 일만하다 말텐가!" 하고 혼자서 쫑알거린다. 고대 잘 내외하다가 이게 무슨 소린가, 하고 난 정신이 얼떨떨했다. 그러면서도 한편 무슨 좋은 수나 있는가 싶어서 나도 공중을 대고 혼잣말로

"그럼 어떻게?" 하니까

"성예 시켜달라지 뭘 어떻게"하고 되알지게 쏘아붙이고 얼굴이 발개저서 산으로 그저 도망질을 친다.

나는 잠시동안 어떻게되는 심판인지 맥을몰라서 그 뒷모양만 덤덤히 바라보았다. (161쪽)

밤낮 일만 할 것이 아니라 빨리 성혼을 시켜달라고 하라는 점순의 채근에 '나'는 어안이 벙벙하지만 곧 구장에게 가서 중신을 섰으니 책임지라며 따져 묻는다. 그러나 아무 성과 없이 돌아오자 점순은 '나'에게 '바보'라며 성을 낸다.

그런데 점순이가 그상을 내앞에 나려놓며 제말로짖거리는 소리가

"구장님한테 갔다 그냥온담 그래!"하고 어끄제 산에서와 같이 되우 쫑알거린다. 딴은 내가 더 단단히 덤비지않고 만 것이 좀 어리석었다. 속으로 그랬다. 나도 저쪽 벽을 향하야 외면하면서 내말로

"안된다는걸 그럼 어떻건담!" 하니까

"쇰을 잡아채지 그냥둬, 이바보야?" 하고 또얼굴이 빩애지면서 성을내며 안으로샐죽하니 튀들어가지 않느냐. 이때 아무도 본사람이 없었게 망정이지 보았다면

내 얼굴이 에미 잃은 황새새끼처럼 가여웁다 했을 것이다.(165쪽)

'나'는 수염을 잡아채지 그냥 됐냐는 점순의 말을 곧이곧대로 이해하여 정말 장인의 수염을 잡아채고 실랑이를 벌인다. '나'는 실제 '골이 난 것이 아니라' 몰래 자신을 지켜보고 있는 점순이를 의식하여 '가뜩이나 말 한마디 톡톡히 못한다고 바보라는데 매까지 잠자코 맞는걸 보면 짜장 바보로 알게 아닌가' 걱정하며 평소와 다르게 장인에게 심하게 대든다. 그는 점순이도 '장인을 미워하니 제 원대로 했으니까 퍽 기뻐할 것' (166)이라며 의기양양하다. 평소에는 혼례를 미루는 장인에게만 매달려 안달복달 했는데 점순이 직접 자신에게 말을 걸어오니 '나'는 당황해 하면서도, 용기를 얻어 더욱 더 과격한 행동을 한 것이다. 그는 '가만히 있으면 바보로 알 것이다, 제 원대로 했으니 기뻐할 것이다' 제 나름대로 점순의 속내를 추측하여 일을 크게 벌인다. 점순과 '나'의 대화는 한 단계 어긋나는데 이는 '나'의 이러한 잘못된 추측에서 비롯된 것이다. '나'는 왜 '그냥 왔냐', '수염을 잡아채지 그랬냐'는 점순의 발화를 아버지가 미워서 하는 말이라고 잘못 판단한다.

나의 생각에 장모님은 제남편이니까 역성을 할른지도 모른다. 그러나 점순이는 내편을 들어서 속으로 고수해서 하겠지 — 대체 이게 웬속인지(지금까지도 난 영문을 모른다) 아버질 혼내주기는 제가 내래놓고 이제와서는 달겨들며

"에그머니! 이 망할게 아버지 죽이네!" 하고 내 귀를 뒤로 잡어댕기며 마냥 우는 것이 아니냐. 그만 여기에 기운이 탁 꺾이어 나는 얼빠진 등신이 되고말았다. 장모님도 덤벼들어 한쪽 귀마저 뒤로 잡아채면서 또 우는 것이다.

이렇게 꼼짝 못하게 해놓고 장인님은 지게막대기를 들어서 사뭇 나려조겼

다. 그러나 나는 구태여 피할라지도 않고 암만해도 그속알 수 없는 점순이의 얼굴만 멀

거니 들여다보았다.

"이자식! 장인입에서 할아버지 소리가 나오도록해?"(168쪽)

그러니 일이 벌어진 후 장인 편만 드는 점순의 속내를 '나'는 전혀 이
해하지 못한다. '얼빠진 등신'이 되어 '그 속을 알 수 없는 점순이의 얼굴
만 멀거니' 볼 뿐이다. '밤낮 일만 할 것이냐, 성혼시켜달라고 해라, 왜
그냥 왔냐, 수염이라도 잡지 그랬냐'는 점순의 발화에는 아버지를 설득
하여 빨리 성혼을 올리자는 바람이 담겨 있다. '나'는 이것을 아버지에
대한 '미움', 원망으로 착각하고, '딸에게까지 인심을 잃은 장인님이 혼
자 나쁘다'(164)며 폭력을 가한다. 그러나 정작 장인에 대한 미움과 일을
해결하지 못하는 원망을 가지고 있어야 할 것은 '나' 자신이다.

그는 '장인님과 내가 싸운 것은 전혀 뜻밖의 일'(163)이라며 장인에게
폭력을 가한 원인을 점순에게로 전가시킨다. '아버질 혼내주기'는 점순
이 바란 것인데' 왜 자신에게 외려 화를 내는지 알 수 없다는 '나'의 심리
기저에는 장인에게 가한 폭력에 대한 두려움, 제 자신이 벌여 놓은 일에
대한 두려움이 숨어 있다. 정작 자신은 사위 삼겠다는 것을 미끼로 누구
든 노예 부리듯 하는 것이 장인의 꿍꿍이라는 뭉태의 말도 귓등으로 흘
려보냈으며 '장인님이 밉다든가 해서가 아니'(157)라며 변명하지만 사태
의 원인을 점순에게 돌림으로써 '장인 쳤다는 누명'(166)에서 벗어나고
자 한다. 일을 합리적, 이성적으로 해결하지 못하고 감정적인 차원에서
만 해결하려는 '나'는 정서적으로 어린아이와 같은 퇴행의식을 보인다.

삼 년 일곱 달 동안 일만 하고 결혼도 못하는 '나'는 애초 장인을 이성
적으로 설득할 능력이 없는 인물이다. 성혼시켜 달라며 떼를 쓰다가 얼

어맞고도 가을에는 꼭 성례를 시켜주겠다는 장인의 말을 곧이곧대로 믿고, '너무나 고마워서 눈물까지' 흘리는 어리숙한 화자이다. 스물여섯 살이나 됐어도 자신이 결혼을 하려는 여성에게 말 한마디 제대로 건네지 못하는 '나'는 자신이 바라는 것을 얻지 못하면 떼쓰면 울기만 하는 어린아이에 가깝다. 점순이 자라는 동안 '나'는 외려 정신적으로 성숙하지 못한 채 마냥 어린아이 같은 의식에 머물러 있는 것이다.

「동백꽃」의 '나' 또한 점순의 말을 제대로 듣지 않은 채 제멋대로 오해하여 일을 크게 벌여 놓는다. 그는 감자를 주려는 점순의 마음을 제대로 헤아리지 못하고 '긴치 않는 수작', '잔소리'를 늘어놓는다며 미친 것이 아닌가 의심하고, 감자를 주겠다는 것이 '생색내는 큰 소리'라며 기분 나빠하기까지 한다.

> "느집인 이거 없지" 하고 생색있는 큰소리를 하고는 제가 준 것을 남이 알
> 면은 큰일 날테니 여기서 얼른 먹어버리란다. 그리고 또 하는 소리가
> "너 봄감자가 맛있단다"
> "난 감자 안 먹는다. 니나 먹어라"
> 나는 고개도 돌리랴지 않고 일하든 손으로 그 감자를 도루 어깨넘어로 쑥
> 밀어버렸다.(220~221쪽)

이 어긋난 대화 때문에 점순은 '나'를 계속 괴롭힌다. '나'는 기껏 제 생각하고 내민 감자를 밀어냄으로써 점순에게 무안을 주고, 울리기까지 한다. 점순은 자신의 마음을 몰라주는 '나'를 원망하여 '바보, 배내병신'이라 욕까지 하는데 '나'는 또 이에 대해 대거리 한마디 못하는 처지라며 눈물까지 흘린다. 점순네에서 소작하는 자신의 처지로 인해 자격지심을

가진 '나'는 점순의 호의를 제대로 인지하지 못하고, 점순이 자신에게 '까닭 없이 기를 복복 쓰는' 것이라며 오히려 화를 낸다. 점순이 한 발화의 의미를 제대로 해석하지 못하는 '나'는 계속해서 점순과 맞붙어 갈등할 수밖에 없다. 급기야 자신의 수탉을 괴롭히는 것에 '열병거지가 나고', '여우새끼 같은' 점순의 '목쟁이를 돌려놓고 싶은'(225) 심정이 일지만 '형편이 썩 불리함'(222)을 알고 이마저도 제대로 대응하지 못한다. 그러나 '나'는 참지 못하고 결국 점순네 수탉을 때려죽이고 만다. 얼결에 분을 이기지 못하고 한 제 행동에 '나'는 당황하여 그만 또 울음을 터뜨리고 만다.

"이놈아! 너 왜 남의 닭을 때려죽이니?"

"그럼어때?" 하고 일어나다가

"뭐 이자식아! 누집 닭인데?" 하고 복장을 떼미는 바람에 다시 벌렁 자빠졌다. 그러고나서 가만히 생각을 하니 분하기도 하고 무안도스럽고 또 한편 일을 저질렀으니 인젠 땅이 떨어지고 집도 내쫓기고 해야될는지 모른다.

나는 비슬비슬 일어나며 소맷자락으로 눈을 가리고는 얼김에 엉, 하고 울음을 놓았다. 그러다 점순이가 앞으로 다가와서

"그럼 너 이담부텀 안그럴터냐?" 하고 무를 때에야 비로소 살 길을 찾은 듯 싶었다. 나는 눈물을 우선 씻고 뭘 안그러는지 명색도 모르건만

"그래!" 하고 무턱대고 대답하였다.

"요담부터 또 그래봐라 내 자꾸 못살게 굴터니?"

"그래그래 인제 안그럴테야!'

"닭 죽은건 염녀마라 내 안이를테니"

그리고 뭣에 떠다밀렸는지 나의 어깨를 짚은채 그대로 픽 쓰러진다. 그 바

람에 나의 몸둥이도 겹쳐서 쓰러지며 한창 피여 퍼드러진 노란 동백꽃속으로 폭 파묻혀버렸다.

　알싸한 그리고 향깃한 그 내움새에 나는 땅이 꺼지는 듯이 왼정신이 고만 아찔하였다.

　"너말말아?"

　"그래"(226쪽)

　'나'와 점순은 마지막까지도 서로 제대로 소통하지 못하고, 그 뜻이 어긋난 대화를 나누고 있다. 점순이 '다음부터는 안 그럴 테냐' 묻는 것은 자신의 호의를 밀친 '나'의 야속하고 쌀쌀한 태도에 대한 반성을 요구하는 것이다. 그러나 '나'는 '무엇을 안 그러는지 명색도' 모른 채 무턱대고 '그래'라고 내뱉는다. 그는 발화 속에 숨긴 점순의 속내를 끝내 파악하지 못하고, 수탉을 죽인 일을 벌인 것에 급급하여 아무 생각 없이 대답부터 한다. 그러나 이 대답이야말로 '점순네가 노할 일, 땅도 떨어지고 집도 내쫓길 만한 큰일'(221)을 벌여 놓고 만다. '나'는 동백꽃 내음 속에서 '왼정신이 고만 아찔'한 경험을 하고, 점순과 둘만의 비밀을 만든다. 이는 점순이 '겁을 잔뜩 집어먹고', '나'가 '치뺄지 않을 수' 없을 만큼 '큰일'이다.

　점순의 연정을 제대로 알지 못했던 '나'는 미처 준비할 새도 없이 그를 받아들이고 만다. 일이 잘 마무리되어 둘이 행복하게 살지, 그르쳐 '나'가 소작 일에서 쫓겨나게 될지 알 수 없다. 그러나 '나'는 이제 점순에게 함부로 할 수 없을 터이다. 그네는 수탉 죽인 것과 수풀 속에 같이 있었던 것을 말하지 않겠다고 했지만 이는 '나'가 점순에게 어떻게 하냐에 달려있다. '다시는 그런 일을 하지 않아야', 점순을 밀쳐 내지 않아야 일은 비밀에 부쳐질 것이다. 앞으로 이 어리숙한 화자가 여성의 발화를 제대로 이해하고 제 앞길을 헤쳐 나갈지는 알 수 없지만 '엉금엉금 기어치빼는' 그의 뒷모습은 불안하기만 하다.

김유정의 소설은 대화의 수신 오해에서 비롯되는 갈등이 주를 이루고 있다. 이들의 욕망은 서로 화합하지 못하고, 서로 소통하지 못한다. 제대로 자신의 속내를 밝히지 않고, 진정한 대화를 나누지 못하여 생기는 오해와 추측 더 나아가서 억측은 인물들 간의 갈등과 충돌을 야기하며 때로는 자기 파멸로까지 이어지는 비극을 만들기도 한다.

4. 전하지 못한 편지, 답장 못 받는 엽서

「산골」의 인물들은 각자의 욕망에 따라 발화하지만 서로 뜻이 통하는 대화는 하지 못한다.[10] 앞서 어리숙한 화자들이 제멋대로 상대방의 발화를 해석하고, 그 속내를 추측하여 일을 만든 것과 마찬가지로 「산골」의 아이들도 서로 소통하지 못하는 것은 마찬가지이다. 이뿐이는 도련님에게 연신 서울로 데려가 달라고 조르지만 통하지 않고, 석숭이는 자신에게 장가오라며 이뿐이를 어르지만 소용이 없다. 이뿐이는 급기야 도련님에게 전하는 편지를 석숭이에게 써달라 하고, 석숭이는 이를 반가워하기까지 한다.

---

10 「산골」은 비록 자전소설은 아니나 주요 모티브로 편지가 등장한다는 점에서, 또 그 편지의 답장을 화자가 영원히 받지 못한다는 점에서 자전소설들과 함께 묶어 논의하였다.

"이편지 써왔으니깐 너 나구 꼭 살아야한다" 하고 크게 얼른 것이 좀 잘못이라 하드라도 이뿐이가 고개를 푹 숙이고 있다가

"그래" 하고 눈에 눈물을 보이며

"그편지 읽어봐" 하고 부드럽게 말한걸 보면 그리 노한 것은 아니니 석숭이는 기뻐서 그 앞에 떡 버티고 제가 썼으나 제가 못읽는 그편지를 떠듬떠듬 데련님 전상사리 가신지가 오래뎃는디 왜 안오구 일 년 반이 뎃는디 왜 안오구하니깐 이뿐이는 밤마두 눈물로 새오며 이뿐이는 그럼 죽을테니까 나를 듯이 얼찐 와서— 이렇게 땀을 내이며 읽었으나 이뿐이는 다 읽은뒤 그걸 받아서 피봉에 도로 넣고 그리고 나물 보구니속에 감추고는 그대로 텁텁이 산을 나려온다. (134쪽)

석숭이 써 준 편지를 들고 이뿐이는 체부 오기를 기다리고, 석숭이는 나오지 않는 이뿐이를 기다린다. 도련님이 오지 않으면 이뿐이는 죽겠다는 편지를 써놓고는, 그 편지의 의미를 채 깨닫지 못하는 석숭이의 행동은 자신의 욕망에 철저히 몰입해있는 몰아지경을 보여준다. 오직 편지를 써주면 이뿐이가 제 아내가 되리라는 희망에만 몸이 달아 있다. 이뿐이 또한 '서울 가 어어쁜 아씨와 정분이 난' 도련님이 부질없이 주고간 저고리 고름 한 짝을 붙잡고, '도련님의 아씨'가 되려던 미련을 버리지 못한다. 인물들은 각자의 욕망에 젖어 상대를 보지 못하며, 보려 하지도 않는다. 이들이 상대방에게 갖는 애달픈 감정은 상대와 소통하는 사랑이 아니라 신분상승과 소유욕일 뿐이다. 석숭이는 발신자와 수신자의 조력자로 등장하나 '제가 쓴 것도 제가 못 읽는' 반편이 조력자이며 오히려 이뿐이의 죽음을 재촉하는 결정적인 요인을 제공하고 있다. 소설은 욕망의 발신자는 있으나 수신자는 없는 영원한 기다림의 상태에서 끝을 맺고 있다. 김유정의 애정소설은 이렇듯 욕망의 발신자와 수

신자가 제대로 소통하지 못하며 인물의 죽음을 재촉하는 고통스러운 기다림의 상태에서 끝나는 경우가 많다.

특히 자전적 소설의 경우 편지는 주요한 모티브가 되고 있다. 이는 사랑하는 상대와 직접 소통하지 못하는 고독한 인물의 내면을 드러내 보이지만 여성과 직접 소통하지 못하는 심리적 압박감과 두려움, 더 나아가 혐오까지도 내비치고 있다.

특히 「생의 반려」는 1인칭 화자 '나'가 등장하여 명렬의 명주에 대한 욕망이 사랑이 아니라고 진단하고, 중개하기까지 한다. 그는 친구인 명렬을 대신하여 명주에게 편지를 전달하고자 하나 끝내 전하지 못하고, 친구의 편지를 공개하며 그를 위한다는 명목 하에 답장까지 쓰고 만다. '나'는 명렬이 결코 '명주를 찾아간다거나 할 염려는 추호도 없을 터'라고 단정하고, 계속 해서 거짓 답장을 하리라 안심한다. '나'는 석숭이처럼 제가 쓴 편지의 뜻도 모르는 반편이는 아니지만 명렬의 명주에 대한 욕망을 제 나름대로 진단하고, 그에 대한 평가까지 내려 결국 영원히 편지를 전달하지 않는 독단을 보여준다. '나'는 명주를 '나이 많은 기생'일 뿐이라 치부하고, 자신이 문전박대 당한 것만 분해하며 친구에게 그런 기생은 만나지 말라고 충고한다. '나'는 명렬이 왜 명주를 욕망하는지 조목조목 분석하며 그것은 사랑이 아니라 '발광, 폭력, 괴변, 애정에 주린' 일방적 행동임을 강조한다.

편지에는 제 자신을 '참담한 인물, 추악한 악착한 꼴, 궂은 고깃덩어리, 등신, 길 잃은 여객'이라며 비하하고, 명주 또한 '처참한 면상, 주체 궂은 고깃덩어리'로 표현하는 명렬의 이상심리가 반영되어 있다. '나'는 명렬이 '편지의 답장을 바라는 것은 과한 욕망'이라며 그 편지를 뜯어보고, '이 글의 내용이 기생에게 통할까?' 의심하며 거절의 답장을 보내지만 명렬은 이에 속아 일주일에 두 번씩 편지를 보낸다. 이 편지 때문에 명렬은 명주를 '숭상하고 우상화하며 신앙'(272)으로까지 떠받들게 되고, 현실에 비애를 느끼며 자기의 처지를 저주하고, 급기야 누님까지 저주한다. 기생집에서 문전박대 당하고 친구의 편지를 전달하지 못하는 것까지는 이해할 수 있으나 그에 대해 거짓 답장까지 쓰는 '나'의 행위는 매우 이상하고 무례한 것이다. 결국 그는 명렬의 심리상태를 더욱더 병적으로 바꿔놓고 있다. '나'는 명렬의 조력자를 자처하지만 조력자라기보다는 오히려 방해하고 '사람에 대한 염인증', 여성에 대한 공포증 등 병증을 키우는 원인을 제공한다. 나의 배려가 명렬을 더욱 더 고통스러운 나락으로 떨어트리고 만 것이다. 명렬은 죽은 어머니와 악담하는 누이 때문에 여성에 대한 혐오증을 키우고, 명주를 통해서도 제대로 된 여성상을 갖지 못한다. 그는 결국 여성들과 제대로 소통하지 못하고, 자기 비애와 비하, 혐오로까지 이어지는 정신 상태와 '성치 못한 몸'을 비틀거리며 밤거리를 누빈다. 「생의 반려」는 1인칭 화자 서술 상황이지만 누이와 명렬의 관계를 설명할 때는 초점 화자가 변이된다.

① 그러나 속으로는 부끄러운 양심이 없는것도 아니었다. 이런 때 동생이 나와서 자기의 역성을 들어 멋마디 하야 주었으면 좀 들 미안할게다. 그런데 자기의 밥을 먹으면서 언제든지 꿀 먹은 벙어리로 있는 것이 곧 미웠다.(274~275쪽)

② 이 묘한 표정을 누님은 흡족히 향락하였다. 그리고 나서야 그는 분노, 불만, 비애—이런 거츨은 심정을 가라앉히고 하는 것이다.
이만치 그는 뒤둥그러진 승질을 가진 여자였다.

명렬군은 여기에서 누님을 **몹시 증오하였다.**

(…중략…) 마는 이렇게 깐죽어리고 앉어서 차근차근 비위를 긁는데는, 그는 그속에서 간악한 그리고 추악한, 한 개의 악마를 보는 것이다. 담박 등줄기에 가 소름이 쪼옥 끼치고 하였다. (275~276쪽)

③ 이 답장이 그에게 얼마나 큰 기쁨을 주었든가 **우리는** 그걸 상상치 못하리라.

그는 편지를 받아들고 곧 뜯어보지 못할만치 그렇게 가슴이 설레였다. 방바닥에다 그걸 나려놓고는 한참동안 눈을 참은채 그 흥분을 **진정시키었다.** 그리고 난 다음에야 비로소 두손으로 다시 집어들고 뜯어보았다. (272쪽)

① 남동생을 아끼면서도 괴롭히는 누이의 심리상태와 ② 자기의 처지를 저주하고 누님 또한 끝없이 저주하는 명렬의 심리상태가 상세하게 제시된다. '자기의 가정사에 관한 일'에 대해서는 좀체 말하지 않는 친구의 속내와 그 누이의 속내를 1인칭 화자인 '나'가 알 수는 없다. 여기서 초점 화자의 변조[11]가 일어난다. 또한 ③의 예문에서 화자는 독자들을 포섭하여 '우리'는 명렬의 마음을 상상치 못하리라 하였으면서도, 그가 '설레었다, 흥분을 진정시키었다'고 서술하고 있다. 서사는 1인칭 화자, 3인칭 화자로 분열하면서 실제 작가인 김유정의 모습을 투영하고 있다. 작품에서 '나'는 명렬을 대신하여 편지를 전달하고자 노력하고, 답장까지 쓰는 명렬의 분신인 동시에 작가의 '반려(伴侶)'이며 분열된 주체이다.[12]

---

11 제라르 즈네뜨, 권택영 역, 『서사 담론』, 교보문고, 1992, 183~186쪽 참조.
12 임정연도 '나'가 명렬을 대변하는 또 다른 자아이자 작가의 분신으로 해석될 수 있다고 보았

김유정은 이 작품에서 상대를 만날 생각은 하지 않고 편지만 쓰고 있는 무능한 자신의 모습과 그 편지를 제대로 전달하지 못하는 또 다른 자신의 모습을 그리고 있다. 「생의 반려」는 자전적 소설로써 여성에 대한 애증과 혐오, 열망 등 김유정의 심리적 갈등과 분열 상태를 여실히 드러내는 매우 흥미로운 텍스트라고 할 수 있다.

이렇듯 발신자는 있으나 수신자는 없는 편지는 또 다른 자전적 소설인 「두꺼비」에도 등장한다. 옥화에게 '답장 못 받는 엽서를 매일같이 석 달 동안 쓰고도' '나'는 계속해서 그 동생인 두꺼비를 통해 답장을 받고자 한다. '나'는 두꺼비가 편지를 제대로 배달하고 있는 것인가 의심하면서도 정작 자신이 직접 옥화에게 편지를 전할 생각은 애초부터 하지 않는다. 오히려 엽서에 대한 답장은커녕 순금 트레반지까지 그 동생에게 바친다. 이 작품에서도 '나'(이경호)와 옥화는 만나긴 하나 제대로 된 대화 한 마디 나누지 못한다. 여성에 대한 직접 대면의 두려움, 제대로 대화하지 못하고 거절당한 모멸감, '섬뜩함' 등의 불편한 감정은 어김없이 '나'의 자조로 이어진다. '나'는 '병신 짓'을 하는 '등신'으로, 남매에게 놀아난 '어릿광대'로 자기 자신을 비하하며 눈물까지 흘린다. 그러나 '나'는 옥화가 늙으면 갈 곳 없으리라는 헛된 희망을 품고 끝내 그녀를 포기하지 못한다. '나'가 옥화에게 가진 감정은 상대와 함께 조율하는 사랑이 아니라 소유욕과 집착증이다. 이러한 일방적이고 병적인 감정의 고양은 소통을 추구하지 않고, 오히려 소통을 스스로 단절하는 퇴행을 보인다. 김유정 소설의 전반에는 발신자와 수신자와의 소통 부재에서 오는 이

다. 또한 연애편지모티브에서의 유실된 편지가 고백의 실패를 의미하며 이를 통해 스스로 구축한 자기가 허상임을 깨닫게 된다고 설명하고 있다(임경연, 「김유정 자기서사의 말하기 방식과 슬픔의 윤리」, 『현대소설연구』 56, 한국현대소설학회, 2014.8, 479∼482쪽).

러한 유아적 퇴행과 오해, 억측이 난무하며 더 나아가 이로 인해 폭력이 유발되는 양상을 볼 수 있다. 특히 서로 발화하고 있으나 그 뜻이 통하지 않는 대화를 통해 갈등을 극적으로 드러내며, 화자의 적극적인 개입을 통해 인물을 진단한다. 이때 화자는 초점자와 서술화자로 분열하며 인물에 대한 정보의 양을 통제한다. 이를 통해 만들어진 간극으로 인해 웃음이 유발되기도 한다. 그러나 대개는 화자와 인물 사이에 폭력으로 이어지고, 타인의 주체성을 훼손하며 비극을 만들고 있다.

5. 나오며

이상 김유정 소설 속 인물들 간의 대화 양상을 살펴보았다. 대화는 담론의 일부분이나 인물들 간의 갈등을 극적으로 제시한다는 점에서 주요한 서술 양태이다. 이를 따로 나눠 본 것은 김유정 소설 전반의 일정한 대화 패턴이 소통 보다는 소통 부재로 이어지며 비극을 양산하고 있기 때문이었다.

2절에서는 여성 인물의 발화를 적극적으로 재단하고 정보를 통제하는 화자에 의해 타자(특히 여성)의 주체성이 훼손되는 대화 양상을 살펴보았다. 3절에서는 이들 폭력적인 화자들과는 달리 여성의 발화를 이해하지 못하는 어리숙한 화자들이 만들어내는 오해로 인해 어긋나는 대화 양상을 살펴보았고, 4절에서는 자전소설에 드러난 여성들과의 소통 부재를 살펴봄으로써 김유정 소설의 어긋난 대화 양상의 기원을 찾아보고자 하였다. 특히 일찍 돌아가신 어머니와 악착같은 누이 밑에서 자신에 대한 자조적(自照的)인 서사를 만들어낼 수밖에 없었던 김유정의 내면 의식이 여성과 제대로 대면하여 소통하지 못하는 병적 트라우마로 드러나고 있음을 확인하였다. 이 트라우마는 김유정 소설 전반의 소통 오류를 일으키는 원류가 되고 있다. 세계와 자아의 갈등, 타자와의 갈등을 원만히 해결하지 못하는 김유정 소설 속 인물들은 소통 오류를 일으키며 '원점 회귀'[13]의 구조에서 벗어나지 못한 채 대부분 비극을 맞고 있다.

---

13 전신재 편, 『원본 김유정 전집』, 강, 2012, 17쪽. 각주 엮은이 해설.

참고문헌

1. 논문

김원희, 「다성적 경향과 서정성의 조율-김유정 소설 문체의 역동성」, 『현대소설연구』 34, 한국현대소설학회, 2007.

김혜영, 「김유정 소설에 나타난 욕망의 의미」, 『현대소설연구』 17, 현대소설학회, 2002.

노지승, 「맹목과 위장, 김유정 소설에 나타난 자기(self)의 텍스트화 양상-「두꺼비」와 「생의 반려」를 중심으로」, 『현대소설연구』 54, 한국현대소설학회, 2013.

박현선, 「김유정의 인식지평과 존재의 언어」, 『아시아문화연구』 27, 가천대 아시아문화연구소, 2012.9.

송희복, 「청감의 시학, 생동하는 토착어의 힘-김유정과 이문구를 중심으로」, 한국국어교육학회, 『새국어교육』 77, 2007.

임정연, 「김유정 자기서사의 말하기 방식과 슬픔의 윤리」, 『현대소설연구』 56, 한국현대소설학회, 2014.8.

전신재, 「김유정 소설과 언어의 기능」, 『한말연구』 6, 한말연구학회, 2000.

정연희, 「김유정의 「생의 반려」에 나타난 자기 반영적 서술과 아이러니 연구」, 『우리문학연구』 43, 우리문학회, 2014.7.

조경덕, 「김유정의 소설 쓰기와 자기 인식-「슬픈이야기」, 「따라지」 분석」, 『한국문학이론과 비평』 55, 한국문학이론과 비평학회, 2012.6.

최병우, 「김유정 소설의 다중적 시점에 관한 연구」, 『현대소설연구』 23, 한국현대소설학회, 2004.

홍혜원, 「폭력의 구조와 소설적 진실-김유정 소설을 중심으로」, 『현대소설연구』 47, 현대소설학회, 2011.

2. 단행본

권택영, 『소설을 어떻게 볼 것인가』, 문예출판사, 2013.

전신재 편, 『원본 김유정 전집』, 강, 2012.

웨인 부스, 최상규 역,『소설의 수사학』, 예림기획, 1999.
제라르 즈네뜨, 권택영 역,『서사 담론』, 교보문고, 1992.

제4부 / 김유정 소설과 교육

전상국의 장편 『유정의 사랑』과 '김유정 평전'

정호웅

1. 머리말

전상국의 장편 『유정의 사랑』(고려원, 1993; 일송포켓북, 2005)은 열 개의 장과 마지막에 붙은 '에필로그'로 구성되어 있다. 열 개의 장은 김유정의 삶과 문학에 관심을 가진 두 사람 백진우와 문하리(그녀의 이름은 밝혀져 있지 않다. '하리'는 백진우가 지어 준 애칭이다)가 번갈아가며 주인공을 맡는다. 그들은 금병산 등산로에서 우연히 만나 서로 사랑하게 된 사이, 그 사랑이 정점을 향해 치달리던 어느 시점 결별 직전에까지 갔다가 반전, 마지막에 이르러 다시 함께하게 되었다. 우여곡절의 에움길을 굽이 돌아 행복한 결말로 끝나는 두 남녀의 사랑이야기인 셈이다. 이 사랑이야기는 전상국이 「작가의 말」에서 밝힌 두 창작 의도 가운데 "자기 구제의 길을 찾아 나선 오늘의 사는 젊은 남녀의 방황과 자연 친화적 사랑의 열정"[1]을 그리는 것에 대응한다.

작가가 밝힌 또 하나의 창작 의도는 "작가 김유정의 짧고 어두웠던 삶을 관통한 병적 열정의, 그 섬광 같은 예술혼의 소설적 진단"[2]이다. 이 창작 의도는 백과 문 두 사람의 글과 말, 서술자의 말, 작가의 글과 말, 김유정의 삶과 문학과 관련된 많은 글과 말 등이 관여하여 재구성하는 또 하나의 이야기 곧, 김유정의 삶과 문학을 통해 실현된다.

두 이야기의 옆에는 판소리 명창 박녹주의 생애가 구성하는 또 하나의 이야기가 나란히 펼쳐진다. 작품 사이사이에 제시되어 있는, 그녀가 남긴 몇 편의 회고록 속 부분 부분을 엮으면 떠오르는 이 이야기는 앞의 두 이야기 속 인물들 특히 문하리와 김유정의 여로와 만났다 헤어지기를 반복하며 외롭게 나아간다.

이들 세 이야기의 관계는 전체적으로 보아 유기적이라고 하기는 어렵다. "유정의 생애와 유정의 작품에 대한 해명은 백진우와 문하리의 사랑이야기를 위한 소도구로 전락하고 만 느낌"이 든다든가, "김유정과 박녹주, 백진우와 문하리로 병치되는 이야기의 흐름에서 네 사람의 공통적 성격인 '염인증'을 내세우는 데 무리가 보"[3]인다든가 하는 지적은 이와 관련된 것이다.

전체적으로 보아 유기적이라 하기는 어렵지만 그렇다고 해서 이들 이야기를 하나로 꿰는 게 없는 것은 아니다. 이들 이야기의 네 중심인물은 모두가 우호적이지 않은 환경과 그것이 만들어낸 콤플렉스에 굴복하여

---

1   전상국, 『유정의 사랑』, 일송포켓북, 2005, 4쪽. 이하 이 책에서 인용한 경우는 쪽수만 표시한다.
2   위의 책, 같은 쪽.
3   유인순, 「김유정 실명소설 연구」, 『김유정을 찾아가는 길』, 솔과학, 2003, 288~289쪽.

갇히지 않고 자기 구원을 향해 나아가는 인물이라는 점, 예술 창작을 통해 자기를 구원하고자 하는 인물이라는 점에서 같은 것이다.

세 이야기 가운데 두 번째 이야기만 떼어내 본다면 이것은 김유정의 삶과 문학 전체를 다룬 평전이라 할 수 있는데 이 글에서는 이것을 '김유정 평전'이라 부르고자 한다. 이 평전은 김유정 전문 연구자이자 소설가인 작가가 방대한 자료, 국문학계와 평단의 기존 연구, 유족을 비롯하여 김유정과 관련 있는 사람들과의 직접 인터뷰 등을 바탕으로 김유정의 삶과 문학 전체를 해석하고 체계적으로 재구성한 것이다. 김유정의 삶과 문학에 대한 해석이 전지적 서술자를 통해 이루어지는 경우는 물론이고, 전문가가 아닌 등장인물을 통해 이루어지는 경우에도 그 수준이 매우 높은데 이는 김유정 전문 연구자이자 소설가인 작가가 적극적으로 개입하였기 때문이다.[4] 작가의 적극적인 개입으로 인해 작가와 등장인물 사이의 적절한 거리 유지가 실패함으로써 소설의 현실성 확보가 제약되었는데 이 소설의 큰 문제점이다. 그러나 작가의 삶과 문학에 대한 높은 수준의 비평적 해석을 요구하는 '평전'으로서의 측면에 초점을 맞춘다면 그것은 불가피한 일이었다고 보아야 할 것이다. 비전문가, 특히 이 작품 속 문하리와 같이 소설 독서의 경험이 거의 없는 독자의 해석을 통해 좋은 '평전'이 요구하는 수준에 나아갈 수는 없는 일이기 때문이다.

이 소설에서 '김유정 평전'을 기술하는 복수의 주체는 자료에 근거하여 사실을 확인하고 대상을 객관적으로 해석하고자 하는 연구자의 태

---

4 작가는 '필자 주(158쪽)를 단다든지, '작가노트'(553~565쪽)를 길게 제시한다든지 하여 소설 전개에 직접 개입하기도 하는데, 이 작품에서의 작가 개입의 정도가 어떠한지를 보여주는 단적인 예이다.

도와 자유로운 독자의 태도를 함께 지니고 있다. 그 복수의 주체 가운데 하나인 전지적 작가와 전지적 작가가 서술하는 장의 주인공인 백인영은 연구자의 태도를 보다 많이 지니고 있고, 문하리는 독자의 태도를 뚜렷이 보인다는 사실이 보여주듯 어느 한쪽 태도가 보다 분명하긴 하지만, 복수의 주체 모두가 연구자의 태도와 독자의 태도를 동시에 갖고 있는 것이다. 이처럼 저마다 연구자의 태도와 독자의 태도를 함께 지니고 있는 복수의 주체가 기술해 가기에 이 작품 속 '김유정 평전'은 객관성과 주관성, 자료와 해석이 적절한 균형을 이루는 좋은 평전의 요건을 갖출 수 있었다.

복수의 주체가 기술하는 이 작품 속 '김유정 평전'은 기존의 해석을 종합하면서 이를 바탕으로 더 나아가고자 하였다. 이 평전의 곳곳에 빛나는 새로운 해석들이 이를 잘 보여준다. 이 해석들에는 새롭지만 충분한 근거를 갖추지 못해 직관에 이끌린 추측 차원의 것도 적지 않다. 이 글에서는 이처럼 아직은 추측 차원에 머물러 있는 것들에 대한 집중 검토를 통해, 한편으로는 '김유정 평전'으로부터 배우고, 한편으로는 그 배움을 딛고 김유정의 삶과 문학에 대한 새로운 해석의 가능성을 찾아보고자 한다. 이를 통해 문학교육의 마당에서 중요한 작가의 한 사람으로 수용되고 있는 김유정의 삶과 문학을 좀 더 깊이 이해함으로써 문학교육에 보탬이 될 수 있기를 기대한다.

2. 서자설과 감성적 체질론

일찍 죽어 퇴장한데다 가정을 이루지 않아[5] 남은 가족이 없고, 형 유근의 광기에 휩쓸려 김유정 생전에 이미 집안이 결단 났기 때문에 그의 생애를 복원하는 일은 대단히 어렵다. 주변 사람들의 증언은 시간이 흐를수록 시간의 파괴력과 끊임없이 '새로움을 지향'하여 스스로를 '수정'하는 '기억의 속성'[6] 때문에 사실에서 멀리 벗어난 경우가 많아 그대로 믿을 수는 없으니 더욱 그렇다. 게다가 그의 누나들과 조카들을 비롯한 가까운 핏줄들 그리고, 김유정과 그의 문학을 사랑하는 독자들이 지켜보고 있으며, 우뚝한 개성의 문학세계를 일군 빼어난 작가 김유정이란 신화가 앞을 가로막고 있으니 붓길이 자유로울 수 없다. 그럼에도 불구하고 이 작품 속 '김유정 평전'의 기술자들은 나아가고 또 나아가 김유정의 생애를 충실하게 복원하는 데 이르렀다. 김유정의 생애를 복원하는 일이 얼마나 어려운가를 잘 보여주는 것은 이 작품에서 처음 제기된 '서자설'이다.

서자설은 금병의숙 제자였던 조문희(1992년 10월 3일 구술 당시 70세, 299쪽)의 증언에서 비롯되었다. "김유근이는 본처 아들이구 유정이 그 양반은 첩실 아들"[7]이라는 것인데, 이를 뒷받침하는 근거로 내세울 수 있는 것도 여럿 있다. 김유정의 "자신이 어두운 운명 속에 놓여 있다는 비극적 인생관",[8] 1915년 "김유정의 어머니가 서울에서 죽었을 때 김유근이가

---

5 누이들의 강권에 못 이겨 연안 이 씨와 결혼했으나 3일 만에 내보냈다는 증언이 이 소설(383쪽)에 나온다.
6 38쪽.
7 301쪽.

장례에 참여하지 않았다는 것"[9] 등으로 미루어 개연성이 충분하다. 평전 기술자는 이 같은 개연성을 근거로 서자설을 따르는 듯하다가, 뒤에 가서는 다른 이유를 들어 "서자가 아닐 것이란 심증이 얼마든지 있다"[10]고 하여 뿌리친다.

> 그네들(조카인 김영수와 김진수, 김영수의 아들인 김진웅−인용자)이 그렇게 부인하지 않아 도 김유정이 서자가 아닐 것이란 심증은 얼마든지 있다. 불과 44세에 북은 김유정의 부친 김춘식이 그 아들 유근과는 달리 매우 근엄했던 사람으로 알려진 사실도 그렇거니와 마을 노인들이 김유근이 한 집에 여자를 몇씩 거느리고 사는 것을 보고 그 선친도 그랬을 것이라 고 넘겨짚었거나 김유근과 그 부친을 착각했을 가능성이 없지 않기 때문이다. 또한 그 당시 로는 김유정의 어머니가 44세에 죽기까지 여덟 명의 자식을 낳는 일이 그렇게 드문 일은 아니라고 생각되기 때문이다.[11]

이중적인데 이를 일관성의 부족이라고 비판하는 것은 온당한 태도가 아니다. 오래 전 작고한 작가의 생애를 복원하는 일은 이토록 어렵다는 것, '김유정 평전'의 기술자들은 이처럼 어려운 과제를 풀기 위해 최선을 다했다는 것을 보여주는 예라고 하는 게 문학교실에서 공부하는 우리의 바른 태도일 것이다.

'김유정 평전'의 기술자들은 이처럼 이중적인 태도를 보이지만 여기서 처음 제기된 서자설은 김유정의 출생과 성장 환경과 관련하여 앞으

---

8 292쪽.
9 298쪽.
10 564쪽.
11 564~565쪽.

로도 계속 검토되어야 할 과제이다. 위에서 언급하였거니와 장례를 주관해야 할 맏상제 김유근이 참여하지 않았다는 것은 기괴하기 짝이 없는 일이다. 이 사실과 김유정 서자설을 묶어 생각해 보면, 김유정의 모친이 김유근의 모친이 아닐 수도 있다는 추리가 가능하다. 그렇다면 김유정의 모친은 '첩실'이 아니라 '후실'이 되는데, 김유정 서자설을 불러일으킨 조문희는 이를 혼동하여 김유정이 '첩실 소생'이라 하였을 것이라고 추정해 볼 수 있다.

'김유정 평전'에는 김유정의 생애에 대한 새로운 해석도 담겨 있는데, 김유정을 지배한 것으로 알려진 운명론을 타고난 '감성적 체질'과 관련지우는 것이 가장 대표적이다. '김유정 평전'에서는 김유정의 자기 폐쇄적 내성적 성격, 박녹주와 박봉자에게 일방적인 편지질하기가 보여주는 기괴한 짝사랑 등이 '환경적 원인'에서 비롯되었다고 보는 기존의 해석과는 달리 '환경적' 원인과 함께 '감성적 체질'[12] 또는 '유전적 개인 체질'[13]이 함께 작용한 결과라고 해석한다. "예민한 그의 감성망은 어릴 때부터 자신을 덮씌우고 있는 운명의 그늘 속으로 스스로 걸어 들어가 그 외로움을 흠뻑 뒤집어쓰고 있었을 것"[14] 또는 "그는 어렸을 때부터 운명 속에 자신을 가두었다. 스스로 햇빛을 차단한 다음 어둠 속에서 운명과 음모를 시작한 것이다. 그의 몸 속 감성의 시킴이었다"[15] 등의 진술이 이를 잘 보여준다.

타고나기를 예민한 체질의 소유자였기에 스스로 운명 속에 자신을 가두었다는 이 같은 해석의 근거는 단 하나, 김유정의 가까운 벗이었던 안

---

12 141쪽.
13 169쪽.
14 141쪽.
15 177쪽.

회남의 소설 「겸허」에 나오는 한 문장 "나는 일평생 내 힘으로 할 수 없는 무슨 커다란 그림자에 눌려 지냈다"[16]이다. 「겸허」의 서술자는 이 말을 다음처럼 조상의 악업과 관련된 운명론이라 해석하였다.

> "나는 일평생 내 힘으로 할 수 없는 무슨 커다란 그림자에 눌려 지냈다."
>
> 이런 말도 했었다. 운명이나 그림자나 모두 자기의 소위 팔자라는 것을 지칭하여 말한 것으로, 그렇게 불행했던 그였고 보매 그의 입으로 이러한 말이 나오는 것을 나는 뭐라고 흉 볼 수 없다.
>
> 병상에 누웠을 때 그는 더욱 이러한 운명론적(運命論的)인 각오를 가졌다. 자기 자신, 뿐만 아니라, 집안 식구의 전부, 집안 식구뿐만 아니라 자기 자신까지 숙명적으로 결단코 행복스럽지 못할 것이라고 생각하였으며 그것을 옛날 할아버지 할머니 때의 과거와 연결하여 나에게 누설한 바 있는 것이다.
>
> "춘천 우리 고향에서는 우리 집안이 망하는 것을 좋아한다."
>
> 어느 때 유정은 이런 말을 나에게 했다. 나도 또한 차상찬 씨에게서 얻은 지식으로 내대어 그에게 이야기한 듯하다. 유정의 할아버지 시대에 양반 세력에 눌리어 재물을 빼앗기고 갖은 곤욕을 다 당했던 이곳 백성들이 아지껏 원한을 잊지 않고 집안을 저주한다는 것이었다.[17]

조상의 죄업과 관련된 운명론이다. 박경리의 대하소설 『토지』를 비롯하여 우리 소설 곳곳에 이와 같은 성격의 운명론이 들어 있음을 우리는 알거니와,[18] 그렇다면 「겸허」 속 이 같은 운명론은 『토지』가 대표하

---

16 141쪽.
17 안회남, 「겸허」, 『문장』, 1939. 10, 57쪽.
18 정호웅, 「한·생명·대자대비」, 『한국의 역사소설』, 역락, 2006, 90~93쪽.

는 '조상의 악행에서 비롯된 운명의 굴레에 갇힌 후손 이야기'를 담고 있는 작품들과 상호텍스적적 관계에 놓인다고 할 수 있겠다.

「겸허」에서의 이 같은 증언이 사실인지 아닌지 확인할 수는 없다. 그러나 중요한 것은 그것의 사실 여부가 아니라, 조상의 죄업과 관련된 운명론을 말하기 위해 「겸허」에서 든 김유정의 말을 '김유정 평전'에서는 김유정이 타고난 감성적 체질의 소유자라는 점을 강조하기 위한 근거로 사용하였다는 점이다. 논리성이 결여된 비약이 아닐 수 없으니 '김유정 평전'에서의 '감성적 체질'론은, 지금으로선 충분한 설득력을 확보하지 못하였다고 할 것이다.

『유정의 사랑』에는 김유정의 작가적 재능에 대한 감탄과 칭송의 말이 자주 나온다. 「소낙비」를 두고 '김유정 평전'의 기술 주체 가운데 한 사람인 문하리가 토하는 감탄, "이 작가는 재능이 철철 넘치는군. 억지로 만든 소설이 아니다. 흘러넘치는 재능으로 쓴 작품이다"[19]가 대표적이다. 그들을 감탄하게 만드는 김유정의 뛰어난 작가적 재능을 강조하기 위해서 '김유정 평전'의 기술 주체들은 논리의 파탄을 무릅쓰고 저 같은 비약을 감행했던 것이다.

김유정의 작가적 재능에 대한 감탄과 칭송은 "예술가들의 그 병적 집착, 혹은 창조적 에너지"가 '유전적 개인 체질'[20]과 관련되어 있다는 생각 곧, 작가를 포함한 예술가는 태어나는 것이라는 '예술가 천재론'과 이어져 있다. 김유정 문학에 빛나는 천재성에 근거한 것이니 설득력이 있으며, 여자들에게 일방적으로 편지질하기 등 이해하기 곤란한 김유정의 특이한 행위가 무엇에서 비롯되었는가를 어느 정도 설명해 주는 것

---

19 111쪽.
20 169쪽.

이라는 점에서 참고할 만한 것이다. 한편 이것은 김유정 문학을 환경적 요인의 산물로 보는 기존의 이해에서 벗어나게 이끈다는 점에서 큰 의미를 지닌다. 그러나 이것이 지나치게 강조되면 환경적 원인이 뒷전으로 물러나게 되고, 지금까지 살펴왔듯 논리적 비약을 무릅쓴 자의적 해석에 함몰될 수도 있다는 점 등을 간과해서는 안 될 것이다.

3. 소설쓰기의 기원

'김유정 평전'에서는 위에서 살핀 정서적 체질론을 바탕으로 더 나아간다. 김유정이 '자기 확인'을 위해서 그리고 '절망하기' 위해서 스스로 외로움 속으로 걸어들어 갔다, 라는 것이다.

① 그는 자기 자신을 깊은 절망의 밑바닥까지 떨어뜨린 다음 그 밑바닥에서 다시 솟아날 수 있는가를 시험했다. 그때 그가 필요했던 것은 자기 확인이었다.[21]

② 자신의 그 안쪽에서 끓고 있는 어떤 열정의 기미를 예민하게 포착한 뒤 그것의 정체를 찾기 위해 그는 슬픔 속으로 자신을 밀어 넣었다.

김유정이 필요로 했던 것은 박록주의 사랑이나 그 어떤 구원의 손길이 아니었을 것이다. 그에게 필요한 것은 자기 체질인 그 외로움의 확인과 그 외로

---

21 179쪽.

움 속에 감추고 있는 열정의 발산이었다.

　김유정이 자기보다 나이 많은 여자를 선택했던 것부터 그 스스로가 절망적인 결과를 알고 있었을 것이란 추측을 낳게 한다. 그는 절망하기 위해 그런 무분별한 선택을 했다고 생각할 수 있다. 절망의 바닥까지 떨어져 내린 다음 그 감당하기 어려운 슬픔의 통해 다시 태어나고 싶었던 것은 아닐까.[22]

　모호하지만 간추리면, 김유정은 "자신의 그 안쪽에서 끓고 있는 어떤 열정의 기미를 예민하게 포착한 뒤 그것의 정체를 찾기 위해" 그리고 그 열정의 정체를 붙잡고(자기 확인) "다시 태어나기 위해" 스스로 자신을 절망과 슬픔의 구렁으로 밀어 넣었다는 것이다. '김유정 평전'에서의 이 같은 해석은 김유정의 미완성 자전적 장편소설 「생의 반려」에 나오는 다음 진술에 근거하고 있다.

　(가)이것은 결코 흔히 말하는 그 연애는 아니었다. 그 연애란 것은 상대에게서 향기를 찾고, 아름다움을 찾고, 다시 말하면 상대를 생긴 그대로 요구하는 상태의 명칭이겠다.

　그러나 그의 연애는 상대에게서 제 자신을 찾아내고자, 거반 발광으로 하다시피 하는 것이다. 물론 상대에게는 제 자신의 그림자도 비치지 않았다.[23]

　(가)의 핵심 내용은 "그의 연애는 상대에게서 제 자신을 찾아내고자" 하는 행위라는 것이다. 이때의 자기 찾기란 무엇을 뜻하는 것일까? 「생

22　256쪽.
23　김유정, 「생의 반려」, 전신재 편, 『원본 김유정 전집』, 강, 2007, 251~252쪽. 김유정의 글을 인용할 경우 모두 현대어 맞춤법에 맞게 고쳤음.

의 반려」를 자세히 읽으면 이 부분에 나오는 자기 찾기가 "자신의 그 안쪽에서 끓고 있는 어떤 열정의 기미를 예민하게 포착한 뒤 그것의 정체를 찾"는 것과는 크게 다른 것임을 잘 알 수 있다. 다음 인용이 이를 잘 보여준다.

(나)그는 자기의 머릿속에 따로이 저의 여성을 갖고 있는 것이다. 말하자면 그와 같이 생의 절망을 느끼고, 죽자 하니 움직이기가 귀찮고 살자 하니 흥미 없는 그런 비참한 그리고 그가 지극히 존경하는 한 여성이 있는 것이다. 그는 그 여성을 저쪽에 끌어내 놓고 연모하기 시작하였다. 그리고 명주는 우연히 그 여성의 모형이 되고 말았을 그뿐이겠다.[24]

(가)에서의 자기 찾기는 '그'가 연애의 대상으로 점찍은 여성에게서 "그와 같이 생의 절망을 느끼고, 죽자 하니 움직이기가 귀찮고 살자 하니 흥미 없는 그런 비참한" 모습을 찾는 것이었다는 것을 위의 인용은 분명히 보여준다. 그러므로 이때의 자기 찾기는 '그'가 자신이 어떠하다는 것을 이미 알고 있으므로 자신에 대한 탐구가 아니라, 연애의 대상으로 찍힌 그 여성이 자신과 동질적인 존재임을 확인하고자 하는 행위이다. 이렇게 본다면 (가)를 근거로 김유정의 자기 찾기가 "자신의 그 안쪽에서 끓고 있는 어떤 열정의 기미를 예민하게 포착한 뒤 그것의 정체를 찾"는 것이라 해석한 것은 설득력이 부족하다. '김유정 평전'의 기술 주체들은 근거를 잘못 선택했던 것이다.

근거를 잘못 선택했기에 설득력이 부족하지만, '김유정 평전'의 이 같

---

[24] 위의 글, 256쪽.

은 해석은 김유정을 창조 행위로서의 소설쓰기에 나아가게 이끈 내면의 동역학에 대한 깊은 통찰을 담고 있다는 점에서 거듭 새길 만하다.

> 그는 뭔가 자신을 불태울 수 있는 신명나는 일을 찾고 있었다. 자기 자신을 다 던져도 좋을 그런 열정이 햇빛을 차단한 어둠 속에서 아우성치고 있었기 때문이다. '가장 참된 사랑'을 꿈꾸는 반란이었다.
> 참된 사랑을 통해 자기 확인을 하고 싶었던 것이다. 그 참된 사랑을 위해 김유정은 펜을 들었다.
> 김유정의 글쓰기는 그렇게 시작되었다.[25]

"자신을 불태울 수 있는 신명나는 일" 찾기, "자기 자신을 다 던져도 좋을 그런 열정"을 살려나가고 태울 수 있는 대상 찾기에 초점을 맞출 때, 김유정의 소설쓰기는 '박녹주에 대한 짝사랑, 들병이를 포함한 고향 사람들과의 만남'[26]과 동질적이라는 사실을 확인할 수 있다.

김유정의 자기 찾기에 대한 '김유정 평전'의 이 같은 해석은 평전 기술자의 한 사람인 백진우의 고뇌하여 나아가는 내적 행로와 대응한다. 국어학 전공자인 그는 박사 학위 논문 작성을 이미 포기하였는데 더 나아가 '대학 강사 생활도' '대학교수가 되겠다는 꿈'도 버리겠다고 다짐한다. "어떤 확신과 신명이 없는 일을 한다는 것은 죄악"[27]이라는 생각 때문이다. 그 버리고 떠나기의 어느 지점에서 그는 자신에게 "맞는 일, 신명을 내고 살 수 있는 일"을 하며 "살아가야 할 길이 보일 같은" '막연'한

---

25 180~181쪽.
26 294쪽.
27 421쪽.

'예감'에 사로잡히게 된다.

> 참으로 먼 길을 돌아왔다는 회한으로부터 오는 그 설레임은 아직 분명한
> 것은 아니지만 내가 걸어가야 할 길, 그 길을 향해 열심히 달려갈 것 같은 그
> 런 예감입니다.
> 힘껏 미칠 각오가 돼 있습니다.[28]

'그 길'은 문하리와의 사랑 길이고, 분명하진 않지만 '소설쓰기' 곧 작
가의 길이다. 금병산 등산길에서 우연히 시작된 두 사람의 사랑은 금병
산을 중심으로 사방에 솟아 있는 강원도 일대의 산을 오르는 가운데 갈
수록 깊어 간다. 그 사랑은 서로를 불러 하나 되고자 하는 사랑의 본성
에 따라 나아가는 것이니, 스스로의 이치를 따를 뿐 인간 세계의 규범과
는 무관한 자연의 '스스로 그러함'의 속성과 어울려 한껏 자유롭다. 그
사랑은 또한 돈, 권력, 사회적 위치 등 인간 세계의 통속적 척도가 미치
지 않는 곳에 오연히 솟아 있는 그 자체로 충만하여 자족적이다. 그 사
랑은 또한 두 사람이 자신의 시공간에서 새롭게 만들어 내는 것이니 전
에도 없었고 앞으로도 없을, 이 점에서 창작품이다. 이들의 이 같은 사
랑은 마찬가지로 인간 세계의 규범이며 통속적 척도와는 무관한 작가
내면의 열정과 신명이 밀고 이끄는 창조 행위인 소설쓰기와 맞통한다.
　김유정의 자기 찾기와 소설쓰기와 관련하여 '김유정 평전'에서 강조
하고자 한 것은 아마도 두 사람의 사랑과 동질적인 창조 행위로서의 소
설쓰기일 것이다. 이 점을 전제할 때 자신을 확인하고 다시 태어나기 위

28　424쪽.

해 스스로 절망과 슬픔 속으로 걸어 들어갔으며 마침내 글쓰기로 나아 갔다는 '김유정 평전'에서의 창의적인 해석은 설득력을 확보한다.

한편 자기 찾기와 관련하여, 「생의 반려」에는 위에 든 인용문 (가)와 는 상반되는 내용도 들어 있는데 이것은 김유정의 글쓰기 가운데 하나 를 설명하는 데 유용한 근거로 보인다.

(다)당신은 당신의 자신을 아시나이까. 그러면 당신은 극히 행복이외다. 저 는 저를 모르는 등신이외다. 허전한 광야에서 길 잃은 여객이외다.[29]

여기서 '그'는 (가)에서와는 반대로 자신을 "저는 저를 모르는 등신"이 라고 한탄하면서 이 때문에 자신은 "허전한 광야에서 길 잃은 여객"이 라고 규정하고 있다. 이 같은 한탄과 자기규정 속에 자신이 누구인지를 알고자 하는 욕망이 내연하고 있음은 물론이다.

이렇게 살핀다면 「생의 반려」를 통해 확인할 수 있는 자기 찾기는 두 가지 상반되는 내용을 지닌 것임을 알 수 있다. 하나는 자신과 동질적인 존재를 찾는 것인데 이것은 인용문 (가)가 잘 보여준다. 다른 하나는 자 신이 누구인지 모르는 등신이 자신이 누구인지를 알고자 하는 자기 탐 구인데 이것은 인용문 (나)가 잘 보여준다. 이 같은 자기 탐구의 행위 가 운데 하나로 김유정이 선택한 것이 글쓰기 곧 소설쓰기였을 것이라는 추리가 가능하다. 자신을 대상으로 한 소설인 「두꺼비」, 「생의 반려」, 「따라지」, 「연기」, 「형」 등이 이를 뒷받치고 있다.

---

29 김유정, 앞의 글, 270쪽.

4. 창작방법론

'김유정 평전'에는 김유정의 창작방법론에 대한 통찰이 여럿 나온다. 먼저 배경과 등장인물과 관련된 것을 보자. "작품 속에 역사적·시간적 배경이 설정되어 있지 않다", "김유정은 좁은 무대를 쓴다", "작중 인물의 수가 적고 활동범위도 좁다", "주변 인물들을 과감히 잘라 버리고 핵만 남긴다"[30] 등인데 '시공간적 배경이 언제 어디라고 구체적으로 설정되어 있지 않다는 것', '등장인물의 수가 적다는 것', '등장인물들의 활동 범위가 좁다는 것' 세 가지로 간추릴 수 있다. 평전 기술의 주체 가운데 한 사람인 문하리는 이런 특성을 지닌 김유정 소설을 아주 작은 소설을 뜻하는 '마이크로 노벨레'[31]라고 부른다.

"역사적·시간적 배경이 설정되어 있지 않다"는 점은 김유정 소설의 한 특성으로 일컬어지는 '배경의 추상화'[32]와 관련된 것일 터인데, 이처럼 시공간적 배경이 언제 어디라고 구체적으로 설정되어 있지 않아도 "그의 소설에는 당시의 사회상이 비수처럼 박혀 있어서, 그의 글이 사회를 반영하는 거울로서의 효용 가치를 충분히"[33] 갖는다고 '김유정 평전'에서는 평가한다. 타당한데 더 나아가 이처럼 시공간적 배경을 설정하지 않음으로써 특정의 시공간에 한정되지 않는 탈시간적이고 탈공간적인 소설공간을 창출하였다고 볼 수도 있을 것이다.

등장인물이 적고 활동 범위가 좁다는 것과 관련하여 '김유정 평전'에

---

30 208~209쪽.
31 208쪽.
32 박상준, 「반전과 통찰」, 『현대문학의 연구』 53, 한국문학연구학회, 2014, 28쪽.
33 208쪽.

서는 "사회를 축소해서 어느 가정 이야기 속에 하고 싶은 이야기를 작지만 날카롭게 콕 박아 넣었다"[34]라고 하여 긍정적으로 평가하였다. 이 또한 타당한 평가임은 물론이다. 그러나 조금 관점을 달리하여 '선택과 집중'이란 단편소설 창작의 기본 원리에 충실하기 위해 이 같은 창작방법론을 선택하였다는 평가가 가능하다고 본다. 예를 들어 「동백꽃」은 청춘남녀의 사랑을 집중적으로 다루기 위해 등장인물을 그 사랑의 당사자인 두 사람으로 제한하고 그들의 활동 범위는 그들 일상 삶의 공간으로 제한하였으며, 「솥」은 성에 눈먼 농촌 사내의 욕망과 생존을 위해 스스로 그 안에 갇힌 들병이 부부의 비정을 집중적으로 다루기 위해 등장인물을 들병이 부부와 그 사내 부부로 제한하고 그들의 활동 범위는 사내의 집과 들병이가 영업하는 집 그리고 마을길로 제한한 것이다.

'김유정 평전'에서 강조하고 있는 김유정의 창작방법론 가운데 또 다른 하나는 주인공인 남자를 '어리석음, 멍청함'의 인물로 그리는 것인데 '김유정 평전'에서는 이를 다음처럼 해석한다.

김유정도 자신의 작품 속에서 새로운 모습으로 태어났다고 봐도 틀림없을 겁니다. 즉 김유정 자신이 가진 모든 행복의 조건들을 등지고 그렇게 바보스럽게 살고 싶었다는 것이 맞을는지도 모릅니다.[35]

'김유정 평전'에서는 "그 작품 속에 들어가 작품의 한 부분이 돼 버렸다는 뜻"이라고 부연하고 있는데 김유정의 내밀한 창작 욕망과 관련한 새로운 해석이다. 그러나 이런 해석이 김유정 문학 전체에 적용 가능한 설득력

---

34 208쪽.
35 295쪽.

을 얻으려면 그 바보스러운 사내들이 자신들의 삶을 행복하다 여기고 있어야 한다는 전제가 필요한데, 「동백꽃」의 '나'를 제외하고는 이에 해당하는 인물을 찾을 수 없다. 새로운 해석이지만 그 설득력은 제한적이다.

'김유정 평전'에서 들고 있는 또 하나의 창작방법론은 "자기를 포함한 모든 대상의 완전한 객관화"[36]이다. 이 말은 두 측면에서 살필 수 있다. 하나는 주관을 철저하게 배제하고 대상을 객관적으로 관찰하고 묘사하는 김유정 소설 특유의 창작방법론에 대한 날카로운 진단이라는 점이다. 김유정 소설의 서술자는 선 / 악, 미 / 추, 진 / 허위 등에 대한 주관적 판단을 일절 하지 않는다. 당연하게도 독자는 김유정 소설에서 서술자의, 대상에 대한 호 / 불호 또는 긍정 / 부정의 표현을 찾을 수 없다.[37] 평전 기술자의 한 사람인 문하리는 김유정의 소설에서 '지적 논리, 교육의 상투적 교시, 지성의 허울로 치장한 오만함'을 전혀 찾을 수 없다는 것을 들어 '반란의 미학'[38]이라 명명하는데 이 또한 철저하게 주관 개입을 통어한 대상 객관화의 창작방법론과 관련된 것이다. 이 같은 창작방법론을 그 가능한 최대치까지 실현한 것이 김유정 소설이다. 이 점에서 김유정 소설은 한국소설사에서 대단히 예외적인 특이한 개성이다.

다른 하나는 이 창작방법론이 김유정이 자신과, 가족 등 '가장 가까이 잘 알고 있는 사람들'을 '희화'하기 위해 선택한 것이었다는 점이다.

> 자신을 객관화한 작품이 비로소 구상된다. 「두꺼비」, 「생의 반려」, 「따라지」, 「연기」, 「형」 등이 바로 그 작품들. (…중략…) 그는 소설 속에서 자기 자

---

36 386쪽.
37 예컨대, 매춘이나 인신매매가 일상화되어 있는 현실을 그리는 작품에서 독자는 서술자의 '도덕적 판단'(박세현, 『김유정의 소설세계』, 국학자료원, 1998, 87쪽)의 말을 하나도 만날 수 없다.
38 342쪽.

신을 회화하는 즐거움을 얻는다. 가장 가까이 잘 알고 있는 인물들을 소설 속에 등장시킴으로써 그는 지금까지 억눌려 왔던 어떤 강박으로부터 해방되는 느낌이었다.[39]

내용상 두 부분으로 이루어진 글이다. 앞뒤 연결의 통일성이 결여돼 있어 조금 모호하지만 이 글이 놓여 있는 문맥에 비추어, 자신과 주변 인물들의 객관화를 통해 자신과 그들을 회화함으로써 '어떤 강박으로부터 해방되는 느낌'을 맛보았다, 라는 내용임을 알 수 있다. 그러니까 이 경우 대상 객관화의 창작방법론은 회화를 통한 자기 해방의 수단[40]이라는 것이 '김유정 평전'의 해석인 셈이다.

그러나 문제는 남는다. '객관화'의 대상이 된 '자신' 또는 '가장 가까이 잘 알고 있는 인물들'을 어느 정도까지 다루었는가가 중요할 터인데, 대체로 보아 '자신'에 대한 추구는 제한적이다. 김유정은 자신의 안팎 전체를 객관화하는 데까지는 나아가지 못했던 것이다. 그렇다면 자기 객관화의 창작방법론으로써 소설을 짓는 일이 김유정에게 "자기를 잊고, 혹은 깡그리 버리는 일"이었다는 해석은 조금 과장되었다고 보아야 할 것이다.[41]

---

39 419쪽.
40 '김유정 평전'의 다른 곳에서는 "그 객관화는 일종의 복수였다"(386쪽)라고 진술하기도 하는데 모호하여 그 정확한 뜻을 이해하기 어렵다.
41 자신의 안팎 전체를 객관화하는 창작방법론으로 쓰기 시작한 의욕적인 장편 「생의 반려」가 완성되었다면 우리의 이런 판단은 수정되어야 할지도 모른다.

5. 인물 성격과 해학

1930년 6월 24일 김유정은 연희전문학교에서 제명된다. 4월 6일에 입학했으니 고작 3달에 못 미치는 짧은 기간 그는 전문대학생이었다. 그해 여름 그는 고향으로 내려가 1932년 초 상경할 때까지 1년 7개월 정도 머무르며 농우회 활동 등 농촌계몽운동을 벌이는 한편 소설을 썼다. 서울에서 태어나 주로 서울에서 살아왔기에 사실은 잘 몰랐던 고향의 산천과 언어 그리고 그곳 사람들의 삶과 직접적, 전면적으로 만나게 되었다.

김유정의 대표작 대부분이 이 시기의 고향 체험에서 솟아난 것이라는 점에서 이 만남은 매우 큰 의미를 갖는다. 이에 대해 '김유정 평전'의 기술 주체 가운데 하나인 1장의 전지적 서술자는 다음처럼 말한다.

> 김유정의 귀향은 자연으로의 회귀였다. 그가 항상 잊지 못하고 살아온 고향의 그 산골 정취가 다분히 감성적인 그를 완전히 사로잡았을 것이 분명하다. 또한 김유정은 고향의 그 산골마을에서 똥구멍 째지게 가난한 그 시대 농민들의 생활과 만나게 되었다. 가난하지만 순박한 그네들의 삶을 통해 그는 구원받는 느낌이었을 것이다, 우선 그는 시골 농민들의 척박한 삶을 통해 이제까지는 관심 밖이었던 부조리한 현실에 눈뜨게 됨으로써 짓눌리고 있던 자기 문제로부터 어느 정도 도망칠 수 있었지 않았나 하는 가정이다.[42]

「오월의 산골짜기」, 「총각과 맹꽁이」, 「만무방」 등 김유정의 수필과

---

[42] 54쪽.

소설 내용을 근거로 한 단정, 추정, 가정인데 김유정의 삶과 문학 전체와 관련지어 볼 때 대체로 설득력이 있다. 그러나 김유정은 '가난하지만 순박한' '농민'을 많이 그리지는 않았다. 그의 관심은 오히려 '생활이 아니라, 생존의 그 밑바닥'[43]에서 생존 외길을 찾아 몸부림치는 사람들에게 집중되었다.[44] 들병이와 그 가족, 금광 노동자 등이 대표적인데 하나같이 섬뜩하게 비정하다.

(가)"왜 남의 솥을 빼 가는 거야 이 도적년아—"
하고 연해 발악을 친다.
　그렇지만은 들병이 두 내외는 금세 귀가 먹었는지 하나는 짐을 하나는 아이를 둘러업은 채 언덕으로 늠름히 내려가며 한 번 돌아다보는 법도없다.[45]

(나)이 돌만 내려치면 그 밑의 그는 목숨은 고사하고 윽살이 될 것이다.
"여보게 내 몸 좀 빼주게."
　형은 몸은 못 쓰고 죽어가는 목소리로 애원한다. (…중략…)
　아우는 무너지려는 동발을 쳐다보며 얼른 그 머리맡으로 다가선다. 발 앞에 놓인 노다지 세 면을 날쌔게 손에 잡자 도로 얼른 물러섰다. 그리고 눈물이 흐른 형의 얼굴은 돌아도 안 보고 고 발로 하둥지둥 장벽을 기어오른다.
"이놈아!"
　너머 기어올라 벼락같이 악을 쓰는 호통이 들리었다. 또 연하여 우지끈 뚝

43　119쪽.
44　이 점에 주목할 때 김유정 소설의 인물들이 갖는 특성의 하나로 '민중'의 '강인한 생명력'(이덕화, 「김유정 문학의 타자윤리학과 서사구조」, 김유정학회 편, 『김유정과의 산책』, 소명출판, 2014)을 들 수 있다.
45　「솥」, 전신재 편, 앞의 책, 155쪽.

딱, 하는 무서운 폭성이 들리었다. 그것은 거의거의 동시의 일이었다. 그러고는 좀 와스스하다가 잠잠 하였다.[46]

(가)는 들병이에 빠져 솥까지 깝살린 농부와 그의 아내를 뒤에 두고 떠나는 들병이 부부의 모습을, (나)는 생명의 은인이고 목숨을 건 도적질에 함께 나선 동료가 곧 죽을 위기에 놓였는데도 노다지를 챙겨 뒤도 돌아보지 않고 떠나는 광부의 모습을 조금의 주관도 들이지 않은 메마른 건조체로 냉정하게 그린 것이다. 이 무서운 비정이 상황의 산물임은 물론이다. 그런데 '김유정 평전'에서는 더 나아가 "이 작가는 우리가 가리고 있는 치부를 여지없이 벗기는 재주를 가졌다. 모랄? 인간됨? 체면? 진리? 법도? 다 웃기는 거라면서 죄다 벗겨 버린다. 다 벗겨 버린 그 속에서 가장 사람다운 모습(?)을 발라낸다"[47]라 하여 적극적으로 새로운 의미를 부여하였다.

이와 관련하여 들병이가 대표하는 김유정 소설의 여성에 대한 개성적인 해석을 주목한다. 그녀들의 '성 윤리의 일탈' 곧 지배적인 성 윤리로부터 벗어남은 "자신과 가족의 먹이를 위한 자기 해방"[48]으로서 "여성 문제에 대한 전통적 도덕관을 깨부순"[49] 것이라는 해석인데 새롭다. 상황의 폭력에 치여 비인간화, 물화되었다는 상식적인 해석[50]과 정반대로 그것이 주체적인 자기 해방의 행위이며 전통적 도덕관에 대한 근본 부정의 실천이라 보는 것이다. 김유정 소설 속 매춘을 두고 "기존의 성 윤

---

46 「노다지」, 위의 책, 62쪽.
47 126~127쪽.
48 284쪽.
49 295쪽.
50 대표적인 것으로 다음 글들을 들 수 있다. 김철, 「꿈, 황금, 현실」, 『문학과 비평』 4, 1987, 256쪽; 박세현, 앞의 책, 77쪽.

리를 강타한 더 고차원적인 윤리로 이해될 수도"[51] 있다고 하는 말도 같은 맥락에 놓여 있다. 이 도전적인 해석은 그러나 설득력을 충분히 확보하지는 못한 것으로 보인다. 다만 관찰 묘사의 대상일 뿐 그 내면이 전혀 드러나 있지 않기 때문에 분명하게 말할 수는 없지만, 그녀들이 전통적인 도덕관에 맞서 자기 해방을 지향하는 의식을 지니고 있으며 나아가 그것을 실천하는 의지적 주체라 볼 수 있는 근거는 어디에서도 찾을 수 없기 때문이다. 그러므로 그녀들이 아니라 그런 그녀들의 특수한 삶을 그리고 있는 김유정의 소설이 그런 의의를 갖는다고 하는 것이 이치에 맞을 것이다.

'김유정 평전'은 김유정 소설 곳곳에 등장하는 이들 비정의 악인이 인간을 물신화할 정도로 폭력적인 상황의 산물이면서 동시에 인간의 맨얼굴을 문제 삼는 새로운 윤리의 드러냄이라 해석하였다. 김유정 이전의 우리 소설에 나오는 악인 가운데 이처럼 기존의 어떤 규범적 가치와도 관계없는 인물은 거의 확인할 수 없다. 그들은 대체로 기존의 어떤 규범적 가치가 정당하다는 것을 증명하거나 강조하기 위한 도구로서 소설 속에 설정되었고 그렇게 기능한다. 김유정 소설의 저 비정의 악인은 우리 소설사의 새 지평을 여는 인물 창조의 한 예이다.

'김유정 평전'에서 지적하고 있듯 이런 비정의 인물이 중심에 놓인 소설에서는 김유정 특유의 해학을 만날 수 없다. 예컨대 「노다지」의 경우, "이 작품에서는 해학이 느껴지지 않는다. 매춘보다 더한 인간애의 실종의 본다."[52] 이런 사실은 김유정의 모든 소설에 해학이 들어 있는 것은 아니라는 사실을 새삼 깨우친다.

---

51 287쪽.
52 115쪽.

한편 '김유정 평전'의 기술자 가운데 한 사람은 "숙연, 김유정의 소설을 다 읽고 나서의 그 숙연했던 기분을 설명하기 어렵다. 재미, 그리고 웃음? 아니다. 웃음은 아니다. 아련한 아픔?"[53]이라고 말하는데 이 날카로운 독후감은 우리로 하여금 김유정 문학의 해학에 대해 다시 살필 것을 요청한다. 문학교육 특히 중고등학교 문학교육의 장에서 김유정은 해학의 작가로 규정되어 있는데 그 구체적인 예로 제시되는 대표 작품은 「동백꽃」이다. 「동백꽃」의 해학은 활달하고 적극적인 처녀와 조금 모자라 눈치 없는 총각의 대비, 중심 소재인 청춘 남녀의 성이 자연스러운 건강성을 지니고 있다는 점 등의 요인으로 인해 대단히 건강하고 환하다. 그러나 「동백꽃」의 해학은 김유정 문학에서 예외적인 것이니 이것으로써 김유정 문학의 해학을 대표하는 것은 온당하지 않다. 전체적으로 보아 김유정 문학의 해학은 비애, 고통의 정서를 품고 있는 것이다. 우리가 검토하고 있는 '김유정 평전'에서 김유정 문학의 해학을 다룰 때 거듭 강조하는 것은 바로 이것이다.

6. 결론

지금까지 우리는 전상국의 장편소설 『유정의 사랑』의 세 구성 축 가운데 하나인, 김유정의 삶과 문학에 대한 비평적 해석 곧 '김유정 평전'

---

[53] 342쪽.

에 대해 살폈다. 이 평전의 저자는 전지적 서술자, 작품의 주인공인 두 남녀 백진우와 문하리, 이따금 작품 가운데 얼굴을 내밀고 김유정에 대해 발언하는 작가 등 여러 명이다.

이들 복수의 저자가 기술한 '김유정 평전' 속에는 새로운 해석이 곳곳에 빛나고 있다. 이 글에서는 이 새로운 해석들의 타당성 여부에 대한 집중적인 검토를 바탕으로 김유정의 삶과 문학을 대한 보다 넓고 깊은 이해를 모색하고자 하였다.

'김유정 평전'의 내용 가운데 우리가 검토 대상으로 삼은 것은 '서자설과 감성적 체질론', '소설쓰기의 기원', '창작방법론', '인물성격과 해학'의 네 항목이다.

먼저 '서자설과 감성적 체질론'. 서자설은 김유정이 고향마을에 열었던 금병의숙에서 공부한 사람의 증언에 근거한 것인데 아직까지는 사실 여부가 확인되지 않았다. '김유정 평전'에서는 한편으로는 그 증언에 기대어 이것이 사실인 것처럼 말하고 한편으로는 유족 등의 말을 들어 사실이 아니라고 말하기도 한다. '김유정 평전'이 제기한 서자설은 다른 한편 김유정의 생모가 아버지 김춘식의 후처일 수도 있다는 추측을 하게 이끄는 것이라는 점에서 중요한 의미를 갖는다. '감성적 체질론'은 김유정의 빼어난 작가적 재능에 대한 감탄에서 비롯된 것이다. 이것은 김유정 문학을 환경적 요인의 산물로 보는 기존의 이해에서 벗어나게 이끈다는 점에서 큰 의미를 지니지만 다른 한편 환경적 요인과의 관련을 약화할 수도 있는 것이라는 문제점을 갖는 것이기도 하다.

다음 '글쓰기의 기원'. '김유정 평전'에서는 위에서 살핀 정서적 체질론을 바탕으로 더 나아가 김유정이 '자기 확인'을 위해서 그리고 '절망하기' 위해서 스스로 외로움 속으로 걸어들어 갔다, 라고 말한다. 모호하여 설득력이 충분하지는 않지만, '김유정 평전'의 이 같은 해석은 김유정을 창조 행위로서의 소설쓰기에 나아가게 이끈 내면의 동역학에 대한 깊은 통찰을 담고 있다는 점에서 평가할 수 있다. '김유정 평전'에서의 이 같은 통찰을 참고할 때 김유정의 자기 확인 또는 자기 찾기가 한편으로는 자기와 동질적인 존재 찾기로 다른 한편으로는 자기 탐구 행위로서의 소설쓰기로 실현되었다는 이해가 가능할 것이다.

다음은 '창작방법론'. '김유정 평론'에서 가장 빛나는 부분인데 다음 세 가지로 정리할 수 있다. ① 마이크로 노벨레라는 조어와 관련되어 있는 것으로 '시공간적 배경을 언제 어디라고 구체적으로 설정하지 않음', '등장인물을 한껏 적게 설정함', '등장인물들의 활동범위를 최대한 좁게 설정함'. ② 주인공인 남자를 '어리석음, 멍청함'의 인물로 그림. ③ 대상의 객관화. 김유정의 창작방법론에 대한 이 같은 통찰은 김유정 문학의 내용과 형식의 근본에 대한 이해를 가능하게 하는 것이라는 점에서 커다란 의미를 지닌다. 물론 김유정의 창작방법론에 대한 '김유정 평전'에서의 논의는 논리성과 체계성의 부족 때문에 아직은 충분하지 않다. 그럼에도 불구하고 김유정 문학의 심부를 직관하고 있어 새로운 연구의 지평을 열고 있다고 평가할 수 있다.

마지막으로 '인물성격과 해학'. 김유정 소설 곳곳에는 비정의 악인이라 할 수 있는 개성적인 인물성격이 나오는데 '김유정 평전'에서는 이들 악인이 인간을 물신화할 정도로 폭력적인 상황의 산물이면서 동시에 인간의 맨얼굴을 문제 삼는 새로운 윤리의 드러냄이라 해석하였다. 김유정 이전의 우리 소설에 나오는 악인 가운데 이처럼 기존의 어떤 규범적 가치와도 관계없는 인물은 거의 확인할 수 없다는 점에서 이 같은 인물성격은 우리 소설사의 새 지평을 여는 것이라는 의미 부여가 가능하다. '김유정 평전'에서 지적하고 있듯 이런 비정의 인물이 중심에 놓인 소설에서는 김유정 특유의 해학을 만날 수 없다. 이런 사실은 김유정의 모든 소설에 해학이 들어 있는 것은 아니라는 사실을 새삼 깨우친다. '김 유정 평전'에서는 이 점을 거듭 강조하고 있는데 '김유정 문학과 해학'에 대한 보다 섬세한 논의가 필요함을 제기하는 것이라 할 수 있을 것이다.

전상국의 장편 『유정의 사랑』이 담고 있는 새로운 해석들은 당대 농촌 현실의 증언, 토속성, 해학 등 몇 가지 개념에 갇혀 있었던 김유정의 삶과 문학에 대한 넓고 깊은 이해를 가능하게 한다. 중등학교 및 대학의 문학교육에서도 이를 적극적으로 수용함으로써 그 수준을 높여야 할 것이다.[54] 학교 밖 일반 대중을 대상으로 한 문학교육의 장을 염두에 두는 경우에도 마찬가지로 그러해야 함은 다시 말할 나위도 없다.

---

[54] 중등학교 국어과 교과서에서 김유정의 삶과 문학에 대한 '교과서 비평'에 대한 비판적 논의는 다음 글이 참고할 만하다. 김동환, 「교과서 속의 이야기꾼, 김유정」, 김유정학회 편, 『김유정의 귀환』, 소명출판, 2012.

참고문헌

1. 논문

김동환, 「교과서 속의 이야기꾼, 김유정」, 김유정학회 편, 『김유정의 귀환』, 소명출판, 2012.

김철, 「꿈, 황금, 현실」, 『문학과 비평』 4, 1987.

박녹주, 「여보, 도련님, 날 데려가오」, 『뿌리 깊은 나무』, 1976.6.

박상준, 「반전과 통찰」, 『현대문학의 연구』 53, 한국문학연구학회, 2014.

안회남, 「겸허」, 『문장』, 1939.10.

이덕화, 「김유정 문학의 타자윤리학과 서사구조」, 김유정학회 편, 『김유정과의 산책』, 소명출판, 2014.

정호웅, 「한・생명・대자대비」, 『한국의 역사소설』, 역락, 2006.

2. 단행본

강승원 외, 『해법문학』 4(현대소설), 천재교육, 2014.

김유정기념사업회 편, 『한국의 이야기판 문화』, 소명출판, 2012.

김유정학회 편, 『김유정과의 산책』, 소명출판, 2012.

_____, 『김유정의 귀환』, 소명출판, 2012.

_____, 『김유정과의 향연』, 소명출판사, 2015.

김윤식 외, 『한국소설사』, 문학동네, 2002.

박세현, 『김유정의 소설세계』, 국학자료원, 1998.

유인순, 『김유정을 찾아가는 길』, 솔과학, 2003.

전상국, 『유정의 사랑』, 일송포켓북, 2005.

전신재 편, 『원본 김유정 전집』, 강, 2007.

교과서 속의 「동백꽃」

김명석

1. 교과서 속의 소설, 소설의 교과서

김유정의 소설 「동백꽃」과 「봄·봄」은 이 작가의 대표작이자 국어 교과서에 수록된 문학사의 고전이다. 이 두 작품이 대표작이라서 교과서에 수록되었다고 볼 수도 있지만, 뒤집어 생각하면 이 작가의 여러 작품 중에 특히 이 두 작품이 교과서에 수록되면서 대표작으로 확고히 자리 잡게 된 것으로도 볼 수 있다. 과거 국어 교과서가 국정 교과서이던 제6차 교육과정에서 고교 국어에 「동백꽃」이 실리고, 제7차 교육과정 국어 교과서에 「봄·봄」이 수록되면서 그 무렵 학창 시절을 보낸 국민들에게 김유정의 두 작품은 우리 소설의 교과서 역할을 하게 된다. 당시 국어 교과서는 국정 교과서가 가진 제도적 권위에 힘입어 수록 작품의 정전화에 기여한다. 이러한 사정은 7차 개정 교육과정 이후 검인정 교과서 체제 하의 국어 및 문학 교과서에 두 작품이 반복 수록되면서 강화된다. 교과서 수록 작품의 정전화 과정에 대해서는 이미 여러 학자들의 비판적 논의[1]가 진행된 바 있으며, 특히 김동환은 2007 개정 교육과정 국어교과서까지 교과서에 수록된 김유정 소설의 정전사(正傳史)적 검토와 교과서 내 접근 양상을 분석하였다.[2] 그 결과 김유정 소설은 문학사적 정전(正傳)으로 자리 잡기보다는 소설의 장르적 특성 이해를 도모하는 예전(例典) 기능을 수행하는 것으로 보았다.[3] 한편 유인순은 고등학교 국어 및 문학 교과서에 수록된 「동백꽃」을 텍스트로 교육과정 및 문학 교실에서의 학생들과의 매개 양상을 살펴보았다.[4] 위 두 글에서 이미 교과서 수록 제재의 텍스트 문제 등 중요 지적들이 나온 바 있지만, 「동백꽃」이 중학교 교과서에 수록된 현행 교육과정에서 새로운 문제점도 발견되어 후속 연구의 필요성을 느끼게 된다.

김유정은 실레 마을에 금병의숙을 설립하여 교육에 힘썼다. 그러나 직접적인 교육 활동보다 더 강한 영향력을 끼친 것은 교과서 수록 작품의 필자라는 점이다. 교과서 속의 소설은 소설의 교과서가 되고, 김유정 역시 국민들의 소설 선생님이 된다. 「동백꽃」의 작가 김유정은 이야기꾼이자 국민 교사이다. 여기에 김유정 소설을 교육적 관점에서 다시 읽는 작업이 필요한 이유가 있다.

---

1 대표적으로 문학교육학회 발간 『문학교육학』 25집(2008.4)의 특집 '문학교육 정전의 재구성'에 수록된 김혜영, 「현대문학 정전 재검토」; 유성호, 「문학교육과 정전 구성」; 박인기, 「문학교육과 문학 정전의 새로운 관계 맺기」를 참고할 수 있다.
2 김동환, 「교과서 속의 이야기꾼, 김유정」, 김유정학회 편, 『김유정의 귀환』, 소명출판, 2012, 35~54쪽.
3 위의 글, 44~45쪽.
4 유인순, 「「동백꽃」과 함께 하는 문학교실」, 『문학교육학』, 한국문학교육학회, 1997, 319~342쪽.

교과서는 학생을 중심독자로 상정함으로써 그들과의 소통을 염두에 두고 구성되며, 교실 수업에서 교사와 학생의 상호작용을 매개하는 기능을 수행한다. 그러한 기능을 수행함에 있어 교과서는 교실 수업을 둘러싼 교육 공동체와 사회·정치·문화 공동체의 가치와 관점을 다양한 층위에서 담아내고 있다.[5] 김유정이 「동백꽃」을 처음 발표했을 당시에는 그 독자를 학생으로 상정하고 창작하지는 않았을 것이다. 따라서 일반적인 독자와의 소통을 상정할 때와 학생 독자를 상정할 때는 텍스트의 수용 양상이 달라진다. 학생들이 「동백꽃」을 읽을 때는 대부분 교과서가 유도하는 대로 산골 소년소녀의 순수한 사랑이야기로 받아들이게 된다. 독자들은 소설 속 등장인물과 자신을 동일화하는 경향이 있기 때문에 자기와 비슷한 연령대의 소년소녀로서 행동과 심리를 바라보게 된다. 또한 비슷한 사춘기 연령대라 해도 중학생과 고등학생은 정서적으로나 행동방식에 차이가 있다. 과거에 「동백꽃」이 고등학교 교과서에 수록되었을 때와 중학교 교과서에 수록된 현재와 비교하면 독자의 연령이 다르다. 지금의 교과서는 14, 15세인 중학교 1, 2학년이 읽는다. 그런데 「동백꽃」의 주인공 나와 점순은 열입곱이다. 작품에 의하면 점순이는 '망아지만한 계집애'이고, 주인공 '나'는 학생이 아니라 '일하는 놈'이다. 점순이 나이는 동리 어른들로부터 "너 얼른 시집을 가야지?"라는 소리를 듣는 나이이며, 거기에 부끄럼 없이 "염려 마서유. 갈 때 되면 어련히 갈라구!"라는 말대꾸를 하는 나이인 것이다. 즉 점순은 순수한 첫사랑의 나이가 아니라 요즘으로 치면 결혼 적령기에 들어선 것이다. 그래서 "열입곱씩이나 된 것들이 수군수군하고 붙어 다니면 동리의 소

---

5   최미숙 외, 『국어교육의 이해』, 사회평론, 2012, 53쪽.

문이 사납다"는 주의를 듣게 되는 나이이다. 사내인 주인공 '나'는 사정이 조금 다르지만 그 역시 "내가 점순이하고 일을 저질렀다가는……"이라는 속내 표현에서 엿볼 수 있듯 소년의 단계는 이미 지난 나이다. 그러나 교과서를 배우는 학생들은 「동백꽃」의 열일곱 남녀주인공을 「소나기」의 초등학교 5학년(12세) 이야기처럼 읽는다. '소년과 소녀의 풋풋한 사랑 이야기'(천재교과서), '산골 소년·소녀의 이야기'(천재교육)로 읽히면서, 두 작품의 주인공 사이에 존재하는 다섯 살이라는 연령차는 간과되고, 중학생 독자들의 동년배로 인식되기 쉽다.

교과서의 삽화는 산골 소년소녀의 사랑이라는 의도에 맞게 주인공의 얼굴과 체격을 원작에 비해 어린 모습으로 묘사한다. 이를 「동백꽃」 원전의 삽화와 비교해 보면 차이가 분명해진다.

그러나 "내가 점순이하고 일을 저질렀다가는 점순네가 노할 것이고, 그러면 우리도 땅도 떨어지고 집도 내쫓기고 하지 않으면 안 되는 까닭이었다"와 같은 구절을 보면 단순히 산골 소년소녀의 사랑 이야기라고 보기에는 곤란하다. '나'가 점순이의 마음을 깨닫지 못하는 숙맥이라는 사실에는 동의한다 해도, 점순이를 거부하고 사랑이 지연되는 이유는 마름과 소작으로 집안의 처지가 다른데서 오는 신분적 이유가 우선이다.

이와 같이 교과서의 작품 소개나 삽화는 원작의 의도를 왜곡시킨다고 볼 수 있다. 이 작품이 사랑의 문제를 다루는 제재로서 교육적 의미를 가지려면 첫사랑의 순수함뿐만 아니라 사랑의 제약에 대한 사회적 맥락을 놓치지 않도록 제재와 학습활동을 어떻게 적절히 연계시키느냐가 관건이다. 이 작품은 단순히 토속어 사전이 아니며, 우리 토속어로 어떻게 사랑을 적절히 표현하는지, 김유정의 해학이 신분적 갈등을 어떻게 화해시키는지를 밝혀줄 수 있어야 한다.

교과서(박영목 외, 『중학교 국어』 ③, 천재교육)의 삽화

『조광』에 수록된 「동백꽃」 원전의 삽화

　　본문에서는 2009 개정 교육과정 중학교 국어 교과서에 실린 김유정 소설 「동백꽃」을 연구대상으로 이 제재가 소단원에서 학습목표를 달성하기 위해 어떤 형태로 수록되어 있으며, 어떠한 학습활동이 수반되는지를 비교 분석할 것이다.

2. 2009 개정 교육과정 중학 국어 교과서의 「동백꽃」 비교

1) 교과서 수록 현황

김유정의 「동백꽃」은 2009 개정 교육과정 중학교 국어 교과서 9종과 고등학교 문학 교과서 1종에 수록되어 있다.[6] 이를 표로 제시하면 다음과 같다.

2009 개정 교육과정 국어과 교과서 내 '동백꽃' 수록 현황

대표저자	출판사	도서명	대단원	소단원
김종철	천재교과서	중학교 국어③	문학 속의 말하는 이	동백꽃
김태철	비상교육	중학교 국어②	갈등에서 공감으로	너랑 나랑은
남미영	교학사	중학교 국어②	적극적으로 감상하기	동백꽃
민현식	좋은책신사고	중학교 국어③	문학이 말한다, 독자가 묻는다	동백꽃
박경신	금성	중학교 국어③	다르게, 똑 같이	목적과 상대에 맞게 대화하기
박영목	천재교육	중학교 국어③	말하는 이와 말하기 방식	동백꽃
방민호	지학사	중학교 국어③	표현의 깊이	동백꽃
우한용	좋은책신사고	중학교 국어④	다양한 눈으로 이야기 하는 삶	소설의 시점과 분위기
장수익	대교	중학교 국어④	다른 생각 새로운 시각	동백꽃
박종호	창비	고등학교 문학	한국문학의 특질	동백꽃

연구 대상으로는 고등학교 문학 교과서를 제외하고, 김종철 외 중학교 국어③(천재교과서), 김태철 외 중학교 국어②(비상교육), 남미영 외 중

---

6 현행 국어과 교육과정은 2009 개정 교육과정에서 총론이, 2011 개정 교육과정에서 각론이 완성된 후, 2012년 다시 일부 수정되어 시행되고 있다. 이에 따라 중학교 교과서는 2012년 검정을 거쳐 2013년부터 사용되고 있다. 교육과정을 부를 때와 달리 현행 교과서는 과목에 상관없이 일반적으로 2009 개정 교육과정 교과서로 부르고 있다. 이 글에서도 2009 개정 국어 교과서로 지칭한다.

학교 국어②(교학사), 민현식 외 중학교 국어③(좋은책 신사고), 박영목 외 중학교 국어③(천재교육), 방민호 외 중학교 국어③(지학사) 등 6종을 선정하였다.[7] 같은 중학교 교육과정이 요구하는 성취기준에 따라 「동백꽃」이라는 동일한 제재에서 학습목표와 내용이 어떻게 제시되고 있는지를 비교할 수 있는 교과서들을 선택하였다.

2) 학습목표 : 서술자 특성 파악 / 독자의 주체적 읽기

2011 개정 국어과 교육과정의 중학교 문학 영역 내용 성취기준에는 다음과 같은 항목이 있다.

(5) 작품의 세계가 누구의 눈을 통해 전달되는지 파악하며 작품을 수용한다.

시나 소설에서 작품 안에 형상화된 세계가 누구의 눈을 통하여 독자에게 전달되고 잇는지를 파악해야 작품을 제대로 읽어낼 수 있다. 화자나 시점의 개념을 활용하여 작품의 구조적 특징을 이해하고 작품을 깊이 있게 수용하도록 한다. 특히 작가와 화자의 관계를 파악하고 화자나 시점의 변화에 따라 작품의 분위기와 내용이 어떻게 변화하는가를 중심으로 작품을 수용한다.[8]

각 교과서의 학습 목표는 주로 서술자(말하는 이)의 특성을 파악하는

---

7   각 출판사별 교과서 해당 단원의 실제 필자는 다음과 같다.
     교학사 : 남미영(전 교육개발원) / 이정희(대전 문정중), 좋은책 신사고 : 이대욱(정신여고),
     천재교과서 : 조하연(아주대), 김종욱(서울대), 노수경(대방중), 천재교육 : 나윤(오금고)
     이와 같이 교과서 대표 필자와 실제 필자가 차이가 있어 앞으로 이 글에서 교과서를 지칭할
     때는 편의상 출판사 이름을 사용하겠다.
8   교육과학기술부 고시 제2012-14호(별책5) 국어과 교육과정, 교육과학기술부, 2012. 12, 60쪽.

데 주력한다. "문학 작품의 세계가 누구의 눈을 통해 전달되는지를 설명할 수 있다. 시적 화자나 서술자에 따라 달라지는 작품의 내용과 분위기를 설명할 수 있다"(천재교과서)나 "서술자에 주목하여 작품을 감상해 보고, 다양한 질문을 만들어 가면서 능동적인 읽기 활동을 해 보자"(좋은책 신사고)와 같은 소단원 학습 목표는 교육과정에서 제시하는 성취 기준과 직접적인 관계가 있다.

학습목표는 그 제재가 어떠한 단원에 속해 있는가와 관련되는데 천재교육 교과서에서도 문학 영역 및 듣기·말하기 영역의 통합 단원인 '대단원 1 말하는 이와 말하기 방식'에 수록되어 있다. 여기서 소단원 학습목표는 "소설에서 말하는 이의 특성을 파악하여 소설을 감상할 수 있다"이다. '서술자' 대신 '말하는 이'라는 용어를 사용하는 것이 차이가 있을 뿐이다. 그런데 '말하기 방식'과 관련해 김유정 소설의 해학적 문체나 판소리 전통의 계승, 풍부한 방언의 사용 등에 대해서는 다루지 않고 있다. 제재의 다양한 해석보다는 교육과정에서 제기하는 성취기준에 따른 단일한 목표에 충실한 학습을 추구하고 있기 때문이다.

반면 교학사 교과서는 '대단원1 적극적으로 감상하기'에 수록하여 소설의 중심 내용 파악하기, 자신과 관련지어 소설 감상하기, 주체적으로 작품을 해석하고 평가하는 태도 지니기 등의 내용으로 학습 목표를 설정하고 있다. 이는 위와는 다른 내용 성취기준과 연결시켰기 때문이다.

(8) 자신의 주체적인 관점에서 작품을 평가한다.

독자가 자신의 주체적인 관점에서 작품을 해석하고 평가할 수 있도록 한다. 이때 자신의 생각을 무조건 내세우기보다는 적절한 근거를 들면서 해석하고 평가하는 활동을 강조한다. 또한 다른 사람의 생각도 존중하는 가운데 자신의 해석과 평가를 설득력 있게 표현하도록 지도한다. 작품에 대한 글쓴이의 주체적인 평가가 분명하게 드러난 비평문을 활용할 수도 있으며, 평소에도 자신의 관점에서 작품을 평가하는 태도를 지니도록 지도한다.[9]

문학 작품의 수용과정에서 독자의 주체성을 강조한 접근인데, '동백꽃'이라는 제재가 과연 이러한 목표에 가장 적절한 자료인지 살펴보아야 할 것이다.

3) 단원 구성과 텍스트 비교

(1) 도입부

교과서의 소단원은 도입부와 제재, 학습활동의 세 부분으로 이루어진다. 문학 교육에서는 주로 제재 분석에 치중하고, 교수학습 차원에서 학습 활동을 다룬다. 그러나 단원 도입부 역시 학습자들이 학습 목표에 따라 자연스럽게 제재 학습으로 연결시키는 부분이라는 점에서 중요성이 있다.

먼저 '서술자 특성 파악'이라는 학습 목표를 설정한 교과서들은 일상생활에서 하나의 대상이나 사건이 이를 바라보는 사람에 따라 어떻게 다르게 전달되는지 경험을 환기시킨다. 예를 들면 좋은책 신사고 교과서의 '활동 전에'는 학급 신문 기사 내용을 주고, 사건의 주체와 목격자에 따라 상황이 어떻게 전달되는지 비교해 보도록 한다. 학교 앞 도로에서 교통사고를 당할 뻔한 어린아이를 구해준 남학생과 이 광경을 목격

---

9 위의 책, 61쪽.

한 여학생 이야기를 말풍선으로 제시했다. 공놀이를 하던 아이가 갑자기 길에 뛰어든 상황까지 알고 있는 남학생과 급브레이크 소리를 듣고 구출 상황만 목격한 여학생의 사건 발견 시점에 차이가 있고, 아이가 무사한 것을 확인하고 자리를 떠났다는 남학생의 말과 아이를 인도에 내려놓고 사라졌다는 사실만 전하는 여학생 목격자의 증언이 다소 차이가 있다. 그러나 관점에 따라 같은 사건이 달리, 때로는 상반되게 해석될 수도 있다는 사례로는 충분치 않다. 대신 이를 종합한 신문 기사를 통해 여러 사람의 시각을 종합하여 객관적인 관점의 글을 만들어내는 과정을 배울 수는 있을 것이다. 천재교과서의 '준비 활동'에서는 여학생을 생각하며 심장이 쿵쿵 뛰는 그림 속 소년의 모습을 선생님, 의사, 소설가 등 주위의 사람들이 각각 어떤 식으로 설명할지 생각해 보도록 한다. 교학사 교과서의 '소단원 열기'에서도 만화 두 컷을 주고 철수만 보면 두근거리는 마음을 영희의 관점과 그 친구들의 관점에서 비교하고, 누군가를 좋아해 온 경험을 이야기해 보도록 한다.

반면 '독자의 주체적 읽기'를 학습목표로 가진 교학사의 '감상하기 전에'는 "만약에 나에게 좋아하는 이성 친구가 생긴다면, 내 마음을 어떻게 전할지 생각해 보자"와 같이 자신의 경험과 연결해 작품을 내면화할 수 있는 도입 효과를 노리고 있다. 중1이라는 학습자들의 연령대가 한창 이성 문제에 관심을 갖기 시작하는 시기이므로 첫사랑의 심리를 다루는 제재를 통해 대리체험과 문학적 표현에 대해 배울 수 있다. 이와 같은 도입부는 이어지는 본문 학습 시에 서술자와 같은 소설의 장르적 특성에 관심을 갖기보다는 복잡하고 미묘한 사랑의 감정 파악과 표현을 중심으로 작품을 읽게 만든다.

(2) 판본

소단원 본문은 제재(글)과 어휘 풀이, 문제 등으로 구성되어 있다. 먼저 제재로 사용된 글은 모두 「동백꽃」의 전문을 수록해 놓고 있지만 판본은 각각 다르다. 학술적 연구에서는 원전을 우선으로 하지만 학습자의 수준을 고려하여 일부 표현을 수정한 현대 판본도 허용되기 때문이다.

「동백꽃」은 1936년 5월 『조광』(조선일보사)에 발표된 작품이다. 단행본 『동백꽃』은 김유정 사후인 1938년 12월 삼문사 『조선문인선집』 10권 중 제7권으로 발행되고, 이어 1940년 12월 세창서관에서 재판이 발행된다.

분석한 교과서 부록의 인용 제재 출처에서 밝혀놓은 판본은 다음과 같다.

> 교학사 : 『조광』, 삼문사, 1938.[10]
>
> 좋은책 신사고 : 『조광』, 조선일보사편집부, 1936.
>
> 천재교과서 : 『날개 / 동백꽃 외(한국소설문학대계18)』, 동아출판사, 1995.
>
> 천재교육 : 『20세기 한국소설 – 채만식 · 김유정』, 창비, 2005.

현대문학 작품의 경우 가급적 원전을 사용하되 맞춤법의 변화를 반영하여 일부 표기를 현대화할 수는 있다. 그런데 과거에는 1930년대 원전이나 『원본 김유정 전집』[11]과 같은 자료를 활용하지 않고 상업적 출판물들을 그대로 활용하는 과정에서 종종 오류가 발생하여 학생들의 정확한 이해와 감상을 방해하고 있었다. 작품의 첫 문장인 "오늘도 또 우

---

10 여기서 『조광』이라는 출전은 삼문사판 『동백꽃』의 오류로 수정해야 한다.
11 전신재 편, 『원본 김유정 전집』, 한림대 출판부, 1987(이후 3차에 걸쳐 개정되어 2012년 강에서 개정 증보판이 발간되었다).

리 수탉이 쪼키었다"에서 '쪼키었다'를 '쫓기었다'로 표기한 것이 대표적인 사례이다. 텍스트의 오류에 대한 학자들의 지적[12]에 따라 현행 교과서들은 이를 '쪼이었다'로 바로잡았으나, 그 외에도 작가 김유정의 향토적 서정이 담긴 의성어 의태어나 문장부호들이 원칙 없이 첨삭되어 있는 경우[13]가 여전히 나타나는 등 문제점이 남아있다. 김유정 소설의 등장인물들이 사용하는 방언이나 비속어, 판소리나 사설시조의 전통을 계승한 문체는 토속성과 해학성의 핵심이다. 작품의 정서나 개성 있는 문체를 살리기 위해서는 문학 제재는 맞춤법에 벗어나지 않는 범위에서 원전을 최대한 살리고 날개의 어휘 풀이에서 설명해 주는 편이 바람직할 것이다.

(3) 날개

읽기 과정에서 교사는 학생들이 본격적인 제재 학습을 하기 전에 그림, 사진 자료를 통해 내용 이해를 도와주거나, 읽는 과정에서 보조 단(날개)에 제시된 질문(발문)에 답해보도록 한다. 그런데 비교 대상인 네 교과서의 날개 부분은 출판사의 편집 체계에 따라 조금씩 다르다. 교학사는 어휘 풀이만 제공하고 있지만, 좋은책 신사고에서는 '날개 문제', 천

---

12 유인순, 앞의 글, 323~325쪽.
13 산으로 올라스랴니까 등뒤에서 푸드득, 푸드득, 하고 닭의 횃소리가 야단이다.(전신재 편, 『원본 김유정 전집』, 한림대 출판부, 1987, 219쪽)
산으로 올라서려니까 등 뒤에서 푸드덕푸드덕 하고 닭의 횃소리가 야단이다.(천재교육, 25쪽)
산으로 올라서려니까 등 뒤에서 푸드덕, 푸드덕 하고 닭의 횃소리가 야단이다.(천재교과서, 25쪽 : 좋은책 신사고 32쪽)
산으로 올라서려니까 등 뒤에서 "푸드덕, 푸드덕" 하고 닭의 횃소리가 야단이다.(교학사, 29쪽)
산으로 올라서려니까 등 뒤에서 '푸드덕, 푸드덕' 하고 닭의 횃소리가 야단이다.(비상교육 115쪽 : 지학사 23쪽)
산으로 올라서려니까 등 뒤에서 푸드득푸드득하고 닭의 횃소리가 야단이다.(『고등학교 문학』, 창비, 127쪽)

재교육은 '읽기 중 물음'이라는 문제가 함께 제공되어 있다. 날개에 문제를 제공하는 것은 본격적인 학습활동 부분에서는 매번 제시문을 인용하거나 찾아보면서 활동하기 번거롭기 때문에 그때그때 제재의 내용 이해를 위해 간단한 문제를 주고 그 자리에서 해결하는 것이 효과적이다. 또한 본문 전문을 강독하는 시간적 부담을 줄이기 위해 날개의 문제들을 중심으로 수업을 속도감 있게 진행할 수도 있다. 날개의 정보나 문제들은 비계의 역할을 하지만 지나칠 경우 오히려 읽기 속도를 느리게 하거나, 학생들의 주체적 읽기를 방해할 수 있다. 여기서는 각 교과서의 '어휘 풀이'와 '작가 소개'를 비교해 본다.

어휘 풀이

어휘 풀이의 경우는 6개 출판사의 어휘 개수가 적지 않은 차이를 보이고 있다. 전체 어휘를 모두 합하면 교학사 60개, 천재교육 59개, 좋은책 신사고 39개, 천재교과서 34개, 비상교육 33개, 지학사 33개 순으로 크게는 거의 두 배 정도의 차이가 난다.[14] 김유정 소설은 강원도 토속어가 많이 사용되고, 약 70~80년 전 식민지 시대를 시간적 배경으로 하기에 현재의 학생들에게 낯선 단어들이 많다. 어떤 어휘는 반드시 설명해야 하고, 어떤 것은 그럴 필요가 없는가 하는 판단은 집필진의 몫이지만, 교과서만 보더라도 작품의 온전한 이해가 가능하도록 학생들 입장에서 어려운 단어를 놓치지 않고 충분한 어휘 풀이를 제공했는지, 또 누구나 이해하기 쉽도록 풀이했는지 비교해 볼 필요가 있다. 다음은 「동백꽃」의 서두 부분이다. 고딕으로 표시한 어휘를 중심으로 각 교과서에

---

14 주로 고등학교 2학년들이 배우는 문학 교과서(창비)에서는 28개의 어휘 풀이를 제공하고 있어 학습자들의 수준차를 다소 반영하고 있는 것으로 보인다.

서 어휘 풀이를 제공한 단어들을 비교해보았다.

　　오늘도 또 우리 수탉이 막 쪼이었다. 내가 점심을 먹고 나무를 하러 갈 양으로 나올 때이었다. 산으로 올라서려니까 등 뒤에서 푸르덕, 푸드덕 하고 닭의 **홧소리**가 야단이다. 깜짝 놀라서 고개를 돌려보니 아니나 다르랴, 두 놈이 또 얼리었다.

　　점순네 수탉(은 대강이가 크고 똑 오소리같이 실팍하게 생긴 놈)이 덩저리 작은 우리 수탉을 함부로 해내는 것이다. 그것도 그냥 해내는 것이 아니라 푸드덕 하고 **면두**를 쪼고 물러섰다가 좀 사이를 두고 또 푸드덕 하고 모가지를 쪼았다. 이렇게 멋을 부려 가며 여지없이 닦아 놓는다. 그러면 이 못생긴 것은 쪼일 적마다 주둥이로 땅을 받으며 그 비명이 킥, 킥 할 뿐이다. 물론 미처 아물지도 않은 면두를 또 쪼이어 붉은 **선혈**은 뚝뚝 떨어진다.

　　이걸 가만히 내려다보자니 내 대강이가 터져서 피가 흐르는 것같이 두 눈에서 불이 번쩍 난다. 대뜸 지게막대기를 메고 달려들어 점순네 닭을 후려칠까 하다가 생각을 고쳐먹고 헛매질로 떼어만 놓았다.

　　이번에도 점순이가 쌈을 붙여 놨을 것이다. 바짝바짝 내 기를 올리느라고 그랬음에 틀림없을 것이다.

　　고놈의 계집애가 요새로 들어서서 왜 나를 못 먹겠다고 고렇게 아르릉거리는지 모른다.

　　나흘 전 감자 **쪼간**만 하더라도 나는 저에게 조금도 잘못한 것은 없다.

　　계집애가 나물을 캐러 가면 갔지 남 울타리 엮는 데 **쌩이질**을 하는 것은 다 뭐냐. 그것도 발소리를 죽여 가지고 등뒤로 살며시 와서,

　　"애! 너 혼자만 일하니?"

　　하고 긴치 않은 수작을 하는 것이다.[15]

어휘 풀이 비교

출판사\n어휘	천재교과서\n(김종철)	비상교육\n(김태철)	교학사\n(남미영)	좋은책신사고\n(민현식)	천재교육\n(박영목)	지학사\n(방민호)
햇소리			○	○	○	
얼리다		○	○	○	○	○
대강이		○			○	
실팍하다		○	○	○		
덩저리	○		○		○	
해내다	○	○			○	
면두	○	○	○	○	○	○
닦다			○			
선혈					○	
헛매질			○			
쪼간	○	○	○	○	○	○
쌩이질	○	○	○	○	○	○

　　표에서 확인되는 바와 같이 학생뿐만 아니라 성인 독자들도 쉽게 알아듣기 힘든 '면두', '쪼간', '쌩이질'과 같은 어휘는 전 교과서가 어휘 풀이를 제공하고 있다. '쪼간'은 '어떤 일이나 사건'을 지칭하는 말인데 과거에는 '감자쪼간'을 '감자조각'으로 잘못 표기한 오류가 종종 있었다. '쌩이질'은 '한창 바쁠 때 쓸데없는 일로 남을 귀찮게 구는 짓'으로 풀이된다. 소설에서는 이러한 방언과 비속어 표현이 자주 등장하는데, 학생들에게 충분한 설명이 제공되지 못하는 경우가 많다. 가령 '면두'와 같은 경우는 "닭이나 꿩의 이마 이에 세로로 붙은 살조각을 뜻하는 '볏'의 강원도 사투리"(비상교육)인데, 비상교육과 천제교과서를 제외한 4종의 경우 "'볏'의 방언"이라는 풀이만 제공하여 도시에서 자란 학생들이 이해하기 어렵다. 또 '머리를 속되게 이르는 말'인 '대강이'나 '몸집을 낮잡아

15　김종철 외, 『중학교 국어』 ③, 천재교과서, 2013, 25쪽.

이르는 말인 '덩저리'와 같은 어휘도 두 개의 교과서에서만 풀이해 놓고
있다. '얼리다'와 같은 동사는 5종에서 "서로 어울리다, 서로 얽히게 되
다"라는 풀이를 제공하고 있으나, '해내다'의 경우는 3종에서만 풀이를
제공하고, "마구 때리거나 물어서 괴롭히"(천재교과서, 비상교육)는 것과
"상대편을 여지없이 이겨내다"(천재교육)라는 풀이 사이에 차이도 있다.
특히 '닦다'가 "'볶다'의 방언. 성가시게 굴어 사람을 괴롭히다"(교학사)는
뜻을 가진 것을 알고 있는 학생들은 많지 않을 것이나 이를 설명해놓은
교과서가 거의 없다. 대부분의 교과서가 학생들이 교사나 참고서에 의
지하지 않고 문학 작품을 혼자서 읽을 수 있도록 출판사만의 풀이를 만
들어내기보다는 검정을 의식해 국립국어원 표준국어대사전을 인용하
는데 그치고 있다는 점도 문제이다.

작가 소개

날개에는 그 외에도 작가 소개와 같은 정보가 들어간다. 비상교육, 지
학사, 천재교과서의 작가 소개에서는 작품 경향을 간략히 소개하고 있
지만, 좋은책 신사고는 대표작만 나열하고 작가 사진만 제공했다. 천재
교육은 날개 대신 작품 바로 뒤에 작가 소개를 넣었고, 교학사는 작가 소
개를 제공하지 않았다. 그 내용은 다음과 같다.

> 비상교육 : 김유정(1908~1937) 소설가. 가난하고 순박한 사람들의 삶을
> 소재로 한 작품을 주로 썼다. 주요 작품으로는 「봄·봄」, 「만무방」, 「금
> 따는 콩밭」 등이 있다.
> 좋은책신사고 : 김유정(1908~1937) 소설가. 주요 작품으로는 「봄봄」, 「동
> 백꽃」, 「만무방」 등이 있다.

지학사 : 김유정((1908~1937) 소설가. 주로 농촌의 실상을 해학적인 기법
으로 표현한 작품들을 썼다. 주요 작품으로는 「만무방」, 「봄봄」, 「소나기」
등이 있다.

천재교과서 : 김유정(1908~1937) 소설가. 주로 농촌 현실을 토착적인 유
머와 해학으로 그려 냈다. 대표작으로 「봄봄」, 「금 따는 콩밭」, 「동백꽃」
등이 있다.

천재교육 : 김유정(1908~1937) : 소설가. 30세의 젊은 나이로 세상을 떠나
가기까지 농촌의 실상을 해학적으로 표현한 작품을 주로 썼습니다. 주
요 작품에 「봄·봄」, 「금 따는 콩밭」, 「만무방」, 「소낙비」 등이 있습니다.

김유정에 대한 교과서 작가 소개는 6차 교육과정 국어 국정 교과서에
서 「동백꽃」이 수록되면서 생몰연대, 출생지(강원도 춘천), 출신학교(연희
전문), 문단 데뷔(『조선일보』, 『중앙일보』), 동인 활동(구인회), 대표작, 작품
경향 등을 소개한 데서 시작한다.[16] 그런데 김유정의 출생지에 대해서
는 춘천이 아닌 서울이라는 설도 있으며 어느 쪽이 확실한지 아직까지
정확히 가려지지 않고 있다. 1935년 단편 「노다지」의 『중앙일보』 당선
도 『조선중앙일보』 가작입선의 잘못일 뿐만 아니라 문단에 등장한 것
도 1933년 『제일선(第一線)』에 「산ㅅ골 나그내」, 『신여성』에 「총각과 맹
꽁이」를 발표한 데서 시작한다. 작품 제목 '봄·봄'도 '봄봄'으로 오기했

---

16 김유정(1908~1937) 강원도 춘천군 출생. 1935년 단편 「소낙비」가 『조선일보』에, 「노다지」
가 『중앙일보』에 각각 당선되어 문단에 등장. 그 뒤 약 3년 동안에 「금 따는 콩밭」, 「만무방」,
「봄봄」, 「동백꽃」, 「따라지」, 「땡볕」 등 30여 편의 단편을 발표하였다. 한때 구인회의 일원으
로 활동하였다. 주로 농촌의 생활을 소재로 쓴 그의 작품은 순박하고 건실한 한국적 인간상
을 그려 냈으며, 토속적인 말로 쓴 요설(饒舌)체의 문장, 농촌 생활을 긍정적으로 묘사하였다
는 점에서 독보적인 위치를 차지하고 있다. 이 작품도 그러한 경향을 잘 보여주고 있다(6차
교육과정 국어).

다. 그 후 교과서 개편 시마다 작가에 대한 정보는 간략히 축소되어 2009 교과서에서는 출생지, 출신학교, 문단 데뷔, 동인 활동 등은 모두 생략되고 작품 경향 소개도 가난하고 순박한 농민들의 삶을 해학적으로 묘사했다는 내용으로 최소화하거나 그마저 생략하는 경우가 많다. '봄·봄'을 '봄봄'(좋은책 신사고, 지학사)으로 하거나 '소낙비'를 '소나기'(지학사)라고 표기한 오류도 여전히 눈에 띤다. 학습 목표를 수행하는데 과연 작가 소개가 어떤 도움을 주는지, 그 위치는 어디가 적당한지 교과서 편집 시 논의가 필요하다. 잠재적 교육과정이 중시되는 국어교육에서 서술자 기능 탐구나 독자의 주체적 읽기라는 학습목표에도 불구하고 문학 작품의 작가를 소개하는 것이 필수적이라고 볼 수도 있고, 작가 소개가 주는 선입견 때문에 주체적인 읽기를 방해받았던 과거의 작가, 시대적 특징 중심의 문학 교육의 폐해를 반복할 우려가 있다는 지적도 가능하기 때문이다.

3) 학습활동 비교

서술자에 따라 사랑이 발견되고, 묘사되는 방식을 보여주는 학습활동을 어떻게 고안해 내느냐는 「동백꽃」 교육의 핵심이다. 서술자의 기능 파악을 학습목표로 하는 대부분의 교과서에서는 내용학습을 통해 먼저 등장인물의 속마음을 파악하도록 하고 있다. 전지적 시점에 비해 1인칭 시점이 가진 제약을 통해 '나'가 감자를 주거나, 닭싸움을 붙이는 점순이의 행동과 말을 관찰하면서 상대방의 속마음을 헤아리는 과정을 학생들이 이해해 나가도록 한다. 천재교육과 천재교과서는 모두 내용

학습에서 그림과 함께 중심사건을 시간의 순서에 따라 정리하도록 한 후에 인물의 성격이나 등장인물의 속마음을 파악하도록 한다. 이어서 목표학습에서는 서술자가 누구인지 파악하고, 서술자의 위치, 역할에 소설의 내용과 분위기가 어떻게 만들어지는지 학습시킨다.

천재교육 교과서는 서술자의 효과를 알아보기 위해 점순이가 감자를 주는 장면의 서술자를 바꿔서 학생들이 직접 전지적 작가 시점으로 재구성하도록 한다. 간단한 연습에 불과하지만 읽기와 쓰기를 연계한 서술자 학습방법으로 효과를 볼 수 있다. 천재교과서에서는 '나'에게 돌이라는 가상의 이름을 주고 닭싸움 하는 장면의 서술자를 3인칭 시점으로 바꿔 쓴 지문을 제공하여 서술자, 서술 내용, 작품 분위기의 달라진 점을 비교하도록 한다. 또한 적용학습으로 주요섭의 「사랑손님과 어머니」에서 옥희라는 여섯 살 난 딸아이의 관점으로 어머니와 아저씨의 만남을 어떻게 서술하는지 살펴보고, 작가가 서술자를 옥희로 정한 이유를 설명하도록 한다. 다음에는 달걀 장수와의 대화 장면을 주고 서술자를 어머니로 하여 소설 다시쓰기를 시도하게 한다. 전지적 작가 시점과의 비교만 있는 천재교육에 비해, 천재교과서는 1인칭 관찰자 시점의 다른 작품도 함께 다루며 서술자의 기능이라는 학습 목표에 접근하고 있다.

한편 좋은책 신사고 교과서는 "서술자에 주목하여 작품을 감상해 보고, 다양한 질문을 만들어 가면서 능동적인 읽기 활동을 해 보자"는 학습목표 제시에도 나와 있듯이 서술자 기능 파악과 '독자의 능동적 읽기'라는 목표를 동시에 추구한다. 여기서 능동적 읽기의 방법으로 제시된 것이 스스로 질문을 만들면서 읽기이다. 이 교과서 학습활동도 소설을 시간 순서에 따라 재구성한 후 두 인물의 성격을 정리하고, 서술자가 작품 전개와 분위기 형성에 미치는 영향을 묻는 과정은 다른 교과서와 유사하다. 그리고 점순이가 감자를 주다가 거절당하는 장면의 서술자를 3 인칭으로 바꾼 제시문으로 표현 효과를 비교하게 한다. 학생들 손으로 직접 서술자를 바꿔서 작품을 다시 써보는 쓰기 활동으로 확장시키지는 않는다. 대신 읽기 과정의 각 단계에서 학생들이 직접 생성한 질문 내용을 표로 정리하면서 소설의 능동적 이해를 유도한다. 마지막에 이 소설을 질문을 하며 읽었을 때와 그렇지 않았을 때의 차이점을 써보는 활동은 목표 학습으로서 질문하기를 통한 능동적 읽기의 효과를 학습시키고 있다.

교학사 교과서 역시 '적극적으로 감상하기'라는 대단원에 수록되고, 단원을 여는 글에서 작품의 의미는 독자가 만든다고 밝힌 바와 같이 독자의 능동적 읽기를 강조하고 있다. 이 교과서 학습활동은 '이해와 확인', '생각과 발견', '감상과 활용'으로 구성되어 있다. 내용학습인 '이해와 확인' 부분은 그림과 함께 사건 내용을 정리하고, 인물의 성격을 비교한 점이 다른 교과서와 유사하다. 단 인물의 성격과 함께 '인물의 처지'를 비교하도록 하고 있다. 두 인물이 서로 갈등하는 이유를 알려면 우선 그들의 처지와 성격에 대해 파악하도록 해야 된다고 설명을 붙였다. 등장인물의 갈등을 적극적인 점순과 소극적인 '나'의 성격차만이 아니라 '처지'의 차이와 더불어 생각하도록 한다는 점에서 작가의 의도를 적절히 반영하고 있다고 보인다. '생각과 발견'에서는 먼저 자신의 경험과 관련지어 '동백꽃'을 감상해보도록 세 가지 문제를 주고 있다. "① '점순이'나 '나'의 경우와 비슷한 감정을 경험한 적이 있었는지 말해보자"나 "② 내가 '점순이' 혹은 '나'라면 어떻게 했을지 상상해보자"는 질문을 통해 사춘기의 감정 표현이 서툰 학생들이 자신들의 경험을 나누도록 하여 듣기, 말하기 활동이 가능하다. "③ 나의 경험에 비추어 '동백꽃'의 작가가 소설 속에 담아 놓은 주제가 무엇인지를 생각해보자"는 문제는 다시 교과서로 돌아와 작품을 내면화하도록 하고 있다. 선생님이 일방적으로 주제를 설명하기보다는 학생들 스스로 주제를 잡아내는 훈련이라는 점에서 의미가 있으나 산만한 토론과정을 정리하여 주제를 도출하는 것은 쉽지 않다. 또한 '나의 경험에 비추어'라는 구절을 보면, 이성 친구에 대한 관심을 작품의 두 인물처럼 신분적 처지의 차이를 느끼면서 경험한 경우가 많지 않을 현재의 상황에서, 작가가 담아 놓은 주제를 균형감각 있게 이끌어낼 수 있을지는 의문이다. 있다면 그것은 경험이 아닌 책에서 나오거나 남의 경험을 들은 것이라는 점에서 활동의 취지가 퇴색된다. 혹시 빈부의 갈등이나 다문화 가정 출신의 학생이 섞여 있어서 이런 경험이 있다고 해도 국어 시간에 교사가 이 문제를 적절히 유도해나가기가 쉽지 않다. 자칫하면 학습목표에서 너무 동떨어진 논의가 될 수도 있고, 어떤 학생에게는 자칫 상처가 되는 경우도 발생할 우려가 있다. 다음은 토론 문제이다.

2. 다음은 이 소설을 읽고 학생들이 토론하는 장면이다. 이들의 생각을 읽고 나의 의견을 말해보자.

성욱 : 이 소설은 시골 소년과 소녀 사이에 싹튼 아름다운 사랑을 그려내고 있어. 시골 아이들의 순박한 사랑 이야기가 정말 아름다워.

아름 : 마름과 소작인이 나오는 걸 보니 단순한 사랑이야기는 아닌 것 같아. 신분이 다른 소년과 소녀가 겪는 갈등의 이야기를 보여주는 것이 아닐까?

(1) 성욱의 해석에 대한 나의 의견을 말해 보자.

(2) 아름의 해석에 대한 나의 의견을 말해 보자.

이 활동 문제는 작가가 원작에서 의도한 것이 무엇인지를 학생들이 적극적으로 해석해보는 문제로서 의미가 있다. 아름답고 순박한 사랑으로만 해석하는 성욱과 신분적 갈등을 의식하는 아름의 생각을 비교하면서 자신의 의견을 만들어나가는 활동이다. 발표과정에서 막연한 자기 생각을 말하기보다는 상대방의 의견을 정하고 이에 대해 반박하거나 동의하는 의견을 만들어내면서 자신의 생각을 분명하게 정리할 수 있다. 또한 여러 친구들의 의견을 들으면서 다양한 관점에서 상황을 이해하는 법을 배우고, 문학 작품에서 함축하는 폭넓은 의미들을 경험할 수 있을 것이다.

마지막으로 '감상과 활용'에서는 「동백꽃」 속의 상황을 떠올리며 소설 속의 '나'나 점순이가 되어 역할극을 하는 활동이다. 작품 속 등장인물의 활동을 좀 더 적극적으로 파악하고, 학생들이 작품을 읽으면서 느꼈던 감정을 떠올리며 표현하는 활동으로, 역할극은 학습의 흥미를 높여줄 수 있는 교수학습방법으로 이미 널리 활용되고 있다. 배역에 어울리는 친구들을 찾아 추천하기도 하고, 역할극을 본 후 느낀 점 발표를 통해 「동백꽃」 학습을 정리하도록 한다. 국어 교육에서 역할 수행 학습은 구체적 상황을 통해 언어 사용을 경험함으로써 학습 목표에 효율적으로 도달할 수 있는 방법으로서, 이와 같은 역할 수행을 경험함으로써 학습자가 주어진 문제를 정확하고 실감나게 이해하고, 문제를 좀 더 쉽게 해결해 나갈 수 있다. 학습자는 주어진 문제 상황에 대해 생각하고, 주어진 상황 속의 인물이 되어보고, 그 해결책을 제시하는 과정을 거쳐 자신에게 부딪친 문제를 효과적으로 해결하는 능력을 기를 수 있다.[17]

---

17 최미숙 외, 앞의 책, 97쪽.

뿐만 아니라 학생들의 자유로운 상상력이 발휘된다면 새로운 의미 발견, 기존 가정에 대한 의문 제기, 고정 관념 깨기, 대안 시도, 타인의 의견 존중과 같은 역할극의 효과도 획득할 수 있을 것이다.

3. 결론

이 글은 일차적으로 2009 개정 교육과정 국어 교과서에 나타난 김유정 소설 「동백꽃」 소단원을 분석하는 것이 주목적이며, 김유정 소설이 이렇게 교육되어야 한다는 주장을 내세우기 전에 각 교과서의 구성과 학습활동을 비교 정리해보면서 몇 가지 문제점을 찾아보았다. 수차례 교과서 검정 작업에 참여하면서 가졌던 아쉬움은 검정대상 교과서의 오류와 문제점을 지적하는 것 이외에 장점을 찾아 부각시킬 수 없다는 점이다. 이 문제는 일선 학교의 교과서 채택 과정에서 해결할 문제라고 볼 수도 있다. 그러나 과연 교과서를 직접 가르쳐보지 않은 상태에서 짧은 시간에 꼼꼼한 비교검토가 이루어질 수 있을까. 결국 그 부담은 고스란히 수업 시간을 맡은 교사들과 배우는 학생들의 몫으로 넘겨진다. 교과서는 추상적 교육과정과 교실 수업을 매개한다. 이상적인 교과서를 추구하면서도 남겨진 문제들은 다시 교과서와 학생들을 매개하는 교사들에게 맡길 수밖에 없다.

2015 개정 국어 교육과정이 고시됐고, 뒤이어 새 교과서가 등장하게 된다. 이전 교육과정에서의 교과서 개발에서 얻은 노하우와 시행착오의

경험이 새 교과서에서 김유정 소설을 비롯한 문학 제재들을 다루는데 일정한 역할을 할 수 있기 위한 연구와 논의가 지속되어야 한다. 교과서는 작가와 독자로서의 학생을 매개한다. 교사는 작가의 대변자만이 아니라 학생들보다 먼저 읽은 독자이다. 문학 교수, 교사들이 국민교사 김유정의 작품과 학생 독자들을 연결하는 매개자로서 해야 할 일들이 무엇일까 이 연구를 토대로 더 많은 토론이 이어지기를 기대한다.

참고문헌

1. 기본자료

김종철 외, 『중학교 국어』 ③, 천재교과서, 2013.

김태철 외, 『중학교 국어』 ②, 비상교육, 2013.

남미영 외, 『중학교 국어』 ②, 교학사, 2013.

민현식 외, 『중학교 국어』 ③, 좋은책신사고, 2013.

박경신 외, 『중학교 국어』 ③, 금성, 2013.

박영목 외, 『중학교 국어』 ③, 천재교육, 2013.

방민호 외, 『중학교 국어』 ③, 지학사, 2013.

우한용 외, 『중학교 국어』 ④, 좋은책신사고, 2013.

장수익 외, 『중학교 국어』 ④, 대교, 2013.

박종호 외, 『고등학교 문학』, 창비, 2013.

교육과학기술부 고시 제2012-14호(별책5) 국어과 교육과정, 교육과학기술부, 2012.12.

2. 논문

김동환, 「교과서 속의 이야기꾼, 김유정」, 김유정학회 편, 『김유정의 귀환』, 소명출판, 2012.

유인순, 「「동백꽃」과 함께 하는 문학교실」, 『문학교육학』, 한국문학교육학회, 1997.

3. 단행본

전신재 편, 『원본 김유정 전집』(개정 증보판), 강, 2012.

최미숙 외, 『국어교육의 이해』, 사회평론, 2012.

김유정의 문학 작품과 독서토론 교육의 의의

최선영

1. 들어가며

예로부터 대학은 자유로운 학문의 장이자 성찰과 낭만이 있는 장소로 여겨졌다. 학생들은 대학을 진학하면서부터 비로소 전보다 확장된 사유의 성장을 꿈꾼다. 대학진학은 학생들이 입시위주의 교육에서 벗어나서 교과서 밖의 세상과 새로운 가치관을 발견하는 첫 번째 기회가 되기 때문이다. 특히 대학은 학문을 통한 정신적인 성숙의 기쁨을 누릴 수 있는 유일한 장소로써, 학생들이 세상을 바라보는 안목을 키우는 곳으로 기능한다. 대학에서 지식인으로서의 정체성을 형성하기 위해서는 독서활동이 필수적이다. 독서는 다양하고 열린 사고를 확장시키고, 스스로 생각하는 힘을 길러주기 때문이다. 그러나 인터넷과 각종 미디어

문화의 시대에 태어나고 자란 지금의 세대들은 독서활동이 부담스럽다. 독서는 독자의 적극적이고 능동적 참여가 없으면 불가능하기 때문에 미디어 매체에 비해 고된 것이 사실이다. 또한 빠르고 방대한 정보에 노출된 디지털 사회에 비해 독서는 더디고 한정된 정보로 다가온다. 그러나 무엇보다 주목해야할 사실은 대학에 들어온 학생들이 대학생활에서 우선시하는 것이 지식의 탐구보다 '스펙 관리'라는 것이다. 학생들은 대학 졸업 후에 취업난이라는 두 번째 관문을 통과하기 위해서 신입생 시절부터 학점을 관리해야한다. 그래서 그들에게 독서란 다양한 문화 활동의 장이라기보다, 실용적인 목적의 또 다른 '입시 과정'이 돼버렸다. 때문에 현재 대학생들의 독서 기피 현상과 그에 따른 독서수준은 과히 심각한 상태에 직면해 있다고 할 수 있다. 대학생들이 전공, 취업의 목적 이외에 읽는 독서가 대략 한 달 평균 2권 남짓으로 추정된다. 그마저도 '재미'를 느끼지 못하는 책은 관심에서 멀어지는 것이 현실이다. 사회가 점점 신자유주의 문화로 흘러가면서 독서 또한 소비적이고 유희적인 문화 활동으로 전락한 것이다. 그러나 문제는 학생들의 이러한 흥미 위주의 독서습관이 정보를 종합적인 안목에서 바라볼 수 있는 비평 능력을 저해한다는 것이다. 그리하여 대학생들이 세상에 대한 다각도의 시점을 통해서 스스로 현상의 원인을 질문하는 것 자체를 힘겨워하는 것이다.

이러한 상황 때문에 많은 대학에서 기초 교양 교육의 일환으로 독서 교육을 강조하고 있는 것이다.[1] 이는 독서를 통해 그와 관련한 전공자를 육성하기 위한 것이 아니라, 건강한 사회를 유지할 수 있는 기본적인 정

---

[1] E여대 명작 명문 읽기와 쓰기, K대 사고와 표현, S대 고전읽기 강화 교과목, S여대 인문독서 토론, Y대 독서와 토론, 등의 교과가 그 예이다.

신자세와 행동원칙을 기르도록 도와주기 위함이다. 본 연구자가 출강하는 대학교의 경우도 마찬가지로, 인문학적 기초 소양과 의사소통 능력을 함양하기 위한 교양교육의 일환으로써의 수업을 개설하여 인문학적 통찰력과 인간 사회에 대한 성찰을 표현할 줄 아는 지적인 인간으로의 육성을 교육하고 있다.[2] 현재의 학생들은 방대한 정보의 빠른 습득에 대한 적응력은 뛰어난 편이지만, 언급한 바와 같이 현상의 원인을 진단하고 비평하면서 스스로 가치 체계를 확립하고자하는 독립심이 부족한 형편이다. 이는 사실상 대학의 교육이 다양한 가치를 수용하고 공유하는 '장'으로써의 역할보다는 지식 전달의 목적에 치중했기 때문이다. 그러나 문학 독서 교육은 제7차 국어과 교육과정 이후에 이뤄진 '독자 중심 작품 해석'이 본격적으로 도입됨으로써 문제 해결의 실마리가 주어졌다. 한 편의 작품이 독자의 지식과 경험, 혹은 인식 수준에 따라서 다양한 해석이 가능하다는 점을 허용한 것이다. 그리하여 전문 비평가들의 작품 해석 방식에 매몰되지 않고, 독자의 작품 수용과 이에 관한 모든 과정과 활동을 문학 교육에 도입할 수 있게 된 것이다. 특히 이런 면에서 독서 교육으로써 문학 교육이야말로 다양한 가치 체계의 수용과 독자 중심의 공론장을 형성하기에 최적의 조건을 가진 것이라고 할 수 있다. 이런 전제를 바탕으로 본고는 김유정의 소설을 문학 독서 교육의 텍스트로 설정하여, 대학에 독서 토론 수업의 사례를 분석하고 이의 교육적 의의를 밝히고자 한다. 이에 수업에서 진행된 강의자료 및 수업 운용 경험의 질적인 분석이 연구의 방법론으로 제시되었다.

2 　SS대는 1, 2학년을 대상으로 '창의적 사고와 독서토론'수업을 개설하여 대학생의 의사소통 능력을 함양시키기 위한 노력을 하고 있으나, 한 학기 안에 1학점으로 한 시간 15분 동안 운용되는 프로그램 구성상 학생들에게 적극적이고 확장된 형식의 참여를 유도하는 것에는 다소 한계가 있다. 이는 대부분 대학의 독서 교육 프로그램이 안고 있는 문제다.

2. 대학 교양교육에서 독서토론 교육의 의미와 원리

1) 독서토론 교육의 의미

독서를 통해서 독자는 자기가 알고 있는 수준에서 지식을 점검하고 비판적인 시선으로 저자의 관점을 분석한다. 그러면서 점점 사유의 지평을 넓혀간다. 정신적인 활동으로써 독서는 절대적으로 독자의 능동적인 참여에 의존한다. 독자가 창조적으로 자신의 사고 망을 조직해야만 작품의 의미가 다양해지고 깊어지는 것이다. 독자는 독서행위 과정에서 저자의 세계를 간접적으로 체험하면서 세계관을 형성한다. 하지만 혼자 하는 독서는 자신의 지식수준 밖의 영역을 깨고 나오기에 일정 부분 한계를 가진다. 모든 독학자들이 범하기 쉬운 편견과 아집이라는 오류를 벗어나기가 쉽지 않은 것이다. 그렇다고 지극히 개인적인 독서 행위를 일일이 전문가에게 평가받고 그의 해석에 기댈 수도 없는 노릇인 것이, 독자 스스로의 주체적 판단을 내릴 때 가질 수 있는 고유한 즐거움을 해칠 수도 있기 때문이다. 이에 대학에서 교양교육의 역할이 강조되는 것이다. 중세 이후 대학교육은 전공교육과 교양교육의 조화로움 속에서 융합적 사고와 균형있는 사고력을 지닌 인재를 양성하는 것을 하나의 목표로 두었다. 이른바 다양한 지식 체계의 균형 있는 교육을 위해서 교양 교육을 실시하는 것이 종합대학의 중요한 목적인 것이다. 때문에 교양 교육의 한 역할은 학생들이 균형 있고 열린 사고를 위해서 다양한 의견을 수렴하도록 돕는 것이고 할 수 있다. 그 일환으로 여러 사람과의 토론을 통해서 차이를 인정하고 발전적 사고의 단초를 획득하는 방식이 있다. 이로써 교육은 학생에게 일방적으로 가르치는 방식이 아니라, 무엇이든 할 수 있는 능력을 훈련시키는 방편으로써 발표와 토론식으로 변화해온 것이다.

홀로 독서하는 것보다 여럿이서 한 권의 책을 읽고 토론했을 때, 아집에 빠지지 않고 다양한 가치의 이해와 깊이를 깨우칠 수 있다. 토론방식의 교육은 해당 작품의 공통적 의문에 대한 집단적인 차원에서의 문제제기의 기회를 열어준다. 발표하는 학생들은 독서과정에서 그들이 이해하고 평가하고 결정할 필요가 있는 안건 몇 가지를 나머지 학생들(청중)과 함께 해결한다. 학생들은 수업시간동안 그것이 그들 자신의 문제라고 인식해서 그에 대한 좋은 해답을 적극적으로 구하려고 한다. 그래서 최대한 많은 학생들에게서 자신들의 안건에 대한 다양한 시각을 듣고자 할 것이다. 이후 발표자들은 자신들이 만족할 만한 답을 얻기 위해 대안으로 거론된 모든 제안들을 면밀히 검토한다. 그리고 더 나은 것을 위해서 처음 생각했던 자신들의 관점을 얼마든지 변화시키려 할 것이다. 다시 말해 토론이란, 집단적 상호작용의 한 특정형태인 것이다. 토론에 참여한 구성원들은 함께 공통 관심사에 대해 의문을 제기하고 답을 얻기 위해서 서로 다른 관점들을 교환하고 검토한다. 그러면서 논점이 되는 문제들에 대한 지식이나 이해를 평가하고 판단한다. 그리고 그에 대한 결정이나 행동 등을 서로에게 서슴없이 조장하고 나눈다. 책을 읽는 행위는 개인적인 것이지만 토론은 함께 문제를 발견하고 해결하는 행동으로써 공적인 활동에 속하기 때문이다. 이로써 학생들은 수업시간마다 공동체 의식을 함양하고 타인의 의견을 경청함으로써 얻게 되는 새로운 통찰을 경험하게 되는 것이다.

2) 독서토론 교육의 방법

독서 토론은 매수업마다 해당 작품에 대한 발표조의 토론형(debate) 발표를 모든 학생들이 듣고, 함께 토의(discussion)하는 형식으로 진행한다. 발표는 해석적 질문을 바탕으로 출발한 논제를 몇 가지 설정하여, 비판과 옹호의 입장에서 상대측을 설득하는 것이다. 이때에 질문의 형태는 단순히 책의 내용을 파악하는 수준의 사실적 질문이 아니라, 책의 핵심 메시지와 관련하여 적어도 2개 이상의 논의가 가능한 해석적인 것으로 한다.

먼저 사회를 맡은 발표자가 해당 텍스트를 설명하면서 청중의 흥미를 이끈다. 발표자들은 논제를 제시하고, 양팀으로 나눠서 논제에 대한 비판과 옹호형식의 토론을 개진한다. 나머지 청중들이 이에 대한 평가와 점검을 마친 후에, 논제에 관한 각자의 의견 혹은 대안을 제시하고 책의 내용을 기반으로 새로운 아이디어를 제시하면서 토의한다.

학생들은 매시간 다음과 같은 심사표(〈표 2〉)를 작성하고, 개인의 생각은 물론 다른 사람의 생각까지 종합하여 토의 보고서를 제출(〈표 3〉)하도록 한다. 타인의 의견을 경청하는 동시에 자신의 생각을 조리 있게 말하고, 글로써 다시 한 번 정리하는 작업을 거쳐야 수업이 완성되는 것이다. 발표가 끝나면 안건을 바탕으로 청중들의 자유 토의가 진행하는데, 이때부터 각자 텍스트에 대한 새로운 생각이나 의문이 생기는 점을 여과 없이 드러내며 논의하고 함께 해결점을 찾는다. 검토과정에서 문제점을 발견하면 즉시 해결하도록 한다.

〈표1〉 심사표

		이름	평가기준	총점
	사회자 발표		1. 책에 대한 주요 정보의 효과적 전달 2. 언어적 표현의 명료성과 적절성	5 4 3 2 1
	입론1		1. 책 전체의 주제에 미치는 쟁점을 포착했는가 2. 주장에 대한 근거가 다양하고 타당했는가	5 4 3 2 1
	반론		1. 상대방 입론의 핵심을 문제 삼고 있는가 2. 상대방 논증의 문제점을 잘 비판했는가	5 4 3 2 1
	재반론		―상대방 지적에 대해 적절히 응수했는가	5 4 3 2 1
	입론2		1. 책 전체의 주제에 미치는 쟁점을 포착했는가 2. 주장에 대한 근거가 다양하고 타당했는가	5 4 3 2 1
	반론		1. 상대방 입론의 핵심을 문제 삼고 있는가 2. 상대방 논증의 문제점을 잘 비판했는가	5 4 3 2 1
	재반론		―상대방 지적에 대해 적절히 응수했는가	5 4 3 2 1
	최종발언1		1. 미진했던 반론거리를 적절히 보충했는가 2. 상대방과의 입장차이를 잘 요약했는가 3. 자신들의 최종 결론을 확실히 부각시켰는가	5 4 3 2 1
	최종발언2		1. 미진했던 반론거리를 적절히 보충했는가 2. 상대방과의 입장차이를 잘 요약했는가 3. 자신들의 최종 결론을 확실히 부각시켰는가	5 4 3 2 1
합계				
총평				

〈표2〉 토의 보고서

창의적 사고와 독서토론 조별 토의 보고서-( )조
20 년 월 일
서기 : (서명)
리더 :
발표 조 안건에 대한 우리조의 의견 : 1. 이름 : 2. 이름 : 3. 이름 : 4. 이름 : 5. 이름 :
우리조만의 새로운 안건 및 질문 :

　　교수자가 할 일은 돌아가면서 모두가 발표에 참여하도록 하여, 교실 안에 소외되는 학생이 없도록 인도하는 것이다. 또한 토의 중간에 심도 있는 안건을 유도하고, 풍부한 의견을 교환할 수 있도록 적절히 질문한다. 교수자는 수업에서 안내자와 진행자의 역할을 할 뿐, 답을 미리 내려주거나 책에 대해서 평가하고 해설하는 것을 최대한 자제한다. 이는 교수자가 예전 문학 독서 교육과 같이 작가와 독자의 관계에서 작가를 일방적으로 우위에 두어서 해석을 강요할 우려가 있기 때문이다. 비평을 전문가의 영역으로 한정짓지 않고 독자의 관점에서 재구조화했을 때, 텍스트에 대한 자유로운 논쟁과 주체적인 비평화 작업이 이뤄질 수 있다. 물론 비평가나 전문가가 독자나 학습자보다 텍스트를 모범적으로 독해하는 능력이 뛰어나다고 할 수 있다. 하지만 학습자의 비판적 사고와 창의적인 해결 과정을 위해서 교수자의 일방적인 전달방식의 수

업을 최소한으로 축소하는 것이다. 관건은 무엇을 얼마나 읽느냐가 아니라, '어떻게' 읽느냐이다. 학생들이 이러한 교육방식을 완전히 체화하면 수업이 끝난 후에 각자의 책을 읽을 때에도 주체적이고 독립적인 자신만의 독서법을 유지할 수 있을 것이다.

3. 김유정 소설을 통한 독서토론 수업 사례와 의의

1) 「봄·봄」의 의미와 한국 대학생의 어휘량

1935년 12월 『조광』지에 실린 「봄·봄」은 1969년 김수용 감독의 영화, 〈봄·봄〉 이후부터 다양한 접근에서 연구되고 재해석되었다. 작품 발표 당시를 비롯해 현재까지 김유정의 작품 중 가장 많이 패러디되고 연구되어 시나리오, 희곡, 오페라, 판소리에 이르는 각종 장르에서 향유되어 오고 있다. 이처럼 수많은 독자층을 형성할 만큼 「봄·봄」이 인기있는 이유는 무엇일까.

첫 번째, 「봄·봄」의 이야기성 때문이다. 원 소스로서 「봄·봄」의 스토리텔링 변주 방식은 그동안 많은 연구자들로부터 연구 대상이 되어 왔다.[3] 혼례를 미끼로 머슴살이를 시키는 장인어른을 향해 어리바리한

---

3   유인순, 「김유정 「봄·봄」의 아바타연구」, 『김유정과의 동행』, 소명출판, 2014; 이상진, 「문화콘텐츠 '김유정', 다시 이야기하기」, 김유정학회 편, 『김유정의 귀환』, 소명출판, 2012; 조희문, 「김유정의 소설과 영화」, 김유정문학촌 편, 『김유정 문학의 재조명』, 소명출판, 2008; 한명희, 「김유정 문학의 OSMU와 스토리텔링」, 『한국문예비평연구』 27, 한국문예비평연구회, 2008.

주인공이 대드는 장면은 아무리 많이 읽어도 항상 웃음을 자아내는 대목이다. 학생들은 「봄·봄」을 다시 읽으면서 주인공의 행동을 이해하고 공감하면서 토론을 진행할 수 있다. 짧고 단순한 이야기 속에서 장서 갈등은 물론이거니와 남녀 간의 미묘한 심리 차이까지 읽어낼 수 있는 것이다. 장인과 사위의 갈등양상과 해결책까지 고민해 보는 것에서부터 시작해서 점순이의 이중심리까지 예상해 보는 데에 이르는 광범위한 주제가 토론의 논제가 되었다. 거기에 「봄·봄」의 데릴사위제를 화두로 현대 사회에서 행해지는 이른바 노동력 착취구조의 양상도 고찰할 수 있었다.

두 번째, 「봄·봄」의 상징성이다. 먼저, 학생들은 작품의 제목인 「봄·봄」에 의문을 가진다. '봄봄' 또는 '봄, 봄'이 아니라 '봄·봄'인 까닭을 추론하는 과정에서 새로운 생각들이 도출된다. 주인공에게 봄은 만물이 생성하는 희망의 의미라기보다 기약 없는 혼례로 인한 불신이 반복되는 계절에 불과하다. 봄이 왔지만, 봄을 느끼지 못하는 주인공에게 '봄, 그리고 봄'의 의미는 '봄?, 봄!'의 뜻으로 혼례지연을 깨닫게 하는 반복된 시간을 의미한다는 의견이 제시된다. 게다가 계절적 의미의 봄(spring)이 아닌 시선을 의미하는 봄(see)이 두 번이나 강조된 원인에 초점을 맞춰야한다는 의견까지 다양한 생각이 표현된다. 후자는 「봄·봄」의 주인공으로 장인과 사위에만 집중했던 관심을 점순이에게 옮겨서, 점순이가 사태를 관망만하다가 정작 결말 부분에 장인의 편을 들었다는 대목에 방점을 찍어야 한다는 주장이다. 작가 관찰자 시점의 봄(see)이라는 단어 가운데에 점순이의 '점'을 찍고 나서부터 사건의 추이가 달라지므로 그 이후의 작가의 시선에 대해서 생각해야한다는 것이다. 토론이 진행되면서 이와 같은 「봄·봄」의 상징성에 대한 토의는 곧바로 대학생들의 부족한 어휘량에 대한 반성으로 이어지면서 작품해석에 깊이를 한층 더하게 된다.

주지하듯 작가 김유정의 빼어난 어휘 구사력과 풍부한 감수성은 지금의 독자들에게도 큰 울림을 준다. 현재 대학생들이 구사하는 감정 어휘는 상당히 단순화되어 있다. 활성화된 논술 교육을 통해서 논리적 사고력과 비판적 논점제시를 훈련받은 학생들도 자신의 감정을 세분화해서 적절히 표현하는 능력이 부족한 것이 현실이다. 이는 신속하게 의미 파악이 가능한 표현력을 요구하는 인터넷 세대만의 특징인 까닭으로, 현재 대다수의 학생들이 복잡하게 생각하고 천천히 음미해야 하는 묘사 방식을 기피한다.

'성례시켜 달라고 되알지게 쏘아 붙이고', '그만 빙빙하고 만다',[4] '남은 잘도 흰칠히들 크건만 이건 위아래가 몽톡한 것이', '밥을 나르다가 풀밭에다 깨박을 쳐서'[5]와 같은 김유정식의 표현을 읽다보면 어느새 학생들의 입가에 미소가 번지고, 무의식 중에 새로운 어휘에 대한 갈망이 생기기 마련이다. 김유정 소설의 해학성에 대한 논의에 대다수의 학생들은 거부감 없이 읽혀져서 인물의 성격을 부각시키는 효과를 불러온다는 의견이 절대적이었다. 그럼으로써 이러한 요소들이 30년대 당시 고단한 대중들을 위한 일종의 장르소설로 자리매김한 것이 아니냐는 추측도 오고간다. 이로써 학생들은 토론을 통해서 1930년대에 집필된 「봄·봄」이 지금까지 독서 교육의 대상으로 자리매김할 수밖에 없는 까닭을 스스로 확인하는 것이다.

---

4   김유정, 『김유정 전집』 1, 가람기획, 2003, 214쪽.
5   위의 책, 219쪽.

2) 우리 시대의 '만무방'과 그 판단 기준에 대한 논의

김유정의 「만무방」은 진실한 농군이었던 응오와 응칠 형제가 도둑질을 하면서 만무방이 될 수밖에 없던 상황을 그린다. 작가는 당시 자신이 경작한 벼를 자신이 가질 수 없는 반봉건적 식민지토지 소유제의 모순을 '만무방'이라는 상징을 통해 표현한다. 응오는 동네에서 알아주는 모범 청년으로 열심히 남의 땅을 부치면서 살고 있었고, 형 응칠이는 남의 빚을 갚지 못해 식구가 한밤중에 도망을 나왔다. 먹고 살기 힘들어 가족과도 헤어진 응칠은 도박과 절도 등으로 전과 4범이 되었다. 아우는 당시 가혹한 지주의 착취에 맞서 추수를 미루고 있는 중이었는데, 누군가가 산 속의 아우 논에서 벼를 도둑질을 해간다. 응칠은 전과자인 자신이 범인으로 오해받을 가능성이 있기 때문에 도둑을 잡기로 결심한다. 아우의 논 근처에 숨어 밤을 지새우던 응칠은 결국 도둑을 잡지만, 잡힌 도둑은 놀랍게도 자신의 동생 응오였음을 알고 슬퍼한다. 그 후, 응칠은 황소를 훔치자고 동생에게 제안하지만, 응오는 부질없는 짓이라고 형의 손을 뿌리치고 달아난다. 그러자 응칠은 대뜸 응오에게 몽둥이질을 하고, 땅에 쓰러진 아우를 등에 업고 고개를 내려온다.

학생들은 응칠과 응오 중에 누가 더 만무방인가에 관한 비평적 가정을 놓고 논하다가, 이들이 왜 만무방이 될 수밖에 없었는지를 시대적 배경과 연결 지어 생각하기 시작한다. 이는 소설을 장르론적 관점에서 그것이 탄생된 사회, 역사적 조건을 고려하는 이른바, 소설 사회학 방법적 해석을 뜻하는 것이다. 그리고 '만무방'이라는 단어에 내포한 이면의 뜻에 중점을 둔다. 그래서 자연스럽게 소작인의 경작권보다 지주의 소작권이 훨씬 우세했던 당시 토지 소유제도의 모순에 초점을 맞추면서 만무방이 상징하는 또 다른 의미를 집약적으로 논할 수 있었다. 그 과정에서 개인적 노력으로 가난 극복이 불가능했던 일제 강점기라는 특수 상황이 범죄자를 양산했기 때문에 시대를 '만무방'으로 보아야 한다든가, 양심의 가책이 전혀 없고 염치가 없다는 측면에서 동생 '응오'보다 형인 '응칠'이 더 만무방에 가깝다는 의견이 오고 간다. 더불어 작품의 결말부에 응칠은 왜 응오에게 매질을 했는가를 두고 논란이 있었는데, 이러한 열린 결말이 암시하는 바에 대한 의문이 지속적으로 제기될 수 있음을 확인했다. 학생들이 소설내적인 구조와 소설외적 구조 사이의 연관성을 고려하며 작품의 수용 측면에 초점을 맞추는 해석적 방법을 통할 때, 시대를 초월한 문학의 보편성을 획득할 수 있는 것이다. 이는 작품이 당대는 물론이고 현재에도 그 의미를 상실하지 않고 한 사회를 진단할 비평의 준거로 작용한다는 점에서 유의미하다고 할 수 있다.

3) 김유정 문학과 독서 토론 수업을 위한 제언

연구자는 학생들의 주도적인 학습 참여를 위하여, 발표할 텍스트를 학생들 스스로 직접 선정하여 제시할 것을 권했다. 총 31편의 김유정 소설 중에 한 편을 고르기 위한 독서를 하다보면 모든 작품들이 나름대로의 연결망을 갖고 있는 것을 발견할 수 있을 것이기 때문이다. 연구자는 학생들이 각 작품들 사이의 차이점과 유사점을 찾아내어 작품을 분류하고 분석하는 과정에서 독서의 흥미가 높아지리라 기대한다. 본고에는 소략하여 기술했지만, 학생들은 「봄·봄」과 「만무방」 이외에도 「총각과 맹꽁이」, 「아내」, 「따라지」, 「두꺼비」 등에서 들병이 모티브를,

「노다지」, 「금」, 「금 따는 콩밭」에서 황금 모티브를 발견할 수 있었다. 김유정은 순진함을 가장한 아이러니스트의 모습을 숨기고, 비속어와 토속어의 사용 등의 표면적인 모습을 통해서 일제에 대한 저항정신을 그려낸 모더니스트였다. 그리하여 팔십 년이 흐른 지금도 독자들은 김유정의 소설에서 내용은 물론이고, 이야기를 이끌어가는 '방법'에 주목할 수 있는 것이다.

소크라테스는 플라톤의 대화편에서 아이러니스트를 "무지를 가장하여 자신의 재능을 축소함으로써 상대를 당혹스럽게 하며 동시에 상대를 올바른 사고로 이끄는, (…중략…) 세련되고 인간적이며 유머러스한 자기비하의 모습으로 등장한다"고 했다.[6] 김유정의 문학과 그가 구사한 수사 전략이야 말로 정치적 방법론인 상황적 지식과 역사를 기록하는 장치로써 기능하는 것이다. 독자들은 그가 숨겨놓은 아이러니한 수사 전략을 함께 분석하면서 비로소 문학의 참재미를 알아간다. 따라서 구태여 공론장 안에서 행해진 문학 독서 토론이 일종에 놀이이자, 진리 탐구의 한 과정이라는 설명은 생략하겠다. 독자들에 의해 다양한 해석이 가능하고, 논쟁이 가득한 교실이야말로 진정한 의미의 교양 교육이 이뤄지는 장소일 것이기 때문이다. 다시 말해, 이를 통해서 문학이 특권화된 계층의 고립된 향유물이 아니라, 독자 대 독자, 비평가 대 비평가라는 대등한 위치에서 이뤄지는 가장 민주적인 대화의 장이라는 인식으로 자리 잡을 수 있게 되는 것이다.

그러나 위와 같은 토론식 수업은 소설을 역사, 사회학적 방법으로 해석하는 것에 용이하지만, 텍스트의 내적인 해석, 즉 구조주의적 요소를

---

6 플라톤, 최명관 역, 『플라톤의 대화편』, 창, 2008, 83쪽.

다소 소홀히 다룰 수 있다는 한계를 가진다. 따라서 교수자는 이를 인지하고 수업 시간에 논의된 결과를 적절히 피드백하면서 텍스트에 대한 자세한 설명을 보충해야 할 것이다. 이 수업은 학생들이 직접 발표를 하게 함으로써 학습자가 능동적으로 참여하는 주도적인 수업을 만들기 위한 목적을 가지지만, 이러한 환경에 익숙하지 않은 학생들은 학습에 어려움을 느낄 수 있다는 단점이 있기 때문이다.

마지막으로 교수자는 작품에서 도출된 논제와 다양한 안건들이 추후에도 계속적으로 확장될 수 있도록 상호 텍스트적인 방향의 독서를 권장해야 할 것이다. 예컨대, 「노다지」를 중심으로 수업 중에 자본과 윤리의 상관관계에 대한 토론을 진행했다면 이후, 콜린 캠벨, 『낭만주의 윤리와 근대 소비주의 정신』과 막스 베버, 『프로테스탄트 윤리와 자본주의 정신』 등의 책을 권하는 것이다. 김유정은 마르크스의 『자본론』과 크로브토킨의 『상호부조론』이 새로운 운명을 띠고 있다고 그의 수필 「病床의 생각」에 서술했다. 김유정도 변화하는 사회와 이상에 대한 통찰을 독서행위를 통해서 키워나갔던 것이다. 독서를 많이 해야 글쓰기를 잘할 수 있다는 것은 오랜 정설이다. 오랜 세월동안 사람들은 책을 읽지 않으면 어휘력과 표현력의 한계 때문에 수준 있는 의사소통에 방해가 된다는 점을 인지해왔다. 디지털 세계에 사는 지금도 폭넓은 독서를 통해서 사색하는 것이 훈련된 사람에 사유의 깊이를 객관적이고 과학적으로 측정할 길은 없어 보인다. '세상은 점점 각박해지고 이기적으로 변해 간다. 예나 지금이나 분노가 조절되지 않아서 폭력을 행하는 사람들이 있고, 극단적 이기심 때문에 남을 해하고도 양심의 가책을 느끼지 못하는 사람들은 언제나 존재한다. 먹고 살기 위한 노동의 가치보다 중요한 것은 더 이상 없다고 말하는 이도 늘 있을 것이다. 물론 누구도 이러한 현실과 무관하다고 말할 수 없다. 그러나 이 시대의 대학생들이 더 이상 주체적으로 사유하는 것을 체념한 채로 젊음의 합리적 존재 이유를 상실하는 것을 보는 일만큼 황망한 것도 없을 것이다. 대학생들이 독서를 인간으로서의 기초적 권리가 아닌, 사치적 향락 행위로 인식하는 작금이야말로 학교 교육이 변화해야 적기라고 본다. 이제 지식은 상아탑 속에 머무는 것이 아니라, 아는 것을 행하고 행한 것에 책임을 지는 인격 도야의 완성 차원에서 다뤄져야 할 것이다. 그 첫 번째 실마리는 생각을 표현하고 표현된 생각을 서로 나누는 토론식 수업에서 찾을 수 있을 것이다. 토론을 통한 독서 수업이 현재 대학생들의 독서력을 키우고 공동체의 구성원이자 민주 시민이 가져야 할 덕성을 배양하는 것을 도울 수 있기를 희망한다.

4. 나가며

누구나 독서를 하고나면 개인적인 생각을 한다. 그러나 독서 교육의 측면에서 볼 때, 그러한 생각들은 표현되어야 의미를 가진다. 특히 공론장의 성격을 가진 대학 수업에서 자신의 견해를 표명하고 타인의 의견을 수용, 교류하는 것은 합리적 사고를 확립하고 공동체 의식을 함양하는데 있어서 매우 중요한 요소로 작용한다. 지금까지 논의한 독서 토론식 교육이 문학을 독자 중심의 장으로 형성할 것이라는 데에는 별다른 이견이 없을 줄로 안다. 그러나 여전히 학교 현장에서 해결되지 않은 문제들이 존재한다. 학생들의 다양한 반응과 창의적인 해석을 수용할 수 있는 대화 중심의 학습 환경이 설정돼야 하기 때문이다. 교수자가 학생들의 대화에서 의미 있는 쟁점을 포착하여 진전된 논쟁으로 이끌어 가는 사회자 혹은 보조자로서의 역할을 해야 하기 때문이다. 독서가 독자의 능동적인 참여로 이뤄지는 정신활동이라는 점을 상기해볼 때, 토론식의 문학 독서 수업 또한 학생들의 자발적인 참여가 절대적으로 요구된다. 교수자가 절대자의 권위를 버리고 학생들의 모든 의견을 존중해야하는 까닭이다. 이러한 노력이 바탕이 되어야만 대학, 혹은 대학 교실이 자유로운 학문의 장이자 성찰과 낭만이 있는 장소가 될 수 있을 것이다.

본고는 대학 교양교육에서 김유정 문학을 재료로 했던 독서토론 수업과정을 고찰하면서 그 교육적 함의를 생각해 보려고 하였다. 토론식 독서 교육은 학생들 스스로가 문제의식을 찾고 텍스트를 비평하면서 창의적인 사고를 도출한다는 점에서 의의를 갖는다. 그리고 그러한 수업을 통해서 학생들이 제대로 책 읽는 방법을 교육받음과 동시에 주체적 사고를 증진시키길 바라면서 질적 경험을 토대로 사례 중심 연구를 진행하였다. 김유정의 문학에서 드러나는 다양한 어휘 구사력과 풍성한 감수성은 감성적 표현력이 세밀하지 못한 현대의 청년들에게 신선한 자극을 준다. 또한 학생들이 토론을 통해서 자발적으로 작품의 수용 측면에 초점을 맞추는 해석적 방법을 통해서 문학과 사회에 대한 비평적 관점을 찾는다. 특히 대학의 교양과목에서 이러한 토론 수업을 진행하는 것이 문학을 특정 학과의 전유물로 한정짓는 것이 아닌, 다양한 전공의 학생들 누구나가 쉽게 접근 가능한 놀이이자 한 사회를 진단할 비평의 준거로 여길 수 있다는 점에서 더욱 의미 있는 것이다. 그러나 본고는 대학의 독서 토론 자료가 한정된 까닭에 양적인 면에서 결여되어 객관적인 연구를 진전시키지 못한 한계를 가진다는 것을 밝힌다. 그리하여 좀 더 많은 대학의 독서 토론 과목의 양상을 보강하여 분석한 연구를 추후 과제로 남기고자 한다.

참고문헌

1. 기본자료

김유정, 『김유정 전집』 1, 가람기획, 2003.

2. 논문

유인순, 「김유정 「봄·봄」의 아바타연구」, 『김유정과의 동행』, 소명출판, 2014.

이상진, 「문화 콘텐츠 '김유정', 다시 이야기하기」, 김유정학회 편, 『김유정의 귀환』, 소명출판,
        2012.

조희문, 「김유정의 소설과 영화」, 김유정문학촌 편, 『김유정 문학의 재조명』, 소명출판, 2008.

최미숙, 「문학 독서 교육에서 비평의 역할과 의미」, 『독서연구』 제24호, 한국독서학회, 2010.

한명희, 「김유정 문학의 OSMU와 스토리텔링」, 『한국문예비평연구』 27, 한국문예비평연구
        회, 2008.

3. 단행본

플라톤, 최명관 역, 『플라톤의 대화편』, 창, 2008.

제5부 / 김유정의 수필 세계

김유정의 수필

김상태

1

김유정의 수필은 모두 14편이다.[1] 그의 생애가 워낙 짧았던 탓으로 그의 소설도 많은 편이 못 되지만 그의 수필 또한 적은 편이다. 연구자들의 관심은 대부분 그의 소설에 집중되어 있다. 그렇지만 그의 문학을 이해하는데 수필 역시 적지 않은 도움을 받을 수 있다고 생각된다. 수필은 흔히 체험의 문학이라고 한다. 다른 장르의 문학도 작가의 체험이 녹아들지 않는 바는 아니지만 수필만큼 직접적이면서도 솔직하게 표현되는 장르는 없기 때문이다. 연구자들의 증언에 의하면, 그의 소설 대부분

---

1   김영기 편, 『김유정전집』(현대문학사, 1968)에 의하면 10편인데, 김유정기념사업회 편, 『김유정전집』(김유정기념사업회, 1994)은 그보다 많은 14편이다.

이 그의 생활과 체험이 육화되어 있다고 말하고 있지만, 그의 수필은 육화되기 이전의 글이라는 점에서 그의 문학을 살피는 데 좋은 자료가 될 수 있을 것으로 생각된다.

그의 수필을 소재나 주제에 따라 분류해 보면 대략 네 가지로 나눌 수 있다. 첫째, 그가 태어난 고향 산천과 생활한 체험이 소재가 된 작품, 「오월의 산골짜기」, 「江原道 女性」, 「잎이 푸르러 가시든 님」, 「조선의 집시」, 둘째, 도시 생활에서의 체험, 「電車가 喜劇을 낳아」, 셋째, 병마와 싸우면서 표현한 독백, 「나와 귀뚜라미」, 「밤이 조금만 짧았더면」, 「네가 봄이런가」, 「幸福을 등진 情熱」, 「病魔와 싸우면서」, 「병상 영춘기」. 넷째, 인생관 혹은 예술관을 토로한 작품, 「길」, 「어떠한 부인을 맞이할까」, 「病床의 생각」 등이 있다. 알다시피 그는 폐결핵을 앓았고, 그것이 원인이 되어 세상을 떠났다. 따라서 병상에 있으면서 그 괴로움을 토로한 작품이 가장 많다.

이 글은 그가 어떤 소재나 주제를 통하여 그의 수필 내용을 담고 있는가를 살펴본 후에 그의 문체를 '선택'과 '결합'의 축에서 관찰해보고자 한다.

2

「오월의 산골짜기」는 1935년 5월 『조광』지에 '내가 그리는 新綠鄕'이란 공동제목으로 게재된 작품으로서 그가 태어나서 자란 강원도 '실레'

의 자연환경을 서술한 수필이다.[2] 제목에서 드러나는 바와 같이 신록이 무르익기 시작하는 5월의 풍경을 그린 작품이다.

> 나의 고향은 저 강원도 산골이다. 춘천읍에서 한 이십리 가량 山을 끼고 꼬불꼬불 돌아 들어가면 내닫는 조그만 마을이다. 앞뒤 좌우에 굵직 굵직한 산들이 빽 둘러섰고, 그 속에 묻힌 아늑한 마을이다. 그 山에 묻힌 모양이 마치 옴팍한 떡시루 같다 하여 洞名을 '실레'라 부른다. 집이라야 대개 쓰러질 듯한 헌 초가요, 그나마도 50戶 못 되는, 말하자면 아주 빈약한 촌락이다.
>
> ― 오월의 산골짜기

문두의 자연 묘사에 이어서 농촌의 풍경을 그리고 있다. 갈철(갈을 꺾는 철)에 갈 꺾는 일을 하는 사람을 갈꾼이라고 해서 "밥 몇 그릇씩 치는 탐식가", "開東 때부터 어두울 때까지 밥을 다섯끼 먹는다", "동리 사람이 지나가게 되면 손짓해서 불러서 음식을 나누는 것이 예의", "나도 고향에 있을 때 갈꾼에게 여러번 얻어먹었다" 등을 서술한다. "산삐알에 포근히 깔린 잔디는 제물로 침대가 된다"고 하면서 "그 위에 바둑이와 같이 벌렁 자빠져서 묵상하는 재미도 좋다"는 것이다. 자연 경치를 재미있게 서술하고 있다. 새소리 물소리 등과 함께 이곳에서는 논밭 갈 때의 노래가 따로 있다는 것이다. "산 중턱에 번듯이 누운 마을의 이런 생활을 내려다보면, 마치 그림을 보는 것 같다"라고 말한다. 그러나 고향을 떠난 지 4년이나 지나고 나서의 상상 속에서 그리는 고향이라는 점을 밝히고 있다.

---

2 전신재 편, 『원본 김유정 전집』(강, 2012)에 게재한 글을 참고하였고, 표기는 이상 두 전집에 있는 그대로 따랐다.

「江原道 女性」은 강원도 아리랑의 일절을 소개하면서 시작하고 있다. 경어체로 일관하고 있는 수필로서 옆 사람에게 강원도의 산수와 함께 그 속에 사는 여인들의 생활을 친근하게 얘기하는 작품이다. '13도의 여성순례'(강원도편)라는 공동제하에 문예지의 청탁에 의해서 쓴 수필이다. "문화의 손"이 뻗지 못하여 "생활의 과장"이나 "허식"이 없다는 점을 강조하고 있다. "실팍한 원시적 인물"이라고도 한다. 강원도의 여성은 "아낙네가 가진 幽玄한 자연미랄까 혹은 天來無縫의 純眞美라 하는 것이 옳다"는 것이다. "외양이란 대개 그 성격을 반영"하듯이 가식이 없이 솔직하다고 했다. "교양이란 놈과 인연이 먼만치 무뚝뚝한 그들에게는 예의가 알배 없다"고도 말한다. 이 수필의 특징은 강원도의 민요를 군데군데 소개하면서 강원도 여성의 특징적인 면을 보여주는 것이라고 할 수 있다.

「잎이 푸르러 가시던 님이」는 「강원도 여성」과 체재가 아주 비슷하다. 강원도 지방에서 농군들이 흔히 부르는 민요라고 하면서 중간 중간에 삽입되어 있다. '강원도 여성'은 긍정적으로 묘사되어 있는 반면에 이 작품은 "피폐한 시골", "굶주린 농민"이 주된 소재로 되어 있다.

「조선의 짚신」는 '들병이 철학'이라는 부제가 붙어 있는 작품으로서 '들병이'가 생겨난 내력과 함께 그들의 일상생활을 그리고 있다. 이 작품은 그의 단편소설 「솥」이나 「안해」의 소재가 된 작품으로서 소설에서 그 생활의 리얼리티가 더 재미있게 묘사되어 있다. 가을이 되어 여름 내 고생하며 거둔 수확을 지주와 빚쟁이에게 다 뺏기고, 호구를 해결하기 위하여 들병이로 나선다는 것이다. "들병이 들면 그날 밤부터 동리의 청년들은 떼난봉이 난다"고 한다. 들병이와 그 남편, 그리고 그녀 때문에 모여든 청년들 사이에서 벌어지는 희극적인 사건을 서술하고 있다. 희극을 보고 있지만 비극을 느끼는 농촌의 비참한 현실을 소설은 에둘러 말하지만 수필은 직설하고 있다.

3

「전차가 희극을 낳아」는 그가 서울서 학생으로서 생활할 때의 일을 기술한 것이다. "차중에서 맺어진 로맨스"라는 『조광』(1936)지의 공동제하에 쓰진 작품이다. 청량리역에서 동대문역까지 오는 사이에서 일어난 일이다. 당시만 해도 청량리역에서 동대문역까지 "전차노선 양편으로는 논밭이 늘여 놓인 편한 버덩으로 밤이 들면 언뜻 시골을 연상할 만치 한가로운 지대"라고 했다. 오후 11시쯤 되었으니까 승객도 별로 없는 전차에서 일어난 일을 기술한 내용이다. 승객이 없으니까 차장도 운전수도 졸고 있었던 모양이다. 젊은 두 남녀가 탔는데 차장이 표를 찍지 않아서 이들 승객과 승강이를 하고 있는 장면을 그린 내용이다. 승강이를 하는 사이에 여학생의 댕기가 가방에 딸려 들어가서 더 요란스럽게 되었다. 어떤 전차 운전수가 그에게 들려준 "실담"이라고 밝히고 있다. 말미에 가서 "이성에 동경과 애정의 발로일는지 모른다" 말하고, "사랑이 따르지 않는 곳에는 결코 참된 미움이 성립하지 못한다" 하면서, "그 철리를 증명하는 한 개의 호례이리라"는 유정 나름의 주석을 붙이고 있다. 이 수필은 인용된 대화가 많아서 짧기는 하지만 구성이 있는 장편(掌篇)과 같은 느낌을 주는 수필이다.

4

「나와 귀뚜라미」는 『조광』(1935)의 청탁에 의하여 "나와 動植物'이라
는 공동제하에 쓰진 작품이다. 가을이 되어 귀뚜라미 소리를 듣는 것을
위안으로 삼고 있다. "낯익은 처녀와 같이 들을 수 있다면 이것이 분명히
幸福임을 나는 잘 알고 있다"고 기술하고 있다. 200자 원고지 2장 정도
로서 유정의 수필 중에서 가장 짧은 작품이다. 귀뚜라미 소리에 위안을
받고 있지만 한편으로는 병중의 자기 신세를 애달프게 생각하고 있다.

「밤이 조금만 짧았더면」은 밤중에 깨어나서 괴로운 몸을 뒤척이며
이 생각 저 생각을 하는 글이다. "머리맡의 지게문을 열어젖히니 가을
바람은 선들선들 이미 익었고, 구슬피 굴러드는 밤벌레의 노래에 이윽
히 귀를 기울이고 있었던 나는 아팠는가, 까닭 모르게 축축이 젖어드는
젖어오는 두 눈뿌리를 깨닫자 열을 벌컥 내가지고는 네가 울테냐……"
울고 있는 자신을 나무라고 있다. 이 글의 후반부는 "金兄께"라고 편지
를 삽입하고 있다. '김형'이라고 지칭되는 사람은 李箱이 아닐까 하고 유
인순 교수는 말한다.

「네가 봄이런가」는 봄이 찾아왔지만 자신의 건강이 조금도 나아지지
않아서 한탄하는 작품이다. "나긋나긋한 이 香氣는 分明히 봄의 懷抱려
니, 손을 꼽아 기다리던 그 봄이려니, 그리고 나는 아직도 그 病席을 걷
지 못하였다. 갑작스리 치미는 鬱寂한 心思를 어째볼 길이 없어 장막을
가려치고 이불 속으로 꿈실꿈실 기어든다." 밖으로 나가고 싶은 심정은
간절하지만 나갈 수 없는 그의 몸을 한탄하고 있다.

「幸福을 등진 情熱」은 병마와 싸우면서 봄이 되기만을 기다렸지만 건

강이 조금도 나아지지 않아 애타는 심정을 적은 글이다. "바뀌는 철만 기다리는 마음"이라는 것이다. "행복의 본질은 믿음에 있으리라"고 하면서, "가을아 어서 오너라"라고 적고 있다.

「병마와 싸우면서」는, "兄아!"에게 주는 편지로 된 글이다. 날로 몸이 꺼지는 것을 느끼면서 "나는 참말로 일어나고 싶다"고 말한다. 탐정소설을 번역해서 돈 백 원이 되면, "우선 닭을 한 30마리"와 함께 살모사, 구렁이 등을 고아먹고 건강을 빨리 회복하겠다는 간절한 소망을 담고 있는 글이다. 유인순 교수에 의하면 원제목이 "필승전"이라는 것이다. "형아"가 아니라, "필승아"라고 안회남의 본명을 부른 것으로 김유정 사망 11일 전에 쓴 최후의 글이라고 한다. 번역할 거리를 부탁해서 그 원고료로 자기의 병 치료에 도움을 받자는 글이다.

「병상영춘기」는 계절은 봄을 맞고 있지만 건강은 점점 더 나빠지고 있다는 안타까운 심정을 적은 글이다. "햇빛을 보는 것이 실로 두려운 일"이라고 하면서 이불을 뒤집어쓰고 잠을 청하지만 잠이 오지 않는다는 것이다. "나에게 낮은 큰 원수였다. 정낮이 되어오면 태양은 미닫이의 전폭을 점령하여 들어온다. 망할 놈의 태양. 쉴 줄도 모르느냐"고 원망한다. 폐환 중에도 설사를 하면서 괴로움을 겪는다. 게다가 "월수쟁이 노파의 악성"까지 겹치어 등줄기가 섬뜩하다는 것이다. 밤이 되어도 잠이 오지 않아 새벽 3시가 되어도 "눈알이 보숭보숭하니 잠 하나 올듯싶지 않고, 머지않아 먼동이" 트고 해가 뜰 것이지만 그는 괴롭기만 하다고 술회하고 있다. "그럼 낼 하루는 무얼로 보내는가?"라고 자문하면서 "탈출을 계획하는 옥중의 죄인과도 같이 한껏 긴장이 되어 선후책을 강구한다. 밝는 날 이 땅에 퍼질 광선의 위험을 느끼면서─낼 하루를 무얼로 보내는가?"라고 끝맺고 있다.

5

「길」은『여성』(1936) "아무도 모를 내 비밀"이란 공동제가 붙어 있는 글이다. 길거리에서 우연히 친구를 만났는데, "병환이 그러시니만치 돌아가시기 전에 얼른 傑作을 쓰셔야지요?"라고 했다는 것이다. 이 말은 그의 병이 죽음을 임박하고 있다는 암시가 깔려 있기 때문에 불쾌감과 함께 모욕을 느낀 것이다. 그때 그는 '길'이 있음을 깨닫는다고 했다. 그 길이란 글을 쓰는 길임을 암시하고 있다.

「어떠한 부인을 마지할까」는『여성』(1936) "그분들의 결혼 플랜, 어떠한 남편, 어떠한 부인을 마지할까"라는 공동제하에 집필된 글이다. "나는 숙명적으로 사람을 싫어합니다"는 말로 시작하고 있다. 폐결핵과 우울증을 앓고 있다는 것도 밝히면서 그런데도 만나고 싶은 여성이 있다면 한 번 만나고 싶다고 했다. 그리고 사랑하겠다는 것이다. 결혼에 대해서는 거의 절망적인 심정을 나타내는 글이다.

「병상의 생각」은 어느 여인에게 보내는 편지의 글로 되어 있다. 그야말로 이 생각 저 생각이어서 무엇을 말하려고 하는지 포착하기 어렵다. 내용으로 보아 이 여인에게 편지를 몇 번 한 것 같고, '그 이유가 나변에 있으리오'라는 질문을 받았다고 한다. 따라서 "연애"에 대해서 유정 나름대로 그 본질을 말하고, 그와 아울러 "예술"에 대해서도 유정 나름대로 정의를 내리고 있다. 글 전체가 평소에 몸에 익은 문체가 아닌 衒學的인 풍미가 나는 글이다. 글 중에 제임스 조이스의『율리시이저』도 나오고, 졸라의『나나』도 나오지만 당시 유정의 나이로서 제대로 이해했다고 생각되지는 않는다. 『율리시이즈』는 지금도 난해한 글로 알려져 있는데, 서구에서 한국에 소개된 지 얼마 되지 않는 시점에서 제대로 이해할 수 있다고 말하기는 어렵다. 특히 조이스의 영어는 번역이 거의 불가능한 영어가 아닌가. 일역을 읽었다면 더욱 난해했을 것이다. 이 글의 말미에 가서 "위대한 사랑이란 무엇일까, 이것을 바로 찾고 못 찾고에 우리 전 인류의 여망이 달려 있음을 보았습니다"라고 적고 있다. '연애'와 '예술'에 대해서 유정 나름대로 견해를 피력한 글이다.

6

김유정의 문학이 빛나는 이유는 그의 개성적인 문체에 있다. 그의 소설에서 더욱 빛나 보이지만 본고는 그의 수필에 초점이 맞추어져 있는 만큼 수필을 통하여 그의 문체적 특성을 살펴보고자 한다. 일찍이 김문집은 김유정의 생애와 문학을 논하면서 "傳統的 朝鮮語彙의 豊富한 言語 驅使의 個人的 妙味"[3]를 지닌 작가로 규정하고 있다. 그의 평문 전체가 다소 과장된 데가 많아서 신뢰성이 떨어지고 있지마는 이 지적만은 옳다.

문체를 관찰하기 위하여 인간의 표현행위의 방식에 있어서 로만 야콥슨(Roman Jakobson)이 제시한 선택(selection)과 결합(combination)의 관점을 원용하는 것이 편리할 듯하다.[4] 아이가 메시지의 주제일 때 비슷한

---

3 김문집, 「병고작가 원조운동의 변」, 김유정기념사업회 편, 『김유정전집』, 김유정기념사업회, 1994, 386쪽.
4 Roman Jakobson, "Linguistics and Poetics", ed. by Krystyna Pomorska, *Language in Literature*, Harvard University Press, 1987, p.71.

낱말 가운데 하나를 선택한다. 가령, '아이', '어린이', '소년', '어린애' 등의 말 중에 한 낱말을 선택한다. 그리고 이 말을 결합하는 말로서 '자다', '졸다', '꾸벅거리다' 등이 따라 나오면 하나의 문장이 되는 것이다. 즉 선택의 축과 결합의 축으로 문장을 만들어 간다는 뜻이다. 전자는 동질성과 비동질성의 기초에서 선택하는 것이고, 후자는 인접성 혹은 연결성의 기초에서 결합하는 것이다.

김유정 소설에서 많이 쓰이는 어휘는 흔히 "향토성이 짙은 말"이라는 점을 지적한다. 다시 말하면 서울에서는 잘 쓰지 않는, 그가 생장한 강원도, 혹은 광산 지방에서 흔히 쓰는 말투와 어휘를 사용한다는 뜻이다. 작품수가 적어서 그렇기도 하지만 그의 소설에서 보이는 만큼 수필에서는 그 특색이 잘 드러나지 않고 있다. '선택'과 '결합'의 축에서 문체적 특성을 알기 위해 그의 수필에서 눈에 띄는 대로 다음과 같이 골라보았다.

① 공연히 기꺼웁다.

② 그릇의 밥 한 사발을 어렵지 않게 치고 치고 하는 것이다.

③ 산삐알에 포근히 깔린 잔디는 제물로 침대가 된다.

④ 산천의 풍경으로 따지면 하나 흠잡을 데 없는 귀여운 전원이다.

⑤ 나에게 吸煙術이 있음을 문득 깨닫자 옆의 新聞紙를 두 손으로 똥치똥치 말아서 그걸로다 저쪽에 놓여있는 성냥갑을 끌어당겨가지고 卷煙 한 개를 입에 피워문다.

⑥ 오늘이 슬(설)이구나 슬, 슬, 슬은 어릴 적의 모든 기쁨을 가져온다.

⑦ 새정신이 반뜩 미닫이를 열어젖힌다.

⑧ 때때로 빰을 지내는 微風이 곱기도 하다. 그런데 이 香氣는, 분명히 香氣는, 그러다 나는 고만 가슴이 덜컥 내려앉고 만다.

⑨ 나긋나긋한 이 좁氣는 분명히 봄의 懷抱려니, 손을 꼽아 기다리던 그 봄이려니 그리고 나는 아직도 이 病席을 걷지 못하였다.

⑩ 이 땅의 아낙네가 가진 그것은 幽玄한 自然美랄까 혹은 天來無縫의 純眞美라 하는 것이 옳을 듯합니다.

⑪ 동백꽃이 필라치면 한 겨울동안 방에 갇혀있던 처녀들이 하나 둘 나물을 나옵니다.

⑫ 언제나 넓직한 버덩이 그립습니다.

⑬ 우리가 바닷가에 외로이 섰을 때 바다 너머 저편에는 까닭없이 큰 기쁨이 있는 듯싶고 다스로운 愛情이 자기를 기다리는 것 같아 안타깝게도 대구 그립습니다.

⑭ 이럽세, 저럽세, 하는 되우 늘어진 그들의 언어와 굼뜬 그 動作을 종합하여 보시면 어쩌면 生의 倦怠를 느낀 사람의 自墮落으로 느끼기가 쉽습니다. 허나 그것이 아니라 도리어 生에 執着한 情熱이 틀진 度量을 나이, 그것의 所致일지 모릅니다.

⑮ 나는 제법 토심스리 대답하였다.

⑯ 다시 뚱싯뚱싯 일어나 산전에다 턱을 받쳐 놓는다.

⑰ 젓가락을 받쳐들고 집엄집엄 들어다는 입속에 넣는 명색만으로라도 조반을 치르는 것이다.

⑱ 밥이 참으로 먹고 싶지 않다. 마는 그러자면 못 먹는 이유를 이리저리 들러대야 할 테니 더욱 귀찮다.

①은 '기껍다', '기쁘다', '즐겁다' 중에서 선택한 말인데, 유정의 체취가 느껴진다. '기꺼웁다' 함으로서 그의 고조된 감정을 나타내고 있다.

②'치고'의 기본형은 '치다'일 텐데, '치다'는 여러 가지 뜻을 내포하고

있다. 여기서는 '먹다', '없앤다'는 뜻이 주된 의미일 텐데, 그 말을 거듭하고 있어서 특이한 반향을 일으킨다.

③ '뻬알'의 표준말은 '비탈'이다. 지방에서는 흔히 쓰는 말이기도 하지만, 여기서는 비탈과는 조금 다른 느낌을 준다.

④ '예쁜', '아름다운', '참한' 등의 말을 쓸 수 있으나, 유정은 이 단어를 선택함으로서 작고 아담한 것을 강조하고 있다.

⑤ '흡연술'은 과장된 표현으로서 다른 아무 재주는 없지만, 담배는 아주 잘 핀다는 뜻을 내포하고 있다. '뚱치뚱치'는 엽연을 마는 모양의 의태어라고 할 수 있는데, 유정이 자주 쓰는 말이다. '그걸로다'는 '그것으로서'의 구어적 표현으로서 선택과 연결을 함께 하고 있다.

⑥ '슬'은 '설'을 이렇게 부른 것인데, 방언이 아니라, 모음을 바꿈으로서 어릴 때 설을 맞는 기분을 상기하면서 지금의 쓸쓸한 기분을 동시에 나타낸다.

⑦ '반뜩'은 '반짝', '번쩍', '번듯' 등의 뜻을 내포한 부사인데, 이들 부사의 뜻을 공유하면서 지금의 기분을 나타내고 있다.

⑧ '지내는'은 흔히 '스치는'이라고 쓰지만, 약하게 스치는 미풍의 모습을 이렇게 표현했다. '곱기도'는 '서늘하기도'라고 표현하는 것이 일반적인데 미풍에 대해서 '곱다'고 표현한 것이 특이하다. '이 향기는, 분명히 향기는'이라고 거듭해서 말한 것은 유정의 강조법이다.

⑨ '향기'를 봄의 '懷抱'라고 은유적으로 표현한 것인데 유정의 정감이 그대로 실려 있다.

⑩ '幽玄한 自然美랄까 天來無縫의 純眞美' 등은 흔히 쓰는 말이지만 강원도 여성에게 쓴 말이 특이하다.

⑪ 나물을 캐러 나온다고 흔히 말하지만 이렇게 표현했다.

⑫ '버덩'은 "좀 높고 평평하며 나무는 없이 잡풀만 난 거친 들"로 사전에 정의되어 있다. 유정은 이 말을 자주 쓴다. 유정이 자란 산골에서는 흔히 쓰는 말인 듯하다.

⑬ '다스로운 情熱'이란 말은 서울 지방에서는 잘 쓰지 않는 말이다. '다스로운' 말의 원형이 '다스롭다'일 텐데 이런 말은 표준어에는 없다. '다사로운'은 '따뜻한', '따스한' 말 등을 연상시켜 주는 말로서 정열을 수식하는 말로 좀 의외라는 느낌을 준다. '대구'는 '대고'의 뜻일 텐데, '계속해서'라는 뜻을 지니고 있다. 이 말이 오히려 더 어울린다.

⑭ '이럽세 저럽세'는 '이러세요 저러세요'의 방언적 사용이다. 투박한 느낌을 주는 말로서 여기서는 오히려 적절하다. '되우'라는 말은 '매우 심하게'라는 뜻의 말인데, 이 장면에서는 어울린다. '틀진'이란 말도 특이하게 쓰인 말이다. 이 문장의 措辭에서 유정이 운용하는 문장의 특이한 점을 보여주고 있다.

⑮ '토심스리'란 부사는 '토심스레'란 말을 변형해서 쓴 말인데, 서울 지방에서는 잘 쓰지 않는 말이다. '불쾌한 낯빛이나 말로 남을 대할 때' 쓰는 말이다.

⑯ 시골 풍경을 나타내는 유정의 독특한 표현이다.

⑰ 음식을 내키지 않는 마음으로 먹는다는 표현을 이렇게 말한 것이다.

⑱ 대체로 '마는'는 윗 문장에 붙여 쓰는 말이지만, 유정은 윗 문장과는 달리 다음 문장의 첫 머리로 쓰는 경우가 많다. 문장의 호흡을 조절하기 위해서 하는 듯한 그의 글 버릇이다.

7

이상에서 김유정 수필의 소재와 주제가 대체로 어떤 것인가를 짚어 보고 그의 문체적 특성을 선택과 결합의 관점에서 살펴보았다. 그의 문학적 精髓는 물론 그의 소설에 있다. 더구나 유정이 문학 활동을 할 당시는 수필 문학이 문학의 한 장르로서 인정되기에 부족한 시기였다. 그러나 얼마 되지 않는 그의 유작을 고찰함에 있어서 그의 수필도 함께 검토되어야만 그의 문학을 보다 온전하게 이해할 수 있다고 생각한다.

2015.4.12

김유정 문학의 유토피아 공동체와
크로포트킨의 상호부조론

서동수

1. 서론

이 글은 김유정의 수필과 서간문에 나타난 유토피아 공동체와 크로포트킨의 상호부조론 간의 관련성을 살피는 데 있다. 김유정 문학 연구의 어려움은 "결코 씌어지지 않은 것을 읽는 것"이라는 벤야민의 언급처럼 작품의 난해함보다는 새로운 의미를 도출하는데 있다. 그동안 김유정에 관한 연구는 양적, 질적 모든 면에서 많은 성과를 이루었다. 연구방법도 다양하여 내재적, 외재적 접근은 물론이거니와 김유정의 정치적 무의식을 읽어내려는 데까지 이르렀다. 최근에는 문화콘텐츠 차원에서 김유정의 문학을 바라보려는 노력이 진행되고 있다. 이처럼 김유정에 대한 연구가 끊임없이 진행 중임은 여전히 해결되지 않는 빈칸

들이 존재한다는 것이며 김유정 문학에 내재된 의미의 풍요로움을 보여주는 것이다.

우울증이 있던 벤야민이 멜랑콜리한 응시로 자본주의를 사유했듯이, 염인증과 결핵을 앓던 김유정도 우울한 시선으로 식민지 현실을 바라보았다. 과연 김유정에게 식민지 현실은 어떠한 모습으로 다가왔을까? 또 식민지를 향한 그의 시선은 문학행위와 어떠한 관계가 있을까?

김유정의 비소설 영역에 주목해야 하는 이유가 여기에 있다. 그동안 비소설 영역은 주로 소설 연구의 배경 설명이나 당대의 풍속 그리고 김유정의 개인사의 관점에서 다뤄져 왔다. 하지만 비소설 영역이야말로 김유정이 꿈꾸던 대안세계의 흔적을 보여준다는 점에서 주목할 필요가 있다. 김유정이 소설을 통해 현실에 대한 비판적인 포즈를 취했다면, 비소설을 통해서는 그가 그리던 유토피아의 실체를 그리고 있었다. 특히 고향을 대하는 김유정의 태도에서 분명한 차이를 확인할 수 있다. 수필 속의 고향이 유토피아 공동체의 모습이라면, 소설 속의 고향은 근대(도시)적 욕망의 침투로 인해 붕괴되어 가는 공동체의 모습을 그리고 있다.

이 글에서는 수필 속의 고향에 주목하고자 한다. 수필 속 고향이 표상하는 유토피아 공동체는 크로포트킨의 상호부조론에 의해 상상된 세계이다. 그동안 김유정과 크로포트킨과의 연관성에 대한 본격적인 연구는 많지 않았는데, 영향관계를 증명할 자료가 부족했기 때문이다.[1] 그럼에도 불구하고 둘 간의 영향관계에 주목해야 하는 이유는 크게 세 가지이다. 김유정이 꿈꾸던 유토피아적 상상력의 근거를 확인할 수 있

---

[1] 김유정과 크로포트킨의 관계를 언급한 연구로는 하정일의 「지역·내부 디아스포라·사회주의 상상력=김유정문학에 관한 세 개의 단상」(『민족문학사연구』 47권, 2011)과 방민호의 「김유정, 이상, 크로포트킨」(『한국현대문학연구』 44집, 2014.12)을 주목할 필요가 있다.

다는 점, 김유정이 꿈꿔왔던 대안세계의 구체적인 실체를 바라볼 수 있다는 점, 그리고 이를 통해 김유정이 말했던 "우리 전 인류의 여망이 달려"있는 "위대한 사랑"[2]의 정체를 확인할 수 있기 때문이다.

2. 유토피아 공동체로서의 고향

김유정에게 고향(자연)은 그의 문학과 삶에서 중요한 의미를 지니고 있다. 고향은 농촌을 다루는 작품의 소재나 배경이 되거나 공동체의 중요성을 일깨우는 역할을 하기도 한다. 수필 「내가 그리는 신록향—오월의 산골작이」는 고향에 대한 김유정의 인식을 잘 보여준다.

나의 고향은 저 강원도 산골이다. 춘천읍에서 한 이십 리 가량 산을 끼고 꼬불꼬불 돌아 들어가면 내닫는 조그만한 마을이다. 앞뒤 좌우에 굵직굵직한 산들이 빽 둘러섰고, 그 속에 묻힌 아늑한 마을이다. 그 산에 묻힌모양이 마치 옴팍한 떡시루 같다 하여 동명을 '실레'라 부른다. 집이라야 대개 쓰러질 듯한 헌 초가요, 그나마도 50호밖에 못되는, 말하자면 아주 빈약한 촌락이다.

그러나, 산천의 풍경으로 따지면 하나 흠잡을 데 없는 귀여운 전원이다. 산에는 기화이초(奇花異草)로 바닥을 틀었고, 여기저기에 쫄쫄거리며 내솟는 약수도 맑고 그리고 우리의 머리 위에서 골골거리며 까치와 시비를 하는 노

2   김유정, 「병상의 생각」, 이주일 편, 『산골나그네—김유정』, 범우, 2004, 514쪽. 이하 김유정의 글은 모두 여기에서 인용한다. 글을 인용할 경우 글제목과 쪽수로만 표기한다.

란 꾀고리도 좋다. (…중략…)

이것이 오월경 산골의 생활이다. 산 한 중턱에 번듯이 누워 마을의 이런 생활을 내려다보면, 마치 그림을 보는 듯하다. 물론 이지(理智)없는 무식한 생활이다마는 좀 더 유심히 관찰한다면 이지(理智)없는 생활이 아니고는 맛볼 수 없을 만한 그런 순결한 정서를 느끼게 된다.

내가 고향을 떠난 지 한 사 년이 되었다. 그러나 금장이의 화를 아직 입지 않은 곳이매, 상전벽해의 변은 없으리라.

내게 건재(健在)있기 바란다.[3]

김유정이 묘사하고 있는 고향은 현실 속의 고향이 아니다. 소설 속 고향이 굶주림을 모면하기 위해 아내를 팔고, 금을 캐기 위해 삶의 터전인 콩밭을 뒤집어놓는 등 타락한 욕망으로 가득 찬 "퇴폐한 시골, 굶주린 농민, 이것이 자타 없이"[4] 인정되는 세계라면, 수필 속의 자연(고향)은 전혀 다른 양태, 이른바 유토피아적 공동체로 나타난다. 수필 「내가 그리는 신록향－오월의 산골작이」의 고향은 재물이나 명예, 쾌락 같은 물질적 유토피아가 아니다. 비록 "빈약한 촌락"이지만 "아직 악착한 행동을" 모르며 "인심도 그리 야박하지가 못"해서 아직까지도 "상해사건으로 마을의 소동을" 본 기억이 없는 세계이다.

뿐만 아니라 고향의 풍경은 그 자체로 완결되고 자족적인 이상적 자연미를 지니고 있다. 곳곳에 "기화이초"가 피어 있으며 "여기저기서 쫄쫄거리며 내솟는 맑은 약수"가 흐르고, "푸른 가지에서 유희를 하며 지저귀는 새들로 가득한 흠잡을 데 없는 산천"이다. 또 "잔디는 제물로 침대"가 되

---

3 김유정, 「내가 그리는 신록향」, 460쪽.
4 김유정, 「잎이 푸르러 가시던 임이」, 448쪽.

고, 바람에 풍기는 초목의 향취는 "일필로 형용하기" 어려울 정도로 아름답다. 수필이 보여주는 고향의 중요성은 풍경에만 머무르지 않는다. 보다 본질적인 것은 김유정이 꿈꾸는 유토피아 공동체의 표상이라는 점이다.

김유정의 고향은 인간과 자연이 화해하는 미메시스의 세계이다. 그곳은 근대적 시선에 포섭된 '결여로서의 자연'이 아니다. 인간과 자연은 고향이라는 공간 속에서 조화롭게 공존하고 있다. 고향의 사람들은 자연이 내는 "성스러운 음악"을 들을 수 있으며, 자연도 인간과 감응한다. "소들도 세련이 되어 주인이 부르는 그 노래를 잘 이해하고" 있으며, "노래대로 좌우로 방향을 변하기도 하고, 또는 보조의 속도를 늘이고 줄이고"(463쪽)한다. 고향은 인간과 자연 간의 화해와 조화가 이루어지는 아름다운 가상, 유토피아 공동체로 등장한다.

유토피아가 존재하지 않는 곳(no place) 또는 가장 이상적인 세계라는 측면에서 수필 속 고향은 비현실적으로 과장된 세계이며 관념의 과잉이 만들어낸 가상의 고향이다. 그곳은 "시각적으로 보여지는 물리적 공간이나 실재하는 장소적 개념이 아니라"[5] 기억의 고향이자 관념이 낳은 고향, 이른바 '아름다운 가상'이다. '실레'라는 지명은 기호일 뿐이며, 50호 밖에 안 된다는 빈약한 촌락의 모습도 관념의 세계를 구체화하기 위한 장치에 불과하다. 실제의 고향은 "그리 아름답고 고요한 곳이"[6] 아니기 때문이다. "아늑한 마을" 안에서 "자연의 아름다움을 고요히" 느끼며, "저희도 모를 소리를 몇 마디 지껄이다가는 포복절도하는 듯이 깔깔대고 하는" 모습은 식민지 농촌의 모습이 아니다. 그래서 수필 속 고향은 현실과

---

5   권채린, 「김유정문학의 향토성 재고−30년대 향토담론과의 비교를 중심으로」, 『현대문학의 연구』41, 2010.6, 110쪽. 이 글은 1930년대 향토 담론 속에서 김유정 향토성이 갖는 특이점을 면밀하게 밝혀내고 있다.
6   김유정, 「잎이 푸르러 가시던 임이」, 447쪽.

는 다른 "딴 세상을 보는 듯"했던 것이다. 김유정의 시선이 "마치 그림을 보는" 듯 "산 한 중턱에 번듯이 누워 마을의 이런 생활을 내려다" 보고 있는 것 같은 것도 이 때문이다. "흔히 풍경의 발견으로 대표되는 자연의 미적 가상이 본질적으로 도시인, 외지인의 시선에 의한 것이라면, 김유정은 원거리적 조망 대신 근경(近景)의 밀착성을 통해 자신만의 독특한 향토를 형상화"[7]하고 있는 것이다. 현실의 고향을 가상의 영역으로 치환함으로써 이곳은 이제 '아름다움 가상'이 된다.[8]

3. 유토피아 공동체와 크로포트킨의 상호부조론

1) 크로포트킨의 수용양상

김유정이 유토피아 공동체를 상상하게 된 직접적인 계기는 크로포트킨과의 만남 때문이다. 김유정과 크로포트킨과의 영향 관계는 안팎에

---

7 권채린, 앞의 글, 120쪽.
8 비록 정교하지는 않지만 김유정은 수필을 통해 '지금 여기'와는 '또 다른 세계(another world)'에 대한 갈망과 편린을 드러내고 있다. 김유정은 이 수필 마지막에서 고향을 향해 "내내 건재(健在)해 있기 바란다"고 말한다. 이 표현을 고향에 대한 일상적인 안부로 받아들일 수 없는 것은 이 글을 쓸 당시의 상황 때문이다. 1936년에 발표된 「내가 그리는 신록향」은 그의 언급처럼 고향을 떠 난지 "한 사년"이 지난 시점에서 쓴 글이다. 그렇다면 이 글은 최소한 1934년 이후에 쓴 글인데, 잘 알려진 것처럼 1933년 결핵 진단을 받은 이후의 삶이란 투병, 사랑의 실패, 생활고 등 고단함의 연속이었다. 이러한 상황에서 고향에 대한 관념이 나왔을 것이다. 그런데 여기서 주목할 점은, 김유정이 단순히 행복했던 시절로의 퇴행에 멈추지 않고 고향에 대한 관념을 새로운 대안 세계와 연결하고 있다는 것이다. 비록 본격적인 사유는 아니지만 김유정은 고향에 대한 글을 통해 새로운 대안세계를 꿈꾸고 있었던 것이다.

서 확인할 수 있다. 먼저 김유정이 활발하게 활동했던 1920~30년대 상황을 살펴보면 다음과 같다.

> 어느 시대, 어느 사회에 있어서나 좀 더 많은 대중을 우의적으로 한 끈에 꿸 수 있으면 있을수록 거기에 좀 더 위대한 생명을 갖게 되는 것입니다.
> 오늘 우리의 최고 이상은 그 위대한 사랑에 있는 것을 압니다. 한동안 그렇게도 소란이 판을 잡았던 개인주의는 니체의 초인설, 마르사스의 인구론과 더불어 머지않아 암장될 날이 올 겝니다. 그보다는 크로보토킨의 상호부조론이나 맑스의 자본론이 훨씬 새로운 운명을 띠고 있는 것입니다. (…중략…) 그럼 그 위대한 사랑이란 무엇일까, 이것을 바로 찾고 못 찾고에 우리 전 인류의 여망이 달려 있음을 우리가 잘 보았습니다.[9]

인용문에서 보듯 크로포트킨과의 연관성을 확인할 수 있는 부분은 단 한 줄의 문장뿐이지만 새로운 세계에 대한 가치판단을 담고 있다는 점에서 중요하다. 시대와 사회를 불문하고 대중을 우의적으로 꿸 수 있는 위대한 사랑의 **방법**을 니체의 초인설과 말사스의 인구론 대신 맑스와 크로포트킨에게서 찾고 있다는 것은 이들에 대한 이해가 전제되어 있음을 보여준다. 실제로 김유정이 크로포트킨을 접할 수 있는 환경은 이미 충분히 마련되어 있었다.

김유정이 본격적으로 활동하던 1920~30년대에 크로포트킨에 대한 논의는 한중일 삼국 모두에서 활발하게 진행되고 있었다. 일본에서는 1882년 나시카와 미치데츠의 『러시아 허무당의 일』 이래로 게무라야마

---

9 김유정, 「병상의 생각」, 513~514쪽.

센타로의『근대무정부주의』(1902), 고토쿠 슈스이의『장광설』(1902) 등이 발간되면서 서구 아나키즘이 소개되기 시작했으며, 1920년대에는 이시카와 산시로가『서양사회사상사』를 통해 독일, 프랑스, 영국 등의 사회주의와 아나키즘을 소개하기 시작했다. 일본은 아나키즘과 노동운동이 결합된 아나르코 생디칼리즘으로 나아갔으며, 고토크 슈스이, 사카이 토시히코, 오스기 사카에 등이 중심이 된 일본 아나키즘은 중국은 물로 신채호에게도 깊은 영향을 미쳤다. 중국은 1907년을 기점으로 아나키즘 운동이 본격화되기 시작했다. 중국의 아나키즘은 일본에서 영향받은 천의파와 프랑스의 영향을 받은 신세기파로 구별되는데, 신세기파는 크로포트킨의 상호부조의 원리를 따르고 있었다.

한국의 경우는 1920년대 초 일본과 중국을 통해 본격적으로 아나키즘이 수용된 것으로 보고 있다. 3·1운동 이후『동아일보』와『조선일보』등의 정기간행물은 사회주의 이론이나 사상가들을 소개했으며, 특히 『동아일보』가 주도한 문화운동에서 가장 빈번하게 소개된 사상가가 크로포트킨이었다. 크로포트킨에 대한 집중적인 소개는『공제』,『신생활』, 『현대평론』,『조선지광』을 통해 이루어졌다. 신채호를 비롯한 많은 지식인들이 크로포트킨의『청년에게 고함』의 세례를 받자고 주장할 정도로 크로포트킨의『상호부조론』과『청년에게 고함』등은 1920년대 식민지 지식인들과 청년들에게 많은 영향을 끼쳤다.[10]

1920년대 이후 크로포트킨이 지식 청년들의 주된 관심으로 부각되면서 1920년대 후반기까지 마르크시즘과 더불어 일종의 '개조' 사상으로서 이른바 진보적 사상 운동가들의 탐구 대상으로 자리를 잡았으며, 특히 일

---

10   아나키즘의 영향에 관해서는 구승회 외,『한국아나키즘100년』, 이학사, 2004; 조세현,「동아시아(한·중·일)에서 크로포트킨 사상의 수용」,『중국사연구』39집, 2005.12 참조함.

본의 크로포트킨 '주의자'인 오스기 사카에의 번역 작업 등을 매개로 신문, 잡지 등에 그의 사상이 여러 번에 걸쳐 반복적으로 소개되기 시작했다. 국내에 소개된 크로포트킨 사상의 요점은 다윈의 진화론에 깊숙이 개입해 있는 맬서스주의적인 생존경쟁 개념을 비판하고 진화와 존속의 방법으로 상호협동의 측면을 강조한 것이다.[11]

크로포트킨에 대한 당대의 관심과 소개의 정도를 볼 때 크로포트킨에 대한 김유정의 관심은 자연스러워 보인다. 비록 한 줄의 표명으로 끝났지만 김유정도 크로포트킨을 지지한 지식인의 한 사람이었다. 지지의 양태도 다양하다. 문학을 통해 상호부조의 유토피아 공동체를 상상했던 것이 문학적 수용의 양상이었다면, 1932년 고향에 내려가 문맹퇴치운동을 위해 금병의숙이란 이름의 간이학교 인가를 받아내고, 농촌의 생활개선을 위한 노름퇴치, 마을의 길 넓히기, 부녀자들을 위한 야학운동과 협동조합운동"[12] 등의 활동을 벌인 것은 크로포트킨에 대한 실천적 수용으로 볼 수 있다.

2) 유토피아 공동체와 상호부조의 원리

"위대한 사랑" "이것을 찾고 못 찾고에 우리 전 인류의 여망이 달려" 있다는 이 중차대한 문제의식은 김유정에게 식민지를 벗어나는 혹은 이 세계를 대신하는 대안세계를 꿈꾸는 문제이기도 하다. 이런 맥락에서 나온 것이 "크로보토킨의 상호부조론이나 맑스의 자본론"에 대한 기

---

11 방민호, 앞의 글, 296쪽. 방민호는 김유정의 현실참여적인 모습이 안회남과 이상의 작품 속에서 드러나고 있음을 지적하고 있다.
12 유인순, 『김유정과의 동행』, 소명출판, 2014, 61쪽.

대이다.

크로포트킨의 상호부조의 원리는 동종간의 치열한 생존경쟁이 아닌 연대성과 사회성이라는 폭넓은 감정과 본능을 통해 상호지원의 연대의식이 진화의 진보적 요인임을 증명하는데 있다. 크로포트킨은 상호부조의 실천이야말로 각자의 행복이 모두의 행복과 밀접하게 연결되어 있으며, 타자의 권리를 존중하는 의식, 이른바 정의감이나 평등의식 등 보다 높은 수준의 도덕 감정으로 발전한다고 보고 있다.[13] 김유정의 수필 속 유토피아는 연대와 유대 그리고 타자성의 존중 등을 기반으로 한 크로포트킨의 상호부조론의 원리가 실현되는 세계이다.

수필 「내가 그리는 신록향−오월의 산골작이」는 노동의 상호지원을 통한 유토피아 공동체의 모습을 보여주고 있다. 한창 바쁜 5월이 되면 "여남은씩 한 떼가 되어 돌려가며 품앗이로 일"을 하는데, 이는 "퍽 우의적이요, 유쾌한 노동"(461쪽)이다. 왜냐하면 상호지원을 통해 "일의 권태를 잊을 뿐만 아니라 또한 일의 능률까지" 오르기 때문이다. 노동이 기쁨의 힘을 증가시키는 '이행'의 과정으로 인식되고 있는 것이다. 게다가 "쓰러질 듯한 헌 초가"이지만 "앉은 자리에서 밥 몇 그릇씩 치는" 먹성 좋은 농군들을 위해 음식을 준비하는 것도 기쁨이다. 왜냐하면 "갈꾼을 위하여 막걸리며, 고등어, 콩나물, 두부에 이밥−이렇게 별식이 벌어지기 때문이다." 그래서 갈을 꺾을 때가 되면 "노유(老幼)를 막론하고 무슨 명절이나처럼 공연히" 들뜨기 시작한다.

넉넉지 못한 살림에도 이렇게 행복할 수 있는 것은 "몸이 감당해 나가지 못 할만치 고된 일"을 갈꾼들과의 상호부조로 해결하고 있기 때문이

---

13 크로포트킨, 김영범 역, 『만물은 서로 돕는다−크로포트킨의 상호부조론』, 르네상스, 2005, 17쪽.

다. 이러한 장면들은 크로포트킨이 이야기한 상호부조의 모습—"한 소 작지에서 어떤 일을 빨리 처리하기 위하여 많은 일손이 필요할 때면 예 컨대 감자를 캐거나 풀을 벨 때 이 지역의 젊은이들이 몰려와서 즐겁게 일을 하고는 밤이 되면 즐겁게 식사를 마치고 춤을 추는"[14]—것과 매우 유사하다.

상호부조의 모습은 들병이에 대한 인식에서도 볼 수 있다. 수필「조 선의 집시」는 들병이에 대한 김유정의 온정적인 시선이 담겨있다. 들병 이에 대한 그간의 오해를 불식시키고 그것이 갖는 공동체적 의미를 한 껏 부조시킨 이 글은 그동안 토속성, 젠더, 디아스포라 등 다양한 관점 에서 평가되어 왔다. 이와 함께 주목해야할 부분은 상호부조의 관점에 서 들병이의 역할이다. 김유정이 들병이의 긍정적 가치를 역설하는 큰 이유는 들병이와 촌락 공동체 간에 벌이는 상호부조의 모습 때문이다. 김유정이 인정하듯이 들병이는 "춘사(椿事), 풍기문란, 유혹, 사기, 도난, 폭행"과 같은 사회적 문제를 일으키기도 하지만 그럼에도 불구하고 이 들에게 긍정적 시선을 보내는 이유는 "그 해독을 보가(報價)하고도 남을 큰 기능",[15] 즉 공동체적 의미 때문이다. 공동체적 의미란 들병이가 공 동체를 유지시키는 일정한 역할, 즉 상호부조의 기능을 말한다.

공동체의 입장에서 우선 들병이는 결혼이 어려운 시골 청년들의 "정 열의 포만 상태"를 "주기적으로 조절하는 완화작용"을 해준다. 시골의 총각이 "취처(娶妻)를 한다는 것은 실로 용이한 일이 아니다. 결혼 당일의 비용은 말고 우선 선납금을 조달"하기 어려운 처지이기 때문이다. "적 어도 사오십 원의 현금이 아니면 매혼시장에 출마할 자격부터" 없으며,

---

14 위의 책, 287~288쪽.
15 김유정, 「조선의 집시—들병이철학」, 454쪽.

그래서 "늙은 총각은 삼사 년간의 머슴살이 고역"을 감내하기도 한다. 따라서 "독신자의 생활을 강요"하는 현실 속에서 "공평치 못한 애욕낭비"(454쪽)란 있을 수 없다. 들병이는 시골의 여러 총각들이 제각기 지불한 돈만큼 "무사공정"하게 "염태(艶態)"를 부려 시골 총각들의 만족을 유도한다. 또 시골의 술집 주인에게는 경제적 이윤도 가져다준다. 한산하던 시골 술집도 "아무개 집에 들병이 들었다 하면 그날 밤으로 젊은 축들이 몰려"(452쪽)들어 "음산하던 술집이 이렇게 담박 활기를" 띤다. 때문에 "촌의 술집에서는 어디고 들병이를 환영한다. 술집주인은 들병이에게 술과 밥을 팔을 팔아 이득이고" 들병이는 그것으로 이윤을 얻는 경제적 순환이 이루어진다.

상호부조의 모습은 들병이와 그의 남편 사이에서도 볼 수 있다. 들병이의 남편들은 "흔히 도박자요 불량자로 정평"이 났지만 아내가 해산할 때가 되면 "비로소 아내에게 밥값을 보답한다."(456쪽) 남편은 태어난 아기가 자신의 아이라고 믿지 않음에도 "자기 소유의 자식이라는 그 점에 만족할 뿐"이다. 간혹 남편이 다른 남자와 함께 있는 아내의 처소에 들어가는 경우가 있지만 "몇십 전 희사하면 그 뿐" "절대로 현장을 교란하거나 가해하는 행동은" 하지 않는다. 간혹 들병이에게 반하여 그들과 같이 "표박(漂迫)하는 친구"가 있더라도 "들병이의 남편은 이 연애지상주의자의 정성을 박대하지 않는다."(458쪽) 그들은 서로 의좋게 동행하며 심복같이 잔심부름을 시키면서 공존한다. 상호부조는 이처럼 "아내는 근육으로 남편은 지혜로, 이렇게 공동전선을 치고 생존경쟁에" 대처하는 방법인 것이다. 그래서 김유정에게 들병이는 "정당한 노동자"이다.

상호부조의 실천은 노동의 상호지원뿐만 아니라 '보다 높은 수준의 도덕감정'으로까지 발전한다. 수필 「강원도 여성」은 "문화의 손에 농락

되지 않은" 강원도 여성을 통해 "상호부조가 윤리개념의 실질적인 기반"[16]
임을 보여준다. 강원도 여인들은 도시의 여인들처럼 근대식 화장이니
뭐니 하는 "인공적 협잡"이 전혀 없다. "근대 미용술과 거리가 멀다고 곧
잡아 추물"처럼 보일 수 있으나 그녀들이야말로 "싱싱하면서도 실팍한
원시적 인물"이다. 나그네에게 물을 건네면서도 무뚝뚝한 이유는 "예
의를 모르는 식충"이거나 "입에 붙은 인사치례로만 간실간실 살아가는
간배(奸輩)"라서가 아니다. 말 그대로 "목마른 사람에게 물을 떠주고, 먹
고 하는 것은 으레 또는 마땅히 있을 일"이기 때문이다. 그들의 무뚝뚝
함은 "생의 권태가 아니라 도리어 생에 집착한 열정이 틀진 도량"이다.
이처럼 그녀들은 "마치 한 폭의 그림을 보는 것"처럼 "유현한 자연미"와
"천래무봉의 순진미"를 지니고 있다. 또 그들의 "생활에는 일정의 사(邪)
가 일절"없으며, "개명한 사람의 처신법"같은 "어려운 연극"[17]적인 이
없다. 그들은 "서로 맞붙어 일을 하며, 저희도 모를 소리를 몇 마디 지껄
이다가는 포복절도하듯이 깔깔"대는 "순결한 정서"[18]의 삶이다. 상호부
조를 통해 '각자의 행복이 모두의 행복과 밀접하게 의존하고 있다는 연
대의식은 다시 정의감, 평등의식 같은 보다 높은 수준의 도덕감정으로
발전한다'[19]는 크로포트킨의 세계는 그대로 김유정의 고향 인식과 닮아
있다.

이처럼 김유정의 유토피아는 크로포트킨의 상호부조와 "모든 사람
이 동시에 모든 사람에게 공통된 이익을 추구하는 것보다 더 가치 있는
것은 어떤 것도 바랄 수 없다"[20]라는 스피노자의 윤리학이 결합된 세계

---

16 크로포트킨, 앞의 책, 347쪽.
17 김유정, 「강원도 여성」, 485쪽.
18 김유정, 「내가 그리는 신록향」, 464쪽.
19 크로포트킨, 앞의 책, 17쪽.

이다. 그들에게 노동은 육체적 고통이 아니라 "새로운 희망이 가득"해지는 과정이며, 그래서 모를 심을 때마다 "그것만으로도 한 해의 농사를 다 지은 듯"이 "즐거운 노래를 불러가며 가을의 수확까지 연상"할 수 있는 것이다. 이처럼 김유정의 고향은 "기쁨의 감응이 최대가 되고 슬픔의 감응이 최소가 되는"[21] 기쁨의 공동체이다.

4. 근대 비판과 문학의 길

김유정의 고향을 이상적인 낙원, 즉 유토피아 지향성이라고 명명할 때 제기되는 첫 번째 질문은 왜 고향을 '아름다운 가상'(관념의 과잉)으로 치환했는가이다. 많은 논자들의 지적처럼 김유정은 철저히 현실적인 문제를 다룬 작가이다. 마름과 소작농, 들병이, 황금광시대의 농촌 등 "당시의 고단한 삶을 수용하는 순박한 사람들로부터 사기꾼에 이르기까지 다양한 삶의 모습과 다양한 삶의 현장이 그대로 재현"[22]되어 있다. 그럼에도 불구하고 김유정이 고향을 미적가상으로 치환한 이유는 근대(과학)에 대한 강한 부정의식 때문이다.

「병상의 생각」은 김유정의 사망 78일 전에 씌어진 서간문이다.[23] 이 편지는 "시인 박용철의 누이이자 문학평론가 김환태의 아내인 박봉자"[24]

20　강영안, 「스피노자—자기보존을 위한 철학」, 『철학과현실』 18, 철학문화연구소, 1993.9, 136쪽.
21　이진경, 『삶을 위한 철학수업』, 문학동네, 2014, 58쪽.
22　유인순, 『김유정과의 동행』, 소명출판, 2014, 75쪽.
23　위의 책, 99쪽.

를 향한 연서로 보인다. 하지만 이 글은 제목처럼 병상의 이야기나 연애 편지가 아니다. 이 글을 주목해야 하는 이유는 근대를 바라보는 작가의 시선이 드러나 있기 때문이다.[25] 이 글의 핵심은 근대에 대한 김유정의 부정의식이다. 김유정은 근대비판을 편지의 수신자인 '당신'이라는 인물로 의인화하여 비판하고 있다. 김유정도 이러한 의도를 강하게 숨기지는 않았다. 김유정이 '당신(박봉자)'을 "근대예술이 기계의 소산인 동시에 당신이라는 그 인물이 또한 기계로 빚어진 한 덩어리의 고기임"을 분명히 밝히고 있으며, 실제로 '당신(박봉자)'을 '근대', '과학', '문명', '근대예술'로 바꿔 읽어도 전혀 문맥이 달라지지 않기 때문이다. 즉 '당신(박봉자)'은 실재 인물이 아니라 근대와 그것이 낳은 산물(예술)의 의인화된 기호일 뿐이다.[26] 김유정은 매우 명료한 의식을 바탕으로 박봉주를 통해 우의적으로 근대(과학)를 비판하고 있다. 비판의 내용을 살펴보면 다음과 같다.

김유정이 바라볼 때, 과학은 인류에게 "한 개의 우상으로 숭배"(506쪽) 받길 원한다. 왜냐하면 "우리는 사물을 대할 때 하나로 열을 추리하는 것이 곧 우리의 버릇"이었으며, 이는 "우리의 선배가 그러하였고 또 오늘 우리와 같이 살고 있는 모든 사람이 그러"할 정도로 과학적 사고를 하고 있기 때문이다. 하지만 김유정은 "당신의 요구에서 좀 먼 거리에 있는 자신", 이른바 과학으로부터 객관적인 거리에 섰을 때 과학의 다른 모습을 볼 수 있다고 말한다. 그것은 "그 배후의 영리하신 당신의 지혜"

---

24 위의 책, 122쪽.
25 문명비판의 관점에서 주목할 만한 논의로는 안미영의 「김유정 소설의 문명 비판 연구」(『현대소설연구』 11, 한국현대소설학회, 1999)가 있다.
26 이 글은 다른 수필들에 비해 매우 명료한 의식으로 쓰인 글이다. 서간문이라는 형태를 띠고 있지만 매우 논리적이며 분석적인 입장에서 쓰고 있다는 점도 일반적인 서간문으로 읽을 수 없는 이유 중의 하나이다.

이자 "나에게는 연모(戀慕)라는 말을 듣고" 싶어 하며, "당신의 절대가치를 행사하고"(507쪽) 싶어 하는 과학의 음험함이다.

> 근대과학은 참으로 놀라울 만치 발달되어 갑니다. 그들은 천문대를 세워놓고 우리가 눈앞에서 콩알을 고르듯이 천체를 뒤져 봅니다. 일생을 바쳐 눈코 뜰새 없이 지질학을 연구합니다. 천품으로 타고난 사람의 티를, 혹은 콧날을 임의로 늘리고 줄입니다. 건강한 혈색을 창백히 만들고자 조석을 피하고 앨 키웁니다. 찌저깨비로 사람을 만들어 써먹노라 괜스리 속을 태웁니다. 소리 없이 공중으로 떠보고자 하여 그 실험에 떨어져 죽습니다. 두더지 같이 산을 파고 들어가 금을 들어내다가 몇 십 명이 그 속에 없는 듯이 묻힙니다. 물속으로 쫓아가 군함을 깨뜨리고 광선으로 사람을 녹이고, 공중에서 염병을 뿌리고, 참으로 근대과학은 놀라울만치 발달되어 있습니다.[27]

김유정은 근대라는 것을 과학(문명)의 차원에서 인식하고 있다. 문명은 수학, 물리학, 공학, 철학 등 과학의 산물이며, "우리의 생활로 하여금 광명으로 유도하는 곳에 그 사명"이 있다. 하지만 근대과학이 "우리의 생활과 얼마나 친근"하였으며, "우리 생활의 어느 모로 공헌"했는가에 대해서 김유정은 회의적이다. 근대는 동일화의 폭력성과 교환가치를 내세워 자연과 인간을 소외시킨다. 그들에게 천문학과 지질학은 자연을 인간의 필요에 맞게 개조하는 '인간의 자연화'의 과정일 뿐이며, 과학기술이란 "군함을 깨뜨리고 광선으로 사람을 녹이고, 공중에서 염병을" 뿌리는 인간 소외의 과정일 뿐이다.

---

27 김유정, 「병상의 생각」, 509쪽.

김유정이 근대과학에 던지는 조소의 가장 큰 이유는 생명력의 부재 때문이다.

> 당신에게는 생명이 전혀 없습니다. 그 몸에서 화장과 의장 혹은 장신구를 벗겨내고 보면 거기에 남은 것은 벌건, 다만 벌건, 그렇고도 먹지 못하는 한 육괴(肉塊)에 더 되지 않을 겝니다.[28]

김유정에게 과학의 생명부재란 곧 상호부조의 결여이다. 과학이 아무리 "놀라울만치 발전"하여도 전혀 감동을 받을 수 없는 이유는 생명력을 느낄 수 없기 때문이다. 과학이 표상하는 화려함(화장과 의장 혹은 장신구)이란 "동대문을 향하여 들어오는 전차"[29]처럼 웅장함으로, 또는 "객관들에게 미관을 주기 위해 서로 시새워 별의별 것을 다해 가며 어떠한 물질도 아끼지 않는" 스펙터클한 모습을 지니고 있지만, 근대과학의 "화장과 의장 혹은 장신구를 벗겨내고 보면", "실상은 시끄럽고 더럽고 해서 아무 애착도"[30] 가질 수 없는 것뿐이다. 화려한 네온사인 아래에는 거지와 매춘 그리고 '에로, 그로 넌센스'로 위장된 감각의 향연만이 있을 뿐이다. 근대는 문명을 통해 거대한 힘과 풍요 그리고 화려함을 앞세우고 있지만 사실 그런 것들을 벗겨내는 순간 근대성의 맨얼굴, 이른바 생명력이 부재한 "먹지 못하는 한 육괴"임이 드러날 뿐이다.

생명력이 부재한 과학이 지배하는 "오늘은 순전히 어지러운 난장판"(513쪽)이다. 근대(과학)는 "만인에 대한 개개인의 투쟁이야말로 자연뿐

---

28 김유정, 「병상의 생각」, 513쪽.
29 김유정, 「전차가 희극을 낳아」, 467쪽.
30 김유정, 「심청」, 219쪽.

만 아니라 인간 사회의 중심원리라고"[31]주장한다. 하지만 소설 「만무방」에서 보듯 "아직 악착한 행동"도 모르고 "상해사건으로 마을의 소동"도 없었던 공동체에서 끔찍한 살인사건이 벌어진 이유는 단지 동전 네 닢과 수수 일곱 되 때문이다. 뿐만 아니라 "삼십여 년 전 술을 빚어 놓고 쇠를 울리고 흥에 질리어 어깨춤을 덩실거리고 이러던"(121쪽) 그들의 "살림을 망쳐 놓고 게다 가난한 농군들의 피를 빨아먹는 여우"[32]가 판치는 세상으로 만든 것도 근대가 만든 욕망 때문이다. 이처럼 근대는 "인류 상호결합의 근본 윤리로 대보인" 상호부조를 불순한 것으로 여기며 "국가 내에 어떠한 국가도 있을 수 없다"[33]라는 캐치프레이즈와 함께 상호부조를 기반으로 하던 공동체들을 제거하는데 전력을 쏟고 있는 것이다.

하지만 과학(근대)은 이 모든 폭력성에 대해 반성하지 않는다. 과학은 자신들의 연구대상을 "그들의 취미여하에 의하여 취택"할 수 있다라는, 이른바 '가치중립성'("과학을 위한 과학의 절대성")을 주장할 뿐이다. 김유정이 볼 때에 이것을 그대로 예술에 옮겨놓은 것이 "예술을 위한 예술"이며, 연애에 옮겨놓은 것이 "연애를 위한 연애"인 것이다. 김유정이 예술을 위한 예술에서 '기교'를 비판하는 이유도 "표현(형식, 기교-인용자)이란 원래 전달을 전제로 하고야 비로소 그 생명"(510쪽)이 있는 것인데, 예술을 위한 예술의 형식(기교)에는 "인류사회에 적극적으로 역할"(511쪽)을 가질만한 메시지가 없기 때문이다. 결국 김유정에겐 근대가 "기계로 빚어진 한 덩어리의 고기"이듯 근대 예술도 "기계의 소산"일 뿐이다.

김유정이 방법론으로 '사랑'을 강조한 것도 바로 근대(과학)의 반생명

---

31 크로포트킨, 앞의 책, 272~273쪽.
32 김유정, 「솥」, 160~161쪽.
33 크로포트킨, 앞의 책, 271쪽.

적 가치 때문이다. 김유정에게 "사랑"은 "먹지 못하는 육괴"의 세상을 대체할 수 있는 유일한 가치이자 자신의 문학행위에 대한 존재이유이다. 김유정의 수필 「길—아무도 모를 내 비밀」(1936년 8월)은 이에 대한 암시를 보여준다.

> 요즘에 나는 헤매던 그 길을 바로 들었다. 다시 말하면 전일 잃은 줄로 알고 헤매고 있던 나는 요즘에 이르러서야 비로소 나를 위하여 따로이 한 길이 옆에 놓여 있음을 알았다. 그 길이 얼마나 멀는지 나는 그걸 모른다. 다만 한 가지 내가 그 길을 완전히 걷는 날 그날까지 나의 몸과 생명이 결코 꺾임이 없을 것을 굳게굳게 믿는 바이다.[34]

김유정은 "나의 몸을 좌우할 수 있는 것은 다만 길이다. 그리고 그 길이라야 다만 나는 온순히 그 앞에 머리를 숙일 것이다"(474쪽)라는 숙연한 선언과 함께 자신이 가야할 "그 길에 바로 들었다"라고 말하고 있다. 길에 대한 언급은 김유정의 수필 「병상의 생각」에서도 나오고 있다. 김유정은 여기서 "궁박한 우리 생활을 위하여 인제 남은 단 하나의 길이 여기에 열려 있음을 조만간 알 듯도 싶습니다"라며 "인제 남은 단 하나의 길"에 대해 언급한다.

다소 모호했던 '길'의 의미는 김유정이 말한 "위대한 사랑"과 크로포트킨의 상호부조론을 연결하면 그 의미가 선명해진다. 김유정에게 길은 문학의 길이자 동시에 유토피아를 향한 의지의 표상이다. 그것은 크로포트킨의 상호부조의 원리를 바탕으로 한 길로써 "우리가 서로서로

---

34 김유정, 「길—아무도 모를 내 비밀」, 474쪽.

가까이 밀접하노라 앨 쓰는 이것이 또는 그런 열정을 필연적으로 갖게 되는"[35] 세계이다. 작가로서의 정체성과 지향점을 분명히 알지 못해 헤매고 있던 김유정은 크로포트킨과의 만남을 통해 작가로서의 비전을 갖게 되었으며, 그 표현이 "요즘에 나는 헤매던 길을 바로 들었다"이다. 김유정은 시대와 지역을 불문하고 "좀 더 많은 대중을 우의적으로 한 끈에 꿸 수" 있는 "위대한 사랑"[36]의 길에 들어선 것이다. 비록 "그 길이 얼마나 먼지" 스스로 알 수 없다고 말하고 있지만 "길을 완전히 걷는 날 그날까지 나의 몸과 생명이 결코 꺽임이 없을 것을 굳게굳게 믿는 바이다"라는 선언은 자신의 문학행위가 근대를 대체하는 또 다른 세계를 향한 여정임을 말해주는 것이다.

5. 결론

이상으로 김유정 문학 중 비소설 영역에 나타난 유토피아 공동체의 모습과 크로포트킨과의 영향관계를 살펴 보았다. 김유정의 문학 속에서 고향은 소설과 비소설의 영역에서 각각 다른 양상으로 표상되었다. 소설이 현실에 대한 비판적 포즈라면 비소설에서는 유토피아 공동체로서의 고향을 상상해왔다. 김유정이 유토피아 공동체를 상상하게 된 직접적인 계기는 세 가지로 압축할 수 있다.

---

35 김유정, 「병상의 생각」, 507쪽.
36 위의 글, 513쪽.

첫째, 크로포트킨의 영향이다. 비록 크로포트킨에 대한 언급은 단 한 줄에 불과하지만 그 내용은 크로포트킨에 대한 이해를 전제하지 않고서는 쓸 수 없는 것이었다. 그리고 김유정이 활동하던 1920~30년대야말로 일본과 중국을 통해 서구의 아나키즘, 그 중에서도 크로포트킨에 대한 수용이 활발했다. 또 김유정의 수필 속에는 크로포트킨의 상호부조론을 연상할 수 있는 공동체의 모습들이 등장한다. 공동체가 벌이는 노동의 상호지원, 들병이들과 공동체 간의 상호부조 그리고 이를 통해 발전하는 도덕의식은 크로포트킨이 주장한 상호부조의 원리와 매우 유사하다.

둘째, 근대에 대한 부정의식이다. 김유정의 유토피아 공동체는 근대에 대한 안티테제이자, 문학적 응전방식의 하나이다. 김유정에게 근대는 철저하게 부정의 대상인데, 그 이유는 근대가 가지고 있는 불임성, 이른바 "먹을 수 없는 육괴"이기 때문이다. 근대가 과학과 이성의 이름으로 자행한 폭력과 소외, 지배의 메커니즘 속에서는 생명력을 느낄 수 없는 것이다. 그래서 김유정은 생명력이 넘치는 상호부조를 주장하면서, 이를 통해 "좀 더 많은 대중을 우의적으로 한 끈에 꿸 수" 있는 일이야말로 "위대한 사랑"이라고 보았다.

셋째, 작가로서의 정체성을 찾는 과정이다. 김유정은 자신의 문학행위의 의미를 일종의 길 찾기로 보고 있었다. 근대에 대한 부정의식과 이를 대체할 대안세계의 마련이 그가 문학을 하는 근본적인 동력이었다. 여러 시행착오 끝에 크로포트킨과의 만남을 통해 김유정은 "나는 헤매던 그 길을 바로 들었다"라고 선언하게 만들었다. 그 길은 파국의 근대에 맞서 "위대한 사랑"을 실천하기 위한 문학적 응전이었으며, 폐결핵의 김유정을 마지막까지 이끌었던 동력이었다.

김유정과 크로포트킨과의 영향관계를 고려한다면, 해학과 풍자의 작가로 규정하던 기존의 논의는 보다 수정·확장될 필요가 있다. 특히 상호부조론에 입각한 유토피아 공동체는 김유정을 아나키스트 성향의 작가로 바라 볼 수 있는 단서이자 1930년대 아나키즘 논의를 확장할 수 있는 또 다른 가능성이다.

참고문헌

1. 논문

강영안, 「스피노자－자기보존을 위한 철학」, 『철학과현실』 18, 철학문화연구소, 1993.9.

권채린, 「김유정문학의 향토성 재고－30년대 향토담론과의 비교를 중심으로」, 『현대문학의
　　　연구』 41, 2010.6.1.

김양선, 「1930년대 소설과 식민지 무의식의 한 양상－김유정 소설에 나타난 향토의 발견과
　　　섹슈얼리티를 중심으로」, 『한국근대문학연구』 10호, 2004.

방민호, 「김유정, 이상, 크로포트킨」, 『한국현대문학연구』 44집, 2014.12.

안미영, 「김유정 소설의 문명비판연구」, 『현대소설연구』 11, 한국현대소설학회, 1999.

조동길, 「김유정의 창작 동력에 관한 연구」, 김유정학회 편, 『김유정과의 향연』, 소명출판, 2015.

조세현, 「동아시아(한・중・일)에서 크로포트킨 사상의 수용」, 『중국사연구』 39집, 2005.12.

최성윤, 「김유정 소설의 여성인물과 '정조'」, 김유정학회 편, 『김유정의 귀환』, 소명출판, 2012.

하정일, 「지역・내부 디아스포라・사회주의적 상상력－김유정문학에 관한 세 개의 단상」,
　　　『민족문학사연구』 47권, 2011.

홍혜원, 「김유정 소설에 나타난 폭력의 구조와 소설적 진실」, 김유정학회 편, 『김유정의 귀환』,
　　　소명출판, 2012.

2. 단행본

구승회 외, 『한국아나키즘100년』, 이학사, 2004.

김유정학회 편, 『김유정과의 동행』, 소명출판, 2014.

이재선, 『한국 현대소설사』, 홍성사, 1978.

이주일 편, 『산골나그네 외－김유정』, 범우, 2004.

이진경, 『삶을 위한 철학수업』, 문학동네, 2014.

모리스 클라인, 박영은 역, 『지식의 추구와 수학』, 이화여대 출판부, 1994.

발터 벤야민, 최성만 역, 『발터벤야민 선집』 6, 길, 2008.

수전 손탁, 이재원 역, 『은유로서의 질병』, 이후, 2002.

에드먼드 버크, 김동훈 역, 『숭고와 아름다움의 이념의 기원에 대한 철학적 탐구』, 마티, 2006.
크로포트킨, 김영범 역, 『만물은 서로 돕는다─크로포트킨의 상호부조론』, 르네상스, 2005.

제6부 / 김유정 소설과 그림

김유정 신문연재소설의 삽화 연구

김정화

1. 서론

1930년대는 일제가 만주침공을 계기로 장기 공황을 벗어난 시기이다. 전쟁을 통해 불황에서 탈출한 일제는 경제적 안정성을 확보하였고, 대부분의 광고를 일제에 의존하고 있었던 조선의 신문자본 역시 상당한 광고 수입과 함께 광고 수요가 폭증하게 된다. 그러자 민간신문들은 더 많은 광고를 유치하기 위해 고심했고, 이 과정에서 신문은 점차 기업적 속성이 강하게 드러내기 시작한다. 증면을 통해 더 많은 이윤을 확보하고자 한 것이다. 점차 강화되어 가는 검열을 피하기 위해 탈정치적 성격이 강한 문예면의 증면을 선택하게 된다. 검열권력이 '시사정치'면은 집중적으로 억압하였지만, 상대적으로 '학술기예'면에 대해서는 느슨

했기 때문이다.[1] 결과적으로 문학지면은 신문자본의 상업성이 전제될 수밖에 없었다. 문학지면에서 독자들의 흥미를 유발할 수 있는 것은 광고와 함께 글을 시각적으로 보여주는 그림이나 이미지를 삽입하는 방법이었다. 신문사는 전문 삽화가를 고용해 매회 연재소설분에 삽화를 그리도록 하였고, 삽화는 소설지면의 중앙에 배치되었다.

신문연재 소설에 삽화가 등장하기 시작한 것은 1910년대 초반부터였다.[2] 『매일신보』에 연재된 이해조의 「춘외춘」(1912.1.1~1912.3.14)[3]을 시작으로 신문연재소설에 삽화가 함께 등장했고, 1920년대는 매체와 출판물이 급격하게 증가하면서 이승만, 안석주 등의 전문 삽화가들이 활동하기 시작했다. 그리고 근대적 의미의 출판이 이루어진, 저널리즘 전성시대였던 1930년대에는 대다수의 소설이 삽화와 함께 지면에 수록되는 형식을 갖추고 있었다. 신문매체가 증가하면서 독자들에게 인기를 끌 수 있는 연재소설의 지면 역시 늘어나면서 삽화에 대한 수요 역시 급증하게 된다. 신문사는 미술을 전공한 전문 삽화가들을 고용해 소설의 삽화를 그리도록 했다. 결과적으로 저널리즘의 상업화가 삽화의 전성시대를 가져온 것이다.

그럼에도 불구하고 소설 삽화에 대한 연구는 미비하게 이루어진 것이 사실이다. 신문연재소설 삽화에 대한 논의는 미술사적 측면에서 시작되었다. 삽화를 일러스트레이션의 한 장르로 인식함으로써 미술사에

---

1   한만수, 「만주침공 이후의 검열과 민간신문 문예면의 증면」, 『한국문학연구』 37집, 2009, 267 ~270쪽 참조.
2   최초의 신문연재소설 삽화에 대해서는 이견이 있다. 이에 대해서는 이유림, 「안석주 신문소설 삽화 연구」, 이화여대 석사논문, 2009, 15~17쪽 참조.
3   이해조의 신소설 「춘외춘」을 연재하기 전 소설에 삽화가 들어간다는 사실을 광고할 정도로 삽화의 삽입은 독자의 취미를 의식한 신문사의 새로운 편집과 신문 콘텐츠의 확충을 약속하는 것이었다. 이영아, 「1910년대 『매일신보』 연재소설의 대중성 획득 과정 연구」, 『한국현대문학연구』 23, 한국현대문학회, 2007, 55쪽 참조.

나타나는 하나의 현상으로 간주하거나,[4] 화가 출신이었던 전문 삽화가
들을 중심으로 삽화 이미지의 예술적 성향에 대해 살피는 논의가 중점
적으로 이루어졌다.[5] 이러한 논의들은 삽화에 대한 논의의 기반을 마련
했다는 점에서 의미가 있지만 미술학적 시각에 논의를 한정하고 있다
는 한계를 보인다.

　신문이라는 매체의 특징과 연재소설 삽화와의 관계성에 주목한 연구
도 이루어졌다. 삽화가 텍스트의 수용 임계점을 확대하려는 신문 편집
국의 새로운 매체 전략이었음을 밝히면서,[6] 신문의 상업주의와 대중성
확보의 측면에서 삽화를 논의하는 연구가 진행되었다.[7] 신문 연재소설
에 삽화가 삽입된 이유를 시대적 맥락에서 살펴보고 있다는 점에서 의
미를 찾을 수 있지만 삽화 자체에 대한 논의는 사실상 부족했다. 삽화와
소설과의 관계성에 보다 주목한 논의들이 진행되고 있지만,[8] 논의 시기
가 1910년대와 1920년대에 한정되어 있다.

　기존 소설 삽화에 관한 논의를 살펴보면 소설과 삽화의 관계성에 대
한 연구는 제한된 시기에서 미비하게 이루어져왔다. 김유정은 다양한

4　강민성, 「한국 근대 신문소설 삽화 연구」, 이화여대 석사논문, 2002; 김지혜, 「일제강점 초기
　식민지 문화의 재편, 신문소설 삽화〈長恨夢〉」, 『美術史論壇』 31, 2010.12; 이혜선, 「한국 근
　대 일러스트레이션의 형성과 전개」, 홍익대 석사논문, 2007; 황순용, 「한국 신문연재소설 일
　러스트레이션에 관한 연구」, 홍익대 석사논문, 1992.
5　맹현정, 「『별건곤』의 일러스트레이션 연구」, 서울대 석사논문, 2012; 이유림, 「안석주 신문
　소설 삽화 연구」, 이화여대 석사논문, 2007.
6　이영아, 「1910년대 『매일신보』 연재소설의 대중성 획득 과정 연구」, 『한국현대문학연구』 23,
　한국현대문학회, 2007, 55쪽.
7　이희정, 「1910년대 『매일신보』 소재 소설 연구」, 경북대 박사논문, 2006.
8　공성수는 삽화가 소설을 회화적으로 그려내고, 사건이나 행위가 발생하고 있는 시·공간을
　구체화하며, 또 때로는 소설의 언어가 직접 보여주지 못하는 부분들까지도 형상화할 수 있다
　고 지적하면서 소설 삽화를 글 텍스트의 다양한 서사적 공간을 재현하며 그것을 시각적 언어
　를 통해 전달하는 대상으로 보았다. 공성수, 「근대 소설의 형성과 삽화 연구」, 서강대 박사논
　문, 2014.

측면에서 많은 연구들이 활발하게 이뤄지고 있는 작가임에도 불구하고 신문연재 소설과 삽화에 관한 연구가 이루어지지 않았다. 따라서 지금까지 논의의 범주에서 제외되어 왔던 김유정 신문연재소설과 삽화의 관계 양상을 살펴보고자 한다. 삽화의 소설 재현 방식을 통해 소설 텍스트가 어떻게 시각화되는지 논의하고자 한다. 김유정이 연재한 신문소설은 총 5편으로, 삽화가 포함되어 있는 소설은 「소낙비」(1935), 「만무방」(1935), 「솟」(1935), 「귀여운 소녀」(1937)로 모두 4편이다. 『조선중앙일보』에 연재되었던 「노다지」는 삽화 없이 소설 전문만 실려 있고, 「귀여운 소녀」[9]는 번안소설이므로 제외하였다. 그동안 논의되지 않았던 김유정의 신문연재소설과 삽화의 관계성에 대해 살펴봄으로써 김유정 문학에 대한 논의를 더욱 확장시킬 수 있는 계기가 될 것이다.

2. 신문연재소설과 삽화의 관계 양상

신문연재소설은 다음 〈그림 1〉과 같은 형식으로 지면에 실렸다. 소설과 함께 매회 삽화가 수록되었지만, 삽화 없이 소설 본문만 실리는 경우도 있었다. 삽화는 보통 圖畫用紙에 그렸고, 선명하게 나타내기 위해

---

9 김유정의 번역 동화인 「귀여운 소녀」는 『매일신보』에 1937년 4월 16일부터 21일까지 연재되었다고 알려져 있지만, 이는 서지적 오류이다. 「귀여운 소녀」는 『매일신보』에 1937년 4월 16일부터 4월 23일까지 총 7회분이 연재되었고, 4월 22일에 결간 되었다. 삽화는 총 6개로, 5회 연재분은 삽화 없이 소설만 수록되어있다. 삽화가는 화가출신으로 알려진 윤희순이다. 「귀여운 소녀」의 삽화는 '동화'라는 장르적 특징 때문에 스토리 재현을 중요시하고 있다.

〈그림 1〉『매일신보』에 연재된 김유정의 단편소설 「솟」(1935.9.3)

먹으로 그렸다.[10] 신문 지면에서 소설은 주로 2단이나 3단으로 배치되었고, 가로로 긴 형태였다. 오른편에는 소설의 양식과 제목, 작가 이름과 삽화가의 이름, 연재 횟수 등 작품에 관한 정보들이 적혀있다. 그리고 삽화를 중앙에 배치하는 형태가 일반적이었다.

인상적인 것은 삽화가 소설 연재 지면의 가운데에 위치하고 있다는 점이다. 이에 대해 안석주는 "揷畵는 新聞小說에 잇서서 折半의 效果를 드러내는 重任을 가지고 잇는 것임애 먼저 讀者의 視野를 차지"[11]하기 때문이라고 지적하였다. 신문지면에서 문자는 그림에 비해 상대적으로 독자의 시선을 확보하기 어렵다. 문자로 구성된 소설은 독자의 독서행위를 통해 그 내용을 파악할 수 있다. 그에 비해 삽화는 소설에서 중요한 장면이나 내용 등을 이미지로 보여주는 방식이기 때문에 독자는 소설에 대한 기본 내용이나 정보 등을 즉각적으로 파악할 수 있다. 즉 삽화는 독자들에게 소설의 핵심 키워드를 제공하는 것은 물론 소설을 시각적으로 이미지화하여 대중의 관심을 유도하는 역할을 담당하였다. 따라서 신문사들은 독자의 시선을 즉각적으로 확보할 수 있었던 삽화를 소설의 중앙에 배치하는 형태를 갖추게 되었다.

---

10 「應接室」,『동아일보』, 1930.11.06, 5면.
11 안석주, 「新聞小說과 揷畵家」,『삼천리』제6권 제8호, 1937.8.1, 155쪽.

삽화는 소설의 이미지화를 통해 독자의 시선을 확보하는 역할을 담당했다. 그러나 삽화의 가장 큰 목적은 독자에게 소설의 내용을 효과적으로 전달하는 것에 있다. 따라서 소설의 이미지를 구축하는 삽화가의 역할이 중요했고, 각 신문사는 전문 삽화가를 고용하였다. 신문사 소속의 전문 삽화가들은 미술을 전공한 화가 출신이 대부분이었다. 하지만 삽화가의 역할에 비해 삽화는 단순히 소설의 내용을 설명하는 보조수단으로 치부되어왔다.

> 얼마전까지도 新聞社 側이나 讀者 側이나 新聞小說이 讀者의 大部分을 占領한다는 것이든지 新聞의 體裁로 본다든가 너무도 암즉한 일이로되 沒却하야 疎忽이 取扱하엿다 하여도 過言이 아니다. 아즉도 그러한 偏見이 드러나는 것은 新聞小說 連載豫告를 社會面의 四分一을 使用하야 大書特書까지 하엿서도 揷畵에 대한 選擇이 업는 것이다.[12]

연재소설의 인기는 신문의 판매부수와 직결되었다. 신문사들은 새로운 소설을 연재하기 전에 대대적인 광고를 하였다. 광고 내용에는 소설의 큰 줄거리나 작가 소개, 작가 인터뷰 등이 포함되어 있었다. 반면 삽화에 관한 언급은 삽화가의 이름을 적어주는 것 이외에는 찾아보기 힘들었다. 삽화를 하나의 회화장르로 인정한 것이 아니라, 소설의 보조수단으로 인식했던 것이다. 삽화란 주로 소설에 등장하는 인물이나 배경을 제시하거나, 소설의 내용이나 사건의 묘사, 인물간의 관계 등을 이해하기 쉽게 그림으로 표현하는 것에 지나지 않는다는 인식이 팽배했

---

12 위의 글, 같은 쪽.

던 것이다.

삽화가는 작가의 소설을 가장 먼저 접하는 독자인 동시에, 소설을 시
각적으로 재구성하는 생산자이다. 삽화가에 의해 가공된 소설 텍스트가
삽화인 것이다. 그리고 삽화가는 소설의 중요한 내용이나 방향성에 대
한 자신의 의견이나 생각을 독자에게 제시할 수 있는 재생산자의 위치
에 놓여 있었다. 1930년대 『매일신보』에 연재된 소설들의 삽화를 주로
그렸던 이승만은 삽화가 대중에게 상당한 영향력을 발휘할 수 있기 때
문에 삽화가는 부단한 수양을 통해 삽화의 품격을 높여야 한다고 언급
하였다.

> 揷畵를 繪畵의 簡單한 副業으로 역인다든지 소홀한 餘技로 處理한다는 것은
> 認識不足이다. 事實에 잇서 相當한 敎養이 잇는 사람으로서는 揷畵란 그저 붓
> 대를 멧 번만 쓱쓱하면 되는 것 問題업시 쉬운 것으로 — 말하자면 갑싼 것으
> 로 — 만 아는 것을 種種이 發見할 수 잇는 것은 寒心한일이다.
>
> 이것은 現在 朝鮮의 新聞揷畵가 編輯 시메기리 15분 前에 가저오는 小說을
> 부랴부랴 대강 훌러 보는 눈깜짝할 동안에 그려 놋는 超高速度的에서 나온 傳
> 統잇는 觀念이라 할가. 무슨 요술부리는 사람모양으로 揷家의 非凡한 手腕을
> 讚揚한 데서 나아온 驚歎할 惡現象이라 할 것이다.[13]

삽화가들은 "大衆을 高尙한 趣味"[14]를 가질 수 있도록 수준 높은 삽화를
그려야 한다는 의무감과, 삽화는 "純粹 繪畵의 基礎的 修練이 업시는 도저
히 조흔 揷畵를 만들 수 업"[15]다는 자부심을 갖고 있었다. 그들에게 삽화

---

13 이승만, 「新聞小說과 揷畵家」, 『삼천리』 제6권 제8호, 1937.8.1, 157쪽.
14 이승만, 「小說 揷畵의 苦心」, 『삼천리』 제6권 제8호, 1934.8.1, 158쪽.

란 단순히 그리는 작업이 아니라 대중에게 영향력을 끼칠 수 있는 작업이었기 때문에 삽화가는 교양뿐만 아니라 회화 실력도 꾸준히 수양해야만 하는 직업이었다. 하지만 이승만의 언급에서 알 수 있듯이 삽화가에 대한 처우는 매우 열악했다. 삽화가들은 주어진 시간에 비해 작업량이 많았고, 마감 시간 15분 전에 도착한 소설의 삽화를 급하게 그려야만 하는 경우도 많았다.

나도 명색이 삽화와 만화를 전문으로 한다고는 하지만은 모든 정세가 그 방면으로만 精進하도록 허락지를 안니합니다.

가령 신문 만화나 삽화가튼 것이라도 하로에 멧장씩 그려 내게 되니까 全 精力이 다 들어가기도 어렵고 그저 열등한 것만 다량으로 생산하는 셈이지요.

또 배불은 사람들이 하듯이 넌쎈스 한 것만 그린다면이야 먹고 살 것이 여유가 잇다고 하면 못할 리도 업겟습니다 만은 묵에가 잇고 심각한 풍자가 잇고 대중의 감정에 맛는다든가 그들의 흥미를 잇끌어야만 할 것이라야 할 것인데 그러한 것은 한편으로 실혀하는 사람이 만허 신문의 처지로는 곤란한 점도 만코 또 검열도 통과가 잘 되지 아니하니까요.

또 소설을 쓰는 이만 하더래도 처음에는 소설을 가지고 와서 교정도 보고, 삽화도 보고 퍽 열심이지만 조곰만 웬만큼 되면 シメキリ 10분 전에 가지고 오는 이도 잇습니다. 그 10분 동안에 삽화를 그리게 되니까 잘될 리가 잇서야지요. 엇잿거나 현재 삽화가나 만화가들이 신문이나 소설가에게 매여 지내는 형편입니다.[16]

---

15 위의 글, 157쪽.
16 안석주, 「一家一言」, 『별건곤』 제32호. 1930.9.1, 69쪽.

신문연재소설은 일정한 분량의 소설과 삽화를 매일 연재하는 방식이었다. 게다가 주어진 시간에 비해 많은 양의 삽화를 그려야 했기 때문에 삽화가는 한 작품에 집중할 여유가 없었다. 특히 마감 직전에 도착한 소설의 삽화는 시간에 쫓겨 급하게 그릴 수밖에 없었다. 게다가 신문이라는 대중적 매체의 특성에 부합한 삽화를 생산해야만 했다. 결과적으로 삽화가는 신문매체와 소설가의 상황에 따라 삽화를 그리는 데 많은 제약을 받을 수밖에 없었다.

시간적 한계와 신문 매체의 제약으로 인해 삽화는 단순히 소설의 부차적인 것으로 제시되거나, 독자를 끌어들이기 위한 장치로 받아들여졌다. 하지만 주목할 것은 삽화가들이 삽화가 독자들에게 많은 영향을 끼칠 수 있다는 점을 인식하고 있다는 점이다. 윤희순은 삽화가 단순히 소설을 시각화하여 대중에게 미술감상의 기회를 제공하는 것이 그치지 않고 조선인들에게 인생과 사회, 민족의 이야기를 통해 중대한 영향을 끼칠 수 있는 밀접한 관계가 형성되어 있음을 분명히 한다.[17] 즉 삽화가 소설의 서사를 재구축하는 방식을 살펴보는 작업은 소설과 삽화의 관계뿐만 아니라 작품을 통해 독자에게 전달하고자 했던 메시지까지 살펴볼 수 있는 것이다. 또한 소설을 시각화한다는 원칙 속에서도 인물간의 구도나 배경묘사에 미학적 특징이 드러나는 삽화도 있다.

김유정 신문연재소설은 모두 5편으로, 삽화가 삽입되어 있는 작품은

---

17 삽화가 윤희숙은 「신문삽화편견」에서 신문삽화가 국한된 지면 속에 인생과 사회와 민족의 이야기를 담아놓는 것이라고 지적한다. "新聞揷畫는 회화예술의 一部門이며 大衆과가장密接한 關係를 가지고잇스니 意識的無意識的으로 그들에게미치는 直覺的影響은 實로重大한結果를 가저오게된다. 그것은 美術鑑賞의 機會와自由가 缺乏한 朝鮮民族에게는 新聞揷畫가唯一한 美의眼識의 標準도되고 繪畫藝術의鑑賞對象도되는까닭이다. 그럼으로 現下揷畫家는 自身의 思想, 感覺, 技能, 教養, 如何가 讀者를通하야 民族全體에게 直接間接으로 波動과 感化를 주는 것이라는 責任感이잇서야 할 것이다." 윤희순, 「신문삽화편견」, 『동아일보』, 1932.4.9, 5면.

4편이다. 특히 김유정의 신문연재소설은 전문 삽화가로 유명했던 안석주, 이승만이 삽화에 참여하였다. 당대 신문사를 대표하는 전문 삽화가의 삽화가 김유정 소설의 서사를 어떻게 재구축하고 있으며, 소설과 삽화의 관계성에 대해 살펴볼 것이다.

3. 김유정 신문연재소설의 삽화 분석

1) 「소낙비」

김유정에 관한 연구는 다각적인 방면에서 지속적으로 이루어져 왔다. 그러나 작품의 원전을 주로 소설전집류에 두고 있었기 때문에 김유정 신문연재소설에 대한 서지적 고찰이 부족한 것이 사실이다. 김유정의 「소낙비」는 『조선일보』에 1935년 1월 29일부터 2월 4일까지 연재된 것으로 알려져 있다.[18] 확인한 결과 「소낙비」는 1935년 1월 29일부터 2월 3일까지 총 6회에 걸쳐 연재되었다. 삽화는 송병돈(宋秉敦)[19]이 그렸고, 매회 실렸다.

「소낙비」의 삽화는 풍경화를 기반으로 변각구도를 사용한 1회~3회

---

18 김유정 작품 일람은 전신재 편, 『원본 김유정 전집』(개정증보판), 강, 2012.
19 송병돈(1902~1967)은 서양화가 출신이다. 송병돈 삽화의 특징은 그가 가입했던 牧日會와 관계가 있다. 송병돈은 서양화가들이 결성한 미술단체인 목일회 회원이었는데, 목일회의 그림성향은 일본 양화의 수법을 따르는 보편적 사실주의와 자연주의 범주였다. 송병돈 역시 이러한 사조의 영향을 받았을 것이다. 이에 대해서는 박희연, 「근대 한국의 기행사생화연구 -1930년대 『동아일보』 연재 삽화를 중심으로」, 이화여대 석사논문, 2010, 63~64쪽 참조.

와 춘호와 춘호의 처, 춘호의 처와 리주사의 관계성에 주목한 4회~6회로 나누어 살펴볼 수 있다. 소설 전반부에 속하는 1회에서 3회까지의 삽화는 춘호의 처가 돈을 요구하며 때리는 남편을 피해 강파른 산등을 오르는 장면(1회), 쇠돌엄마를 찾아 수양버들이 쭉 느러박인 논두랑길로 들어서는 장면(2회), 리주사가 우산을 쓰고 쇠돌네 집으로 향하는 장면(3회)이다.

〈그림 2〉「소낙비」1회 삽화
(『조선일보』, 1935.1.29)

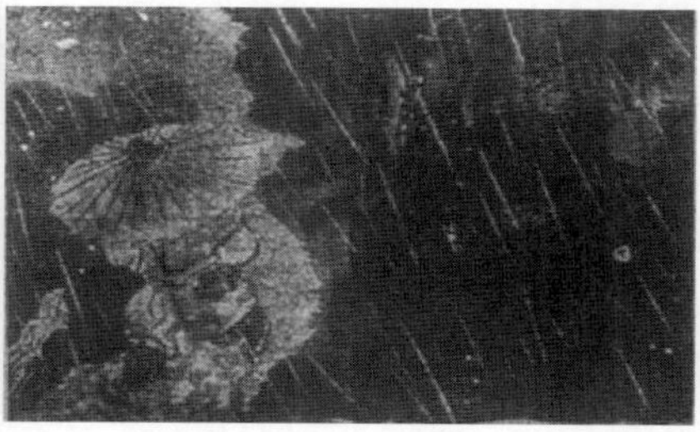

〈그림 3〉「소낙비」3회 삽화
(『조선일보』, 1935.1.31)

그림에서 볼 수 있듯이 전반기의 삽화는 소설의 주요사건이나 서사를 재현하는 방식과는 거리가 멀다. 춘호의 처와 리주사가 쇠돌엄마를 만나러 가는 길의 풍경을 보여주는 방식이다. 1회의 경우 삽화가 송병돈이 자주 사용했던, 원경에 풍경을 배치하고 근경에 춘호의 처를 배치하는 변각구도를 사용하고 있다. 변각구도는 자연을 원경으로 처리함으로써 서정적인 분위기를 연출하는 구도법이다. 따라서 송병돈은 주요사건을 제시하는 것이 아니라 김유정 소설의 분위기를 전달하는 것에 집중하고 있다는 것을 알 수 있다.

3회에서는 삽화의 왼쪽 편에 우산을 들고 걷고 있는 리주사를 배치하였다. 주요인물을 근경에 두고 있다는 점에서 1회 삽화와 비슷해 보이지만, 시점에 그 차이가 있다. 1회의 경우 소설을 서술하는 작가의 시점에 따라 삽화를 그렸다면,[20] 3회는 춘호 처의 시점에서 바라보는 리주사의 모습을 그리고 있는 것이다.[21] 시점이 변화된 삽화를 통해 송병돈은 등장인물들 간의 관계를 보여주고자 했다. 춘호 처의 시점에서 바라보는 리주사의 모습을 주변의 경관을 어둡게 처리함으로써 강조하는 방식을 보인다. 이를 통해 춘호 처와 리주사의 관계가 소설 속에서 중요하게 다뤄질 것임을 독자들에게 암시하는 복선의 역할을 하는 것이다.

소설 후반부에 해당하는 4회~6회의 삽화는 등장인물 간의 관계를 보여주는 그림으로 구성되어있다.

쇠돌네 집에 찾아왔지만 쇠돌엄마가 없어 돌아가려는 춘호 처를 방안으로 데리고 들어온 리주사와 고개를 돌려 리주사의 시선을 외면하는 춘호 처의 모습(4회), 처에게 돈을 구해오라며 폭력을 행사하는 춘호와 매를 맞는 아내의 모습(5회), 내일 돈을 마련해오겠다는 아내의 잠든 모습을 바라보는 춘호의 모습(6회)이다.

후반부에 속하는 삽화들은 인물 간의 관계를 중점적으로 보여주고 있다. 4회의 경우에는 리주사와 춘호의 처, 5회와 6회는 춘호와 춘호의 처의 모습이 담겨 있다. 이때 주목할 것은 6회 삽화 속에 춘호 처의 상반신 누드가 등장한다는 점이다.[22] 잠든 아내의 모습을 바라보면서 안타

---

20 "아랫도리를 단 외겹으로 두른 낡근 치마자락은 다리로 허리로 척척엉기어 거름을 방해하였다. 땀에 부른 종아리는 거츠른 숩에 긁혀메어 그쓰라림이 말이아니다. 게다 무더운 흙내는 숨이 탁탁 막히도록 가슴을 질른다." 김유정, 「소낙비(1화)」, 『조선일보』, 1935.1.29.

21 "동이배를가진 리주사가 지우산을 버테쓰고는 쇠돌네집을향하야 웅뎅이를 껍쭉어리며 나려가는 길이엇다." 김유정, 「소낙비(3화)」, 『조선일보』, 1935.1.31.

22 조선미전에서 미풍양속을 해칠 우려를 염려하여 당선된 작품 사진을 신문에도 싣지 못했다. 반면 신문소설 삽화에는 간혹 누드화가 그려졌는데, 신문의 상업적 특성 때문에 누드를 허용한 것으로 사료된다. 하지만 누드에 대한 사회적 분위기 때문에 대부분의 삽화 누드들은 뒷모습이나 천으로 신체 일부를 가리는 방식을 사용하였다. 강민성, 「한국 근대 신문소설 삽화 연구」, 이화여대 석사논문, 2002, 56쪽 참조.

〈그림 4〉「소낙비」 5회 삽화
(『조선일보』, 1935.2.2)

〈그림 5〉「소낙비」 6회 삽화
(『조선일보』, 1935.2.3)

까움을 느끼는 춘호의 상념이 소설의 주요 내용이므로 굳이 아내의 상
반신을 나체로 표현할 필요가 없기 때문이다. 그럼에도 불구하고 아내
의 상반신을 노출하는 삽화는 리주사에게 성을 팔아야만 살아갈 수 있
는 춘호 처의 현실을 대변한다. 소설의 내용을 시각화하는 것에서 더 나
아가 성을 팔아야만 하는 여성의 모습을 이미지로 보여주기 위해 누드
라는 표현방식을 선택한 것이다.

김유정의 「소낙비」는 춘호의 처라는 인물을 통해 여성으로, 그리고
아내로 살아가는 것의 괴로움에 대해 이야기한다. 그리고 삽화는 소설
의 분위기, 인물 간의 관계, 성을 파는 여성의 모습의 이미지를 다양한
기법을 통해 시각적으로 보여주고 있다. 소설 속 사건이나 서사를 재현
하는 것이 아니라 독자들이 김유정 소설의 전반적인 분위기를 파악하
고, 앞으로 전개될 인물들 간의 상황을 간접적으로 제시함으로써 흥미
를 유발하며, 육체를 팔아야만 돈을 벌 수 있는 여성의 현실에 대한 문
제의식 등을 제시한다. 따라서 「소낙비」의 삽화는 스토리 재현보다는 삽
화가에 의한 작품의 재생산으로 볼 수 있다.

2) 「만무방」

　김유정의 소설 「만무방」은 『조선일보』에 1935년 7월 17일부터 1935년 7월 30일까지 총 13회 분량으로 연재된 것으로 알려져 있지만, 확인한 결과 1935년 7월 31일까지 연재하였고, 7월 22일과 29일에는 휴재하였다. 삽화는 전문 삽화가로 유명했던 안석주(安碩柱)가 그렸다. 안석주는 1920년대부터 삽화가로 활동하였으며, 이광수와 나도향 등 당대를 대표하는 작가들의 삽화를 그렸던 『조선일보』 고정 삽화가였다.

　안석주의 삽화는 당시 한국 미술계의 경향을 반영하여 주로 인물화를 그리는 성향을 보인다.[23] 소설 삽화에는 인물화의 빈도수가 가장 높았는데, 소설의 주요 등장인물들을 소개하거나 인물 간의 관계를 보여주기에 적합한 장르였기 때문이다. 소설 「만무방」의 경우에도 주인공인 응칠을 주로 그리는 방식을 사용하였다.

　「만무방」의 삽화는 3회와 12회를 제외한 연재소설분에 함께 실렸다. 송이를 찾기 위해 숲 속으로 들어가는 응칠이의 모습(1회), 배고픔을 이기지 못하고 수풀 속에서 송이를 먹는 응칠의 모습(2회), 동생 응오가 벼를 도둑맞자 범인을 찾아 나선 길에 성팔이를 만나는 응칠의 모습(4회), 범인으로 의심되는 성팔이와 권연을 피며 이야기하는 응칠의 모습(5회), 술값 대신 주막할머니에게 송이를 주는 응칠의 모습(6회), 몸이 아파 방 안에 누워있는 아내와 이를 바라보는 응오의 모습(7회), 그런 응오의 모습을 보고 집에서 나와 잔디에 누어 흥얼거리는 응칠의 모습(8회), 논둑

23　1920년대에 활동했던 대표적인 소설 삽화가들이 미술계에서 첫 번째로 활동한 무대는 조선미술전람회였다. 따라서 이들이 그린 소설삽화에도 다분히 조선미전의 아카데믹한 화풍이 삽화의 대부분을 차지하고 있는데, 주로 인물화 및 누드화, 실내좌상, 독서도 등이 대표적이다. 위의 글, 53쪽.

길을 지나 산을 넘어 가는 응오의 논으로 향하는 논둑길과 산의 풍경(9회), 응오의 논으로 가던 중 노름판을 발견하고 그곳에서 만난 기호에게 돈을 빌리는 응칠의 모습(10회), 노름판에서 화투를 치는 응칠과 패를 바꿔치기한 응칠을 나무라는 용구의 모습(11회), 자신의 벼를 훔치려다 허리를 다친 응오를 업고 내려오는 응칠의 모습(13회)이다.

〈그림 6〉「만무방」, 2회 삽화
(『조선일보』, 1935.7.18)

〈그림 7〉「만무방」, 7회 삽화
(『조선일보』, 1935.7.24)

「만무방」의 삽화에는 주로 응칠의 모습이 그려지고 있으며, 응오의 논으로 가는 길의 풍경을 묘사한 9회분을 제외하면 모두 인물화 장르로 삽화를 구성하고 있다. 이때 인상적인 것은 삽화에 묘사된 인물들의 표정을 세밀하게 표현하고 있다는 점이다.[24] 〈그림 6〉의 경우 돈을 벌기 위해 송이를 따라 산 속에 들어왔지만, 배고픔의 고통으로 인해 날카로운 표정을 한 응칠의 모습을 세밀하게 그리고 있다. 〈그림 7〉에서는 병

---

[24] 한국 근대 자화상의 전개과정 중에서 얼굴 표정에 주목하기 시작한 것은 2기에 속한다. 제1기의 자화상들은 형식이나 모티프, 표정에서 기념이나 기록의 성격이 강하였고 복식에서는 전통 시대의 사대부들이 입던 옷이나 엄격한 양복이 주를 이루었다. 제2기는 복식이나 소품의 역할이 줄어들고 얼굴의 모습이나 표정 등에 표현이 집중된다. 안희정, 「한국 근대 자화상 연구」, 이화여대 석사논문, 2001, 69쪽. 이에 대해 강민성은 제2기의 자화상에서 얼굴의 모습이나 표정 등의 표현에 대한 관심이 집중되는 것은 삽화가 제작상 의상, 모티프, 표정에 관한 표현이 모두 필요했던 만큼 자화상과 동일한 형태의 인물화가 그려질 수밖에 없었기 때문이라고 언급하였다. 강민성, 위의 글, 54쪽.

을 얻은 아내의 고통스러운 얼굴과 그런 아내를 돈이 없어 바라볼 수밖에 없는 응오를 옆모습으로 묘사하고 있다. 이렇듯 얼굴의 모습이나 표정을 세밀하게 보여주는 방식은 소설 속 인물들이 처해 있는 현실을 대변해주는 역할을 담당한다. 응칠은 돈 때문에 처자식과 떨어져 유랑민 생활을 하고 있다. 응오는 열심히 농사를 지었지만 정작 자신에게 돌아오는 곡식이 없자 추수를 포기했으며, 아내의 병을 고칠 돈도 없는 소작인이다. 응칠과 응오의 내면의 고통을 표정을 통해 보여줌으로써 착취당하는 유랑민 이야기의 모티프를 간접적으로 표현하고자 했다. 즉 소설의 서사를 등장인물의 모습과 표정을 통해 재현하고 있는 것이다.

3) 「솟」

　김유정의 「솟」은 『매일신보』(1935.9.3~1935.9.14)에 총 10회 동안 연재되었다. 삽화가의 이름은 '杏仁'이라고 적혀있다. 행인은 전문 삽화가였던 이승만(李承萬)의 호로, 『매일신보』의 미술담당 기자였다. 이승만은 조선미술전람회에 수차례 입상할 정도로 재능 있는 화가였다.[25]

　소설 「솟」의 삽화는 결간 없이 총 10회에 걸쳐 실렸고, 소설 삽화에서 많이 나타나는 인물화를 중심으로 그려졌다. 안석주처럼 신문사 소속 삽화가였던 이승만 역시 인물을 통해 소설의 서사를 보여주는 방식을 구사한다. 하지만 안석주가 얼굴 표정의 묘사를 위해 인물의 상반신을 주로 그렸다면, 이승만은 인물의 상·하반신의 전체 모습을 화폭에 담

25　이승만에 대해서는 맹현정, 「『별건곤』의 일러스트레이션 연구」, 서울대 석사논문, 2012, 70~71쪽 참조.

〈그림 24〉「솟」1회 삽화
(『매일신보』, 1935.9.3)

〈그림 9〉「솟」6회 삽화
(『매일신보』, 1935.9.10)

고 있다는 차이점을 보인다.

아내와 마주 앉아있는 근식의 모습(1회), 게숙에게 가기 위해 집에서 나온 근식이 걸어가는 장면(2회), 자신을 찾아온 근식에게 술상을 차려주고 옆에 앉는 게숙의 모습(3회), 게숙을 찾는 뭉태의 소리에 잠자리에서 일어난 근식과 게숙이 앉아있는 장면(4회), 근식을 험담하는 뭉태와 수군거리는 게숙을 싸리문 밖에서 엿듣는 근식의 모습(5회), 뭉태를 돌려보낸 게숙이 밖에서 기다리던 근식을 방으로 데리고 들어와 이야기하는 장면(6회), 게숙의 방에서 나와 살림살이를 가져가기 위해 집으로 들어가는 근식의 모습(7회), 솟을 들고 게숙의 집으로 돌아온 근식과 게숙이 서로를 안고 있는 장면(8회), 함께 떠나기로 한 날 아침에 갑자기 나타난 게숙의 남편 때문에 웅크리고 앉아 있는 게숙과 근식의 모습(9회), 짐을 꾸려 떠나는 게숙과 게숙의 남편이 언덕으로 내려가는 장면(10회)이다.

「솟」의 삽화는 주인공인 근식의 모습이 주로 담겨있다. 게숙과 게숙의 남편이 짐을 챙겨 떠나는 장면을 그린 10회를 제외하면 모든 삽화에 근식이 등장한다. 게다가 10회에 삽입된 그림도 떠나는 게숙 부부를 바라보는 근식의 시선으로 볼 수 있기 때문에 모든 삽화가 근식을 중심으로 구성하고 있다는 특징을 보인다. 인물을 통해 소설의 서사를 구축하고자 했던 이승만의 시도는 두 가지 측면에서 부족한 면모를 보인다. 먼저 등장인물을 단순히 보여주는 것에 그치고 있다. 안석주가 인물의 표정을 통해 소설의 서사를 구축한데 비해 이승만은 단순히 비슷한 구도에서 근식과 아내, 근식과 계숙의 모습을 반복적으로 보여주고 있다.

또한 소설에 대한 묘사의 치밀성이 부족해 보인다. 〈그림 10〉을 살펴보면 자신을 찾아온 근식에게 술상을 내오는 계숙의 모습이 담겨있다.

〈그림 10〉「솟」3회 삽화   〈그림 11〉「솟」7회 삽화
(『매일신보』, 1935.9.5)   (『매일신보』, 1935.9.11)

소설 속에는 계숙이 머물고 있는 방의 문을 열고 근식과, 그런 근식에게 술상을 가져다주는 계숙의 모습이 묘사되어 있다. 하지만 삽화 속에는 이 둘이 앉아 있는 공간이 툇마루로 제시되어 있다. 게다가 소설의 배경은 눈이 내리는 한 겨울이다. 한 겨울 저녁에 툇마루에서 술을 마시면서 이야기하는 장면은 이해하기 힘들다.

〈그림 11〉은 계숙에게 살림살이를 가져다주기 위해 자신의 집으로 돌아오는 근식의 모습을 그린 삽화이다. 소설의 시간적 배경은 저녁으로, 근식이 집으로 가기 위해 거리를 나섰을 때 초승달이 완전히 넘어갔다고 서술되어 있다. 하지만 삽화를 살펴보면 근식의 모습 뒤로 그림자

가 그려져 있는 것을 알 수 있다. 소설에 대한 정확한 이해나 고민 없이 매회 등장하는 인물을 단순히 보여주는 방식을 취하고 있다. 이는 이승만이 신문사 소속 삽화가였으므로 매일 삽화를 그려야만 했던 작업환경 때문일 것이다. 이승만은 그림 역량을 인정받은 삽화가였고, 그가 맡아 그리면서 『매일신보』의 삽화가 면목일신(面目一新)했다는 평가를 받았다.[26] 하지만 연재될 소설의 내용을 파악하고 매일 다른 소설의 삽화를 그리기에는 시간적 여유가 부족했고, 등장인물의 이미지를 보여주는 방식을 선택한 것으로 보인다. 결과적으로 「솟」의 삽화는 소설에 대한 전반적인 이해가 배제된 채, 스토리 재현을 등장인물의 모습을 통해 제시하는 한계점을 보인다.

4. 결론

신문연재소설의 삽화는 소설을 시각적으로 재생산함으로써 대중의 관심을 유도하고 소설을 이해할 수 있는 단초를 마련하는 역할을 담당해왔다. 그럼에도 불구하고 소설을 단순히 시각화했다는 측면 때문에 삽화에 대한 연구는 미비하게 이루어져왔다. 이러한 문제의식을 갖고

---

26 이에 대해 권구현은 "李承萬氏가 執筆한 後 面目一新의 感이 업지 못하다. 李氏의 力量을 밋느니만치 그만한 良好한 成績을 어든 것은 當然한 일일 것"이라고 언급하였다. 하지만 "氏의 手法에 잇서서는 斯界에 대한 經驗이 적으니만치 그만치 설익은 듯한 一面이 안 보이는"점에 대해 지적하였다. 권구현, 「新聞挿話漫評, 隨感隨想, 요새 이때에 생각되는 일」, 『별건곤』 제10호, 1927.12.20, 87쪽.

김유정의 신문연재 소설에 삽입된 삽화를 살펴봄으로써 소설과 삽화의 관계성에 대해 살펴보았다.

김유정의 「소낙비」는 서양화가 출신인 송병돈이 삽화를 그렸다. 「소낙비」의 삽화는 풍경화를 변각구도로 그린 전반부와 등장인물 간의 관계를 그린 후반부로 구성되어 있다. 전반기의 삽화는 소설의 주요사건이나 서사의 재현에서 벗어나 소설 전반의 분위기를 이미지로 보여주고 있다. 후반기는 삽화는 인물 간의 관계를 주로 그렸다. 특히 춘호 처의 상반신 누드를 통해 성을 판매하는 여성의 삶을 시각적으로 보여주고 있다.

소설 「만무방」의 삽화가는 안석주였다. 안석주는 당시 한국 미술계의 경향을 반영하여 삽화에 주로 인물화를 그렸다. 안석주는 소설의 주인공인 응칠의 모습을 집중적으로 보여주며, 9회를 제외한 모든 삽화를 인물화로 구성하였다. 소설의 서사를 인물을 통해 재현하고자 한 것인데, 특히 안석주는 인물의 표정을 세밀하게 묘사하고 있다. 이를 통해 소설 속 인물들의 현실을 얼굴 표정으로 이미지화하고 있는 것이다.

김유정의 「솟」의 삽화가는 이승만으로 안석주와 같이 소설의 서사를 인물화를 통해 보여주고자 했다. 차이점은 안석주가 얼굴 표정을 주로 묘사했다면, 이승만은 인물의 전체적인 윤곽을 그려 넣는 방식이었다. 하지만 비슷한 구도의 그림이 반복적으로 제시되고, 소설에 대한 묘사의 치밀성이 부족한 삽화들을 그렸다. 매일 다른 삽화를 그려야 한다는 압박감 때문으로 사료되지만, 소설에 대한 폭넓은 이해가 배제된 삽화라는 한계점을 보인다.

김유정의 신문연재소설 세 편은 농촌의 현실을 담고 있다. 이러한 김유정 소설의 서사를 이미지로 구축하기 위해 「소낙비」에서는 변각구도와 누드라는 그림 방식을 통해 농촌 현실의 어두운 분위기를, 「만무방」에서는 인물화의 세밀한 표정묘사를 통해 착취당하는 유랑민의 삶을 보여준다. 「솟」의 삽화는 비록 소설에 대한 깊은 이해가 부족하지만 인물 간의 관계 구도를 주로 보여주고 있다. 이처럼 삽화가들은 다양한 기법을 통해 김유정 소설의 서사를 재구축하였다. 김유정의 신문연재소설 삽화는 소설의 스토리를 재현하는 것에 머물지 않고 작품을 재생산함으로써, 김유정이 소설을 통해 이야기하고자 했던 농촌의 현실을 독자들에게 전달하고 있다.

참고문헌

1. 기본자료

『조선일보』,『동아일보』,『매일신보』,『별건곤』

김유정, 전신재 편,『원본 김유정 전집』, 강, 2012.

2. 논문

강민성,「한국 근대 신문소설 삽화 연구－1910～1920년대를 중심으로」, 이화여대 석사논문, 2002.

공성수,「근대 소설의 형성과 삽화 연구」, 서강대 박사논문, 2014.

맹현정,「『별건곤』의 일러스트레이션 연구」, 서울대 석사논문, 2012.

이영아,「1910년대『매일신보』연재소설의 대중성 획득 과정 연구」,『한국현대문학연구』23, 한국현대문학회, 2007.

전은경,「근대 계몽기의 신문 매체와 "독자" 개념의 근대성－번역어 "독자"의 성립 과정과 의사소통의 장」,『현대문학이론연구』46, 현대문학이론학회, 2011.

천정환,「한국 근대 소설 독자와 소설 수용양상에 대한 연구」, 서울대 박사논문, 2002.

제7부 / 김유정과 문화콘텐츠

김유정의 「봄·봄」과 HD TV 〈봄, 봄봄〉의 서사변용 연구

이금란

1. 들어가는 말

1935년 12월 『조광』지를 통해 발표된 김유정의 단편 「봄·봄」은 다양한 매체 변환을 보인 작품 중의 하나이다. 다시 말하면 '원 소스 멀티 유즈(One Source Multi Use)',[1] 하나의 원형 콘텐츠를 이용해 다양한 장르로 변형 발전해 온 소설이다. 원 소스(One Source) 「봄·봄」은 신명순에 의해 각색된 희곡 〈봄봄〉[2]을 시작으로, 1969년 김수용 감독에 의해 영화 〈봄봄〉

---

[1] 하나의 콘텐츠 혹은 소스를 영화, 드라마, 출판, 게임, 완구 등 다양한 매체 / 방식으로 판매하여 부가가치를 극대화하는 것을 말한다.

[2] 최초 공연 일정은 알 수 없지만, 1975년 춘천에서 극단 혼성이 공연하였고, 2008년 4월 11일 극단 굴레가 공연하였다. 한명희, 「김유정 문학의 OSMU와 스토리텔링」, 『한국문예비평연구』 27, 한국현대문예비평학회, 2008, 466쪽.
김원석 각색 연출의 〈봄봄〉은 2011년 11월 2일~11월 13일까지 국립극단 별오름에서 공연

으로 제작되었다. 또한 「봄·봄」은 KBS TV문학관을 통해 두 번이나 각색되어 방영된다. 1983년 5월 7일 〈봄봄〉으로 각색되어 방영되었고, 2008년 김유정 탄생 100주년과 맞물려 또 한 번 기획 방송된다. TV문학관이 내세운 프로그램 취지는 고전의 재해석을 통한 현실적인 고민 제공에 있다. 그런 차원에서 「봄·봄」의 각색을 통해 당대 사회에 던지고자 한 메시지를 분석, 고찰하는 작업은 충분히 유의미하다고 본다.

이후 「봄·봄」은 영상 매체를 넘어 음악극의 형태로 변환되기도 한다. 1984년 극작가 오태석에 의해 각색된 〈봄봄〉[3]은 1985년 11월 20일자 『경향신문』과 『동아일보』에 "우리고유 가락에 재즈를 접목시킨 독특한 형태의 뮤지컬"로 소개되기도 한다. 이때 초연 대본은 창작뮤지컬, 한국적 뮤지컬로 불리며, 다채로운 볼거리와 음악적 기호로 구성되었다. 2012년에는 춘천문화재단 주관 하에 지역 문화 콘텐츠의 일환으로 〈김유정 봄·봄〉이 소극장 규모로 공연되었고, 2013년에는 국립극장 하늘극장에서 재공연 되었다.[4] 2001년에는 작곡자 이건용이 극본과 작곡을 맡아 창작 오페라 〈봄봄〉을 제작하여 3월에 국립극장에서 초연했다. 이후 2015년 현재까지 중국, 일본을 비롯 유럽 5개국에 소개되어 극찬을 받았다.[5] 2008년에는 판소리 〈봄·봄〉이 한림대 국제회의관에서 초연(2008.10.4)되었다.

되었다.

3 1984년 4월 14일~20일까지 문예회관 대극장에서 공연되었고, 이후 대극장에서 두 차례 더 공연되었다.

4 양세라, 「김유정 소설과 비서술적 음악의 꼴라쥬, 〈김유정 봄·봄〉 – 오태석 극작법 연구」, 『드라마연구』 제40호, 태학사, 2013.6, 84~85쪽 참조.

5 2015년 7월 5일 그랜드오페라단과 전통연희단 꼭두쇠는 성악과 판소리를 접목시킨 창작 오페라 "봄봄"&아리랑 난장굿〉(연출 안호원)을 이탈리아 밀라노 베르디 국립음악원 푸치니홀에서 공연하였고, 7월 17일~18일에는 '더뮤즈오페라'와 '마포아트센터' 주관으로 마포아트센터 아트홀맥에서 〈오페라 봄봄〉을 공연하였다.

2010년에는 박정규가 같은 장르인 소설 「봄·봄·봄」으로 패러디 한다. '노동'의 문제를 2010년 도시 근교 가구공장을 중심으로 펼쳐 보이는 이 소설은 노동문제와 아울러 외국인 노동자에 대한 우리 사회의 시선까지 포착해서 보여주고 있다.

이처럼 「봄·봄」의 매력은 다양한 매체 변환에서도 살필 수 있듯이 특이한 작품제목, 구비문학적 요소, 전통 사회제도, 시공을 초월한 청춘 남녀의 애정전선, 신구세대의 갈등 등 익숙한 소재들이 내재되어 있어 스토리텔링에 따른 그 어떤 장르 앞에서도 안전한 작품,[6] 즉 다양한 이야깃거리, 곧 높은 스토리 밸류(storyvalue)를 가지고 있다[7]는 점이다.

매체변동은 삶과 역사, 문화 전반에 대한 우리의 태도나 인식에 근본적인 변화를 초래할 수 있다.[8] 왜냐하면 일차적으로 각 매체의 특성에 따라 그것을 담아내는 형식에 차이가 존재할 수 있기 때문이다. 그럼에도 불구하고 우리는 다양한 매체변동에 의해 양산된 작품들에서 원작과는 또 다른 재미를 접하게 된다. 이런 의미에서 원작과 원작을 원 소스로 변이된 서사를 보여주는 작품들은 서로 공생관계에 있다고 볼 수 있을 것이다.

서사변용은 시대에 따라, 매체의 특성에 따라, 당대의 이데올로기에 따라 어느 부분을 좀 더 확대하고 축소하느냐가 결정되고, 이런 변용을 통해 각색 주체는 독자·시청자·관객·청중에게 다양한 상상력을 제

---

6   유인순, 「김유정 「봄·봄」의 아바타 연구」, 『현대소설연구』 제50호, 한국현대소설학회, 2012. 8, 327쪽.
7   이상진, 「문화콘텐츠 '김유정', 다시 이야기하기─캐릭터성과 스토리텔링을 중심으로」, 『현대소설연구』 제48호, 한국현대소설학회, 2011. 12, 431쪽; 한명희, 「김유정 문학의 OSMU와 스토리텔링」, 『한국문예비평연구』 27, 한국현대문예비평학회, 2008.
8   황국명, 「다매체 환경과 소설의 운명」, 『현대소설연구』 제11호, 한국현대소설학회, 1999. 12, 9쪽.

공한다. 이 과정에서 모든 독자·시청자·관객·청중 들은 작품에 대한 능동적인 참여·해석·상상력을 경험하게 된다. 원작의 서사는 각 매체의 요구 — 영상, 미술, 음악, 춤과 같은 것을 포함해 그 매체에 관여하게 되는 다양한 관람자들까지를 의미 — 에 의해 단순한 문자적 재현에 그치는 것이 아니라 창조적으로 변형된다.

그런 의미에서, 원서사인 김유정의 「봄·봄」과 서사의 변용을 꾀하고 있는 〈봄, 봄봄〉에 대한 정치한 분석은 상당히 흥미로운 작업이 되리라고 본다. 이를 통해 원작 「봄·봄」과 HD TV문학관 〈봄, 봄봄〉의 시·공간 변화와 주제의식의 상관관계, 작품의 제목이 갖는 의미를 살펴보고자 한다. 또한 각색 주체의 의도를 드러내기 위해 삽입·확대된 요소들을 분석하여 그 의미를 밝혀 보겠다.

영상 서술은 '영상과 음향'에 의해 전달된다.[9] 영상은 행위를 보여준다. "누가 무엇을 하는가?" "어떻게 하는가?" "무엇을 감추는가?" 등등 행동에 관계되는 것들을 카메라의 눈으로 보여준다. 거기에 음향은 관심을 유발하는 효과를 준다. 따라서 김유정 특유의 다중적 시점을 영상은 어떻게 보여주고 있는지 분석해보고자 한다. 이를 통해 해학적 방법으로 당대를, 당대의 삶을 비평했던 김유정 문학의 특징을 어떻게 기획하여 보여주고 있는지 살펴볼 것이다.

「봄·봄」을 위시한 김유정의 많은 단편들이 다양한 매체 변환의 대상이 되고 있다. 끊임없이 각색 주체들을 소환하고, 상상력의 나래를 펴게 하는 김유정 문학의 원동력이 무엇인지를 다시 한 번 확인하는 작업이 되었으면 한다.

---

9 프랑시스 바누아, 송지연 역, 『영화와 문자의 서술학』, 동문선, 2003, 88쪽.

2. 서사의 재현과 확대

1) 시·공간의 변화에 따른 주제의식의 변화

여타의 매체 전환을 차치하고, 「봄·봄」이 TV드라마로 각색된 경우만을 놓고 볼 때, 1983년 5월 7일에 방영된 KBS TV문학관 〈봄봄〉의 시·공간적 배경은 1930년대 말부터 1940년대 초까지의 한국 농촌이다. 그에 반해 2008년 3월 3일에 방영된 HD TV문학관 〈봄, 봄봄〉은 드라마가 방영된 2008년을 시간적 배경으로, 제주도를 공간적 배경으로 하고 있다. 즉 1983년도의 〈봄봄〉이 원작의 서사를 충실히 따른 반면, 2008년도의 〈봄, 봄봄〉은 원작과 상당한 거리를 유지한다. 여기에는 시간상의 차이도 존재하지만 분명 또 다른 의미를 부여하고자 한 의도가 있었을 것이라고 본다. 즉 연출 의도가 전작의 TV문학관과는 사뭇 달랐음을 추측해 볼 수 있다.

따라서 소설이나 드라마가 모두 서사를 기본 축으로 하고 있음을 고려할 때, 서사구조의 핵심인 시간과 공간구조의 측면에서 원작 소설과 드라마[10]의 차이를 살펴볼 필요가 있다. 특히 〈봄, 봄봄〉의 계절적 배경이 작품의 제목과는 전혀 달리 늦가을을 선택하고 있음 또한 주목해야 할 것이다.[11]

---

10 여기서는 1983년 TV문학관 〈봄봄〉을 특별히 언급하지 않는 이상 김유정 원작의 소설 「봄·봄」과 2008년 HD TV문학관 〈봄, 봄봄〉만을 다룰 것이다.
11 유인순은 「김유정 「봄·봄」의 아바타 연구」(343쪽)에서 "희곡 〈봄봄〉만이 가을에서 봄을 거치는 것을 제외하고는 모두 봄을 배경으로 하고 있었다"라고 봤는데, 필자는 〈봄, 봄봄〉의 계절적 배경을 늦가을로 추정하고자 한다.

소설 「봄·봄」의 시간적 배경은 "내가 여기에 와서 돈 한 푼 안 받고 일하기를 삼 년하고 꼬바기 일곱 달 동안을 했다"(235쪽)[12]는 '나'의 고백을 통해 짐작할 수 있다. 따라서 서사 전체의 시간구조는 '나'가 점순이 집에 데릴사위로 들어와 3년 7개월을 산 현재를 중심으로 현재와 과거가 뒤섞여 있다. 작품 「봄·봄」에서 시간을 추론할 수 있는 구절들을 뽑아서 아래에 정리해 보았다.

① 내가 여기에 와서 돈 한 푼 안 받고 일하기를 삼 년하고 꼬바기 일곱 달 동안을 했다.(235쪽)

② 그래 내 어저께 싸운 것이지 결코 장인님이 밉다든가 해서가 아니다. (236쪽)

③ 작년 이맘 때도(237쪽)

④ 그 전날, 왜 내가 새고개 맞은 봉우리 화전밭을 혼자 갈고 있지 않았느냐.(237쪽)

⑤ 그러나 이날은 웬일인지(238쪽)

⑥ 우리가 구장을 찾아갔을 때(238쪽)

⑦ 그래서 오늘 아침까지 끽소리 없이 왔다.(239쪽)

⑧ 이렇게 말하자면 결국 어젯밤 뭉태네 집에 마슬간 것이 썩 나빴다. 낮에 구장님 앞에서 장인님과 내가 싸운 것을 어떻게 알았는지 대구 빈정거리는 것이 아닌가.(239쪽)

⑨ 점순이가 아침상을 가지고 나올 때까지는(240쪽)

⑩ 한 번은 장인님이 헐떡헐떡 기어서 올라오더니 내 바짓가랭이를 요렇게

---

12 김유정, 「봄·봄」, 『애장판 신한국문학전집─계용묵, 김유정, 이상 선집』 22, 어문각, 1981 본을 텍스트로 삼았다. 이후 작품을 인용할 시 쪽수만을 쓰기로 한다.

노리고서 단박 웅켜잡고 매달렸다.(241쪽)

⑪ 그러나 이때는 그걸 모르고 장인님을 원수로만 여겨서 잔뜩 잡아다렸다.
(242쪽)

⑫ 대체 이게 웬 속인지(지금까지도 난 영문을 모른다)(242쪽)

「봄·봄」은 지속적으로 현재와 과거, 단순 과거, 현재 등을 오가면서 이야기를 진행시킨다. 단편 속에 수시로 일어나는 시간 변화에 독자는 시간의 착각을 경험하게 된다. 시간 도표를 그리지 않는다면 지금 일어난 사건이 언제 일어난 것인지, 조금 전에 일어난 사건보다 앞선 것인지, 도무지 갈피를 잡을 수가 없다. 이를 통해 마치 어제 일이 오늘 일인 것처럼, 오늘 일이 어제 일인 것처럼 혼동을 일으키고, 이태 전에 있었던 사건이 오늘의 사건과 오버랩 되면서 행위의 반복성이 강조된다. 그러면서 "때가 되면 어련하랴 싶어서 군소리없이 꾸벅꾸벅 일만 해왔다"(235~236쪽)는 나의 말을 전복해 버린다. 특히 '오늘 아침의 사건'이 있은 후 ⑫에서 점순이의 행위에 대한 나의 평가를 나타내는 '지금'의 시점이 과연 언제인지를 모호하게 함으로써 「봄·봄」의 순환론적 시간구조를 다시 한 번 강화하는 역할을 한다.

원작 소설이 지속적인 시간구조의 변화를 보여주고 있다면, 〈봄, 봄봄〉은 병수와 혜원의 처음 만남에 대한 과거 회상만 뺀다면 현재의 순차적 구성이다. 〈봄, 봄봄〉의 구성은 혜은이 돌아온다는 점순의 말에 신이 난 병수―병수의 혜은 마중―경호의 등장―혜은의 취중 고백―경호의 혜은 집 방문―병수의 좌절―혜은과 경호의 이별―혜은과 병수의 서로에 대한 마음 확인―혜은 배웅―혜은의 유학 연장 통보로 정리해 볼 수 있다. 단편드라마의 특성 상 단순구성을 취하고 있다. 문자 서술로 이루어진 소설의 경우, 위의 인용에서도 살필 수 있듯이 시간구조의 변화를 꾀할 수 있다. 그러나 영상 서술의 경우, 직접 보여줘야 하는 제약이 따르기 때문에 단편에서 잦은 시간구조의 변화를 줄 경우 극의 흐름을 해칠 수 있다. 따라서 〈봄, 봄봄〉은 단편에서 일반적으로 사용하는 순차적 시간구조로 구성되어 있다.

이야기의 차이는 각색 주체들의 상상력의 틈새를 의미[13]하는데, 그것을 엿볼 수 있는 첫 번째는 아마도 공간 변화에서 찾을 수 있을 것이다. 원작 「봄·봄」과 드라마 〈봄, 봄봄〉의 가장 큰 차이는 공간의 변화이다. 원작은 1930년대 한국 농촌 사회가 배경이다. 그리고 원작을 바탕으로 한 여타의 타 장르 개작들도 대체적으로 농촌 사회를 배경으로 하고 있다. 이에 반해 〈봄, 봄봄〉의 공간 배경은 제주의 목장을 중심으로 한없이 펼쳐진 초원지대이다. 그렇다면 공간 배경을 원작과 너무 동떨어진 제주도로, 더 나아가 봉필(덕배)과 나(병수)의 직업까지 변화를 줌으로써 얻고자 한 것이 무엇인지, 각색 주체들의 선택에 주목하지 않을 수 없다.

원작 「봄·봄」[14]의 제목이 의미하는 것은 무엇일까? '봄'과 '봄'이라는 단어 사이에 '·'이 찍혀 그 의미는 다양한 해석을 가능하게 한다. 가볍게 반복되는 '봄봄'과는 달리 '·'을 찍어서 반복과 순환을 강조한다. 즉 '·'은 반복되는 봄, '남자의 봄'과 '여자의 봄'의 합일을 방해하는 요인[15]

---

13 김정남, 「다매체 시대, 소설의 장르적 정체성에 관한 연구」, 『현대소설연구』 제22호, 한국현대소설학회, 2004.6, 252쪽.

14 소설 「봄·봄」을 간혹 「봄봄」으로 오기해 사용하기도 한다. 그러나 '·'의 유무가 작품 전체의 주제의식과 맞닿아 있기 때문에, 김유정 소설 「봄·봄」에 대한 표기는 바로잡아야 할 것이다. 논자가 의도적으로 오기 표현을 고칠 수 없기에 이 글에서는 각색자나 인터뷰 기사에 쓴 오기 표현을 그대로 적었다.

15 유인순, 앞의 글, 327쪽.

으로 유추해 볼 수가 있다. 더 나아가 'ㆍ'을 사이에 두고 봄과 봄이 순환됨으로써 앞에서도 살펴보았듯이 3년 7개월의 시간동안 나와 장인(봉필) 사이의 성례요구와 성례지연의 갈등으로 인한 웃음거리가 반복적으로 일어나고 있음을 의미한다. 이는 독자에게 과연 '나'의 봄이 올 것인지에 대한 의구심을 갖게 한다. 가을걷이 후에 성례를 시켜준다는 장인의 약속(희망)은 매년 돌아오는 봄에, 새로운 노동력을 제공할 머슴 아닌 머슴이 들어오기 전에는 지켜질 수 없기(좌절) 때문이다. 따라서 「봄ㆍ봄」의 봄은 희망과 좌절을 동시에 내포하는 양가적 속성을 띠게 된다.

이에 반해 〈봄, 봄봄〉은 'ㆍ'이 사라지고 쉼표(,)가 들어갔으며, 여기에 다시 '봄봄'이 반복되고 있다. 그렇다면 제목이 갖는 차이는 무엇일까? 그 의미에 대한 규명 작업이 바로 작품 주제 형상화와 밀접한 관련이 있으리라 본다. 그 일환으로 우선 〈봄, 봄봄〉의 서사공간과 계절적 배경을 살펴보고자 한다.

〈봄, 봄봄〉의 서사공간은 제주도의 한 목장이다. 따라서 서사의 동력인 '노동' 문제를 다루려면 계절에 변화를 줄 수밖에 없게 된다. 농경문화에서 가장 바쁜 시기는 봄이다. 농촌에서 봄철 모내기 때가 가장 일손이 달리는 시기이다. 한 해 농사는 파종시기를 얼마나 잘 맞추느냐에 달려 있다고 해도 과언이 아니다. 그러나 목축업은 가축들의 겨우살이를 준비해야 하는 가을이 가장 바쁜 시기이다. 화면에서도 계절적 배경이 가을임을 알려주는 요소들이 등장하는데, 등장인물들의 옷차림, 여기저기 쌓여 있는 건초더미, 병수가 목장을 나가기 위해 땔감을 준비하는 장면 등에서 확인할 수 있다. 결정적으로 덕배와 병수, 영길의 대화에서 확인할 수 있다.[16]

따라서 소설 「봄ㆍ봄」의 서사 배경이 봄이라면, 드라마 〈봄, 봄봄〉의 배경은 가을걷이를 마치고 잔뜩 기대와 희망을 품어보는, 봄을 바라는 가을이다. 즉 「봄·봄」의 '나'에게 '봄'은 자신의 밑천(노동력)을 무기로 장인에게 혼례를 당당히 요구해볼 수 있는 희망의 계절임과 동시에 혼례지연이라는 좌절을 안기는 계절이다. 반면, 〈봄, 봄봄〉의 병수에게 '봄'은 아직 오지 않은, 묵묵히 기다리면 찾아오는, 그렇지만 빨리 왔으면 싶은, 그래서 '봄봄'하고 불러보는 계절이다. 기다림의 행위는 희망을 품을 수 있기에 설렌다. "서두르지 말자는 거야. 확신이 있다면 기다려 줄 수 있잖아." "타협의 여지가 없어? 정말 기다려 줄 수 없어?"[17] 이 말은 결혼을 서두르는 경호에게 혜은이 한 말이다. '기다림'에 대한 '확신'을 가질 수 없었던 경호는 끝내 혜은과 이별한다. "기다려줘, 기다려 줄 수 있지" 하고 묻는 혜은에게 "응" 하고 대답하는 병수, 그런 병수에게 혜은은 양 볼을 잡고 키스한다. '기다림'에 대한 '확신'을 가진 병수는 마침내 혜은의 마음을 얻게 된다.

〈봄, 봄봄〉의 봄은 아직 오지 않은 기다림의 차원에서 빨리 왔으면 싶은 계절이다. 그러나 혜은의 마음을 얻고서도 병수의 봄(결혼)과 혜은의 욕망(성공)이 양립하면서 기다림의 간절함이 증폭된다. 즉 「봄·봄」과 〈봄, 봄봄〉은 시·공간의 변화만큼이나 주제적 차원의 변화를 꾀하고 있다.

---

16 잔뜩 얻어 터져 죽사발이 된 사내 셋, 쪼르르 앉아있다. 한숨, 푸우욱.
영길 : 정말로, 이혼 하실 거예요?
덕배 : (한숨) 이혼은 개뿔, 내가 내 명의로 된 재산이 있길 하냐. 이 나이에 어떤 여자가 날 받아주길 하겠냐. 겨울도 다가오는데 딱 그냥 굶어서 얼어 죽기 십상이지.
17 2008년 3월 3일에 방영된 KBS HD TV문학관 홈페이지 〈봄, 봄봄〉의 '작품보기'의 대본 파일에서 인용한 것임.

2) 에피소드 삽입과 서사의 변용

흔히 각색은 방송 시간과 영상 표현의 특성을 감안해 원작의 흐름을 그대로 따라가는 경우, 방대한 분량의 원작을 줄이는 경우, 분량이 짧은 원작에 새로운 서사를 넣어 확대하는 경우, 원작의 주제만 남기고 나머지를 새롭게 구성하는 경우 등이 존재한다.[18] 따라서 어떤 형태로든지 이야기 차원의 변화를 가져올 수밖에 없다. 특히 단편소설의 경우 분량을 2시간가량으로 늘여야 하기 때문에 필연적으로 원작에 대한 삽입이 일어날 수밖에 없다. 이때 각색 주체의 현실 비판과 무의식적 욕망이 어떤 형식으로 삽입되고 있는지 그리고 서사구조의 측면과 어떤 상관성을 지니는지 살펴보아야 한다.

①「봄·봄」: ㉠우리 장인님 딸이 셋이 있는데 맏딸은 재작년 가을에 시집을 갔다. 정말은 시집을 간 것이 아니라 그 딸도 ㉡데릴사위를 해가지고 있다가 내보냈다. 그런데 딸이 열 살 때부터 열 아홉 즉 십 년 동안에 데릴사위를 갈아들이기를, 동리에선 사위 부자라고 이름이 났지마는 열 놈이란 참 너무 많다. 장인님이 아들은 없고 딸만 있는고로 ㉢그담 딸을 데릴사위를 해올 때까지는 부려먹지 않으면 안 된다. 물론 머슴을 두면 좋지만 그건 돈이 드니까, 일 잘하는 놈을 고르느라고 연방 바꿔들였다. (…중략…) 점순이는 둘째 딸인데 내가 일테면 그 세 번째 데릴사위로 들어온 셈이다. 내 담으로 네 번째 놈이 들어올 것을 ㉣내가 일도 잘하고 그리고 사람이 좀 어수룩하니까 장

---

18 앤드류는 각색의 경향을 차용(borrowing), 변형(transformation), 교차(intersection)로 구분했다. 차용은 원작에 대한 새로운 해석, 변형은 원작의 핵심은 그대로, 교차는 원작의 의미만 남기고 당대적 시각으로 재구성하는 것을 의미함. Durdely Andrew, 김시무 외역, 『영화의 이론』, 시각과언어, 1995, 143~156쪽 참조.

인님이 잔뜩 붙들고 놓질 않는다. 셋째 딸이 인제 여섯 살, 적어두 열 살은 돼야 데릴사위를 할 테므로 그 동안은 죽도록 부려먹어야 된다. 그러니 인제는 ⑩속좀 채리고 장가를 들여달라구 떼를 쓰고 나자빠져라, 이것이다.(240쪽)

큰 틀에서 서사의 변주는 ①의 인용문을 중심으로 일어난다. 밑줄 친 ㉠~⑩까지를 연결하면 「봄·봄」의 서사가 완성된다. 일차적으로 '나'와 점순의 혼사장애는 '점순의 작은 키'에 있다. 그렇지만 숨겨진 또 하나의 장애가 있는데 바로 '나'의 위치가 ㉡과 ㉢ 사이에 있으며, 그 간극을 메워야 한다는 것이다. 셋째 딸이 여섯 살이므로 "적어두 열 살은 돼야 데릴사위를 할 테므로," 앞으로도 내가 대충 메워야 할 간극은 4년이라는 시간이다. 그나마 그 간극을 메우고 있는 것은 내가 ㉣의 속성을 지녔기 때문이다. 따라서 점순 / 뭉태는 "속좀 채리고 장가를 들여달라구 떼를 쓰고 나자빠"지라고 충동질한다. 이로 인해 몇 차례에 걸쳐 반복되는 '나'와 장인님의 실랑이가 일어난다. 이처럼 「봄·봄」의 기본 서사는 총체적인 인물의 인생을 담아내는 것이 아니라 "단편적 사건을 중심으로 벌어지는 전형적인 인물들의 한바탕 소동을 미시적인 관점"[19]에서, 삶의 한 단면을 집중적으로 보여주고 있다.

반면 〈봄, 봄봄〉은 ①의 원 서사를 기본으로 인물의 구체적 형상화를 통해 달라진 2008년도의 사회·문화 풍속도를 그리고 있다. 키의 성장이라는 30년대식 혼사장애는 2008년의 사회에서 개연성 획득이 어렵다. 따라서 필연적으로 새로운 혼사장애 요인을 끌어오게 된다. 첫째, 혜은의 유학이다. 따라서 막연히 점순이가 자라야 한다는 '나'의 성례 조건

---

19 이대범, 「김유정 원작소설의 영화화 양상 연구―영화 〈봄·봄〉과 〈땡볕〉을 중심으로」, 『語文論集』 제54집, 중앙어문학회, 2013, 410쪽 참조.

보다 혜은의 돌아옴이라는 병수의 성례 조건이 표면적으로는 훨씬 유리하다. 유학이란 기간이 정해진 것이므로 멈춰버린 성장보다는 가능성의 측면에서 희망적이다. 따라서 혜은의 돌아옴 자체에 초점이 맞춰진다면 병수와 덕배의 갈등은 정점에 닿아 있다. 그러나 남자친구 경호를 등장시킴으로써 '혜은의 돌아옴'이라는 일차적 장애는 제거되지만 새로운 갈등 요소가 발생하게 된다. 병수와 덕배의 갈등이 병수와 경호의 갈등으로 이어지며 "등장인물들 간의 팽팽한 경쟁과 게임의 관계"[20]가 형성된다.

경호의 등장은 새로운 인물 등장 그 이상의 의미를 지닌다. 왜냐하면 30년대 남성이 갖춰야 할 결혼조건은 일반적으로 성실하고 힘 있는(튼튼한) 것이었다면, 2008년도의 결혼 조건은 그리 단순하지가 않다. 세련된 이미지에, 국제 인권변호사의 포부를 가진 경호와 촌스럽고 오로지 목장일 밖에는 모르는 병수의 경쟁은 처음부터 게임이 되지 않는다. 2008년의 농촌 현실과 경호가 가진 것 사이에 간극이 생기면서 성실한 것 외에는 가진 것 없는 농촌 총각 '나'의 장가보내기 프로젝트가 각종 콘텐츠의 원 소스로 작동하게 된다.[21]

단편 소설의 경우 분량의 제한으로 인해 다양한 인물들의 면면을 보여주지 못하는 한계를 갖는다. 소설 「봄·봄」의 서사가 나와 장인 사이의 에피소드에 집중되다보니 여타의 인물들을 다루지 못하고 있다. 따라서 문자 서술에서 영상 서술로 변환될 때 인물 형상화가 갖는 의미는

---

20 표정옥, 「〈비보이를 사랑한 발레리나〉와 김유정 문학의 축제적 상상력 연구」, 『인문과학연구』 제9집, 대구가톨릭대 인문과학연구소, 2008.6, 196쪽.

21 실제로 「봄·봄」을 원소스로 창작 오페라 〈봄봄-따뜻한 시골 남자 길보의 장가가기 프로젝트〉(더뮤즈오페라, 2015), 〈봄·봄&아리랑 난장굿-길보 장가보내기 프로젝트〉(그랜드오페라단과 김 전통연희단, 2015)라는 작품이 공연되기도 했다.

무엇보다 크다. 그 안에서 각색 주체의 무의식적 욕망을 읽어낼 수 있기 때문이다.

2008년의 혜은은 "한 번 시작했다 하면 끝을 보"는 인물이다. "우물 안 개구리 되기 싫어서 기를 쓰고 나가" "더 배울 게 없어" 학교를 옮기겠다는 당찬 여성이다. "세상 누구보다 더 행복하게 만들어 줄, 자신도 능력도 모두 있는" 경호의 프러포즈에도 단호하게 행복은 누군가가 — 그것이 설령 좋아하는 남자라도 — 만들어 주는 게 아니라, "내가 만드는 거"라고 말함으로써 수동적이고 의존적인 여성의 이미지를 과감하게 탈피한다. 혜은에게 결혼이란 홀로서기가 가능한 한 인간과 인간의 만남이지, 누가 누구를 위해서 뒷바라지하고, 의지하는 그런 관계가 아니다. 결혼에 대한 혜은의 생각은 엄마와의 대화에서 인용한 쇼펜하우어의 말 — To marry is to halve your rights and double your duties(결혼을 한다는 것은 당신의 권리를 반감시키고, 의무를 배가시키는 것이다) — 에서도 충분히 엿볼 수 있다. 이를 통해 각색 주체는 2008년도를 살아가는 혜은들, 21세기 한국 사회 여성들의 인식 변화를 상징적으로 보여준다. 그들은 남자들만큼이나 야망이 있으며, 남자를 위해 자신의 삶을 더 이상 희생하지 않으며, 의존적인 삶을 거부한다.

원작에서는 거의 존재가 드러나지 않았던 점순어머니가 〈봄, 봄봄〉에서는 각색 주체의 기획 의도를 분명히 하는 상징적인 인물로 등장한다. 점순이 → 혜은이 되면서, 장모 → 점순이로[22] 명명된다. 어머니 점순은 "세상에서 젤 한심한 게 착하고 무능한" 인간이라고 생각한다. 그녀는 집안의 모든 결정권을 쥔 실질적인 가장이다. 이에 반해 덕배는 전

---

22 김유정의 단편 「동백꽃」의 '나'와 '점순'의 서사를 차용해 〈봄, 봄봄〉에서는 어머니 점순과 아버지 덕배로 형상화해 재미를 더해주고, 시청자에게 「동백꽃」의 서사를 상기시킨다.

형적인 공처가에 딸바보 아빠이다. 기획 의도[23]가 '신모계사회'를 그리고자 한 것이기에 덕배가 맡은 역할은 부계적 질서를 상징하는 엄한 아버지도, 군림하는 남편도 아니다. 사타구니 외에는 아내의 감시망에서 어느 것 하나 자유로울 수 없는, 근엄한 아버지의 모습보다는 반가운 딸을 보고 촐싹대는 아버지일 뿐이다. 가정 내 아버지의 위상이 무너지고, 가장으로서의 결정권조차도 행사할 수 없는 당대의 초라한, 아버지의 한 단면을 대변하고 있다.

또한 〈봄, 봄봄〉은 자녀의 교육으로 離散된 가족의 비극을 기러기 아빠 '영길'(큰사위)을 통해 보여주고 있다. 원작의 맏사위는 '나'처럼 봉필 영감의 맏딸에게 장가를 들기 위해 데릴사위로 들어왔던 사람이다. 맏사위 후보감으로 10년 동안 10명이 들어왔다고 하니 마지막 10번째 인물로 추측해 볼 수 있다. 오로지 '나'에 의해 두 줄 정도 서술되었던 인물이, 〈봄, 봄봄〉에서는 '영길'이라는 이름으로 등장한다.

원작 「봄·봄」에 날 것 그대로의 사회학적 부조리를 드러내는 대신, 웃음거리들이 벌이는 웃음을 통해 그 의미를 곱씹어 보게 하는 김유정 소설 전략[24]기법이 사용되었다면, 〈봄, 봄봄〉에서는 구체적인 인물 형상화를 통해 당대 사회의 면면을 유쾌하게 보여주고 있다.

영상 서술에서 인물은 "하나의 인간이 아니라 재현으로, 전체적인 '기호'"[25]로 사용되기도 한다. 인물뿐만이 아니라 작은 소품 하나에 이르기

---

23 원작의 시대 배경을 거세한다면 김유정의 소설 「봄봄」은 이즈음 "신모계사회"라 불리는 현상과 많은 부분 맥이 닿아 있다. 데릴사위로 처가에 들어간 주인공, 이를 이용하는 장인, 그리고 주인공을 배후(?)에서 조종하는 점순이까지. 이 드라마는 '소설 「봄봄」이 2008년에 재현된다면 어떤 모습일까?'란 상상에서 시작된다. HD TV문학관 〈봄, 봄봄〉에 대한 작품소개에서 인용한 말.

24 유인순, 「김유정 소설의 웃음 그리고 그 과녁」, 『현대소설연구』 제38호, 한국현대소설학회, 2008.8, 216쪽.

25 프랑시스 바누아, 앞의 책, 151쪽.

까지 주제를 형상화하는 '기호'로 작동하고 있음을 살필 수 있다.

> 혜은 : 난 오빠 침대가 세상에서 제일 편하더라. (인형을 끌어안고) 소원 잘
> 빌고 있어?
> 병수 : 어? 에이 소원은 무슨, 애들 때나 그랬지.
> 혜은 : …… 오빠 우리 집에 처음 온 날 말야, 이거 내가 오빠한테 주기 전에
> 마지막으로 빈 소원이 뭔지 알아?
> 병수 : 뭔데?
> 혜은 : (소원을 빌듯) 오빠한테 시집가게 해 주세요~ 그랬다?

〈봄, 봄봄〉에서는 '선물'을 통해 혜은과 병수의 심리변화를 간접적으로 암시한다. 사고로 부모를 잃고, 혜은의 집에 온 병수는 두려움에 울음을 멈출 수 없다. 그런 병수에게 혜은은 '모래요정 바람돌이 인형'을 내민다. TV에서 방영되기도 한 〈모래요정 바람돌이〉[26]는 무슨 소원이든지 들어주는 요정이다. 이 요정은 혜은의 소원과 병수의 소원을 들어주고, 연결해주는 매개체가 된다.

병수에게 시집가게 해 달라고 소원을 빈 혜은과 "혜은이가 행복해지는 것"이 소원인 병수. 아이들의 모든 소원을 모래요정 바람돌이가 이루어준 것처럼 혜은과 병수의 소원도 이루어질 것임을 암시한다.

---

26 〈모래요정 바람돌이〉(일본어 : おねがい!サミアどん 부탁해요! 사미아돈)는 영국 작가 에디스 네스빗(Edith Nesbit)이 1902년 발표한 소설 *Five Children and It*을 소재로 하여, 일본 TMS 엔터테인먼트사가 1985년 제작한 TV 애니메이션 시리즈다. 한국어 더빙판은 KBS 2TV를 통해 〈모래요정 바람돌이〉란 이름으로 1986년 1월 9일~그 해 3월 14일까지 방영되었으며, 1994년 8월 18일~그 해 10월 14일까지 다시 방영되었다. 2008년 10월 9일~2009년 2월 20일까지 EBS에서 재 더빙하여 목요일과 금요일 7시에 방영하였으며, 2010년 1월 25일부터 동일한 시간대에 방영되었다.

두 번째로 혜은이 유학 갔다 오면서 가져온 초콜릿 선물이다. 혜은은 아버지에게는 옷을, 병수에게는 초콜릿을 선물한다. 그러나 흔히 사랑을 고백할 때 초콜릿을 사용하기에 초콜릿도 단순한 선물 이상의 의미를 내포한다. 혜은에게서 받은 초콜릿을 하루에 하나씩 소중하게 음미하며 행복해하는 병수의 모습에서 이후 혜은과의 관계 변화를 짐작해 볼 수 있다.

병수에게 전한 혜은의 선물은 병수에 대한 혜은의 마음을 상징적으로 보여준다. 경호와 이별하고 병수의 마음을 알게 된 혜은, 그리고 병수에 대한 자신의 마음을 깨닫게 된 혜은이 병수의 방을 찾으면서 들고 온 옷 선물은, 선물 이상의 의미를 지닌다. 가족'처럼', '~같은' 병수가 아니라 진정한 가족이 될 병수로의 변환을 암시하기 때문이다. 혜은은 병수를 가리켜 가족 같은 사람, 따라서 가족처럼 대해줘야 할 사람이라고 소개한다. 그러나 '처럼'과 '같은'은 진정한 가족이 아님을 역설적으로 보여준다. 따라서 유학에서 돌아올 때 가족인 아버지에게는 옷을 선물하고, 병수에게는 초콜릿을 선물한 것이다. 작품에서 또 한 번의 옷 선물이 등장하는데 바로 경호에 의해서다. 혜은의 부모에게 인사하기 위해 일방적으로 찾아온 경호는 덕배와 병수에게 옷을 선물한다. 이는 연적인 병수에게 아버지와 같은 옷을 선물함으로써 가족 '같은'을 '가족으로' 만들고자 한 의도가 내포된 행위이다. 따라서 경호가 떠나고 자신의 마음을 확인한 혜은이 병수의 방을 찾으면서 들고 온 선물, 옷은 '같은'을 '으로' 받아들일 마음의 변화로 해석할 수 있다. 그런데 남남인 두 남녀가 가족으로 만나는 방법은 결혼이라는 법적절차를 거쳐야만 가능함을 상기해야 할 것이다. 따라서 혜은이 바람돌이 인형에게 빈 소원은 성취의 가능성을 보인다. 이는 앞서 〈봄, 봄봄〉의 제목이 갖는 의미 구명에서도 살펴보았듯이 기대와 설레임, 기다림에 대한 확신, 곧 희망을 꿈꿀 수 있는 '봄'의 기다림이라는 의미로 읽어볼 수도 있을 것이다. 이처럼 작은 도구 하나 하나가 작품 전체의 주제의식을 향해 삽입되고, 서사 동력으로 작동하고 있음을 확인할 수 있다.

3. 서술 양태의 변용

1) 공개와 은폐의 이중 전략

「봄·봄」의 '나'와 〈봄, 봄봄〉의 병수는 우직하고 자기가 맡은 일을 꿋꿋이 해내는 인물이다. 이들이 고된 삶을 견딜 수 있는 것은 바로 딸과 혼인시켜 주겠다는 봉필 / 덕배의 약속 때문이다. 그런데 그 길이 결코 순탄치 않다. 왜냐하면 처음부터 계약 당사자 간의 이해가 달랐기 때문이다. 나와 병수의 계약 목적은 순수하게 점순 / 혜은과의 결혼에 있다. 그러나 봉필 / 덕배의 계약 목적은 그리 단순하지가 않다. 성실히 일 잘하는 '나'의 노동력과 혼자서 감당해야 하는 목장일을 함께 할 일꾼, 3천만 원에 대한 변제 기한을 연장하기 위한 의도까지 포함되어 있기 때문이다.

계약이란 어떤 일에 대하여 지켜야 할 의무를 미리 정해 놓고 서로가 어기지 않을 것을 다짐하는 것이며, 여기에는 계약 당사자 간의 일정한 권리와 의무가 뒤따른다. 그런데 만약 계약 자체에 트릭이 숨어있다면 어떤 일이 벌어질까. 「봄·봄」과 〈봄, 봄봄〉에서는 나 / 봉필, 병수 / 덕배 사이에 체결된 계약 자체의 트릭으로 인해 벌어지는 유쾌한 상황이 전개된다. 그럼에도 작가 / 각색 주체는 속이는 자와 속는 자를 기존의 관계로 설정하고 있지 않다. 선·악의 구분에 의해 속이는 자는 철저히 악하게, 속는 자는 철저히 동정의 대상으로 묘사하는데, 두 작품 모두 기존의 통념을 뒤집어 버린다. 이처럼 이들의 관계가 기존의 방식으로 설명되지 않는 이유는 속는 자 역시 자신의 욕망을 드러내고, 이러한 욕망을 성취하고자 하는 능동적인 인간으로 존재하기 때문이다.[27]

'나'는 "딸이 자라는대로 성례를 시켜주마"(235쪽)는 봉필영감의 말을 계약의 시작으로, 데릴사위의 형식을 빌어 점순네 일꾼으로 들어간다. 나와 봉필 사이에 이루어진 계약은 나뿐만이 아니라 점순네 가족, 마을 모든 이들이 알고 있는 공개된 것이다. 나는 점순과 결혼하기 위해 능동적·적극적으로 계약을 이행한다. 3년 7개월이라는 시간 동안 행해진 나의 계약 이행은, 그러나 봉필영감의 계약 불이행으로 계약 자체의 실효성을 의심받게 된다. 처음부터 계약에 봉필영감의 트릭이 숨어 있었음을, 나는 "애최 계약이 잘못된 걸 알았다. 이태면 이태, 삼 년이면 삼 년, 기한을 딱 작정"(235쪽)해서 증명을 남겼어야 했는데 기준도 명확하지 않은 '자라면'이라는 추상적인 말만을 믿었던 자신의 어리석음을 깨닫게 된 것이다. '나'는 대상과 대상 사이에 이루어진 약속의 구체적 명시를 하지 않음으로써, 공개된 계약의 은폐된 속임수에 속절없이 당할 수밖에 없으며, 그것은 다른 이들의 비웃음거리가 되기도 한다.

---

27 김혜영, 「김유정 소설에 나타난 욕망의 의미」, 『현대소설연구』 제17호, 한국현대소설학회, 2002. 12, 169쪽.

봄이 되면 온갖 초목이 물이 오르고 싹이 트고 한다. 사람도 아마 그런가보다, 하고 며칠 내에 부쩍(속으로) 자란 듯싶은 점순이가 여간 반가운 것이 아니다. 이런 걸 멀쩡하게 안직 어리다구 하니까―(238쪽)

작가는 계약의 기준이 되었던 점순의 성장, '자란다'는 말에 대한 또 다른 해석의 시각을 제공한다. '자라다'에는 '생장과 성숙'의 의미가 내포되어 있다. 앞의 생장이 점순의 키를 의미한다면, 뒤의 성숙은 여성으로서의 점순을 의미한다. 봉필영감이 내세운 성례의 외적 기준이 되는 점순이 키는 "남보다 두 살이나 덜 자랐다."(238쪽) 그러나 이미 점순은 "봄이 되면 온갖 초목이 물이 오르고 싹이 트고" 하는 것처럼 "부쩍(속으로) 자란" 성숙한 여성인 것이다. 그리고 작가는 자라지 않아 성례를 시켜줄 수 없다는 봉필영감의 말이 하나의 트릭이며, 모순인 것임을 다시 한 번 '나'의 입을 통해 폭로한다. "빙모님은 참새만한 것이 그럼 어떻게 앨 낳지유?(사실 장모님은 점순이보다도 귓배기가 작다)"(239쪽)

'나'와 봉필영감의 계약은 온 동네가 다 알고 있는, 나 이전부터 점순네 집에 들어온 모든 데릴사위들과 이루어진 공개된 계약이다. 만천하에 드러난 공개된 계약, 그렇기에 꼭 지켜야만 할, 또는 꼭 지켜질 것 같은 계약이지만 '자라다'라는 모호한 표현이 아이러니한 상황을 연출한다. 따라서 계약의 '공개 / 모호함' 속에서 끊임없이 '나'의 욕망은 미끄러지고 지연될 수밖에 없다.

〈봄, 봄봄〉의 병수와 덕배의 계약은 혜은에 대한 병수의 마음을 알아챈 덕배의 은밀한 각서[28]로 성립된다. 혜은의 엄마마저 "가여운 애 하나

---

28 다음은 각서가 작성되게 된 경위에 대한 병수의 말이다.
　　"뭐 그 약속 내가 했나? 남의 손가락에 인주 발라 지장까지 박아 넣고 강제로 할 땐 언제고, 그

데려다 키우는 줄만 알았을" 정도로 병수와 덕배 사이에 이루어진 계약은 비밀스러운 것이었다. 덕배의 일방적인 결정으로 작성된 각서는 혜은에 대한 마음이 커져버린 병수에게 하나의 희망이 된다. 부모님의 유산까지도 포기할 정도로 혜은에 대한 병수의 사랑은 크다. 원작의 나와 병수의 같으면서도 다른 지점은 여기에 있다. 3년 7개월 동안 데릴사위 노릇을 하고 있는 현재의 '나'에게 참외 중에 "제일 맛좋고 이쁜" 감참외 같은 점순이지만, 점순에 대한 마음이 먼저였다기보다는 데릴사위로 들어와 서서히 정이 든 경우로 볼 수 있다. 반면, 부모를 잃고 슬픔에 빠진 병수에게 위로가 되고 가족이 되어준 혜은은 그 무엇과도 바꿀 수가 없는 소중한 존재이다.

원작에 비해 드라마는 계약의 내용을 더욱 구체적으로 명시하고 있다. 따라서 혜은과 병수의 결혼이 훨씬 더 수월할 것처럼 보인다. 그러나 가부장의 절대적 권위에 의해 결혼이 결정되었던 30년대와는 달리, 2008년의 결혼 결정권은 (가장인)[29] 덕배에게 있는 것이 아니다.

> 덕배 : (정말 화 난) 쳇, 웃기지마 이놈아, 니가 이깟 종이 한 장으로 내 딸을 가질 수 있을 거 같어? 지금이 무슨 쌍3년도냐? 이깟 종이 한 장에 사람 마음이 오가게? 내가 준다고 한들, 걔가 너한테 가냐? 이 분수도 모르는 놈.

래놓고 약속을 지키기나 했냐구요. 혜은이 고등학교 졸업하면, 대학 졸업하면, 연수 다녀오면! 아 벌써 몇 차례나 일방적으로 계약사항을 변경해놓고, 사정이 하~도 딱해서 봐드렸더니, 왜 또 막판에 오리발이실까 응?
각서 : 윤덕배는 본인의 차녀 윤혜은을 고등학교 졸업하는 대로 결혼시킬 것을 맹세한다. 이를 지키지 못할 시에는 이병수가 윤덕배에게 위탁한 삼천만원을 이병수에게 반환한다. 1999년 예비장(인) 예비(사위)

29 실질적인 가부장권을 아내 점순에게 빼앗긴 상황이므로 허울뿐인 가장임을 표현하기 위해 괄호치기를 했다.

병수 : (놀라서 눈을 깜빡이는) ······

덕배 : 니 주제를 알아야지! 이놈아. 머리도 나쁘고 할 줄 아는 건 목장 일

밖에 없는 놈이! 니가 감히 우리 딸이랑 어울리길 하냐, 수준이 맞길

하냐!(하다가 말이 심했다는 듯 실수한 표정, 그러다 더 화가 나는지)

이놈아 내가 준다고 혜은이 엄마가 가라 그래도, 이놈아 혜은이가

싫다면 다 끝이야, 그걸 몰라? 이 둔한 놈. (왈칵) 혜은이가 니까짓 놈

하고 결혼할 거 같냐?

계약에 숨겨진 트릭이 무엇인지, 이중의 트릭을 배치함으로써 덕배
가 병수에게 써준 '각서'가 애초에 속임수였음이 드러난다. 「봄·봄」에
서는 '나'에 의해 이 모든 것들이 폭로되지만, 〈봄, 봄봄〉에서는 덕배 자
신의 입을 통해 직접 폭로하게 함으로써 병수를 더욱 절망에 빠트린다.

혜은과 결혼시켜 주겠다던 덕배의 각서는 "이깟 종이 한 장"의 값어
치밖에 안 된다. 오히려 각서의 주동자인 덕배는 "무슨 쌍3년"도 아닌데
종이 한 장으로 사람을 가질 수 있다고 생각했냐며, "사람 마음"이 기껏
"종이 한 장"으로 오가느냐며 병수를 놀리며 이죽거린다. 「봄·봄」의
'나'가 "이깟 종이 한 장"을 만들어 놓지 않아 봉필영감에게 무작정 당했
다면, "사람 마음"이 중요한 2008년엔 값어치 없는 "종이 한 장"으로 덕배
는 병수의 청춘을 10여 년 동안 유린한다. 이제 결혼의 조건은 키의 자
람이 아니라, 수준과 "혜은이가 싫다면 다 끝"이라는 덕배의 말처럼 당
사자의 마음에 있음을 역설적으로 보여준다. 따라서 병수와 덕배 사이
에 성립된 은밀한 계약은 성례를 허락하는 의미가 아닌 병수의 마음을
붙들어준 증거로 자리바꿈한다.

병수 : 이 계약서는, (잡아서 찢는다) 너를 사고 판 계약서가 아니고, 내가, 용기가 없어서 도망칠 때마다, 아저씨가 붙들어 주신 증거야. 나 도망치려고 할 때마다, 용기 내라고, 힘내라고, 아저씨가 나 붙들어 주신 거라고. 그러니까, 아빠한테 화내지마, 다 내 잘못이야.

　지금까지 공공연한 비밀이었던 각서 공개라는 하나의 사건이 어떻게 기대를 불러일으키면서 정보를 지연·제공·제거하는지 관찰하는 것은 흥미 있는 일이다. 각서(계약)가 병수와 덕배만의 비밀일 때는 혜은을 향한 병수의 마음이 부각되었다면, 각서가 공개된 순간 병수의 마음은 의심 받고, 오해 받는 아이러니한 상황이 전개된다. 따라서 각서 이전의 상태, 혜은에 대한 순수한 마음이 전부였던, 그래서 두려웠던 상태로의 복귀를 의미하는 각서 찢음의 행위는 순수성 회복의 차원에서 중요한 사건이 된다. 병수에 의해 찢긴 각서는 혜은에 대한 병수의 솔직한 마음―혜은과 자신이 어울리기나 한 것일까, 혹시 마음을 혜은에게 들켰을 때 싫어하면 어떡하나 등등의 생각들로 두려웠던 그 순간들의 흔적에 대한 기록이 된다. 병수와 덕배의 은밀한 각서는 혜은을 "사고 판 계약서가 아니고", 두려움에 대한 용기, 힘, 붙듦의 증거로 탈바꿈하게 되고, 병수와 혜은은 화해와 결합으로 연결된다.

2) 서술 전략의 다변화

　담론 차원의 경우, 문자 서술에서 영상 서술로 전환하는 과정에서 두 매체 차이에서 오는 변화는 주로 시점과 서술상의 차이로 드러난다. 무엇을 어떻게 서술할 것인가를, 무엇을 어떤 방식으로 보여줄 것인가로 바꾸는 것이다.

김유정은 하나의 서사 상황에서 잦은 시점 전환을 통해 여러 인물의 행동과 인식을 동시에 보여줌으로써 희극적 상황을 보다 강조하는 다중적 시점[30]의 서술방식을 취한다. 이런 다중적 시점을 통하여 김유정은 인물의 희화화, 현실의 모순과 괴리를 더욱 선명하게 드러내고 있다.

「봄·봄」 또한 김유정 특유의 독특한 시점 전환의 효과가 탁월하게 드러나는 작품이다. 소설은 전체적으로 점순과의 '성례'를 위해 데릴사위로 들어와 죽도록 일만 하고 있는 답답한 '나'의 심정을 토로하는 방식으로 전개된다. 일인칭 주인공 시점에 의해 데릴사위로서의 나의 입장과 장인에 대한 불만, 점순을 비롯해 나를 바라보는 주변 인물들의 태도 등이 거침없이 묘사된다. 순박하고 어리숙하게만 보이는 나에 의해 주변인들의 이율배반적인 모습과 이기적 계산 심리가 간접적으로 드러나면서 실소를 유발시키고 있다.

'점순'과의 성례라는 매우 단조로운 해학적 스토리 수준에서 벌어지는 '나'와 장인과의 싸움이 다중적 시점의 문장들로 인해 다양한 해석을 제공하는 플롯으로서의 담론으로 나아가고 있다. 장인과 '나'의 계약에 대한 이견으로 일어나는 분쟁, 다부지게 혼인을 받아내지 못하는 '나'와 그런 나를 비꼬는 점순의 갈등제시에 다중적 시점을 통한 "보여주기" 기법을 사용하고 있는데 이는 현실을 보다 객관적으로 보여주고자 하는 작가의 의도[31]인 것이다.

---

30 최병우, 「김유정 소설의 다중적 시점에 관한 연구」, 『현대소설연구』 제23호, 한국현대소설학회, 2004.9, 37쪽.
31 표정옥, 「김유정 소설에 나타난 사회적 엔트로피와 놀이성(Ludism)」, 『현대소설연구』 제21호, 한국현대소설학회, 2004.3, 114쪽.

① 이 자라야 한다는 것은 내가 아니라 장차 내 안해가 될 점순이의 키 말이다.(235쪽)

② 우리 장인님은 약이 오르면 이렇게 손버릇이 아주 못됐다.(236쪽)

③ 그러나 내겐 장인님이 감히 큰소리할 계제가 못된다. 뒷생각은 못하고 뺨 한 대를 딱 때려놓고는 장인님은 무색해서 덤덤히 쓴침만 삼킨다. 난 그 속을 퍽 잘 안다.(237쪽)

④ "그럼 봉필씨! 얼른 성례를 시켜주구려, 그렇게까지 제가 하구 싶다는 걸 ……" 하고 내 짐작대로 말했다.(239쪽)

⑤ 장인님은 이 말을 듣고 껄껄 웃더니(그러나 암만해두 돌씹은 상이다) 코를 푸는 척하고 날 은근히 곯리려고 팔꿈치로 옆 갈비께를 퍽 치는 것이다. 더럽다. 나두 종아리의 파리를 쫓는 척하고 허리를 구부리며 그 궁둥이를 콱 떼밀었다.(239쪽)

⑥ 구장님이 날 위해서 조용히 데리고 아래와 같이 일러주었기 때문이다. (뭉태의 말은 구장님이 장인님에게 땅 두 마지기 얻어부치니까 그래 꾀였다고 하지만 난 그렇게 생각 않는다.)(239쪽)

⑦ 별의별 소리를 다 해서 그대로 옮길 수는 없으나 그 줄거리는 이렇다. (240쪽)

⑧ 나는 겉으로 엉, 엉, 하며 귓등으로 들었다. 뭉태는 땅을 얻어부치다가 떨어진 뒤로는 장인님만 보면 공연히 못 먹어서 으릉거린다.(240쪽)

⑨ 또 점순이도 미워하는 이까짓놈의 장인님하곤 아무것도 안 되니까 막 때려도 좋지만 사정보아서 수염만 채고(제 원대로 했으니까 이때 점순이는 퍽 기뻤겠지) 저기까지 잘 들리도록 "이걸 까셀라부다!" 하고 소리를 쳤다.(241쪽)

위의 문장들에서 확인할 수 있는 것처럼, 「봄·봄」은 일인칭 주인공의 시점을 취하고는 있지만, 어느 순간 관찰자의 입장에 섰다가 "속"까지 "짐작"해낼 수 있는 전지자의 시점으로 그 시선을 확대해 나간다. 또한 뭉태의 이야기를 요약해 설명할 때는 편집자적인 시점까지 보인다. 이러한 다중적 시점은 나를 어리숙한 바보로 치부하고 "남의 일이라두 분하다"며 "우물에 가 빠져죽"으라는 둥, "제 아들같이 함부로 후닥"(240쪽)이는 뭉태 같은 인물이나 자신의 이익을 위해 시치미를 딱 떼고 되레 폭력까지 행사하는 장인같은 인물들의 이면을 폭로하는 효과를 거두고 있다. 즉 단선적인 서사에 입체감을 불어 넣어 점순과의 성례를 위한 장인과의 투쟁기라는 나의 이야기이면서, 동시에 이 갈등 속에 내재해 있는 인간 사회의 욕망과 폭력까지 생생하게 포착해 보여준다.

'나'는 "어수룩하고 우직해서 남에게 이용당하는 성격으로 단세포형",[32] 숙맥·점잖은 젊은이·간혹 영악스러움·완고함,[33] 우직하고 어수룩하며 눈물겹도록 소박한 인간[34] 등으로 평가되어 왔다. 여기에 깨빡 쳐 흙투성이가 된 밥을 점순이 무안해 할까봐 으적으적 씹어 먹는 배려심을 갖춘 인물이다. 따라서 섣불리 '나'를 우직하고 어수룩해 이용만 당하는 무지렁이라고 평가할 수 없다. '나'는 스스로를 '숙맥'이라거나, '어수룩'하다고 평가함으로써 자신을 객관화할 수 있는 인물이며, 타인에 대해 취해야 할 태도와 배려를 알며, 평가까지도 어느 정도 사려 깊게 내릴 수 있는 인물이다. 따라서 '나'가 장인에게, 구장에게, 뭉태에게, 점순에게 이용 내지는 비웃음거리가 되는 것은 겉으로 드러나는 서술상

---

32 김대환, 「김유정 소설의 작중인물 연구」, 『나랏말쌈』 제8호, 대구대 국어교육과, 1993, 84쪽.
33 유인순, 「김유정 소설의 웃음 그리고 그 과녁」, 『현대소설연구』 제38호, 한국현대소설학회, 2008.8, 207쪽.
34 이상진, 앞의 글, 447쪽.

의 표현들 때문에 짐짓 '나'의 우둔함, 바보스러움에서 비롯되는 것으로 비춰지지만, 실상은 인간 사회의 비 건강성에 기인한 것임을 작가는 '나'의 언술을 통해 내비치고 있다.

또한 뭉태의 말을 전하는 편집자적 논평을 통해 장인의 작태 아닌 만행이 독자에게 폭로된다. 불공정한 계약으로 3년 7개월간의 노동에 대한 어떤 보상도 받을 수 없는 '나'. '나'쪽에서 계약 파기를 선언하는 순간 모든 것은 헛수고가 되며, 나(그동안 내 앞의 두 명의 후보, 그리고 점순 언니의 경우 아홉 명의 데릴사위 후보들까지)는 그 긴 시간 동안 머슴보다 못한 대접을 받고 쫓겨나게 된다. 이처럼 「봄·봄」은 다중 시점의 사용으로 거시적인 시선으로 바라본 모순된 사회구조라는 뼈대를, 미시적으로 묘사한 개별적이고 구체적인 사건들로 '봉합'한 복합물이다.[35]

문자 서술이 '나'에 '대한'과 '의한'에 의해 시점이 결정된다면, 영상 서술에서는 두 개의 '초점'이 시점을 결정한다. 그것은 "영상과 음향"[36]이다. 영상 서술에서 사람들이 '기억'하는 것은 물론 '이야기'이다. 그렇지만 조금만 더 깊이 생각해보면 영상이라는 매체 특성상 "등장인물의 얼굴, 목소리, 음악, 혹은 음향, 분위기 등을 기억한다"[37]는 표현이 더 정확할 것이다. 문자 서술이 '서술'을 통해 무엇인가를 이야기한다면, 영상 서술은 '보여주기'를 통해 그것을 이야기한다.

〈봄, 봄봄〉은 병수와 덕배 / 혜은의 갈등을 엿보기, 엿듣기, 바라보기라는 크게 세 가지의 방식을 통해 보여준다. 엿보기와 엿듣기는 몰래 보고 / 들어야 하기 때문에 주체와 대상 사이의 거리는 가까워야 한다. 그

---

35 이대범, 앞의 글, 412쪽.
36 프랑시스 바누아, 앞의 책, 182쪽.
37 위의 책, 53쪽.

렇다고 제로의 거리는 '몰래' 할 수 없으므로 병수의 집이면서 방인 공간이 선택된다.

병수의 방에서 이루어진 엿보기 — 병수의 벽장 안 / 밖, 엿듣기 — 병수의 침대 밑 / 위라는 공간 대립구조를 통해 취중(진)담 속에 드러낸 혜은의 마음과 경호의 병수에 대한 시기와 질투, 혜은 자신도 아직 깨닫지 못한 병수를 향한 혜은의 마음을 카메라의 눈을 달리해가며 생생하게 잘 전달해 주고 있다.

병수에게 너무 심하게 말한 것 같아 자책하던 덕배는 위로 차 병수의 방을 찾는다. 그때 마침 술 취한 혜은을 데리고 병수가 들어오고, 덕배는 그들을 피해 침대 맞은 편 벽장 안으로 숨는다. 이가 안 맞아 밖이 내다보이는 벽장 안에 의도치 않게 갇힌 덕배와 술 취한 혜은을 침대에 눕히고 벽장을 등지고 침대 옆에 앉은 병수. 혜은－병수－덕배의 공간 배열로 덕배는 둘의 대화와 행동을 모두 보되, 볼 수 없는 위치에 처한다. 혜은에게 설탕물을 먹이려고 머리 밑에 손을 넣어 받쳐주는 것을 벽장 안의 덕배는 마치 병수가 침대 위의 혜은을 덮치는 것으로 오인한다. 술에 취한 혜은은 "오빠 침대가 세상에서 제일 편하더라"고, 병수에게 바람돌이 인형을 주며 빈 마지막 소원이 "오빠한테 시집가게 해 주세요"였다고 말한다. 카메라는 이 말을 들은 벽장 밖 병수의 표정과 엿들은 벽장 안 덕배의 엇갈린 표정을 보여준다. 싱글벙글 병수의 표정과 뭐 씹은 표정의 덕배. 이튿날 혜은의 취중(진)담에 신이 난 병수는 곧 장가갈 거라며 "씨암탉"을 사는 아이러니한 상황을 연출한다. 반면 엿보고 / 들은 벽장 안 덕배는 느닷없는 경호의 방문에 병수에게 한 혜은의 고백을 반박이라도 하듯이 사윗감이라며 호들갑을 떤다.

경호의 방문에 낙담한 병수는 술에 취에 집에 돌아오고, 자신의 방을 향하는 경호와 혜은의 목소리에 침대 밑으로 숨는다. 이로 인해 침대 위 / 밑으로 나뉘어 경호와 혜은의 대화를 엿들어야 하는 병수의 비극적인 상황이 연출된다. 그럼에도 '엿-'의 접두사가 의미하는 '몰래'하는 행위이기 때문에 일종의 긴장이 뒤따른다. 특히 병수와 혜은의 대화를 엿듣고 / 둘을 엿본 덕배와는 달리, 병수는 경호와 혜은의 표정을 볼 수 없이 단지 대화만 듣고 판단해야 하기에 그 긴장감은 배가된다. 혜은에게 "사랑해"라고 고백하는 경호의 말에 침대 밑 / 병수, 마음이 무너진다. 혜은, 대답 안하고 다시 앉더니, 대답처럼 경호를 끌어안는다. 그러나 이 장면은 병수가 볼 수 없다. 단지 소리로 상상할 뿐이다. 상상 뒤에 들리는 혜은의 대답 — "우리 엄마나 아빠한테 하듯이, 우리 오빠라고 생각하고 잘 대해줘" — 에 침대 밑 / 바닥에 머리를 툭 떨구고, 서운하기도 하고, 차라리 속 시원하다는 표정의 병수 얼굴이 클로즈업된다.

그리고 카메라는 또 한 번의 엿보기를 통해 병수의 오인을 극대화한다. 이때의 엿보기는 병수─혜은의 행위와 대화를 엿보고 / 들은 덕배의 상황과는 다르다. 떠나겠다는 병수와 이를 붙잡는 덕배, 둘이 실랑이하는 과정에서 병수는 차 안에 나란히 앉은 혜은과 경호를 꽤 거리를 두고 보게 된다. 경호와 혜은─병수의 거리를 멀리함으로써 오로지 엿보는 행위만을 통해 상황을 판단하게 만든다. 이때 병수는 경호와 혜은이 (작별의) 포옹을 하는 모습을 보게 된다. 여기서 괄호 안의 표현은 병수가 알지 못하는 오인의 표현이다. 혜은과 경호 사이의 이견을 알 수 없는 병수로서는 '포옹'의 개념을 이별이 아닌 사랑의 확인으로 오인할 수밖에 없기 때문이다. 오인을 불러올 수도 있는 두 대상 간의 거리두기 기법은 병수의 선택을 극점으로 몰아가기 위한 하나의 전략인 것이다.

그런 차원에서 〈봄, 봄봄〉에 삽입된 배경음악 또한 충분히 전략적인 서술 기법의 하나이다. 방송 드라마에서는 배경음악을 적절하게 삽입해, 보는 드라마에서 듣는 드라마로의 변환을 꾀하고 있다. 각종 드라마의 OST는 극의 몰입도를 높이고, 드라마 방영이 끝난 뒤에도 OST를 통해 시청자를 끊임없이 드라마의 장면으로 소환한다. 따라서 주인공별 테마 음악을 만들어, 누구의 음악, 누구의 음악 하면서 그들의 연기에 혼연일체가 되게 만든다. 〈봄, 봄봄〉에서도 여러 배경음악을 삽입해 서사의 완성도를 높여간다. 특히 〈봄, 봄봄〉의 테마곡인 Morten Harket의 Can't Take My Eyes Off You[38](당신에게서 도저히 눈을 뗄 수가 없어요)는 혜은에 대한 병수의 사랑을 온전히 담아내고 있는 음악이다. 제주의 해안 도로를 달리는 차 안에서부터 바닷가의 백사장을 뛰노는 혜은과 이를 흐뭇이 바라보는 병수 뒤로 끝없이 〈Can't Take My Eyes Off You〉가 울려 퍼진다.

바람돌이 인형을 손에 쥐어 준 그때부터 한 번도 혜은을 마음에서 떼어본 적 없는 병수의 마음이 "현실이라고 하기엔 그냥 너무 아름다운 당신을, 난 당신에게서 눈을 뗄 수가 없다"는 가사로 간절하게 울려 퍼진다. 특히 다시 유학 떠나는 혜은을 배웅할 때 혜은의 키스에 다리가 풀려 넘어지는 병수 뒤로 흐르는 이 음악은 "내 몸의 힘을 풀리게 하고 뭐라고 할 말도 없다"는 가사와 너무나 맞아떨어진다.

Can't Take My Eyes Off You는 엔딩 자막이 오르며 다시 흘러나오고, 출연진 모두는 유쾌한 춤으로 시청자들에게 즐거움을 선사한다. 그리고 문자 서술의 에필로그에 해당하는 엔딩 자막에서 〈봄, 봄봄〉의 최종 결

---

[38] 이 노래는 1993년에 발매되어, 1997년에 영화 〈컨스피러시〉(멜 깁슨, 줄리아 로버츠 주연) OST로 국내에서 큰 인기를 얻었다. 특히 연인에게 사랑을 고백하는 애절한 노래가사는 감미로운 목소리와 함께 많은 사람들에게 사랑을 받았다.

말이 펼쳐진다. 한 그루의 나무가 서 있는 넓은 초원의 중심에 턱시도와 웨딩드레스를 차려입은 병수와 혜은이 모두의 축하를 받으며 테마곡에 맞춰 춤을 춘다. 이처럼 배경음악은 기본적으로 "내러티브적인 기능을 수행"하며, 영상과 결부되어 "강렬한 감정적 동조"[39]를 불러일으키기도 한다.

4. 맺는 말

지금까지 김유정 소설 「봄·봄」과 HD TV문학관 〈봄, 봄봄〉의 서사를 비교 분석하여 그 차이를 불러오는 서사변용의 다양한 양상을 살펴보았다. 「봄·봄」은 1930년대의 농촌 사회를 배경으로 데릴사위로 들어온 '나'와 장인님이 될 봉필영감의 갈등을 해학적으로 담아내고 있다. 예비 사위와 예비 장인의 성례를 둘러싼 갈등은 2008년의 〈봄, 봄봄〉에서도 반복적으로 재현되고 있다. 다만 공간적 배경이 농촌에서 제주도 목장으로 옮겨졌으며, 공간 이동으로 인해 계절적 배경 또한 봄에서 가을로 바뀌었음을 확인할 수 있었다. 〈봄, 봄봄〉은 "'소설 「봄봄」'이 2008년에 재현된다면 어떤 모습일까?'란 상상"에서 시작했다는 기획의도에서도 알 수 있듯이 대체적으로 원작의 중심서사를 그대로 유지하고 있다. 다만 신모계사회의 현상이 드러나고 있는 즈음을 고려하여, 어머니

---

39 이철우, 「텔레비전 드라마의 표현양식 고찰」, 『한국문학논총』제42집, 한국문학회, 2006.4, 253쪽.

와 점순의 변이형 혜은의 성격이 조금 더 주체적·능동적으로 형상화되었으며, 덕배(장인)의 경우 부계 사회의 가부장권을 실각하고 딸바보로, 공처가로 등장하고 있다. 그러나 '나'와 봉필영감의 관계=병수와 덕배의 관계는 동일하게 재현되었다.

그리고 2008년의 〈봄, 봄봄〉에는 주제의식을 강화하는 몇 가지 에피소드를 삽입하여 창조적 변형을 꾀하였다. 특히 김유정만의 독특한 캐릭터는 부각시키고, 당대 사회를 상징하는 새로운 인물의 삽입을 통해 주제의식을 확대하고 있다. 또한 새로운 갈등 요소를 삽입하여 흥미를 더하고 있으며, '선물'이라는 소품을 활용하여 작중 인물의 심리를 간접적인 방법으로 제시하고 있음을 알 수 있었다.

「봄·봄」과 〈봄, 봄봄〉의 주 서사인 '나─장인'과 '병수─덕배' 사이의 '혼례'를 둘러싼 갈등과 원인, 계약 자체에 숨겨진(은폐된) 트릭을 살펴보았다. 이를 통해 '나'와 '병수'의 혼사장애 원인을 정확히 파악할 수 있었으며, 30년대와는 다른 2008년도의 결혼 풍속도를 확인할 수 있었다.

마지막으로 김유정 소설이 단편임에도 불구하고 다중적 시점을 구사해 단조로운 해학적 스토리를 다양한 해석을 제공하는 담론으로서의 플롯으로 나아가고 있음을 확인하였다. 또한 문자 서술에서 영상 서술로의 변환에서 뚜렷한 차이를 보이는 '서술'하기와 '보여'주기의 기법을 살필 수 있었다. 다양한 영상 서술 기법을 통해 인물들의 내면까지 입체적으로 보여주었고, 더 나아가 서사의 입체성을 확보하는 전략적 기법의 차원에서 배경음악을 충분히 활용하였다. 특히 〈Can't Take My Eyes Off You(당신에게서 눈을 뗄 수가 없어)〉라는 테마음악은 혜은에 대한 병수의 사랑을 듣고 느낄 수 있게, 영상 서술의 묘미를 충분히 살리는 역할을 하였다.

더 이상의 새로운 창조란 없다고 보는 이들도 있다. 이 견해에 전적으로 동의하는 바는 아니지만 기존의 것을 어떻게 재편집할 것인가의 문제도 상당히 중요하다. 하나의 원천 소스 혹은 캐릭터를 어떤 방식으로, 어떻게 활용할 것인가의 문제는 이 시대의 중요한 키워드가 된 지 오래이다. 우리는 롤링의 소설『해리포터 시리즈』가 다양한 장르 변환을 통해 거둔 부가가치와 문화콘텐츠로 어떻게 성공을 거두었는지 알고 있다. 이 시기에 원 소스의 중요성은 부각될 수밖에 없다. 왜냐하면 '새로움'의 원천이 바로 '원 소스', 원작에 있기 때문이다. 그런 의미에서 원 소스 멀티 유즈의 가능성을 충분히 지닌 김유정 문학에 대한 다양한 연구와 매체 변환의 시도는 충분히 매력적이라고 본다.

참고문헌

1. 기본자료

김유정, 「봄·봄」, 『애장판 신한국문학전집－계용묵, 김유정, 이상 선집』 22, 어문각, 1981.

박지숙·조나단·이수민 공동극본, 이건준 연출, HD TV문학관 〈봄, 봄봄〉－KBS 창사특집 작품, 2008년 3월 3일 방영(http://www.kbs.co.kr/end_program/drama/hdtv/bombom/view/index.html).

2. 논문

곽효환, 「김유정, 문화콘텐츠로의 확장」, 『한국문예창작』 제6권 제2호(통권 제12호), 한국문예창작학회, 2007.12.

김대환, 「김유정 소설의 작중인물 연구」, 『나랏말쌈』 제8호, 대구대 국어교육과, 1993.

김정남, 「다매체 시대, 소설의 장르적 정체성에 관한 연구」, 『현대소설연구』 제22호, 한국현대소설학회, 2004.6.

김중철, 「소설의 영상화가 갖는 시대반영성」, 『현대소설연구』 제21호, 한국현대소설학회, 2004.3.

김혜영, 「김유정 소설에 나타난 욕망의 의미」, 『현대소설연구』 제17호, 한국현대소설학회, 2002.12.

양세라, 「김유정 소설과 비서술적 음악의 꼴라쥬, 〈김유정 봄·봄〉－오태석 극작법 연구」, 『드라마연구』 제40호, 태학사, 2013.6.

유인순, 「김유정 소설의 웃음 그리고 그 과녁」, 『현대소설연구』 38호, 한국현대소설학회, 2008.8.

_____, 「김유정 「봄·봄」의 아바타 연구」, 『현대소설연구』 제50호, 한국현대소설학회, 2012.8.

이대범, 「김유정 원작소설의 영화화 양상 연구－영화 〈봄·봄〉과 〈땡볕〉을 중심으로」, 『語文論集』 제54집, 중앙어문학회, 2013.

이상진, 「문화콘텐츠 '김유정', 다시 이야기하기－캐릭터성과 스토리텔링을 중심으로」, 『현대소설연구』 제48호, 한국현대소설학회, 2011.12.

이철우, 「텔레비전 드라마의 표현양식 고찰―TV문학관을 중심으로」, 『한국문학논총』 제42집, 한국문학회, 2006.4.

최미경, 「보편의 수용―김유정 단편선의 프랑스 출판 성과」, 김유정문학촌 편, 『김유정 문학의 재조명』, 소명출판, 2008.

최병우, 「김유정 소설의 다중적 시점에 관한 연구」, 『현대소설연구』 제23호, 한국현대소설학회, 2004.9.

표정옥, 「김유정 소설에 나타난 사회적 엔트로피와 놀이성(Ludism)」, 『현대소설연구』 제21호, 한국현대소설학회, 2004.3.

_____, 「〈비보이를 사랑한 발레리나〉와 김유정 문학의 축제적 상상력 연구」, 『인문과학연구』 제9집, 대구가톨릭대 인문과학연구소, 2008.6.

한명희, 「김유정 문학의 OSMU와 스토리텔링」, 『한국문예비평연구』 27, 한국현대문예비평학회, 2008.12.

홍혜원, 「폭력의 구조와 소설적 진실―김유정 소설을 중심으로」, 『현대소설연구』 제47호, 한국현대소설학회, 2011.8.

황국명, 「다매체 환경과 소설의 운명」, 『현대소설연구』 제11호, 한국현대소설학회, 1999.12.

3. 단행본

Durdely Andrew, 김시무 외역, 『영화의 이론』, 시각과언어, 1995.

프랑시스 바누아, 송지연 역, 『영화와 문학의 서술학』, 동문선, 2003.

초원을 달리다

이덕화

햇살, 두려운 햇살! 머리 위까지 이불을 들쓰고도 어둠 속으로 기어든다. 머릿속에서는 초원으로 말을 달린다. 이랴 이랴. 탈출해야 한다. 이 암흑을 탈출해야 한다. 그러면서도 두 손으로 두터운 이불을 꼭꼭 누른다. 그러나 이불 속으로 틈틈이 새어드는 광선은 어쩨 볼 길이 없다. 폐는 두 개의 먼지 주머니 같았다. 유정은 메스껍고 푸르스름한 피로를, 막중한 피로를, 죽음의 피로를 느꼈다. 죽을 것 같은 고통 속에서 자신을 위한 숨결은 없었다. 불행의 바람이 주위를 배회하는 소리를 들었다.

새어드는 광선으로 무한한 초원이 펼쳐진다. 이랴, 이랴. 유정은 말의 등을 친다. 말이 속도를 높이기 시작한다. 밤새도록 벌거니 앉아서 밤을 샌 몸이라 몸이 휘청거린다. 낮밤으로 설사에 피를 쏟아내는 통에 잠은 아예 잊은 지 오래다. 머리를 어지럽히는 온갖 환상 속에서도 말은 달린다. 주인집 집세 독촉에 흉악한 심술이 채찍이 되어 탈출을 서두른다. 뒤엉클어진 마음으로 말을 달린다. 광야가 아니라도 좋다. 달려야 한다. 기진맥진이다. 달리는 중에도 죽음처럼 단잠이 쏟아진다.

끝없이 펼쳐진 초원과 사막을 가로지르며 얼마나 달렸는지 모른다. 초원 사이사이로 드문드문 나타났다 사라지는 게르들, 갖가지의 야생화가 파노라마로 펼쳐지는 초원 위로 갑자기 쏟아진 소낙비, 지평선 위에 걸려 있는 쌍무지개. 마치 영화 필름처럼 장면이 획획 지나간다. 탈출이다. 이 좁고 어두운 골방을 떠나야 한다. 빛의 사막이다. 빛이 산지사방으로 흩어져 눈 둘 곳이 없다. 갈 길을 잃은 빛이 유정의 눈 속으로 몰려온다. 과감하게 빛을 받아라. 누군가의 목소리가 들려온다. 빛은 생명이다. 또 다시 목소리가 들려온다. 유정은 목소리의 향방을 향해 눈을 돌린다. 눈부신 빛 속을 꿰뚫고 어렴풋한 형상이 잡힌다.

"누구셔요?"

"이태준이라고 합니다" 하며 손을 내민다.

"아, 상허 이태준?"

"아닙니다. 몽골 의사 이태준입니다."

"몽골 사람이어요? 어떻게? 저를 ……"

"저는 조선사람이지만, 몽골에 와 있었습니다. 당신의 작품 속에서 마적이 되어 초원을 달리고 싶다는 것을 읽은 적이 있습니다."

"네? 그걸 어떻게?"

"저는 여기 몽골에서 의사로 있다, 16년 전에 소련 반혁명파인 백화파에 의해 총살을 당한 몸입니다."

"넵?"

"당신이 마적이 되고 싶다는 말은 마음껏 광야를 달리고 싶은 마음이라고 생각되었습니다. 그래서 당신을 몽골에 데리고 오고 싶었습니다."

"네? 그럼 지금?"

"그렇습니다. 당신은 지금 몽골에 와 있습니다."

"저는 악성 폐결핵에 각혈을 쏟아내는 환자에, 악성 치질인 치루에 걸린 환자인데. 어떻게 이렇게 말을 탈 수 있나요? 그러고 보니, 말을 탔는데도 전혀 엉덩이의 통증이 없네요. 그럼 내가 당신과 같이 저승에 있는 건가요?"

"아직 아닙니다. 저는 아직도 할 일이 많아 몽골뿐만 아니라, 조국이 일본제국주의에서 해방되기 전까지는 이승을 떠나지 못하고 있습니다. 그래서 아직도 혼으로 이승을 떠돌고 있습니다. 여기서 의사로 봉사할 때 몸살로 운신조차 힘들었을 때가 있었습니다. 마치 조국이 날 버린 것 같고, 일찍 나를 두고 저승으로 간 아내까지 원망스러웠습니다. 온 몸이 펄펄 끓어 물을 벌컥 벌컥 들이키면 나을 것 같았습니다. 그러나 물 한 사발 떠주는 사람이 없었습니다. 사무치는 외로움 속에서 항아리가 있는 곳으로 엉금엉금 기어나왔습니다. 고열에 시달린 때문인지, 추위로 벌벌 떨리면서도 몸이 축 쳐지더군요. 채 항아리에 닿기도 전에 그냥 편하게 흙 위에 바로 누웠습니다. 그때 하늘의 휘황찬란한 별들이 나를 감싸는 듯 나에게 몰려오는 것 같았습니다. 달의 창백한 빛이 저에게 말을 거는 것 같았습니다. 어머니의 목소리 같기도, 아내의 목소리 같기도 한 목소리로 "얘야, 내가 너와 함께 있다"라는 음성이 들리더군요. 그리고는 산지 사방에서 안개 같기도 하고 구름 같기도 한 부드러운 따뜻한 기운이 몰려와 저의 몸을 에워싸더군요. 따뜻한 기운이 제 몸 속으로 들어오는 것처럼 제 몸이 채워지는 충일감을 느꼈습니다. 제가 처음으로 가져보는 자연과의 교감이었습니다. 저는 그 이후 외로움을 느끼거나, 무슨 고민거리가 있으면 푸르다 못해 창백한 달을 보거나 하늘의 별들을 보지요. 말을 타고 달리면서 옅은 푸르디 푸른 달빛의 위로는 황량한 가슴을 따뜻하게 해 줍니다. 그리고 나면 내속은 다른 것으로 채워져 이미 저는 그전의 제가 아니었습니다. 또 가끔 발견되는 끝없이 펼쳐져 있는 광활한 하늘 속에 떠 있는 초승달은 애처롭고 가엾어서 마치 아무도 알지 못하는 몽골의 한 구석에 자리하고 있는 제 자신을 보는 듯합니다. 광활하게 펼쳐져 있는 초원은 저에게 공간적 존재로서 여기 바로 원초적 있음을 확인시켜줍니다. 자연에는 초연함이 있고, 무관심이 있고, 무사공평함이 있는 것 같습니다. 중병 환자를 끌어안고 몇날 며칠 밤을 새며 고심했는데도 더 이상 생명을 담보할 수 없을 때 그 허탈감은 이루 말로 표현할 수가 없었습니다. 그럴 때마다 가지게 되는 인간의 실존에 대한 질문은 저에게 큰 힘이 되었습니다. 자연의 말없는 위로는 얼마나 달콤하고 포근한지요.

그래도 김치와 된장찌개가 먹고 싶을 때가 있었습니다. 그때 김치 한 쪽을 먹으면 여한이 없겠다는 생각을 한 적도 있습니다. 혹은 절실하게 어머니가 그리울 때가 있습니다. 조국에 대한 그리움은 자연의 치유력과도 바꿀 수가 없더군요. 그러나 매일 죽어가는 환자들을 두고 조국으로 돌아갈 수 없었습니다.

이승을 떠돌다가 최근 고국이 그리워 조선으로 갔습니다. 그런데 조선에서는 나라는 존재는 이름도 없고, 나와 똑같은 이름을 가진 이태준이 유명한 소설가로 문예 잡지 편집장으로 한참 이름을 떨치고 있더군요. 난, 그분이 궁금해서 이태준 주위를 맴돌다, 구인회 멤버라는 사람들로부터 당신 김유정이 폐결핵으로 각혈을 하고, 악성 치질인 치루에 걸려 살기 힘들다는 이야기를 들었습니다. 그리고 하나 같이 그들은 당신의 문학적인 재능을 높이 평가하더군요. 천재적인 작가인 이상과 김유정이 다 같이 폐결핵에 걸렸다고 걱정들을 하더군요. 그래서 직업의식의 발로인지 이제 이태준이 아닌 김유정을 찾아보고 싶었습니다. 이상도 찾아보고 싶었지만, 이상은 일본에 가 있더군요. 그래서 당신 주위를 맴돌았죠. 그리고 당신이 발표한 모든 소설과 잡지의 글들을 샅샅이 읽었죠. 작품을 읽으니, 당신을 좋아하지 않을 수가 없더군요. 인간에 대한 따뜻한 애정이 작품 밑바닥에 깔려 있더라고요. 당신의 작품을 읽고 난 후, 주위 사람들이 얼마나 소중하게 느껴지는지요. 아픈 몸으로 어떻게 이렇게 따뜻한 작품을 쓸 수 있었는지 감탄스럽기도 하고 궁금하기도 하더군요.

작품 중에 녹주에 관한 이야기를 소설로 쓴 작품이 있더군요. 거기에 주인공으로 나오는 명렬군이 친구에게 '마적이 되려면 어떻게 하는 건가?' 묻자 '왜 마적이 되고 싶으냐?' 친구가 되묻더군요. '너 마적이 신성한 게다. 좀 체 사람은 못하는 거야. 씩씩하게 먹고 씩씩하게 일하고 좀 좋냐?' 그 부분을 읽고 일찍 당신을 알지 못한 것이 한스러웠소.

당신과 함께 몽고에 왔으면, 향수병에 걸릴 정도로 외로웠던 시간도 많이 위로가 되었을텐데, 당신이 형이나 누나로부터 받던 구박도 안 받아도 되었을 거고, 타고난 문학적 재능은 몽골에 가도 충분히 발휘 되었을테고, 당신이 치질로 설사와 변비를 반복하면서 각혈까지 하는 것을 보고, 얼마나 통곡을 했는지. 아무리 의사라 한들, 당신을 도울 수 있는 몸이 아니라서 안타까웠고, 여기 몽골 전통음식인 마유와 허르헉을 실컷 먹인다면, 금방 일어날 수 있을 텐데 생각하니 얼마나 안타까운지

…… 그러나 방법이 없었어요. 그런데 언제부터 자주 당신과 몽골에서 말을 타고 달리는 꿈을 꾸더라고요."

유정은 자기 자신의 일거수일투족을 다 보았다고 하니, 부끄럽고, 몸 둘 바를 몰랐다.

유정이 마적이 되어 광야를 달리고 싶은 마음에는 이상 시인이 평론 가 이원조에게서 잠시 뺏어왔다는 공책에 쓰여 있었던 이육사의 시도 한 몫 차지했다. 그 노트에는 이육사가 중국과 서울을 오가며 쓴 시들이 빼곡이 쓰여 있었다. 이육사의 동생인 평론가 이원조는 항일 운동을 하 고 있는 이육사의 시를 발표하면 일본총독부에서 어떤 꼬투리를 잡아 이육사를 감옥에 끌어넣을까봐, 발표를 미루고 있는 시들이 빽빽이 쓰 여진 공책을 들고 다녔다. 그리고는 친한 문인들에게 보여주고는 했다. 그 중에는 「광야」, 「절정」도 있었다. 유정은 그 시들에서 나타난 근접 할 수 없는 초인과 같은 지사적 정신에 충격을 받았다. 그 이후 유정은 이육사를 한 번 만나고 싶다는 생각을 하면서 광야를 달리는 초인을 그 리워했다.

그래서 이육사의 웬만한 시는 다 외우고 다녔다.

"제가 가장 좋아하는 시인 이육사의 「광야」를 한 번 외워 보겠습니다. 이육사라는 시인을 들어보셨죠? 시인보다는 오히려 독립운동가라고 해 야 걸맞은 지사적 초인 기질을 가지신 분 같아요. 저도 한 번도 뵙지 못 했어요. 이 시를 광활한 초원을 달리고 있는 지금 외우면 제 맛이 날 것 같습니다.

까마득한 날에 / 하늘이 처음 열리고 / 어디 닭 우는 소리 들렸으랴 / 모든 산맥들이 휘달릴 때도 / 차마 이곳을 범하던 못하였으리라.

끊임없는 광음을 / 부지런한 계절이 피어선 지고 / 큰 강물이 비로소 길을 열었다.

　지금 눈 내리고 / 매화 향기 홀로 아득하니 / 내 여기 가난한 노래의 씨를 뿌려라. 다시 천고(千古)의 뒤에 / 백마 타고 오는 초인이 있어 / 이 광야에서 목놓아 부르게 하리라.

　제가 이 시를 외울 때만 해도 초원을 달리면서 외우리라고는 상상도 못했지요. 선생님과 저는 아마도 전생에 무슨 인연이 있었는가 봅니다."

　태준은 시 「광야」에서 초인의 기백을 기다리는 육사의 시를 들으니, 가슴이 펑 뚫렸다. 태준이 죽은 이후에 독립 운동가들 사이에 육사의 이름이 가끔 회자 되었지만, 시는 한 번도 본적이 없었다.

　"그런데, 선생님께서는 어떻게 그렇게 일찍 개화가 되어 이 먼 곳까지 오게 되었나요? 그리고 러시아의 백군이 당신과 무슨 관계라고 당신을 죽였습니까."

　"저도 하자면 이야기가 깁니다. 허허."

　자신의 죽음에 관한 질문이었기 때문일까. 그는 한참을 아무 말 없이 텅 빈 하늘을 올려다보았다. 우울하면서도 참참한 표정을 지었다.

　"저는 그때 몽골 황제와 여러 가지 계획을 세우고 있었습니다. 그리고 몽골 황제가 병원일 뿐만 아니라, 독립운동 자금까지 도와주기로 했습니다. 그 와중에 죽음을 당한 것입니다. 저도 러시아 백군이 왜 저를 죽였는지 궁금했습니다. 그래서 죽자마자 저는 소련 쪽으로 갔습니다. 러시아 쪽에는 이르크츠크를 거쳐 우리 고려인들이 많다는 블라디보스톡, 하바로스크, 우스리스크 쪽으로 갔습니다. 혼이 날아다닐 수 있기에 가능한 일이지 가당키나 한 일이겠습니까? 울란바트로에서 러시아 이르크츠크까지는 가깝다고 해도 차로 하루 종일 달려야 할 텐데, 가볍게 옮겨 다닐 수 있다니, 그 자유스러움 때문에 오히려 죽은 것이 다행이라는 생각이 들 정도였어요. 저는 러시아에 가서야 우리 민족에 대한 긍지를 느꼈어요. 놀랍게도 거기에는 고려인들이 많았습니다. 그들 중에는 국적을 바꾸어 소련 국적으로, 또 고려인으로 많은 사람들이 해방독립 운동에 참여하고 있었습니다. 또 러시아의 적군과 결합해 공산당에 가입해 일본군과도 싸우고 있었습니다. 한 때 안중근 의사는 우스리스크 독립운동가 최재형 집에 머무르면서 12명의 독립운동가와 규합, 독립운동에 투신 할 것을 13명이 모두 왼쪽 무명지를 잘라 단지동맹을 맺기도 했습니다. 가는 곳마다 감동이 가슴을 흔들어 놓았습니다. 우리나라는 곧 독립을 이룰 수 있겠다는 희망으로 가득 찼습니다. 그러다 얼마 후 조선으로 갔는데 조선은 계몽론자 이광수가 판을 치고, 모두 문학을 합네시고 돌아다니지만, 폐색이 짙은 분위기에 질렸습니다. 그런 와중에 당신을 알게 된 것입니다."

"면목이 없습니다. 제 몸 추스르기에 급급 ……"

유정은 병과 싸워 온 그 세월에 대한 미안함 때문인지, 반복해서 몸 추스르는데 급급했다는 말을 했다. 한 줄기 회오리바람이 두 사람을 맴돌더니, 모래 바람을 일으킨다. 유정은 금방 기침이 날 듯이 목이 간지럽다. 그러나 목만 간지러울 뿐, 기침이 일어날 기미가 없다. 정말 내 몸은 이전 몸이 아니구나. 이렇게 가볍다니, 유정은 손으로 얼굴을 더듬는다. 바람 때문인지 그 슬프고 우울한 얼굴이 사라지고 상쾌한 얼굴이다. 다시 바람이 초원을 휩쓸자 누워 있던 야생화들이 일제히 일어나 그 넓은 들판이 살아서 움직이는 것 같다. 바람은 양방향으로 불었다. 마치 카드 섹션처럼 왼쪽으로 움직이면 노란 꽃 야생화 카드가, 오른쪽으로 움직이면 빨간색 야생화 카드가 장광을 이루며 파노라마를 펼쳤다.

"저도 몸은 죽었고, 영혼만 남은 건가요? 이전 몸을 전혀 느낄 수 없네요?"

"아직 당신은 죽지 않았어요. 회오리바람이 불 때 어땠나요?"

"느낌은 있는데, 실제는 아니어요."

"바로 그렇습니다. 아픈 기억이 당신 머리 속에 남아 있어 아픔, 고통이 그대로 느껴질 것입니다. 나와 함께 있는 동안은 몸의 고통은 느끼지 못할 것입니다."

"아, 네? 정작 당신은 아직 왜 소련 백군에게 죽임을 당했는지에 관해서는 아직……"

말하는 유정의 얼굴에 다시 그늘이 지나간다.

"아, 제가 소련에 갔을 때 너무 벅찬 감정에 사로잡혀. 죄송합니다. 다시 계속하면, 1920년경 이르크츠크, 그리고 블라디보스톡 등 연해주 지방은 소련 백군파와 소련 연해주에 주둔하고 있는 일본 군대가 연합해 적군을 격파하기 시작했어요. 1920년 3월 일본 영사관이 있던 니콜라예프스키에서는 적군 게릴라의 습격으로 일본군과 백군이 거의 전멸한 사건이 있었습니다. 이에 4월 그 보복으로 일본군이 블라디보스톡을 공격했습니다. 블라디보스톡 시내에 있는 볼셰비키 기관을 모조리 격파했을 뿐만 아니라 고려인들이 사는 신한촌도 습격, 조선인들을 보는 족족 죽였고, 고려인들이 세운 학교까지 불태웠습니다. 그 일부가 이라크츠크를 거쳐 울란바트로에 왔고, 그 당시 꽤 이름이 난 조선인 의사가 독립군과 관련이 있다는 소문을 듣고 병원으로 와 저격한 것 같습니다."

유정은 다시 우울한 얼굴을 하고 있었다.

"기분 안 좋으신가요?"

"아닙니다. 선생님의 이야기를 들으니 그래도 선생님은 행복한 사람이라는 생각이 들었습니다, 할 일을 하다가 그렇게 되셨으니, 저는 제 몸 하나 못 가꾸고, 살다 결국 병으로 죽는다는 생각을 하니 …… 한심하다는 생각이 드는군요.”

“저기 저 노을을 보셔요!”

태준은 유정의 기분을 전환시켜야겠다고 생각했다. 유정은 얼굴을 들어 그가 가리키는 손가락 방향으로 향했다. 거기에는 마치 불타는 듯 하늘이 빨갛다.

“몽골은 워낙이 넓어서 그런지, 동쪽에서는 천둥이 치는데, 서쪽에서는 노을이 하늘을 덮고 있습니다. 여기서 저는 많이 느꼈습니다. 조선 역사가 왜 끊임없이 당쟁으로 얼룩졌나를 여기에서 알게 되었습니다. 좁은 땅덩어리에서 맨날 부딪치는 얼굴들, 우물 안에서 개골거리는 일 말고 더 뭐가 있겠습니까? 저도 조선을 떠날 땐 빨리 탈출하고 싶다는 생각뿐이었습니다. 더군다나, 일본 헌병들에게 쫓기는 몸이다 보니, 조선 땅덩어리 자체가 싫었습니다. 이번 짧은 기간이었지만, 김유정 당신을 비롯한 문인들의 글에 참 감동 받았습니다. 그 글 속에서 나라는 빼앗겼지만, 아직도 펄펄 살아 생동하는 조선의 얼을 보았지요. 사무쳤던 외로움이 싹 가셨습니다. 당신과 같은 이웃에 대해 따뜻한 마음을 가지고 있는 한 언젠가 조선은 다시 일어설 수 있다는 생각이 들었습니다. 많은 작가들의 글을 읽고 조선에 대한 긍지가 살아나면서 나 자신을 너무 사랑하게 되었습니다.”

이 초원을 달리기 직전까지만 해도 유정은 각혈에, 계속되는 설사에, 피 냄새, 식은 땀내, 변 냄새 각종 냄새가 뒤범벅이 된 썩은 냄새가 방안 가득, 눈조차 뜰 수 없었다. 거기다 틈만 났다하면 밀린 방세를 독촉하는 주인여자의 짜증 섞인 고함 소리에 ‘몸을 가눌 수만 있다면’ 하고 속으로 몇 번을 되뇌었다. 그런데, 소원처럼 초원을 달리고 있다. 유정에게 살아 있다는 것은 죽음이었다. 유정에게 육체라는 굴레를 벗어난다는 것은 바로 빛을 바로 볼 수 있다는 것이다. 빛은 생명이다. 자신은 폐결핵에 걸리면서 빛을 차단당했다.

달린다. 끝없는 초원을 달린다. 어딘지 모르고 계속 달린다. 망막한 초원의 끝, 노을 너머 바람을 몰고 구름 떼가 몰려온다. 갑자기 말이 힝하는 소리와 함께 속도를 높이기 시작한다. 유정은 겁을 먹고 말고삐를 꼭 잡았다. 앞에 제법 큰 강이 펼쳐졌다.

"계속 고삐를 당기셔요. 물을 겁내서 그럽니다."

"근데, 계속 우리는 어디로 향하고 있습니까?"

"아, 제가 돌보았던 환자들을 보러 갑니다. 그들은 처음 제가 여기에 왔을 때 거의 죽어가고 있었어요. 처음 여기도 조선과 마찬가지로, 치료할 수 있는 약이나 시설도 없었습니다. 제가 세브란스나 제중원에 있던 경험으로 수술 칼이 아닌 과일칼을 소독해, 환부를 도려내고, 소독약이 부족해 소금물을 끓여 식혀서 환부를 닦아내고, 참 힘든 세월을 보냈죠. 그래서 몽골은 마치 제 고향 같아요."

"선생님을 만나니, 제 삶 자체를 다시 살고 싶습니다."

"그건 그렇지가 않아요. 사람마다 자질과 역량이 다 다르게 태어났는데, 그것을 비교할 수는 없지요. 근데 궁금한 것은 당신 작품은 그렇게 따뜻하고 여유가 있는데, 현실에서는 마치 죽음을 초조히 기다리는 사람 같았어요. 제가 보기에는 당신은 열렬히 죽음을 기다린다는 생각이 들던데 ……"

"저는 저희 집안이 부끄럽고, 저희 형님이 부끄럽고, 제가 부끄러웠어요. 그래서 어릴 때부터 누구 앞에 선다는 것이 부끄러워, 누가 앞에만 서면 말부터 더듬었어요. 아마 아버님이 돌아가신 이후부터 죽고 싶은 충동에 시달렸지요. 그나마 저를 지금까지 버티게 해 준 것이 바로 글쓰는 일이었어요. 그래서 죽음은 저의 제일 가까운 친구였지요."

유정은 자기 확신을 위해 환희를 가장하다가도 몇날 며칠 동안 절망적으로 자신을 공격하며 끊임없이 흔들렸다. 그러다 강력한 힘이 느껴지는 호사스런 감정에 휩싸인 순간들도 있었다. 글이 기적처럼 써지고, 단어들이 달려와 애쓰지 않아도 저희끼리 이어지는 순간들, 그럴 때면 유정은 성경에 나오는 바다를 가르는 체험을 했고, 유정은 삶을 숭고하게 생각했다. 그러나 대부분의 시간은 존재에 대한 공포와 삶에 대한 부끄러움이 차지하고 있었다.

"왜 그렇게 부끄러웠어요?"

"형은 아버지가 남겨준 그 많은 재산을 가족들이 거지가 되도록 탕진한 것도 그렇고, 사람으로 차마 할 수 없는 폭행과 난봉질로 가족의 모든 것을 앗아갔습니다. 가족만이 누릴 수 있는 따스함, 형제간의 우애, 아버지로서의 자애로움을 상실한 채, 인간에 대한 혐오만을 저에게 심어줬습니다. 그 당시 어린 나이로 누이들이 소박 당해 시집에서 쫓겨나는 일이나 자살까지 하는 것을 본 제가 할 수 있는 일이 뭐겠습니까. 또 저 자신을 생각해도 무서운 폐결핵에 매일 쏟아내는 각혈, 가족을 생각하고 저 자신을 생각하면 저를 저주하고 또 세상을 저주하고 싶은 마음뿐이었습니다. 하루라도 살고 싶은 생각이 없었습니다. 돈이 없어서 그렇지 매일 술을 퍼마시고 제 정신을 잃은 채 잠들고 싶은 게 그 당시 저의 소망이었습니다."

"그렇군요. 그러니까 결국, 박녹주에게나 박봉자 씨에게 사랑을 핑계삼아 편지를 보낸 것도 결국 세상을 저주하기 위한 것이었습니까? 당신은 박녹주에게 보낸 편지에서 상대의 추악한 부분을 일일이 꼬집어 뜯어서 발겨놓은 태반이 상대방의 욕을 써서 보내고, 박봉자와의 인연이된 어떤 여성잡지의 (어떠한 부인을 맞이할까) (어떠한 남편을 맞이할까)에 박봉자와 나란히 실리게 된 글에서도 당신은 숙명적으로 당신은 사람을 싫어하고, 늘 주위의 인물을 경계하고, 그 버릇 때문에 우울증을 가지고 있다라는 글과 함께, 당신과 똑같은 우울증을 가진 그리고 똑같이 피를 통하는 그런 여성이 있다면 한 번 만나고 싶다고 썼더군요. 그건 사랑하고 싶은 여인에게 쓴 글이 아니라, 당신을 사랑했던 여자도 그 글을 보면 도망가게 할 내용이 아닙니까. 당신은 두 여인에게서 「소나기」, 「산골나그네」에 나온 그런 여인, 즉 자신의 몸을 팔아서까지, 남편에 헌신하고 남편을 봉양하는 그런 정도의 여자를 박녹주나 박봉주에게 바란 것은 아닙니까?"

유정은 움찔하며 얼굴이 빨개졌다.

"작품 전체를 훑어 본 거예요? 저를 아주 꿰뚫고 있습니다. 선생님께서는."

"당신의 참혹한 현실에 비해 작품 속의 특히 아내가 남편에게, 남편이 아내에게 끝까지 가족을 지켜내려는 헌신과 부부간에 흐르는 따뜻한 정이 참 눈물겨웠어요. 그래서 당신은 여인에게 이런 헌신을 기대하고 있겠구나 하는 생각이 들었습니다. 그런데 그 당시 현실에서의 박녹주나 박봉자는 물론 모든 여성들이 근대 바람을 타고 당신의 작품 속의 여인들과는 정반대의 여인들이었습니다. 그래서 당신은 특히 박봉자에게 내 처지가 이렇게 비참해도, 올 수 있겠냐, 그랬었죠? 그것은 박봉자에게만 한한 것이 아니라 그 당시 신여성에게 선전포고를 한 것이죠. 그러나 여자 쪽에서는 당연히 침묵할 수밖에 없었을 겁니다. 그러면 상대방 여자를 저주하고, 그런 현실과 함께 자기 자신마저 당신은 저주하게 되고 사는 게 싫어진 거라고 생각되는데요."

유정은 침묵했다. 사랑에 대한 환상 앞에서 유정은 발톱을 모조리 드러내고, 아니 발톱을 모두 감추고 빈정거리고 조롱하고 싶어졌다. 결혼하고 싶습니다. 평생 행복하게 해드릴게요. 이 먼먼 이야기를 하라고요. 자기 자신에게 분노하고 절망하고 유정은 사랑의 이름으로 온갖 기만을 때려 부수고 싶었다. 찢어지는 비명을 내지르는 시뻘건 피 속에 몸을 담그고 있는 자신에게 사랑이라고, 결혼이라고. 선의를 지칭하는 역겨운 달콤한 소리를 때려 부수고 싶었다.

유정이 혼자의 상념에 빠져있는 동안 태준은 맞은편 하늘에 떠 있는 쌍무지개를 올려다보고 있었다.

"처음 몽골에 온지 며칠 지나지 않아, 하늘의 쌍무지개가 떠 있는 것을 보고, 얼마나 감탄했는지요. 앞으로는 좋은 일만 생길 것 같은 기분이 들더라고요."

"제 이야기는 그만하고 어떻게 여기 몽골까지 오게 되셨는지 선생님 이야기나 들려주시죠?"

유정은 자신이 너무나 잘 알고 있는 자신을 다시 한 번 파헤치니, 태준과 함께 있는 것이 괴로웠다. 자신의 골방으로 가서 자기 이불 속으로 숨어들고 싶다. 어릴 때의 어머니의 죽음으로 인한 버림, 곧 이은 아버지의 죽음은 자신 속에 공포를 심어 주었다. 그 당시 어린 아이로서는 최고의 공포였다. 거기다, 형이 가솔들에 대한 횡포와 폭행은 공포를 가중시켰다. 누구로부터 보호 받지 못한다는 공포, 형의 폭행으로 죽을 수 있다는 공포는 형으로부터 능지처참당해 갈래갈래 찢겨진 헐떡이는 자신에 대한 공포로 이어졌다. 존재 자체에 대한 끔찍한 고통은 자신을 학대하는 일 밖에 없었다. 그래서 다른 사람과의 접촉이 싫었다. 아픔을 핑계 삼아 집에서의 칩거 생활, 그것이 최고의 생활 같았다. 아프기 때문에 누나로부터 취직하라는 소리를 듣지 않아 좋고, 그냥 앓기만 하면 되었다. 속으로 나는 앓는 것이 바로 내 직업이다라고 외치며 열심히 앓았다. 모든 것이 죽음 주위를 맴돌고, 정신은 혐오스러운 시체처럼 뒹굴었다, 신음을 하다가도 자신의 초라한 삶에 다시 절망했다. 갑자기 심한 각혈로 정신이 마비되고, 삶에 대한 확신들이 무너지고, 세상 사람들이 이 골방으로 자신을 귀양살이 보냈다는 억울한 생각이 들고, 주위 사람들이 미워졌다.

지금 이렇게 멀쩡한 몸으로 말을 타고 달리는 것이 꿈만 같다. 그런데 태준 선생은 유정의 자의식을 계속 건드린다. 그래서 불편하다. 한참을 푸른 초원과 야생화 밭을 지나고, 사막을 지나고, 다시 강이 나올 때까지 유정은 자기 생각에 빠져있었다. 태준 선생이 이야기를 시작하자 겨우 그가 옆에 있는 것이 생각났다.

"저도 선생만큼 불우하다면 불우한 청년기를 보냈습니다. 아버지가 독립운동에 헌신, 집에 없는 날이 더 많다보니, 끼니조차 이어가기도 힘들었습니다. 거기다 조혼한 아내가 갑자기 병사하는 바람에 혈혈단신 저는 고향 함양을 떠났습니다. 저는 배고프고 헐벗었지만, 그 당시 대부분이 가난했고, 이런 고생은 일본 제국주의로부터 온 억압 때문이라는 생각으로 언제나 조국의 독립에 내 몸을 바친다는 생각뿐이었습니다. 서울로 와 김필순이라는 은인을 만나 일을 하면서 세브란스를 다녔습니다. 선생도 연희 전문을 나왔다고 하던데, 저 역시 연희 전문에서 운영하는 세브란스 2회 졸업생입니다. 인턴을 하다가 김필순 선생님과 친한 안창호 선생임을 만나 청년 독립운동 단체인 청년학우회에 참여했습니다. 그러다 105인 사건이 일어나자 김필순 선생님을 따라 남경으로

망명, 거기서 독립운동을 하다, 여기 울란바트로로 근거지를 옮겼습니다. 그때 마침 여기 몽골은 성병이 창궐하여 의사의 손이 절실할 때 였습니다. 눈코 뜰 새 없이 당분간 성병 치료에 전념했습니다. 그러다 그 당시 몽골의 국왕인 보드그 칸의 주치의가 되었습니다. 몽골의 수도인 울란바트라에 조차 의료 활동을 할 시설조차 없어 왕의 도움을 받아 동의 병원이라는 조그만 병원을 지었습니다. 병원 짓는 것을 감독하랴, 환자 돌보랴, 정말 눈코 뜰 수 없는 세월을 보냈습니다. 그러나 어느 사이 성병이 수그러들었어요. 성병 치료 첫 환자인 베르테는 저의 착실한 조수가 되어 저의 일거수일투족을 다 돌보아주고, 또 다른 여자 환자는 모든 나의 세탁, 식사 수발을 다해주어, 지내는 데는 불편 없이 지냈어요. 단지 고국에 대한 향수 때문에 견딜 수 없었습니다. 그 내 수발을 들어주는 여자 환자는 내가 자신의 아버지를 닮았다고 내 곁을 떠나지 않아요. 여기 사람들, 저보고, 오빠 닮았다, 아버지 닮았다. 또 할아버지 닮았다는 소리를 참 많이 해요. 처음에는 몽골사람들이 친근함을 그렇게 표시하는 것인가 했어요. 그런데, 그게 아니고 진짜, 자기 아버지처럼 닮았다고 생각하는 거예요. 그래서 왜 그 사람들이 그렇게 말하는지 곰곰이 생각하던 차에 저도 똑같은 경우를 봤어요. 어떤 여자 환자가 왔는데, 저의 죽은 아내가 마치 환생한 듯한 모습이더라고요. 처음에는 믿기지 않았고, 나중에는 너무나 나를 잘 알 것 같은데 모르는 체 하는 것이 섭섭할 정도였어요.

저는 그래서 몽고족과 우리나라 사람과 DNA가 같지 않은가 생각해 봤어요. 우리나라와 지리적으로 먼 나라인 몽고가 우리와 DNA가 같다는 것이 믿기지 않아서 영어 자료를 찾아보기 시작했지만, 자료를 구하지 못해 궁금한 채 지냈습니다. 근데 마침 그 이후 인류학자이면서 여기

선교사로 온 프랑스 사람이 있었어요. 이런 저런 이야기를 하다, 제가 궁금한 것을 물었습니다. 그런데 그 프랑스인은 단번에 DNA가 같다는 거예요.

동양 역사를 분류할 때, 중국 한족과 북방민족을 분류하는데, 거기에 일본, 한국, 중앙아시아. 몽골, 터키 등이 북방민족으로 분류된다는 것입니다. 옛 북방 소수민족 계보는 선비, 숙신, 읍루, 물갈, 말갈 등이 있는데 이들의 원류는 어원커족이라는 것입니다. 어원커족의 조상은 선비족이 남하할 때 남아있던 실위(室韋)인데, 선비와 실위는 같은 말인데, 단지 실위는 한자말일 뿐이에요. 어원커족은 퉁그스족이라고도 한다는 것입니다. 한국은 알타이어 만주 퉁그스어에 속하거나 인접해 있다고 말할 수 있다는 겁니다. 퉁그스라는 말이 바로 어원커라는 것이라는 거예요. 그러다보니 더 궁금해지더군요. 그래서 그분에게 몽고와 관련된 책을 빌려 읽는 중에 어원커족 말에서 우리나라의 아리 아리랑 쓰리 쓰리랑과 유사한 발음, ARIRANG, ALAAR, SERERENG, SERIRENG이 있더군요. 얼마나 신기해요. 또 한동안 어원커족에 관한 책을 몽땅 빌려 읽었어요. 거기서 재미있는 것을 발견했어요. 어원커족과 순록 유목 관습도 같고 언어도 같은 어룬족자차주에 아리하(阿里河) 강과 북한의 야뤄강(압록강), 서울의 아리수(한강)이 거의 발음이 같아요. 조선의 조(朝)는 아침이란 뜻의 자오(chao)가 아니라 순록의 먹이인 이끼(朝)가 많이 나는 산(鮮)을 찾아 이동하던 순록유목민에서 나온 말이며, 순록 유목민의 한 갈래가 한반도 쪽으로 내려와 정착한 것이 한민족이라는 것이라는 거예요. 그 자료를 보고야 나를 보고 몽골 사람들이 누구를 닮았다고 하는 이야기가 이해가 가더라니까요. 그 이후는 몽골 사람들이 모두 내 아버지 같고, 엄마 같고, 동생 같고 누이 같더라니까요."

"인류학까지 섭렵하셨군요. 대단하십니다."

"그 프랑스 선교사도 자신은 조선과 몽골이 그렇게 깊은 관계가 있는 줄 몰랐는데, 제 덕분에 오히려 공부를 많이 했다고 좋아하더군요."

그가 잠시 말을 끊었다. 그리고 주위를 두리번거렸다.

"누군가 우리의 이야기를 듣는 것 같애요."

"우리 얘기가 다른 사람에게도 들리나요?"

"얘기는 들리지 않지만, 누군가가 옆에 와 있다는 감지는 하죠. 지금 여기 몽골 아내가 이 근처에 있는 것 같애요."

"네?"

저희 집이 이 근처예요. 그는 앞장서 달리기 시작했다.

그러더니 어느 게르 앞에 말을 세웠다. 게르 안에서 알아들을 수 없는 말들이 흘러나왔다. 태준 역시 알아들을 수 없는 말을 쏟아 놓았다.

"잠시 오늘 하루는 여기서 머물러야 할 것 같습니다."

유정도 말은 세웠지만, 태준이 들어 간 게르 안으로 따라 들어가야 할지 몰라 머뭇거렸다. "괜찮습니다. 들어오셔요. 여기는 제가 죽기 전까지 지낸 저의 가족이 사는 게르라고 하는 몽골의 전통 가옥입니다. 제가 온다는 것을 알았는지, 여기 귀한 사람이 올 때나 잔치 때나 차리는 허르헉이라는 음식을 차려놓았네요. 그렇지 않아도 폐결핵으로 고생하는 당신에게 이 음식을 대접하고 싶었는데, 마음이 아내와 통했네요. 아내는 내가 아직 저승으로 못가고 있다는 것을 알고 있어요. 조선에 있을 때, 몽골에 급한 일이 생기면 꼭 텔레파시를 느끼죠. 급히 몽골로 달려오면 급한 환자가 생사의 갈림길에서 헤매고 있는 경우가 많습니다. 그럴 때 아내와 텔레파시를 통해서 처지 방법을 일러주어 살아 난 환자도 있지요. 그래서 당신 주위를 몇날 며칠을 맴돌 때, 그런 방법을 당신에게 이용해서 당신의 병을 호전시키려 했지만, 당신은 일단 가족들, 조카 영수나 진수 그리고 형수 외에는 낯선 사람은 접촉 자체를 싫어하더군 요. 그런 영혼과 텔레파시가 가능한 낯선 무당과의 소통 자체가 불가능 하다고 판단하고 포기했죠. 그리고 당신에게서 삶의 의지를 발견하기 힘들었죠. 아이쿠, 음식 앞에 놓고 애기가 너무 길어졌네요. 배고프실 텐데 실컷 드셔요."

설사 때문에 죽을 조금씩 먹었지만 음식 먹는데 익숙하지 않은 유정은 음식을 보고도 겁이 났다. 게르 안의 한쪽에는 둥근 난로에 불이 이글거리고 있었다. 달릴 때와는 달리 말에서 내리자 봄인데도 싸늘한 공기가 몸을 오싹하게 했다. 식탁 위에 화려할 정도의 갖가지의 음식이 차려져 있다. 게르의 둥근 원을 따라 의자와 침대 등이 진열되어 있었다. 침대 위에는 한 장의 커다란 사진이 붙어있었다. 유정은 물끄러미 그 사진을 바라보았다.

태준이 아내를 거들다 사진을 바라보고 있는 유정을 발견하고 옆으로 왔다.

"이 사진은 제가 좀 전에 말했던 브르도 칸이라고 이 나라의 국왕과 같이 찍은 사진입니다. 저를 불러서 주치의가 되어 달라고 저희 부부를 초청한 날 찍은 사진입니다. 이 분이 아니었으면, 여기에서 진료 자체가 힘들었을 거예요. 자, 식탁으로 갑시다. 고기를 많이 먹어보지 않던 조선 사람이 이 음식을 먹으면, 약간 고기 비린내가 날 수 있어요. 그래도 이 음식은 갖은 양념과 감자, 당근 등을 넣어 몇 시간을 고운 음식이라 먹기도 편하고 영양이 듬뿍 담긴 것입니다. 당신을 몽고까지 데리고 온 것도, 초원을 달리는 것과 함께 이 음식을 실컷 먹이고 싶었습니다. 자 잡숴 보셔요."

유정이 식탁에 앉자, "이 사람은 저의 안사람입니다. 이 사람의 동생역시 성병으로 고생하다, 저희 환자가 되었죠. 몇 번 같이 와서 보고, 몇년 전에 돌아가신 자신의 아버지와 저를 닮았다고 저를 어떻게 따라다니던지, 저의 일을 도와주다 결혼한 겁니다. 하하, 자, 드십시오."

말하면서 태준은 쑥스러운지 얼굴이 붉어졌다. 아내라고 하는 사람은 전형적인 몽고인의 광대뼈가 튀어나왔지만, 미인이었다.

식탁 위에는 큰 쟁반 위에 거무튀튀한 색을 띠는 고기 덩어리와 옆에감자, 당근, 버섯 등이 곁들여 놓여 있었다. 태준이 먼저 고기를 한 점떼어 옆에 있는 된장 같은 검은 장에 찍어 유정에게 주었다.

"고기는 비리지만, 이 된장을 찍어 먹으면 비린내가 안 나요. 한 번 드셔보셔요."

"된장이라뇨? 몽골 사람도 된장을 먹나요?"

"아닙니다. 제가 향수병에 걸렸을 때 김치와 된장찌개가 먹고 싶어서, 한국에서 콩을 보내 달라 해서 된장을 담갔어요. 이것은 몇 년간 보관이 되니, 김치 대신 이것으로 향수병을 달래며 살았답니다. 아직까지남아 있었던 모양입니다."

유정은 된장이라는 말에 용기를 얻어 고기를 포크로 떠서, 된장을 듬뿍 발라 입에 넣었다. 된장을 듬뿍 발라서 그런지 고기는 생각과는 달리비리지 않았다. 된장과 어울려진 고기는 쫄깃쫄깃 하면서도 고기의 고소한 맛이 우러나와 맛있었다. 우선 자신의 폐병에는 최고라는 말 때문인지 입맛이 당겼다.

"천천히 드셔요. 고기를 자주 안 먹다 한꺼번에 고기를 많이 먹으면,위가 반란을 일으켜요. 천천히 음미하면서 먹으면, 맛을 즐기면서도 양은 적게 먹게 되니까, 감자와 당근도 함께 들면서 먹어요. 술도 한잔 드릴까요? 말 젖으로 만든 몽고 전통주인데요. 전통주는 약간 달면서 톡 쏘는 짜릿한 맛을 주는 독특한 술입니다."

그러자, 그의 아내가 술병을 가져왔다. 술병을 싸고 있는 가죽부대에는 징기스칸의 울퉁불퉁하면서도 훤출한 얼굴이 그려져 있었다. 술병은 일본 동화책에서 본 아라비안 나이트에 나오는 요술병처럼 생겼다.

"이 술은 환자들이 병을 치료하고 난 뒤 웬만큼 치유가 되면 고맙다고 가지고 온 것들입니다. 몽고 전통주를 몽고내주(蒙古奶酒)라고 하는데요, 말 젖은 말가죽 제품에, 양젖은 양가죽 제품을 만들어 병에 입힙니다. 자 한 잔 받으십시오."

"아, 네,"

유정은 얼른 앞에 놓여 진 술잔을 잡았다. 술잔도 그 술병에 구색을 맞춘 것인지 한쪽이 마치 입술을 뾰족 내민 것처럼 튀어나와 있었다. 술맛은 단맛이 있기 때문인지 혀에 감기면서 몸의 모든 감각을 끌어올려 몸속을 꽉 채웠다. 유정은 '살아있음에 대한' 희열이 온몸으로 퍼져나갔다.

유정은 처음 1935년 『조선일보』에서 「소낙비」로 등단했을 때 받은 원고료로 친구들과 술을 실컷 퍼마셨던 그때가 생각난다. 그때 친구들이 그랬다. 이제 너는 살았다고. 단번에 문단을 제압했다고. 그동안 짓눌려 살았던 세월을 생각하고 울컥하는 울분이 솟았다. 그때도 폐병에 걸려 있었지만 그런 건 상관없었다. 한 순간이라도 살아있다는 느낌을 받고 싶었다. 술을 먹으면 삶에 대한 자신감이 솟았다. 그 자신감으로 친구들에게 욕도 퍼부었다. 그 이후로 '유정은 술 먹으면 딴 사람이 된다'는 말이 문단에 떠돌았을 정도였다.

그 기분 때문에 원고료를 받았다하면, 병 치료보다는 우선 술을 퍼마셨다. 우선 술을 먹으면, 말을 더듬는 증상도, 사람을 피하고 싶은 마음도 사라졌다. 철없고 한심한 짓거리라는 것을 알고 있지만, 한 순간 나 아닌 다른 사람으로 돌아 가, 한참 미친 척 떠들다보면, 골방에서 느낀 우울이 다 사라졌다. 골방에서는 연희전문에서의 중도 퇴학과 박녹주의 침묵 속의 거절 등 자신을 둘러싸고 있는 모든 것들이 자신을 자책하게 했다. 술을 먹으면, 그 모든 것이 사라졌다. 자신도 혼자가 아니라는 생각과 친구들과 같이 어울릴 수 있다는 것이 통쾌하고 유쾌했다. 그러나 다시 얌전히 정신을 차리고 방으로 돌아와서는 자신의 허위의식에 절망하고 한심한 자신을 생각하고 이불 속에서 꺼이꺼이 울었다. 고기와 술잔을 차례대로 연거푸 몇 잔을 마셨는지 모른다. 유정은 홍길동전을 읽고 난 후 현대적 멋진 영웅적인 인물을 다시 소설 주인공으로 장편을 완성해보고 싶다는 생각을 했다. 그러나 그 이후 병이 더 깊어져 엄두를 낼 수 없었다. 태준을 따라다니다 보니, 이역만리 몽고까지 와서 고생하며 이 지방의 고질병인 성병을 퇴치하고 왕의 주치의로 활동했고, 병원까지 지었다니, 태준의 삶이 부러웠고 태준을 소재로 소설을 쓰고 싶다는 생각을 한다.

"이렇게 맛있게 드시니, 당신을 데리고 온 보람이 있습니다. 악성 폐결핵으로 각혈을 쏟아 낼 때마다, 몽고에 데리고 와서 실컷 먹이고 말을 타고 광활한 초원을 마음껏 누리게 하고 싶다는 생각이 들더군요."

"이제, 제 이야기보다 여기에서 지낸 당신의 이야기를 더 들어보고 싶습니다."

유정은 술잔을 들다 태준에게 얼굴을 돌리며 말했다.

"이번에도 이야기 하자면 깁니다. 저는 안창호 선생님의 뜻을 따라 몽골 의사를 하며 독립운동을 같이 했습니다. 좀 전에 이야기했다시피, 독립 운동을 하다 여기까지 왔어요. 처음에는 여기가 과연 내가 정착할 곳인가 하고 많이 머뭇거렸어요. 근데, 여기 몽골의 많은 사람들이 성병에 걸려 몇십 명이 죽어가고 있더라고요. 그래서 잠시 독립운동을 뒤로 하고 여기에 머무르면서 성병을 퇴치해야겠다는 생각을 한 거죠. 제가 몽골의 성병 환자들 때문에 여기에 머무르게 된 것도 운명적이라는 생각이 들더군요. 당신에게 미안하지만, 당신 곁을 맴돌면서 한 생각인데, 당신이 폐결핵에 걸린 것도 운명적이라는 생각이 들더군요. 당신이 병에 걸리지 않았으면 엄청 술을 퍼먹고 다녔으리라 생각되더군요. 또 당신이 사람을 피하고 싫어하는 염인증이 아니었다면, 그런 훌륭한 작품을 쓸 수 없었을 거예요. 다른 사람에게 하지 못했던 당신 속에 고여 있던 말들이 쏟아져 아름다운 작품으로 나온 거라 생각되더군요.

이야기가 잠시 옆길로 갔네요. 성병 진료를 한 10년 열심히 한 덕분인지, 성병 환자들이 많이 줄어들었어요. 그때부터 소련의 코민테른에서 나오는 자금을 조선 독립 운동 임시 본부가 있는 상해나 남경 쪽에 전달하는 일을 했지요. 여기 몽골의 대부분의 사람들이 울란바트르에 밀집해 있고, 인구가 얼마 안 됩니다. 금방 무슨 일이 있다하면, 멀리 떨어져 있는 게르에서 조차 벌써 알고 뛰어 올 정도로 좁은 곳이에요. 1921년 소련의 반혁명파인 백화파가 몽골을 침입, 나에 관한 정보를 들었는지, 병원 진료를 하고 있는 중에 요란한 총소리와 함께 저는 이미 이 세상 사람이 아니었어요. 순식간이었어요."

태준과 유정은 잔을 주거나 받거나 하면서 계속 마셨다. 두 사람은 고기까지 거의 다 먹었다. 유정은 음식을 먹은 후 간만에 어머니가 돌아가기 전에 느꼈던 포만감을 느꼈다. 어머니는 언제나 배가 불러야, 마음이 푸근해지고 다른 사람에게 넉넉해진다고 했다. 그래서 유정이 먹을 만큼 양을 다 먹었는데도, 쉴 새 없이 간식을 해다 줬다. '그래, 바로 이것이었다. 나를 끊임없이 흔들고, 몸을 태울 것 같은 분노로 끓어오르는 것은 바로 이런 포만감이 없기 때문이었다.' 유정은 속으로 흐느끼듯 부르짖었다. 술도 끝없이 들어갔다. '아, 진작 여기 왔어야 했는데 ……'라는 생각이 머리를 떠나지 않았다. 그러면 자기 인생이 달라졌을 것 같다. 마적이 되고 싶다는 꿈이 실현 불가능하다고 생각했지만, 태준과 끝없이 넓은 초원을 달려보니, 마적이 따로 필요 없었다. 단지 답답할 때 초원을 달리며, 허르헉을 먹고, 양떼를 치며, 작품을 썼다면 더 이상 부러울 것이 없었을 같다. 여기는 친구도 필요 없을 것 같다. 유정의 말더듬이도 문제될 것이 없을 것 같다. 여기는 모든 것이 달린다. 바람이 달리자, 초원도 달리고, 말이 달리고, 양들이 달리고 초원의 야생화와 갈대와 풀들이 달린다. 달과 별들도 달리고 구름도 달린다. 유정도 달리기만 하면 될 것 같다.

몇 병의 술병을 가져왔는지 몰랐다.

"정말 술이 세네요. 여기서는 공기가 좋아 술이 취하지 않으니, 상관없지만, 그래도 최근에 술을 먹지 않다가 그렇게 많이 먹으면, 괜찮을는지요."

"헤헤, 무슨 걱정이셔요. 저도 곧 죽을 몸인데 …… 태준 선생님 덕분에 죽기 전에 실컷 먹어보고, 초원을 달려봤으니 이제는 죽어도 여한이 없네요."

그러자 게르 밖에서 웅성거리는 소리가 들리더니, 몽고 전통 옷인 듯한 옷을 입은 처녀가 조심스럽게 쟁반에 받쳐 두 잔의 컵을 들고 온다. 그리고는 태준과 유정에게 한 잔씩 준다.

"이게 뭡니까?"

유정은 얼굴을 뒤로 빼면서 말했다.

"아, 이게 마유(馬乳)라는 겁니다. 술을 아무리 먹어도 이 마유를 한잔 먹고 자면 숙취가 없어진답니다."

유정은 컵을 받으며 들고 온 처녀를 보았다.

"앗, 당신은? 아끼꼬?" 유정은 처녀가 아끼꼬가 자신에게 늘 불렀던 애칭, '톨스토이' 하고 부를 것 같다. 웃을 때 보조개까지 아끼고를 닮았다. 그러나 처녀는 멀뚱히 눈만 깜빡였다.

"아끼꼬라니요? 일본 여자 말이요?"

"아니요, 제가 한 때 버스 걸을 하는 처녀와 같은 집에서 세를 들었었는데, 그 여자의 일본 이름이 아끼꼬예요." 유정은 좀 전에 태준이 몽골 민족과 우리 민족이 같은 민족계열이라는 말을 들었던 것을 생각하며, 바로 이런 것이구나. 정말 아끼꼬를 닮았다. 몽골인의 특징인 광대뼈 조차 없다.

유정은 아끼꼬가 '톨스토이, 톨스토이' 하며 자신에게 매달리던 생각이 난다. 틈틈이 맛있는 약밥 같은 특식이나 오징어 등 군것질을 가지고 와 유정이 방에 살짝 넣고 도망가고는 했다. 유정이 사직원 산에 올라가 멀거니 산을 바라보고 있으면, 언제 왔는지 유정이 이마에 키스를 하고는 도망가고는 했었다. 유정이 방세가 밀려 주인집 여자가 조카를 시켜 유정이 방 세간살이를 마구 마음대로 내팽개치자 아끼꼬가 주인집 여자와 조카를 상대해 말려 주었었다. 지금 생각하면 형수나 조카들을 제외하고 아끼꼬만큼 자신을 아낀 사람도 없었다는 생각이 든다. 유정은 다시 한 번 처녀를 물끄러미 쳐다본다.

"정말 그렇게 닮았습니까?"

유정이 얼굴이 빨개지며, 아니라고 거짓 부정한다. 그러자 태준이 아내를 부른다. 둘은 한참 무어라고 몽골어로 말한다. 그리고 그 처녀에게도 뭐라고 하자, 처녀가 유정을 바라보며 고개를 끄떡인다. 그러자 게르 안의 소파 위 선반 위에 있는 텐트를 끌어내린다. 그 처녀가 그 텐트를 가지고 밖으로 나간다. 그리고 얇은 이불도 함께 내려 태준이 들고 밖으로 나간다.

유정은 차츰 술이 오르면서 마치 꿈 속에서 일어나는 일처럼 모든 것이 희미하게 느껴진다. 태준이 다시 안으로 들어가며,

"여기는 우리 부부가 오늘 십 년여 만에 회포를 풀테니, 당신은 밖에 나가서 텐트 속에서 별구경을 하며 주무셔요. 텐트 속에는 이불까지 있으니, 춥지는 않을 거요."

유정은 멀거니, 쫓겨나는 사람처럼 비실비실 게르 밖으로 나온다. 게르 밖에는 이미 텐트가 쳐져 있고, 불마저 깜박이고 있다. 유정은 밖의 찬 공기에 소름이 돋는 것을 느끼며 얼른 텐트 안으로 들어갔다. 텐트 안에는 이불이 깔려있다. 유정은 아물거리는 의식을 잡으며 이불 위에 벌렁 누웠다.

"아. 아"

텐트 천장 뚫린 창문으로 별들이 쏟아졌다. 창문만큼 좁은 하늘이 터질 것처럼 별로 꽉 차있다. 유정은 다시 정신을 차리고 밖을 나왔다. 실레 마음에서 친구들과 술을 퍼마시고 하늘을 쳐다 본적이 있었다. 그때의 감탄이 생각난다. 그러나 실레 마을에서 보는 별은 아무 것도 아니었다. 주먹만 한 별들이 하늘이 좁은 듯 꽉 차있다. 별 아래 있는 세계는 어둠 속으로 명멸하고 오직 별들의 축제가 시작된다. 유정은 가슴을 움켜지고 다시 한 번 몽골에서의 하루가 가슴에 메인다. 바깥의 추위에 한기가 든다. 기침이 깊은 폐부로 올라온다. 텐트 속으로 들어와 이불 위에 누웠다. 텐트 속에 따뜻한 몸이 그를 감싼다. 어머니가 젖을 물리듯

따뜻한 젖이 그의 입술을 찾는다.

"아아, 어머니!!!"

텐트 속이 아득해지며 멀어진다. 태준과 하루 종일 달렸던 초원들이 파노라마를 치며 가까이 왔다 멀어진다. 그 속으로 별들이 한없이 쏟아진다.

순간 강한 통증과 함께 각혈이 쏟아진다. 또 아래에는 설사 같은 배변이 쉴 새 없이 쏟아진다. 유정은 아무리 아물거리는 의식을 잡으려 해도 깊은 심연이 자신을 끌어당기듯 어둠 속으로 빨려든다. 어둠 속으로 빠져들면서 '어머니, 어머니, 저 여기 있어요'를 한없이 외친다. 심장이 닫히고, 바닷물이 빠져나가고, 거울들이 깨어졌다.

필자 소개

한상무(韓相武 Han, Sangmoo)
서울대학교 사범대학 국어교육과를 졸업하고 동대학원에서 석사를, 세종대학교 대학원에서 문학박사 학위를 받았다. 강원대학교 명예교수이다. 저서로는 『현진건 연구』, 『한국 근대소설과 이데올로기』가 있고, 논문으로 「김유정 소설에 나타난 여성상」, 「현진건 문학의 신화적 상상력」 등 수십 편이 있다.

모희준(牟喜俊 Mo, Heejune)
선문대학교 대학원 국어국문학과에서 박사학위를 받았다. 현대문학 소설을 전공했다. 대표연구로는 「한낙원의 과학소설에 나타나는 냉전체제 하 국가 간 갈등 양상─전후 한국 과학소설에 반영된 재편된 국가 인식을 중심으로」가 있다.

장혜련(張惠蓮 Chang, Hyelyeon)
숭실대학교 문예창작학과를 졸업하고, 고려대학교 국어국문학과 대학원에서 석사 및 박사학위를 받았다. 현재 순천향대학교 강사로 재직 중이다. 소설로 등단하여 분투하고 있으며 연구 논문으로 「1970년대 소설의 창작방법 연구」, 「〈가면고〉의 '정체성 찾기' 연구」, 「북한 영화 〈춘향전〉과 〈사랑 사랑 내 사랑〉 비교 연구」, 「'삭제된 말'의 복원을 위한 여정─최윤의 〈저기 소리 없이 한 점 꽃잎이 지고〉를 중심으로」, 「〈분지〉 문체론적 연구」 등이 있다.

정주아(鄭珠娥 Joung, Jua)
서울대학교 국어국문학과에서 학사, 동대학원에서 석사·박사학위를 받았다. 현재 강원대학교 국어국문학과 조교수로 재직 중이다. 저서로는 『서북문학과 로컬리티』(소명출판, 2014), 주요 논문으로는 「움직이는 중심들, 가능성과 선택으로서의 로컬리티」, 「두 개의 국경과 이동의 딜레마─선우휘를 통해 본 월남작가의 반공주의」, 「'정치적 난민'의 공간 감각, 월남작가와 월경의 체험」, 「유맹의 서사와 재중조선인 집단의 자아상」 등이 있다.

오은엽(吳恩葉 Oh, Eunyeop)
이화여자대학교 국어국문학과를 졸업하고 같은 학교 대학원에서 현대문학으로 박사학위를 받았다. 현재 명지대학교 방목기초교육대학 조교수로 재직 중이다. 공저로『1960년대 문학지평 탐구』,『김유정과의 산책』등이 있으며, 논문으로는「이청준 소설의 신화적 상상력과 공간」,「경계 넘기의 다양성과 젠더수사학」,「이제하 소설의 회화적 상상력 연구」등이 있다.

김형규(金炯奎 Kim, Hyeonggyu)
아주대학교 국어국문학과를 졸업하고, 동대학원에서 박사학위를 받았다. 현재 아주대학교 다산학부대학 특임교수로 재직 중이다. 대표저서로『민족의 기억과 재외동포소설』, 공저로『영화 서사 자세히 읽기』,『중국조선족소설의 탈식민주의 연구』,『재일동포 한국어문학의 민족문학적 성격』,『역사적 전환기와 한국문학』등이 있다.

서동수(徐東秀 Seo, Dongsoo)
건국대학교 국어국문학과를 졸업하고, 같은 대학원에서 석사학위와 박사학위를 받았다. 현재는 상지대학교 국어국문학과 조교수로 있다. 주요 논저로는「망각의 번역과 자기구원의 서사－임철우의『백년여관』을 중심으로」,「학교라는 시뮬라크르와 폭력의 시스템－영화〈돼지의 왕〉을 중심으로」,「북한 과학환상문학에 나타난 사회주의 낙원과 역사적 조건들」,『한국전쟁기 문학담론과 반공프로젝트』등이 있다.

홍순애(洪淳愛 Hong, Sunae)
동덕여자대학교 국어국문학과에서 학사, 서강대에서 석사와 박사학위를 받았다. 서강대에서 대우교수로 재직했고 현재는 동덕여대 국문과 교수로 재직 중이다. 저서로는『한국 근대문학과 알레고리』,『여행과 식민주의』, 공저로는『한국 근대문학과 신문』,『한민족 문학 문화연구의 동향과 전망(현대문학)』, 대표 논문으로는「근대문학의 장르분화와 연설의 미디어적 연계성 연구」,「근대소설에 나타난 타자성 경험의 이중적 양상」,「총력전체제하 대동아공영권과 식민정치의 재현」,「근대계몽기 단형서사에 나타난 법의식 연구」등이 있다.

문한별(文한별 Moon, Hanbyoul)
고려대학교 국어국문학과에서 학사, 동대학원에서 석・박사학위를 받았다. 현재 선문대학교 국어국문학과 조교수로 재직 중이다. 대표 저서로『한국 근대소설 양식론』, 공저로『한국의 근대 문화장의 동역학』,『근대계몽기 단형서사문학 연구』,『동아시아 개념연구 기초문헌 해제』가 있다. 주요 논문으로「이중 검열에 의한 이태준의 장편소설 '성모'의 의미 변화」,「한국 현대소설의 기계적 문체 분석을 위한 계량적 방법론」,「계량적 전산 문체론 시고」,「일제강점기 민족운동과 문학 텍스트의 연관성 고찰」등이 있다.

박진숙(朴眞淑 Park, Jinsook)
서울대학교 국어국문학과 및 동대학원을 졸업하고 현재 충북대학교 국어국문학과 부교수로 재직 중이다. 대표 연구로는 박사논문「이태준 문학 연구-텍스트와 내포독자를 중심으로」, 공저『조선적인 것의 형성과 근대문화담론』과『박태원 문학 연구의 재인식』등이 있다.

정호웅(鄭豪雄 Jung, Houng)
서울대학교 국어국문학과에서 공부했다. 영남대학교 국어교육과 교수를 거쳐 현재 홍익대학교 국어교육과 교수로 있다. 저서로『한국의 역사소설』등이 있다.

김명석(金明奭 Kim, Myungseok)
연세대학교 국어국문학과 및 대학원을 졸업했고(문학박사) 현재 성신여자대학교 국어국문학과 교수로 재직 중이다. 저서로는『한국소설과 근대적 일상의 경험』,『김승옥 문학의 감수성과 일상성』,『인터넷소설, 새로운 이야기의 탄생』,『작가 연구와 문학 교육』,『다매체와 서사 읽기』등이 있다.

최선영(崔善映 Choi, Sunyoung)
숭실대학교 국어국문학과를 졸업하고 동대학원 석사, 이화여자 대학교 박사과정을 수료했다. 현재 숭실대학교 베어드학부에서 강의하고 있다. 논문으로는「이상,「지도의 암실」연구」,「박완서 소설의 가부장제와 자본주의 양상 연구」,「이상,「12/12」연구」,「희망을 그리는 미완의 공동체 – 편혜영과 김이설의 작품을 중심으로」,「황순원 소설에 나타난 생태문학적 가능성」등이 있다.

김상태(金相泰 Kim, Sangtae)
서울대학교 문리과대학 국문학과 및 동대학원에서 석사, 박사를 수료했다(문학박사). 전북대·한양대·이화여대 교수를 역임했다. 이화여대 평생교육원 수필창작 지도교수이다. 대표 저서로는『문체의 이론과 해석』,『한국 현대문학의 문체론적 성찰』,『언어와 문학세계』,『문학의 이해』,『현대소설의 언어와 현실』,『한국현대작가연구』,『수필창작 어떻게할 것인가』가 있다.

김정화(金貞和 Kim, Junghwa)
선문대학교 국어국문학과를 졸업하고, 동대학원에서 석·박사 학위를 받았다. 현재 선문대학교에서 강의하고 있다. 논문으로는「북한에서 발표된 김영석 소설 고찰」,「박태원 소설에 나타난 동경 체험의 양상 고찰」등이 있다.

이금란(李錦蘭 Lee, Kuemran)
숭실대학교 국어국문학과를 졸업하고, 동 대학원에서 문학박사학위를 받았다. 현재 숭실대학교에서 강의하고 있다. 논문으로는「가족 서사로 본 박경리 소설 연구」,「이효석 문학연구의 현황과 전망」,「『大河』의 문화코드에 숨겨진 의미 고찰」등이 있고, 저서로는『박경리 문학의 가족 서사학』(인터북스, 2014)이 있다.

이덕화(李德和 Lee, Dukhwa)

연세대학교를 졸업하고 연세대학교 석, 박사를 이수했다. 「김남천 연구」로 문학 박사 학위를 받았다. 「박경리와 최명희, 두 여성적 글쓰기」로 전주시 최명희 기념사업회에서 주는 2002년 혼불학술상을 수상했다. 『여성문학에 나타난 근대체험과 타자의식』, 『너 속의 나, 나속의 너, 타자읽기』, 『한말숙 문학 연구』 등 저서, 공저로 한길사에서 시리즈로 나온 『페미니즘과 소설비평』 근대편, 현대편 『페미니즘은 휴머니즘이다』가 있다.